Armand Amapolas · Emma erbt

Alle Handlungen und alle handelnden Personen in diesem Buch sind ausschließlich der blühenden Phantasie des Autors entsprungen und also völlig frei erfunden. Jede eventuelle Ähnlichkeit mit lebenden oder verstorbenen Menschen ist nichts anderem als dem Zufall geschuldet.

Bibliografische Information: Die Deutsche Nationalbibliothek verzeichnet diese Publikation in der Deutschen Nationalbibliografie; detaillierte bibliografische Daten sind im Internet abrufbar über http://dnb.dnb.de.

www.zech-verlag.com · Tel. (+34) 922 302596
Text: Armand Amapolas
Umschlaggestaltung und Illustration: Karin Tauer unter Verwendung eines Fotos »Steintürme bei Puerto de la Cruz auf Teneriffa« von © Johannes Rigg / fotolia
Druck: Gráficas La Paz de Torredonjimeno
Depósito legal: TF 1238-2017
ISBN 978-84-942578-4-1
Printed in Spain

Armand Amapolas

EMMA ERBT

Ein Teneriffa-Krimi

Für Dich

(Du weißt schon)

Vorspiel: An Bord der Claviga

Er hatte es nicht mehr ausgehalten. Nicht die stickige Luft, nicht diese aufgesetzte Fröhlichkeit, nicht das Profilächeln der gelackten Immobilienhaie, nicht dieses erzwungene Gefühl, hier »unter uns« zu sein. Unter uns: den Gutgestellten, den Sorgenlosen, den allen schnöden Erwerbszwängen meilenweit Entrückten, den Schlauen, die es richtig machen im Leben. Dieses Getue: Wir wissen, wo's lang geht. Wir lassen unser Geld für uns »arbeiten«. Ha! Als wenn Geld arbeiten könnte. So redeten nur Menschen, die grundsätzlich andere für sich arbeiten lassen. Wenn er eine unverrückbare Erfahrung gemacht hatte in seinem langen Berufsleben, dann diese.

Er hatte seinen »Captain's Chair« nach hinten geschoben und war einfach aufgestanden, wortlos, als diese nuttige Jungrussin zum x-ten Mal ansetzte, von ihrem – als wär's ihres! – neuen Nobel-Resort in einem der letzten noch nicht von den Touri-Massen überpröllten Flecken der Insel zu schwärmen, vom Yachthafen gleich nebenan, vom unbeschwerten Leben zwischen Greens und Buffets, dem tiefblauen Meer und den rauen Bergen dahinter. Am meisten hatte er sich gar nicht über die Russin geärgert – die übrigens wirklich ausgezeichnet Deutsch sprach –, sie tat nur ihren Job, und den machte sie gut, das musste er ihr lassen, sondern über Ilse. Ilse, die nüchterne no-nonsense-Ilse, hing der Russin an den Lippen. Und mehr als das: Ilse betätigte sich als Verstärkerin der slawischen Marketing-Tröte. Wiederholte in blinder Gläubigkeit nahezu alles, was diese Natascha oder Tanja oder Tamara oder wie sie hieß ihr vorgeflötet hat. »Return-of-investment«, »Flucht in die Sachwerte«, »Betongold«, »Wertpapiere, die man essen kann – ach was: essen! Schlürfen!«

Das hatte gereicht. Ilses erstaunten, fragenden und beinahe flehenden Blick – Bleib doch, bitte! – demonstrativ ignorierend hatte er die fröhliche Runde verlassen. An Kartenspiel war ohnehin nicht mehr zu denken gewesen. Die Aussicht auf Riesenrenditen hatte der

Runde ihre alte, spielerische Freude an Cent-Gewinnen beim Canasta gründlich vergällt. Wie war das möglich gewesen! Es kam ihm vor, als habe ihm jemand die Sonnenbrille von der Nase gerissen, und mit einem Mal wurde er im grellen Sonnenlicht aller Falten und Risse und Pickel gewahr, die das dunkle Glas ihm weggelogen hatte.

Er seufzte und atmete tief durch, als er das Deck betrat. Ja, dafür war er auf die Kanaren gezogen; wegen dieser salzgeschwängerten Luft, wegen des endlosen Sternenhimmels, wegen des allgegenwärtigen Ozeans, dieser flüssigen Manifestation der Ewigkeit. Und nicht wegen irgendeines »Return of investment« oder um kleinen weißen Bällen hinterherzuglotzen und eine neue Runde im Spiel der Eitelkeiten zu beginnen: ich hab' mehr, ich bin schöner, meiner ist der größte!

Er seufzte ein zweites Mal, laut und entkrampfend diesmal. Es konnte ihn ja niemand hören. Er war allein an Deck. Jedenfalls schien es ihm so. Dezente Leuchten ließen allenfalls erahnen, wo Aufbauten und Deckstühle standen. Hell strahlte nur das Licht aus den Kabinen und Vergnügungssälen der Claviga. Er wandte sich ab, ging zur Reling hinüber, hielt sich dort fest und blickte auf das Meer hinaus.

Was war aus seinem Traum geworden? Wie jeder Traum, das wurde ihm klar, war auch die Vorstellung eine Illusion gewesen, er hätte auf Teneriffa wirklich alles hinter sich lassen können: den Jahrmarkt der Eitelkeiten, das Hamsterrennen um höhere Einkommen, dickere Autos, steilere Karrieren. Er hatte sich eingeredet, hier sei alles anders. Zumindest: ihre Clique sei anders. Eine Gruppe von Menschen, die sich dem Gewirbel entzogen haben, die sich eine eigene kleine Welt geschaffen haben. Eine Welt, in der Ehrlichkeit zählte, Treue und Verlässlichkeit. Ha! Er musste ein drittes Mal seufzen.

Alles nur Betrug! Alles nur Fassade! Seine Hanna hätte ihn gewarnt. Sie war nüchterner als er gewesen, noch nüchterner. Aber sie hatte ihn verlassen, war gestorben an diesem tückischen, hinterhältigen Krebs; kaum, dass sie das Apartment auf Teneriffa gekauft hatten, aus Teilen seiner Abfindung. Die Bergwerksgesellschaft, zwischen deren Aktendeckeln er sein komplettes Berufsleben verbracht hatte und die ihm vorgekommen war wie aus Eisen und Stahl geschmiedet, war aufgelöst worden. Einfach so. Wisch und weg. Von Finanzinvestoren und ihren jungsmarten Hiwis, Typen wie dieser Natascha und ihren Begleitern. Und mit der Gesellschaft sein Leben und alles, was er für wichtig und ewig gehalten hatte.

Teneriffa: das war sein Fluchtort, seine Erlösung geworden. Nach Hannas Tod und Beerdigung war er nicht wieder nach Deutschland geflogen. Warum auch? Dass er es dort so lange ausgehalten hatte, kam ihm jetzt manchmal unwirklich vor. Hätte er früher die Brocken hingeschmissen, hätte auch Hanna mehr von Licht und Luft der Kanaren gehabt!

Ilse und die Clique – die »Junta« waren sie getauft worden von den anderen im Haus, wie passend eigentlich! – hatten ihn aufgefangen nach Hannas Tod. Und vielleicht hatte er deshalb die Sonnenbrille nie abnehmen wollen. Er wollte keine Runzeln und Pickel sehen. Sie waren aber da. Sie waren immer da gewesen. Er hatte es gewusst, im Grunde seines Herzens hatte er es gewusst. Er hatte sich belügen lassen. Lassen wollen. Ach was: er hatte sich selbst belogen. Und was für einen Schabernack er mitgemacht hatte! Woodoo im Wald! Vor allem hatte er sich dazu bringen lassen, Zahlen nicht mehr ernst zu nehmen. Dabei hatte genau daraus doch sein Beruf bestanden: Respekt vor Zahlen zu haben. Zahlen waren absolut. Zahlen waren ehrlich. Ehrlicher als Menschen.

Er hatte sein Berufsethos verraten! Um ein bisschen Spaß im Alter zu haben, im ewigen Frühling.

Er war ein Idiot.

Er sollte dieser Tamara dankbar sein und ihrer russischen Immobilienmafia, die ihn und Ilse und die anderen auf dieses Kreuzfahrtschiff gelockt hatten – alles »all inclusive« für ganz kleines Geld, nur ein bisschen Werbung sei dabei, eine Butterfahrt auf Kaviarniveau. Von wegen. Was hatte er gelernt, in jungen Jahren, auf der Höheren Handelsschule: »There ist no free lunch!« Es gibt im Leben nichts geschenkt. Dank Tamara war es für ihn jetzt vorbei mit der Selbsttäuschung. Er würde die Dinge von jetzt an ohne schönende Sonnenbrille betrachten – und schon gar kein Auge mehr zukneifen.

Er war weiter gegangen, langsam, immer die Reling entlang bis zum Heck des Schiffes. Er war keiner Menschenseele begegnet. Kein Wunder, es musste weit nach Mitternacht sein. Zudem pfiff hier an

Deck ein frischer Wind, friesisch-herb statt kanarisch-mild. Die langen Wellen des Atlantiks ließen das Schiff in einem fremden Rhythmus tanzen. Er klammerte sich an der Reling fest wie ein Betrunkener. Dabei hatte er höchsten drei, vier Glas Wein getrunken und ein oder zwei Wodka: »Na sdarowje!«. Jedenfalls lange nicht soviel wie Ilse und die anderen.

Was war das? Wer ist das? Plötzlich lag eine Hand auf seiner Schulter. Wie war das möglich? Er hatte niemanden kommen hören. Also war er doch nicht der einzige, der frische Luft dringend nötig hatte. War ihm jemand aus der Runde gefolgt? Hatte Ilse sich Sorgen gemacht? Bestimmt nicht. Eher Heinz. Der gute Heinz.

Er wollte sich umdrehen und Heinz begrüßen, als ihm jemand – das konnte doch nicht wahr sein! – von hinten zwischen die Beine griff! Was sollte das? Empört versuchte er sich dem Griff zu entziehen und dem Spinner ins Gesicht zu sehen – vermutlich ein Betrunkener! – da bemerkte er, wie er den Halt verlor. Er hatte die Reling losgelassen, um nach dem Unbekannten zu greifen. Jetzt wurde er an sie gedrückt – und der Arm zwischen seinen Beinen hob ihn an, kippte ihn vornüber. Was sollte das? Empörung machte Panik Platz. Angst! Sein Hirn arbeitete wie ein Karussell. Er sah Finsternis, blasse Schaumkronen, die helle Bordwand, dunkle Schatten, seine Hände fanden nirgendwo Halt, er dachte an Hanna und Ilse und das La Palma und an lange Zahlenkolonnen.

Und dann fing ihn der Ozean auf, als habe er ihn lange erwartet.

1. Kapitel

Wenn sie etwas hasste, war es Gedränge. Körperkontakt mit Fremden. Und jetzt: Mittelsitze! Es gab nur noch freie Mittelsitze. B oder E. Und auch davon nicht mehr viele. Mittelsitze in Flugzeugreihen zwangen sie, Stunden zwischen Menschen zu verbringen, die sie nicht kannte und nicht kennen wollte; einander so nah wie im Bett. Was Betten betraf, suchte man sich schließlich seinen Partner aus, gemeinhin. Sie jedenfalls. Beim Billigfliegen blieb ihr keine Chance dazu. Um wenigstens halbwegs unbelästigt zu bleiben, buchte Emma wenn möglich Fensterplätze. Und sie blieb in der Wartezone sitzen, bis das ›Boarding‹ schon fast ›completed‹ war: um die Quetschzeit im Flieger zu verkürzen. Aber diesmal hatte sie offensichtlich einen Fehler gemacht. Reservierte Plätze gab es nicht. Bei Jersey Air war das Leben Kampf. Zivilisatorische Umgangsformen? Lästig, zu teuer. Willkommen in der Ursuppe des Lebens!

Was denken sich die Leute, fragte sie sich: dass sie ein paar Minuten früher ankommen würden als alle anderen, wenn sie die vordersten Plätze am ›Gate‹ ergattern? Dafür nehmen sie Geschiebe und Gedränge in Kauf, erst am Schalter, dann im Gang zum Flugzeug, dann im Flugzeug selbst, vor ihnen Passagiere, die in Gemütsruhe Flugkoffer, Rucksäcke, Handtaschen, Plastiktüten, Jacken und Mäntel im ›Overhead Compartment‹ verstauen, mit ihren ausladenden Hinterteilen vor die Flugkoffer und Tüten der Nachdrängenden stoßend. Dabei ist dem doch zu entgehen: Einfach abwarten, sitzen bleiben, in einer Zeitung blättern. Sich überlegen fühlen. Zur kleinen selbsterklärten Elite der Gelassenen gehören, die nicht aufspringen, sobald sich eine Stewardess am Schalter zeigt und das Licht einschaltet. So hatte sie es auch heute gemacht und sich gut dabei gefühlt. Leider.

Oh, erinnerte sich Emma mit einem Anflug von Scham: Stewardessen, dass war ja so ein Altherrenwort. Woher hatte sie es nur? Stewardessen gab es ja schon lange nicht mehr, aus Gender-Gründen, stattdessen FlugbegleiterInnen. Aber wie nennt man die am Schalter Sitzenden? Flug-NichtbegleiterInnen? SchalterbeamtInnen? Ha, als wenn eine von denen heute noch unkündbar ist! Die sitzen doch alle auf Schleudersitzen, arbeitsrechtlich gesehen, die armen Schweine. Davon verstand sie, Emma C. Schneider, jetzt etwas. Sie musste unwillkürlich seufzen, so dass der Jungrentner in der Sitzreihe gegenüber – auch so ein gelassen Weltläufiger – überrascht zu ihr hinübersah, die Augenbrauen hochziehend. Sie lächelte. Ein Fehler, auch das. Er lächelte zurück. »Zeit für die Insel, was?« schien er ein Gespräch eröffnen zu wollen. Emma nickte kühl und fixierte den Blick auf die Zeitung, die sie nicht las.

Vielleicht einfach: Die-am-Schalter-Sitzenden. Oder: die Zurückbleibenden. Nein, das wars: FlugschäferInnen. Denn das beschrieb doch ihre Aufgabe, jedenfalls hier, in dieser Werkhalle, die Flughafen spielte: Menschenherden beisammen halten, ihnen Richtung geben, Ausbrechende wieder einfangen, Stürmische bremsen.

Schon allein, weil sie sich nicht gern als Schaf sah, blieb Emma sitzen, bis außer ihr nur noch der flirtgeile Jungrentner und drei, vier andere übriggeblieben waren. Dass sie von Jersey Air dafür bestraft wurde, wusste sie, sobald sie die Maschine betrat. Alle vorderen Reihen waren wohlgefüllt, außer zweien, die mit einem gelben Plastikband abgesperrt blieben wie eine Unfallstelle. Eine Flugschäferin bewachte Band und Sitze. Alle paar Minuten musste sie einem wie Emma sitzplatzsuchend Vorwärtsdrängenden erklären, diese Sitze seien reserviert, sorry. Sie sprach Englisch, mit einem harten slawischen Akzent.

Also blieb Emma nichts anderes übrig, als sich bis ins hintere Ende der Maschine durchzuquälen und sich dort blitzschnell für zwei Sitzpartner zu entscheiden, einen links, einen rechts. Sie wählte die Poloniaks und versuchte, ihre Umhängetasche im Gepäckfach zu verstauen. Unmöglich! Das steckte bereits voller Pilotenköfferchen, Sacktaschen, Tüten und Jacken. Ihre Tasche passte nirgendwo mehr dazwischen. Sie musste sie wohl oder übel vor ihren Füßen unter den Vordersitz klemmen. Auch das noch.

Natürlich wusste sie da noch nicht, dass die Frau mit den amüsierten Augen im rosigen Gesicht, die Emmas Gepäckverstaubemühungen mit heiterem Lächeln und guten Tipps begleitet hatte, und der stille Herr am Fenster ein Ehepaar darstellten und Poloniak hießen und eine Woche später »auf den Hund kommen« würden.

»Da! Da ist er!« Emma spürte einen Ellenbogen an ihren Rippen. Ihr Sitznachbar, der sonst so ruhige, hatte sich ruckartig zur Seite gedreht und zappelte vor Glück. Er drückte sein Gesicht jetzt ganz eng an das kleine Oval des Flugzeugfensters. Gleichzeitig kniff er mit der linken Hand erst in Emmas Arm, dann griff er über sie hinweg und tastete nach Sitz C. Dort saß seine Frau. Johanna.

Johanna Poloniak, wie Emma seit vier Stunden wusste. Und der Mann rechts von ihr hieß Heinz. Heinz Poloniak. Aus Oberhausen. Er war Pensionär, früher Beamter bei der Stadtverwaltung, im Katasteramt. Sie: Hausfrau und Mutter. Zwei Kinder, Uwe und Claudia. Beide ganz toll geraten; Lehrer und Kauffrau. Super erfolgreich im Beruf – aber leider beide selber kinderlos, immer noch. Emma wusste inzwischen fast alles über Claudia und Uwe. Und über das Leben der Poloniaks. Und ihrer Nachbarn. Sie wusste, dass Poloniaks Skat spielen, dass sie auf ihrem Balkon seltene Wildpflanzen pflegen, dass sie mal einen Dackel hatten, der auf Harry hörte – wie der Assistent von »Derrick«, aus einer Krimiserie, die im vorigen Jahrhundert wohl mal populär gewesen sein muss. Vier Stunden auf Sitz B zwischen A und C im Billigflieger, ohne Fütterung und Film, das kann langweilig werden. Aber nicht mit den Poloniaks.

Emma war selbst schuld. Erstens war sie nun mal von Natur aus freundlich – und zweitens aus Professionalität. Also hatte sie nicht stur zur Seite gestarrt, als Frau Poloniak ihr die Hand reichte, kaum dass Emma sich auf den Plastiksitz gedrückt und die Enden Sicherheitsgurtes ausgegraben hatte. Die Frau auf dem Gangplatz lächelte sie strahlend an und eröffnete die Konversation: »Also, wenn wir jetzt hier vier Stunden aneinandergeschmiegt sitzen, können wir uns auch gleich bekannt machen!« Emma lächelte zurück, und das hatte sie nun davon.

Das hier war ihr erster Flug mit Jersey Air. Von Düsseldorf-Weeze. Ha! Von wegen Düsseldorf! Im zu Recht so genannten Morgengrauen hatte sie Paul Bärkamp von Bochum nach Weeze gefahren, über die A 42, die so früh am Morgen Gott sei dank noch völlig staufrei war, und dann quer durch die Pampa. Niederrhein. Nebelland. Nur auszuhalten, wenn man Hanns-Dieter Hüsch mochte. Ihre Eltern waren Hüsch-Fans. Und Paul Bärkamp auch. Heute früh war Emma aber noch weniger als sonst nach Hüsch zumute, dem Verständnisvollen, der immer alles nett gefunden hat, schrecklich nett. Emma war an diesem grauen Morgen überhaupt nicht nach Menscheln zumute. Sie dachte abwechselnd an »ihre« Zeitung, die eigentlich natürlich nie ihre gewesen war und jetzt schon gar nicht mehr, und an Oma Ilse, die gute. Die jetzt tot war. Wie die Zeitung, dachte Emma. Nur dass ihre Oma sich selbst umgebracht hatte, mit Schlaftabletten und Alkohol.

Aus heiterem Himmel, wie man so schön und meist gedankenlos sagt, war die Nachricht von Teneriffa gekommen: Ilse Schneider habe Selbstmord begangen; aus heiterem kanarischen Himmel. Oma hatte nie über irgendeine Krankheit geklagt. Krankheiten schien es für sie nicht zu geben, und Klagen war für sie sowieso keine Haltung. Ärzten ging sie aus dem Weg. So war sie über 80 Jahre alt geworden. Selbstmord, fand Emma, war ein geistlos unpassendes Wort. Jedenfalls keines, das sie mit Oma Ilse in Verbindung bringen konnte. Freitod vielleicht: dass Oma Ilse keine Lust mehr hatte, einsam war, an Krankheiten litt, ohne darüber zu reden, und beschloss, statt ergeben auf Schlimmeres zu warten, die Dinge selbst in die Hand zu nehmen: das konnte Emma sich vorstellen, wenn auch nur mit Mühe.

Emma überkam ein schlechtes Gewissen. Wann hatte sie zuletzt mit Oma Ilse telefoniert, wann zuletzt an sie gedacht? Sie hatte sie behandelt wie eine CD, die man früher oft gehört und geliebt hat, die nun aber schon seit Jahren ungehört im Regal stand. Aber hatten das ihre Großeltern letztlich nicht selber so gewollt? Als sie vor über zwanzig Jahren ihre Herner Wohnung aufgegeben haben und ganz nach Teneriffa zogen? Im Grunde, dachte Emma bitter, hatte Oma Ilses »Freitod« damals schon begonnen.

Die Zeitung hingegen, die Halterner Post, war, so empfand Emma es, gemeuchelt worden, von Jungverlegern, bei denen ihr nicht klar war, ob sie außer dreist und skrupellos vor allem bösartig waren oder nur unfähig.

Oma Ilse ist auf ihrem geliebten Balkon gestorben. Also Tod mit Meerblick. Und, wer weiß, womöglich vor einem malerischen Sonnenuntergang. Von Oma Ilses Apartment im elften Stock konnte man nämlich bei klarem Wetter die Nachbarinsel La Palma sehen, jedenfalls wenn man den Hals ein wenig verbog. Und genau hinter La Palma ging die Sonne unter, vom 13-stöckigen Apartmenthaus gleichen Namens aus gesehen, das Ilse und Heinrich Schneider zu ihrem Altersruhesitz gemacht hatten. Wenn das Wort »Ruhe« zu Oma Ilse gepasst hätte.

Man hatte Ilse am Morgen im Büro der Asociación de Propietarios vermisst. Der engere Vorstand und die Sekretärin der Eigentümergemeinschaft des Apartmenthauses hatten sich eingefunden, weil Ilse mit ihnen noch ein letztes Mal die Buchhaltung durchgehen sollte. Ilse hatte großen Wert auf dieses Treffen gelegt – und dann erschien sie nicht! Wo sie doch lange die Vorsitzende der Asociación gewesen war und normalerweise überpünktlich, gern überall die erste, und vermutlich schon Kaffee gekocht gehabt hätte. Und Brötchen geschmiert, für alle. Stattdessen: Kein Kaffee, keine Brötchen, keine Ilse. Auf Anrufe reagierte sie nicht. Ihr Anrufbeantworter sprang an: »Hier ist Ilse. Ich habe zu tun. Also fassen Sie sich kurz!« Das war ihr Humor. Sehr trocken – oder westfälisch, wie Ilse Schneider selbst zu sagen pflegte.

Man fand sie in ihrem Klappstuhl sitzend, ganz entspannt, nur der Kopf hing unnatürlich zur Seite. Auf dem Beistelltischchen neben ihr stand noch ein Cognacschwenker und die leere Flasche 103 neben der leeren Schachtel Schlaftabletten. 103, Ciento Tres, das war ihr Lieblings-Brandy. »Preiswert, aber gut.« Davon nahm sie, wie jeder wusste, abends immer noch einen letzten Schluck oder zwei. Wobei abends manchmal auch heißen konnte: morgens sehr früh. Ilse Schneider ging nicht gern zu Bett. Schließlich war immer noch irgendwas zu tun. Oder mindestens zu bekakeln.

Dass ihre Oma tot war, erfuhr Emma ausgerechnet an ihrem letzten Arbeitstag. Ihr kam es vor, als schlüge ihr jemand mit der Faust in den Magen. Dabei war ihr ohnedies seit Tagen flau zumute gewesen. Zum Essen musste sie sich fast zwingen. Sie konnte nicht fassen, dass ihr junges Berufsleben schon wieder beendet sein sollte, von einem Tag auf den nächsten. Dieses Leben, das sie so geliebt hatte. Diese Rumpflaumerei in der Redaktion, diese tägliche Neuerfindung der Welt. Jedenfalls ihrer kleinen Welt in Haltern am See.

Weeze: Von einem Ort dieses Namens hatte sie nichts gesehen auf dem Weg zum Flughafen. Irgendwann wiesen Schilder auf die Anwesenheit eines Airports hin, in diesem Matsch aus Grau und blassem Grün. Dann eine Zufahrtsstraße, die aussah, als hätte die untergegangene DDR hier eine niederrheinische Außenstelle hinterlassen. Schnurgerade, mit Gebäuden spärlich möbliert, mit flachen, konturlosen Kästen, die militärische Sachlichkeit signalisierten. Schließlich: anstelle eines Flughafengebäudes ein Parkplatz. Ein gigantischer Parkplatz. Voller abgestellter Autos. Irgendwo dahinter spielte eine Baracke Terminal. Sie hätte auch genauso gut ein Depot für Futtermittel sein können oder der Umschlagplatz eines global operierenden Logistikunternehmens. Das war sie ja eigentlich auch. Hier wurden Passagiere verladen. Menschliche Schafe.

Klar wusste Emma eigentlich, dass es bei Jersey Air keine feste Sitzplatzreservierung gab, aber dass dann doch einige Stücke Passagiergut sich offiziell vordrängeln durften – »Priority Boarding« –, das hatte sie überrascht. Sie hätte besser recherchieren müssen! Emma! Auch dass der Flieger so voll werden würde: wieso hatte sie das nicht vorhergesehen – bei den Preisen! Außerdem war ihr Koffer zu schwer gewesen. Ihr Rucksackkoffer war so prall gefüllt, dass er sich in das absurd enge Körbchen partout nicht hineinzwängen ließ, mit dem die Airline vor dem Schalter Schlaumeier wie sie abfing, die glaubten, einen Semi-Koffer als Handgepäck durchmogeln zu können.

So hatte sich Emmas Flugpreis von den sagenhaften 69,99 Euro schon deutlich der 100-Euro-Marke genähert. Sie tröstete sich damit – und fand sich selbst dabei im Grunde kindisch –, der Airline oder der Flughafengesellschaft – wer verdiente eigentlich daran? – nicht auch noch die metropolitanen Parkgebühren in den Rachen geworfen zu haben, die verlangt wurden, um einen Wagen auf einem Brachgelände neben einem Schuppen im nebligen Nirgendwo abstellen zu dürfen. Dafür hatte der nette Paul auf seinen Morgendämmer verzichtet und durfte jetzt den Niederrhein erwachen sehen. Wahrscheinlich hatte er WDR Zwei eingeschaltet und das Autoradio auf volle Dröhnung gestellt – wenn er nicht einer alten Kassette mit Hüsch-Monologen lauschte.

»Mir macht das nichts, ich fahr dich gern«, hatte sich Paul, ihr Kollege, ihr Chef, nein, jetzt ihr Ex-Kollege und Ex-Chef, angeboten, als Emma von ihrem geplanten Trauer-Flug nach Teneriffa erzählte. Dann habe er wenigstens eine Aufgabe, einen Grund, früh aufzustehen, und sich nützlich zu fühlen. Außerdem liebe er den Niederrhein. Vielleicht schaue er sich auf dem Rückweg ja noch Kleve an oder Kevelaer. »Kevelaer, ja, da mache ich eine Wallfahrt hin und wünsche unseren Verlegern den Tod an den Hals – oder mindestens die Beulenpest. Ich stelle eine Woodoo-Puppe auf und steche ihr einen Schaschlikspieß durch den Hals.«

Als wenn Paul irgendwem irgendwohin stechen würde! Paul Bärkamp war streng genommen ihr Vorgesetzter in Haltern gewesen. Lokalchef der Halterner Post. Die Gutmütigkeit in Person. Seit Ewigkeiten mit Ort und Zeitung verschmolzen. Geschieden. »EINE feste Beziehung ist mir genug, mehr schaffe ich nicht«, pflegte er zu spötteln, »ich bin mit der Redaktion verheiratet, die macht's mir schwer genug.« Paul hatte Emma, wie man so nett sagt, an die Hand genommen und sie mit Haltern vertraut gemacht, als sie vor einem Jahr hier ihre erste feste Stelle als Redakteurin antrat. In einer Stadt, die sie bis dato nur als konturloses Anhängsel eines Stausees wahrgenommen hatte. Es hieß ja auch: Haltern am See. Was Paul ihr aufschloss, war ein Mikrokosmos aus Vereinen, Gemeinden, Parteien, Verbänden; aus Halbverrückten und Überengagierten, aus Tiefverwurzelten und Zugeflogenen, aus Mini-Potentaten und lokalen Müttern Teresa. Ein Mikrokosmos voller Geschichten und Geschichtchen, die darauf warteten, geschrieben zu werden. Von ihr, von Emma C. Schneider, dem weiblichen Tom Wolfe des südlichen Münsterlandes.

Tom Wolfe war ihr Lieblingsautor, seit sie ihn während ihres Studiums an der Fachhochschule Gelsenkirchen »entdeckt« hatte – in einem Seminar über »Subjektiven Journalismus«. Und Wolfes »New Journalism« setzte heimlich den Maßstab, an dem sie sich messen wollte, seit sie »Ich bin Charlotte Simmons« verschlungen hatte, und danach alle seine anderen Bücher. Aber natürlich verriet sie das niemandem; das hätte ja vermessen geklungen. Außerdem: wer kennt in Haltern schon Tom Wolfe? Außer Paul Bärkamp.

Jetzt würde der Halterner Mikrokosmos weithin unbeschrieben bleiben – auch wenn Paul und einige andere Ex-Kollegen und Freie einen Blog gegründet hatten, halternswelt.de, und Emma bedrängten mitzumachen. Die Zukunft liege ohnehin im Digitalen. Und hieß es nicht auf Verlegerkongressen, also dort, wo sich die Leute trafen, die mit Druckerzeugnissen Geld verdienten, seit Jahr und Tag: Print ist tot?

Tod. Bis vor kurzem hatte sich Emma nie mit dem Tod beschäftigt. Warum auch? Sie war jetzt 33. Sie hatte rüstige Eltern und war von gesunden Menschen umgeben, die das Leben genossen. Sie war viel gereist, hatte wenige, aber verlässliche Freunde, und zwar nervige, aber unterhaltsame Kollegen, einen Beruf, den sie liebte. Mehr, glaubte sie, wollte sie nicht. Ihren letzten »festen« Freund hatte sie vor anderthalb Jahren abgelegt, als Jörg plötzlich anfing, nachhaltig von einem Hausbau in Röhlinghausen zu schwärmen und über Kinder zu reden. Sie hatte sich gefühlt, als lege sich ein Ring um ihre Brust. Haltern, so verrückt das klang, dieser Backstein gewordene Biedersinn, war dann ihr Fluchtort geworden, ihr ganz persönliches Goa. So sah sie es.

Aus der Traum. Und deshalb flog sie jetzt nach Teneriffa. Nix Goa. Von Goa hatten ihre Eltern oft geschwärmt. Das war so ein Hippietraum gewesen. Ein Aussteigerparadies. Ihre Eltern waren nie dahin gekommen. Dafür hatte es Oma Ilse nach Teneriffa geschafft, ihrem Goa. Mit deutschem Fernsehen und deutschem Brot. Und jetzt bewegte sich Emma auf Oma Ilses Spuren, ohne Rückflugticket, einstweilen. Um, wie Paul das genannt hatte, eine Auszeit zu nehmen. Vielleicht war Oma Ilse ja ganz absichtlich gerade jetzt gestorben. Um ihr, ihrer geliebten Enkelin Emma, einen Fluchtweg zu öffnen. Mit weitem Blick auf den Atlantik und La Palma. Das wäre Oma Ilse zuzutrauen gewesen. Immer schien sie gewusst zu haben, was Emma gerade brauchte und wie sie sich fühlte.

Ein Aussteigerparadies wie Goa war Teneriffa ja eigentlich auch. Wenn auch weniger für kiffende Studenten als für deutsche Handwerker mit Palmenliebe und dem dringenden Bedürfnis, Plattmoos genussbringend anzulegen. So wie Ilse und ihr inzwischen verstorbener Heinrich es in den 1970ern getan hatten, als sie sich das Apartment 1111 im Edificio La Palma kauften, als Geldanlage und zugleich als Ruhesitz und Sehnsuchtsort, wohin sie abgleiten konnten, während sie in ihrem Wanner Fischgeschäft Heringe verkauften und nett zu allen Kunden waren: »Frau Arnussen, lange nicht gesehen, was macht die Schilddrüse? Und die Kinder, wie geht‘s denen?«

»Der Teide! Da ist er. In seiner majestätischen Schönheit!« Heinz Poloniak strahlte Emma an und drückte sich tief in seinen unbeweglichen Sitz, so dass Emma sich, ob sie wollte oder nicht, über seinen stattlichen, in ein rot-weiß kariertes Wanderhemd verpackten Bauch beugen und aus der Fensterluke lugen konnte. Was sie ihm zuliebe auch tat. Und ein bisschen auch aus Neugier.

Aus einem flauschigweißen Wolkenfeld ragte ein Steinkegel hervor, wie eine mit getrocknetem Schlamm belegte weibliche Brust aus einer Wanne voll Schaum. Sonst nichts. Nur Wolken und diese eine, völlig deplatzierte Brust. Irgendwo vor Afrika. Majestätisch? Ja, das hatte was. Emma erinnerte sich, dass ihr Opa Heinrich immer ganz ähnlich wie Herr Poloniak reagiert hatte, wenn das Flugzeug zum Landeanflug auf Teneriffa ansetzte, damals allerdings im Norden der Insel. Und Emma zwischen ihm und Oma Ilse saß, auf bequemeren Sitzen als diesem hier, in Flugzeugen, in denen noch richtige Mahlzeiten serviert wurden, von jungen Göttinnen in LTU-Kostümen. Mehrfach hatten ihre Großeltern sie mitgenommen nach Teneriffa. Aber Emma hatte damals weniger der Teide interessiert als die Frage: »Wann landen wir endlich?«

Vielleicht hatte sie sich heute deshalb so bereitwillig zwischen die Poloniaks gezwängt, in Reihe 34, ganz weit hinten im Flieger. Wegen der Erinnerung. Vorne war fast alles schon belegt gewesen. Zwar war hier und da ein vereinzelter Mittelsitz frei geblieben, aber Emma hoffte, weiter hinten womöglich doch noch einen Fensterplatz zu ergattern und ihre Ruhe zu haben. Nichts da. Also hielt sie schließlich bei dieser freundlich blickenden älteren Dame in Reihe 34 und fragte: »Entschuldigung, ist der Platz neben Ihnen noch frei?« »Natürlich, liebes Kind!« Und schon quetschte sich die Frau aus ihrem Sitz. Sie trug Wanderschuhe und eine dieser praktischen beigen Wanderhosen, deren Unterteil abnehmbar ist. Darüber ein rot-weiß-kariertes Hemd aus sicherlich atmungsaktivem Nanofaserstoff. In dem Moment, als Emma sich in den Mittelsitz drückte – in diesem Moment war ihr aufgefallen, dass der Mann auf dem Fenstersitz, sie schätzte ihn auf über 60, exakt die gleiche Kleidung trug wie die Frau, die ihr so freudig Platz gemacht hatte.

Dass Heinz und Johanna Poloniak ein Paar waren, das wusste Emma, kaum dass sie angeschnallt war. »Es ist doch schön, auf langen Flügen wie diesem Gesellschaft zu haben, finden Sie nicht? Ich hatte gleich gehofft, als ich Sie kommen sah: Bestimmt setzt sich die junge Frau zu uns! Man kann es ja leider auch übel treffen, gerade in diesen Billigfliegern. Das letzte Mal saß ein Betrunkener zwischen uns. Im Ernst, der hatte sich wohl schon in der Wartehalle volllaufen lassen, am frühen Morgen, oder er war von einer Party zum Flieger gekommen, wer weiß. Ich weiß es jedenfalls nicht, denn er sprach nicht ein einziges Wort. Können Sie sich das vorstellen: kein einziges Wort! Dafür ist er eingeschlafen und hat geschnarcht. Er stank. Sie schnarchen sicher nicht und stinken tun Sie auch nicht. Wir kommen übrigens aus Oberhausen, mein Mann Heinz und ich, und das ist jetzt mindestens unser zwanzigster Flug nach Teneriffa, wir zählen ja schon längst nicht mehr...«

So hatte sie begonnen, die wunderbare Dauerkonversation zwischen ihr und den Poloniaks. Die übrigens Emmas freundliches Angebot ausgeschlagen hatten, sich nebeneinander zu setzen. »Nein, nein, Heinz und ich setzen uns, wenn wir können, immer ans Fenster und an den Gang. Wir liegen ja schon im Bett nebeneinander.« Frau Poloniak kicherte. Oft bleibe der Mittelsitz frei. Aber noch schöner sei es, wenn jemand Platz nehme, der so nett sei wie Emma.

Nach einer Stunde etwa, Frankreich lag unter ihnen, hörte sich Emma zu ihrer eigenen Verblüffung von Haltern erzählen und dass sie Journalistin sei. Die Poloniaks fanden das spannend. Wobei Heinz meist nur freundlich lächelte und brummte, während seine Frau ihrer Freude, »eine echte Journalistin« kennenzulernen, »wie die Sabine Christiansen oder die Anne Will, die mag ich ja am liebsten!« lauthals Ausdruck verschaffte: »Sie müssen uns unbedingt erklären, weshalb in der Welt immer genau so viel passiert, wie in die Zeitung passt! Nein, im Ernst, wie muss man sich das vorstellen, wie Sie an Ihre Geschichten kommen?«

Emma hatte es gern erzählt – und dabei sogar ein bisschen, sie schämte sich dafür, geprahlt. Hatte erzählt, wie gut ihre große »Hüsch für Haltern«-Serie angekommen war: Sie hatte Menschen gesucht und beschrieben, die persönliche Erinnerungen mit dem kurz zuvor verstorbenen Bänkelsänger verbanden; so war ein liebevolles, facettenreiches Porträt auch der Stadt entstanden – hatten alle gesagt, und vor allem, das war das Wichtigste: Paul. Emma musste zugeben, auf die Idee zu der Serie hatte Paul Bärkamp sie gebracht. Hüsch: das wäre nicht ihr Ding gewesen. Zu elternhaft. Aber siehe da: in Haltern schien den Barden jeder zu kennen – oder zumindest zu verehren. Und schon war ihre Serie im Gespräch, und alle Türen öffneten sich.

Emma hatte den Poloniaks auch erzählt, dass der Münsterland-Verlag die Lokalausgabe Haltern am See eingestellt hatte, praktisch ohne Vorankündigung, vor sieben Wochen, und dass sie jetzt arbeitslos war. Poloniaks zeigten sehr viel Mitgefühl.

»Wo wohnen Sie denn auf Teneriffa?« Und so hatte Emma auch von ihrer Oma Ilse berichtet, davon, dass sie als Kind oft mit Oma und Opa auf »der Insel« gewesen war, aber jetzt schon seit rund zwanzig Jahren nicht mehr, und dass ihre Haupterinnerung war, wie laut die Brandung rauschte. Direkt unterhalb des Apartmenthauses klatschte der Atlantik nämlich unermüdlich vor das poröse Lavagestein, aus dem offenbar die ganze Insel bestand. Daran konnte sie sich gut erinnern. Wenn sie die Augen schloss, glaubte sie die Brandung zu hören.

»Wo steht denn das Haus? Sicher im Norden. Im Süden ist der Atlantik ja weniger rau.«

»In Puerto de la Cruz, direkt am Meer.«

»Ach, nee – und wie heißt es? Wir wohnen dieses Mal nämlich auch in einem Apartmenthaus – sonst waren wir ja immer in Hotels, aber diesmal haben wir über Bekannte ein Apartment gemietet. Es soll einen tollen Meerblick haben. Und Heinz bekommt dieses Hotelessen nicht mehr. Sein Magen ist so empfindlich geworden. Im Apartment können wir selber was kochen – oder essen gehen, wo's lecker ist. Und wo man einkaufen kann, das wissen wir ja.«

»La Palma. Das Apartmenthaus heißt La Palma. Wie die andere Insel.«

Johanna Poloniak zeigte eine für sie ganz ungewöhnliche Reaktion. Sie schwieg. Und starrte Emma mit großen Augen an. Ein paar Sekunden lang, dann: »Nee, das glaub ich jetzt nicht! Heinz, hast du das gehört? Fräulein Schneider wohnt in demselben Apartmenthaus wie wir! Ist das nicht unglaublich? Glauben Sie an Zufälle?« wandte sie sich Emma zu: »Ich nicht.«

2. Kapitel

Der Kapitän forderte zum Anschnallen auf. Das Flugzeug hatte die Insel in großem Bogen umflogen, war durch die Wolkendecke gestoßen und hielt jetzt auf Teneriffas Südflughafen zu. Heinz Poloniak beobachtete konzentriert das Wellengeschehen unter ihnen und hielt Emma und seine Frau über jede Entdeckung auf dem Laufenden. So gesprächig wie jetzt war er während des ganzen Fluges nicht gewesen.

»Da unten ist ein Segelschiff.«

»Noch eins.«

»Jetzt sieht man schon Häuser. Da ist ein neuer Golfplatz.«

Touché. Kaum griffen die Bremsen, brandete Applaus durch die Maschine. Auch Heinz und Johanna klatschten kräftig mit. Emma nicht. Sie fand das Geklatsche peinlich – und fragte sich im gleichen Augenblick: warum eigentlich?

»Das war sanft«, meinte Johanna: »Hätte ich den Jersey-Leuten gar nicht zugetraut. Ich dachte schon, die würden nur Hilfskräfte aus Osteuropa beschäftigen.« Dabei warf sie einen äußerst kritischen Blick nach vorne, wo die Flugbegleiterinnen saßen – die man von Reihe 34 aus gar nicht sehen konnte. Und die sich vor allem dadurch ausgezeichnet hatten, unterwegs mehrfach die tollen Sandwiches anzupreisen, die man an Bord erstehen konnte, neben Armbanduhren, Parfums und Lotterielosen. Auf die Sandwiches waren die Poloniaks zum Glück nicht angewiesen. Sie hatten belegte Brote und De Beukelaer-Kekse mitgebracht – und sie großzügig mit Emma geteilt.

»Wie kommen Sie denn zum La Palma?« wollte Heinz von Emma wissen, als sie zu dritt am Gepäckband standen und auf ihre Koffer warteten.

»Mit dem Auto. Ein Nachbar, ein Freund meiner Großmutter, hat angeboten, mich abzuholen. Und Sie?«

»Och, wir nehmen den Bus. Titsa. So heißt die Verkehrsgesellschaft hier. Die ist bestens organisiert. Die Direkt-Busse sind superschnell, halten zwischendurch nur am Nordflughafen. Wir haben sogar vom letzten Mal noch Bonos.«

Emma hatte keine Ahnung, was damit gemeint war. Ihr lag schon eine Bemerkung über Bonobos auf der Zunge und deren zügelloses Sexualleben, aber damit hätte sie die netten Poloniaks vielleicht erschreckt.

Heinz deutete Emmas fragendes Stirnzrunzeln als Neugier. »So heißen die Mehrfachtickets hier. Sind viel günstiger als Einzelfahrkarten. Die sollten Sie sich auch zulegen – wenn Ihr freundlicher Nachbar mal keine Lust mehr haben sollte, den Chauffeur zu spielen. Mit den Inselbussen kommen Sie überall hin.«

Die Poloniaks hatten sich längst überschwänglich und bedauernd verabschiedet, als endlich auch Emmas Rucksackkoffer auftauchte – als eines der allerletzten Gepäckstücke. Typisch, dachte sie: sogar die Laufbänder haben sich gegen mich verschworen.

Es hätte sie nicht gewundert, wäre sie jetzt zu allem Überfluss noch aufgefordert worden, ihr Gepäck zu öffnen, für eine Zollinspektion. Aber: nichts dergleichen geschah. Emma fand es so unwirklich wie wundervoll, dass sie keinerlei Kontrollen passieren musste. Kein Zöllner blickte streng. Das war bei ihrem letzten Besuch auf Teneriffa noch ganz anders gewesen, erinnerte sie sich. Auch diesen hellen, modernen Flughafen hatte es damals noch nicht gegeben. Mit Teneriffa verband sie bis jetzt den Anblick von Uniformträgern und strengen Bauten, die nach Diktatur muffelten. Damals lag wohl der Tod Francos noch nicht sehr lange zurück. Außerdem musste man D-Mark gegen Peseten tauschen. Den Wechselkurs hatte sie als kompliziert in Erinnerung. Jedenfalls war er viel verwirrender als das 1:7, wenn man nach Österreich fuhr. Selbst mit italienischen Lire war's leichter gewesen. Jetzt gab es weder Lire noch Peseten noch die D-Mark mehr. Teneriffa war Europa. Sie war hier Inländerin. Der Gedanke ließ sie lächeln.

Fast hätte sie den agilen Mann übersehen, der von links auf sie zuschoss und jetzt »Frau Schneider? Emma?« rief.

Hans-Peter Seidenschuh war Oma Ilses Nachbar gewesen. Und ein guter Freund. Und ihr Stellvertreter im Vorstand der Asociación. Kein Telefonat endete, ohne dass Oma Ilse von Herrn Seidenschuh erzählt hätte. In ihren Berichten aus Teneriffa hieß es immer »wir«, und mit

»wir« waren sie und Herr Seidenschuh gemeint. Der in diesen Berichten nur anfangs als »Herr Seidenschuh« vorkam oder auch als »mein Nachbar«. Später war immer nur von Pedro die Rede. Offensichtlich hatte sich Herr Seidenschuh entschieden, dass Hans-Peter zu teutonisch klang. Er war Lehrer in Duisburg gewesen, das wusste Emma noch, und dass er aus irgendeinem Grund frühpensioniert war und seit langem ganzjährig auf der Insel lebte. Wegen Kinderallergie, hatte Oma Ilse mal gesagt. Ein Ausgewanderter. Pedro eben. Señor Seidenschuh hatte den Hans-Peter abgelegt.

Gesehen hatte Emma den legendären Pedro noch nie. Sie hatte sich gegen die Vermutung gestemmt, Oma Ilse könne mehr mit Pedro verbinden als kollegiale Nachbarschaft. Die Idee, dass ihre Oma mit einem anderen Mann als Opa Heinrich – und selbst mit dem – also das war Emma zu wenig omahaft – obwohl sie natürlich wusste, wie unsinnig das war. Dass auch Senioren noch Sex haben, wurde einem ja neuerdings in jedem zweiten deutschen Fernsehfilm nahegebracht. Trotzdem wollte Emma den Gedanken nicht an sich herantreten lassen, jedenfalls nicht, wenn ihre Oma Ilse darin eine Rolle spielen sollte.

Ilse Schneider war Jahrgang 1925 und gut über 80, als sie starb.

Der Mann, der jetzt auf Emma strahlend zueilte, sah halb so alt aus. Wie satte vierzig vielleicht, oder wie ein gut konservierter 50er. Einen Frührentner hatte sich Emma anders vorgestellt, aus welchem Grund auch immer. Er war braungebrannt, ohne prollig zu wirken, hatte volles, dunkles, nur dezent an den Schläfen angegrautes Haar. Seine nackten Füße steckten in Wildleder-Slippern. Er trug gutsitzende Jeans und ein sattgelbes Polo-Shirt: die globale Kluft der Junggebliebenen. Hätte da nicht ein Goldkettchen um seinen Hals gebaumelt, Emma hätte Pedro auf Anhieb durchaus sympathisch gefunden. Aber Goldkettchen-Männlein waren ihr zuwider. Warum, das hätte sie nicht zu erklären vermocht. Es war einfach so.

»Pedro«, stellte er sich vor. »Also eigentlich Hans-Peter. Aber ich nehme an, Ilse hat Ihnen mehr von Pedro erzählt als von Hans-Peter.«

»Das ist wahr. Aber ich habe Sie mir ganz anders vorgestellt.«

»Hoffentlich nicht sympathischer. Ich habe Sie jedenfalls gleich erkannt. Sie sehen genauso aus und bewegen sich genauso, wie Ilse Sie geschildert hat.«

»So? Wie trete ich denn auf? Und wie bewege ich mich?«

»Selbstbewusst. Wie eine junge Frau, die genau weiß, was sie will – aber ohne diese Hoppla-hier-komm-ich-Manier, mit dem Geschäftsfrauen heute die Bühne zu betreten pflegen, ohne nach rechts und links zu blicken, diese Frauen in den bauhausmäßigen Business-Kostümen. Sie, Emma, wirken natürlich und so, als würden Sie sich für Ihre Umgebung interessieren. Kein bisschen Düsseldorf. Ich darf doch Emma zu Ihnen sagen? Ich habe das Gefühl, wir kennen uns schon lange.«

»Klar. Emma. Pedro! Oder ist Ihnen Hans-Peter lieber?«

»Nein, nein, Pedro passt schon. Hans-Peter wäre zu intim.«

Pedro schmunzelte, Emma auch. Vielleicht hatte er das Goldkettchen ja geerbt und trug es nur aus Pietät? Jedenfalls konnte Emma verstehen, warum ihre Oma von Pedro angetan gewesen war. Er schien Witz zu haben.

Wie selbstverständlich hatte Pedro ihren Koffer übernommen. Wie selbstverständlich hatte sie es zugelassen. Gemeinsam hatten sie die Ankunftshalle durch eine Glastür verlassen. Emma atmete tief durch. Der Himmel war jetzt wolkenlos blau. Am Straßenrand stand eine Reihe Palmen, deren Kronen sich sacht im Wind wiegten.

»Was für eine Luft!« entfuhr es Emma: »Und das nach diesem Nieselregen der letzten Tage und dem niederrheinischen Nebel.«

»Tja, und das ist hier fast immer so. Grund Nummer Zwei dafür, dass ich irgendwann keine Lust mehr auf den deutschen Trübsinn hatte.«

»Und was war Grund Nummer Eins?«

»Der Trübsinn selbst. Die ewige Hast, das ständige Jagen nach Mehr, der Neid, der wie Nebel auf den deutschen Seelen liegt. Die Sucht, alles immer korrekt machen zu wollen. Die Paragrafenreiterei.«

»Und das gibt es hier nicht?«

»Nein. Klar, hier sind die Menschen nicht besser oder schlechter als irgendwo sonst, aber sie genießen das Hier und Jetzt. Sie verschwenden weniger Gedanken an morgen. Vielleicht, weil es hier kaum Jahreszeiten gibt. Im Grunde ist ein Tag wie der andere. Womit wir wieder bei Grund Nummer Zwei angekommen wären. Und bei meinem Auto.«

Pedro streckte den rechten Arm aus und drückte auf eine Taste an seinem Autoschlüssel, wie ein Magier, der seinen Zauberstab schwingt. Ein weißer Subaru-SUV reagierte mit dezentem Plopp. Sie hatten keine fünfzig Meter laufen müssen.

»Ein schöner Flughafen. Den gab es, glaube ich, noch nicht, als ich das letzte Mal hier war.«

»Das muss dann im letzten Jahrhundert gewesen sein. Ursprünglich gab es in der Tat nur den alten Nordflughafen, und der sah aus, als hätte ihn Generalissimo Franco persönlich gebaut. Die Gebäude stehen übrigens immer noch, aber daneben ist auch im Norden schon seit ein paar Jahren ein ganz modernes Terminal im Einsatz. Spanien hat einen gewaltigen Sprung in die Moderne hinter sich, und die Tinerfeños waren so klug, vor allem ihre Infrastruktur enorm aufzurüsten. Die Autobahn hat es bei Ihrem letzten Besuch vermutlich auch noch nicht gegeben. Bald soll sie um die ganze Insel führen. Wenn wieder Geld aus Madrid und Brüssel fließt. Zur Zeit ist ja Flaute.«

Pedro wuchtete Emmas Patagonia-Koffer auf die Ladefläche des Subaru und bat Emma einzusteigen. Er steckte den Schlüssel ins Zündschloss, zögerte aber, den Wagen anzulassen, sah Emma an: »Emma und Sie: das klingt mir zu hanseatisch. Wie wäre es, wenn wir uns duzen? Das machen auf der Insel ohnehin fast alle so.«

»Klar, warum nicht.« Emma ergriff Pedros ausgestreckte Hand und drückte sie. Die beiden lächelten sich an.

Die Zubringerstraße zur Autobahn hinauf war zu Emmas Überraschung auf beiden Seiten abwechselungsreich mit Palmen, blühenden Büschen und Kakteen bepflanzt. Pedro nahm die Auffahrt Richtung Santa Cruz. Zehn Minuten später atmete Emma gut hörbar aus:

»Ja, so hab ich die Insel in Erinnerung. Ich dachte schon, ich hätte was in meinem Kopf durcheinander gebracht. All die gepflegten Rabatten vorhin, am Flughafen! Das Grün! Der Süden der Insel, das war in meiner Erinnerung nur Stein und Staub. Oma Ilse hat immer gesagt; der Süden sei Gottes Mülldeponie. Da habe er den Abraum abgelegt, der übrigblieb, als er das Orotavatal im Norden schuf.«

Links und rechts der Autobahn wechselten sich schmutzig-beige Geröllfelder mit wasserlosen Canyons ab, hier und da dekoriert mit schmucklosen, dafür schrillbunten Siedlungen.

»Da, ein Windpark!« Wie aus dem Nichts tauchten Windräder auf, locker zu Gruppen geschart wie Pilze im Wald.

»Hier sehen Windräder ja richtig gut aus«, fand Emma. »Sie dekorieren die Landschaft. Von wegen Verspargelung. Wo sonst nichts wächst, kann man auch nichts ver-irgendwassen! Außerdem scheint es sich zu lohnen.«

Fast alle Räder waren in kräftiger Bewegung.

»Die Insel will energie-autark werden. Neuerdings. Ist ja auch eigentlich

naheliegend. Öl und Kohle gibt es hier nicht. Öl wird teuer importiert. Aber die Sonne scheint ganzjährig, und der Wind bläst auch nachts. Aber die meiste Kraft steckt im Meer. Wenn es gelänge, die richtig zu ernten, könnte Teneriffa Energie sogar exportieren. Erst recht, wenn der Vulkan mal wieder ausbräche. Der Teide.«

»Ist das denn möglich?«

»Sicher. Jederzeit. Das letzte Mal liegt nur einen Augenaufschlag zurück, geologisch gesehen. Aber heute sind wir sicher, glaube ich. Der Teide sieht ganz friedlich aus.«

Die nächste halbe Stunde sprachen beide wenig. Emma sah nach rechts aus dem Fenster und behielt das Meer fest im Blick. Sie registrierte jedes Ausfahrt-Schild. Das war immer ihre Gewohnheit gewesen: alles um sie herum genau zu beobachten. Daran erkenne man die geborene Journalistin, hatte Paul Bärkamp zu ihr gesagt, anerkennend. Sie war mächtig stolz darauf gewesen. Bei dem Gedanken an Paul und die Redaktion und ihre steile, aber kurze Karriere war ihr, als steige Säure aus dem Magen in die Speiseröhre. Sie musste schlucken.

Der Verkehr nahm zu. Pedro verließ die Überholspur und ordnete sich ganz rechts ein. Er musste bremsen.

»Hier geht es ab auf die Nordautobahn. Kommt immer ein bisschen plötzlich. Wer die Strecke nicht kennt, verpasst die Ausfahrt gern.«

Es ging stramm bergauf. Als sie ein rußender Laster blockierte, schaltete Pedro in den zweiten Gang zurück.

»Diese Abkürzung an Santa Cruz vorbei gibt es auch erst seit ein paar Jahren. Wir steigen jetzt ganz schnell auf 600 Meter hoch. Da rechts übrigens ist das Fußballstadion von Santa Cruz.«

Emma begeisterte sich nicht mehr für Fußball, als es im Ruhrgebiet unvermeidbar ist, besonders, wenn man wie sie ihr Leben praktisch im Zwischenraum zwischen Schalke und dem BVB verbracht hat – wenn es da einen Zwischenraum gab –, aber dieses Stadion gefiel ihr. Es war erst gar nicht zu sehen. Es dominierte nicht protzig die Landschaft wie die aufgeblasene Arena bei München oder die auf Schalke. Es duckte sich, elegant geschwungen, in eine Mulde und schien nicht aus Glas, Beton und Plastik zu bestehen, sondern hier gewachsen zu sein.

»Interessante Architektur.«

»Davon gibt es hier neuerdings eine Menge. Klötze wie unser La Palma hätten heute keine Chance auf Baugenehmigung mehr. Überhaupt, das siehst du ja, ist fast jeder freie Raum schon zugebaut.«

In der Tat fuhren sie seit dem Autobahnwechsel permanent durch bebauten Raum. Eine Stadtlandschaft, wildes urbanes Durcheinander.

»Santa Cruz und La Laguna, die Universitätsstadt auf der Höhe, sind praktisch zusammengewachsen. Der letzte Schrei ist eine Straßenbahn, die beide Zentren verbindet. Übrigens, wenn du Lust dazu hast, machen wir einen Stopp am Rand des Orotavatals. Da siehst du auf einen Blick, was sich auf Teneriffa in deiner Abwesenheit getan hat.«

»Gerne. Wenn du Zeit dafür hast. Ich werde von niemandem erwartet.«

»Ich auch nicht, zum Glück.«

Sie hatten den Nordflughafen passiert und den Atlantik jetzt vor sich, auf der Nordseite der Insel. Der Charakter der Landschaft änderte sich zum zweiten Mal radikal. Von Beige und Grau zu Grün. Nach Wüstenei und Großstadt schienen sie jetzt durch einen endlosen Garten zu fahren. Der allerdings auch überall durchsiedelt war. Zersiedelt, wie Emma fand. Allerdings nicht mit Hochhäusern. Hochhäuser waren erst wieder zu sehen, als in der Ferne vor ihnen Puerto de la Cruz auftauchte. Pedro setzte den Blinker und verließ die Autobahn.

»Wir fahren zum Mirador de Humboldt.«

»Der Humboldtblick! Daran kann ich mich erinnern. Da gab's ein deutsches Café, wo meine Großeltern gerne hingefahren sind. Mit tollem Blick übers Tal. Und der Apfelkuchen war gut.«

»Das Café gibt's glaube ich sogar noch. Vielleicht sogar den Apfelkuchen. Aber der Mirador Humboldt ist neu. Die Architektur wird dir gefallen. Ist ähnlich wie die des Stadions.«

Sie parkten an einer Landstraße dicht vor einem flachen, unscheinbaren, bunkerähnlichen, grauen Bau. Durch ein enges Tor betraten sie eine immer breiter werdende Terrasse. Jenseits eines Mäuerchens erstreckte sich wie eine halbe Schüssel ein weites Tal. Die andere Hälfte der Schüssel schien der Atlantik verschluckt zu haben. Auf dem Mäuerchen saß in lässiger Haltung ein junger Mann, ein Bein ausgestreckt, das andere angewinkelt, und lächelte versonnen. Er saß da offensichtlich immer. Er war aus Bronze.

»Darf ich vorstellen«, Pedro imitierte eine höfische Verbeugung: »Herr von Humboldt – Emma Schneider von der Ruhr.«

Emma legte einen artigen Knicks hin und reichte Herrn von Humboldt ihre Hand zum Kuss. Doch, so wie der junge Kupferkerl aussah, hätte sie sich von ihm durchaus küssen lassen mögen. Vielleicht sogar nicht nur die Hand.

»Ich wusste gar nicht, dass Humboldt so gut ausgesehen hat. Aber klar, er war jung. Wir stellen uns die Klassiker ja immer als alte, weise Männer vor.«

»Also eher so wie mich?«

Emma musterte Pedro mit strenger Miene prüfend.

»Nein, so auch wieder nicht. Dir fehlt es noch an Reife.«

Sie fanden einen freien Tisch ganz dicht an der Balustrade. Unter ihnen schlängelte sich die Autobahn zwischen Bananenplantagen und Siedlungsfetzen dem Talende entgegen. Beim Anblick der Autos musste Emma an Blutkörperchen denken, die rasch und ohne Unterlass in beide Richtungen eilten, die Zivilisation in ihrem Kampf mit der Natur versorgend. In welchem Film hatte sie das noch mal gesehen? Egal. Die Zivilisation schien hier im Tal die Oberhand zu behalten, einstweilen. Aber was wäre, wenn die Blutkörperchen nicht mehr rollten, dachte Emma? Dann wäre bald wieder alles nur grün. Der Roman »Hundert Jahre Einsamkeit« fiel ihr jetzt ein, wo es in einer Stadt nicht mehr aufhören will zu regnen und der Urwald schließlich alles überwuchert, was Menschen ihm abgetrotzt hatten.

Pedro hatte sie beobachtet und offenbar ihre Gedanken gelesen.

»Als Alexander von Humboldt hier war und behauptete, dies sei eine der schönsten Ansichten, die es auf der Erde gebe, muss das Tal wirklich wie ein Garten Eden ausgesehen haben. Die einzigen Häuser darin, das war die Altstadt von La Orotava da unten, die jetzt kaum erkennbar ist, weil so viele Neubauten drumherum stehen.«

Der Kellner servierte zwei Cortados, und Pedro zeigte auf eine Ansammlung weißlicher Bauten, die wie ein heller Kuhfladen im Grün des Tales lag.

»Sonst gab es da unten früher nur einzelne Herrenhäuser in den Plantagen und den Hafen, Puerto eben.« Pedro deutete nach rechts, wo sich in der Tiefe unter ihnen Hotelhochhäuser um eine kleine Bucht herum knubbelten. Jedenfalls sah die Bucht von hier oben winzig aus, wie in einer Märklin-Landschaft. Nur ohne Eisenbahn.

»Puerto war damals, also vor zweihundert Jahren, ein kleiner Hafen mit Kirche und ein paar Häusern, mehr nicht. Und dann muss man sich vor Augen halten, dass Humboldt dieses üppig bewachsene Tal vor dem Hintergrund des kahlen Teide gesehen hat und der Vulkanfelder, durch die er gewandert ist. Humboldt blieb ja nur ein paar Tage hier, ein Zwischenstopp auf dem Weg nach Südamerika, er hat sich aber nichts entgehen lassen. Und seine Sprüche sind natürlich Gold wert, für die Tourismusindustrie.«

»Im Grunde war er der erste Tourist.«

»Jedenfalls der erste deutsche. Die Engländer waren natürlich auch damals schon hier. Sie beherrschten ja die Meere. Richtig losgegangen ist es aber erst hundert Jahre später. Und vollends ab ging die Post, als die Flugzeuge kamen.«

»Oma hat mal erzählt, auch im La Palma gebe es Engländer.«

»Ja, aber das sind Exoten. Angepasste Exoten, die merkwürdigerweise gerne Rotkohl essen. Das La Palma ist fest in deutscher Hand. Allerdings kommen jetzt die Chinesen und Russen.«

»Im Ernst? Was wollen die denn hier?«

»Keine Ahnung. Rotkohl essen? Nein, Geld anlegen, nehme ich an. Übrigens glaube ich nicht, dass sich deine Oma selbst das Leben genommen hat.«

»Wie bitte?« Emma glaubte, sich verhört zu haben. »Was willst du damit sagen?«

»Ja, ich weiß, das klingt, als würde ich zu oft Tatort gucken. Aber Ilse war erstens nicht krank, zweitens kein bisschen depressiv, im Gegenteil, und drittens hatte sie Angst.«

»Angst? Vor wem denn?«

»Ja, wenn ich das so genau wüsste. Vielleicht müsste es auch nicht heißen: vor wem? Sondern: vor was?«

»Das verstehe ich erst recht nicht.«

»Ich kann es dir auch nicht richtig erklären. Jedenfalls hatte Ilse in den letzten Monaten eine Unruhe an sich, die eigentlich nicht zu ihr gepasst hat. Sie wollte nicht drüber reden, aber ich hatte den Eindruck, sie fühlte sich verfolgt.«

»Wieso um Himmels willen sollte irgend jemand meine Oma Ilse ›verfolgen‹, eine Greisin aus Wanne-Eickel, die außer Fischen und vielleicht meinem verstorbenen Opa Heinrich keiner Seele je etwas angetan hat?«

Pedro zuckte mit den Schultern und blickte in die Ferne.

»Wenn du da hinunter schaust, sieht dieses Tal paradiesisch aus, und das La Palma – dahinten kann man übrigens eine Ecke davon erkennen – wie eine Perle im Paradiesgarten. Aber auch im Paradies, du wirst dich erinnern, hat es Schlangen gegeben.«

»Auf Teneriffa gibt es keine Schlangen. Das habe ich im Reiseführer gelesen.«

»Keine tierischen. Aber warte erst mal ab, bis du deine Mitbewohner im La Palma kennenlernst!«

3. Kapitel

Emma blieb wie angenagelt auf der Türschwelle stehen. Es roch nach Oma! Ganz klar. Nach Großeltern und Muff und Feuchtigkeit. Sie schloss die Augen und war wieder Kind.

Sie hörte Oma Ilses sonore Stimme und Opa Heinrichs Brummen, sein: »Ilse, nun lass das Kind doch in Ruhe!« Oma hatte immer Ideen, was Emma tun könnte oder sollte oder eigentlich wollen sollte. Solche Ideen hatte Ilse Schneider übrigens im Umgang mit allen Menschen, die ihr näher kamen. Sie nahm einfach an, jeder müsste, so wie sie, immer in Bewegung sein. Deshalb hatte sich auch niemand in der Familie vorstellen können, wie Oma Ilse auf Teneriffa zurechtkommen würde. Schon ihren Fischladen aufgeben zu müssen – er wurde durch einen griechischen Imbiss ersetzt, inzwischen war ein Pizza-Service drin –, war ihr unendlich schwergefallen. Opa Heinrich war der Pragmatische gewesen. Er hatte seiner Frau und später der ganzen Familie minutiös vorgerechnet, dass der Laden sich seit langem schon nur noch trug, weil sie beide unermüdlich schufteten und weil ihnen das Haus gehörte, in dem der Laden war. Hätten sie Miete zahlen müssen, selbst eine der in der Wanner Innenstadt – diesem Resteteller einer Einkaufszone – üblichen Mini-Mieten, wären sie schon längst pleite gewesen. Jetzt kam stattdessen Pacht ein – »und wir können endlich unser Apartment auf Teneriffa richtig nutzen«. So hatte Opa Heinrich gesprochen, als der Fischladen endgültig aufgegeben war.

Kurze Zeit später hatten Heinrich und Ilse die Hausverwaltung des La Palma voll im Griff. Heinrich wurde Präsident der Eigentümerversammlung, Ilse organisierte das Büro – wie sie früher den Fischladen im Griff gehabt hatte. Immerhin enthielt das La Palma über hundert Apartments und hatte fast ebensoviele Eigentümer. Die wenigsten wohnten dauerhaft hier. Es gab immer was zu tun. Und wenn es nichts zu tun gab, dann zu planen und zu schlichten. Heinrich und Ilse flogen zunehmend seltener nach Deutschland. An Feiertagen telefonierte man, das war‘s.

Bis Heinrich starb, vor fünf Jahren. An Herzinfarkt. Ilse bestand darauf, ihn »zuhause« zu beerdigen. Sie hatte rechtzeitig eine Grabstätte reserviert, auf dem Friedhof an der Wiescherstraße. Für beide. Und den Grabstein ausgesucht. Dunkler Marmor. Für beide. Und darunter lag sie jetzt auch, seit einer Woche, neben ihrem Heinrich. Heimgekehrt im Sarg.

Emma hatte es erstaunt, wie routiniert der Leichentransport abzuwickeln war. Das Herner Bestattungsunternehmen nahm alles in die Hand. Emmas Eltern konnten sich darauf beschränken, Unterschriften zu leisten. Und zu zahlen. Aber Ilse Schneider hatte auch dafür vorgesorgt. Sie hatte ihren Erben ein gut gefülltes Konto hinterlassen. Sie hatte alles testamentarisch geregelt. Wahrscheinlich hatte sie ihrem Sohn und der Schwiegertochter nicht zugetraut, eine Beerdigung zu organisieren, so, wie eine Beerdigung zu sein hatte, nach Oma Ilses fester Überzeugung. Bis hin zum Streuselkuchen und den Mettbrötchen hatte sie alles minutiös geplant und vorbestimmt.

In ihrem Testament stand auch, dass Emma das Apartment auf Teneriffa erben sollte. Emma allein. Ohne Erklärung. Emma vermutete, das sollte Oma Ilses subtile Rache an Sohn und Schwiegertochter sein, Emmas Eltern. Die hatten sich nie für Teneriffa interessiert, waren nur ein, zwei Mal dort gewesen, auf Heinrichs und Ilses heftiges Drängen hin, und sie hatten keinen Zweifel daran gelassen, dass sie den Entschluss der Großeltern, quasi auszuwandern, zutiefst missbilligten. »Was wollt ihr denn da? Ihr kennt da niemanden. All eure Freunde und Verwandte leben hier im Ruhrgebiet. Ihr sprecht kein Spanisch. Ihr habt dort nichts zu tun. Das werdet Ihr nicht lange aushalten. Und immer ist das Wetter gleich.«

»Immer gleich perfekt«, hatte Oma Ilse erwidert. Auf den Herner Winter könne sie getrost verzichten, auf den Frühling, den sogenannten Sommer und den Herbst gleich mit. Freunde finde man, wenn man sie suche, überall. Mit Deutsch komme man ganz gut durch auf der Insel. Da gebe es längst auch deutsche Bäcker. Und wem wirklich viel liege am Kontakt zu ihnen, der könne sie ja besuchen kommen... Im La Palma ständen immer Apartments leer, die von ihren Eigentümern gerade nicht genutzt würden. Und übrigens sei das Leben auf der Insel nicht nur besser, sondern auch noch viel billiger als im nebligen Germanenland. Also würden sie dort viel weniger ausgeben können. Das sollte ihre Erben doch freuen!

Emma öffnete ihre Augen und sah sich im Apartment um. Es war eines der größeren im Haus, mit geräumigem Wohnraum, Essplatz vor dem Balkon, kleiner Küche, Schlafzimmer, Gästezimmer, Bad und WC. Schon von hier aus, von der Eingangstür aus, konnte sie das Meer sehen, jenseits des Balkons. Vor den Fenstern hingen dicke weinrote Vorhänge mit goldenen Troddeln. Aber der Blick durch die gläserne Balkontür war frei.

Emma schloss die Tür hinter sich, durchquerte den Raum und schob die aluminiumleichte Balkontür auf. Sofort stieg ihr das Brausen der Brandung zu Kopf. Wie das Atmen eines riesigen Ungeheuers, dachte sie, und ihr fielen Gespenstergeschichten wieder ein, die Opa Heinrich ihr vorgelesen hatte, wenn sie bei ihm und Ilse in den Ferien war. Auf der Klappcouch im Gästezimmer hatte sie geschlafen – und, bei offenem Fenster, immer das Meer gehört; mal lauter, mal leiser, mal krachend. Wie ein Ungeheuer eben, dachte sie immer, ein Ungeheuer, das mal gute und mal schlechtere Laune hat und mal richtig aufgebracht ist. Das gründlich Luft holt und sie dann ausstößt, mal lauter, mal leiser. Das aber niemals ganz zur Ruhe kommt.

Nicht wie das Mittelmeer. Das war ein Entenpfuhl dagegen, ein blauer Pfuhl, aber ein Pfuhl, dachte Emma. Sie sog voll Genuss tief die frische, zart gesalzene Seeluft ein. Das tat gut. Im Gegenlicht konnte sie sehen, dass über der Brandung ein Nebelschleier hing. Salz legte sich hier auf jede Oberfläche. Die Balkonbrüstung war rau von Korrosion. Emma hatte Oma Ilses Klage im Ohr: »Wenn man hier nicht dauernd streicht und putzt und erneuert, rostet alles weg.« Deshalb auch das Aluminium. Das rostete nicht, setzte mit der Zeit aber einen weißlichen, angerauten Belag an. Über Wohnungseigentümer, die »sich um nichts kümmern und alles vergammeln lassen«, konnte Oma endlos klagen. Ihr neues Leben, ihr Inselleben, hatte sie dem Kampf gegen die Schlamperei gewidmet. Im Namen der Asociación de Propietarios gab sie, Briefe schreibend, Anrufe tätigend, Faxe versendend, Aushänge am Schwarzen Brett im Treppenhaus aushängend, keine Ruhe, bis säumige Nebenkostenzahler zähneknirschend ihren Anteil zum Neuanstrich, zu Reparaturen und Renovierungen beigetragen – oder hausordnungswidrig an Balkonen befestigte Wäscheleinen beseitigt – hatten. »Wie sieht das aus? Sind wir hier etwa in Neapel?« pflegte Oma Ilse zu wettern, einhelliger Zustimmung sicher.

Genauso rigoros ging sie gegen Eigentümer vor, die glaubten, ihr Apartment dauerhaft untervermieten zu können, womöglich an kinderreiche Einheimische. Das war laut Satzung verboten, wie jede kommerzielle Weitervermietung. Oma Ilse wusste die entsprechenden Paragrafen auswendig. Und zitierte sie mit zunehmender Häufigkeit. Denn irgendeine Sauerei lag immer vor, aus Ilses Sicht. Das hatte Emma – und ihren Eltern sowieso –, aber auch vielen alten Freunden und Bekannten, das Telefonieren mit Ilse Schneider zuletzt mehr und mehr verleidet.

Emma seufzte und drehte sich um. Das also war jetzt alles ihres. Sie war jetzt, ohne ihren Willen, Immobilienbesitzerin, zum ersten Mal in ihrem Leben. Freute sie sich? Sie wusste es nicht. Doch, Eigentum war ihr durchaus wichtig. Es war ihr zum Beispiel wichtig, gute Koffer und Taschen zu besitzen, nicht irgendwelche Billigbehältnisse von Kodi. Jedes der wenigen Möbelstücke in ihrer kleinen Bochumer Wohnung hatte sie sorgfältig ausgewählt. Haben oder Sein? So ein Quatsch. Ohne Haben kein lohnendes Sein, so sah sie es. Aber man musste den Überblick behalten beim Sein. Zuviel Besitz machte blind für Details.

Nichts von den Möbeln, die jetzt hier vor ihr standen, hätte sie gekauft, würden ihr ganz persönliches Sein aufhellen können, das sah sie sofort. Weder die Schrankwand im Nussbaumlook, noch die hellgrauen, ziemlich neuen Polstermöbel, noch der Glastisch auf verschlungenem Schmiedeeisengestrüpp. Noch die Bilder an den Wänden. Nichts davon passte zu ihr. Nichts davon wollte sie um sich haben. Schon gar nicht die dunkelroten Vorhänge mit den goldenen Troddeln. Sie kam sich vor, als würde sie sich in einem Oma-Ilse-Museum bewegen. Emma riss, einer plötzlichen Eingebung folgend, alle Vorhänge auf. Mit einem Mal war die Wohnung dem Dämmerlicht entrissen; lichtdurchströmt, sonnendurchflutet. Dennoch: Das hier war nicht ihr Zuhause – und würde es nie werden, auch kein

Zweit-Zuhause. Emma beschloss, so schnell wie möglich den tinerfenischen Immobilienmarkt zu checken. Sie fühlte sich schlagartig besser. Ein Entschluss war gefasst.

Mit einem Mal konnte sie die Wohnung mit ganz anderen Augen betrachten. Befreit. Nichts von dem, was hier stand, konnte ihr jetzt noch zu nahe kommen.

Doch, ein Möbelstück schon: die Bettcouch im Gästezimmer. Sie suchte nach dem Klappmechanismus – und schwupp, stand ein Bett vor ihr. Das Bett, in dem sie imaginäre Gespräche mit dem blauen Teddy-Walross geführt hatte, das ihre Großeltern ihr bei ihrem allerersten Besuch auf der Insel gekauft hatten – und das sie seither immer »erwartet« hatte, wenn sie wiederkam. Wo war er? Wo war Albert, das Walross geblieben? Auf der Couch lag er nicht. Klar, warum auch? Wann genau war sie das letzte Mal hier gewesen? Vor zwanzig Jahren? Fünfzehn war sie damals gewesen, und Teneriffa war ihr nach zwei Tagen auf die Nerven gegangen. Omas Ideen, wie sie ihren Tag verbringen könnte, noch mehr. Nur das Walross – warum sie es auf Albert getauft hatte, fiel ihr nicht mehr ein – Albert hatte sie verstanden. Ein wenig, glaubte sie, Opa Heinrich auch. Auch bei ihm musste man sich mit sprechenden Blicken begnügen; nicht nur, solange Oma in Hörweite war. Es war komisch: Oma Ilses Geist schwebte über allem, was in Opa Heinrichs Nähe war, ob sie anwesend war oder auch nicht.

Dabei konnte man nicht sagen, dass er, wie man das so nennt, unter Ilses Pantoffel stand. Er war ein gestandener, angesehener Geschäftsmann gewesen und wusste auch so aufzutreten. Wenn er Entscheidungen traf, dann galten sie. Das hatte auch Oma Ilse immer akzeptiert. »Das muss Heinrich entscheiden«, war einer ihrer Standardsprüche. Den sie vor allem dann einsetzte, wenn sie sich im Gespräch nicht sofort durchzusetzen wusste – oder selber unentschieden war.

Emma öffnete alle Schränke, ging die ganze Wohnung durch. Erstaunlich, wie viel man auf so engem Raum unterbringen konnte! Stellplatz, der genutzt werden konnte, den hatten ihre Großeltern genutzt. Wände, die behängt werden konnten, hatten sie behängt. Drei gerahmte Fotos fand sie, auf denen sie selbst zu sehen war. Emma als Kleinkind, auf Heinrichs Arm, Ilse stand besorgt lächelnd daneben. Als Fünfzehnjährige, auf einem Badehandtuch, am schwarzen Strand von Teneriffa, mit cooler Sonnenbrille, im roten Bikini. Das dritte hatte sie Oma ungerahmt per Post geschickt, als sie ihren Bachelor bekommen hatte. Darauf war sie mit einer dieser Kappen auf dem Kopf zu sehen, die bei amerikanischen College-Abschlussfeiern in die Luft geworfen werden. Emma gefiel der verschmitztternste Gesichtsausdruck, mit dem sie in Jörgs Kamera geblickt hatte, damals.

Ach, Jörg! Der saß jetzt sicher mit seiner neuen Liebe in seinem frisch gekauften Reiheneigenheim und rechnete durch, ob noch eine Terrassenerweiterung drin sein könnte. Aber gute Fotos konnte er machen.

Albert fand sie im Schlafzimmer, auf der Kommode. Er lag dort so, dass Oma Ilse ihn offenbar immer von ihrem Bett aus hatte sehen können. Emma verspürte einen Stich in der Herzgegend. Über der Kommode und Albert hingen das Kinderbild von ihr und zwei Hochzeitsfotos, eines ihrer Eltern – Mutter in einem leichten Sommerkleid, Vater trug Jeans und eine braune Cordjacke –, das andere zeigte Heinrich und Ilse, er in Schwarz, sie in Weiß, ernst alle beide, eingerahmt von zwei ebenso ernst dreinblickenden Trauzeugen. Wer war das eigentlich? Emma erkannte sie nicht.

Dann hingen da noch zwei weitere Bilder, in neueren, hellhölzernen Rahmen. Auf dem einen war eine heitere Gruppe rüstiger Wanderer zu sehen, auf einer Art Lichtung im Wald. Emma erkannte ihre Oma. Sie stand in der Mitte. Und gleich neben ihr Pedro, Hans-Peter Seidenschuh. Die anderen Gesichter sagten ihr nichts.

Was hatte dieser Pedro vorhin gesagt: Oma Ilse habe sich nicht selbst getötet? Was wollte er damit sagen? Sie war viel zu verdutzt gewesen, darauf weiter einzugehen. Wahrscheinlich war diesem Inselcasanova die viele Sonne zu Kopf gestiegen. Überhaupt: hatte er mit ihr geflirtet? Der alte Sack? Wie alt mochte der sein? 50, 55? Alt genug jedenfalls, ihr Vater zu sein. Nun gut: er hielt auf sich. Gesunder Teint, gut gepflegt, ein bisschen beleibt, aber nicht fett; ›beefy‹ hätte es bei Tom Wolfe wohl geheißen, aber Emma stand nicht auf magere Männer, und auf Muskelpakete mit angehängtem Kleinhirn schon gar nicht. Sie mochte Männer, denen man ansah, dass sie etwas von gutem Leben verstanden. Und Humor bewiesen. Den immerhin schien dieser Pedro zu haben. Wenn er nicht dieses Goldkettchen trüge!

Das fünfte Bild zeigte Oma Ilse mit einem Golfschläger, weit ausholend, in dieser golfertypischen, unnatürlich-verdrehten, lächerlichen Haltung mit leicht gespreizten Beinen und eingeknicktem Oberkörper. Oma voll auf den kleinen weißen Ball am Boden konzentriert. Neben ihr stand eine lederne Golftasche in der Gegend, aus der metallene Schlagflächen lugten wie zu kurz geschnittene Blumen aus einer überdimensionierten Vase. Oma, schlank, wie sie immer gewesen war, fast hager jetzt, in beiger Freizeithose und heller Bluse. Mit stark getönter, großer Sonnenbrille. Ihr graues, hochgestecktes Haar aufgewühlt vom Wind. Im Hintergrund hob sich der Atlantik tiefblau vom satten Grün des Golfplatzes ab.

Golf? Emma hatte keine Ahnung gehabt, dass Oma Ilse Golf spielte. Oma und Golf: diese Kombination schien ihr so unpassend wie Schalke und Gänsestopfleber. Zwei Bildzutaten, grundverschiedenen Welten entrissen. Andererseits, fiel ihr ein, gab es in der Arena auf Schalke VIP-Logen, in denen Champagner serviert wird. Und, wer weiß, vielleicht auch Gänsestopfleber. Sie war einmal in eine dieser Logen eingeladen gewesen, als Redakteurin. Bis dahin hatte sie Fußball, was das Kulinarische betraf, immer nur mit Bratwurst und Bier aus Plastikbechern in Verbindung gebracht. Times they are a-changin‘, hatte Bob Dylan gesungen, noch so ein Idol ihrer Eltern. Komisch, dachte sie, bei allem, was ihre Eltern anders dachten und machten als sie – und das war eine Menge: ihr Musikgeschmack war ähnlich. Was für sie die Counting Crows, waren für ihre Eltern Procol Harum gewesen. Musik, die ihre Großeltern gut gefunden hatten, stammte hingegen aus einer ganz anderen Welt.

Sie legte Albert, wie sie es früher immer getan hatte, in ihre Armbeuge, während sie die Fotos betrachtete. Dabei fiel ihr Blick auf eine längliche Schachtel aus tiefdunklem kanarischen Kiefernholz, auf dem das Stofftier gelegen hatte wie auf einem Podest, vom nackten Holz der Schachtel abgehoben durch ein helles, goldbesticktes Leinentüchlein. Ilse hatte Albert gleichsam dort aufgebahrt, fand Emma, und sie war gerührt. Soviel Sentimentalität hatte sie ihrer nüchternen Großmutter gar nicht zugetraut.

Oma Ilse war keine Schmuserin. Wenn sie jemanden in den Arm nahm, wirkte das, als prüfe eine Postbeamtin ein Paket auf Versandfestigkeit. Trost spenden sollende Worte klangen aus ihrem Mund meist so: »Stell dich nicht so an! Das wird schon wieder!« Gegen Fieber halfen kalte Wadenwickel, jeder Krankheit wusste Oma Ilse mit einem Tee zu begegnen. Jeder körperlichen Krankheit. Andere akzeptierte sie nicht: »Stell dich nicht so an..!«

Emma öffnete die Schachtel. Sie steckte voller Karten und Briefe. Emma nahm alles mit auf den Balkon, klappte einen der an die Wand gelehnten Gartenstühle auf und setzte sich. Nein, bevor sie zu lesen begann, musste gelüftet werden! Sie stand noch einmal auf, ging in die Wohnung und riss alle Fenster so weit wie möglich auf.

Obenauf lag eine Ansichtskarte, die sie, Emma, ihrer Oma aus Rom geschickt hatte, während ihres letzten gemeinsamen Urlaubs mit Jörg. Die Piazza Navona. Mit Kugelschreiber hatte Emma ein kleines Kreuz neben den Vier-Flüsse-Brunnen gemalt. Auf die Rückseite hatte sie neben ein weiteres Kreuzchen geschrieben: »Hier schlecken wir gerade das beste granitá di caffé del mundo! Und denken an Dich«. Na ja, das war ein bisschen gelogen gewesen. Was man so auf Postkarten schreibt! Das Kaffee-Eis hatten sie am Pantheon gegessen, und an Oma Ilse hatten sie erst am vorletzten Tag gedacht, als es um die Frage ging: Müssen wir nicht noch irgendjemandem einen Kartengruß schicken?

Die Schachtel schien alle Ansichtskarten zu enthalten, die Emma ihren Großeltern je geschickt hatte. Allzu viele waren es nicht, stellte Emma mit schlechtem Gewissen fest. Ganz unten in der Truhe lagen Briefe von Heinrich an Ilse. Kein einziger Brief ihres Vaters! Völlig aus dem Rahmen fiel ein Umschlag, der nichts Persönliches an sich hatte. Ein Geschäftsbrief, der fast zuoberst lag, gleich unter Emmas letzter Ansichtskarte.

Der Brief war neueren Datums. Adressiert an Ilse Schneider, Apartamento 1111, Edificio La Palma, Calle La Palma, Puerto de La Cruz. Als Absender firmierte eine Stella Real Estate. Mit einem Büro in La Paz.

Der Umschlag war aufgeschlitzt. Er enthielt einen einzigen Briefbogen, der sich anfühlte, als sei er schon oft herausgeholt und wieder hineingesteckt worden. Unter einem etwas barock wirkenden Briefkopf – Das S in Stella schien den Rest des Schriftzugs wie mit Tentakeln umarmen zu wollen – enthielt es – ein Kaufangebot:

Sehr geehrte Frau Schneider,

im Auftrag und im sehr ernsthaften Interesse eines potenten Käufers darf ich Ihnen ein Angebot unterbreiten, von dem ich hoffe, das es Ihre Aufmerksamkeit und Ihre Zustimmung finden wird.

Dieser Käufer, der einstweilen anonym bleiben will, dessen Bonität jedoch, wie wir überprüft haben, über jeden Zweifel erhaben ist, möchte Ihr Apartment im Edificio La Palma käuflich erwerben. Er ist bereit, einen Preis zu zahlen, der deutlich über dem Marktpreis liegt. Was sein Angebot zusätzlich interessant machen dürfte, ist: Er wäre bereit, den Kaufpreis vollständig in bar zu entrichten, oder ihn auch, vollständig oder teilweise, auf ein Konto Ihrer Wahl in einem Land Ihrer Wahl zu überweisen. Die Stella Real Estate würde die Gewährleistung einer vertrauensvollen und allen gesetzlichen spanischen Auflagen genügenden Abwicklung garantieren.

Habe ich Ihr Interesse geweckt? Dann rufen Sie mich an, gern auch außerhalb unserer Geschäftszeiten!

Mit freundlichen Grüßen

Ihr Sr. Jochen Hollerbeck, Geschäftsführer

›Das‹ mit einem S! Und: die ›Gewährleistung garantieren‹! Emma konnte kein Schriftstück lesen, ohne in Versuchung zu geraten, es zu redigieren. Eine berufsbedingte Marotte. Die Fehlersuche war ihre erste Reaktion. Die zweite: Hurra! Das kommt ja wie gerufen! Schnell sah sie noch einmal nach dem Datum: der Brief war vor gut drei Monaten geschrieben worden. Ob das Angebot noch stand? Hatte ihre Oma dem Makler, denn das war dieser »Señor« Hollerbeck ja wohl, geantwortet? Darauf enthielt der Inhalt der Schachtel leider keinerlei Hinweis.

Aber das musste doch leicht herauszufinden sein. Ob Omas Telefon noch funktionierte? Ja, tatsächlich. Ein kleines rotes Licht, neben dem »mensajes« stand, blinkte. Und das Freizeichen ertönte, sobald Emma den Hörer aufgenommen hatte. Sie wählte die Nummer an, die auf dem Briefbogen stand.

Nach dem fünften Klingelton wollte Emma schon wieder auflegen, da meldete sich eine Frauenstimme: »Hola!« Emma zögerte. Sie hatte nicht damit gerechnet, dass sich jemand auf Spanisch melden könnte. Wie idiotisch von ihr! Wo war sie denn hier? Im Münsterland? Sie kramte in ihren rudimentären Spanischkenntnissen und stotterte:

»Buenos días! Yo, äh, ich suche, el Señor Hollerbeck. Esta aquí?«

»Sie können ruhig deutsch sprechen! Ich bin Frau Hollerbeck. Mein Mann ist geschäftlich unterwegs. Wie war noch gleich Ihr Name? Vielleicht kann ich meinem Mann etwas ausrichten?«

»Oh, Entschuldigung, ich habe mich nicht vorgestellt. Mein Name ist Schneider. Emma C. Schneider. Ich habe das Apartment meiner Großmutter geerbt, hier auf der Insel, und ein Kaufangebot gefunden, für dieses Apartment. Und ich wollte nur nachhören, ob das Angebot noch gilt.«

»Mein Mann wollte Ihr Apartment, also das Apartment Ihrer verstorbenen Großmutter kaufen: habe ich das richtig verstanden?« Frau Hollerbeck schien verdutzt zu sein.

»Ja, genau. Also nicht er direkt, sondern er hat einen Brief im Namen eines, wie es hier steht, ›potenten Käufers‹ geschrieben.«

Die Frau am anderen Ende der Leitung war still. Jemand klopfte an die Tür.

Emma hielt eine Hand über das Mikrofon im Telefonhörer und rief laut Richtung Tür: »Un momento! Ich komme gleich.« Dann sprach sie wieder ins Telefon:

»Also, wenn Ihnen mein Anruf ungelegen kommt: ich kann mich gern später noch einmal melden.«

»Ja, tun Sie das! Und ich werde meinem Mann ausrichten, dass Sie angerufen haben. Frau Schneider, sagten Sie?«

»Ja, Emma C. Schneider. Der Brief ging an Ilse Schneider, meine Großmutter. Im Apartmenthaus La Palma in Puerto de la Cruz.«

»Das sage ich ihm. Auf Wiederhören!«

»Auf Wiederhören. Hasta mañana!«

Wie peinlich! Wieso musste sie »hasta mañana« sagen und so tun, als könne sie Spanisch? Was hieß »hasta mañana« eigentlich genau? Hieß das nicht bis gleich oder so? Die Frau Hollerbeck musste sie für eine blöde, eitle junge Kuh halten.

Es klopfte erneut, etwas dezenter als vorhin.

Vor der Tür standen Heinz und Johanna Poloniak und strahlten Emma an. »Wir haben Sie vorhin ins Haus gehen sehen und dachten: vielleicht haben Sie auch Hunger? Wir wollen in ein Fisch-Restaurant ganz in der Nähe, das uns warm empfohlen worden ist, von unserer Vermieterin, Frau Hülsenbusch – kennen Sie Frau Hülsenbusch? Apartment 806, gleich neben unserem, 805. Sie kennt alle Lokale, alle Geschäfte oder wenn Sie mal einen Handwerker brauchen... Sie warnt davor, die Handwerker zu nehmen, die von der Hausverwaltung angeheuert sind. Sie wusste auch, wo wir Sie finden würden.«

Heinz Poloniak unterbrach: »Was meine Frau sagen will, also, was wir beide Sie fragen wollen, ist: wir würden Sie gern zum Abendessen einladen. Wo wir Sie doch vier Stunden lang mit unseren Erzählungen im Flugzeug gelangweilt haben! Als kleine Wiedergutmachung.«

Frau Poloniak warf ihrem Mann einen kritischen Blick zu.

»Nein, nein«, reagierte Emma schnell: »Sie haben mich kein bisschen gelangweilt. Sie haben mir den langen Flug verkürzt. Und außerdem haben Sie sich meine Jammergeschichten angehört. Eigentlich müsste ich Sie einladen.«

»Das können Sie dann ja beim nächsten Mal tun. Jetzt gehen wir zu Carmen, und Sie sind unser Gast. Carmen soll wunderbare Gambas machen, und auch die Seezunge wurde uns sehr empfohlen«, riss Frau Poloniak die Konversation wieder an sich.

»Ok, aber ich habe noch nichts ausgepackt. Ich muss mich umziehen und frisch machen. In einer halben Stunde, wäre das ok?«

Die beiden strahlten sie an. »Gerne, in einer halben Stunde unten vor dem Haus an der Bank unter dem Gummibaum. Es sind nur zehn Minuten zu Fuß zum Lokal. Wenn Sie nichts dagegen haben, schließt Frau Hülsenbusch sich auch noch an.«

Wie hätte Emma jetzt noch etwas dagegen haben können?

4. Kapitel

Da klingelte was! Emma hob den Kopf, rieb sich die Augen. Fast stockfinster war es im Zimmer. Die dunkelroten Vorhänge ließen praktisch kein Licht durch. Wie spät war es wohl? Es klingelte erneut. Das Telefon! Emma sprang von der Schlafcouch hoch, riss den Vorhang auf – draußen war es gleißend hell; der Gebirgskamm, der das Orotavatal nach Westen abschloss, strahlte sie, von der Morgensonne geflutet, an. Ein Blick auf die Armbanduhr verriet: es war nach neun. Sie hatte fast zehn Stunden geschlafen!

Das Telefon klingelte ausdauernd. Es stand in der Diele, auf einer kleinen Kommode aus kanarischer Kiefer, im gleichen Stil beschnitzt wie die Kassette mit den Karten und Briefen, die Emma wieder in den Sinn kamen.

»Si!«

»Fräulein Schneider? Hier spricht Jochen Hollerbeck. Sie haben gestern mit meiner Frau gesprochen. Wegen des Apartments ihrer Großmutter, wenn meine Frau Sie richtig verstanden hat.«

»Ja, das hat sie.« Der Makler, natürlich! »Das ist aber toll, dass Sie so schnell zurückrufen. Entschuldigen Sie, aber ich bin gestern erst auf der Insel angekommen, und da habe ich Ihr Schreiben gefunden. Ich bin noch ein bisschen durcheinander. Ich bin gerade erst aufgestanden.«

»Ouh! Habe ich Sie geweckt? Das tut mir Leid. Aber meine Frau sagte, Sie hätten geklungen, als sei es Ihnen sehr wichtig, dass ich schnell zurückrufe.«

»Ja. Nein. Also: doch, ich bin froh, dass Sie sich melden, das sagte ich ja. Ich muss nur erst noch zu mir kommen.«

»Sie haben ja sicher noch nicht gefrühstückt. Und wenn Sie gestern erst angekommen sind, konnten Sie vermutlich auch noch nicht einkaufen gehen. Wie wäre es, wenn ich Sie zu einem Frühstück einlade, in einer Stunde – oder anderthalb – an der Plaza del Charco?«

»Das ist der Platz am Hafen in Puerto, nicht wahr?«

»Genau. Dort gibt es das Café Océano. Ist nicht zu übersehen, und es kennt jeder. Was halten Sie davon?«

»Was sollte ich wohl davon halten? Sie haben natürlich Recht: ich habe noch nicht gefrühstückt, und ich habe nichts im Haus. Und ich würde gern mit Ihnen über Ihr Kaufangebot sprechen. Ganz unverbindlich«, fügte Emma rasch hinzu.

»Jo Hollerbeck weiß, was Frauen wünschen. Dann also, sagen wir: um elf im Café Océano?«

Uff, dachte Emma: was ist das denn für einer: ›Jo Hollerbeck weiß, was Frauen wünschen...‹ War das noch plumpes Verkäufergewäsch oder schon plumpe Anmache? Egal, sie wollte etwas von ihm, und ein Treffen im Café ließ ihr die Möglichkeit, jederzeit auf Abstand zu gehen. Außerdem hatte sie Hunger.

»Also um elf im Café Océano. Und wie erkenne ich Sie?«

»Keine Sorge: ich erkenne Sie.«

Emma meinte, diesen Satz schon mal gehört zu haben. Von Pedro? Teneriffa schien voller älterer Männer zu sein, die nur auf sie gewartet hatten.

Um elf. Da blieb ihr noch Zeit genug, gründlich zu duschen – oder vielleicht schnell in den Pool zu springen? – und zu Fuß in den Ort zu gehen. Eine halbe Stunde und fast immer am Wasser lang, nach ihrer Erinnerung.

Den halben Weg war sie gestern Abend schon gegangen. Mit den Poloniaks und Frau Hülsenbusch zu »Carmen«. Carmen entpuppte sich als ein kleines, schlichtes, dichtbestuhltes und von deutschen Frührentnern prall gefülltes Restaurant in Punta Brava. Punta Brava, das glich einem Nest voller aneinandergelehnter, unscheinbarer Häuser, die auf einer schmalen Halbinsel standen, um sich gemeinsam, wie untergehakt, der Atlantikgischt entgegenzustemmen. Brava halt: tapfer. An vielen blätterte die Farbe ab, andere waren frisch bemalt. Als lieferten sich Anstreicher und ätzende Brandung einen Dauerwettlauf. In dem das Meer immer vorne lag – und immer vorne liegen würde.

Frau Hülsenbusch hatte einen Tisch reserviert. Wie sich zeigte: den besten Tisch des kleinen Lokals, das vermutlich früher mal eine Wohnung gewesen war. Den einzigen Tisch zwischen Theke und Straße, halb im Freien, aber mit Blick in die Küche gleich hinter dem Tresen. Wo Carmen höchstselbst, eine rührige, wohlbeleibte Mama, alles unter Kontrolle hatte. Und von wo aus sie Frau Hülsenbusch herzlich und lautstark mit Griff über den Tresen begrüßte und einem jungen Mann – ihrem Sohn, ihrem Enkel? – das Kommando gab, ihrer ›guten Freundin‹ und deren Freunden Rotwein, Wasser, Brot und Aioli zu bringen, »en seguida!«, aber hurtig. Der junge Kellner, Frau Hülsenbusch begrüßte ihn als Pablo, rollte stumm eine Papiertischdecke vor ihnen aus, klemmte sie an den Rändern mit Plastiksteckern fest und stellte eine Menagère mit Salz und Pfeffer, Öl und Essig auf den Tisch. Sekunden später standen Wasser und Weingläser daneben, eine Eineinhalbliter-Plastikflasche mit Wasser und eine Glaskaraffe mit hagebuttenrotem Wein. Brot und Knoblauchmajonnaise folgten. »Können wir auch Oliven bekommen?« fragte Emma.

»Una ración de aceitunas. Sofort!« Pablo stellte geschwind eine braune Tonschale voller grünglänzender Oliven auf den Tisch.

Auch alle anderen Tische waren belegt. Man betrachtete einander ungeniert von Tisch zu Tisch. Das machen nur Deutsche, dachte Emma: den Platz im Restaurant als Aussichtsposten auf andere Tische, Teller und Menschen zu begreifen – und das auch offen zu zeigen. Jedenfalls im Ausland. Vielleicht weil sie selbst hier keiner kennt. Glauben sie. Da gibt es keine Peinlichkeit. Aber im übrigen tat sie es ja genauso: alles beobachten, was um sie herum vorging – und sich zu allem eine schnelle Meinung bilden. Aber, rechtfertigte sie sich: sie war schließlich Journalistin! Sie war darauf getrimmt, überall Geschichten zu suchen.

»Carmen macht weit und breit die besten Gambas. Gegrillt oder in Olivenöl mit Knoblauch«, versicherte Frau Hülsenbusch zum dritten oder vierten Mal und fügte diesmal, leiser, sich leicht vorbeugend, hinzu: »Und die Portionen sind groß, die Preise niedrig. Von so einem Preisleistungsverhältnis, wie mein seliger Ulrich zu sagen pflegte, kann man in Deutschland nur träumen. Obwohl die Preise in den letzten Jahren kräftig gestiegen sind. Vor zehn Jahren hätten Sie hier sein sollen! Damals ist das hier unser Stammlokal geworden. Ihre Oma, unsere Doña Ilse, hat es geliebt! Obwohl sie zuletzt gesagt hat, wenn Carmen noch mal die Preise erhöht, müssen wir der Marktwirtschaft zu ihrem Recht verhelfen!« Dabei sah sie Emma geradewegs in die Augen.

Frau Hülsenbusch, Hannelore, man duzte sich seit der Begegnung unterm Gummibaum, war eine rundum rundliche Person. Ein Mensch ohne Ecken und Kanten. Sie strahlte schiere Gemütlichkeit aus und schien immer zu lächeln. Emma war sie gleich bekannt vorgekommen. Aber woher?

Jetzt, am Tisch bei Carmen, nach dem ersten kräftigen Schluck von dem leichten, sehr süffigen roten Wein, fiel es ihr ein: Sie hatte Hannelore Hülsenbusch auf dem Foto gesehen. Dem Gruppenbild im Wald in Oma Ilses Schlafzimmer.

Als Emma das Foto erwähnte, entwich für einen kurzen Moment das Lächeln aus Hannelore Hülsenbuschs weichem Gesicht. »Ach«, seufzte sie: »Wir waren eine tolle Truppe! Wir haben fast alles zusammen gemacht. Und so viel Spaß gehabt! Da im Wald haben wir sogar getanzt! Getanzt! Mitten im Wald! Für mich jedenfalls war es die beste Zeit meines Lebens.«

»War? Wieso war?«

»Nun ja, das Foto muss jetzt vier oder fünf Jahre alt sein. Wir sind zusammen wandern gewesen, haben gepicknickt und ohne Ende gelacht. Und gesungen. Und getanzt. Es war das letzte Mal. In dieser Runde. Inzwischen ist ja nicht nur deine Großmutter gestorben. Von denen, die auf dem Foto zu sehen sind, leben nur noch Herr Seidenschuh, also Pedro, der dich vom Flughafen abgeholt hat, und ich. Alle anderen sind tot, und damals sind wir noch so lebensfroh gewesen! Wir kamen uns so jung vor. Dass wir sterben könnten, das wär uns nicht in den Sinn gekommen. Ich glaube sogar, wenn uns jemand gefragt hätte damals: wir hätten gesagt, dass wir uns unsterblich vorkommen. Jedenfalls kein bisschen krank oder alt. Obwohl das natürlich Unsinn war, damals schon. Je älter man wird, umso schneller altert man, wenn Ihr wisst, was ich meine.«

Johanna Poloniak nickte verlegen. Ihr Mann studierte das nicht vorhandene Muster der Papiertischdecke. Emma starrte Hannelore Hülsenbusch an. Die hatte bei den letzten Worten alle rundum angeblickt. Jetzt schloss sie die Augen – und sah plötzlich sehr, sehr müde aus. Bis sie abrupt das Kinn hob, ihre Augen aufschlug und ihr Lächeln wieder einschaltete. »Aber wir wollen heute doch nicht über Tod und Alter sprechen! Wozu sind wir auf Insel der ewigen Jugend. Vergänglich sei hier nur der Wein! Lasst uns anstoßen! Auf die Jugend. Auf uns!«

Sie haben noch mehrfach angestoßen an diesem Abend. Auf die Jugend, auf die Insel, auf das Wetter, auf den Teide, auf Carmen... Emma hatte sich brav für die gegrillten Gambas entschieden und viel zu pulen gehabt. Dazu gab es kleine Kartoffeln – papas – und ölreiche Soßen, eine grüne, eine rote: Mojos. Und es war nicht bei einem Liter Wein geblieben. Zum Schluss, zum Cortado, hatte Carmen ihnen allen noch einen klebrigen Anislikör aufgedrängt und großzügig eingeschenkt. Emma hatte auch den noch getrunken. Mindestens das war ein Fehler gewesen. Sie spürte ein leichtes, aber mahnendes Pochen hinter den Schläfen. Dabei war sie ganz und gar nicht der Kopfschmerztyp.

Ein Sprung in den Pool würde helfen. Sie schlüpfte in ihren Badeanzug und fand in Oma Ilses Schlafzimmerschrank einen flauschigen weißen Bademantel. Den warf sie sich über, stieg in ihre Flip-Flops und griff sich ein Badehandtuch. Der Schrank lag voller frisch gewaschener Laken, Bettbezüge, Tischdecken, Handtücher, alle akkurat gefaltet; genug Stoff, um fünf Ferienwohnungen auszustatten, dachte Emma.

Der Aufzug transportierte sie im Nu ins Erdgeschoss, ohne dass ihr jemand begegnet wäre, wofür Emma in diesem Moment sehr dankbar war. Im dunkel verspiegelten Aufzug sah sie sich von mehreren Seiten zugleich; der Aufzug der ewigen Jugend, dachte Emma – und der Kopfschmerz nahm zu. Dabei stieg ihr ein seltsamer, irgendwie vertrauter Geruch in die Nase. Rouladen! Es roch nach Rouladen! Mit einem Hauch von Kohl unterlegt. Irgendjemand im Haus musste Rouladen mit Rotkohl kochen, morgens um zehn. Und wie kam die Küchenabluft in den Aufzugschacht, bitte schön? Bevor Emma dieser Frage weiter nachgehen konnte, war der Aufzug schon unten angelangt.

Emmas Erscheinen am Pool fand Beachtung. Zwei ältere Herren zogen ihre Bahnen, in gleichmäßig langsamem Tempo, hin und her. Brustschwimmend, was ihnen die Gelegenheit ließ, genau zu beobachten, wie Emma den Bademantel ihrer Großmutter auf einer grünbespannten Kunststoffliege ablegte, kurz in einer der beiden, nur mit halbhohen Klapptüren vom Poolgelände abgetrennten Duschkabinen verschwand und dann per Kopfsprung in das Becken tauchte. Eine ältere Dame, die bildzeitunglesend am Beckenrand saß, rief ihr zu, kaum dass Emma wieder Atem geholt hatte und zu kraulen beginnen wollte:

»Hallo, Sie da, junge Frau! Springen ist verboten!«

Emma nickte, machte ein Gesicht, als täte ihr der offenkundige Fauxpas tatsächlich Leid, und begann zu kraulen. Als sie dabei einem der beiden Dauerschwimmer in die Quere kam, blieb der stehen – sehr tief war das Becken an dieser Stelle offenkundig nicht – und sprach Sie an:

»Guten Morgen, junge Frau! Sind Sie neu hier? Herzlich willkommen im Club der Mittelschwimmer!«

Eigentlich wollte sie den Alten ignorieren, aber ihre Neugier siegte, wie immer. Emma stoppte, sah den Mann, der seine Schwimmbrille auf die kahle, mit Altersflecken besprenkelte Stirn geschoben hatte, an und fragte, offenkundig wunschgemäß:

»Wieso Mittelschwimmer?«

»Weil es hier Frühschwimmer gibt, junge Frau, die immer gleich im Morgengrauen eisern ihre Bahnen ziehen, bei jedem Wetter, und die Plantscher. Das sind die, die am Nachmittag hier sonnenbaden und sich gelegentlich abkühlen. Und dann gibt es noch uns, meinen Freund Fred und mich.« Er deutete mit dem Kinn zu dem anderen Alten hinüber, der weiter ruhig vor sich hinschwamm, Emma jetzt aber immerhin zublinzelte. »Wir sind die Mittelschwimmer und um diese Zeit hier eigentlich immer allein. Wenn Frau Lensing sich nicht entschließt, uns Gesellschaft zu leisten.« Er nickte zu der Bildzeitungsleserin hinüber.

»Ich heiße Karl. Freunde nennen mich Carlos. Für Sie also: Carlos.«

Carlos streckte ihr seine nasse Pranke entgegen. Emma sah keine Möglichkeit, ihm den Händedruck zu verweigern. Ganz falsch! Carlos hielt ihre Hand ein paar Sekunden fest – ziehen half nicht – und bemerkte:

»Sehr schöne Hände haben Sie! Die Hände einer Pianistin. Enttäuschen Sie mich nicht: Sie spielen doch Klavier?«

»Nein, ich benutze meine Finger nur zum Schreiben und um in der Nase zu pulen.«

Bevor Carlos den nächsten Schleim absondern konnte, entzog Emma ihm mit einem heftigen Ruck ihre Hand und tauchte unter.

Als sie zehn Minuten später das Becken verließ, duschte, sich abtrocknete und dabei den Blick hob, fiel ihr auf, dass von mehreren Balkonen Menschen zu ihr herunterstarrten. Einige Köpfe wurden sofort zurückgezogen, als die Gefahr des Blickkontakts bestand. Emma verschwand so schnell wie möglich im Gebäude, Richtung Aufzug, und beschloss, wenn überhaupt, nur noch am frühen Abend schwimmen zu gehen. Wenn die Glotzer vermutlich alle bei Carmen saßen oder Rotkohl mit Rouladen aßen.

Auf dem Weg zur Plaza del Charco – die früher, das hatte sie im Know-how-Reiseführer gelesen, den Namen des Diktators Franco getragen hatte, wie jeder bessere deutsche Platz bis 1945 den des »Führers« Adolf Hitler – war ihr aufgefallen, dass die Stadt sich sehr verändert hatte seit ihrem letzten Besuch. Das fing mit der Straße an, die vom La Palma zur Innenstadt führte. Die hatte sie als enge Holperstrecke ohne Bürgersteig in Erinnerung, gesäumt von wilden Mülldeponien. Vor allem hatte sie eine Baracke direkt am Steilufer vor Augen, von der ein bestialischer Gestank ausgegangen war und wo hinter wackligen Bretterzäunen abgemagerte Hunde kläfften, als würden sie um Hilfe rufen. Ein Hundeasyl. Der Anblick und das Geheul hatten sie tief beeindruckt. Jetzt war davon nichts zu sehen. Auch kein Müll am Straßenrand. Offenbar erst jüngst gepflanzte Palmen steckten den Weg zur Stadt ab. Dort waren die meisten Häuser frisch renoviert, die Bürgersteige neu und geschmackvoll gepflastert. So entsprach Puerto ganz und gar nicht ihrer Erinnerung.

Fast empfand sie es als beruhigend, dass die Plaza del Charco sich offenbar nicht verändert hatte. Jedenfalls sah sie auch in Emmas allmählich wieder aufkeimender Erinnerung – interessant, dachte sie, was sich im Gedächtnis absetzt, gut verborgen, und plötzlich wieder auftauchen kann! – genauso aus wie heute: Ein rechteckiger Platz, umrahmt von belanglosen Gebäuden, dem riesige alte Lorbeerbäume

Schatten und Schönheit spendeten. In der Mitte ein Brunnen und ein Spielplatz, am Rand eine Bühne. Da hatte vor zwanzig Jahren, in ihrer Wahrnehmung ununterbrochen, eine chilenische oder sich chilenisch-indianisch gebende Combo El Condor Pasa gespielt, oder ähnliches. Den Panflötenklang hatte sie jedenfalls jahrelang nicht loswerden können. Seither, das wurde ihr schlagartig bewusst, plagte sie eine Aversion gegenüber lateinamerikanischer Folklore. Eigentlich ungerecht.

Beim Anblick des Platzes hatte sie den Klang sofort wieder im Ohr – obwohl von chilenischen Indios weit und breit nichts zu sehen und zu hören war. Zwischen den Bäumen und Laternen flatterten bunte Wimpel in der sachten Brise, die vom Hafen herüberwehte, alle Bänke waren belegt, die zahlreichen Cafés rund um den Platz herum hatten trotz der relativ frühen Uhrzeit gut zu tun, auf vielen Tischen standen schon jetzt Krüge und Gläser mit Dorada gefüllt, dem inselüblichen Bier.

Das Café Océano war genau dort, wo die Hauptflaniergasse Puertos, vom Hotelviertel am anderen Ende der Stadt kommend, auf den Platz stieß. Es war in einem der schöneren, älteren Gebäude untergebracht. Die meisten Gäste saßen draußen, am Rand der Plaza del Charco.

Während Emma ihren Blick noch suchend schweifen ließ, eilte ein Mann im hellen Leinenanzug lächelnd auf sie zu. Er mochte um die 60 sein, hatte ein faltenreiches, satt gebräuntes Gesicht unter vollem, rotblondem, wellig nach hinten gelegtem Haar. Gel war sicher auch im Spiel, oder ein kraftvolles Spray. Emma fragte sich sofort, ob das Haar wohl gefärbt war. Bestimmt!

»Sie müssen Fräulein Schneider sein! Habe ich Recht? Hollerbeck, Jochen Hollerbeck, Geschäftsführer der Stella Real Estate. Für meine Freunde: Jo. Darf ich Emma zu Ihnen sagen?«

»Solange Sie mich nie wieder als Fräulein anreden: bitte! Das mit den Vornamen scheint ja hier so üblich zu sein. Hanseatisch wohl.«

Emma rang sich ein Lächeln ab. Sie mochte diesen Menschen nicht. Sie hatte das Gefühl, sich dazu zwingen zu müssen, sich nicht zu schütteln. Sofort überkam sie ein schlechtes Gewissen: Sie war ungerecht. War sie es nicht, die Paul Bärkamp, der es mit dem Gegenteil hielt, hundert Mal erklärt hatte, man dürfe Menschen nicht nach ihrem Äußeren beurteilen? Paul pflegte dazu trocken zu bemerken: »Das Äußere ist nur das, was vom Inneren nach außen dringt.«

Herr Hollerbeck führte Emma galant – in leicht gebeugter Haltung und mit angewinkeltem Arm voranrudernd, als müsse er sich und seiner Begleiterin den Weg durch einen Haufen Styroporkugeln bahnen – zu einem Tisch am Rande der bedienten Zone. »Wie wäre es mit diesem Tisch? Hier hört niemand mit. Sie glauben ja gar nicht, wie neugierig deutsche Frührentner sind!«

»Doch, das glaube ich. Wer sonst nichts mehr erlebt, lebt eben gern das Leben der Anderen mit.«

»Sie sind ja eine Philosophin! Haben Sie Philosophie oder so was studiert?«

»Eher so was. Ich habe Journalismus studiert. Ich bin Journalistin. Da trifft man zwar selten Philosophen, hört aber viel über Philosophie.«

Ihr Gegenüber zog die struppigen Augenbrauen hoch und signalisierte mit weit aufgerissenen Augen Unverständnis, aber großes Interesse.

»Das kennen Sie doch sicher von Fußballübertragungen. Da hat jeder Trainer eine Spiel-Philosophie. Obwohl er eigentlich nur gewinnen will.«

Hollerbeck lachte laut und herzhaft, als hätte sie einen Witz erzählt. Aufgesetzt, wie Emma fand. Sympathischer wurde er ihr dadurch nicht.

Der Kellner, eine rührend-würdevolle Erscheinung, die sie an uralte Hans-Moser-Filme erinnerte, die sie mal in einem Seminar über Tontechnik in der Filmproduktion hatte analysieren müssen, nahm die Bestellung auf. Emma orderte Café con leche und ein Croissant. Der Kellner deutete einen leichten Diener an und verschwand.

»Sie sind erst gestern angekommen? Aber Sie kennen die Insel?« bemühte sich Hollerbeck um einen Neustart der Konversation.

»Ja. Und ja. Ich bin gestern mit einem Billigflieger aus Weeze gekommen – bei Düsseldorf –, und ich war als Kind schon ein paar Mal hier, zuletzt allerdings vor zwanzig Jahren.«

»Seither hat sich die Insel gewaltig verändert. Seit dem Immobilienboom auf der Halbinsel, wie die Tinerfeños zu Spanien sagen, ist sie von Festlandspaniern als Anlageobjekt entdeckt worden. Im Vergleich zur Costa del Sol oder Mallorca sind die Preise hier aber immer noch sensationell niedrig.«

»Da haben Sie sicher gute Geschäfte gemacht.«

»Durchaus. Obwohl meine Kunden überwiegend Deutsche sind. Und die haben sich an die niedrigen Preise hier auf der Insel gewöhnt. Die Älteren schwärmen heute noch davon, wie wenig früher hier der Cognac gekostet hat. Die leben noch im 20. Jahrhundert und nehmen nicht wahr, dass sich die Welt um sie herum geändert hat. Die Globalisierung!«

Hollerbeck breitete beide Arme aus, als wolle er den Globus umarmen und schnitt dazu ein Gesicht, als habe er eine Erscheinung.

»Dann sind es deutsche Interessenten, die mein Apartment kaufen wollen?« Emma hatte vom Smalltalk genug.

»Nicht direkt.«

Hollerbecks kryptische Antwort wurde von Hans Moser unterbrochen, der ihnen Café und Croissant servierte und für Hollerbeck einen Cortado leche y leche.

»Was ist das: leche y leche?« fragte Emma mit Blick auf das kleine, bis zum Rand gefüllte Glas, das vor Hollerbeck zum Stehen kam.

»So trinken die meisten Tinerfeños ihren Espresso: mit zweierlei Milch. Ganz normalem Milchschaum, wie beim Cortado – in Deutschland sagt man Espresso macchiato – und zusätzlich einer süßen Kondensmilch. Man braucht dann keinen Zucker mehr. Das sollten Sie mal probieren! Lecker!« Er nippte am Kaffee und erinnerte Emma dabei an den kleinen knubbeligen Mann aus einer alten Tschibowerbung.

»Werde ich tun. Aber jetzt erklären Sie mir doch bitte, was das heißt: nicht direkt?«

Hollerbeck lehnte sich in seinem Stuhl zurück, zögerte einen Moment, theatralisch, wie Emma fand, und schien sich dann einen Ruck zu geben:

»Ich darf Ihnen das leider nicht sagen. Noch nicht. Wenn Sie unser Angebot annehmen, werden Sie die Herrschaften natürlich kennenlernen. Wenn Sie das Angebot, was ich nicht hoffe, aber ablehnen sollten, würden die Interessenten gern anonym bleiben. Es wird so viel geschwätzt auf der Insel – und gerade im La Palma, wenn Sie verstehen.«

»Das verstehe ich, durchaus. Trotzdem hätte ich gerne zumindest eine Ahnung davon, wer sich für das Apartment meiner Großmutter interessiert. Es ist übrigens immer noch das Apartment meiner Großmutter. Ich bin zwar die Erbin, aber um die Formalitäten hier in Spanien habe ich mich noch nicht kümmern können.«

»Darum machen Sie sich bitte überhaupt keine Sorgen! Darum kümmert sich die Stella Real Estate. Auf Eigentumsübertragungen und Erbschaftsregelungen sind wir spezialisiert. Und darauf«, Hollerbeck senkte die Stimme und blinzelte Emma listig lächelnd zu, »den steuerlichen Rahmen zu optimieren. Sie verstehen, was ich meine?«

»Ich glaube: eher nicht. Muss ich hier Erbschaftssteuer zahlen?«

»Oh ja. Und nicht zu knapp. Aber es gibt Wege... Dazu muss man sich natürlich auskennen im komplizierten spanischen Erbrecht. Es kommt immer auf die individuelle Situation an.«

»Und da kennen Sie sich aus?«

»Das darf ich wohl behaupten, ja. Und für alles richtig Komplizierte haben wir natürlich unsere Experten.«

»Das klingt gut. Hilfe werde ich sicher brauchen, so oder so. Vermutlich eher »so«. Ich habe nicht die Absicht, auf der Insel zu leben. Und als Ferienwohnung vermieten darf man das Apartment laut Haussatzung nicht.«

»Sagen wir besser: im Prinzip nicht. Aber auch im Vermietungsgeschäft muss man sich auskennen – oder Hilfe auf der Insel haben. Das ist übrigens das zweite Standbein der Stella Real Estate.«

Das zweite Standbein? konnte Emma nicht verhindern zu denken. Und womit wurde gespielt: mit dem dritten? Sie schüttelte ihren Wuschelkopf und so den Gedanken schnell wieder ab.

»Also was wollen Ihre geheimnisvollen Interessenten – sind es übrigens Männer oder Frauen – denn nun zahlen?«

Jochen Hollerbeck schaltete auf hyper-ernst und ließ bedeutungsschwer einige stille Sekunden vergehen.

»Haben Sie sich mal nach dem Marktwert der Apartments im La Palma erkundigt?«

»Nein, aber wenn es hier so einen tollen nachgeholten Immobilienboom gegeben hat, werden die wohl sehr erfreulich sein, aus Verkäufersicht.«

»Erfreulich sind sie, ja, aber keineswegs sensationell. Der Boom hat trotz allem die Kanaren nur in sehr abgeschwächter Form erreicht, und jetzt ist überall die große Krise zu spüren. Hinzu kommt: das La Palma stammt aus den 70er Jahren des letzten Jahrhunderts. So einen Hochhauskasten würde heute niemand mehr bauen. Und er würde auch nicht genehmigt werden.«

»Das muss ihn doch besonders wertvoll machen. Der Blick aufs Meer ist einzigartig. Das ist doch sonst nirgends mehr zu bekommen.« Emma fühlte sich wie eine clevere Verkäuferin.

Hollerbeck ging auf ihr Argument tatsächlich ein: »In der Tat, der Blick und die Lage des Hauses, das sind die beiden größten Pluspunkte dieser Immobilie. Auch, dass es gut gepflegt ist, für ein Haus dieses Alters; dank der Eigentümergemeinschaft, die sehr rege ist. Auf der anderen Seite: das Haus ist fast vollständig in deutscher Hand. Das engt den Interessentenkreis ein.«

»Sie meinen: weil dort so viele Deutsche wohnen, wollen Spanier oder Engländer nicht einziehen?«

»So generell würde ich das nicht sagen. Aber die meisten Engländer ziehen doch eine britisch geprägte Umgebung vor. Spanier sind offener, aber auch gern unter sich. Zum Glück kommen jetzt zunehmend auch Kaufinteressenten aus anderen Regionen Europas. Und nicht nur Europas.«

»Ach! Woher denn? Aus Russland?«

»Zum Beispiel. Aber auch aus Polen oder dem Baltikum, und inzwischen erreichen uns auch gelegentlich schon Anfragen aus China.«

»China, ja, davon habe ich gehört. Aber warum? Teneriffa ist doch endlos weit weg, von China oder Russland aus?«

»Das stimmt natürlich. Aber die Kanaren sind nun einmal der südlichste Teil der Europäischen Union, des Gelobten Landes. Und obendrein mit dem besten Klima Europas gesegnet. Teneriffa hat zwei Flughäfen, eine 1a-Infrastruktur – und ist sicher. Rechtssicherheit: Das ist in China oder Russland seltener als die berühmten Seltenen Erden. Glauben Sie mir: Es gibt keinen angenehmeren Weg aus der

Wildnis des globalen Finanzkapitalismus hinein in die sichere Höhle Europa als den über die Kanaren. Das spricht sich herum.«

»Hmm. Das klingt einleuchtend. Aber kommen Ihre ominösen Interessenten für meine Wohnung nun aus China oder aus Russland? Und Sie haben mir immer noch nicht gesagt, ob es Männer oder Frauen sind.«

»Es könnte ja auch eine Familie sein oder eine Firma. Aber nein, so viel kann ich Ihnen wohl verraten: es ist eine Frau, und sie ist keine Chinesin. Obwohl: was hätten Sie gegen Chinesinnen einzuwenden?«

»Nichts. Eine Russin also?«

»Pardon, aber ich habe womöglich schon viel zuviel gesagt. Sie wollen mich in die Enge treiben! Sie sind raffiniert!« Hollerbeck winkte Emma mit dem erhobenen Zeigefinger schalkhaft zu.

»Ich denke nicht, dass mir das gelingen könnte. Übrigens haben Sie immer noch keinen Preis genannt.«

»Was wird Ihnen der Preis sagen, wenn Sie den Markt nicht kennen? Ich schlage vor, Sie informieren sich, zu welchem Preis Apartments im La Palma und in ähnlichen Edificios derzeit gehandelt werden. Ich versichere Ihnen: Das Angebot, das ich Ihnen vorlegen darf, wird deutlich darüber liegen.«

»Wie deutlich?«

»Man könnte meinen, Sie seien aus der Branche! Aber richtig, Sie sind ja Journalistin! Offensichtlich eine sehr gute – so hartnäckig, wie Sie nachhaken. Sie lassen niemals locker, was?«

Emma strengte sich an, nicht geschmeichelt zu wirken.

»Ich mache Ihnen einen Vorschlag.« Hollerbeck beugte sich zu Emma hinüber: »Ich lade Sie zu einer kleinen Rundfahrt ein. Haben Sie ein Auto? Nein? Dann nehmen wir meinen Wagen. Und ich verschaffe Ihnen einen schnellen Marktüberblick. Gleich morgen, wenn Sie mögen. Was halten Sie davon?«

Das klang fair. Und interessant. Emma hatte bisher nicht daran gedacht, sich ein Auto zu mieten. Und sich ein paar Baustellen und andere Apartmenthäuser anzusehen, das konnte doch kaum schaden, wenn sie jetzt im Begriff sein sollte, ins Immobiliengeschäft einzusteigen. Und dieser Jo war zwar ein schmieriger Ranschmeißer, wirkte aber eher lächerlich als gefährlich. Mal sehen, dachte sie, was er noch alles anstellen würde, um mit ihr ins Geschäft zu kommen:

»Klingt gut. Und vernünftig. Würden wir uns auch Objekte im Süden der Insel ansehen?«

Hollerbeck zögerte. »Das ist nicht unbedingt zwingend. Der Markt dort ist ganz anders als hier im Norden.« Emma legte einen sehr enttäuschten Gesichtsausdruck hin. Hollerbeck schaltete schlagartig um:

»Aber wenn Sie mögen: Machen wir eine Inselrundfahrt! Ich verdinge mich für einen Tag als Ihr persönlicher Reiseführer. Wenn Sie unterwegs noch irgendwo anhalten wollen: gern!«

Klar, dachte Emma; weil du glaubst, mich dann am Haken zu haben!

»Außerdem«, Hollerbeck strahlte sie an: »was kann mir besseres widerfahren, als einen ganzen Tag mit einer schönen jungen Frau zu verbringen? Vielleicht werden wir gesehen. Das täte meinem Image gut.«

»Und was sagt Ihre Frau dazu?«

»Wozu? Dass ich mit einer Kundin unterwegs bin? Oder woran dachten Sie?«

Oh Gott, jetzt zwinkerte er ihr zu, als seien sie Komplizen und zog dabei einen Mundwinkel hoch – wie dieser Schauspieler in Grumpy Old Men! Walter Matthau. Mehrere Stunden mit diesem Kerl im Auto? Was hatte sie sich dabei gedacht? Ob sie das aushalten würde? Ach was, hätte Paul ihr zugeraunt: du bist Journalistin. Sieh das professionell! Geh auf Recherchetour und nutze die Quellen, die sich bieten!

»Ok«, sagte Emma: »Wann geht es los?«

5. Kapitel

Jochen Hollerbeck fuhr einen großen weißen Mercedes. Ein etwas betagtes, aber gepflegtes Auto. Mit roten Ledersitzen. Es zeugte von deutlich mehr Klasse als Pedros weißer Subaru. Aber was hatten die Leute hier mit Weiß? Das schien die neue Modefarbe zu sein, jedenfalls in den Augen von Männern reiferen Alters. Was glaubten sie, damit zu demonstrieren? Reinheit und Unschuld konnte es ja kaum mehr sein, nicht bei Kerlen Ende 50, Anfang 60, wenn sie halbwegs was erlebt hatten bis jetzt. Und Jochen Hollerbeck sah eindeutig so aus, als habe er schon einiges erlebt. Als ließe er nichts aus, fand Emma. Irgendetwas verlockte sie, ihn zu reizen. Wie ein Torero den Stier.

»Warum fahren Sie eigentlich ein weißes Auto?« Die Frage platzte aus ihr förmlich heraus, als sie bei La Laguna auf die Südautobahn einbogen. Emma konnte nichts dafür. Manchmal, so kam es ihr vor, ballten sich in ihrem Kopf kreisende Gedanken zu einer Frage zusammen, die einfach ausgesprochen werden musste, ganz egal, ob die Situation dafür passend war oder ob es sich schickte. Was heißt das eigentlich: »sich schickte«, dachte Emma? Wohin schickt sich das, was sich schickt? Und wer wäscht hier seine Hände in Unschuld, schiebt die Schuld auf das Geschobene – wo sich doch kein Paket, kein Brief, keine Beleidigung von selbst irgendwo hinschickt.

Was war los mit ihr? Hatte sie gestern zu lange in der Sonne gelegen? Hatte sie vielleicht einen Sonnenstich? Was für wirre Gedanken! Schon in der Nacht hatte sie wild geträumt. Gegen fünf in der Frühe war sie schweißgebadet aufgewacht. Sie hatte mit Albert gerungen, im Meer, Albert hatte sie unter die Wasseroberfläche gezogen – das war das letzte, woran sie sich erinnerte. Auch ihre Oma hatte eine Rolle gespielt in dem Traum und eine Flasche 103. Als sie aufwachte, schnappte sie nach Luft wie jemand, der zu lange getaucht hat und endlich wieder an die Oberfläche kommt.

Dabei war der vorige Tag, ihr zweiter auf der Insel, wunderschön gewesen. Nach ihrem späten Frühstück mit diesem komischen Jo war sie beschwingt und bester Stimmung durch Puerto spaziert. Vor einem liebevoll restaurierten Jugendstilhaus gleich hinter einer großen grauen Kirche hatte sie, in einem bequemen Korbstuhl lagernd, noch einen Kaffee getrunken – anders als im Océano allein und diesmal umgeben von Menschen, die sie nicht zu beachten schienen und die Englisch, Spanisch, auch Italienisch mit der Kellnerin parlierten, statt jede Bestellung auf Deutsch aufzugeben. Sie hatte dann, in einem Anfall von Leichtlebigkeit, noch einen Campari bestellt, mit frisch gepresstem Orangensaft. Durch die Wedel der Palmen lächelte die Sonne auf sie herab, die Luft kam ihr vor wie Champagner, jedenfalls nach dem Campari. In einem Brunnen hockte ein steinerner Schwan, dessen Hals bis auf den Rücken hinuntergebogen war, als müsse er gurgeln. Aus seinem Schnabel lief Wasser. Die Beete drumherum leuchteten knallrot; sie waren dicht bepflanzt mit Weihnachtssternen.

Oma Ilse hatte diese nikolausroten Pflanzen geliebt. Auch wenn Emma Weihnachtssterne eher nicht mochte: das ganze Ensemble kam ihr schön vor, zu ihrer Überraschung. Sie hatte, musste sie sich eingestehen, auf Teneriffa eigentlich nichts Schönes erwartet. Was hatte sie überhaupt erwartet? Jedenfalls nicht dieses Gefühl von Leichtigkeit, das sie jetzt überkam und das sie mit Italien verband oder Südfrankreich, aber keinesfalls mit Teneriffa. Teneriffa, das wurde ihr klar, hatte sie leichtfertig für eine Art Altenheim mit Meerblick gehalten. So hatte sie die Insel mit 15 erlebt.

In einem der vielen Restaurants in den Gassen rund um die Plaza del Charco hatte sie dann gegrillte Chocos gegessen, mit den offenbar unvermeidlichen kleinen Pellkartoffeln nebst zwei Soßen. Und dazu kühlen, frischen Weißwein getrunken. Wie Wasser. Nach dem nächsten Cortado hatte sie einen Schwips. An der Playa Jardín lieh sie sich eine Liege und streckte sich im Schatten einer Palme aus, angezogen wie sie war.

Sie bedauerte, nicht in die Wellen springen zu können. FKK war offenkundig unüblich hier – obwohl sie am Strand mehrere ältere Frauen sah, die der gaffenden Welt ihre stattlichen, hängenden, angedörrten Brüste entgegenstreckten, als wäre das für irgendwen ein Genuss. Emmas Badeanzug trocknete derweil auf dem Balkon des La Palma. Sie hätte sich in Puerto einen Bikini kaufen sollen, dachte sie. Einen ganz knappen vielleicht, so wie ihn die jungen Spanierinnen trugen, mit String zwischen den Pobacken. Damit hätte sie den Mittelschwimmern am Pool sicher eine Freude bereitet. Den Mittelfingerschwimmern. Besser nicht.

Stattdessen war sie nach ihrer Strandsiesta kreuz und quer durch Puerto flaniert, schließlich hoch zu einem ehemaligen Hotel, das unübersehbar auf einer Bergkuppe lag. Der Weg dorthin führte durch Gärten, an Brunnen und künstlichen Bächen vorbei und entlang. Von einer Terrasse aus bot sich ihr ein weiter Blick über den Häusersalat der Altstadt. Ein bunter, scheinbar planlos entstandener Mischmasch aus architektonischen Lieblosigkeiten, hier und dort mit Palmen, einem wuchtigen Kirchturm und begrünten Dachterrassen dekoriert. Ein paar Meter von der Brüstung der Terrasse entfernt fand Emma, auf einem brusthohen Sockel, die Kupferbüste einer mild lächelnden älteren Frau. Ein Schild unter der Büste wies sie als »Dulce Maria Loynaz« aus und als eine »kubanische Poetin«. Emma hatte nie von ihr gehört, beschloss aber, den Namen bei nächster Gelegenheit zu googeln. Dulce, das ahnte sie, hieß ›süß‹. Schließlich hießen Dolci Süßgebäck in Italien, wo sie zwei Mal mit Jörg in Urlaub war. Das sanfte, wissende Lächeln der Poetin ließ sie nicht los. Emma hatte das Gefühl, Señora Loynaz zwinkere ihr zu. Das musste die Wirkung des Campari sein, oder der Sonne am Strand!

Hinter dem offenbar leerstehenden Hotel liefen ihr plötzlich ganz andere Menschen über den Weg als unten am Hafen. Jüngere Menschen, jede Menge Jogger, zumeist Spanier offenbar. Young Urban Professionals, so sahen sie aus. Die Stadt schien, so klein sie eigentlich war, Sektoren zu haben, von unsichtbaren Grenzlinien durchwebt zu sein; mit Sektoren für Einheimische, für Festlandspanier, für deutsche Touristen, für andere Ausländer, für Residenten. So nennen, das wusste sie aus dem Reiseführer, die Tinerfeños Leute, die in Florida ›snowbirds‹ hießen – Zugvögel; Menschen aus dem Norden, die hier ihre Rente oder was auch immer verbraten, halb- oder ganzjährig. Menschen wie ihre Großeltern eben.

Am besten gefiel ihr an Teneriffa, das wurde Emma jetzt klar, während sie neben Jochen Hollerbeck auf einem roten, von hellen Altersadern durchzogenen Sitz im weißen Mercedes saß und die Insellandschaft in umgekehrter Fahrtrichtung wie vorgestern auf sich wirken ließ, am besten gefiel ihr dieses unkomplizierte Mit- und Nebeneinander von Einheimischen und Anderen. Sie hatte mal Urlaub auf Jamaica gemacht, mit Jörg, in einem Resort-Hotel, und die Warnung missachtet, nie allein die Hotelanlage zu verlassen. Sie hatte sich wie in Feindesland gefühlt, ständig beäugt und aggressiv bedrängt: »Wanna buy, wanna buy?« Nie wieder, hatte sie Jörg später, zurück in Herne, erklärt – damals hatte sie die Bochumer Wohnung noch nicht – werde sie in einem Land Urlaub machen, wo es Gettos gibt. Sie fühle sich nicht wohl, wo Touristen wirken, als kämen sie von einem anderen Stern, und wo Einheimische nicht in dieselben Hotels, Geschäfte und Restaurants gehen können wie ihre Besucher. Jörg hatte dazu nur den Kopf geschüttelt; ihm hatte Jamaica extrem gut gefallen, vor allem die Steel-Drum-Band, die am Pool jeden Abend ›No Woman No Cry‹ intonierte. Emma war auch dieses Gedudel ab dem dritten Tag mächtig auf den Senkel gegangen.

»Wieso wollen Sie das wissen? Mögen Sie keine weißen Autos?«

»Keine Ahnung. Ich würde mir jedenfalls nie ein weißes Auto kaufen.«

»Und warum nicht?«

»Keine Ahnung. Weiß ist keine Farbe.« Wie konnte es kommen, dass dieser Jo jetzt die Fragen stellte und sie antworten musste? Hey, Emma, geh wieder in die Offensive! »Haben Sie den Wagen schon lange oder haben Sie ihn gebraucht gekauft?«

»Ich habe ihn schon lange und ich habe ihn gebraucht gekauft. Was für ein Auto fahren Sie denn?«

»Gar keins. Ich finde, Ihre Generation macht ein viel zu großes Bohei um Autos. Das sind Fortbewegungsmittel, und meistens stehen sie dumm rum. Jedenfalls in großen Städten. Und versperren Radfahrern den Weg und Touristen den Blick.«

»Aber es ist schon ok, dass wir unsere Inseltour – das war übrigens Ihre Idee! – per Auto machen und nicht mit dem Fahrrad?«

Konnte der Kerl keine Frage beantworten, ohne eine Gegenfrage zu stellen? Ist das vielleicht ein Maklertrick? Eine Masche, um Interesse am potentiellen Kunden zu heucheln und eine »Beziehung« herzustellen?

»Seit wann machen Sie denn schon in Immobilien?« versuchte Emma das Thema zu wechseln.

»Im Grunde immer schon. Eigentlich bin ich ja Architekt. Ich liebe Häuser. Aber hier auf der Insel baue ich nichts. Es steht ja schon genug herum. Und Sie: warum sind Sie Journalistin geworden?«

Ja, warum?

»Weil ich gerne Fragen stelle. Insofern hätten Sie auch ein Motiv gehabt.«

»Ein Motiv? Wozu? Haben Sie mich in Verdacht, ein Verbrecher zu sein?«

»Sollte ich? Nein, aber Sie beantworten jede Frage mit einer Gegenfrage.«

»Tue ich das? Ist mir noch gar nicht aufgefallen. Aber wenn es Sie stört, benutze ich ab sofort nur noch Ausrufezeichen. Zum Journalismus fehlt mir jedenfalls die Begabung. Ich tue mich schon schwer damit, für Immobilienanzeigen die richtigen Worte zu finden. In der Regel kupfere ich bei Kollegen ab. So, das hätte ich zugegeben. Nehmen Sie mich jetzt fest, Frau Kommissarin?«

So unsympathisch, wie er ihr im Océano vorgekommen war, schien dieser Hollerbeck ja doch nicht zu sein. Er zieht halt seine Show ab, dachte Emma. Sie war grundsätzlich bereit, jeden Menschen sympathisch zu finden, der Humor bewies. Eine Schwäche von ihr, hatte Paul ihr oft erklärt, aber, fand sie, eine lässliche.

Sie waren vom La Palma zunächst nach La Paz gefahren. Das ist ein Ortsteil von Puerto, der oberhalb des Hotelviertels liegt und, laut Hollerbeck, das Hauptquartier der deutschen Residenten ist, der etwas wohlhabenderen jedenfalls. Hollerbeck hatte ihr eine Apartmentanlage nahe dem Botanischen Garten gezeigt. Von der Straße aus war der Komplex aus sechs oder acht verwinkelten, strahlend weißen Häusern, die sich um einen großen, geschwungenen Pool gruppierten, gar nicht zu erkennen gewesen, so viele Palmen und Oleanderbüsche und Bougainvillea-Hecken wuchsen um die Bauten herum. Kein Haus war höher als drei Geschosse. Die Erdgeschoss-

Apartments hatten Terrassen, die in Parkanlagen übergingen, die mittleren Wohnungen große Balkone, die oberen Dachterrassen. Das alles erläuterte ihr Hollerbeck. Und erwähnte Wellnesszonen, Klimaanlagen, Einbauküchen.

»Warum zeigen Sie mir das? Ich glaube nicht, dass ich mir solche Wohnungen leisten könnte.«

»Och, das können viele auch nicht, die hier wohnen. Darlehen sind derzeit günstig zu haben. Und die Preise steigen. Wenn Sie es richtig anstellen, finanziert sich so ein Apartment von selbst.«

»Erinnern Sie sich: Ich will ein Apartment ver-kaufen, nicht kaufen.«

»Ach ja. Nein, im Ernst: Ich zeige Ihnen diese Anlage erstens, damit Sie eine Ahnung davon bekommen, welche Standards heute erwartet werden, jedenfalls von Käufern mit Geld und gewissen Ansprüchen...«

»Ach so: damit meine Ansprüche an den zu erzielenden Verkaufspreis für das Apartment meiner Großmutter nicht in den Himmel wachsen... und zweitens?«

»Zweitens? Weil ich selber hier wohne. Da hinten, in Haus Drei. Eine Maisonnette-Wohnung mit Blick auf Puerto. Falls Sie mich mal besuchen wollen.«

»Danke. Das wäre nicht nötig gewesen.«

»Och, meine Frau hätte Sie sicher gern kennengelernt. Ich glaube, Sie würden sich gut verstehen.«

»Wie kommen Sie darauf?«

»Na, jedenfalls musste ich ihr sehr genau erklären, mit wem und warum ich heute unterwegs bin. Meine Frau stellt genauso gerne Fragen wie Sie.«

»Ist sie Journalistin oder Maklerin – oder hat sie Grund zur Eifersucht?«

»Noch nicht.« ›Jo‹ zwinkerte ihr zu.

Oh Gott. Wo war sie gelandet? Auf der Insel der Anbaggerer? Tat sie irgend etwas, um solche Männer zu ermutigen, sie anzusabbern? Oder ging von ihr ein Beutegeruch aus? Irgendein Duftstoff, der signalisierte: Halloo, ich bin Single und verzweifelt, brauche dringend Trost und Sex?

Emma beschloss, inzwischen waren sie hinter Santa Cruz, die Dinge geradezuziehen:

»Übrigens, Herr Hollerbeck: falls Sie testen wollen, ob was geht: Lassen Sie das! Ich stehe nicht auf ältere Herren.«

Auwei, das war jetzt vielleicht doch etwas schroff ausgefallen. Aber Jo Hollerbeck schien unerschrocken. Er lächelte sie sonnig von der Seite an:

»Schade. Sind Sie sicher, nichts zu verpassen?«

Wie dreist war das denn?

»Aber keine Sorge. Ich versuche nur charmant zu sein. Ihre Gegenwart hat schon etwas, muss ich gestehen, Animierendes. Und ich darf Sie daran erinnern: es war Ihre Idee, mit mir eine Art Inselrundfahrt zu machen. Und jetzt nehmen Sie es einem alten Mann übel, dass er sich geschmeichelt fühlt! Finden Sie das fair? Aber wir können unser Gespräch auch ganz sachlich auf Summen und Quadratmeterzahlen beschränken.«

»Ich bitte darum.« Verdammt, warum musste sie lächeln, während sie diesen eiskalten Satz aussprach?

»Wohin fahren wir jetzt eigentlich?«

»An die Costa del Silencio. Sie wollten ja den Süden sehen. Spielen Sie Golf?«

Natürlich spielte sie nicht Golf. Allenfalls Minigolf. Aber auch das hatte sie zuletzt vor mindestens fünfzehn Jahren getan. Gerade wollte sie erklären, sie komme aus dem Ruhrgebiet und da finde man Golf dekadent, als ihr einfiel, dass es, ausgerechnet, in Castrop-Rauxel einen großen Golfplatz gab – und außerdem hatte sie neulich noch irgendwo gelesen, nirgendwo in Deutschland gebe es mehr Golfplätze als um das Ruhrgebiet herum. Sie beschloss, das Thema nicht zu vertiefen.

Die Costa del Silencio erwies sich, anders als der Name suggerierte, als höchst lebendige Landschaft aus älteren Hotelkomplexen, Golfclubs und Baustellen. Der Süden, erklärte ihr Hollerbeck, sei längst dabei, das Ballermann-Image abzuschütteln – obwohl es die Billighotels für Pauschalzecher natürlich immer noch gebe, aber die ballten sich in Los Cristianos und an der Playa de las Américas.

Sie hielten an einer fast fertiggestellten Golf-Stadt aus schmucken Apartmenthäusern und Villen an, und Hollerbeck zeigte ihr Häuser, für die mehr als eine halbe Million Euro verlangt würden. Zum Teil weit mehr. Im Vergleich dazu sei der Norden noch immobilenmarktmäßig unerschlossen. Uninteressant sei der Norden, sagten die Einen, die nur den Süden für vermarktbar hielten, mit seinem ewigen Sonnenschein und seinen Kunstlandschaften jenseits von Gottes Mülldeponien, die ihr auf der Fahrt vom Südflughafen nach Puerto aufgefallen waren. Voller Potential, sagten Andere. Dazu zähle er, Jochen Hollerbeck: zu den Anderen. Der Norden sei wieder im Kommen, da sei er sich sicher. Menschen mit Geschmack langweilten sich, wenn sie unter sich immer nur Greens und über sich immer nur blauen Himmel sähen: »Wie ist das mit Ihnen? Mögen Sie Wolken?«

Mochte sie Wolken? Interessante Frage, fand Emma.

»Ja«, wurde ihr klar, »ich mag Wolken. Als Kind habe ich darin oft seltsame Tiere entdeckt. Und heute früh, vom Balkon aus, fand ich es faszinierend zu beobachten, wie der Himmel erst ganz blau war, sich dann zuzog, bis die Wolkendecke schließlich wieder aufriss. Auch das Meer hat dabei ständig seine Farbe verändert, von Hellgrau über Dunkelgrau zu Blau, Grün und Türkis. Toll!«

»Vielleicht sollten Sie das Apartment Ihrer Großmutter doch behalten. Ich glaube, Sie sind dabei, sich in die Insel zu verlieben.«

War sie das?

Vielleicht, dachte Emma, erwiderte aber: »Keine Sorge! Dann hätten Sie ja Benzin und Zeit zum Fenster rausgeworfen.«

»Das glaube ich nicht. Außerdem: Vielleicht verkaufen Sie ja die Wohnung Ihrer Oma und kaufen sich was anderes. Dann hätte ich gleich ein doppeltes Geschäft gemacht. Außerdem bereitet es mir – trotz allem – Freude, mit Ihnen durch die Gegend zu fahren. Darf ich sagen oder finden Sie das auch anzüglich: ich finde Ihre Gesellschaft erfrischend?«

Von der Costa del Silencio fuhren sie nach Los Cristianos weiter, um, wie Hollerbeck sagte, »die Schrecknis zu sehen«. Statt dort eines der überall angepriesenen Full English Breakfasts zu genießen, aßen sie später in einem Restaurant an einer kleinen Bucht der Costa Adeje zu Mittag. Emma bestand darauf, »meinen Fahrer« einzuladen. Auf dem Weg nach Los Gigantes erschien ihnen dann wie eine Fata Morgana ein erdroter Hotelkomplex, der Emma an die Adobe-Bauten prähistorischer Indianer im Südwesten der USA erinnerte. Nur, dass die Indianer wohl keine Teiche mit Koi-Karpfen an Michelinbesternten Restaurants angelegt hatten. Und Golf spielten die Hopis auch nicht. »Siebenundzwanzig Loch«, erklärte ihr Hollerbeck: »Das Nonplusultra zur Zeit. Und falls Golf Sie langweilt, weil Sie ja noch jung genug sind, um Sex zu haben, bleibt Ihnen, neben dem Sex, allezeit eine schöne Aussicht auf die Berge und auf La Gomera und die Auswahl zwischen sieben Restaurants.«

Emma musste lächeln. La Gomera. Sie erinnerte sich an eine Wanderung, die sie mit ihren Großeltern gemacht hatte, damals, in ihrem persönlichen annus horribilis 15. Die einzige Wanderung, zu der sie sich damals hatte überreden lassen. Erstaunlicherweise hatte sie Gefallen daran gefunden. Sie erinnerte sich an eine menschenleere, total rentnerfreie Landschaft und, mittendrin, an einen gemauerten Dreschpatz. Da hatten sie gepicknickt, Opa Heinrich, Oma Ilse und sie, ganz allein, unter ihnen der Ozean. Und am Horizont war Gomera zu sehen gewesen, die Nachbarinsel, verschleiert. Märchenhaft, total märchenhaft war ihr das vorgekommen, damals. Sie erzählte Hollerbeck davon.

»Ich glaube, ich weiß, wo das gewesen sein könnte. Im Teno-Gebirge. Da kommen wir durch, wenn wir nicht über die Autobahn wieder zurückfahren, sondern über Santiago de Teide. Dann hätten wir wirklich eine Inselrundfahrt gemacht.«

»Wäre das ein großer Umweg?«

»Für Sie ist mir kein Weg zu weit, das sollten Sie inzwischen wissen.«

Emma verdrehte die Augen. Aber so wie Hollerbeck grinste, als er das sagte, so Walter-Matthau-mäßig, konnte sie ihm auch diesen Baggerspruch nicht wirklich übel nehmen. Mal schauen, dachte sie sich, wie weit Hollerbecks Geduld auszureizen sein würde:

»Auch kein Wanderweg? Wir sind damals vielleicht eine Stunde oder so gelaufen. Würde Sie das überfordern?«

Zum ersten Mal, seit sie sich kannten, blieb Jochen Hollerbeck ihr eine sofortige Antwort schuldig.

»Heißt das, Sie wollen wandern gehen? Heute? Jetzt? Mit mir?« fragte er, alarmiert klingend – nachdem er zuvor gefühlte drei Minuten schweigend den Verkehr vor ihnen fixiert hatte: »Ich fürchte, dafür sind wir nicht ausgerüstet.«

»Ausgerüstet? Ich kann mich nicht erinnern, damals mit 15 ›ausgerüstet‹ gewesen zu sein. Jedenfalls hatten wir keine Pickel und Seile dabei.«

»Na, die brauchen wir hier auch nicht. Aber vernünftiges Schuhwerk schon und Jacken. Im Teno-Gebirge kann sich das Wetter rasch ändern und plötzlich sind wir von Wolken umgeben.«

»Wirklich? Das wäre doch ein tolles Abenteuer. Bitte!« Emma zog ein Kleinmädchengesicht samt Schmollmund und schmachtete Hollerbeck an: »Jooo!«

Wie sich herausstellte, hatte »Jooo« einen Rucksack und Wasserflaschen und einen Anorak und feste Schuhe im Kofferraum. Er parkte den Mercedes an einer Abbiegung im Nirgendwo, neben einem leerstehenden Haus. Von dort aus liefen sie auf alten Ziegenpfaden los. Palmen wuchsen hier nicht, dafür Kaktusfeigen. Jo hielt sie davon ab, eine zu pflücken: »Vorsicht, die sind voller kleiner fieser Stacheln.«

Ja, genau, Emma wusste es wieder. Mit 15 hatte sie genau die gleiche Warnung gehört, von Opa Heinrich, und sie ignoriert. An den Schmerz an Fingern und Zunge konnte sie sich mit einem Mal wieder höchst lebendig erinnern. Diesmal verhielt sie sich klüger.

Kein Mensch kam ihnen entgegen, während sie immer höher anstiegen. Emma voran, Hollerbeck, gelegentlich keuchend, hinterdrein. Unten im Tal und an den Hängen gegenüber, in weiter Ferne, konnten sie einsam gelegene Bauernhöfe, ach was, Steinhütten erkennen. Aber wer auch immer dort lebte, so scheinbar entrückt von der Welt der Supermärkte und 27-Loch-Golfplätze, und die terrassenförmig angelegten steinigen Äcker bestellte, hielt sich versteckt. Mehrfach bot Hollerbeck ihr an, in einem zunehmend flehentlichen Ton, wieder umzukehren. Jetzt habe sie doch wohl einen guten Eindruck von der Landschaft bekommen! Da ändere sich nichts mehr, und sie hätten ja noch eine lange Fahrt vor sich... Doch Emma kam sich vor, als hätte sie eine Witterung aufgenommen:

»Ach Jo, es kann nicht mehr weit sein. Da war eine alte Steinhütte und ein gemauerter Platz, ich seh‘s wieder vor mir, mit einem großartigen Blick auf das Meer und auf Gomera. Vielleicht ist das Gelände ja zu kaufen, und Sie bauen ein Resort hierhin, für Aussteiger, die bereit sind, viel Geld dafür zu bezahlen, von allem ganz weit weg zu sein. Mit Golfplatzanbindung natürlich und mit Sterne-Restaurant. Und Hubschrauberlandeplatz.«

Hollerbeck war nicht mehr nach Humor zumute. »Solche ehemaligen Dreschplätze gibt's hier mehrere. Es kann sein«, japste er, »dass Sie mit Ihren Großeltern ganz woanders rumgelaufen sind.«

»Kann sein. Glaub ich aber nicht. Das kommt mir alles sehr bekannt vor hier«, schwindelte sie. Emma hatte, gestand sie sich ein, einfach Spaß daran gefunden, Hollerbecks Geduld und Kondition auszureizen. Hatte sie eine bislang verborgene sadistische Ader? Außerdem war die Landschaft wirklich großartig, die Luft sowieso. Und das Laufen tat ihr gut. Der Kopfschmerz war verflogen.

Da war es! Sie hatten einen letzten, steilen Anstieg hinter sich gebracht, waren um eine abstrus gen Himmel zeigende Felsnase gebogen, da tat sich plötzlich ein weiter Blick auf, über das tief unter ihnen schimmernde und von hier aus unhörbare Meer auf das unten herum leicht verschleierte La Gomera. Eine Fähre zog eine Schaumspur hinter sich her. Ein paar Segel blähten sich im Wind, klein wie Konfetti, von ihrem Logenplatz hier oben aus gesehen. Emma blieb stehen und atmete ein paar Mal tief ein und wieder aus.

»War es hier? Ist das der Platz, an den Sie sich erinnern?« In Hollerbeck, der zuletzt sehr still geworden war, schien Leben zurückzukehren. Und Hoffnung: »Dann kehren wir jetzt um, ja? Bitte!«

»Gleich. Auf ein paar Minuten kommt es jetzt ja wohl auch nicht mehr an. Oder können Sie nicht mehr?« Emma setzte ein Krankenschwestergesicht auf und musterte Hollerbeck besorgt. Als hätte er soeben offenbart, inkontinent zu sein.

»Keine Sorge, ich bin fit. Ich dachte eher an Sie. Es könnte kalt werden auf dem Rückweg, und wir sind doch am Ziel.«

»Nicht ganz. Aber fast. Sehen Sie die Hütte da unten? Den Steinhaufen? Ich glaube, da haben wir damals gepicknickt. Da müssen wir noch hin, dann ist es gut – aber Sie können gern auch hier warten und ich gehe die paar Meter allein.«

»Kommt überhaupt nicht in Frage. Aber was glauben Sie, da unten zu finden, was Sie hier nicht haben? Die Aussicht wird von dort nicht besser sein als von hier aus.«

»Mag sein, aber ich muss da einfach hin; jetzt, wo wir schon so weit gekommen sind. Das verstehen Sie doch, oder?«

Nein, Hollerbeck verstand es offensichtlich nicht, aber er folgte ihr kopfschüttelnd. Der kurze Abstieg war nicht unbeschwerlich. Ziegen waren hier seit langem nicht mehr hergegangen, Wanderer offenbar auch nicht. Hollerbeck unternahm noch mehrere Versuche, Emma zur Umkehr zu bewegen. Doch es war zwecklos.

»Hier war es. Genau hier. Da auf den Steinen haben wir gesessen und Käsebrote und Bananen gegessen. Und hier, auf dieser flachen Bank, bin ich eingedöst damals. Es war genauso sonnig wie heute. Es war der schönste Tag des Urlaubs. Also eigentlich: der einzig schöne, wie ich damals fand. Und jetzt muss ich was suchen.«

»Suchen? Was müssen Sie suchen?« In Hollerbecks Stimme klang eine Spur von Entsetzen mit.

»Ein Amulett. Ich habe seinerzeit ein Amulett hier versteckt.«

»Ein Amulett?« Offenbar hatte Hollerbeck seine Smartness jetzt völlig verlassen. Er starrte sie mit offenem Mund ungläubig an, als wäre sie verrückt geworden.

»Sage ich doch. Eine Halskette, die mir mein erster Freund geschenkt hatte. Also, ein Junge, der glaubte, mit mir zu gehen. Ich hab damals, als ich lag und döste, mit ihm Schluss gemacht. Hat er natürlich nicht gewusst. Ich hab ihm später erzählt, ich hätte das Amulett beim Schwimmen verloren. Er war untröstlich, der Arme.«

»Ich hätte nie gedacht, dass Sie so gemein sein können. Sie sind ja eine Männerfresserin! Aber Sie wollen das Amulett jetzt im Ernst nicht suchen, oder?«

»Oder doch. Schon allein, damit Sie sehen, dass ich nicht gemein bin, sondern sentimental.«

Und schon fing Emma an, Steine an die Seite zu zerren. Steinblöcke, die den Zugang zu der zerfallenen Hütte versperrten.

»Was tun Sie da? Das ist hier ein Naturschutzgebiet. Kennen Sie nicht den Spruch: Nehmen Sie nichts als Fotos mit und hinterlassen Sie nichts als Fußabdrücke?«

»Sehen Sie, ich habe etwas wieder gutzumachen. Vor zwanzig Jahren habe ich hier widerrechtlich frevelnd etwas hinterlassen. Das hole ich jetzt zurück. Auf dass die kanarische Natur wieder ihre wohlverdiente Ruhe finde!«

Währenddessen hatte Emma schon einen Haufen Steine beiseite geräumt. Allmählich tat sich der Blick ins Innere der zerfallenen Hütte auf.

»Sie wollen doch da wohl nicht reinkrauchen! Lassen Sie das! Die Decke könnte einstürzen und Sie begraben. Wie soll ich hier Hilfe holen?«

»Die brauchen Sie nicht. Sie sind doch ein starker Mann. Und wenn mir vor zwanzig Jahren nichts zugestoßen ist, wird's heute auch gut gehen.«

Und schon hatte sich Emma bäuchlings zwischen den Steinen hindurch in die Enge der alten Schutzhütte gezwängt.

»Iiiiihhh!«

Was war das? Ein Schuh? Ein Schuh. Aber nicht nur ein Schuh. Während sich ihre Augen an das Dunkel langsam zu gewöhnen begannen, tastete Emma den Gegenstand vor sich ab. Jenseits des Schuhs fühlte sie etwas Ledrig-Weiches, etwas, das auf Druck nachgab. Ein Tier? Eine Echse? Quatsch, so große Echsen, das wusste sie, lebten hier nicht. Und sie trugen bestimmt keine Schuhe. Emma zog die Hand spontan zurück. Dann streckte sie sie vorsichtig wieder aus und betastete das, was da länglich vor ihr lag. Stoff. Stoffreste, und darunter – konnte das sein? – ein Körper! Nochmal schrie sie gellend auf.

Hinter ihr schob Hollerbeck jetzt eilig weitere Steine beiseite. Das Licht wurde besser. Und Emma verstand: kein Zweifel, sie hatte eine Leiche gefunden.

6. Kapitel

»Au!«

Emma trat mit einem Fuß Hollerbeck mitten ins Gesicht. Seine Nase blutete.

»Das tut mir Leid. Das wollte ich nicht. Legen Sie sich flach auf den Boden und beugen Sie den Kopf in den Nacken!«

Als hätte sie eine Schlange gebissen, hatte Emma sich ruckartig zurückgeschoben – und dabei Hollerbeck, der hinter ihr emsig Steine beiseiteschob, getroffen. Immerhin hatte das den, fand sie, angenehmen Nebeneffekt, dass sie schlagartig wieder klar denken konnte. Die Hysteriegefahr war gebannt. Fürs erste.

Sie hatten eine Leiche gefunden!

Eine Leiche, die offenbar schon länger hier lag. Das, was an Körper erkennbar war – die Hände, der Kopf – war, soviel ließ das Dämmerlicht erkennen, so verschrumpelt wie Ötzi, die antike Gletscherleiche. Vertrocknet. Aber so alt wie Ötzi war der Mann offenkundig nicht – Kleidung und Schuhgröße deuteten klar auf männliche Leiche. Der Stoff jenseits des Schuhs entpuppte sich als Funktionshose aus jenem leichten, wasserdichten Stoff, der zur globalen Wanderausrüstung des frühen 21. Jahrhunderts gehörte. Nur die Farbe war unidentifizierbar.

»Was machen wir jetzt?« wollte Emma von Hollerbeck wissen, als dessen Nase nicht mehr blutete.

»Ich denke, wir sollten die Steine wieder zurechtrücken und verschwinden.«

»Und vergessen, was wir hier gefunden haben?« Das erschien Emma unmöglich.

»Zumindest nicht darüber reden.« Hollerbecks Stimme klang weinerlich. Nasal. Er drückte sich noch immer ein Papiertaschentuch vors Gesicht.

»Das ist nicht Ihr Ernst. Ich denke, wir sollten die Polizei informieren. Wir müssen die Polizei informieren. Der Mann hier kann ja nicht friedlich gestorben sein. Der ist ermordet worden!«

Emma starrte Hollerbeck in die Augen. Der blinzelte heftig und unternahm einen letzten Versuch, ihr Vernunft beizubringen:

»Kann sein. Wird wohl so sein. Aber daran können wir zwei jetzt auch nichts mehr ändern. Sehen Sie es doch mal so: Wer immer das ist da drin: er hat jetzt hier seine Ruhe gefunden. Bis Sie gekommen sind!«

Emma war sprachlos. Hollerbeck fuhr fort:

»Ich hab keine Ahnung, wer das ist und wie er hierhingekommen ist. Aber ich weiß ganz genau, dass die Polizei uns beiden eine Menge Fragen stellen wird, die wir entweder nicht beantworten können oder jedenfalls nicht gern beantworten würden. Angefangen damit: Wieso sind wir eigentlich hier?«

Emma wischte Hollerbecks Bedenken mit einer Armbewegung beiseite. »Die einzige jetzt relevante Frage, finde ich, ist: wie alarmieren wir die Polizei? Wir haben höchstwahrscheinlich ein Mordopfer gefunden. Jemand wird den Mann dort« – Emma deutete auf den Steinhaufen – »vermissen. Wir haben gar keine andere Wahl, ob wir wollen oder nicht: wir müssen den Fund melden. Das ist unsere Pflicht.«

Hollerbecks Mienenspiel, als er das Wort ›Pflicht‹ hörte, erinnerte Emma wieder heftig an Walter Matthau. Auch Woody Allen kam ihr in den Sinn. Der konnte auch so ein Gesicht schneiden. Sie hatte plötzlich die Schlusszene aus »Manhattan« vor Augen, wo Allens junge Geliebte, die für ein halbes Jahr nach London ziehen will, ihn mit dem Hinweis vertröstet, sie werde ihm treu bleiben, was sei schon ein halbes Jahr... Woody Allen, beziehungsweise der Typ, den er darstellt, schweigt dazu, aber seine Mimik spricht Bände.

Was für ein Blödsinn, jetzt an alte Filme zu denken! Emma wunderte sich über sich selbst und vertrieb die Schattengestalten Walter und Woody, indem sie energisch den Kopf schüttelte.

»Was meinen Sie: Haben wir hier Handyempfang?« Bevor Hollerbeck antworten konnte, hatte Emma ihr Smartphone in der Hand und checkte die Verbindungsanzeige. Ein Signal war vorhanden, wenn auch nur schwach.

Hollerbeck beobachtete Emma mit zunehmender Nervosität. »Ob wir den Toten hier entdeckt haben oder ob das irgendeine Wandergruppe tut, im nächsten oder übernächsten Jahr: was macht den

Unterschied? Der Mann ist tot, eine ganze Weile schon. Und wenn ihn jemand vermisst haben sollte, ist die Trauer längst verklungen. Sicher ist nur: wenn wir den Leichenfund melden, sind wir Zeugen, haben wir den Ärger. Brauchen Sie den? Ich nicht.«

Hollerbeck schien das tatsächlich ernst zu meinen. Und so Unrecht hatte er nicht, musste Emma sich eingestehen. Niemand wusste von ihrem Ausflug hierhin. Hätte sie, Emma, nicht in einem Anflug närrischer Nostalgie darauf bestanden, ihr blödes Amulett zu suchen, wären sie nicht hierhin gekommen, hätte sie die Steine nicht weggeräumt, hätten sie auch keine Leiche entdeckt... Einfach den Reset-Button drücken und die Episode überspringen!

Ja, und dann? Dann hätten Jochen Hollerbeck, den sie kaum kannte, und sie ein Geheimnis. Miteinander. Nur sie beide. Ein Gedanke, der Emma überhaupt nicht behagte – ohne dass sie hätte erklären können, weshalb. Und abgesehen davon: sie war Reporterin, Journalistin, und hier vor ihr in einem entlegenen Zipfel der Insel Teneriffa lag nicht nur eine männliche Leiche, sondern eine Story! Ihre Story! Was würde Paul Bärkamp tun? Jeder Restzweifel verflog. Paul würde sagen: »Mädchen, mach was draus!«

»Kommt nicht infrage, Herr Hollerbeck. Hier liegt eine Leiche, wahrscheinlich ein Mordopfer. Ein Mensch, der vermisst wird, der Angehörige hat, die nach ihm suchen, die um ihn trauern. Und irgendwo da draußen ist ein Täter, ein Mörder, der vielleicht wieder zuschlagen wird oder es schon getan hat, wer weiß... das müssen wir verhindern. Dafür sind wir jetzt verantwortlich, ob wir wollen oder nicht. Sie und ich. Das ist jetzt unser Schicksal!«

Hollerbeck nickte, wenn auch eher resigniert als überzeugt. »Sie haben ja Recht. Aber Ärger wird es uns bringen, Zeit wird es uns kosten und wer weiß, was die Presse daraus macht. Pardon! Die Presse ist ja schon hier. Wollen Sie darüber schreiben? Über unseren Fund hier? Über uns?« Hollerbeck wirkte alarmiert.

»Über uns? Ich wusste gar nicht, dass wir beide ein ›Wir‹ sind, Herr Hollerbeck. Sie sind Makler, ich habe ein Apartment geerbt. Wir sind geschäftlich unterwegs, erinnern Sie sich?«

»Ach ja, und was haben wir ›geschäftlich‹ hier oben im Teno-Gebirge verloren, wir zwei beiden ›Geschäftspartner‹?«

Ja, musste Emma sich eingestehen, das würde Fragen aufwerfen. Was hatten sie, Emma C. Schneider aus Bochum, und Jochen Hollerbeck, verheirateter Makler mit ihr gänzlich unbekannter Vergangenheit, hier oben in den Bergen verloren? Und was brachte sie dazu, zielstrebig den Fundort einer Leiche anzusteuern?

7. Kapitel

»Übrigens: was brachte Sie dazu, so zielstrebig den Fundort einer Leiche anzusteuern?«

Emma saß im Kommissariat von Adeje, und der Kommissar war freundlich, aber neugierig. Er hatte Emmas und Hollerbecks Personalien aufgenommen, er hatte sie, jeden für sich, minutiös berichten lassen, wie sie auf die Leiche gestoßen waren und festgestellt hatten, dass es eine Leiche war. Emma ließ auch Jos Nasenbluten nicht aus. Vermutlich hatte er Blutspuren hinterlassen. Blutspuren am Tatort.

Zuerst hatte der Kommissar mit Hollerbeck gesprochen, während sich eine junge Polizistin rührend um Emma kümmerte, ihr Kaffee anbot und auch Zigaretten. Danke, Emma rauchte nicht. Man ließ sich Zeit. Längst war es darüber dunkel geworden.

Es hatte nicht lange gedauert, nach Hollerbecks Anruf – Emma hatte ihm die Initiative überlassen, schließlich sprach er Spanisch –, dann war ein Erste-Hilfe-Helikopter aufgetaucht und auf einem nahen Plateau gelandet. Nachdem klar geworden war, dass hier tatsächlich ein Leichenfund vorlag, kam sogar ein zweiter Helikopter, mit Polizisten an Bord. Die Sanitäter zogen wieder ab. Die Polizeibeamten nahmen Emma und Hollerbeck mit. »Und mein Auto?« fragte Hollerbeck.

»Wo steht das genau? Geben Sie uns den Schlüssel. Wir kümmern uns darum«, versprach ein Polizist.

Beamte waren damit beschäftigt, den Fundort mit Plastikbändern zu sichern und den Boden drumherum akribisch abzusuchen, als der Hubschrauber mit Hollerbeck und Emma an Bord startete. Es war ein fantastischer Flug. Gomera war jetzt noch klarer zu erkennen. Der Blick hinunter auf die Steilküste, auf Meer und Brandung war atemberaubend, fand Emma. Hollerbeck allerdings schien sich für die Aussicht kein bisschen zu interessieren.

Seit Stunden saßen sie nun schon in diesem Präsidium, in einem Ort, von dem sie noch nie gehört hatte, der ihr aber recht wohlhabend vorkam, obwohl sie hier keinerlei Hotelanlagen gesehen hatte und Adeje auch gar nicht am Meer lag, sondern in den Bergen, hoch entrückt von dem Treiben unten an der Küste.

Jetzt, endlich, war sie an der Reihe. Gut, dass sie mit Jo vereinbart hatte – als der Anruf getätigt war und sie auf die Beamten warteten, in sicherem Abstand vom Fundort, wie es am Telefon angeordnet worden war –, dass sie strikt die Wahrheit sagen würden, nichts als die Wahrheit. Hollerbeck riet zwar zu einer gewissen ›Vereinfachung‹ der Story, aber davon wollte Emma nichts wissen. Hielt sich jeder an die Wahrheit, darauf bestand sie, dann konnten sie sich auch nicht in Widersprüche verwickeln. Also erzählte Emma dem Kommissar schnurstracks, was geschehen war. Auf Deutsch, der Kommissar sprach Deutsch:

»Ich bin erst seit ein paar Tagen auf der Insel. Meine Großmutter hat hier als Residentin gelebt. Sie ist vor kurzem gestorben und hat mir ihre Wohnung vererbt. Die will ich verkaufen und so habe ich Herrn Hollerbeck kennengelernt. Er ist Makler und hat mir angeboten, mich mit der Insel und dem Immobilienmarkt hier vertraut zu machen...«

»Im Tenogebirge«, unterbrach sie der Kommissar, süffisant lächelnd.

»Ja, ich weiß, das sieht komisch aus. Aber wir sind rund um die Insel gefahren, waren in Puerto, in Laguna, an der Costa del, ich glaube, Silentium...«

»Silencio, Costa del Silencio.« Täuschte Emma sich, oder hatte das Lächeln des Kommissars etwas Maliziöses?

»Ja, jedenfalls in einem Golfresort dort, dann weiter nach Los Cristianos, und ich habe Herrn Hollerbeck gebeten, auf dem Rückweg durch die Berge zu fahren und im Tenogebirge zu halten.«

»Und warum? Warum ausgerechnet dort, wo wir Herrn Hollerbecks Straßenkreuzer gefunden haben? Das ist ziemlich, wie sagt man: entlegen? Ein Wanderparkplatz ist da nicht.«

»Weil ich zuletzt vor zwanzig Jahren auf der Insel war, als Kind, als Jugendliche. Und damals mit meinen Großeltern wandern war, genau dort. Glaubte ich jedenfalls. Und deshalb habe ich Herrn Hollerbeck gebeten, dort anzuhalten und eine kleine Wanderung zu unternehmen.«

»Herrn Hollerbeck? Sie siezen sich?«

»Natürlich! Wir kennen uns doch erst seit gestern.«

»Oh, das muss nichts heißen. Herr Hollerbeck hat jedenfalls vorhin in der Vernehmung nie von ›Frau Schneider‹ gesprochen, sondern immer nur von ›Emma‹. Sind Sie sich näher gekommen?«

Emma erschrak. Was war das hier? Ein Verhör? Worauf wollte der Kommissar hinaus? Insgeheim musste sie sich eingestehen, dass die Wahrheit, so wie sie war, etwas Unglaubwürdiges an sich hatte. Vielleicht wäre Hollerbecks Idee von der ›Vereinfachung‹ doch nicht so schlecht gewesen. Aber jetzt war es dafür zu spät. Sie legte tiefe Empörung in ihre Stimme:

»Nein! Wo denken Sie hin!«

»Liebe Señorita Schneider: Ihr Freund – oder Ihr Bekannter, der Señor Hollerbeck, für erstaunlich viele einfach ›Jo‹, ist hier kein ganz Unbekannter. Dass er einer jungen, sehr attraktiven Frau die ›Insel zeigt‹, wird niemanden verblüffen. Aber dass er mit ihr spontan wandern geht, das schon. Eine ausgeprägte Wanderfreude, wie sie vielen Ihrer Landsleute ja durchaus zu eigen ist, hat man Jo Hollerbeck bisher noch nicht nachgesagt.«

»So? Was sagt man ihm denn nach? Und wer ist, bitte schön, ›man‹?«

»Wer ›man‹ ist, fragen Sie? Muss ich Ihnen das wirklich erklären? Sie sind doch Journalistin, sagen Sie. Sie leben doch von Gerüchten, oder nicht? Sehen Sie, Teneriffa ist eine Insel. Hier kennt man sich. Und die einen sind bekannter, die anderen leben zurückgezogener. Jo Hollerbeck jedenfalls lebt nicht zurückgezogen.«

»Das heißt, Herr Kommissar?«

»Eigentlich stelle ich hier die Fragen, Señorita Schneider. Der ›Herr Kommissar‹ hat übrigens einen Namen. Ich heiße Madrigal. Roberto Rodríguez Madrigal. Hier haben Sie meine Karte!«

Er schob Emma eine Visitenkarte über den Tisch hinweg zu.

»In deutschen Krimis kommt jetzt immer der Zusatz: Wenn Ihnen noch etwas einfällt, rufen Sie mich an!« Emma sah sich die Karte an und steckte sie ein.

»Das sagen wir hier auch. Aber Sie wollten mir hier und heute noch erzählen, warum Sie unbedingt zu dem alten Dreschplatz wollten und warum sie dort so zielstrebig eine Leiche freigelegt haben!«

»Ich wollte dort keine Leiche freilegen, sondern ein Amulett.«

Kommissar Madrigal zog seine schwarzen Augenbrauen theatralisch hoch und machte ein übertrieben interessiertes Gesicht. Emma fühlte sich an irgendeinen berühmten dicklichen Schauspieler erinnert, aus einer, glaubte sie, Agatha-Christie-Verfilmung. Er spielte darin einen belgischen Detektiv. Beleibt war Madrigal allerdings nicht, eher drahtig, terrierhaft.

»So, ein Amulett!« Madrigal tat ernsthaft interessiert, aber Emma witterte Spott: »Was bringt eine junge deutsche Journalistin dazu, am Tag drei nach ihrer Ankunft auf unserer schönen Insel Teneriffa, an einem gottvergessenen Ort mitten in einem entlegenen Gebirge ein Amulett zu suchen? Können Sie mir das verraten? Sie haben mich wirklich neugierig gemacht?«

Emma musste zugeben: so wie die Frage aus Kommissar Madrigals Mund kam, wirkte ihre Geschichte alles andere als glaubwürdig. Viel hätte nicht gefehlt und sie hätte sich selbst verdächtig gefunden.

»Ich weiß, das klingt komisch, aber es ist nun einmal, wie es ist. Vor zwanzig Jahren, auf dieser Wanderung mit meinen Großeltern, ich war fünfzehn, habe ich dort in diesem Steinhaufen, der mal eine Hütte war, ein Amulett versteckt, ein goldenes Amulett, den mir ein Freund geschenkt hatte. Ich wollte Schluss machen mit diesem Freund…«

Madrigal schob seinen Drehstuhl zurück und zog eine Schublade auf. Er holte etwas hervor und ließ es vor Emmas Kopf schwingen.

»Haben Sie das hier gesucht?« fragte er lächelnd.

»Sie haben es gefunden? Es war also tatsächlich dort? Ich habe mich nicht geirrt?«

»Nein, Señorita Schneider, Sie haben sich nicht geirrt. Sie waren am richtigen Ort. Ob Sie mit dem richtigen Partner dort waren und zur richtigen Zeit, das überlasse ich allerdings Ihrem eigenen Urteil.«

Wieder lächelte Madrigal süffisant, wobei sein feiner schwarzer Schnurrbart ein Eigenleben zu führen schien. Überhaupt war vieles schwarz an diesem Kommissar, fiel Emma auf. Er hatte tiefschwarzes, glatt nach hinten gekämmtes, zweifellos gegeltes Haar. Er trug ein schwarzes Hemd und eine schwarze Krawatte, was den goldenen Krawattenhalter umso auffälliger hervorstechen ließ. Wie alt mochte er sein, der Herr Kommissar? Emma schätzte ihn auf Mitte bis Ende vierzig und fragte: »Sie wollten mir noch erklären, warum Sie Herrn Hollerbeck, wie Sie das offenkundig tun, für keine gute Gesellschaft halten?«

»Habe ich das gesagt, Fräulein Schneider? Das habe ich ganz sicher nicht gesagt. Wir betreiben hier keine üble Nachrede. Wir sind hier bei der Polizei und nicht bei der Presse.«

Jetzt war sie also ›Fräulein Schneider‹, keine Señorita mehr. Was hatte das zu bedeuten? Vielleicht sollte sie vor diesem schwarzen Señor Madrigal, der so ungezwungen auf Deutsch parlierte, auf der Hut sein.

»Ihr Deutsch ist hervorragend, Herr Kommissar. Wo haben Sie es gelernt?«

»Schon in der Schule, in León, auf dem Festland. Auf der ›Halbinsel‹, wie die Tinerfeños sagen. In Kastilien. Meine ganze Familie war sehr an Deutschland interessiert. Später habe ich einige Zeit in Osnabrück gelebt. Man soll dort, habe ich gehört, das reinste Deutsch überhaupt sprechen.«

»Das ist ein Irrtum. Das beste Deutsch wird in Gelsenkirchen gesprochen«, widersprach Emma ihm, um des reinen Widerspruchs willen.

»So? Ist das wahr?« Madrigal tat ernsthaft irritiert. »Ich dachte, in Gelsenkirchen werde eher wenig gesprochen, sondern nur Fußball gespielt – wenn auch nicht besonders gut.«

Was wurde das hier? Was auch immer, Emma entschloss sich mitzuspielen:

»Letzteres stimmt, ersteres nicht. Der bessere Fußball wird natürlich in Dortmund gespielt, der beste überhaupt, jenseits von Barcelona.« Emma nahm an, dass Kommissar Madrigal, wenn er aus Kastilien stammte, vermutlich kein Fan der Katalanen war.

Treffer! Kommissar Madrigals Miene verdüsterte sich:

»Wie können Sie so etwas sagen? Ein solch krasses Fehlurteil ist nur durch Ihre Jugendlichkeit und Ihr zartes Geschlecht zu entschuldigen. Den reinsten Fußball der Welt spielt natürlich Real Madrid. Und den effektivsten Bayern München.«

»Mein Geschlecht? Denken Sie, Frauen können nichts von Fußball verstehen? Haben Sie die deutsche Frauenfußball-Nationalmannschaft schon mal spielen gesehen?«

»Nein, und das werde ich wohl auch nie. Es sei denn, eine Ihrer Ballheldinnen begeht einen Mord, hier, auf meiner Insel, in meinem Revier.«

»Kann ich mein Amulett jetzt wieder haben?«

»Noch nicht, ich bedaure, aber Sie können mir beschreiben, was auf dem Amulett dargestellt ist!«

Emma hatte das Gefühl zu erröten. Wie peinlich. Vor diesem Macho, der vermutlich nachts von Stierkämpfen träumte! Und wieso eigentlich? Was gab es hier zu erröten?

»Ein Pferd. Ein wieherndes Pferd.«

»Ja, das stimmt.« Madrigal hielt sich das Amulett dicht vors Gesicht und tat so, als sähe er die Gravur zum ersten Mal. »Ein merkwürdiger Liebesbeweis, finden Sie nicht auch? Oder war Ihr erster Freund – es war doch der erste, oder nicht? – ein Pferd?«

Da half nur lachen. Emma lachte. Gekünstelt, egal.

»Das soll ein Wildpferd aus dem Emscherbruch darstellen, aus der Gegend, wo mein erster Freund – und in dem Sinne, in dem Sie das zu meinen scheinen, war er nicht einmal mein Freund – zuhause war, und ich auch. Falls Sie das alles wirklich so genau wissen müssen. Wenn‘s der Wahrheitsfindung dient.«

»Wir werden das Alter und die Herkunft des Amuletts überprüfen müssen, Señorita Schneider. Sie verstehen. Reine Routine.« Madrigal war jetzt wieder die Freundlichkeit selbst. »Sie wollen sicher nach Hause. Es war ein langer Tag für Sie. Ruhen Sie sich aus. Wir melden uns wieder. Ich glaube, Herr Hollerbeck wartet noch auf Sie. Er wird Sie sicher gern nach Puerto zurückfahren, in seinem Mercedes.«

Madrigal sprang auf, reichte ihr die Hand und führte sie zur Tür: »Ach, eine Frage hätte ich noch!«

»Natürlich, das machen Kommissare schließlich immer so.«

»Sie scheinen sich gut auszukennen mit Kommissaren, nicht nur mit Maklern!«

Emma fühlte, dass sie schon wieder errötete: »Was wollen Sie wissen?«

»Was sagt Ihnen der Name Klaus Kaltenbrenner?«

8. Kapitel

»Nichts. Kann ich jetzt gehen?« hatte Emma geantwortet – aber nun kamen ihr Zweifel. Stimmte das? Hatte sie dem Kommissar die Wahrheit gesagt?

Wieder saß sie neben Hollerbeck in dessen weißem Mercedes. Wieder war sie auf der Autobahn Richtung Hauptstadt und Norden unterwegs. Doch diesmal ließ sie die Landschaft kalt. Von Landschaft war auch nicht viel zu sehen, in der Dunkelheit. Auch nicht vom Meer, das sie auf der rechten Seite permanent begleitete. Emma hing Gedanken nach. Auch Hollerbeck schwieg. Ungewöhnlich genug für ihn.

»Hat Kommissar Madrigal Sie auch gefragt, ob Ihnen der Name Klaus Kaltenbrenner etwas sagt?« brach Emma schließlich das Schweigen.

»Ja.«

»Und: sagt er Ihnen was?«

»Allerdings. Ihnen etwa nicht?«

»Nein – obwohl: irgendwie kommt er mir vor, als hätte ich ihn schon mal gehört.«

»Vielleicht hat Ihre Großmutter den Namen mal erwähnt. Klaus Kaltenbrenner hat im La Palma gewohnt. Vor drei Jahren ist er spurlos verschwunden. Ich habe übrigens sein Apartment vermakelt.«

Emma war sprachlos. Sie hatte nicht nur eine Leiche gefunden. An einem Ort, an dem sie im Grunde nichts zu suchen hatte. Sie hatte ein Mordopfer entdeckt, das mit ihrer Großmutter bekannt war – denn das war ihr klar: wenn dieser Kaltenbrenner im La Palma gewohnt hat und nicht nur anonymer Eigentümer war, dann musste Oma Ilse ihn gekannt haben. Oma Ilse kannte jeden im Haus. Kam Emma deswegen der Name Kaltenbrenner so vage vertraut vor? Hatte ihre Oma ihn mal erwähnt?

»Das war eine große Sache damals. Hat Ihnen Ihre Großmutter davon nichts erzählt? Es kommt schließlich nicht alle Tage vor, dass ein rüstiger, gesunder Rentner spurlos verschwindet. Ohne Abschiedsbrief, nichts. Und ohne Nachkommen, ohne direkte Erben. Wenn unser Toter Klaus Kaltenbrenner war, hätte wir ihn ruhig in Frieden lassen können – niemand sucht nach ihm. Aber Sie wollten ja nicht auf mich hören!«

»Ich hatte in den letzten Jahren keinen sehr intensiven Kontakt mit meiner Großmutter. Wir haben manchmal telefoniert, das war alles. Und ich muss gestehen, ich habe mich für diese La-Palma-Geschichten nie wirklich interessiert. Aber jetzt, wo Sie es erwähnen, glaube ich: Ja, sie muss davon gesprochen haben. Sie war ungewöhnlich aufgeregt damals. Ich glaube sogar, Sie hat gesagt, sie glaube an Mord. Ich hab das nicht ernst genommen damals. Ich hab's für Inselgeschwätz gehalten. Und der Name sagte mir nichts. Aber Klaus, ja, so könnte er geheißen haben, der Vermisste.«

»Aber dem Kommissar haben Sie gesagt, Sie kennen den Namen nicht?«

»Ja. In dem Moment sagte mir der Name auch nichts – und offengestanden – ich hatte die Nase voll. Ich wollte raus aus dem Präsidium. Nach Hause.«

»Nach Hause? Hätte ich Sie am Flughafen absetzen sollen? Daran sind wir schon vorbei.«

»Quatsch. Ich meine natürlich das La Palma.«

»Da schau her: das ist Ihnen aber schnell zum zweiten Zuhause geworden. Muss ich jetzt um meinen Deal fürchten?«

»Haben wir einen Deal? Sie haben noch nicht einmal einen Kaufpreis genannt, immer noch nicht. Vom Namen des potentiellen Käufers ganz zu schweigen.«

»120.000 Euro. Ich kann Ihnen 120.000 Euro anbieten. Glauben Sie mir: das ist ein sehr, sehr gutes Gebot. In der Regel gehen Apartments im La Palma für deutlich unter 100.000 weg.«

»Ich glaube nicht, Herr Hollerbeck, dass ich jetzt in der Stimmung bin, über Geschäfte zu reden. Außerdem hat der Kommissar angedeutet, er werde noch mal mit mir reden wollen.«

»Bestimmt wird er das. Sie haben sich ja schließlich verdächtig gemacht.«

»Verdächtig? Wieso?«

»Sie haben ihm – übrigens anders als wir auf Ihr dringendes Bitten hin vereinbart hatten – nicht die reine, die volle Wahrheit gesagt. Mit ein bisschen bösem Willen könnte man sogar sagen: Sie haben gelogen. Ganz eindeutig besteht eine Beziehung zwischen dem Mordopfer, dem Fundort und Ihnen.«

»Und Ihnen, oder vergessen Sie da was?«

»Die Vergessliche, mit allem Respekt, sind Sie. Sie scheinen zu verdrängen, dass ich nur auf Ihre Bettelei hin ins Tenogebirge gefahren bin. Sie haben mich dazu überredet. Ich wollte nicht wandern. Ich wandere nicht gern. Das weiß jeder. Sie haben mich bezirzt. Verhext.«

»Bezirzt? Verhext? Jetzt reicht es aber! Wenn wir nicht gerade auf der Autobahn wären, würde ich Sie bitten, auf der Stelle anzuhalten und mich rauszulassen, Herr Hollerbeck!«

»Das würde meinen Ruf nachhaltig schädigen. Das kann ich mir nicht erlauben. Ich setze keine jungen Damen in der freien Wildnis schutzlos aus.«

»Sie Held, Sie! Weiß Ihre Frau eigentlich, wo Sie stecken – und warum Sie immer noch nicht zuhause sind?«

»Oh ja, seien Sie unbesorgt. Ich habe mit meiner Frau telefoniert, vorhin, als Sie den Kommissar beschwindelt haben. Ich bin mir allerdings nicht sicher, ob sie mir geglaubt hat.«

»Und was haben Sie ihr gesagt?«

»Die Wahrheit natürlich, was sonst? Heute ist doch unser Wahrheitstag. El día de la verdad. Ob das so klug war, ist eine andere Frage. Aber auch dabei haben Sie ja Ihren Willen durchgesetzt. Ich habe was gut bei Ihnen.« Hollerbeck grinste sein Walter-Matthau-Grinsen.

»Sie haben Ihrer Frau erzählt, dass Sie mit einer Kundin wandern gegangen sind, eine Leiche gefunden haben und jetzt von der Polizei verhört werden? Einfach so?«

»So ungefähr. Ich habe allerdings ein paar Details weggelassen. Die werde ich noch nachliefern müssen. Das wird schwer genug. Einstweilen habe ich meiner Frau nur berichtet, dass ich auf dem Präsidium in Adeje war, weil die Leiche von Klaus Kaltenbrenner gefunden worden ist, einem ehemaligen Kunden von mir. Also, einem Kunden wider Willen. An den Namen erinnerte sie sich. Hat ja auch viel in den Zeitungen gestanden damals.«

»An wen haben Sie denn Herrn Kaltenbrenners Apartment verkauft? Auch an eine Russin?«

»An eine Russin, in der Tat. Aber woher wollen Sie wissen, dass sich auch für Ihr Apartment eine Russin interessiert?«

»Haben Sie das nicht gesagt?«

»Bisher nicht. Aber ja: es ist eine Russin. Übrigens, bevor Sie danach fragen: Kaltenbrenner hatte das Apartment genau unter dem Ihren. 1011.«

9. Kapitel

Es schellte. Diesmal klingelte es doppelt, stereophon. Emma rieb sich die Augen. Wovon hatte sie geträumt, eben noch? Von Hubschraubern und großen Echsen mit ledrigen Häuten. Schuhe hatte die eine Echse angehabt, komisch: Wanderschuhe. Und einen Schnurrbart hatte sie gehabt, einen schwarzen. Es klingelte erneut. Wie spät mochte es sein? Emma kramte nach ihrem Smartphone. Halb elf. Das Smartphone blieb still jetzt. Offenbar sprach jemand eine Nachricht auf ihre Mailbox.

Du liebe Güte, hatte sie lange geschlafen! Aber wie spät war es gewesen, als sie endlich auf ihre Schlafcouch gefallen war? Hollerbeck hatte sie brav bis zum La Palma gefahren und dann tatsächlich noch angeboten, einen »Absacker« zu nehmen, im Hotel nebenan, an der Bar. Die würde noch geöffnet haben, selbst jetzt, kurz vor Mitternacht, hatte Hollerbeck behauptet. Emma hatte dankend abgewunken: sie sei sehr müde jetzt, und Hollerbeck nachgeschaut, als dessen weißer Mercedes den Parkplatz vor dem La Palma hinter sich ließ, Gott sei Dank. Und dann war sie schnurstracks in die Hotelbar geeilt. Ein Absacker, das konnte nicht schaden, aber noch mehr Hollerbeck, das hätte sie nicht ertragen.

Wie sich herausstellte, steckte die Bar des Hotels Atlántico voller Hollerbecks. Jedenfalls sahen die vier männlichen Gäste ihrem – ja was war er denn nun: ihrem Fahrer, ihrem Geschäftspartner, ihrem Makler, ihrem Mitwisser? – allesamt ziemlich ähnlich, fand sie. Lauter junge Alte, vom Alkohol Konservierte, von kanarischer Sonne Gegerbte. Vier gierige Blicke richteten sich auf Emma, als sie die schummrige Bar betrat. Nein, das mit dem Absacker war keine gute Idee gewesen! Aber jetzt wollte sie da durch. Und außerdem: sie brauchte ein Bier. Und in Omas Kühlschrank herrschte gähnende Leere. Das musste sich ändern, gleich morgen.

Emma hockte sich an die Bar, sorgsam jeden Blickkontakt vermeidend, und bestellte ein Cerveza. »Caña? Vom Fass oder eine Flasche?

Wir haben Veltins, Heineken und Stella Artois.« Der Barkeeper, deutlich jünger als seine Gäste, sprach reinstes Rheinisch.

»Vom Fass, ein einheimisches, bitte! Kommen Sie aus Köln?«

»Hört man das? Ich bin da aufgewachsen, in Nippes. Meine Eltern waren Gastarbeiter, wie das damals hieß.«

»Und was bringt Sie nach Teneriffa? Sie sind doch kein Spanier?«

»Sehe ich nicht aus wie ein Spanier? Wie sehe ich denn aus?«

»Wie ein Rheinländer halt. Fröhlich. Gut gemischt.«

»Gut gemischt! Das gefällt mir. Das hat mir noch keiner gesagt. Mein Vater ist Bosnier, meine Mutter war Serbin.«

Emma klammerte sich an das Gespräch mit diesem ja durchaus netten Barkeeper. Sie hatte das Gefühl, solange sie mit dem Mann hinterm Tresen im Gespräch blieb, würde sie nicht angebaggert werden, von einem aus dem Quartett der verrenteten Herzensbrecher.

Falsch, einer dieser Hollerbeck-Imitatoren schob sich ungeniert an sie ran und unterbrach ihr Gespräch, zum Keeper gewandt: »Wenn die junge Dame ein zweites Getränk bestellt: das geht auf meine Rechnung.«

Der Kellner blickte von Emma zu dem Mann, der anders als Hollerbeck dunkle Haare hatte, aber genau so volle, wellige – und wieder zurück zu Emma. Der Big Spender ähnelte ein bisschen Gerhard Schröder, dem Ex-Kanzler, fand Emma, den Blickkontakt schnell wieder abbrechend: Jo Schröder.

»Vielen Dank, aber nein, vielleicht ein andermal. Ich bleibe bei dem Bier – und eines reicht.«

Der Schröder-Typ erwies sich als hartnäckig: »Darf ich dann dieses Bier für Sie übernehmen? Übrigens: ich heiße Gerd.« Unglaublich! Gerd! Gerd streckte ihr seine Rechte entgegen, samt dickem Siegelring.

Das durfte doch nicht wahr sein! Emma entschloss sich, die Hand konsequent zu ignorieren: »Danke, ich zahle selbst. Ich habe geerbt.«

Der kölsch-balkanische Kellner hatte erkennbar seinen Spaß an dem Dialog. Er zwinkerte, während er akribisch Gläser polierte, Emma zu, kaum dass Gerd Schröder doch noch abgedreht hatte. »Lassen Sie mal«, schob er das Geld zurück, das Emma ihm für das Bier hinlegen wollte: »Das geht aufs Haus. Oder lehnen Sie diese Einladung auch ab?« Emma schüttelte den Kopf und lachte.

Sie hatte dann doch noch ein zweites Bier getrunken – ein selbst bezahltes – und Mirko, so hieß der Kellner, nach dessen Jugend in Köln ausgefragt und danach, was ihn nach Teneriffa gebracht hatte. Es war simpel: die Hotelkette, für die er arbeitete, hatte ihm den Job hier angeboten. Eine Karrierestation. Eigentlich hatte er Hotelkaufmann gelernt, in der Bar half er nur aus: »Wir müssen sparen am Personal, und außerdem macht es mir Spaß. Man lernt interessante Menschen kennen und manchmal auch nette. Und hört wilde Geschichten.«

»Haben Sie von dem Mann aus dem La Palma nebenan gehört, der vor drei Jahren spurlos verschwunden ist?«

»Ja, komische Geschichte. Da wird viel drüber geredet. Damals war ich aber noch nicht hier. Ich war auf Mallorca zu der Zeit. Aber dieses Apartmenthaus nebenan ist ein Quell irrer Geschichten. Das reinste Geisterhaus. Wohnen Sie da etwa?«

»Ja.« Im Geisterhaus also.

Das war wohl gegen Eins gewesen. Emma hatte sich beschwipst gefühlt. Von zwei Bier! Ihr fiel auf, dass sie seit Mittag, seit dem Stopp am Strand der Costa Adeje, seit ihrem Business-Lunch mit Jo Hollerbeck, nichts gegessen hatte.

Jetzt knurrte ihr Magen. Das Hungergefühl überkam sie gleichzeitig mit der Erkenntnis, dass ihr Smartphone vorhin geklingelt haben musste und gleichzeitig Oma Ilses Telefon. Nun waren beide wieder still. Dafür klopfte jemand an die Tür.

Emma schwang die Beine aus dem Bett, riss den Vorhang auf, warf einen staunenden Blick auf das weite, wieder tiefblaue, mit Schaumkrönchen betupfte Meer und rief: »Einen Moment, ich komme!«

Sie warf sich Oma Ilses Bademantel über – ihr Ausflug zum Pool fiel ihr wieder ein; die Mittelschwimmer dürften sie vermissen heute –, sie strich sich, so gut das eben ging, die Haare glatt, warf einen Blick in den Spiegel und sah gleich wieder weg, dann wieder hin: bin ich das? Sehe ich so verlebt aus? Andererseits könnte man sagen: Marlowemäßig, Humphrey-Bogart-artig: wie eine echte Reporterin halt, eine knallharte.

Ob du eine wirklich gute Reporterin bist, weißt du am nächsten Morgen, wenn du am Abend mit einer Quelle tief im Alkohol versunken bist und alle Details noch im Kopf hast und aufschreiben kannst, hatte Paul Bärkamp ihr beigebracht. Also, wenn's danach ging, war sie eine wirklich gute Reporterin, fand sie. Und ging beschwingt zur Tür.

Die Poloniaks. Schon wieder. Déjà-vu. Beide Poloniaks standen vor der Tür. Johanna streckte ihr eine Brötchentüte entgegen. Heinz hielt eine Thermosflasche in der Hand. Just in diesem Augenblick klingelte erneut das Telefon.

Emma winkte die beiden herein und trat zwei Schritte zurück zur Anrichte, auf der Omas Telefon stand. Das »mensajes«-Licht blinkte, noch immer.

»Ja, hallo! Hola!«

»Frau Schneider? Spreche ich mit Emma Schneider?« Eine warme, jungenhafte, sympathische Stimme. Emma hatte keine Ahnung, wer das war, aber der Mann klang nett. Nicht aufdringlich, aber besorgt, sich kümmern wollend. »Ja. Und wer sind Sie?«

»Mike Dorenbeck. Sie kennen mich nicht. Ich bin ein Kollege von Ihnen.«

»Ein Kollege? Inwiefern?«

»Ich bin Journalist. Wie Sie. Sie sind doch Journalistin, nicht wahr, Frau Schneider?«

»Wer hat Ihnen das gesagt, und überhaupt: was wollen Sie von mir?« Emma ärgerte sich, dass sie den Inhaber dieser Stimme spontan nett gefunden hatte. Und nicht gleich wieder aufgelegt hatte. Eine Reportermasche. Eine trainierte Stimme. So was hatte sie schließlich auch gelernt, in Gelsenkirchen, im Studiengang Journalismus und Public Relations: Wie spreche ich Unbekannte an? So, dass sie nicht weglaufen oder gleich wieder auflegen. Wie gewinne ich auf Anhieb das Vertrauen meines Opfers? Ihr Dozent war ein Redakteur der Bildzeitung gewesen. Er war gut, das musste Emma ihm lassen – auch wenn sie nach wie vor tiefsitzende Vorurteile gegenüber der Bildzeitung hegte und gegenüber allen, die sich für so ein Schmutzblatt hergaben.

»Keine Sorge, ich bin nicht von der Bildzeitung.«

Konnte dieser, wie hieß er: Mike Dorendings, konnte auch er ihre Gedanken lesen? Oder war sie einfach leicht zu durchschauen?

»Ich bin ziemlich sicher, Frau Schneider, dass Sie mehr Fragen haben als ich und dass Sie Hilfe brauchen könnten. Und ich glaube, ich könnte Ihnen ein paar Ihrer Fragen beantworten – und Ihnen helfen zu verstehen, in was Sie da hineingestolpert sind.«

»Woher wollen Sie wissen, Herr Doren… .«

»Dorenbeck, Mike Dorenbeck. Eigentlich Michael, aber auf dieser Insel schleifen sich alle Vornamen ab.«

»Woher wollen Sie wissen, dass ich in etwas, wie haben Sie gesagt: hineingeschlittert bin?«

»Ich habe recht gute Kontakte zur Polizei. Und ich habe mich intensiv mit dem geheimnisvollen Verschwinden von Klaus Kaltenbrenner befasst. Der Mann, dessen Leiche Sie gestern aufgestöbert haben. Ich glaube, da sind Sie in ein Wespennest gestoßen. Ich schlage vor, wir treffen uns.«

Emma war verblüfft – und überzeugt. Sie hatte Fragen, in der Tat. Und mit einem Profi zu sprechen, das konnte nicht schaden. Kollegial. Aber zu ihren Bedingungen.

»Ok. Wann und wo? Aber nur, wenn Sie mich nicht zitieren und nichts über mich schreiben, was ich nicht autorisiert habe!«

»Klar. Alles bleibt ›unter Drei‹. Sie können sich auf mich verlassen. Ehrenwort! Sagen wir um zwölf an der Plaza del Charco?«

»Um Eins, lieber. Ich habe Besuch. Vor Eins kann ich nicht dort sein. Wo genau? Im Café Océano?«

»Wenn Sie mögen. Das ist der deutsche Rentnertreff dort. Von wem haben Sie Besuch, wenn ich fragen darf?« Mike Dorenbeck klang besorgt.

»Das geht Sie, glaube ich, nichts an. Jedenfalls habe ich nicht Besuch von Ihrer Konkurrenz, falls Sie das beruhigt. Also um Eins am Rentnertreff!«

Und damit legte Emma auf.

Die Poloniaks hatten inzwischen den Klapptisch auf dem Balkon aufgestellt und eingedeckt, mit Tellern und Tassen, Besteck und Serviette. Aus einem Brotkorb lachten Emma Schokocroissants entgegen – und Rosinenbrötchen.

»Du magst hoffentlich Kaffee?« fragte Frau Poloniak: »Wir wussten ja nicht, ob du vielleicht eher die Teetrinkerin bist.«

Richtig. Man duzte sich ja. Seit Carmen und dem Gummibaum, fiel Emma zum Glück noch rechtzeitig ein.

»Kaffee ist schon ok. Das ist sehr nett von ... Euch. Woher wusstet ihr, dass ich noch nicht gefrühstückt habe?«

»Wie solltest du? Heute hast du jedenfalls das Apartment noch nicht verlassen und gestern warst du den ganzen Tag unterwegs, bis in die Puppen.«

Während seine Frau sprach, goss Heinz Poloniak Kaffee ein.

»Woher wissen Sie.., woher wisst Ihr das alles? Trage ich einen kleinen Sender bei mir? Könnt Ihr meine Bewegungen verfolgen?«

Johanna Poloniak lachte laut auf, ihr Mann lächelte: »Das würde meiner Frau gefallen, glaube ich. Aber nein: wir wollten dich gestern wieder zum Abendessen mitnehmen. Du warst nicht aufzufinden. Ans Telefon bist du auch nicht gegangen. Wir haben dich mehrfach zu erreichen versucht. Hörst du den Anrufbeantworter nicht ab?«

»Das muss ich noch tun. Ich war gestern mit einem Makler unterwegs und habe mir Apartments angesehen.«

»Willst du etwas kaufen? Willst du dich auf der Insel niederlassen?« Johanna Poloniak wirkte jetzt ganz animiert: »Darüber haben wir auch schon nachgedacht, Heinz und ich, nicht wahr, Heinz?« Sie warf einen Zustimmung erheischenden Blick zu ihrem Gatten hinüber. Der nickte schwach.

»Nein, ich will vielleicht das Apartment meiner Großmutter, das hier, verkaufen. Und ich wollte mir erst mal einen Marktüberblick verschaffen.«

»Das klingt sehr vernünftig. Hättest du etwas davon gesagt: wir wären mitgekommen. Was meinst du, Heinz?«

Heinz nickte erneut.

Emma nahm einen Schluck Kaffee und biss in eines der Schokocroissants. »Woher wusstet ihr, dass ich für mein Leben gerne Schokocroissants esse?«

»Der siebte Sinn.«

Und Heinz: »Johanna ist Hobby-Detektivin. Vor ihr kannst du nichts verbergen. Versuch's gar nicht erst!«

»Hobby-Detektivin, so! Da findet Ihr hier ein reiches Betätigungsfeld, habe ich mir sagen lassen.«

»Genau. Deshalb sind wir hier. Und natürlich, damit du an ein Frühstück kommst und nicht völlig vom Fleisch fällst!«

Johanna Poloniak warf einen mitleidigen Blick auf Emmas schlanke Taille.

»Ihr kommt also aus detektivischen Gründen zu mir zum Frühstück, habe ich das richtig verstanden?«

»Sozusagen. Wir haben heute früh das Inselradio gehört, wir sind ja beide Frühaufsteher, nicht wahr, Heinz...« Wieder ein Blick zu ihrem Mann, der wiederum nickte und bestätigte: »Wir sind präsenile Bettflüchter, mit Tendenz zum Senilen.«

Johanna runzelte die Brauen. »Du vielleicht. Du bist senil, ich prä. Jedenfalls«, sie holte tief Luft, »haben wir heute früh im Radio von einem Leichenfund gehört, im Süden, im Teno-Gebirge, und dann war Hannelore ganz aufgeregt, Hannelore Hülsenbusch, unsere Nachbarin und Vermieterin, mit der wir gemeinsam bei Carmen waren, vorgestern, wir waren heute früh mit ihr zum Frühstück verabredet, wir haben nämlich schon gefrühstückt, wir sind immer früh dran, aber das sagte ich ja schon...«

»Der frühe Vogel fängt den Wurm«, warf Heinz dazwischen: »Obwohl wir lieber frische Brötchen essen.«

»Unterbrich mich nicht immer! Heinz ist etwas geschwätzig heute, für seine Verhältnisse, aber das kommt, weil er im Grunde genauso aufgeregt ist wie ich, er kann es nur nicht so zeigen, als Mann, der er ist.«

»Und wieso seid ihr aufgeregt?« Emma griff zu einem Rosinenbrötchen und stippte es in den Kaffee.

»Natürlich konnte ich nicht wissen, dass du gerne Croissants magst und Rosinenbrötchen offensichtlich auch, aber wir dachten erstens: junge Menschen essen so was, und zweitens: vermutlich ist weder Butter noch Belag im Haus.«

»Da spricht die Detektivin, ich sehe. Aber warum wart ihr denn nun aufgeregt?«

»Weil Hannelore aufgeregt war. Sie kannte den Toten! Sie haben seinen Namen erwähnt, im Radio. Klaus Kaltenbrenner. Jetzt kommt's: Der hat hier im Haus gewohnt und nicht nur das...«

Johanna legte eine Pause ein, erkennbar aus dramaturgischen Gründen: »Hannelore und er waren gute Bekannte. Deine Großmutter kannte ihn auch. Und alle drei, jetzt kommt's noch dicker, waren im Vorstand der Eigentümerversammlung hier vom La Palma!«

»Na und? Was ist daran aufregend?«

»Was daran aufregend ist? Also hör mal! Klaus Kaltenbrenner ist offenkundig ermordet worden. Deine Oma ist unter mysteriösen Umständen verstorben, eine lebensfrohe junggebliebene ältere Dame, kaum älter als wir, und wir würden niemals an Selbstmord denken, Heinz, nicht wahr...«

»Ich schon. Manchmal.«

»Quatsch. Bleib jetzt mal ernst, Heinz! Einmal! Das ist hier nicht zum Spaßen. Zumal: es hat ja noch zwei weitere Todesfälle gegeben in letzter Zeit, hat uns Hannelore erzählt.«

»Was? Zwei weitere Todesfälle? Hier im La Palma? Und wenn schon: was soll daran mysteriös sein? Die meisten, die hier wohnen, sind a... also nicht mehr ganz jung.«

»Was ja nicht heißt, das man lebensmüde ist oder meschugge, wie mein Heinz, manchmal. Na ja, Schlaganfälle, Krebs und Herzinfarkte dürften an der Tagesordnung sein und Leberzirrhosen auch, nach dem, was man über den Alkoholkonsum hier im Hause so hört, aber: Tod beim Schnorcheln? Mann über Bord auf einem Kreuzfahrtschiff?«

Johanna sah Emma aufmerksam an, schweigend und um Zustimmung heischend.

»Also, wenn ich dich richtig verstehe, ist ein La-Palma-Resident beim Schnorcheln umgekommen und einer über Bord gesprungen, von einem Kreuzfahrtschiff?«

»So sieht es aus. Und alle waren, wie ich sagte – halte dich fest –, wie Klaus Kaltenbrenner und wie deine Großmutter, Mitglieder des Vorstands der Eigentümerversammlung hier im Haus. Und wie Hannelore Hülsenbusch. Und die hat jetzt mächtig Angst. Sie glaubt nämlich, sie sei die nächste. Sie oder Pedro.«

10. Kapitel

Zum Schwimmen im Pool war keine Zeit mehr geblieben. Emma hätte auch keine Lust gehabt, sich den Mittelschwimmern und den Balkongaffern noch mal zur Schau zu stellen. Auf Konversationen über Belanglosigkeiten hatte sie schon gar keine Lust. Sie hatte geduscht und marschierte wieder am Meer entlang nach Puerto hinein. Hinter Punta Brava, wo sie bei Carmen Langostinos gegessen hatte, als ihr die Insel noch unschuldig erschienen war, begann die Playa Jardín. Ein langer schwarzer Strand, eigentlich drei Strände, drei sanft geschwungene Buchten, die von Palmen- und Kakteenhainen gesäumt waren. In den Strandcafés saßen schon wieder frühe Zecher beim Bier. Emma konnte nicht anders: Sie musterte jeden, den sie dort sitzen sah, und alle Entgegenkommenden unter dem Gesichtspunkt: Könnte das ein Mörder sein? Oder wenn nicht: welche Geschichte hatte er, hatte sie womöglich zu verbergen? Wobei: alle angeblich Ermordeten waren Männer – außer ihrer Oma! Falls sie sich tatsächlich nicht selbst... Aber wer könnte eine harmlose alte Dame wie Oma Ilse umbringen wollen? Und es müsste jemand gewesen sein, den sie in ihr Apartment hineingelassen hätte, voller Vertrauen. Jemand, der – oder die? – ihre Gewohnheiten kannte. Vielleicht hatte der Mörder – die Mörderin? – mit ihr gemütlich auf dem Balkon gesessen und der Sonne beim Untergehen über La Palma zugesehen? Gruselig. Emma musste sich schütteln. Passanten, die ihr entgegenkamen, musterten sie besorgt. Emma lächelte entschuldigend, abwinkend: alles in Ordnung mit mir!

War wirklich alles in Ordnung mit ihr? Oder hatte sie Halluzinationen? Vielleicht doch einen Sonnenstich? Konnte es sein, dass ihr jemand folgte? Sie sah sich unauffällig um. Den Mann da hinten, den mit der Baseballkappe, hatte sie den nicht vorhin schon gesehen, als sie das La Palma verließ? Der Mann war stehen geblieben, sah aufs Meer hinaus, Jugendlichen zu, die sich einen Spaß daraus machten, immer wieder in die Brandung zu springen und, bei besonders kräftigen Wellen, unter den Kämmen wegzutauchen. Unter normalen Umständen hätte Emma die Jugendlichen beneidet und sich flugs ihren Badeanzug geholt. Das glitzernde Wasser sah höllisch verlockend aus.

Unter normalen Umständen! Ja, normal war nichts. Sie hatte keinen Job, keinen Freund, kein wirkliches Zuhause – ihre Bochumer Wohnung hatte sie erst vor einem halben Jahr bezogen und dann war gleich alles drunter und drüber gegangen mit ihrem Leben, sie hatte gar keine Zeit gehabt, dort heimisch zu werden, ihren unmittelbaren Nachbarn hatte sie kaum mehr als ein paar Mal zugenickt. Und jetzt gehörte ihr – fast – eine Wohnung auf Teneriffa, auf einer Insel, die sie nichts anging, in einem Apartmenthaus voller abgelegter Seelen. Und sie war umgeben von Leichen und Mördern. Hu! Emma schüttelte sich, als müsse sie lästige Fliegen vertreiben. Der Mann mit der Kappe hatte sich in Luft aufgelöst.

Andererseits: Sie war Journalistin. Gut, sie war eine arbeitslose, besser: eine stellenlose Journalistin. Aber Journalistin. Das ist man oder man ist es nicht, sagte Paul Bärkamp gerne. Journalismus war für ihn – und Emma – kein Job, keine Lohnschreiberei. Nichts, das man von morgens neun bis nachmittags um fünf tat und zwischendurch an die Garderobe hängte wie einen Mantel. Ein echter Journalist ist immer neugierig, immer auf der Suche nach einer Geschichte – und wenn er sie gefunden hat, lässt sie ihn nicht mehr los. Bis sie geschrieben ist und veröffentlicht. So war das. So hatte es auch ihr Professor an der Hochschule beschrieben, im Seminar »Ethik des Journalismus«, und Paul Bärkamp konnte sich über weniges so aufregen wie über »Tarifvertragskollegen« – so nannte er Redakteure, deren einziges Tagesziel es war, die Seiten der Zeitung voll zu bekommen, so anstrengungslos wie möglich, und ihre Überstunden aufzuschreiben, um freie Tage nehmen zu können. Nein, so eine Journalistin, das wusste Emma hundertprozentig, so eine Tarifvertragskollegin, wollte sie nie werden. Obwohl: es wäre nicht schlecht gewesen, hätte sie ein Tarifvertrag vor der Kündigung bewahrt!

An das Ende des Strandes duckte sich ein mittelalterlich anmutendes Kastell mit wuchtigen Mauern und Fenstern wie Schießscharten. Bei ihrem letzten Gang in den Ort war sie der Straße gefolgt, die rechts am Kastell vorbeiführte. Aber es liefen auch Menschen links entlang, obwohl dort kein Weg angelegt war. Über bräunlichgrauen Schotterboden kam sie zu einem Feld voller Steine. Eine Art Trampelpfad führte über die Steine hinweg zu einer mächtigen grauen Mauer, jenseits derer gewaltige Steinwürfel ins Meer geschüttet worden waren; wohl von Riesen oder, wahrscheinlicher, von Menschen auf Kränen, um die Mauer vor der Wucht des Atlantiks zu schützen. Emma kletterte auf die Mauer hinauf und nutzte sie, wie das offenbar viele taten, ohne dass die Erbauer oder die Stadtplaner das so vorgesehen hätten, als Weg in Richtung Hafen. Ihr wurde schnell klar, weshalb dieser Weg so beliebt war.

Großes Meer-Theater! Unermüdlich rollten Wellen heran und zerfetzten an den Steinquadern, buchstäblich zu ihren Füßen. Manchmal spritzte die Gischt so hoch, dass Emma beiseite springen musste, um nicht nass zu werden. Ein paar Tropfen Salzwasser bekam sie dennoch mit. Welche Kraft! Dabei sah das Meer, sahen die Wellen, während sie sich seelenruhig auf die Küste zuschoben, noch so harmlos, so friedlich aus! Erst im allerletzten Moment, beim Aufprall auf die Steine, entfalteten sie ihre ungeheure Kraft. Sie schienen förmlich zu platzen, wutschnaubend, und zogen sich dann wieder stöhnend zurück. Wehe, sie fiele da hinein, dachte Emma. Da sind Urgewalten am Werk. Überrascht nahm sie wahr, dass auf den Steinquadern an vielen Stellen schwarze Krebse klebten, die sich abwechselnd sonnten und überspülen ließen, zwischendurch still verharrend oder blitzschnell die Stelle wechselnd, aber nie gefährdet, vom Wasser fortgerissen zu werden. Die sind wie wir, dachte Emma. Schwach, aber clever und geschickt. Dabei essen wir sie. Obwohl: die Krebse würden uns Menschen wahrscheinlich auch fressen, wenn sie die Chance dazu hätten. Haben sie wahrscheinlich auch manchmal: wenn Tote angespült werden. Was war mit dem Mann passiert, der über Bord gegangen war? Wer war das überhaupt?

Emma wurde klar, und irgendwie animierte sie diese Erkenntnis: sie musste recherchieren. Was auch immer hinter dem Toten im Tenogebirge und der angeblichen Mordserie ums La Palma herum steckte: sie würde, sie musste es herausfinden. Das war ihre Mission. Deshalb war sie hier. Deshalb hatte ihre Oma ihr womöglich das Apartment vererbt. Sie war Journalistin, verdammt noch mal, und jetzt konnte sie beweisen, dass sie es von ganzem Herzen war und dass sie ihr Handwerk verstand! Sie freute sich mit einem Mal auf die Begegnung mit diesem Mike Dorendings und war neugierig, wie das Gesicht zu dessen Stimme aussehen würde.

Es gefiel ihr, dieses Gesicht. Es war ein offenes, ehrliches Gesicht, fand sie. Emma hatte die von dunkelgrünen Lorbeerbaumkronen beschattete Plaza del Charco überquert und war, schon wieder Déjà-vu, suchenden Blickes auf das Café Océano zugegangen, als ein Mann sich von einem der Stühle vor dem Café erhob und ihr lächelnd zuwinkte. Er trug ein hellblaues Hemd, offen über der Jeans. Er war nicht dünn, nicht dick, nicht groß, nicht klein und mochte so um die vierzig sein. Kein Bart, schütteres, kurzes, graumeliertes Haar. Ein freundliches Gesicht. Er sah aus, fand Emma und hätte nicht zu erklären vermocht weshalb, wie ein Journalist. Wie ein Kollege.

»Frau Schneider? Ich freue mich, dass Sie gekommen sind! Encantado de conocerla, wie man hier sagt.«

Immerhin ›Frau‹! Endlich mal ein Insulaner, der in ihr nicht eine ›Señorita‹ oder gar ein ›Fräulein‹ sah.

»Herr Doren – beck, richtig?«

»Mike. Sagen Sie Mike zu mir. Schließlich sind wir Kollegen. Oder spricht man sich in Ihrer Redaktion beim Nachnamen an?«

»Ich habe keine Redaktion – mehr. Die wurde zugemacht.«

Mike sah sie interessiert an, registrierte den bitteren Ton in Emmas Stimme:

»Dann sind wir umso mehr Kollegen. Meine Redaktion, also meine alte Redaktion in Deutschland, wurde auch ›zugemacht‹. Es gibt sie nicht mehr. Die Zeitschrift wurde eingestellt, vor ein paar Jahren schon. Aber setzen Sie sich doch!«

Emma nahm Platz. Auch Mike Dorenbeck hatte sich, wie Jo Hollerbeck vor ihm, für einen Tisch ganz am Rand der bewirteten Zone entschieden, mit Rücken zum Haus und freiem Blick über die Plaza.

»Bei welcher Zeitschrift waren Sie?«

»Zuletzt bei einem Wirtschaftsmagazin. Das blühte auf und die Verleger haben viel Geld hineingesteckt, während des ›Neuen Marktes‹. Nach dem Börsencrash zu Anfang des Jahrhunderts wurde das Anzeigengeschäft dann immer härter und die Verleger wurden immer knauseriger. Bis sie das Heft einstellten, von einem Tag auf den anderen. Geblieben ist davon ein Online-Dienst. ›Wirtschaftsnachrichten für Entscheider‹, wie es heißt. Reine PR. Freundliche Porträts eitler Manager – und Managerinnen. Von investigativem Journalismus keine Spur mehr.«

»So ähnlich war's auch bei mir. Allerdings im Kleinen. Übers Lokale bin ich nicht hinausgekommen. Bis Haltern am See, falls Ihnen der Ortsname was sagt. Wo saß Ihre Redaktion, in Hamburg vermutlich?«

Mike Dorenbeck nickte. »Aufgewachsen bin ich Lauenburg, nicht am See, aber an der Elbe, kurz vor Hamburg. Da habe ich auch Journalismus gelernt. Den kann man nur im Lokalen begreifen. Da kann man sich nichts ausdenken, da werden Blender sofort als Blender enttarnt. Wer diese Schule nie durchlaufen hat, aus dem wird selten ein Guter. Ist jedenfalls meine Erfahrung.«

Wie Paul. Der sprach wie Paul Bärkamp, dieser Mike, dachte Emma. Sie war vollständig seiner Meinung – obwohl sie überhaupt nichts dagegen gehabt hätte, einen Job in Hamburg angeboten bekommen zu haben statt in Haltern am See. Am liebsten, natürlich, beim Spiegel.

»Und was machen Sie jetzt hier, auf Teneriffa?«

»Wenn ich das so genau wüsste! Erst wollte ich eine ›Auszeit‹ nehmen, wie man das so nennt, mit Hilfe meiner Abfindung. Vielleicht ein Buch schreiben, über die Hybris des Finanzkapitalismus. Teneriffa habe ich mir ausgesucht, weil hier das Wetter immer gut ist, also das Gegenteil vom Hamburger Wetter, weil ich den Atlantik liebe und ohne Wasser vor den Augen nicht leben könnte. Weil die Kanaren der südlichste Zipfel der Eurozone sind und man problemlos hin- und wieder wegkommt. Weil Teneriffa gleich zwei moderne Flughäfen hat. Weil man hier zwar Urwald, Wüsten und Einsamkeit findet, aber jederzeit angeschlossen bleibt an die Welt da draußen – man kann ja hier, das wissen Sie sicher, nicht nur die tagesfrische Bildzeitung lesen, falls einem danach ist, sondern auch alle deutschen Fernsehprogramme empfangen. Muss man nicht, kann man aber: ein idealer Zustand, finde ich. Und dann: diese Luft! In Hamburg hatte ich manchmal asthmatische Anfälle, hier nie.«

»Wow! Das war ja fast eine Liebeserklärung an die Insel! Sie sollten fürs Fremdenverkehrsamt arbeiten!«

»Das tue ich ja in gewisser Weise schon. Ich schreibe für die Inselzeitung. Ein deutschsprachiges Blatt für Residenten und Touristen. Es erscheint alle zwei Wochen, ein gemütlicher Rhythmus. Die Redaktion ist gleich da drüben!«

Mike Dorenbeck deutete hinüber auf die andere Seite der Plaza.

»Kann man davon leben?« Das machte Emma wirklich neugierig.

»Ja und nein. Die Verlegerin lebt, glaube ich, ganz gut davon. Ihr gehört außerdem noch eine englischsprachige Inselzeitung – Island News – und ein Radiosender. Der ist auch zweisprachig. Und wenn es so weitergeht mit der Insel, kommt sicher bald Russisch dazu. Die Insel-Prawda.« Dorenbeck grinste.

»Wieviele Redakteure hat die Zeitung denn?«

»Redakteur-e? Einen. Mich. Chefredakteurin ist die Verlegerin selbst. Ursprünglich hat sie überhaupt alles alleine gemacht. Auch den Anzeigenverkauf. Das geht hier sowieso alles ineinander über, Anzeigengeschäft und Journalismus. Da war man hier schon immer dort, wo die deutsche Presse gerade erst auf voller Breite ankommt.«

»Und das macht Ihnen Spaß? Oder ist die Bezahlung so glänzend?«

Dorenbeck verzog die Mundwinkel zu einem gequälten Lächeln. »Fürs Geld, ob Sie das glauben oder nicht, würde ich das hier nicht tun. Ich mach's als Hobby. Und ein Taschengeld. Man kommt rum auf der Insel, lernt viele Leute kennen, kommt nicht in Versuchung, dem Suff zu verfallen...«

Am Nebentisch rief eine Blondierte mit Sonnenbrille: »Herr Ober! Zwei Alsterwasser, bitte!« Der Hans-Moser-Typ nickte huldvoll ergeben. Die Blonde und ihre dunkelhaarige Freundin nahmen es nicht zur Kenntnis. Sie hatten die Köpfe schon wieder zusammengesteckt und Geheimnisvolles zu betuscheln.

»Getrunken wird hier viel«, bestätigte Emma. »Am La Palma stehen zwei große Flaschencontainer, für Altglas, und die laufen ständig über. Und nicht mit Limoflaschen.«

»Das ist ja die Illusion. Die Leute kommen hier hin, egal ob aus Deutschland, England oder sonst wo und denken, Sie sind im Paradies. Von zuhause kommt die Rente oder sie haben sich, als Handwerker oder was auch immer, ein Schwarzgeldkonto zugelegt und hier, gern an der Steuer vorbei, ein Häuschen oder ein Apartment gekauft. Darin sitzen sie jetzt, laben sich am deutschen Wetterbericht, meckern über die steigenden Preise und die faulen Tinerfeños und haben nichts zu tun. Die wenigsten kommen ja auf die Idee, hier ins Inselleben einzutauchen, ordentlich Spanisch zu lernen oder in Kultur zu machen. Die hocken da vor ihren Flachbildschirmen und gucken schon nicht mehr hin, wenn die Sonne zum tausendsten Mal spektakulär im Meer versinkt. Was macht man dann? Die meisten greifen zur Flasche. So wars bei Ihrer Leiche auch.«

»Meine Leiche? Sie meinen Klaus Kaltenbrenner, der Ötzi aus dem Tenogebirge?«

»Ja? Sah er so aus, wie Ötzi?« Erzählen Sie! Beschreiben Sie mir, was – und wie – Sie ihn gefunden haben!«

Emma erzählte. Von ihrer Ankunft. Von ihrer Oma. Vom Apartment – Albert verschwieg sie. Von ihrer Begegnung mit Jo Hollerbeck: »Mit Herrn Hollerbeck war ich hier verabredet, genau hier hab ich ihn getroffen, vorgestern, er hat mir genauso zugewinkt wie Sie vorhin – als trüge ich ein Namensschild vor dem Kopf. Das scheint eine Beck-Masche zu sein.«

»Ich kenne Jochen Hollerbeck. Und glauben Sie mir: Mit dem habe ich außer der Endsilbe des Nachnamens nichts, rein gar nichts gemein.«

Hollerbeck schien offenbar nicht den besten Ruf zu genießen. Emma entschloss sich, gleich mal nachzufragen. Aber erst beendete sie ihren Bericht, erzählte von ihrer spontanen Idee zu wandern, von ihrem Urlaub als 15jährige auf der Insel, von dem alten Dreschplatz im Tenogebirge und der Aussicht auf Gomera.

»Ja, das ist großartig dort. Viel besser, als auf Gomera zu wandern. Ich kann übrigens einen Wanderführer empfehlen, ein Buch, für Ihren nächsten Ausflug in die Berge. Und wenn eine Empfehlung oder Wegbeschreibung darin nicht stimmen sollte, wissen Sie, bei wem Sie sich beschweren können: ich habe ihn geschrieben.«

»Tatsächlich? Respekt! Für einen Aussteiger und Frührentner scheinen Sie ziemlich aktiv zu sein. Woher hatten Sie übrigens meine Telefonnummer?« »Ich kenne auch Ihre Handynummer und Ihre Bochumer Adresse. Sogar Ihr Geburtsdatum. Und von diesem Jörg hätte ich mich an Ihrer Stelle auch getrennt. Ein Langweiler. Der hätte Sie auf die Dauer zu Boden gedrückt.«

Emma war sprachlos. Sie starrte diesen Mike an. Ihr fiel auf: mit offenem Mund. Schnell presste sie die Lippen zusammen.

»Google.« Dorenbeck lächelte sie an. »Ich habe nur ein bisschen gegoogelt. Facebook ist, wie der Name schon andeutet, ein offenes Buch. Und was die Telefonnummer betrifft: ich habe mir vor einiger Zeit ein Telefonverzeichnis aller Apartments im La Palma verschafft. Und natürlich habe ich auch ganz ordentliche Kontakte zur Polizei. Ich schreibe den Polizeireport für die Inselzeitung. Ihren neuen Verehrer, den schneidigen Kommissar Madrigal, kenne ich übrigens auch. Und er kennt mich.«

»Verehrer? Mir ist nicht aufgefallen, dass der Kommissar mich verehrt. Ich hatte eher den Eindruck, er verdächtigt mich.«

»Den Eindruck erweckt er immer, bei jedem. Wahrscheinlich ist das ein Polizistentrick, den man auf der Kriminalistenschule erlernt, so wie unsereins es sich angewöhnt, freundlich zu tun, damit die nette Oma ihr Fotoalbum öffnet und das Bikinifoto der Enkelin rausrückt, die sich dann in der Bildzeitung wiederfindet.«

»Finden Sie das auch widerlich an unserem Beruf?«

»Ja, aber man muss das ja nicht mitmachen – solange man sich seinen Arbeitgeber aussuchen kann. Und viele Omas und ihre Enkelinnen sind so was von glücklich, der Bildzeitung zu Diensten sein zu können, das glauben Sie nicht!«

»Doch. Das glaube ich. Aber warum haben Sie sich ein Telefonverzeichnis vom La Palma besorgt?«

»Weil ich mich für dieses Haus und seine schrulligen Bewohner interessiere, seit Klaus Kaltenbrenner spurlos verschwunden ist. Den kannte ich nämlich recht gut. Der war mal, bevor er das Paradies gesucht hat, Bürgermeister von Lauenburg.«

Wie war das mit der kleinen Welt? Emma fiel ein, dass irgendein Schlauer mal gesagt hatte, um so und so viele Ecken sei jeder Mensch mit jedem bekannt oder verwandt, auf der ganzen Erde. Und so viele Ecken waren das gar nicht. Auf Teneriffa, schien es ihr, reichten zwei oder drei.

»Und woher kennen Sie Jochen Hollerbeck?«

»Der hat Kaltenbrenners Apartment verkauft, an obskure Russen übrigens. Außerdem ist er ein Anzeigenkunde. Er inseriert in jeder Ausgabe der Inselzeitung. Ein bunter Vogel. War angeblich mal Architekt. Vor allem aber ist er ein Frauenheld. Komisches Wort übrigens für einen untreuen spätpubertierenden Möchtegern-Casanova mit Testosteronüberschuss und Minderwertigkeitskomplexen.«

»Hola! Psychologe sind Sie auch! Ich fand Jo Hollerbeck gar nicht so unsympathisch, auf den zweiten Blick.«

»Aha, sind Sie schon beim Jo mit ihm? Na, ich will Ihren Abenteuern nicht im Wege stehen. Ich bin sicher, Sie müssen nur zwinkern, und die Männerherzen fliegen Ihnen in Scharen zu.«

»Das wäre mal eine ganz neue Erfahrung für mich. Ich habe gar nichts dagegen, wenn Männer charmant sind. Im Ruhrgebiet kommt das nicht so häufig vor.«

»Hier schon. Keine Sorge. So viele junge, schöne Frauen gibt es hier nicht, auf die unsere Hollerbecks ihre gierigen Augen werfen können. Alte Schachteln gibt's reichlich, die so tun, als würden sie wieder jung, wenn sie sich dicke Ringe an die Finger stecken und ordentlich Botox ins Gesicht spritzen lassen.« Dorenbeck lehnte den Kopf dezent in Richtung der Alster-Damen am Nebentisch.

Schön? Hatte er ›schön‹ gesagt? Emma fühlte sich geschmeichelt. Denn eines war dieser Mike Dorenbeck zweifellos nicht, glaubte sie zu wissen: ein Schmeichler. Überhaupt war er erst der zweite Mann, dem sie auf der Insel begegnete, von dem sie sich nicht angebaggert fühlte, nach Mirko, dem kölschen Hotelkaufmann. Dabei fand dieser Mike sie ›schön‹! Interessant.

»Klaus Kaltenbrenner hatte keine Erben in Deutschland«, kam Dorenbeck ihrer nächsten Frage zuvor. »Er war Witwer, kinderlos, ohne Geschwister. Und die Satzung der Asociación sieht vor, dass Apartments verkauft werden, sobald die Eigentümer eine gewisse Zeit die monatliche Umlage schuldig geblieben sind.«

»Und wer hat das Geld bekommen, aus dem Verkauf der Wohnung?«

»Das liegt, so viel ich weiß, auf einem Konto der Eigentümergemeinschaft. Jedenfalls bisher. Solange Kaltenbrenner als vermisst galt. Jetzt fällt das Geld offiziell an die Asociación. Das steht so im Vertrag. Für den Fall, das kein Testament vorliegt, in dem etwas anderes festgelegt ist.«

»Und Kaltenbrenner hat, nehme ich an, kein Testament hinterlassen?«

»Anders als Ihre Oma: Nein. Wie sah die Leiche übrigens aus? Skelettiert?«

»So genau habe ich nicht mehr hingesehen. Aber nein, glaube ich. Erst dachte ich, da liege eine Riesenechse. Vertrocknet, verschrumpelt, bekleidet. Als Erstes hatte ich einen Wanderschuh in der Hand. Dann kam Stoff. Eine Wanderkluft.«

»Das klingt, als wäre Klaus Kaltenbrenner auf seinen eigenen Füßen ins Tenogebirge gelaufen – und nicht als Leiche dort abgelegt worden. Daran hätte ja auch jemand schwer und lange zu schleppen gehabt. Mit dem Auto kommt man dort nicht hin.«

»Die Polizei ist mit dem Hubschrauber gekommen.«

»Ja, die Polizei hat mächtig aufgerüstet in den letzten Jahren. Das hat sie den Flüchtlingen aus Afrika zu verdanken, die auch ins Paradies wollen – das sie allerdings eher dort vermuten, wo unsereins herkommt: in Europa. Für die sind die Kanaren ein Beiboot der Europäischen Union.«

»Wenn Kaltenbrenner wandern war«, Emma dachte laut nach, »dann ist er entweder dort in den Bergen von Räubern überfallen worden – oder jemand, mit dem er zusammen unterwegs war, hat ihn umgebracht, richtig?«

»Das sehe ich auch so. Wobei die Variante mit dem Überfall wohl auszuschließen ist. Räuber, die sich da oben im Tenogebirge verstecken, um jemanden zu überfallen, wären zu blöd, einen Stein hochzuheben.«

»Einen Stein? Ist Kaltenbrenner erschlagen worden?«

»Der Polizeibericht sagt davon nichts. Aber das Obduktionsergebnis liegt noch nicht vor. Oder jedenfalls kenne ich es nicht. Ich werde aber gleich wieder anrufen und nachfragen. Wann werden Sie übrigens Kommissar Madrigal wiedersehen?«

»Morgen. Er hat seinen Besuch im La Palma angekündigt. Für morgen um neun.«

Emma hatte Madrigals Nachricht in ihrer Mailbox gefunden. Offenbar war er es gewesen, der sie übers Handy anzurufen versuchte, während das Festnetztelefon klingelte und die Poloniaks klopften.

»Woher wissen Sie, dass der Kommissar mich wiedersehen will?«

»Na hören Sie: Sie sind die Schlüsselfigur! Madrigal hat jetzt Witterung aufgenommen. Endlich! Bisher hat er meine Vermutung, Kaltenbrenner sei einem Verbrechen zum Opfer gefallen, nicht ernst genommen. Das hat sich jetzt schlagartig geändert – dank Ihrer Entdeckung! Jetzt ärgert sich der fesche Kommissar; über sich, und über mich. Weil ich Recht hatte und er nicht. Und er wird sich mächtig ins Zeug legen, den Fall aufzuklären, endlich. Zumal ihn das vielleicht rehabilitiert.«

»Rehabilitiert?«

»Anders als wir beide ist er nicht freiwillig auf Teneriffa. Er kommt von der Guardia Civil. Irgendetwas, worüber er nicht redet und worüber leider auch nichts bei Facebook steht, ist seiner zuvor steilen Karriere in die Quere gekommen. Der Dienst hier beim Aufbau der Inselpolizei ist eine Art Wiedergutmachungschance. Vielleicht muss er sich auch hier verstecken vor irgendwem. Fragen Sie ihn doch mal! Sie findet er sicher netter als mich. Vielleicht bringen Sie ihn ans Plaudern. Überhaupt schlage ich Ihnen einen Deal vor!«

Einen Deal? Hatte Hollerbeck das Wort nicht auch benutzt?

»So, einen Deal? Einen Deal hat Ihr Freund Jo Hollerbeck mir auch vorgeschlagen.«

Mike wirkte für eine Sekunde irritiert. Dann lächelte er: »Klar, entweder will er mit Ihnen was anfangen oder er will Ihr Apartment verkaufen oder Ihnen eines andrehen. Oder alles auf einmal. Keine Sorge, von mir müssen Sie weder das eine noch das andere befürchten.«

»Und was ist mit dem dritten?«

»Bitte?«

»Entweder oder oder: das waren drei Alternativen. Sie haben nur zwei davon für sich ausgeschlossen.«

Dorenbeck blieb stumm. Für ein paar Sekunden sahen sich die beiden geradewegs in die Augen. Seine waren hellblau, fiel Emma auf. Keiner wollte als Erster zwinkern. Dann fragte Dorenbeck grinsend:

»Was bedeutet eigentlich das C in Ihrem Namen? Your middlename? Dafür habe ich keine Erklärung auf Facebook gefunden.«

Emma errötete, wieder einmal. Peinlich. Gerade jetzt.

»Das verrate ich Ihnen nur, wenn Sie mir hoch und heilig schwören, bei der Seele ihrer Großeltern und mit der rechten Hand auf den Richtlinien des Deutschen Presserates, es nirgendwo zu posten oder sonst wie gegen mich zu verwenden.«

»Ich schwöre.« Dorenbeck hob theatralisch die rechte Hand zum Schwur und machte ein ernstes Gesicht.

»Crange. Das C steht für Crange. Das ist ein Ortsteil von Herne, meiner Heimatstadt. Also eigentlich von Wanne-Eickel, aber das gibt es nicht mehr, das wurde nach Herne eingemeindet, vor meiner Geburt. In Crange gibt es eine Kirmes, immer im August, seit fünfhundert Jahren oder so, ein Riesenvolksfest, größer, behaupten die Schausteller und die Stadt Herne, als das Münchener Oktoberfest. Es gibt Wanner und Herner, die sparen das ganze Jahr über nur für die Cranger Kirmes an. Die verbringen da ihren Urlaub. Meine Großeltern haben auf der Kirmes Backfisch verkauft.«

»Und das ist ein Grund, der Enkeltochter einen Kirmesnamen zu geben?«

»Das ist komplizierter. Als ich zur Welt kam und meine Eltern mitteilten, sie wollten das Baby Emma nennen, da waren meine Großeltern entsetzt. Was für ein Alteleutename! Fanden sie. Und dann haben meine Eltern gesagt: na gut, ihr müsst sie nicht Emma nennen! Ihr dürft Crange zu ihr sagen, das gefällt Euch doch sicher! Das war ein Ding zwischen meinen Eltern und meinen Großeltern; die verstanden sich nicht wirklich gut damals.«

»Und das haben sie dann an einem Säugling ausgelassen! An einem Mädchen, das ihr Leben lang mit dem Namen Crange rumlaufen muss?«

»Das wusste ja keiner. Als ich zur Schule ging, habe ich, haben wir alle das Crange immer weggelassen. Emma Schneider, das war‘s. Auch meine Großeltern haben sich an Emma gewöhnt. Und inzwischen ist der Name ja sogar wieder in Mode gekommen.«

»Emma ist ein schöner Name. Und er passt zu Ihnen. Besser als zu Möwen.«

»Wow. Sie können ja Komplimente machen! Und ich dachte, Sie gehörten nicht zu der Baggerfraktion?«

»Bei mir ist es ehrlich gemeint. Aber wie hat das C denn zurückgefunden zwischen Emma und Schneider?«

»Das ist jetzt das wirklich Peinliche. Das war ich selber. Als ich mit dem Schreiben anfing, für die Schülerzeitung zunächst, dann für die Herner Zeitung, dachte ich, das klinge seriöser: Emma C. Schneider. Publizistisch irgendwie. Viele berühmte Journalisten hatten so einen Zwischenbuchstaben im Namen, fand ich. Eitelkeit! Das C hat mich dann allerdings auch nicht vor dem Absturz bewahrt. Und wofür es stand, hat ja keiner gewusst, außerhalb meiner Familie. Bis eben. Wehe, Sie halten Ihr Versprechen nicht!«

»Sie können sich auf mich verlassen. Und Sie haben jetzt was gut bei mir. Übrigens: Unser Deal wäre: ich erzähle Ihnen alles, was ich in Erfahrung bringe und Sie erzählen mir, was Sie erleben und hören. Wir poolen. Und dann entscheiden wir gemeinsam, was wir daraus machen. Journalistisch, meine ich. Einverstanden?«

Mike Dorenbeck streckte ihr seine rechte Hand entgegen.

Sie schlug ein.

»Einverstanden. Ich bin Emma. Ohne C und ohne »Frau« und ohne ›Sie‹. Ist es ok, dass wir uns duzen, also richtig, nicht nur so hanseatisch mit Vorname und ›Sie‹? Obwohl Sie der Ältere sind, offensichtlich, und das eigentlich vorschlagen müssten?«

Dorenbeck strahlte sie an. »Sehr ok. Und dafür verrate ich dir auch meinen geheimen Mittelnamen: Ferdinand. Michael F. Dorenbeck. Das war meine Autorenzeile in Hamburg. Aber hier bin ich Mike.«

11. Kapitel

Emma berichtete Mike von ihren Frühstücksbesuchern. Von Poloniaks und von deren Verdacht. Ob er davon gehört habe, dass es noch andere ungeklärte Todesfälle im Zusammenhang mit dem La Palma gegeben habe? »Die Poloniaks wohnen, das musst du wissen, in einem Apartment, das einer Frau namens Hannelore Hülsenbusch gehört. Die soll jetzt Angst haben: sie könne »die nächste« sein. Weil alle Toten wohl mal im Vorstand der Eigentümerversammlung des La Palma waren.«

»Hmm. Das klingt ja wirklich verdächtig. Kennst du die Namen der anderen Toten? Todesfälle gibt's ja reichlich auf der Insel, gerade unter den Residenten. Ist doch klar: die sind ja schon nicht mehr die Jüngsten, wenn sie hierhin ziehen, oft bringen sie Krankheiten mit – nach dem Motto, wenn schon Krebs, dann wenigstens schönes Wetter und keine Chemotherapie. Obwohl die allermeisten dann, wenn es eng wird, doch wieder nach Deutschland fliegen und sich unserem sogenannten Gesundheitswesen in die Arme werfen, voller Resthoffnung. Und ohne Sonnenuntergang vorm Balkon verrecken, sondern stattdessen an Schläuchen im Krankenhaus.«

Das schien ein Thema zu sein, bei dem Mike Dorenbeck sich erregen konnte. Geradezu leidenschaftlich erregen. Emma gefiel das. Sie nahm sich vor, das Thema bei Gelegenheit wieder aufzugreifen.

»Nach den Namen habe ich gar nicht gefragt, oops! Oder vielleicht haben die Poloniaks sie sogar erwähnt und ich hab sie mir nur nicht gemerkt. Weiß nicht. Ich war heute früh wohl noch nicht so richtig im Aufnahmemodus. Um ehrlich zu sein: die beiden haben mich geweckt. Die beiden – und das Telefon. Dein Anruf. Ab sofort bin ich aufmerksamer und schütt mir immer erst eine Handvoll Wasser ins Gesicht, bevor ich Gespräche annehme oder Türen öffne. Und ich nehme mir vor, Notizen zu machen. Jedenfalls haben die Poloniaks erzählt, der eine der Toten sei beim Tauchen verunglückt – oder eben auch nicht verunglückt, wie die Poloniaks glauben –, der andere ertrunken, von einem Kreuzfahrtschiff gefallen.«

»Daran erinnere ich mich. In der Tat. Über beides hatten wir Meldungen im Blatt. Ich sehe gleich mal nach. Es gab sicher Polizeiberichte. Und du könntest dich im La Palma umhören. Da sind solche Todesfälle bestimmt auch ein heißes Gesprächsthema gewesen, am Pool und so. Vor allem, wenn die Toten alle im Vorstand der Asociación gewesen sind. Überhaupt sollten wir uns für diesen Vorstand interessieren! Was die da eigentlich machen – und wer da jetzt drin ist.«

»Finde ich raus. Ein Nachbar meiner Oma, Pedro, Hans-Peter Seidenschuh, also jetzt ist er ja mein Nachbar, er hat mich vom Flughafen abgeholt, ist oder war wohl auch in dem Vorstand. Jedenfalls kam er in Oma Ilses Erzählungen dauernd vor. Sie waren ziemlich eng miteinander.«

»Eng?«

»Ja, wie ›eng‹ weiß ich auch nicht. Ich glaub nicht, dass da mehr war als Freundschaft. Aber vielleicht will ich mir das auch nur nicht vorstellen, weil meine Oma für mich eben kein sexuelles Wesen war. Was natürlich blöd ist. Aber jedenfalls ist Pedro viel jünger als Oma Ilse. Und er ist sehr hilfsbereit. Er hat auf meinem Anrufbeantworter mehrere Nachrichten hinterlassen: ob ich was brauche, ob er einkaufen solle, mich irgendwo hinfahren, ich könne mich jederzeit melden... Ich hatte schon ein schlechtes Gewissen, mich nicht gemeldet zu haben. Aber irgendwie ist die Zeit davongerast, seit ich auf der Insel angekommen bin.«

»Ruf ihn an! Verabrede dich mit ihm! Am besten jetzt gleich. Vielleicht können wir uns auch zu dritt treffen. Ich glaube übrigens, ich kenne ihn. Ist das so ein Sportlicher, der auf Jungspund macht, mit Goldkettchen und so? Ich meine, ich habe mit ihm gesprochen, als ich damals nachgefragt habe, was mit Kaltenbrenner passiert ist.«

Emma zog ihr Smartphone aus der Tasche und rief Pedros Nummer auf. Der meldete sich postwendend:

»Emma! Endlich! Wo steckst du? Wie geht es dir? Hast du meine Nachrichten nicht gehört? Ich hab mir echt Sorgen gemacht. Du sollst Klaus Kaltenbrenners Leiche gefunden haben. Stimmt das?«

»Ja, stimmt. Können wir reden, also ich meine ›live‹? Können wir uns treffen?«

»Klar. Jederzeit. Jetzt gleich? Wo steckst du? Im Apartment bist du nicht. Ich habe angeklopft, wollte dir Brötchen bringen.«

»Da waren die Poloniaks schneller. Der frühe Vogel fängt den Wurm. In Form eines Schokocroissants...«

»Ich war heut früh erst joggen, im Taoro-Park. Das mache ich jeden zweiten Morgen. Unterwegs habe ich dann noch einen Cortado genommen und eingekauft, entschuldige, bei Alcampo. Da gibt's alles und zu den besten Preisen. Ich hab vorsichtshalber mal Wasser, Milch und Butter für dich mitgekauft. Steht hier bei mir. Abholbereit.«

»Toll. Danke. Aber lass uns reden. Ich bin jetzt noch in Puerto, aber ich mache mich sofort auf den Weg und komme zu dir. Ok?«

Ok. Ich mach uns dann anstelle eine Frühstücks einen kleinen Imbiss. Und diesmal bin ich schneller als diese... wie heißen die: Polo..?«

»Poloniak. Ein nettes Ehepaar. Hab ich im Flugzeug kennengelernt. Ich meine, ich hätte dir davon sogar erzählt, im Auto. Die haben ein Apartment gemietet, das Frau Hülsenbusch gehört.«

»Hannelore? Die hat übrigens versucht, mich zu sprechen. Sie hat ganz aufgeregte Botschaften auf meiner Mailbox hinterlassen. Wirres Zeug.«

»Sie hat Angst. Um sich – und um dich. Das kann wirres Zeug sein, vielleicht aber auch nicht. Lass uns reden, aber nicht am Telefon. Ich bin gleich da – und, ja, ein Imbiss wäre gut.«

Mike hatte aufmerksam zugehört. »Geh allein hin! Da wird er offener sein, als wenn ich auftauche. Lass dir von Pedro alle Namen geben, von allen, die mit der Asociación zu tun haben. Und wenn du die Satzung beschaffen könntest, das wäre auch gut. Und Protokolle der Eigentümerversammlungen! Die sollten wir uns mal genau ansehen. Wie heißt die Watergate-Regel: Follow the money!«

Emma winkte, während Mike ihr Aufträge gab, dem Kellner zu und gab ihm lautlos, in Stummsprech, zu verstehen: »La cuenta, por favor!« Der spanische Herr Moser nickte beflissen und stellte, nur Sekunden später, einen dezenten Diener andeutend, ein Schälchen mit der Rechnung auf den Tisch. Er entfernte sich wieder. Die Diskretion in Person.

»Welch ein Aufwand für zwei Kaffee«, wunderte Emma sich – und hielt Mike davon ab, das Portemonnaie zu zücken: »Ich zahle.«

»Kellner laufen hier viel und gerne. Egal wie viel du schuldest, nie wird das Geld einfach so hingelegt oder in die Hand gedrückt. Das wäre unanständig. Aber lass mal: ich übernehme das! Spesen. Ich fahre dich auch zum La Palma zurück.«

»Das wäre super. Eigentlich finde ich den Fußweg ja toll, aber jetzt bin ich ja nicht mehr Touristin, sondern investigative Journalistin. Und im Dienst, sozusagen. Also ist Zeit Geld. Überhaupt: Vielleicht sollte ich mir ein Auto mieten. Aber wenn du mich fährst, dann lass mich wenigstens den Kaffee bezahlen! Oder gilt das in Eurer Redaktion schon als Versuch der Einflussnahme?«

»Nein, da haben wir ein höheres Limit.«

»Wie hoch?«

»Nein, das ist Quatsch. Über Bestechung oder so was macht sich hier keiner Gedanken. Die Inselzeitung lebt geradezu von Einflussnahme. Und jetzt beschließe ich gerade, mich mal gern beeinflussen zu lassen.«

Emma legte abgezählte Münzen – samt großherzigem Trinkgeld – in das Kästchen. Hans Moser tauchte umgehend wieder auf, lautlos, und nahm es an sich, einen raschen Blick ins Kästchen werfend, dann huldvoll und dankbar den Kopf senkend. Und Abgang, lautlos.

»Wenn du beweglich sein willst auf der Insel, ist das keine schlechte Idee«, nahm Mike das Autothema wieder auf. Mietwagenfirmen gibt‘s hier wie Sand auf Sylt. Mehr als 25 Euro pro Tag solltest du nicht bezahlen, für einen Kleinwagen, und der reicht ja. Frag mal im Büro des La Palma nach! Dann hast du da auch gleich einen Gesprächseinstieg, für die Recherche.«

»Vielen Dank für den Tipp, Herr Kollege! Da wär ich von allein nicht drauf gekommen!«

»Sorry, Frau Kollegin, soll nicht wieder vorkommen.«

Emma klopfte an die Tür des Apartments 1109. Pedro öffnete sofort – und ihr schlug eine Duftwelle entgegen: Basilikum und Knoblauch, hmmmm. Pedro hatte sich eine weiße Schürze umgebunden, so eine, wie sie Profiköche tragen, eine, die vorn zugebunden wird. Er wies Emma mit einem Kochlöffel den Weg Richtung Küche.

»Komm herein. Du kennst mein kleines Reich ja noch nicht.«

Emma staunte. Das Apartment hatte exakt den gleichen Grundriss wie das ihrer Oma – also ihres; daran musste sie sich noch gewöhnen. Aber Pedros Apartment atmete einen komplett anderen Geist. Alles war hell. Anstelle eines gemusterten Teppichbodens war der Boden mit Fliesen ausgelegt, die wie Marmor aussahen. Alle Möbel waren weiß. An der Wand vor dem Balkonfenster stand eine Sitzgruppe aus weißem Leder. An den weißgetünchten Wänden hing moderne Kunst. Und statt düsterer Vorhänge hingen vor den Fenstern luftige Gardinen.

»Alles von Ikea.« Pedro hatte Emmas Blick bemerkt. »Das teuerste sind die Platten auf dem Boden. Aber das ist eine Investition. Marmor, ein modernes Bad und eine gute Einbauküche: und schon springt der Wert des Apartments nach oben. Habe ich Ilse immer wieder gesagt, aber sie hing nun mal an ihrem alten Plunder. Nicht mal den ollen Teppichboden wollte sie austauschen.«

»Apropos Bad. Darf ich das mal benutzen? Ich kann aber auch schnell nach nebenan huschen.«

»Natürlich kannst du das Bad benutzen. Wundere dich nicht: Ich habe die Wanne durch eine kleine Sauna ersetzt.«

Auch das Bad war rundum hell gefliest. Es wirkte dadurch viel größer als das in Oma Ilses Apartment. In einer Ecke stand, aus hellem Holz, das einen warmen Ton in den sonst unterkühlten Raum brachte, eine Sauna mit Glastür. Emma fühlte sich an eine Telefonzelle erinnert, an diese Dinger, die früher in Deutschland an jeder Straßenbiegung standen, in der Vor-Handy-Ära.

»Ich habe Pesto gemacht«, rief Pedro aus der Küche herüber. Ich hoffe, das magst du. Die Spaghetti müssen gleich fertig sein. Ich habe extra gewartet, sie ins Kochwasser zu geben, bis du geklopft hast. Warmgehaltene Spaghetti werden matschig.«

Emma rief zurück: »Ich liebe Pesto.« Als sie wieder vor der Küchentheke stand, fügte sie hinzu: »So lecker diese Kartoffeln sind, die es hier überall gibt, diese kleinen Dinger: ich bin froh, auch mal wieder was anderes zu essen.«

»Papas arrugadas. Pellkartoffeln. Die ersten Kartoffeln haben die Seefahrer aus Amerika mitgebracht, und natürlich waren sie früher hier auf den Kanaren heimisch als in Festland-Europa. In der Zeit der Segelschiffe führten alle Wege von Europa nach Amerika und zurück hier über die Kanaren. Wegen der Passatwinde. Hier hat sich eine uralte Kartoffelsorte erhalten. Klein und schrumpelig, aber lecker. Inzwischen werden die aber kaum noch angebaut. Die modernen Zuchtsorten sind ergiebiger – und billiger. Ganz selten, dass du in Inselrestaurants heute noch echte papas arrugadas bekommst. Ehrlich gesagt: das lohnt sich auch nicht. Die sind überteuert und nur was für Nostalgiker.«

Pedro hatte auf dem Balkon eingedeckt. Eine weiße Tischdecke, weißes Geschirr.

»Du hast es mit Weiß«, stellte Emma fest.

»Ich finde, in eine kleine Wohnung wie diese passen am besten weiße Möbel. Farben gibt es ja hier genug in der Natur. Weiß bringt das Blau des Meeres und des Himmels besser zur Geltung, finde ich. Und es stimmt mich heiter. Es wirkt sauber.«

»Aber die Bilder, die sind nicht von Ikea, oder?«

»Doch, alle. Für richtige Kunst fehlt mir das Geld und der Sachverstand. Aber wenn du dich für moderne Kunst interessierst, kann ich dir Adressen besorgen. Es gibt eine ganze Reihe von Künstlern, die sich auf Teneriffa niedergelassen haben. Und es gibt auch immer wieder interessante Ausstellungen. Manche sind ganz schön wild und verrückt. Provokativ. Nach der Franco-Zeit hat es eine Weile gedauert, aber dann wurden hier mit Wucht alle Tabus über den Haufen geworfen. Vor allem an der Kirche und dem Militär arbeiten die Künstler sich ab. Entsprechend ist ihre Kunst. Aufhängen würde ich mir davon nichts, selbst wenn ich das Geld dafür hätte. Aber mit dir zusammen würde ich mir solche Ausstellungen durchaus ansehen. Deine Großmutter war dafür ja leider nicht zu begeistern.«

»Das glaube ich. Was Künstler betraf, hat sie nur Dürer ernst genommen. Rembrandt vielleicht auch noch und den Maler des ›Armen Poeten‹. Aber jetzt habe ich erst mal Hunger.« Pedro schüttete die Spaghetti in eine große weiße Porzellanschüssel und verrührte sie sachte mit einem Löffel Nudelwasser und dem Pesto. »Bediene dich! Ich hole Wein.«

Er entkorkte eine Flasche Weißwein und goss ein.

»Schon mittags Alkohol?« Emma schnitt ein übertrieben kritisches Gesicht.

»Nicht Alkohol. Wein. Das ist ein Lebensmittel. Die Pasta und das Pesto schreien danach. Hörst du es nicht?« Pedro tat, als lausche er.

»Ich höre nur das Meer. Vielleicht hätte Neptun auch gern einen Schluck Wein. Prost!« Sie griff zum Glas und stieß mit Pedro an.

Die Nudeln waren köstlich, fand Emma. Der Wein passte vortrefflich dazu. Frisch, mit einem Hauch Säure, einem zarten Blütenaroma, knochentrocken, kühl. Nicht, dass sie groß Ahnung gehabt hätte von Wein, aber sie wusste, wann er ihr schmeckte und wann nicht. Dieser hier schmeckte ihr.

»Ist der von der Insel?« Sie nickte Richtung Weinflasche. Pedro reichte sie ihr. »Nein, das ist ein weißer Rioja. Es gibt zwar ganz ordentliche Inselweine inzwischen, aber die sind verrückterweise teurer als die spanischen. Bei den Festlandweinen ist das Preisleistungsverhältnis noch in Ordnung, bei den meisten jedenfalls. Du kannst aber auch locker zwanzig oder fünfzig Euro für eine Flasche Wein lassen, im Supermarkt. Verrückte, die so viel Geld dafür rauswerfen, weil sie sich mit einem bestimmten Etikett schmücken wollen, um als Kenner zu gelten, gibt es reichlich.«

»Sag mal«, fragte Emma, als sie ihren zweiten Teller Spaghetti geleert hatte, »du bist oder warst doch im Vorstand der Hauseigentümergemeinschaft, zusammen mit Oma Ilse und Hannelore Hülsenbusch, richtig?«

»Ich war. Das stimmt.«

»Und mit Klaus Kaltenbrenner und noch zwei Männern, die jetzt tot sind, genau wie Kaltenbrenner und meine Oma. Richtig?«

»Richtig. Heinz und Hans. Das stimmt.« Pedros sonst meist lächelndes Gesicht verdunkelte sich. »Tempora passata. Wir waren eine wirklich tolle Truppe. Das ist jetzt alles passé. Vor allem für Hannelore ist das bitter. Die Doppelkopfrunde, darum drehte sich ihr Leben. Jetzt ist sie allein.«

»Was für eine Doppelkopfrunde?«

»Na, sie und Ilse, Hans und Heinz und, wenn einer ausfiel, Klaus haben regelmäßig Doppelkopf gespielt. Seit Jahren. Jede Woche. Aber das war nicht alles. Sie hatten eine Doppelkopfkasse und haben damit Ausflüge finanziert. Was aber nur ein Vorwand war. Da war nie genug Geld in der Kasse. Die wurde aufgefüllt. Für Ausflüge zum Essen, Bootsfahrten, für Konzertbesuche, alles mögliche.«

»Und du, du hast nicht mitgespielt?«

»Doppelkopf ist nichts für mich. Wenn überhaupt Karten, dann würde ich pokern. Oder 17+4 spielen. Aber auch das muss nicht sein. Nein, aber ich habe gelegentlich für die Runde gekocht. Und bei den Konzertbesuchen und so war ich auch dabei. Genau genommen habe ich sie organisiert. Die anderen hätten ja nicht mal gewusst, wo man die Tickets kaufen kann. Richtig Spanisch zu sprechen hat sich keiner von ihnen bemüht.«

»Du sprichst aber richtig Spanisch?«

»Naja, ich kann mich verständigen, inzwischen sogar ganz gut. Ich finde, wenn man in einem fremden Land lebt, sollte man auch dessen Sprache zumindest verstehen. Schon aus Höflichkeit. Mit dieser Haltung bin ich aber ein Außenseiter hier.«

»Ja, ich habe auch den Eindruck, man kommt mit Deutsch ganz gut durch.«

»Das kommt man. Solange man damit zufrieden ist, in einer deutschen Parallelwelt zu leben und die eigentliche, die kanarische ignoriert. Es gibt deutsche Bäcker und deutsche Wurst, deutsche Ärzte und Anwälte, deutsche Handwerker jeder Art. Und Tinerfeños, die mit Deutschen zu tun haben, sprechen sowieso Deutsch. Die bemühen sich! Manche unserer Landsleute hingegen setzen sich ins Lokal und bestellen und fragen nach Frikadellen oder Bier, als wären sie in Haselünne oder so.«

»Das habe ich auch schon beobachtet. An der Plaza del Charco.«

»Da ohnehin. Da prallen die Parallelwelten aufeinander. Da musst du mal drauf achten: in dem einen Café sitzen nur Deutsche, in dem daneben nur Spanier. Hier wird nur Deutsch geredet, dort nur Spanisch. Das heißt, ein paar Grenzgänger gibt's immer, die hin und her huschen zwischen den Welten. So wie ich.«

»Woran sind der Heinz und der Hans denn gestorben – und wie hießen die mit vollen Namen?«

»Heinz und Hans-Werner. Heinz und Hans, Hans & Heinz. Heinz

Hock und Hans-Werner Frohsinn. Die beiden klebten fast zusammen. Deshalb hat sich eigentlich auch keiner so richtig gewundert, dass der Hans nicht mehr lange gelebt hat, nachdem der Heinz diesen Unfall hatte. Ilse war der Meinung, Hans habe sich das Leben genommen. Ist ja eigentlich auch schwer, aus Versehen über Bord zu fallen. Allerdings war Hans schwer betrunken an dem Tag. Er hatte immer gern einen genommen – oder zwei oder drei, aber seit Heinz' Tod lief Hans nur noch unter Alkohol.«

»Was war das für ein Kreuzfahrtschiff? Und hat es Zeugen gegeben?«

»Nein, keine Zeugen. Sonst wäre Hans ja vielleicht auch noch gerettet worden. Wenn einer Alarm gerufen hätte, hätte das Schiff sicher sofort beigedreht. So war es viel zu spät, als die Suche begann. Und übrigens auch Nacht. Stockfinster. Die anderen wollten Skat spielen und suchten ihren dritten Mann, Hans eben.«

»Wie, Skat? Ich dachte Doppelkopf war angesagt. Und wer war denn da alles mit an Bord?«

»Wir alle: Ilse, Hans, Hannelore, ich. Und noch ein paar hier aus dem Haus. Und jede Menge Residenten, und so eine Russentruppe.«

»Also, jetzt mal zum Mitschreiben: was für eine Kreuzfahrt war das? Wer hatte sie organisiert? Wieso wurde plötzlich Skat gespielt? Was habt ihr sonst an Bord gemacht? Und wie und wann genau ist Hans verschwunden?«

Pedro seufzte.

»Das wird ja ein Verhör. Also: Das Schiff heißt Claviga. Das ist eines der Boote aus der Puschkin-Line. Diese russische Reederei, die in letzter Zeit mächtig aufdreht und dick ins Kreuzfahrtgeschäft eingestiegen ist. Mit super Preisen, das muss man sagen. Und die Schiffe sind topp in Ordnung. Großartiges Essen bieten die an Bord, all inclusive.

Die Claviga hatte in Santa Cruz einen Zwischenstopp. Passagierwechsel. Santa Cruz ist ja, seitdem die Industrie aus dem Hafen verschwunden ist, eine Adresse für Kreuzfahrtschiffe geworden. Die legen alle da an, wenn sie zu den Kanaren kommen.«

»Weiter!«

»Da gab es ein Angebot. Wurde über die Inselzeitung beworben und übers Radio. Es richtete sich gezielt an Residenten und an Touristen, die für ein paar Wochen auf der Insel sind. Ein Wochenende auf der Claviga, mit allem Drum und Dran, zu einem Spottpreis. Ein Schnuppertripp. Und nebenbei, aber das haben wir erst unterwegs gemerkt, eine Verkaufsveranstaltung.«

»Was sollte denn verkauft werden?«

»Immobilien. Anteile an Timeshare-Apartments – und Luxushütten auf einem neuen Golfplatz bei Buenavista. Das ist eine Gegend, wo bis neulich noch der Hund begraben lag und die jetzt mächtig entwickelt wird. Das neue Costa Adeje, heißt es.«

»Und wer hat die angeboten?«

»Moment, ich muss den Prospekt noch irgendwo haben!«

Pedro stand auf, ging ins Apartment und kramte in Unterlagen. Er kam mit einem Hochglanzprospekt zurück.

»Hier. Nimm! Kannst du behalten. Du interessierst dich ja für Immobilenpreise.«

»Näher am Himmel« prangte in silbernen Buchstaben auf dem tiefblauen Umschlag, und »Leben Sie Golf!«. Darunter war ein Golfplatzgelände zu sehen, sattgrün vor einem beeindruckenden Gebirgspanorama. Alles sah edel aus und teuer. Emma drehte die Broschüre um und suchte nach einem Impressum.

Da stand es: Stella Real Estate. Nicht zu fassen. Das war doch Jo Hollerbecks Unternehmen! Oder das Unternehmen, für das er tätig war, irgendwie. Und das Oma Ilses Apartment kaufen wollte!

»Stella Real Estate: kennst du die?«

»Die gibt es noch nicht sehr lange, machen aber viel Werbung in letzter Zeit. Die kleckern nicht, die klotzen. Es heißt, da stecke die Russenmafia dahinter.«

»Ich dachte, da steckt Jo Hollerbeck dahinter?«

»Hollerbeck? Dass ich nicht lache! Der steckt da vielleicht drin, aber das ist ein ganz kleiner Fisch. Der verwaltet Apartments, im Auftrag von Deutschen, die nicht oft hier sind, und er vermietet sie auch, gern unter der Hand. Im Zweifel macht der alles, vermute ich. Hauptsache, es strengt nicht an und bringt Geld. Ein windiger Vogel. Es hieß, er sei pleite – bis er offenbar bei der Russenmafia angeheuert hat.«

»Wer sagt denn, dass da die Mafia am Werk ist? Brutal und kinderlieb, was? Vorurteile! Nicht alle Russen müssen kriminell sein.«

»Sicher nicht, aber Russen, die über Nacht Multimillionäre werden oder gar Milliardäre, die können ihr Geld nicht ehrlich verdient haben, wenn du mich fragst. Außerdem läuft da draußen, wo die ihr Büro haben, bei diesem Golfplatz, ein Wladim rum, ein Typ, vor dem jeder Angst hat.«

»Apropos Golfplatz. Ich hab in Omas Apartment ein Foto gesehen, auf dem sie Golf spielt. Ich wusste gar nichts davon. Hat sie nie erzählt. Wo hat sie denn das Golfspielen gelernt?«

»Wir haben alle mal, also alle außer Heinz und Klaus, der eine war da schon vermisst, der andere tot, einen Schnupperkurs im Süden gemacht, in einem Fünfsterneresort. Außer Ilse hat sich aber keiner von uns dafür begeistern können. Außer für die Drinks am Rande, die waren wirklich Spitze. Und tolles Fingerfood gab's. Ilse ist danach öfters nach Buenavista gefahren. Dafür wurde übrigens auch an Bord der Claviga geworben. So fangen die ihre Käufer ein: Werbung fürs Wohnen gleich neben dem Green. Und lecker Fingerfood.«

»Ja, die Claviga! Also, ihr wart alle zusammen an Bord. Und was ist dann passiert?«

»Passiert? Eigentlich gar nichts. Wir haben gegessen, an einem Super-Buffet. Auch ordentlich getrunken. Das Schiff hatte abgelegt und Kurs auf La Palma genommen, um Teneriffa herum. Da sollten wir am nächsten Morgen ankommen. Und dann von La Palma an Gomera vorbei nach Gran Canaria – und zurück nach Santa Cruz.

Ilse und Hannelore wollten tanzen. Hans nicht. Der sagte, er wolle lieber an Deck rumlaufen und das Meer beobachten. Er hatte sowieso die ganze Zeit so eine komische Stimmung gehabt. Im nachhinein glaube ich, er war depressiv. Jedenfalls haben seine Töchter das gesagt, als sie zur Beisetzung hier waren – der Rücktransport der Leiche nach Deutschland war den beiden Damen zu teuer, Hans wurde hier beerdigt. Das war ihm aber vermutlich auch ganz recht. So ist er wieder nahe bei Heinz. Der liegt auch auf dem Friedhof in Puerto.«

»Also Hans hatte Angehörige in Deutschland, Heinz nicht?«

»Doch. Der wohl auch, aber keine nahen. Heinz war ein notorischer Junggeselle, nie verheiratet, keine Kinder, keine Enkel, naturgemäß. Hans war geschieden und hatte zwei Töchter, die aber nichts von ihm wissen wollten. Ein Wunder, dass sie zur Beerdigung aufgetaucht sind. Wahrscheinlich sind sie nur gekommen, weil sie sich das Erbe ansehen wollten, und wann kann man schon ein Begräbnis mit einem Kurzurlaub verbinden?«

»Haben die Töchter Hans' Apartment übernommen?«

»Am Anfang ja. Sie haben während der Beerdigung und für ein, zwei Wochen danach sogar darin gewohnt. Ich glaube, die eine ist länger geblieben als die andere. Kann sein, dass sie sich verzankt haben.«

»Das kommt ja vor, wenn's ums Erbe geht, in den besten Familien.«

»Hört man. Die beiden jedenfalls konnten sich wohl nicht einig werden, wer die Wohnung wie nutzen würde. Jedenfalls haben sie sie verkauft und sich das Geld geteilt, vermute ich. Jedenfalls sind sie nie wieder hier aufgetaucht.«

»Jetzt aber noch mal zurück an Bord! Wann ist Euch aufgefallen, dass Hans fehlte?«

»Spät. Gegen Mitternacht oder danach. Aber du solltest noch wissen, dass die Töchter erzählt haben, sie hätten kurz vor Hans' Tod Briefe von ihm bekommen, jede. Das sei ungewöhnlich gewesen, denn eigentlich habe Hans ihnen nie geschrieben. Es sei darin vom Apartment und vom Erben die Rede gewesen und dass er hoffe, sie könnten sich das Apartment, wenn er nicht mehr lebe, teilen. Sie hatten sich nichts weiter dabei gedacht – aber jetzt waren sie der Meinung, das seien Abschiedsbriefe gewesen. Hans' verdruckste Art, goodbye zu sagen. Er war immer ein bisschen steif gewesen. Einmal Buchhalter, immer Buchhalter.«

»Also. Ihr wolltet dann, nach Mitternacht, Skat spielen, und Hans wurde gebraucht?«

»Hannelore und Ilse wollten Skat klopfen, ich nicht. Ich kann das gar nicht. Sie brauchten einen ›dritten Mann‹. Die Tanzkapelle hatte aufgehört zu spielen. Ich bin also losgezogen, Hans zu suchen. An Deck fand ich ihn nicht, in seiner Kajüte war er auch nicht. Dann dachte ich: vielleicht sitzen die drei schon zusammen und reizen. Also bin ich wieder zurück in die Bar. Kein Hans! Dann sind wir zu dritt die Decks abgelaufen. Am Ende haben wir einen Offizier angesprochen, und dann hieß es ›Mann über Bord‹. Das Schiff bremste, machte kehrt, die Küstenwache oder wie das hier heißt, wurde alarmiert. Hans‘ Leiche wurde aber erst nach drei Tagen entdeckt, an der Küste, verrückterweise gar nicht so weit vom La Palma entfernt. Wir nehmen an, er hat die Lichter des Hauses gesehen – oder erahnt –, als er über Bord gesprungen ist. Denn das muss er wohl sein. So ungeschickt kann man ja gar nicht sein, nicht mal als Betrunkener, dass man aus Versehen über die Reling fällt. Obwohl das Meer ganz schön bewegt war in der Nacht und das Schiff trotz seiner Größe ordentlich schlingerte. Deshalb war es auch am Buffet so schön leer. Aber Hans hat eine Menge vertragen. Bis der ins Schwanken kam, dazu gehörte schon was.«

»Hätte ihn jemand gestoßen haben können?«

»Danach hat die Polizei auch gefragt, damals. Aber wer sollte Hans über Bord geworfen haben wollen? Wer hätte dazu ein Motiv gehabt? Hans war die Freundlichkeit selbst. Ein ruhiger, stiller Mann. Ein Westfale. Aus Hamm. Hatte in der Bergbauverwaltung gearbeitet, bis er in die Anpassung ging.«

»Anpassung? Wohin?«

Pedro lächelte. »Anpassung: so heißt – oder hieß, das gibt es heute wohl nicht mehr – der Vorruhestand im Bergbau. Der goldene Handschlag, mit dem man Leuten wie Hans sagte, die ihr ganzes Leben ›auf Zeche‹ zugebracht hatten: schönen Dank, das war‘s! Wir brauchen dich nicht mehr. Arrivederci! Das hat er eigentlich nie verwunden, der Hans. Richtig fröhlich ist er, anders als sein Nachname suggerierte, selten gewesen. Außer in der Doppelkopfrunde. Frohsinn, der Name hätte besser zu Heinz gepasst.«

»Ja, Heinz: Wie ist der denn von Euch gegangen? Wart Ihr da auch alle zusammen?«

»Meinst du, wir hätten alles zusammen gemacht? Oder uns gegenseitig umgebracht?«

»Nein, natürlich nicht. Aber komisch ist es schon, findest du nicht, dass einer nach dem anderen wegstirbt oder sich umgebracht haben soll, wo ihr doch offenbar eher eine Spaß- als eine Trauertruppe wart. Findest du nicht?«

»Wenn du das so darstellst: schon. Jetzt, in der Rückschau, und nach Ilses Tod und wo Klaus offenbar ermordet worden ist, kann einem das zu denken geben.«

»Übrigens: wer hat Hans' Apartment denn gekauft? Sag nicht: eine Russin?«

»Doch. Woher weißt du das?« Pedro wirkte ehrlich erstaunt.

»Hab ich geraten. Weil sich eine Russin auch für mein Apartment interessiert. Vielleicht dieselbe?«

»Das muss sich ja feststellen lassen. Komisch wäre das schon. Früher hatte ich ja Zugang zu allen Unterlagen der Asociación, als Ilse noch die Präsidentin war, aber der neue Vorstand ist schwierig, um es gelinde zu sagen... Besser, du fragst da selber mal nach.«

»Das kann ich machen. Gleich nachher. Aber erzähl erst noch von Heinz!«

»Heinz Hock. Rheinländer. Vom Wesen her das Gegenteil von Hans. Vielleicht haben sie sich gerade deshalb so gut verstanden. Gestatten: Nordrhein und Westfalen. So haben sich Heinz und Hans manchmal vorgestellt. Hans hat dazu dann ein Gesicht gemacht, als fühle er sich peinlich berührt. Das war ein Ritual. Wie bei alten Eheleuten.«

»Waren sie schwul, die beiden?«

»Vielleicht, aber wenn, dann haben sie es verborgen. Wir sind hier nicht in Köln: über so was redet man nicht. Und ich kann es mir eigentlich auch nicht vorstellen bei den beiden. Vielleicht waren sie es und haben sich nicht getraut, es zuzugeben, auch nicht voreinander. Das hätte gepasst.«

»Heinz, heißt es, sei beim Schnorcheln gestorben. Ich wusste gar nicht, dass das geht. Beim Tieftauchen, klar, da muss man wohl extrem vorsichtig sein. Aber Schnorcheln, das ist doch ein Gepaddel im seichten Wasser.«

»Ja, tauchen darf man immer nur zu zweit. Schnorcheln gilt als harmlos. Außerdem war Heinz ein erfahrener Schwimmer. Er ist oft allein losgezogen. Hans hatte nämlich keinerlei Freude daran, ins Wasser zu gehen, ins Meer. Höchstens, dass er gelegentlich im Pool schwimmen war, frühmorgens, wenn noch kein Rummel war im Garten.«

»Also: Heinz war schnorcheln, und dann?«

»Er ist zur Punta de Teno gefahren, soviel wissen wir: ganz ans Ende der Insel. Er kannte ja alle Küstenabschnitte. Man kann auf Teneriffa nämlich nicht überall und zu jeder Zeit schnorcheln. Mal ist hier die Brandung zu wild, mal dort. Man braucht ein Gespür dafür, wo's gerade gut geht. Heinz hatte dieses Gefühl. Zur Punta de Teno fährt man nur, wenn klar ist, dass es sich lohnen wird. Man kommt da nur über eine gefährliche Straße hin. Wir erfuhren auch erst, dass Heinz da hin gefahren war, nachdem seine Leiche gefunden worden war. Sein Auto stand am Parkplatz bei dem Leuchtturm. Seine Sachen, Kleidung, Handtuch und so, lagen am Kiesstrand. Fischer haben Alarm geschlagen, als die Sachen nach Stunden immer noch dort lagen, als die Dämmerung einsetzte und kein Schwimmer oder Schnorchler mehr auftauchte.«

»Weiß man, wie und warum Heinz ertrunken ist? Denn ich nehme an, er ist ertrunken – oder nicht?«

»Er hatte offenbar beim Schnorcheln einen Herzinfarkt. War das Ergebnis der Obduktion. Er muss ohnmächtig geworden sein. Man hat ihn in einer Bucht gefunden, die nur vom Wasser aus zugänglich ist.«

»Es gab keinen Mordverdacht?«

»Nein. Warum auch? Tragisch war das, aber eben auch leichtsinnig von Heinz. Er wusste genau, dass er ein schwaches Herz hatte. Er nahm Medikamente. Aber eine Spur von Leichtsinn haftete ihm von jeher an. ›Das Leben ist zu kurz, um sich lange Gedanken zu machen‹, sagte er gern.«

»Wann war das? Wann ist Heinz gestorben, und wann Hans?«

Pedro zögerte, legte den Kopf in den Nacken, die Augen halb geschlossen.

»Heinz vor einem Jahr ungefähr oder eineinviertel. Hans drei Monate später. Nur ein Vierteljahr hat er es ohne seinen Heinz ausgehalten.«

»Und was ist aus Heinz' Erbe geworden? Ich nehme an, er hatte auch ein Apartment hier im La Palma?«

»Oh, er hatte sogar zwei. Eins, das er vermietete, unter der Hand. Er redete nicht gern über Geld, aber er hat einen ordentlichen Batzen hinterlassen. Er führte früher einen Kostümverleih in Düsseldorf. Heinz war Mitglied in mehreren Karnevalsvereinen – gewesen. Bevor er alles hinter sich gelassen hat und nach Teneriffa ausgewandert ist. Er hat, anders als die meisten, sämtliche Brücken abgebrochen.«

»Und wer hat ihn beerbt?«

»Sag mal: warum willst du das alles wissen?«

»Neugier, Interesse. Du weißt doch, ich bin Journalistin. Eine offene Frage wirkt auf unsereinen wie eine frisch geöffnete Flasche Bier auf einen Alkoholiker.«

Das hatte sie von Paul Bärkamp.

Pedro betrachtete sie, als sähe er Emma zum ersten Mal.

»Nun sag schon: wer hat Heinz beerbt?«

»Er hat alles der Asociación vermacht. Fast alles. Und einen Teil einem Verein, der sich um streunende Hunde kümmert.«

12. Kapitel

Emma bedankte sich für Pasta, Pesto und Wein, nahm Pedros für sie gedachte Einkäufe mit und zog sich in Oma Ilses Apartment zurück.

Kaffee lehnte sie ab, auch Pedros Angebot, am Abend wieder für sie beide zu kochen. Sie sei schon verabredet, log sie. Pedro war anzusehen, dass er nur zu gern gewusst hätte, mit wem, aber er schwieg. Man muss eben nicht nur neugierig sein, dachte sie, man muss sich auch trauen, Fragen zu stellen.

Emma behauptete – und das war nicht gelogen –, sie müsse jetzt erst mal in Ruhe nachdenken. Und dann werde sie dem Sekretariat einen Besuch abstatten. Unter diesen Umständen rate er ihr, nicht allzu lange nachzudenken, sagte Pedro, denn das Sekretariat sei immer nur von drei bis fünf offiziell geöffnet, jedenfalls für den »Besucherverkehr«. Emma dankte und gab Pedro das Geld für die Einkäufe.

In Oma Ilses Apartment hatte sie eine Klappliege für den Balkon gesehen. Die stellte sie jetzt auf. Die Sonne war hinter einem dicken Wolkenkissen verschwunden. Es wehte eine ganz leichte Brise. Das Meer changierte zur Abwechselung in Grautönen mit grünen und weißen Einsprengseln. Emma sog die Luft tief ein. Wer hatte das gesagt: das Beste hier sei die Luft? Pedro? Jo? Mike? Die Poloniaks? Allmählich geriet Emma in Gefahr, den Überblick zu verlieren. Wieviele Menschen sie in den letzten paar Tagen kennengelernt hatte – einschließlich der nicht mehr lebenden! Bevor sie sich auf der Liege ablegte, beschloss sie, sich, wie sie Mike versprochen hatte, Notizen zu machen. Sie klappte ihr Notebook auf, legte ein Dossier »LP« an, mit Dateien für alle Personen, die sie bisher getroffen oder von denen sie gehört hatte und schrieb auf, woran sie sich erinnerte. Sie fing mit Heinz Hock und Hans-Werner Frohsinn an und versuchte, sich ein Bild von den beiden zu machen. Dabei kam ihr ein Gedanke.

Das Foto. Das Gruppenfoto über Oma Ilses Kommode. Die heitere Gruppe von Wanderern. Pedro hatte doch gesagt, die Doppelkopfrunde habe so viel miteinander unternommen. Ob das Foto diese Runde zeigte? Vermutlich. Warum sonst hätte Oma Ilse das Bild neben das ihrer Enkelin und ihres Mannes gehängt, an eine Stelle, wo sie es immer im Blick haben musste, wenn sie zu Bett ging oder aufstand? Emma sprang auf, holte das Foto aus dem Schlafzimmer und studierte es intensiver als zuvor.

Vom Himmel waren darauf nur kleine helle Flecken zu sehen. Das Foto war offenbar auf einer Waldlichtung aufgenommen worden, zwischen Kiefern mit langen Nadeln und Eukalyptusbäumen. Es war kein altdeutsch-düsterer, sondern ein lichter Wald. Sonnenstrahlen fielen durch die Kronen der Kiefern wie Spotlights von Scheinwerfern. Oma Ilse stand, sonnenbefleckt, in der Mitte der Gruppe, in hellblauem Anorak, der offenstand, darunter trug sie eine weiße Bluse. Ein Spotlight fiel direkt auf ihr strahlendes Gesicht. Ilse hatte sich bei Pedro eingehakt. Oma sah glücklich aus. Sie lachte in die Kamera. Auch alle anderen lächelten dem Objektiv zu – als hätte jemand im Augenblick des Auslösens »cheese« gerufen. Aber Oma Ilse stand eindeutig im Mittelpunkt. Wer mochte das Foto geknipst haben? Es war offenbar aus halbhoher Position aufgenommen worden. Mit einem Selbstauslöser? Die Fotografierten sahen zur Kamera leicht herab. Neben Pedro, an eines seiner Beine gelehnt, stand ein Rucksack. Schaute da ein Flaschenhals heraus? In der Mitte der Gruppe war ein hüfthoher, flacher Steinklotz gedeckt wie ein Tisch. Außer Ilse und Pedro zählte Emma vier weitere Personen. Die knubbelige Frau mit dem festgezurrten hellrosa Anorak war, eindeutig, Hannelore Hülsenbusch. Obwohl sie Emma viel jünger vorkam als die Dame, die sie bei Carmen kennengelernt hatte. Hannelore Hülsenbusch lächelte nur schwach, wie gezwungen – als hätte ihr jemand zugerufen: nun lächele doch mal! Emma kannte solche Situationen – und dachte an Jörg. Auch Hannelore hatte sich untergehakt, bei einem schlanken, fast dürren, hochgewachsenen Mann mit leicht gebeugter Haltung. Er hatte volles brünettes Haar und eine markante, lange Hakennase im länglichen Gesicht. Emma vermutete, dass sie diesem Herrn schon mal begegnet war, in einer zerfallenen Steinhütte im Tenogebirge. Ob das die Wanderschuhe waren, die sie ertastet hatte? Ein Schauer lief ihr über den Rücken.

Klaus Kaltenbrenner, wenn er es denn war, trug keinen Anorak, sondern nur ein kariertes Hemd, die Ärmel aufgerollt bis über die Ellenbogen. An seinem linken Handgelenk glänzte eine massive goldene Uhr.

Nicht untergehakt, aber dicht beieinander, auf der anderen Seite, standen zwei fast gleich große Männer. Der eine der beiden, völlig glatzköpfig, lachte schelmisch in Richtung von irgendetwas, das schräg hinter der Kamera stehen musste. Vielleicht war es auch einfach nur eine Pose, dachte Emma. Der Mann schien eine Skulptur imitieren zu wollen, Standbein fest in den Boden gestemmt, lockeres Spielbein leicht vorgestreckt, eine Faust in die Hüfte gestemmt, mit dem anderen Arm zu einer Geste ausholend, als halte er einen Marschallstab umklammert. Es war aber: ein Glas. Heinz Hock, vermutlich, der karnevalserfahrene Kostümspezialist. Die Positur, die er eingenommen hatte, erinnerte Emma an ein altes Gemälde. Irgendetwas Niederländisches? Klar: die ›Nachtwache‹ von Rembrandt. Der andere, Hans-Werner Frohsinn vermutlich, schmunzelte eher versonnen vor sich hin, die Hände hinter dem Rücken versteckt.

Emma griff sich das Bild und beschloss, sich von Pedro bestätigen zu lassen, was sie zu erkennen glaubte. Diesmal dauerte es ein paar Sekunden länger, bis er an der Tür war und öffnete. Pedro schien hocherfreut, sie so schnell wiederzusehen.

»Willst du doch einen Kaffee? Schön!« Er riss mit Schwung die Tür auf, trat einen halben Schritt zurück und beschrieb mit dem rechten Arm einen weiten, einladenden Bogen.

»Nein, danke. Ich wollte nur, dass du dir dieses Bild ansiehst.« Sie hielt ihm das Foto hin.

»Aber komm doch wenigstens herein.«

Pedros Apartment schien von Kaffeeduft durchströmt. Emma seufzte: »Ok, einen Kaffee. Das duftet ja herrlich.«

Pedro lächelte zufrieden. »Setz dich schon mal auf den Balkon. Ich komme gleich.«

Er brachte zwei Mokkatässchen mit und goss aus einer dieser italienischen Espressokannen, die man auf den Herd stellt, dampfend heißen, fast sirupartigen Kaffee ein. Auf dem Tisch stand ein Silberschälchen mit Zucker. Daneben Biscotti.

»Nimmst du Zucker? Magst du Biscotti? Sind selbstgebacken. Bedien dich!«

Pedro nahm das gerahmte Foto auf, das Emma auf den Tisch gelegt hatte.

Er seufzte schwer.

»Ja, das ist sie, unsere Truppe. Das war sie, muss man jetzt wohl sagen. Meine Güte, was waren wir gut drauf damals! Wir hielten uns für unsterblich. Wie albern. Vier Jahre ungefähr ist das her. Oberhalb des Orotavatals aufgenommen, an einem Picknickplatz im Wald. Wir waren wandern – aber das war eigentlich immer nur Vorwand für ein Gelage unter freiem Himmel.«

»Ist das mit Selbstauslöser aufgenommen worden?«

»Ja, muss wohl. Ich weiß gar nicht mehr, wem die Kamera gehörte. Ich glaube, Heinz hatte sie mitgebracht. Das ist der mit der Feldherrenpose dort, typisch Heinz! Keiner von uns war der große Fotograf. Schade eigentlich. Fotos helfen doch sehr, die Erinnerung festzuhalten. Aber damals dachten wir nicht an Erinnerungen. Wir sahen uns ja fast täglich – also jedenfalls häufig.«

»Ihr wart alle im Vorstand der Asociación, hast du gesagt.«

»Wir waren *der* Vorstand der Asociación. Darüber haben wir uns ja kennengelernt. Das schweißte zusammen. Und ich kann dir sagen, wir haben das Haus auf Vordermann gebracht! Allen voran Il-se, unsere energische Doña Ilse.« Pedro schwieg versonnen, den Blick auf das Foto geheftet.

»Oma Ilse hat, wenn ich mal mit ihr telefonierte, ständig von dir erzählt. Ihr müsst sehr eng gewesen sein.«

So, jetzt war die Frage raus, wenn auch ein bisschen verdruckst.

Pedro sah Emma fest in die Augen.

»Du musst nicht alles glauben, was die Leute schwätzen. Deine Großmutter und ich waren gute Freunde, wirklich *gute* Freunde. Trotz des Altersunterschieds. Ich würde nicht sagen, sie sei meine mütterliche Freundin gewesen, das nun auch wieder nicht. Wir waren Kumpels. Wir verstanden uns fast blind. Ilse hatte so einen wunderbaren scharfen Humor. Sie war zupackend, konnte glänzend organisieren, ließ aber auch keine Schwäche durchgehen. Eine tolle Frau!«

»Was meintest du damit: ihr habt das Haus auf Vordermann gebracht, also das La Palma hier, nehme ich an?«

»Ja sicher. Du machst dir kein Bild davon, was in so einem Haus alles zu regeln und zu organisieren ist. Allein die Eigentümerversammlung zu gültigen Beschlüssen zu bewegen, etwa wenn der Pool saniert werden muss oder ein neuer Außenanstrich fällig wird oder der Teppichboden im Treppenhaus verrottet und vor sich hin mufft – dann gibt es garantiert Eigentümer, denen das völlig schnuppe ist. Wieso, der ist doch noch gut! heißt es dann. Zumal inzwischen oft die Erbengeneration das Sagen hat. Die Ersteigentümer, die kümmerten sich ja zumeist noch, denen lag was am Werterhalt, es war ja ihr Vermögen, das im Haus steckte. Die Erben aber kommen selten, vermieten gern und haben oft gar kein Geld, um die fälligen Umlagen zu bezahlen. Da hatte sich, bevor Heinrich und Ilse übernahmen, ein richtiger Schlendrian breitgemacht. Das Haus verfiel. Und jetzt sieh dir mal an, wie es heute aussieht!«

»Bestens erhalten, das muss man zugeben«, bestätigte Emma. »Hier scheint alles picobello in Schuss zu sein.«

»Ja, aber nur, weil wir praktisch alles außer dem Beton- und Stahlgerippe erneuert haben. Alle Leitungen, die Abwassersysteme, den Garten, den Pool, das Dach, alles. Aber du musst nicht glauben, dafür sei man uns dankbar gewesen! Von wegen!«

Pedro klang bitter. Was Emma daran erinnerte, ihren Kaffee zu trinken. Der war schon etwas erkaltet. Schade.

»Was willst du damit sagen?«

»Na, für einige hier waren wir ›die Junta‹. Wie Diktatoren hätten wir uns aufgeführt, ist uns vorgeworfen worden. Selbstherrlichkeit. Amtsanmaßung. Und die Krönung war: wir hätten uns bereichert, an den Umlagen der Eigentümerversammlung. Da war das Maß voll.«

Emma sah Pedro fragend an.

»Naja, anonyme Briefe wurden geschrieben. Man solle doch mal nachhorchen, ob die Erneuerung der Abwasserleitung wirklich soundsoviel Geld gekostet habe... Böse Unterstellungen wurden verbreitet. Die Eigentümer, vor allem die, die selten hier sind und uns kaum kennen, wurden förmlich aufgehetzt, stellten Fragen. Die letzten Eigentümerversammlungen glichen Schauprozessen.«

»Die letzten?«

»Die letzten, an denen Ilse und ich teilgenommen haben. Wir sind zurückgetreten, alle drei, Ilse, Hannelore und ich. Klaus war verschwunden, Hans und Heinz waren tot. Der Vorstand hatte sich sowieso schon verändert. Da war kein Miteinander mehr, nur Misstrauen und Kontrolle und Streit. Hat Ilse dir davon nicht berichtet?«

»Kein Wort.«

»Das kann ich verstehen. Das muss ihr unangenehm gewesen sein. Die Asociación, das war ja ihr Leben, insbesondere seit Heinrichs Tod. Dass sie dann die »Frau Präsidentin« war, das hat ihr mehr bedeutet, als sie offen zugegeben hat. Und sie kannte ja praktisch jeden hier im Haus, und jede Schraube, jede Steckdose auch. Und plötzlich war sie abgemeldet, und diese Heilbutts machten sich dicke. Die glühten förmlich vor Freude über ihren Triumph.«

»Heilbutts? Wer ist das denn schon wieder?«

»Günter und Irma Heilbutt. Er ist jetzt der Präsident der Asociación, sie ist zwar nicht gewählt, hockt aber immer im Büro. Ich bin sicher, die beiden waren das mit den anonymen Briefen. Widerlich war das!«

»Dass mir Oma Ilse davon überhaupt nichts erzählt hat!« Emma wunderte sich.

»Das wird ihr peinlich gewesen sein. Sie war ja wie entthront. Ins Büro zu gehen traute sie sich zuletzt kaum noch. Das war wie ein Spießrutenlauf für sie. Und dann diese Gerüchte. Um ehrlich zu sein: bevor du hier aufgetaucht bist, habe ich ernsthaft darüber nachgedacht, aus dem La Palma zu verschwinden, mir was anderes im Süden oder in Buenavista zu kaufen. Und das Apartment hier direkt an die Russenmafia zu verscherbeln. Vielleicht sogar an diesen Wladim. Um den Heilbutts eine Freude zu machen…« Pedro lachte böse.

»Danke, Pedro.« Emma stand auf und legte ihre Hand tröstend auf Pedros Arm. Der sah dankbar zu ihr auf.

»Danke für alles, auch für den Kaffee. Er war superstark und tat echt gut. Ich melde mich wieder.«

»Ich bringe dich zur Tür. Und sieh dir mal die Heilbutts an! Sie, die alte Hexe, sitzt jetzt sicher im Büro.«

Genau das beschloss Emma zu tun. Sie brachte das Foto zurück, hängte es wieder an den Nagel über der Kommode, nickte Oma Ilse und der »Junta« liebevoll zu und versprach: »Oma, ich werde dich rächen!«

Hatte sie ›rächen‹ gesagt? Vorsicht, Emma, übernimm dich nicht! Und lass dich in nichts hineinziehen, wovon du nichts verstehst und im Grunde auch nichts wissen willst! Wollte sie wirklich mit diesem Asociación-Gedöns behelligt werden, diesen Alte-Leute-Intrigen? Nein! Das war nicht ihr Leben, das ging sie nichts an, das war nicht ihre Welt!

Andererseits: sie war jetzt – fast – Mitglied dieser Asociación. Und irgendjemand hatte ihre Oma, diese sicher anstrengende, aber im Grunde herzensgute und ganz sicher immer korrekte Frau, auf dem Gewissen. Gleich, ob Oma Ilse nun umgebracht worden war – das hielt sie für Blödsinn – oder an gebrochenem Herzen gestorben war: Aufklärung, das zumindest war sie Omas Andenken schuldig. Aufklärung! Wozu war sie Journalistin geworden? Und wer weiß, womöglich war es kein Zufall, dass sie ausgerechnet jetzt ihren Job verloren hatte? Vielleicht war es tatsächlich ihre Bestimmung, Licht ins Dunkel dieser Schlangenhöhle zu bringen!

Emma, versteig dich nicht! meldete sich die andere Hälfte ihres Ichs zu Wort: Vorsehung, Schicksal, das ist doch alles Spinnerei. In ihrer Familie war niemand religiös. Obwohl, jetzt hatte sie Opa Heinrichs Stimme im Ohr: »Zufälle, Kind, die gibt es nicht.« Hatten die Poloniaks das nicht auch gesagt?

Sie musste diese Heilbutts kennenlernen.

13. Kapitel

»Diese Schnepfe!« Kaum hatte sich die Aufzugtür im Erdgeschoss geöffnet, schallte Emma schrilles Geschimpfe entgegen: »Was bildet diese Nutte sich ein!«

Das spärlich ausgeleuchtete Foyer des Hauses war großzügig mit dunkel schimmerndem Marmor ausgekleidet. Im rechten Teil leuchtete blau ein riesiges Aquarium. Links stand dem Fischbecken eine Wand aus Schließfächern gegenüber, jedes mit der Nummer eines Apartments golden dekoriert. Dahinter hing ein langes Schwarzes – in Wahrheit hellbraunes – Brett für Ankündigungen, Anzeigen und Bekanntmachungen, bevor, neben der Tür zu den Umkleiden und dem Poolbereich, ein Gang zu Büros und Toiletten abbog. Aus diesem Gang erscholl das Geschimpfe.

Eine zweite Frauenstimme murmelte Beruhigendes. Emma konnte es nicht verstehen. Die erste brüllte wieder los, etwas gedämpfter jetzt: »Die hat doch in ihrem kurzen jämmerlichen Leben noch keine Sekunde gearbeitet, außer im Liegen, und hier markiert sie große Dame und will uns herumkommandieren! Diese Russennutte!«

Das Geschrei drang aus einem Raum, dessen palisanderartig marmorierte Tür halb offenstand. In goldener Schrift stand ›Oficina‹ an der Tür, darunter in aufgeklebten weißen Buchstaben: ›Öffnungszeiten Mo-Do 15-17 Uhr, abierto lunes-jueves 15-17 horas‹. Emma klopfte zart an die Tür und rief: »Hola?«

Drinnen wurde es schlagartig still. Jemand räusperte sich. Emma hörte Geraschel. Sie schob die Tür weiter auf und lugte in den Raum. Hinter einer Art Theke schob eine Frau mit dichtem schwarzem, im Nacken zusammengebundenem Haar hastig Papiere zusammen. An einem Schreibtisch vor dem Fenster saß eine zweite, eine hagere, ältere Frau und blickte angestrengt auf den Parkplatz hinaus. Dort röhrte gerade ein kleiner roter Sportwagen auf, ein Mercedes, und startete, als wolle er zum Mond. Emma trat näher. Sie nahm an, dass die Ältere so laut geschimpft und die Jüngere versucht hatte, sie zu beruhigen. Die Jüngere, sie mochte Anfang 40 sein, trug eine kanariengelbe Bluse über einem weiten schwarzen Rock, offenbar um ein üppiges Untergestell zu camouflieren, die Ältere wirkte durch und durch grau. Sie hatte graue, hochgesteckte Haare. Ihr graues Kostüm sah aus wie gestrickt. Auch ihr freudloses Gesicht mit Merkel'schen Mundwinkeln kam Emma grau vor. Sie schien nur aus Haut und Nerven zu bestehen. Die Frau blickte jetzt zu ihr hinüber und zwang sich ein – sehr künstliches – Lächeln ab.

»Buenos días, ich möchte mich anmelden«, brach Emma das Schweigen, betont heiter.

»Buenas tardes«, antwortete die Jüngere freundlich, »gern; das können Sie hier.«

»›Buenos días‹ sagt man nur morgens«, schaltete die Ältere sich ein: »Jetzt haben wir Nachmittag, da heißt es ›buenas tardes‹, junge Frau. Ich nehme an, sie sind das junge Fräulein Schneider.«

»Ja. Buenas tardes, danke für die Belehrung und das Kompliment. So jung bin ich leider auch nicht mehr! Jedenfalls nicht mehr so jung, dass man sich jedes Wort gleich beim ersten Mal merkt. Ich habe gerade erst begonnen, ein bisschen Spanisch zu lernen.« Emma setzte ihr freundlichstes Reporterinnenlächeln auf, nickte der Älteren herzlich zu und streckte der Jüngeren kraftvoll ihre Rechte entgegen. Die schlug mit weicher, feuchter Hand ein. Sie sprach mit spanischem Akzent: »Herzlich willkommen, Señorita Schneider! Ich bin Marisol. Sie müssen entschuldigen, wir hatten hier eben eine Besucherin, die lange nicht so nett war wie Sie!«

»Nicht so nett! Dass ich nicht lache! Die Tussi weiß doch gar nicht, was das heißt: nett! Die hat keine Manieren. Kommt aus der Gosse, hat reiche Gönner und hält sich jetzt für Katharina die Große. Und uns für ihre Lakaien«, meldete sich die Ältere wieder zu Wort. Marisol runzelte die Brauen und warf der Älteren – Emma nahm an, dass sie Irma Heilbutt vor sich hatte – einen Blick zu, der sagen sollte: es ist gut jetzt, wir haben Kundschaft.

Die Graue ignorierte den Versuch der Friedensstiftung beflissentlich. »Und Sie kommen zu spät, Fräulein Schneider! Spätestens am Tag nach der Ankunft haben sich Hausgäste im Sekretariat zu melden und die behördlichen Formulare auszufüllen! Hat man Ihnen das nicht gesagt?«

Emma verbreiterte ihr Lächeln noch ein Stück und säuselte zuckersüß: »Oh, das tut mir sehr, sehr Leid, aber das wusste ich wirklich nicht. Entschuldigung! Aber Sie können mir sicher helfen, meinen Fehler wieder gutzumachen, nicht wahr?«

»Ihnen mache ich gar keinen Vorwurf, junge Frau. Sie können es ja nicht besser wissen. Aber Ihre Großmutter hätte Ihnen schon sagen können, welche Regeln hier gelten. Schließlich hat Ihre Großmutter die meisten Regeln selber aufgestellt!«

Emma entschloss sich, auf Trauerblick und frech zu schalten. »Meine Großmutter ist tot. Sie ist so überraschend gestorben. Ich hatte keine Zeit mehr, Abschied zu nehmen und sie nach den Hausregeln zu befragen. Glauben Sie mir: niemand ist darüber betrübter als ich. Aber jetzt bin ich ja hier und bereit zu lernen.«

Marisol schob Emma einen Bogen Papier zu: »Das hier müssen Sie ausfüllen. Ist keine große Sache. Ein paar Angaben zu Ihrer Person: wann Sie angekommen sind, in welchem Apartment Sie wohnen und wie lange Sie bleiben.«

»Ich weiß noch nicht, wie lange ich bleibe. Ich bin mit einem One-Way-Ticket gekommen und habe das Apartment meiner Großmutter bezogen: 1111, vor drei Tagen. Das ist alles neu für mich und ich bin wohl ein bisschen überwältigt und verwirrt. Ich hatte meine Großmutter seit Jahren nicht gesehen – und dann war sie tot.«

»Und was ist mit Ihren Eltern? Kommen die auch noch?« mischte sich die Ältere erneut ein – wobei ihr einzufallen schien, dass sie sich noch nicht vorgestellt hatte: »Ich bin Irma Heilbutt, die Präsidentin der Eigentümerversammlung.«

»Ich dachte, Ihr Mann sei der Präsident.«

Dieser Hinweis schien Frau Heilbutt nicht zu gefallen. Marisol verkniff sich ein Lächeln.

»Mein Mann ist der gewählte Präsident, das stimmt, aber wir teilen uns die Arbeit. Sie glauben ja nicht, was hier alles zu tun und zu machen ist. Es ist ja so viel liegen geblieben.«

»Ja, das hat meine Großmutter auch immer gesagt. Und nein: ich bin allein gekommen, meine Eltern kommen nicht. Ich habe das Apartment geerbt.«

Irma Heilbutt sah nicht aus, als gefalle es ihr, mit Emmas Großmutter verglichen zu werden, aber sie verschluckte die Worte, die ihr auf der Zunge zu liegen schienen. Überhaupt schien sie sich jetzt eines Besseren zu besinnen. Sie stand auf, langte über die Theke und reichte Emma eine knochige Hand.

»Sie können ja nichts dafür. Ich bitte um Entschuldigung. Aber wir hatten hier eben eine Besucherin...«

»Eine Russin?« wollte Emma wissen.

»Ja, eine junge Frau wie Sie. Aber anders als Sie eine sehr unverschämte junge Frau. Mit einer Nase, die sie hier oben trägt.« Frau Heilbutt wies mit dem Zeigefinger zur Deckenleuchte. »Und ich finde, Marisol muss sich nicht alles gefallen lassen. Und ich auch nicht!«

Marisol nickte, über Papiere gebeugt, zustimmend.

»Was wollte die junge Russin denn von Ihnen?«

»Was sie von uns wollte?« Irma Heimbutt kam Marisol zuvor: »Sie wollte uns herumkommandieren, als wären wir ihr Personal. So sieht sie das wohl, nur weil ihr jetzt drei Wohnungen hier im Haus gehören. Sämtliche Haus-Akten wollte sie sehen, am liebsten gleich Kopien mitnehmen, von Rechnungen und Versammlungsprotokollen. Aber wir sind doch nicht die Bediensteten der Anteilseigner. Marisol arbeitet nur halbtags für die Asociación. Deren Präsident bin.., ist mein Mann. Und wir sind hier ehrenamtlich tätig. Da sollte man Dank erwarten, keine Befehle und Gemeckere!«

»So ähnlich hat meine Großmutter das auch manchmal gesagt. Sie hatte offenbar auch Gründe, sich häufiger aufzuregen.«

Irma Heilbutt sah Emma irritiert an. Sie seufzte.

»Ja, Ihre Frau Großmutter, die Frau Schneider! Gott hab' sie selig. Nun ist sie ja tot, aber leicht war der Umgang mit ihr auch nicht immer, kann ich Ihnen sagen. Ich hoffe, Sie haben noch andere Gene geerbt!«

»Also bitte! Zu mir war meine Oma immer sehr nett und lieb«, schwindelte Emma. »Außerdem ist sie ja gerade erst seit ein paar Wochen unter der Erde. Heißt es nicht, über die Toten soll man nur Gutes...«

»Sie haben ja Recht. Also: Jetzt wohnen Sie hier! Die Vergangenheit ist vergangen, und das soll sie bleiben. Aber Sie wohnen nur einstweilen hier, wenn ich Sie recht verstehe. Im 1111. Alle Karnevalisten im Haus werden Sie übrigens beneiden, um die Nummer. Aber erst müssen Sie das Formular da ausfüllen. Da führt leider kein Weg dran vorbei. Und später gehe ich dann gern mit Ihnen die Hausordnung durch.«

»Karnevalisten? Wegen der Nummer? 11/11? Gibt es denn einen Karnevalsverein hier im Haus?«

Irma Heilbutt stieß ein schepperndes Lachen aus, ohne zu lächeln. »Das ganze Haus ist ein Käfig voller Narren.«

»Dann wären Sie ja die Karnevalspräsidentin und müssten immer rufen: Wolle mer se reilasse?«

So hatte die Frau Präsidentengattin das offenbar noch nicht gesehen. Aber der Gedanke schien ihr, während sie ihn auf sich wirken ließ, durchaus zu behagen.

»Das sollte ich vielleicht. Dann hätte wir die Putinova mit dem Wallhallamarsch abgehen lassen.«

Marisol machte ein verständnisloses Gesicht, setzte sich auf ihre Seite des Schreibtisches und fuhr fort, Papiere zu sortieren.

»Putinova? So heißt die junge Russin? In welchem Apartment wohnt sie denn, wenn sie gleich drei davon besitzt?«

»Das ist ja das Schönste. Gar keines bewohnt sie. Ist ihr wohl nicht fein genug hier. Sie soll ja auch noch eine Villa in Buenavista haben. Die Apartments hier sind nur Geldanlage. Sie sammelt, wie beim Monopoly! So etwas macht jede Gemeinschaft kaputt. Für die Putinova ist das hier die Badstraße. Und sie macht klar, dass sie von der Schlossallee kommt, die feine Dame. Dabei kommt sie aus der Gosse. Manieren hat sie für keine zwei Rubel. Eine Neureiche, und fragen Sie mich nicht, wo der Reichtum herkommt – und ob es überhaupt ihrer ist! Nadeshda Putinova. Wahrscheinlich ist sogar der Name unecht. Putinova! Immerhin nicht Stalinova. Schade, dass Sie ihr nicht mehr begegnet sind! Eine Attraktion. Unseren alten Gaffern hier verdreht sie den Hals. Sie muss zwei Minuten, bevor Sie angeklopft haben, hinausgerauscht sein auf ihren Stilettos. Die reinsten Mordinstrumente. In der Lobby war sie nicht mehr?«

»Ich habe niemanden gesehen. Nur Fische.«

»Ja, die Fische. Gefallen sie Ihnen? Der ganze Stolz meines Mannes. Und das Aquarium bringt doch richtig Licht und Leben in diese dunkle Höhle von Lobby, finden Sie nicht auch? Wenn es nach Ihrer Großmutter gegangen wäre, stände da allerdings immer noch eine Sitzgruppe – wo sich nie jemand hingesetzt hat. Außer Jugendlichen, die rumgelärmt haben.«

»Na ja, die jungen Leute müssen ja auch irgendeinen Platz haben im Haus«, schaltete sich Marisol ein: »Im Garten haben sie Ruhe zu halten, Rumlaufen ist verboten, in den Pool zu springen auch. Wo sollen die ›abhängen‹ oder ›chillen‹, wie das heute heißt, wenn nicht hier in der Lobby?«

»Dafür ist eine Lobby nicht da, Marisol«, beschied Frau Heilbutt ihre Angestellte mit gestrengem Blick: »Eine Lobby ist ein Empfangsraum und soll die Visitenkarte eines Hauses darstellen. Bei der Sitzgruppe waren immer die Möbel verrutscht, und keiner hat den Müll weggeräumt.«

»Das stimmt so nicht, Frau Heilbutt. Wenn man die jungen Leute angesprochen hat, haben sie immer aufgeräumt. Abgesehen davon: so viele junge Leute haben wir hier gar nicht im Haus. Ein bisschen junges Blut tut uns doch ganz gut, finden Sie nicht auch?«

»Wenn junges Blut sich zu benehmen weißt, ganz gewiss. Aber leider haben wir da andere Erfahrungen gemacht. Und nehmen Sie einfach zur Kenntnis, Marisol: jetzt weht hier ein anderer Wind. Die laxen Zeiten sind vorbei, wo jeder glaubte, tun zu können, was er will und die Vorschriften nach Gutsherrenart ausgelegt wurden.«

Emma hatte den starken Verdacht, Frau Heilbutt wolle ihr ›durch die Blume‹ etwas über ihre Oma Ilse erzählen. Sie beschloss, sich ahnungslos zu geben:

»Das ist ein Ding! Sie sprechen genau wie meine Großmutter! Das waren exakt ihre Worte: ›Die laxen Zeiten sind vorbei‹.«

»Hat Ilse Schneider daszu Ihnen gesagt? Ja, das passte, aber anders. Die Wahrheit ist: Unter der Regentschaft Ihrer Frau Großmutter – und glauben Sie mir, einige hier im Haus würden andere Worte als ›Regentschaft‹ benutzen – gab es Regeln – und Leute, die sie eingehalten haben, und andere nicht. Das sind dann aber keine Regeln mehr. Das ist ein Willkürregime. Aber, Entschuldigung: Sie haben ja Recht, über die Toten soll man nur Gutes sagen. Doch Tatsache ist: Ihre Großmutter hatte Lieblinge. Und wen sie nicht leiden mochte, der… nun ja, der mochte dann auch Ihre Großmutter nicht besonders.«

»Meine Großmutter hat mir erzählt, sie und ihr Mann, mein verstorbener Großvater, hätten während ihrer ›Regentschaft‹, wie Sie das nennen, das ganze Haus renoviert und modernisiert. Auf ›Vordermann‹ gebracht.« Emma hatte beschlossen, ihre wahre Quelle zu schützen.

»Das stimmt, die beiden hatten ihre Verdienste«, räumte Frau Heilbutt ein, »insbesondere Ihr Herr Großvater. Das Elend fing erst an, als Ihr Großvater tot war und als Ihre Großmutter sich mit dieser unseligen Clique umgab. Aber Sie sollten mit anderen darüber reden, ich bin wohl parteiisch. Wie können wir Ihnen sonst noch helfen?«

Emma hatte während des Gesprächs das Meldeformular ausgefüllt und auch ihre Handynummer und E-Mail-Adresse angegeben.

»Das ist nett. Danke. Ich will einen Wagen mieten und dachte, Sie kennen vielleicht Adressen?«

»Natürlich. Marisol kann Ihnen dabei helfen. Marisol! Wir arbeiten mit zwei Verleihern eng zusammen, die unseren Residenten und Gästen gute Preise machen und die zuverlässig sind. Die bringen auch den Wagen hierhin zum Haus, und wenn Sie doch irgendwann wieder heimfliegen wollen, werden Sie auch zum Flughafen gebracht. Da sparen Sie viel Geld gegenüber dem Taxipreis.«

»Das klingt gut. Was muss ich tun?«

»Sie müssen sich nur für einen der beiden Verleiher und für ein Modell entscheiden. Marisol, nun zeigen Sie Frau Schneider doch endlich die Prospekte! Und Sie müssen festlegen, ab wann Sie den Wagen benötigen. Übrigens: Zur Zeit Ihrer Frau Großmutter gab es immer nur ein und denselben Verleiher. Sie können sich denken, zu wessen Vorteil das war!«

»Wie meinen Sie das nun wieder?«

»Ich will ja nichts sagen – und zu beweisen ist das eh alles nicht, aber das weiß doch jedes Kind: Wenn es nur einen Anbieter und einen Vermittler gibt, können Absprachen zu Lasten des Kunden erfolgen. Ob da Provisionen fließen und wohin – ich will niemandem etwas unterstellen, bitte verstehen Sie mich richtig! Fakt ist jedenfalls: Jetzt sind die Preise besser als zu Zeiten der Junta. Oh, Pardon! Das Wort ist mir nur so herausgerutscht.«

»Junta?«

»Nun ja, die Gruppe, mit der Ihre Großmutter umgeben war, hatte nicht überall den besten Ruf, das sagte ich ja schon. Und irgend jemand hier im Haus hat dann das Schimpfwort von der Junta geprägt. Und das ist hängen geblieben. Wie das so geht.«

»Ach, geht das so? Ich habe von anonymen Briefen und Verleumdungen gehört.«

Aus Frau Heilbutts Gesicht verabschiedete sich jeder Anflug von Freundlichkeit.

»Wer behauptet denn so etwas? Dieser Pedro wahrscheinlich, dieser Clown! Das war der Schlimmste, glauben Sie mir. Wenn Sie einen Rat von mir annehmen wollen: Nehmen Sie sich vor Herrn Seidenschuh in Acht! Der hat schon Ihre Frau Großmutter um den Finger gewickelt, nach dem Tod Ihres Großvaters. Der rührt gern in jedem Brei, wenn Sie wissen, was ich meine?«

»Nein, das weiß ich nicht. Was meinen Sie?«

»Ich habe eh schon viel zu viel gesagt. Hören Sie sich einfach um im Haus! Und hüten Sie sich vor Herrn Seidenschuh! Er ist ja jetzt Ihr Nachbar.«

»Ich habe ihn als sehr freundlich und sehr hilfsbereit kennengelernt.«

»Ganz bestimmt. Der feine Herr kann sich gut verstellen. Das bleibt nicht ohne Wirkung auf die Damenwelt. Aber haben Sie sich nicht auch schon gewundert, wovon er lebt und wieso er Resident auf Teneriffa ist, obwohl er doch noch im besten arbeitsfähigen Alter ist?«

»Vielleicht hat er geerbt?«

»Ha, geerbt!« Wieder dieses unheitere Lachen. »Das glaube ich gern. Wenn ich Filmregisseur wäre und müsste eine Rolle mit einem Heiratsschwindler besetzen, wäre Pedro Seidenschuh für mich die erste Wahl, glauben Sie mir. Schon dass er sich Pedro nennen lässt... Aber genug. Machen Sie sich ein eigenes Bild! Und bleiben Sie auf der Hut! Und wenn wir Ihnen irgendwie helfen können: Marisol hier, mein Mann oder ich, melden Sie sich! Jederzeit!«

»Das werde ich sicherlich tun. Herzlichen Dank! Und was das Auto betrifft: ein Kleinstwagen würde mir reichen, und vielleicht erst mal für eine Woche. Ab morgen Mittag, wenn es geht. Morgen Vormittag bekomme ich Besuch.«

»Von Kommissar Madrigal etwa? Der hat sich bei uns auch angekündigt. Wir haben ihn allerdings auf die Öffnungszeiten des Büros aufmerksam machen müssen. Zu uns kommt er am Nachmittag. Zwischendurch gönnt er sich wahrscheinlich eine ausgedehnte Siesta. Die Spanier nutzen ja jede Chance, Pause zu machen. Kein Wunder, dass in diesem Land alles verrottet.« Ein schneller Seitenblick auf Marisol.

»Wissen Sie, was er von Ihnen will?«

»Er will über Klaus Kaltenbrenner sprechen, hat er am Telefon gesagt, einen früheren Residenten des La Palma, der seit langem vermisst wird.«

Irma Heilbutt schien sich erst jetzt bewusst zu werden, dass Emma dem früheren Residenten ja schon »begegnet« war.

»Stimmt es, dass Sie Herrn Kaltenbrenners Leiche gefunden haben?«

»So sieht es aus. Ich scheine hier über Leichen nur so zu stolpern.«

»Wie meinen Sie das?«

»Nun: Meine Großmutter ist tot, Herr Hock ist tot, Herr Frohsinn ist tot, Herr Kaltenbrenner wurde ermordet: Sie sind fast die ganze ›Junta‹ losgeworden. Kommt Ihnen das nicht auch spanisch vor?«

»Alte Leute sterben. Das kommt vor. Komisch finde ich eher, dass ausgerechnet Sie über den vermissten Herrn Kaltenbrenner stolpern, den drei Jahre lang niemand gesehen hat – kaum, dass Sie hier eingetroffen sind.«

»Stimmt. Das finde ich auch komisch.« Emma fand, es war Zeit zu gehen. »Vielen Dank noch mal für alles!« Sie lächelte Frau Heilbutt und Marisol an, nacheinander, nickend, zu Marisol eine Spur freundlicher. »Und ich werde bestimmt noch Fragen haben. Wie sagt man: Hasta mañana!«

»Hasta mañana!« gab Marisol zurück. »Auf Wiedersehen«, rief Frau Heilbutt Emma nach. Deren Handy summte.

Sie hatte eine SMS erhalten.

14. Kapitel

Die SMS kam von Mike: »Wann poolen wir? Habe Infos, du auch? Heute Abend, beim Essen?«

Emma lächelte. Wenn das so weiterging mit den Einladungen zum Essen, würde sie nichts weiter einkaufen müssen. Sie simste zurück: »Habe auch Infos. Ok. Wann und wo?«

Als sie die elfte Etage erreichte, summte ihr Smartphone erneut: »Um 8. Hole dich ab.« Emma tippte: »Ok«.

Jetzt war ihr nach Bewegung. Im Wasser. Wenn die Mittelschwimmer die Wahrheit gesagt hatten, musste jetzt Familienzeit sein am Pool. Da fiel sie sicher nicht so auf. Aber vorher sollte sie vielleicht noch eine Verabredung treffen, für morgen. Sie rief Jochen Hollerbeck an. Der schien hoch erfreut, ihre Stimme zu hören:

»Emma! Wie geht es Ihnen? Haben Sie den Schock gut überstanden? Ich habe mich nach unserem grausigen Fund gar nicht mehr richtig um Sie kümmern können. Ich wollte mich den ganzen Tag schon melden und mich nach Ihrem Befinden erkundigen. Wie nachlässig von mir! Aber es war wahnsinnig viel zu tun im Büro.«

»Machen Sie sich keinen Kopf! Sie waren sehr fürsorglich gestern. Für Sie muss das alles noch viel furchtbarer gewesen sein als für mich. Zumal ich Sie zu dem Ausflug in die Berge überredet habe. Und dank mir haben Sie jetzt die Polizei am Hals!«

»Naja, ›am Hals‹ würde ich das nicht nennen. Kommissar Madrigal war doch sehr höflich. Zu Ihnen hoffentlich auch, oder nicht?«

»Doch, doch. Sehr höflich.«

»Die Polizei tut ihre Arbeit. Letztlich in unserem Interesse. Und die spanische Polizei hat einen schlechteren Ruf, als sie es verdient. Ein Relikt der Franco-Ära. Damals allerdings hat sie sich den schlechten Ruf redlich erworben. Insbesondere die Truppe, bei der Madrigal früher war. Der hat bestimmt noch Leichen im Keller.«

»Wie meinen Sie das?«

»Die Guardia Civil war eine paramilitärische Einheit mit weitreichenden Vollmachten. Am liebsten hat sie Oppositionelle gejagt. Linke. Aber wie gesagt: das ist jetzt lange her. Selbst die Guardia Civil ist inzwischen demokratisiert, hört man. Und Madrigal arbeitet ja jetzt für die Inselpolizei. Die ist viel zu neu, um einen schlechten Ruf zu haben.«

»Interessant. Madrigal hat sich übrigens für morgen früh bei mir ›eingeladen‹. Und ich dachte, wir beiden könnten danach vielleicht noch einen Ausflug unternehmen. Vielleicht stoßen wir wieder auf eine Leiche…«

Schweigen am anderen Ende der Leitung.

»Hallo? Herr Hollerbeck? Das sollte ein Scherz sein.«

»Hoffentlich. Ich weiß nicht, ob mir nach weiteren Ausflügen mit Ihnen zumute sein sollte, Fräulein Schneider, aber wie Sie wissen, kann ich Ihnen nicht widerstehen. Wohin soll es denn diesmal gehen? Zum Teide hinauf?«

»Nein, keine Wanderung diesmal. Ich dachte, wir setzen unsere Immobilien-Erkundung fort. Schließlich will ich doch immer noch mein Apartment verkaufen, erinnern Sie sich? Und vorher muss ich die Erbschaftsformalitäten erledigen – und Sie hatten doch angeboten, mir dabei zu helfen. Gilt das Angebot noch? Auch das Kaufangebot? 130.000 Euro?«

»Frau Schneider!« Aha, jetzt war aus dem ›Fräulein‹ ratzdifatz wieder eine ›Frau‹ geworden! Emma gestand sich ein, derartige Konversationen zu genießen. Hollerbeck war ein gutes Opfer. Seine Stimme klang, als schmolle er:

»Also, Fräulein Schneider, Señorita Schneider, Emma: entweder sind Sie raffinierter, als Sie sich geben, oder, was ich nicht glauben kann, vergesslich. Von 120.000 Euro war die Rede. Das ist ein phantastisches Angebot, glauben Sie mir, und wirklich nicht zu toppen! Die Leute, die heute auf Teneriffa investieren, wollen Sonne, Golf und den Luxus, der im Süden jetzt Standard ist. Sie haben das ja selbst gesehen. Es ist ein Glück, dass meine Kundin sich für den Norden begeistert. Sie mag eben Wolken.«

»Frau Putinova mag Wolken? Vielleicht weil das gut für ihren zarten Teint ist?«

Man konnte es ja mal versuchen, dachte Emma: auf den Busch zu klopfen. Falls sie ihn überrascht hatte: Hollerbeck ließ sich nichts anmerken.

»Was meinen Sie? Wer ist das? Ich habe keinen Namen genannt und bin auch nicht autorisiert, das zu tun. Nicht vor Vertragsunterzeichnung. Aber wenn Sie schon entschieden sind und ich einen Vertrag vorbereiten soll...«

»Nein, so weit bin ich noch nicht. Ich würde mir eben gern noch dieses Buenavista ansehen. Wir sind da ja gestern nicht mehr hingekommen, weil wir von Herrn Kaltenbrenner, nun, aufgehalten worden sind. Aber das muss man ja offenbar gesehen haben, dieses neue Resort. Sagten Sie das nicht selbst? Das soll ja das ›neue Costa Adeje‹ sein. Außerdem hat meine Oma dort Golf gespielt. Das muss ich sehen, schon meiner Oma zuliebe, verstehen Sie? Und am liebsten natürlich«, Emma schüttete Zuckersirup in ihre Stimme, »in Ihrer erprobten Gesellschaft.«

»Fräulein Schneider, Sie wissen, wie man ältere Herren wie mich um den Finger wickelt! Und glauben Sie mir: von Ihnen lasse ich mich gern um den Finger wickeln. Aber leider ist mein Wagen in der Werkstatt. Und Sie wollen sicherlich, wie ich Sie kennengelernt habe, bald nach Buenavista...«

»Genau«, unterbrach Emma ihn, »und deshalb habe ich ein Auto gemietet. Wenn ich schon Ihre Zeit stehle, dann nicht auch noch Ihr Benzin. Diesmal kann ich Sie fahren. Was halten Sie von morgen Nachmittag? Dann kann ich Ihnen auch gleich von meiner Begegnung mit Madrigal berichten.«

Hollerbeck schwieg. Offenbar dachte er nach. Emma nahm das als Zustimmung.

»Dann haben wir ein Date? Morgen um 14 Uhr? Ist das ok? Ich hole Sie ab, an Ihrem Büro. In Ordnung, Jo?«

Hollerbeck gab ein gekünsteltes Stöhnen von sich. »Ich bin Ihnen erlegen, Frau Schneider. Aber können wir auch 14.30 Uhr sagen?«

»Morgen um 14.30 Uhr dann. Bis dahin, Herr Hollerbeck. Hasta mañana!«

Emma schlüpfte in ihren dunkelblauen Badeanzug und warf sich erneut Oma Ilses weißen Bademantel über – er stand ihr nicht schlecht, fand sie, als sie im Aufzug wieder ihre Rundumspiegelansicht bewundern konnte. Auf der sechsten Etage stieg ein junges Ehepaar mit zwei Kindern zu. Eine normale Familie: wie schön, schoss es Emma durch den Kopf. Auf Etage 2 hielt der Aufzug erneut. Ein uralter Mann, er hatte etwas schamanenhaftes, fand Emma, wollte zusteigen, schreckte dann aber doch zurück. »Oh, der Aufzug ist ja schon voll«, stellte er fest, in einem etwas unleidlichen Ton und mit missbilligendem Blick auf die Kinder: ein Mädchen, sie mochte sechs Jahre alt sein, und ihren kleineren Bruder. Die Eltern zogen ihre Kinder in den hinteren Teil des Aufzugs: »Kommen Sie ruhig herein! Wir machen Platz.« Fast widerwillig folgte der alte Mann der Aufforderung. Er trug ein Tweedjacket über sportlichem Hemd und war offenbar nicht auf dem Weg zum Pool. Gott sei Dank, dachte Emma. Jetzt fiel ihr auch ein, an wen der verwitterte Greis sie erinnerte: an Heiner Geißler, dieses Reptil aus der Vorzeit der CDU, der immer noch manchmal im Fernsehen auftauchte und Weisheiten verbreitete. Wir schieben da eine Generation der Unvergänglichen vor uns her, eine Generation, die einfach nicht aufhören will und die Pensionen genießt, von denen unsereins nur träumen kann, die wir aber bezahlen dürfen – sofern wir Arbeit haben und überhaupt Geld verdienen... Schluss, Emma, benimm dich! rief sie sich innerlich zur Ordnung. Der Mann hatte ihr nichts getan. Aber wieso, widersprach ihre innere Stimme, muss der in der zweiten Etage den Aufzug bemühen, wo er doch rüstig genug wäre, das komfortable, mit Teppichboden ausgelegte Treppenhaus zu nehmen? Ist Heiner Geißler nicht auch Bergsteiger, also durchtrainiert?

Der Aufzug erreichte das Erdgeschoss. Vor der Tür wartete eine eifrig parlierende Damenkombo darauf, nach oben fahren zu können. Emma sah erneut vorwurfsvolle Blicke auf sich und die junge Familie gerichtet. Als müssten sie ein schlechtes Gewissen haben, dass der Aufzug so lange gebraucht hatte. Wo die vier Frauen, die ihrer Ausrüstung zufolge vom Pool kamen – zum Glück, dachte Emma, die sind weg! – es doch eilig hatten. Deren Blicke nahmen eine ganz andere Färbung an – von eitergelb zu rosig, hätte Emma sie beschrieben –, als sie den Geißler-Typ begrüßten: »Herr Bautenmeister, wie schön, Sie mal wieder im La Palma zu sehen! Bereiten Sie die nächste Wanderung vor? Wir sind dabei!« Großes Gekichere. Den Rest hörte Emma nicht mehr. Die Milchglastür, die zu den Umkleiden führte, fiel hinter ihr zu. Und die beiden Kinder juchzten.

Um den Pool herum stand ein rundes Dutzend Liegen. Alle waren belegt. Entweder mit Personen oder mit Handtüchern. Emma legte ihr Handtuch auf einer Bank ab und benutzte wieder eine der zum Garten hin offenen Duschen. Im Pool schwamm niemand. Welch ein Glück! Die vierköpfige junge Familie schleppte Liegen an. Die hatten sie aus einem Verschlag rechts hinter der Bougainvillea-Hecke geholt. Aha, dachte Emma, da gibt es offenbar einen Liegenvorrat. Beim nächsten Mal. Der Garten rund um den Pool schien lauschige Ecken zu haben, wo man sicher in Ruhe sonnen oder auch im Schatten liegen und lesen konnte. Falls sie mal dazu kommen würde! Wenn sie nicht detektivisch tätig sein musste, ich, Emma Marple, dachte Emma, als sie kopfüber in den Pool sprang, im wohligen Gefühl, gegen die Satzung des Hauses zu verstoßen, was jetzt sicher von einigen Balkons aus registriert wurde. Das lieferte bestimmt Gesprächsstoff für die nächste Eigentümerversammlung. Zumal die beiden Kinder es ihr jetzt nachtaten und mit Karacho in den Pool sprangen.

Während sie vor sich hin kraulte, dachte Emma darüber nach, was sie abends anziehen sollte. So viele Klamotten hatte sie nicht mitgebracht. Am ersten Abend, bei Carmen, war sie in ihrer Jeans aufgelaufen. Auf dem Rückweg hätte sie einen Pullover oder eine Jacke gut gebrauchen können. Abends sanken die Temperaturen also auch auf der Insel des Ewigen Frühlings durchaus unter zwanzig Grad, jedenfalls jetzt im Herbst. Zumal eine leichte Brise aufgekommen war. Und sie wusste ja nicht, ob sie mit Mike irgendwo draußen, auf einer Terrasse sitzen würde.

Mike. Ein interessanter Typ. Kein Anmacher. Vor allem, redete sie sich ein, wüsste sie gern mehr über seine journalistische Karriere. Wie das in Hamburg war. Ob er das Spiegel-Haus kannte? Bestimmt. Sie würde ihn danach befragen. Aber was sollte sie anziehen?

Sie entschied sich schließlich, bei der Jeans zu bleiben und eine blumige Bluse offen darüber zu tragen. Und ihr blaues Sakko überzuwerfen. Das war bequem und sah professionell aus. Sie war schließlich zu einem Arbeitsessen unterwegs. Außerdem stand ihr das Sakko gut. Das Dunkelblau kontrastierte angenehm mit dem Blond ihrer Haare. Fand sie. Und das hatte auch Jörg immer gesagt. Jörg! Was der wohl machte heute Abend? Wahrscheinlich fernsehen, auf der neuen Couch, neben seiner neuen Tussi. Sie gönnte es ihm. Wirklich.

Mike erschien pünktlich. Auf die Minute. Schlag acht Uhr bog ein kleiner, cremefarbener Fiat auf den Parkplatz vor dem La Palma ein. Emma hatte die Zeit noch genutzt, sich weitere Notizen zu machen und die Ordner durchzublättern, die Oma Ilse im oberen Fach ihres Einbauschranks gelagert hatte. Ordner voller Protokolle von Eigentümerversammlungen, voller Rechnungen und Briefe. Eine unendliche Parade von Problemen und Konflikten, hatte Emma den Eindruck, und sich gefragt, wie man Spaß daran haben kann, sich mit so etwas freiwillig zu beschäftigen. Irgendetwas Besonderes oder Verdächtiges war ihr nicht unter die Augen gekommen. Viele Namen waren ihr inzwischen vertraut. Andere wiederum nicht. Was sie überraschte: es waren auch ein paar englisch aussehende darunter.

Ein Cinquecento! Aus der Neuauflage des knubbeligen Klassikers. Emma war keine Autonärrin, überhaupt nicht. Das Tamtam, dass die meisten Männer – auch ihre Kollegen in der Redaktion, mit der Ausnahme Paul Bärkamps –, darum machten, war ihr völlig unverständlich. Wie man Hefte wie »Auto, Motor, Sport« lesen konnte! Unbegreiflich. Und stundenlang über Kompressoren, Kurbelwellen und Bremssysteme schwadronieren. Das waren die gleichen Männer, die behaupteten, Frauen quatschten zuviel, und zwar über Belanglosigkeiten! Gab es Belangloseres als die KW-Zahl eines Automobils? Hauptsache war doch, dass die Dinger fuhren. Pferdestärken, das ließ sie gelten, das hatte noch was. Darunter konnte frau sich was vorstellen: Brrrr, ruhig, Brauner! Aber Kilowattstunden...

Doch der Cinquecento gefiel ihr. Das war ein Autochen, das sie sich vielleicht auch gekauft hätte, wäre ihr alter Polo demnächst auseinandergefallen und hätte sie noch ihren Job und Bedarf für einen fahrbaren Untersatz – und das Geld, an ein neues Auto überhaupt auch nur zu denken. Hätte, hätte, Fahrradkette...

»Schönes Auto!«

»Gefällt sie dir? Die hat gerade die richtige Größe für die engen Straßen und Garagen auf der Insel. Jeder, der hier größere Wagen fährt, muss angeben oder hat eine Macke. Oder einen Chauffeur.«

Die?

Mike war ausgestiegen und hielt ihr die Beifahrertür auf. Den Schlag, fiel Emma ein, so sagte man früher. Als Damen sich noch von ihren Kavallieren bedienen und beschützen ließen. Und herumkommandieren. Und an Kinderbett und Küche binden.

Was für ein Mann mochte Mike wohl sein? War er verheiratet? Sie hatte nicht danach gefragt. Wie klänge das auch! Aber einen Ring trug er nicht, das war ihr aufgefallen, am Morgen schon, im Océano. Jedenfalls: das Auto sprach schon mal für ihn.

»Ist das der Wagen deiner Frau? Ich finde, der Cinquecento ist ein Frauenauto.«

»Ehrlich? Finde ich auch. Jedenfalls gibt es weibliche und männliche Autos. Ein Ford Mustang ist männlich oder, falls dir das noch was sagt, ein Manta; mit Fuchsschwanz an der Antenne: ein pubertierender Jugendlicher. Und meine Cinquecenta ist endeutig weiblich. Deshalb mag ich sie. Freut mich, dass sie dir auch gefällt. Oder wolltest du sagen, meine Kleine passt nicht zu einem Mann?«

»So ähnlich. Dumm von mir. Ich meinte nur, keine Frau, jedenfalls keine, die bei Trost ist, käme auf die Idee, sich einen Mustang oder, schlimmer noch, einen Hummer zu kaufen. Und das genau ist doch der Traum aller groß gewordenen kleinen Jungs, wenn ich Euch recht verstehe. Wenn Ihr schon nicht Baggerführer werden könnt und Gebäude einreißen. Freut mich, dass es Ausnahmen gibt.«

»Ist das dein Männerbild? Du scheinst nicht die besten Erfahrungen gemacht zu haben.«

»Ich will damit nicht sagen, dass verhinderte Baggerführer nicht großartige Menschen sein können, liebevolle Väter, tolle Liebhaber...«

Emma! rief sie sich via innerer Stimme selber zur Ordnung.

»Also, fürs Protokoll: das hier ist mein Wagen. Meine Cinquecenta. Sie hat mich angelacht, ich hab sie bezahlt. Vollständig. Bar. Von meinem eigenen Geld. Ich habe keinen Bagger dafür in Zahlung gegeben und auch keinen Manta. Und ich bin nicht verheiratet. Ich war es allerdings mal. Und ich habe zwei Kinder.«

»Danke für die Zusammenfassung. Und wo leben deine Kinder?«

»Bei ihrer Mutter, in Münster. Zusammen mit ihrem Stiefvater und dessen zwei Töchtern. Wir schreiben uns hin und wieder, und irgendwann, hoffe ich, besuchen sie mich auch mal hier.«

»Hast du Söhne oder Töchter, und wie alt sind die beiden?«

»Söhne. Paul und Max. Zwölf und neun. Sie verstehen sich gut mit den Töchtern ihres Stiefvaters. Alles ist gut so. Die Dinge sind geregelt. Ist das hier eine Inquisition?«

»Nein, nur ein Gespräch unter Kollegen. Die Interesse zeigen am jeweils anderen. Du zahlst für deine Kinder?«

»Na sicher. Wobei, richtig teuer wird's wohl erst, wenn die beiden mal studieren werden. Meine Ex-Frau hat einen Job. Und auch ihr Neuer verdient ganz gut. Ist Banker, ausgerechnet. Über Geld streiten wir uns jedenfalls nicht.«

Emma hätte gerne noch gefragt: worüber streitet ihr denn? Aber das ließ sie lieber. Später vielleicht. Später? Das enthielt die Vermutung, sie werde noch häufiger mit Mike Gespräche führen. Wie kam sie dazu? Aber die Vorstellung, musste sie einräumen, hatte nichts Erschreckendes. Im Gegenteil.

»Wohin fahren wir eigentlich?«

»Nicht weit. Zu einem Lokal oberhalb von Puerto. Hinter dem Taoro. Das ist der alte Kasten auf dem Hügel. Das Taoro war eins der ersten Hotels auf Teneriffa überhaupt. Dort hat alles angefangen, mit dem Tourismus. Später war ein Kasino darin, jetzt steht es leer.«

»Können auch Spielkasinos pleite gehen? Ich dachte, das sei unmöglich.«

»Ist es wahrscheinlich auch. Nein, das Kasino ist nur umgezogen, unten an die Promenade von Puerto. Da können mehr Touristen abgefangen werden. Ist übrigens ein schöner Platz. Da können wir ja auch mal hingehen – und recherchieren, wie Schwarzgeld reingewaschen wird. Ich spiele allerdings nicht. Ich würde dir beim Spielen zusehen.«

»Und ich bin risikoscheu. Schade, dann wird daraus nichts.«

Sie hielten in einer ruhigen Seitenstraße vor einem unscheinbaren, flachen, weißen Kasten von Haus. Das Schild »Blanca y Negra. Bar y Restaurante« versprach entschieden mehr als der optische Eindruck des Gebäudes.

Es ist ein schöner Abend geworden. Fand Emma. Und Mike versicherte es auch, als er sie wieder absetzte, am La Palma, kurz vor Mitternacht. Unter einem völlig klaren Sternenhimmel. Und wieder ausstieg, ihr die Tür aufhielt und sie verabschiedete, mit einem Handschlag und einem bis »Bis bald dann! Simsen wir wieder?« Emma nickte, etwas verdattert. Zumindest einen Wangenkuss hätte sie erwartet.

Sie hatten sich viel zu erzählen gehabt. Im Garten des Blanca y Negra, auf einer kleinen, von Segeln beschatteten Terrasse, zurückhaltend-freundlich bedient. Von jungen Frauen. Das Lokal schien nur von jungen Frauen bewirtet zu werden. In der offenen Küche hatte Emma Frauen gesehen, hinter der Bar stand eine dunkelhäutige Schönheit, die Emma eher an der Copacabana als auf Teneriffa verortet hätte, und übrigens sahen auch die Kellnerinnen alle gut aus. Stolz. Alle trugen schwarz. Emma hatte einen erfrischenden Gazpacho mit Papaya gegessen und dann gegrillten Thunfisch mit Kartoffelschaum und einer grünen Soße, die nur von der Farbe her an die allgegenwärtigen Mojos erinnerte. Und der Thunfisch war zu ihrer großen Freude – und anders als sie es befürchtet hatte – innen fast roh, nur äußerlich kross angeröstet. Er war mit einem Häufchen dünner frittierter Stäbchen belegt. Emma hatte auf Bonsai-Pommes getippt. Das waren sie auch, allerdings nicht aus Kartoffeln geschnitzt, sondern aus Ingwer. So hatte sie Ingwer noch nie gegessen. Es war köstlich, fand sie.

Mike hatte eine Flasche Weißwein geordert und ihr rege nachgegossen. »Ich muss ja noch fahren.« Der Wein schmeckte anders als die frischen Tropfen, die sie bisher auf der Insel getrunken hatte. Fruchtiger. Nicht schwer, aber, wie sollte sie es ausdrücken, gehaltvoll? Mit dieser verquasten Weinkennersprache war sie nie zurechtgekommen. Albern fand sie die. Fast so albern wie das Fachgesimpel über Kilowattstunden und Kardanwellen. Männergespreize.

»Was ist das für ein Wein?« hatte sie von Mike wissen wollen.

»Ein Malvasier. Hier von der Insel. Aus Abona. Im Süden. Malvasier, so heißt die Traubensorte. Eine Traube, deren Anbau hier Tradition hat. Früher wurden daraus klebrige Süßweine gemacht. Für den englischen Markt. Dann brach vor gut hundert Jahren die komplette Weinwirtschaft zusammen. Seit ein paar Jahrzehnten geht es wieder aufwärts mit dem Weinanbau. Und man kann schöne Entdeckungen machen. Allerdings auch enttäuschende. Dieser Malvasier ist trocken, aber hat viel Frucht. Schmeckt er dir? Das freut mich. Ist einer meiner Lieblingsweine hier. Salud!«

Sie hatte sich sogar noch zu einem Nachtisch überreden lassen. Ein tropischer Obstsalat, mit Minzeblättern und mit Cava, trockenem Sekt, aufgefüllt. Mike hatte ein Schokoladensoufflee genommen – und sie kosten lassen: es war himmlisch locker, leicht und total schokoladig. Vorher hatte er einen marinierten Fisch – Cherne – und danach Entenbrust gegessen. Zusammenfassend hielt Emma fest: Das Essen war klasse, das Ambiente auch, an den weit entfernten Nachbartischen saßen Menschen in rege Gespräche vertieft, die offenbar allesamt Spaß an Wein und gutem Essen hatten – Junge, Ältere, offenbar überwiegend Spanier, aber das war vom Äußeren her nicht abschließend zu entscheiden, niemand war aufgebrezelt, man trug unangestrengt-geschmackvolle Freizeitkleidung, und Emma war froh, ihrer Jeans treugeblieben zu sein. Ein gelungener Abend. Ihr bester, gestand sie sich ein, seit vielen Monaten.

»Ein schöner Ort – auch wenn es auf den ersten Blick nicht danach aussah«, hatte Emma beim Café solo resümiert, mit Blick in die Runde.

»Das Blanca y Negra ist relativ neu. Eine junge Truppe hat einen alten Schuppen aufgemotzt, mit einfachen Mitteln, wie du sehen kannst«, Mike deutete auf die Stufen, die vom Garten zur Terrasse hinaufführten: sie bestanden aus Eisenbahnschwellen.

»Hast du drinnen die Bilder gesehen? Gefallen sie dir? Die hat ein venezolanischer Künstler gemalt, der jetzt auf Teneriffa lebt. Ich glaube, er ist mit einer der Frauen liiert, die den Laden hier betreiben.«

»Schön. Das Essen fand ich auch sehr gut.«

»Dann habe ich ja nichts falsch gemacht. Das ist ja schon mal was. Machen wir halbe-halbe? Mein Spesenkonto beim Inselblatt ist für heute schon ausgeschöpft.«

Wieso hatte Emma die Frage nach dem Halbe-halbe überrascht? Das war doch völlig korrekt so. Allenfalls hätte sie Mike einladen sollen, wo er schon gefahren war und das Lokal ausgesucht hatte!

»In Ordnung.«

Zumal die Summe sehr übersichtlich war, wie Emma fand. In Haltern am See hätte sie für so ein Essen viel mehr bezahlt – wenn sie denn dort Vergleichbares bekommen hätte. Außerdem: wie kalt mochte es dort jetzt sein? Im deutschen November?

Sie hatte Mike beim Essen von ihren Begegnungen mit Pedro und Frau Heilbutt berichtet. Mike hatte öfters nachgefragt. Bis Emma ihm verriet, dass sie sich wie verabredet Notizen machte, und anbot, sie ihm zu mailen – wenn er umgekehrt genauso vorgehen würde. »Einverstanden«, stimmte Mike zu, »aber hast du denn hier überhaupt einen Internetzugang?«

»Bislang nicht. Aber unten im Büro habe ich ein Hinweisschild auf eine Wifi-Zone gesehen. Ich werde mir das Passwort verschaffen. Die Frau Präsidentin hat mir ja jede Hilfe zugesagt.«

Mike hatte im Laufe des Tages herausgefunden, dass die Todesfälle Hock und Frohsinn von der Polizei als »natürlich« und damit erledigt abgelegt worden waren –, dass Kommissar Madrigal sich jetzt aber die Akten noch mal hatte kommen lassen.

»Ist er da von selbst drauf gekommen – oder hat jemand nachgeholfen?«

»Sagen wir, die Idee lag in der Luft – wie seinerzeit die Erfindung der Glühbirne.«

»Die Zeit der Glühbirnen ist vorbei. Die hat die EU verboten.«

»Hier auf der Insel gibt es sie jedenfalls noch. Wie sagte man früher in Russland: der Zar ist weit weg. Von den Kanaren aus ist Brüssel weit weg. Madrid sowieso. Ich würde mal sagen: zum Glück. Obwohl ich für die Straßen schon dankbar bin, die hier mit EU-Geld gebaut werden.«

Mike hatte auch erfahren, dass bei Klaus Kaltenbrenners Autopsie zur Verblüffung aller Beteiligten keine Gewaltspuren feststellbar waren. Er war nicht erschlagen worden, weder erschossen noch erstochen, er hatte sich nichts gebrochen, er war nicht erdrosselt worden. Als Todesursache kam bislang nur Herzversagen infrage.

»Ja, aber er kann ja schlecht einen Herzinfarkt gehabt und sich dann selbst mit Steinen begraben haben.«

»Wohl kaum. Er muss in Begleitung gewesen sein. Dann fragt man sich natürlich: wenn dein Wanderkamerad unterwegs eine Herzattacke hat, was tust du dann? Ich jedenfalls – und ich hoffe: du auch – würde Hilfe holen; zumal man da oben Handyempfang hat, wie wir wissen.«

»Falls das vor drei Jahren auch schon so war.«

»Good point. Das finde ich raus.«

Emma kam das Foto ihrer Großmutter in den Sinn: »Übrigens: Hat man bei Kaltenbrenners Leiche eine goldene Armbanduhr gefunden?«

»Nein. Keine Uhr, keine Papiere, kein Handy, nichts, was ihn hätte ausweisen können. Aber seine Beschreibung, inclusive DNA und Zahnarztprotokolle, war bei den Vermisstenakten. Es war eine Kleinigkeit, ihn zu identifizieren. So viele Wanderer kommen hier nicht abhanden.«

»Also könnte es ein Raubmord gewesen sein.«

»Oder einfach ein Raub. Und der alte Mann ist vor Schreck gestorben. Und der Dieb, der zum Mörder wurde – oder jedenfalls zum Totschläger – hat die Leiche versteckt. Das könnte Sinn machen.«

»Aber warum gerade an einem Ort, zu dem ich mit meinen Großeltern gewandert bin? Ich bin da nur ein einziges Mal gewesen, aber ich nehme an, Heinrich und Ilse waren häufiger dort, und dann vermutlich auch Ihre Truppe, die ›Junta‹.«

»Was wiederum dagegen spricht, dass einer aus der ›Junta‹ oder drumherum der Täter war. Warum sollte er ausgerechnet eine Spur legen, die zum La Palma führen muss? Und außerdem: keiner dort hat es nötig, für eine goldene Armbanduhr einen Mord zu begehen.«

»Wenn es denn ein ›er‹ war. Du solltest die Frauen nicht unterschätzen.«

»Keine Sorge. Ich kenne Frauen, denen traue ich alles zu. Aber rein statistisch werden die meisten Morde nun mal doch von Männern begangen.«

»Die aufgeklärten jedenfalls. Vielleicht sind Frauen einfach cleverer und werden seltener erwischt. Außerdem, glaube ich, werden die meisten Giftmorde von Frauen begangen. Und wer weiß, vielleicht ist Kaltenbrenner vergiftet worden. Oder kann man das ausschließen?«

»Ich weiß es nicht. Frag du doch mal Madrigal danach, wenn er dich morgen vernimmt!«

15. Kapitel

Madrigal erschien äußerst pünktlich, in Begleitung der jungen uniformierten Polizistin, die Emma im Präsidium Zigaretten angeboten hatte. Komisch, dachte Emma, in deutschen TV-Krimis gingen die Ermittler ganz oft allein irgendwo hin – was sie dann regelmäßig in Schwierigkeiten bringt. Offenbar sind spanische Kommissare klüger als deutsche. Das sagte sie Madrigal zur Begrüßung. Es schien ihm zu behagen.

»So sehr der Gedanke zusagt, Señorita Schneider, deutschen Kollegen ausnahmsweise etwas voraus zu haben: ich befürchte, eher wird es so sein, dass sich Fernsehkommissare der Dramaturgie zuliebe dümmer verhalten als reale. Zumal ich gegen klare Regeln verstoßen würde, wenn ich allein zu Ihnen käme. Außerdem könnten Sie – also: das ›Sie‹ dürfen sie jetzt nicht persönlich nehmen, ›Sie‹ in Ihrer Rolle als Zeugin – später behaupten, ich hätte Sie belästigt. Und dann stände Aussage gegen Aussage. Und ich hätte ein Problem. Ich hasse Probleme.«

»Aber in solchen Fällen wird doch immer dem Polizisten mehr geglaubt als den Zivilisten, Herr Kommissar.«

»Kann es sein, dass Sie ein Problem mit Autoritäten haben, Señorita Schneider?«

»Nein, zu echten Autoritäten blicke ich auf. Für angemaßte allerdings habe ich nur Verachtung übrig.«

»Und wer entscheidet, welche Autorität echt ist und welche – ›angemaßt‹? Sie, Fräulein Schneider? Oder die Presse überhaupt?«

Täuschte sie sich oder vernahm Emma in Madrigals Stimme einen galligen Unterton?

»Kann es sein, dass Sie ein Problem mit der Presse haben, Herr Kommissar? Apropos Kommissar: War das eigentlich auch Ihr Dienstrang bei der Guardia Civil?«

Madrigal schaute Emma erst überrascht, dann belustigt an. Er runzelte die auffälligen Brauen.

»Seit gestern hat sich nichts verändert, Señorita Schneider. Die Fragen stelle immer noch ich.«

»Ich wusste nicht, dass das Verhör schon begonnen hat. Ich dachte, wir plaudern noch.«

»Wäre das auch so, wenn mir etwas herausrutschen würde, von dem Sie glauben, daraus ließe sich eine Schlagzeile konstruieren?«

»Was wäre das denn, Herr Kommissar, was Ihnen ›herausrutschen‹ könnte?«

»Keine Sorge – oder: geben Sie sich keinen Hoffnungen hin! Da gibt es nichts. Und so viel ich weiß, sind Sie auch aus rein privaten Gründen auf unserer schönen, bei Ihren Landsleuten zu Recht so überaus beliebten Insel. Oder etwa nicht?«

»In der Tat. Ich bin aus rein privaten Gründen hier. Die Gründe kennen Sie ja schon. Und Sie sind hier, weil Sie das Apartment meiner Großmutter sehen wollten. Also bitte! Sie stehen darin. Wenn Sie sich umsehen wollen, gern! Leider kann ich Ihnen keinen Kaffee anbieten. Ich bin noch nicht dazu gekommen einzukaufen.«

Oh, fiel Emma ein: das war halb gelogen. Unter den Dingen, die Pedro für sie eingekauft hatt, befand sich auch ein Glas löslicher Instant-Kaffee. Den sie nicht mochte. Vielleicht hatte sie ihn deshalb ›vergessen‹.

»Zu schade. Aber vielleicht muss ich ja noch einmal wiederkommen. Dann können Sie Ihr Versäumnis wieder gutmachen.«

Die uniformierte Polizistin war neben der Eingangstür stehengeblieben, mit stoischem Gesichtsausdruck. Sie hatte während des Gesprächs keine Miene verzogen. Emma wusste nicht, wie viel Deutsch sie verstand und bot ihr mit Gesten und Blicken einen Platz auf dem Sofa an. Die Beamtin schüttelte den Kopf, und Madrigal erklärte: »Meine Kollegin bleibt gerne dort stehen, wo sie steht.« Er nickte der Beamtin zu, die weiterhin keinerlei Regung zeigte.

»Also ist es in Ordnung, wenn ich mich hier umsehe? Darf ich auch die Schränke öffnen?«

»Solange Sie die Finger von meiner Wäsche lassen, gern.«

»Darauf antworte ich nicht, Fräulein Schneider. Erinnern Sie sich an den Anfang unseres Gesprächs?«

Die nächsten zehn Minuten verbrachte Madrigal damit, systematisch in alle Winkel, Schränke, Kästen und Schubläden zu sehen. Besonders schien er sich für Fotos zu interessieren – und für die Ordner mit Unterlagen der Asociación.

»Darf ich die mitnehmen?«

Emma nickte. Madrigal griff auch nach der Holzschachtel von der Kommode im Schlafzimmer. Emma schüttelte heftig den Kopf: »Sie können sich gerne alles ansehen, aber da sind persönliche Briefe dabei. Die bleiben hier.«

Madrigal akzeptierte das wortlos. Er bat Emma um Erklärungen der Bilder, die an den Wänden hingen. Emma identifzierte alle Personen, die sie kannte. Vor allem das Gruppenfoto der ›Junta‹ tat es Madrigal an.

»Das ist die Gruppe, mit der meine Großmutter während der letzten Jahre, also seit dem Tod meines Großvaters, überwiegend ihre Freizeit verbracht hat – und mit der zusammen sie die Geschäfte des Apartmenthauses hier besorgte. Da links sind Frau Hülsenbusch und Herr Kaltenbrenner, in der Mitte meine Großmutter und Herr Seidenschuh, und rechts Heinz Hock und Hans-Werner Frohsinn. Beide sind tot, genau wie Klaus Kaltenbrenner. Und meine Großmutter. Frau Hülsenbusch übrigens hat Angst, sie sei ›die nächste‹, habe ich gehört.«

Emma ärgerte sich, ihre neue Freundin Hannelore noch nicht aufgesucht zu haben. Wie nachlässig und gedankenlos von ihr! Das musste sie schleunigst nachholen!

»Ich werde Frau Hülsenbusch gleich einen Besuch abstatten«, kam Madrigal ihr zuvor: »Ich kann sie ja von Ihnen grüßen.«

»Tun Sie das, bitte. Und sagen Sie ihr, ich würde mich bald bei ihr melden. Sie muss jetzt sehr einsam sein.«

»Frau Hülsenbusch hat keine Verwandten?«

»Das weiß ich, ehrlich gesagt, nicht. Ich bin ihr bisher erst einmal begegnet, an meinem ersten Abend hier. Darüber haben wir nicht geredet.«

»Und warum meinen Sie dann, sie sei einsam?«

»Nun ja, weil sie ja doch Teil der Wandergruppe war, dieser Gruppe auf dem Bild dort. Und davon lebt ja, außer ihr, jetzt nur noch Herr Seidenschuh. Und hier im Haus herrscht inzwischen ein neues Regiment. Der König ist tot, es lebe der König! Sagt man das bei Ihnen auch? Meine Großmutter jedenfalls hatte plötzlich viel weniger Freunde – und viel mehr freie Zeit –, nachdem sie als Präsidentin der Asociación zurückgetreten war. Bei Frau Hülsenbusch, denke ich mir, wird das ähnlich sein.«

»Ist Ihre Frau Großmuter zurückgetreten – oder wurde sie abgewählt?«

Emma war verdutzt. Abgewählt? Auf diesen Gedanken war sie noch gar nicht gekommen. Sollte sie Madrigal von den anonymen Briefen und dem ganzen Gestreite berichten? Nachher fragte er noch nach Belegen dafür – und die hatte sie nicht. Sie beschloss, den Mund zu halten:

»Ehrlich gesagt, das weiß ich nicht. Ich nehme an, sie ist zurückgetreten oder ihre Amtszeit war sowieso abgelaufen. Das muss aber aus den Protokollen hervorgehen, die in den Ordnern sind, die Sie mitnehmen wollen.«

Emma ärgerte sich, die Ordner nicht gründlicher durchgearbeitet zu haben – und jetzt gab sie sie aus der Hand! Sie traute sich nicht, die Ordner jetzt doch hierbehalten zu wollen. Mit welcher Begründung sollte sie das tun, ohne sich verdächtig zu machen? Ihr fiel ein, dass sie Madrigal noch etwas fragen wollte:

»Darf ich trotz allem eine Frage stellen?«

»Trotz allem: gern. Ich entscheide allerdings, ob ich Ihre Frage beantworte oder nicht.«

»Woran ist Klaus Kaltenbrenner gestorben?«

»An Herzversagen. Es ist aber nicht auszuschließen, dass dabei jemand nachgeholfen hat.«

»Und wer? Haben Sie schon einen Verdacht?«

Madrigal setzte ein betont höfliches Lächeln auf: »Wir ermitteln in alle Richtungen, Fräulein Schneider!«

»Und in welche Richtung insbesondere?«

»In alle. Wir kennen keine Vorurteile, Fräulein Schneider – nicht, wenn es um Mord geht.«

Nach Madrigals Abgang fuhr Emma in die Lobby hinunter. Wie Marisol es versprochen hatte, steckten ein Vertrag und der Schlüssel zu ihrem Leihwagen in dem Briefkasten mit der Nummer 1111. Sie unterschrieb ein Exemplar des Vertrages, ergänzte ihn um ein paar persönliche Angaben – dort, wo jemand, also Marisol vermutlich, gut sichtbare Kreuzchen auf dem Formular hinterlassen hatte, und warf es in den Briefkasten der Asociación. Dann sah sie sich ›ihr‹ Auto an. Es war ein quietschgrüner Citroen C3. Das Grün fand sie schrecklich; schrill. Naja, sie hatte den Wagen ja nicht gekauft.

Emma unternahm gleich eine Spritztour – zu dem Supermarkt, zu dem Pedro ihr den Weg gewiesen hatte: »Das ist der nächste, gleich an der Autobahnabfahrt. Größere Einkäufe allerdings solltest du besser im Alcampo tätigen. Die Preise sind dort viel günstiger.« Nun ja, Emma stand nicht der Sinn nach einem »größeren Einkauf«. Sie beließ es bei Brot, Teebeuteln, Käse, Schinken, Oliven – und Kaffee, für den Fall, dass Kommissar Madrigal tatsächlich wiederkommen würde. Milch, Butter und Eier waren schon unter den Dingen gewesen, die Pedro ihr beschafft hatte. Auch Wasser und ein Sixpack Dorada. Der Laden schien ihr bestens sortiert zu sein. Vor allem, was den Schinken betraf. Emma hatte jedenfalls noch keinen Supermarkt gesehen, in dem derart viele Schinken hingen und lagen.

Zurück im Apartment belegte sie sich ein Baguettebrötchen und kochte einen grünen Tee. Dann setzte sie sich an ihr Notebook und schrieb auf, was ihr an dem Gespräch mit Madrigal bemerkenswert erschienen war.

Es war fast schon 14 Uhr, als Emma auf die Uhr sah. Die Zeit reichte nicht mehr, mit dem Lift noch in die Lobby zu fahren, um von der Wifi-Zone aus eine E-Mail an Mike zu schicken. Ihr fiel ein, dass sie keine neue Verabredung mit Mike getroffen hatte, außer der zu ihrem virtuellen Kontakt. Schade. Vielleicht sollte sie ihn nach der Rückkehr von Buenavista in der Redaktion besuchen. Kollegial.

Das Büro der Stella Real Estate entpuppte sich als bescheidenes Ladenlokal in einem kleinen Einkaufszentrum in La Paz, neben einem Telefonladen und einem Geschäft, in dem billige Koffer verhökert wurden. In dem kompletten Einkaufszentrum herrschte eine gedämpfte Beleuchtung. Emma fragte sich: wurde am Strom gespart oder sollte das den Eindruck von Vornehmheit erzeugen? Wie bei der Aufzugbeleuchtung im La Palma? An der wandhohen Glastür zum Büro hingen Immobilienangebote aus. Emma warf einen Blick darauf. Groß annonciert wurden unter der Überschrift »Leben Sie Golf!« Apartments und Villen in Buenavista, zum Kauf und in einem Timeshare-Modell. Emma fand die Fotos überzeugend. Gut gemacht. Auf jedem Foto war der Himmel stahlblau, das Grün satt, man sah Meer, man sah Berge, die Grundrisse wirkten großzügig. Die Kaufpreise begannen jenseits von 300.000 Euro und stiegen dann steil an. Vorerst, das war klar, würde sie kein ›Golf leben‹ können. Ob sie es wollen würde, wenn sie es könnte? Emma war sich nicht sicher. Wohl eher nicht. Vielleicht käme es auf die Nachbarn an.

»Ist etwas für Sie dabei?« Hollerbeck hatte sie gesehen und war aus dem Büro gekommen. Er schloss die Tür hinter sich ab. »Die Sekretärin macht Mittagspause«, reagierte er auf Emmas fragenden Blick: »Sie schließt um vier wieder auf. Wo haben Sie geparkt?«

»In der Tiefgarage, wie Sie es mir empfohlen haben.«

Hollerbeck trug einen Strohhut in der Hand, den er im C3 auf den Rücksitz legte, zusammen mit einer braunledernen Aktenmappe. »Heute gut behütet?« fragte Emma.

»Ich habe mir bei unserem Ausflug ins Tenogebirge doch tatsächlich den Kopf verbrannt. Zuviel Sonne. Diesmal möchte ich vorbereitet sein, falls Sie mich wieder zu irgendetwas verführen sollten. Ich hätte ja fast auch einen Picknickkoffer mitgenommen, aber leider fehlt mit diesmal die Zeit für solche Ablenkungen. Ich müsste spätestens um 18 Uhr zurück sein, wenn Ihnen das recht ist. Ein Kundengespräch.«

Nach einer kurzen Pause fügte Hollerbeck an, im gleichen ernsten Tonfall: »Danach stände ich aber zu einer vertiefenden Bearbeitung unserer gemeinsamen Erlebnisse gern zur Ihrer Verfügung. Falls Sie heute Abend noch nichts vorhaben. Ich bin Ihnen schließlich eine Einladung schuldig.«

»Die Einladung würde ich liebend gerne annehmen«, säuselte Emma: »Aber ich bin schon verabredet heute Abend.«

Ja? Nicht ganz, leider, gestand sich Emma ein, aber sie hatte sich doch immerhin vorgenommen, Hannelore Hülsenbusch aufzusuchen. Also war ihre Antwort nicht gänzlich gelogen.

Hollerbeck dirigierte sie zur Autobahn. Diesmal nahmen sie die andere Auffahrt, Richtung Icod. Kurz vor dem Talende ging die Autobahn in eine kurven- und tunnelreiche Landstraße über. Die Berge reichten hier fast bis ans Meer. Emma bedauerte, dass sie am Steuer saß und sich auf den Verkehr konzentrieren musste. Sie fühlte sich an die Riviera erinnert. Auf der Rückfahrt aus ihrem gemeinsamen Toskana-Urlaub war sie dort mit Jörg langgefahren. Kann es sein, dass die Straße dort »Corniche« hieß? Aber an der Riviera standen, jedenfalls in ihrer Erinnerung, am Straßenrand viele verschwiegene, heckenbewehrte Anwesen und da und dort pittoreske Burgruinen. Hier an dieser Straße wechselten sich Garagen, simple Cafés, Werkstätten und Geschäfte mit Grillplätzen ab, hatte sie den Eindruck – wenn nicht gerade alles grün war oder sie durch einen Tunnel fuhren. Hier schienen ganz normale Menschen golffrei zu leben und zu arbeiten. Deren ästhetisches Empfinden nicht durch die Lektüre von Architekturzeitschriften oder ›Landlust‹ geschärft war. Emma war unentschieden, ob sie das bedauern oder – im Interesse der Einheimischen – bewundern sollte.

»Ganz schön viele Hässlichkeiten«, meinte sie mit Wink zu einem dieser heruntergekommenen eingeschossigen Schuppen am Wegesrand, dessen einst weiße Farbe großflächig einem schmuddeligen Grau Platz gemacht hatte.

»Vor ein paar Jahren gab es davon noch viel mehr hier. Inzwischen wurde schon eine Menge renoviert. Aber oft mit einfachen Mitteln. Sie dürfen nicht vergessen: Eigentlich ist Teneriffa eine arme Insel. Eine Arme-Leute-Insel. Die paar Wohlhabenden lebten auf Plantagen, nicht am Straßenrand. Das hat sich auch nicht geändert. Nur, dass sie jetzt in Resorts leben und nicht mehr auf Plantagen.«

Nur einmal führte die Straße mitten durch einen Ortskern. Das Städtchen lag wie eingezwängt zwischen einem hier steil ansteigenden Berg und dem Meer. Auf einer kleinen steinigen Inselkuppe, zu der man hätte hinüberschwimmen können, bei schwächerem Seegang, sah Emma ein Kreuz. Sie musste im Schritttempo fahren und nutzte die Zeit, sich umzusehen. Immer wieder suchte ein Fahrer vor ihr eine Parklücke.

»Das hier ist Garachico«, gab der sonst für seine Verhältnisse erstaunlich wortkarge Hollerbeck wieder den Fremdenführer. »Sie sollten sich bei Gelegenheit mal die Zeit nehmen und durch den Ort schlendern. Hier werden Sie finden, was Sie unterwegs vermisst haben. Garachico war eine wichtige Hafenstadt, bis zum letzten Vulkanausbruch. Die alten Herrenhäuser und Klöster sind sorgsam restauriert. Es gibt einen malerischen alten Platz, wo wir einen Cortado nehmen könnten, wenn wir es nicht eilig hätten.«

Hinter Garachico führte die Straße in einem weiten Bogen wieder bergan. Linker Hand sah Emma Serpentinen, die steil wie eine Leiter offenbar zu einem Hochplateau hinaufführten: eine abenteuerliche Streckenführung, schien ihr.

»Es ist jetzt nicht mehr weit«, versprach Hollerbeck. »Wir fahren immer geradeaus. Über die Serpentinen dort geht es übrigens Richtung Tenogebirge. Falls Sie wieder einmal auf Leichensuche gehen wollen.«

Buenavista entpuppte sich, jedenfalls von der Straße aus, als Mogelpackung, fand Emma, jedenfalls wenn man den Namen des Ortes wörtlich nahm. Schlichte Bauten in unspektakulärer Anordnung. Aber immerhin schien vieles frisch gestrichen zu sein. Offenbar machte sich hier zart ein gewisser neuer Wohlstand breit.

»Der Ort ist, weiter unten, ansehnlicher als seine Straßenansicht«, reagierte Hollerbeck auf Emmas kritischen Blick: »Da wurde viel getan, vor allem unten am Wasser, was man von hier aus nicht sehen kann. Das Golfresort spült Geld in den Ort. Die Einwohner profitieren davon. Das städtische Schwimmbad zum Beispiel würde Ihnen bestimmt gefallen.«

»Wieso glauben Sie, dass ich gerne in Schwimmbäder gehe?«

»Ich dachte eher an die Architektur. Sie haben mir doch erzählt, dass Ihnen der Mirador de Humboldt und das Fußballstadion in Santa Cruz gefielen. Sie haben offenbar eine Vorliebe für Architektur, die sich versteckt. Stimmt's oder habe ich Recht?«

»Beides.«

Aus einem Kreisverkehr hinter dem Ort wies ein schlichtes Schild Richtung »Golf«. Vor Emmas Augen öffnete sich ein sanft zum Meer abfallendes Gelände voller Greens, Palmen und wie zur Dekoration eingestreuter Steine. Nicht eine einzige Bausünde störte das Bild. Emma konnte verstehen, was Oma Ilse hierhin gezogen hatte.

»Und wo ist denn bitte das Resort?« wollte sie von Hollerbeck wissen.

»Oberhalb. Sind sie beeindruckt? Hier wird Landschaft nicht zerstört, sondern in Szene gesetzt – um unseren Prospekt zu zitieren. Alle Bauten haben sich dem Landschaftseindruck unterzuordnen. Was nicht heißt, dass die Bauten unspektakulär sind. Im Gegenteil. Ich schlage vor, wir fahren erst zu einer Baustelle, dann zeige ich Ihnen ein erst kürzlich eröffnetes Hotel, und wenn dann noch Zeit bleibt, lade ich Sie auf einen Kaffee im Golfclub ein. Sie werden sehen: Hier wird eine ganz andere Klientel angesprochen als in Puerto oder Los Cristianos. Menschen mit Geschmack. So wie Sie. Ein internationales Publikum. Aber ohne eine Gated Community zu schaffen. Oder sehen Sie irgendwo Zäune oder Wachmänner?«

»Nein.«

»Und das Schwimmbad, von dem ich sprach, liegt sozusagen mitten auf dem Golfgelände. Dort, wo die Küste am schönsten ist, steht sie der Allgemeinheit zur Verfügung. Direkt am Ufer haben wir einen Wanderweg anlegen lassen, bis in die Ortsmitte von Buenavista. Sehen Sie, Emma: Wer heute Geld hat und Geschmack, der will eben nicht im Getto leben. In Buenavista findet man sogar noch echte Fischer.«

»Und die lassen sich von den Menschen mit Geschmack besichtigen? Für Geld?«

»Warum sind Sie so zynisch und negativ, Fräulein Schneider? Was ist schlecht daran, wenn Geld in einen Ort fließt, wo immer noch zwei von drei Jugendlichen arbeitslos sind?«

Fast war Emma beruhigt, dass die Rohbauten einer Villen- und Apartmentanlage oberhalb des Golfplatzes aus dem gleichen grauen Beton bestanden wie überall anderswo auch. Gemessen an der großzügigen Weite des Golfgeländes standen sie dicht an dicht. Das Hotel entpuppte sich als ehemaliges, geschickt um An- und Zubauten erweitertes Kloster. Es roch nach Diskretion und Geld, fand Emma. Sie wehrte sich gegen das Gefühl, sie sollte ihren C3 auf dem Lieferantenparkplatz abstellen. Zum Glück sah sie keinen – oder sie hatte die Zufahrt verpasst. Stattdessen parkte sie das Auto auf einem Rund, das wohl dafür vorgesehen war, auch überlange Limousinen – Stretch-Limousinen – in sanftem Bogen direkt vor dem unscheinbaren Hoteleingang vorfahren zu lassen. Das Rund war menschen- und limousinenleer.

»So viele Menschen mit Geld und Geschmack scheinen ja noch nicht hierhingefunden zu haben«, stichelte Emma.

»Das Hotel ist, wie ich schon sagte, frisch eröffnet. Und wir verzichten hier sehr bewusst darauf, mit Sparangeboten zu locken oder Pauschaltouristen am Bufett abzufüttern. Aber wir sind sicher, es wird sein Publikum finden. Hier ist das Wetter auch dann noch angenehm, wenn auf Sardinien und Mallorca nasskalte Winde wehen. Wollen wir kurz reingehen?«

Emma verzichtete, beschloss aber, irgendwann allein wiederzukommen – oder vielleicht mit Mike Dorenbeck? – und die Frau mit Geschmack und Geld zu spielen.

»Hatten Sie nicht etwas von Golf und Kaffee gesagt?«

Eine mit Rabatten aus Büschen und Kakteen gesäumte lange Zufahrt lenkte sie zu einem steingrauen Flachbau mit wandhohen Glasfenstern. Der Parkplatz davor war zu etwa zwei Dritteln belegt. Am Rand standen weiße Golfkarts aufgereiht. Menschen in der universalen Golfkluft hantierten demonstrativ geschäftig und zugleich gelassen an Kofferräumen und Golftaschen. Niemand schien in Eile zu sein. Emma vermutete, es gehöre zum einstudierten Gestus des Golfspielens, sich gemessen zu bewegen. So wie diese dandyhaften Schuhe mit hellen Sohlen, Fransen und Gamaschen ja offenbar auch unverzichtbar waren.

Hollerbeck setzte sich für den kurzen Weg vom Auto zum Golfclub den Strohhut auf. Soll ich ihm sagen, wie affig er damit aussieht, fragte Emma sich – und ließ es sein. Stattdessen lächelte sie Hollerbeck bewundernd an: »Der Hut steht Ihnen ausgezeichnet.«

»Vielen Dank. Das ist ein echter Panama-Hut. Ich trage ihn nur, weil mir Baseballkappen nicht stehen.«

Hollerbeck riss sich den Hut vom Kopf, als er Emma mit theatralischer Geste die Glastür zum Golfclub aufhielt.

»Joe!« Es klang wie: Dschou!

Eine junge Frau in blassgelbem Businesskostüm stöckelte elegant eine geschwungene Treppe herunter, ihnen entgegen. Anstelle von Golfschuhen zierten extrem hochhackige Stilettos ihre zarten Füßchen. Eine große, extrem dunkle Sonnenbrille kontrastierte effektvoll mit einer goldig schimmernden Pagenkopffrisur. Sie nahm die Sonnenbrille ab, zeigte ein dezent geschminktes Gesicht und schwebte auf »Joe« zu, dabei, wie es Emma schien, spöttisch lächelnd.

»Willst du mir deine neue Freundin nicht vorstellen, Joe?«

Goldköpfchen beehrte den in der Bewegung erstarrten Jochen Hollerbeck mit dreifachem Wangenkuss, während sie Emma gleichzeitig musternd scannte, von oben bis hinunter zu ihren gutgenutzten Sneakers, ohne den geringsten Versuch, ihre Neugier zu verbergen. Sie sah Emma an, während sie Hollerbeck ansprach: »Und ich dachte, du hockst in deinem luxuriösen Büro in La Paz, wälzt Akten und vergehst vor Sehnsucht nach mir.«

»Ich zeige einer Kundin unser Resort und das Drumherum.«

So kleinlaut, fast verlegen, hatte Emma Hollerbeck noch nicht erlebt.

»Sie spielen Golf?« wandte sich Goldköpfchen nun auch verbal Emma zu. Es klang wie: Sie etwa? Mit solchen Schuhen? Emma kämpfte gegen das Gefühl an, klein und schmutzig und fehl am Platze zu sein – und blies sich innerlich auf:

»Noch nicht. Aber ich denke darüber nach, damit zu beginnen. Meine Großmutter hat hier Golf gespielt.«

»Ihre Frau Großmutter, wie schön! Kenne ich Ihre Großmutter? Aber mein guter Freund Joe« – ein tadelnder Blick auf den Genannten – »hat mich Ihnen noch gar nicht vorgestellt. Ich bin Nadeshda Putinova. Und wie heißen Sie?«

»Emma Schneider. Wie ich höre, wollen Sie mein Apartment kaufen.«

Nadeshda Putinova schien freudig überrascht und wirkte plötzlich überhaupt nicht mehr hochnäsig:

»Sie sind Ilses Enkelin? Schön, Sie kennenzulernen! Und mein herzliches Beileid! Ihre Großmutter war eine sehr patente Person. Wir haben uns gut verstanden.«

»Sie kannten meine Großmutter? Wieso haben Sie ihr dann ein Kaufangebot für ihr Apartment über die Stella Real Estate gemacht und sich dahinter versteckt?«

»Versteckt? Wie kommen Sie darauf, ich wolle mich verstecken? Ich bin, sozusagen, die Stella Real Estate. Das ist meine Firma – oder jedenfalls die Firma, die ich hier repräsentiere. Aber hat Ihnen Joe das nicht erklärt?«

Ein strafender Blick Richtung ›Joe‹.

»Was verschweigt er Ihnen sonst noch alles? Wissen Sie was? Ich glaube, wir sollten uns mal ernsthaft von Frau zu Frau unterhalten. Joe, wolltest du nicht etwas im Büro erledigen? Kommen Sie«, hakte Nadeshda Putinova sich bei Emma unter, ohne ihre Zustimmung abzuwarten: »Wir beide gönnen uns jetzt ein Gläschen Cava!«

Sekunden später fand sich Emma auf einer Terrasse wieder, hinter deren schulterhohen Glaswänden Golfplatz, Küstenstreifen und Ozean dalagen wie für sie dort ausgebreitet. Eingestreute Grüppchen von Menschen mit Golftaschen und Karts gaben darin bewegliche Dekorationen ab.

»Woher kennen Sie meine Großmutter?« fragte Emma, nachdem Frau Putinova tatsächlich zwei Glas Cava bestellt hatte, keinen Widerspruch duldend und Emmas Hinweis darauf, dass sie mit dem Auto da sei, mit einer Armbewegung wegwischend:

»Ein Glas Cava ist nichts. Das sehen auch die Polizisten hier so. Die sind übrigens viel netter als die russischen. Und nicht zu bestechen. Jedenfalls nicht mit schnödem Mammon.«

»Ich habe Ihre Großmutter auf einem Kreuzfahrtschiff kennengelernt. Bei einer Schnupperfahrt um Teneriffa herum. Die Stella Real Estate hat an Bord ihr Angebot präsentiert, vor allem dieses Resort hier. Ich muss sagen, es war eine ganz erfolgreiche kleine Kreuzfahrt. Eine win-win-Unternehmung für die Reederei und für uns. Auch wenn es einen tragischen Zwischenfall gab.«

»Ja, einen Todesfall. Ich habe davon gehört. Und dabei haben Sie meine Großmutter kennengelernt?« Emmas Stimme klang zweifelnd. »Ich kann mir kaum vorstellen, dass meine Großmutter für Sie als Kundin infrage kam. Hier angeln Sie doch, wenn ich mich nicht sehr vertue, nach ganz anderen Kalibern.«

»Dass Sie sich da mal nicht irren, Emma! Ich darf doch Emma zu Ihnen sagen? Ich bin Nadeshda.« Frau Putinova hielt Emma ihr Sektglas zum Anstoßen hin, ohne eine Reaktion abzuwarten. Die beiden stießen an.

Nadeshda: »Prosit! Auf Ihre berufliche Zukunft!«

Emma: »Na sdarowje! Auf Ihre Geschäfte!«

»Außerdem, glauben Sie mir, Emma: Eine Frau sollte zwar auf ihr Äußeres achten, es bei Kunden aber nicht überbewerten. Jedenfalls im

Immobiliengewerbe. Sie glauben nicht, wie viel Stinkreiche in Turnschuhen und ausgelatschten Jeans herumlaufen. Die in den dunklen Anzügen sind meist ihre Lakaien.«

»Aber ich weiß ja, dass meine Großmutter nicht stinkreich war. Nicht einmal reich. Sie hatte früher ein Fischgeschäft in Wanne-Eickel, falls Ihnen das was sagt.«

»Oh ja, davon hat Ilse mir erzählt. Sie hat mir übrigens auch von Ihnen berichtet. Wissen Sie, dass Ilse sehr stolz auf Sie gewesen ist? Sie sind Journalistin, nicht wahr? Ich bewundere Journalisten. Da, wo ich herkomme, muss man eine Heldin sein, um für die Presse zu arbeiten. In Russland ist das ein gefährlicher Beruf. Ein sehr gefährlicher.«

»Ich bin keine Heldin, eher im Gegenteil. In Deutschland ist Journalismus zwar nicht gefährlich, aber gefährdet. Ich habe gerade meinen Job verloren. Deshalb bin ich überhaupt auf der Insel. Deshalb und um mich um Oma Ilses Apartment zu kümmern.«

Wo war Jochen Hollerbeck geblieben? Joe! Er war, nach Nadeshdas Einladung auf einen Cava, wortlos in Richtung Golfshop entschwunden.

»In welchem Verhältnis stehen Sie eigentlich zu Herrn Hollerbeck?« erkundigte sich Emma geradeheraus, nachdem sie ein zweites Mal angestoßen hatten, von Mädel zu Mädel sozusagen.

»Joe ist, wenn Sie so wollen, mein Angestellter. Also freiberuflich. Aber auch ein Freund. Ein befreundeter Angestellter ohne Vertrag, wenn Sie so wollen. Das hat sich bewährt. Festanstellung macht faul. Jedenfalls in meinem Gewerbe.«

»Sie haben überhaupt keine fest Angestellten? Und was ist mir Joes Sekretärin?«

»Joe hat eine Sekretärin? Das wusste ich noch gar nicht. Die muss ich mal inspizieren. Ich habe nur einen Angestellten. Er heißt Wladim und ist mein Assistent. Ist die Sekretärin hübsch?«

»Ich habe sie nicht gesehen. Sie machte gerade Mittagspause, als ich Herrn Hollerbeck von seinem Büro abgeholt habe.«

»Joe hat sich von Ihnen abholen lassen? Das klingt aber gar nicht nach Joe. Er führt doch so gerne seinen weißen Mercedes vor. Ein schönes Auto. Rote Sitze. Leder. Ich mag Leder. Sie auch, Emma?«

»Ein schönes Auto, ja. Wir waren damit schon gemeinsam auf

Inselrundfahrt. Und im Tenogebirge. Da haben wir eine weitere Leiche entdeckt.«

»Eine weitere? Ach, Sie meinen, wegen des Mannes, der vom Schiff gesprungen ist? Der hat Selbstmord begangen, heißt es. Er war ein guter Bekannter Ihrer Großmutter, nicht wahr? Ilse war jedenfalls sehr traurig und verstört, damals. Und der Tote, den Sie gefunden haben, stimmt es, dass der auch mit dem La Palma zu tun hatte? Und mit Ilse? Erzählen Sie! Ich habe nur aus dem Radio davon gehört und wusste nicht, dass mein guter Freund Joe seine munteren Finger dabei im Spiel hatte. Und dass er mit fremden Frauen Spritztouren zu einsamen Bergfriedhöfen macht. Mir berichtet er immer nur von anstrengenden Kundengesprächen. Das Herzchen! Aber klar, im Schwindeln ist er geübt. Wer weiß, was er seiner eifersüchtigen Frau alles verheimlicht.«

»Ich muss gestehen, ich dachte für einen Moment, Sie und Joe wären.., also...«

»Wir hätten ein Verhältnis? Also, so würde ich das nicht nennen. Er ist älter als er tut. Und vor allem feige. Ich würde ihn, unter uns, einen Schlappschwanz nennen, wenn Sie das nicht missverstehen könnten. Nein, Joe kennt sich gut auf der Insel aus, er hat ein Händchen mit deutschen Kunden, das muss ich ihm lassen, vor allem mit älteren Kundinnen, und er hatte gerade, wie soll ich es nennen, zeitliche Vakanzen. Seine eigene Firma ist so gut wie pleite. Deshalb arbeitet er jetzt eben für mich. Die Stella zahlt ordentliche Provisionen. Viele hat Joe sich allerdings noch nicht verdient.«

»Was ich nicht verstehe: Sie verkaufen hier absoluten Luxus. Wieso interessieren Sie sich dann für Apartments im La Palma? Das ist doch wohl ein ganz anderes Marktsegment. Von Frau Heilbutt habe ich gehört, dass Ihnen dort schon drei Wohnungen gehören. Und wozu brauchen Sie dann noch das meiner Großmutter?«

»Die Heilbutt! Diese alte Hexe! Wie die mich ansieht! So ungefähr stelle ich mir eine KZ-Aufseherin vor. Für die bin ich der sowjetische Untermensch. Marktsegment! Papperlapapp. Ein schönes deutsches Wort übrigens: papperlapapp. So undeutsch, eigentlich. Habe ich übrigens mal von einem deutschen Banker aufgeschnappt, in Moskau noch: Papperlapapp! Großartig.«

Nadeshda Putinova lächelte verzückt. Ob in Bewunderung des Wortes ›Papperlapapp‹ oder in Erinnerung an den Banker, darüber war sich Emma nicht im Klaren.

»Egal. Was ich sagen will, ist: Geschäft ist Geschäft. Ich bin davon überzeugt, dass Apartments wie die im La Palma extrem unterbewertet sind – aber das sollte ich wohl ausgerechnet Ihnen besser nicht sagen. Langfristig werden die Preise dort steigen. Ich sehe das als Geldanlage. Und nicht, dass Sie mich für eine Millionärin halten: die Stella handelt treuhänderisch. Für potente Kunden.«

»In Moskau?«

»In Moskau. Kennen Sie Moskau? Eine aufregende Stadt! Immer in Bewegung. Voller Geld – das auch in Bewegung ist und sichere Plätze sucht, um sich ausruhen zu können. Aber wenn Sie nicht verkaufen wollen – ich nähme Ihnen das nicht übel. Wenn Sie das Geld nicht brauchen! Ihrer Großmutter habe ich nur deshalb ein Kaufangebot gemacht, weil sie danach gefragt hat. Sie wollte es so. Da habe ich Joe gebeten, ihr ein Angebot zu machen. Aus Sympathie – auch wenn es Ihnen schwerfällt, mir das zu glauben – so wie Sie mich ansehen.«

»Meine Großmutter wollte das La Palma verlassen? Davon hat sie mir nichts gesagt.«

»Tja, wir Frauen haben unsere Geheimnisse. Oder haben Sie etwa keine?«

Hatte Emma Geheimnisse? Eher nicht, fand sie, jedenfalls keine nennenswerten. Hätte sie gern welche? Sie war sich nicht klar darüber.

Auf der Rückfahrt wollte sie von einem erkennbar kleinlauten Jochen Hollerbeck wissen: »Wieso haben Sie mir von Nadeshda nichts erzählt? Warum haben Sie mich belogen?«

»Belogen? Ich muss doch sehr bitten! Ich hatte den klaren Auftrag, den Namen des potentiellen Käufers nicht zu nennen. Im La Palma gibt es Menschen, die auf Frau Putinovas Namen reagieren wie auf ein Rotes Tuch. Und ich hatte nicht die Erwartung, ihr heute in Buenavista zu begegnen. Ich hatte sie heute im Süden vermutet.«

»Ich fand sie sympathisch. Sehr offen und ehrlich. Direkt.«

»Gerade dieses Direkte liegt nicht jedem. Wenn Frau Putinova etwas will, geht sie in der Tat sehr zielstrebig darauf zu.«

»Wissen Sie, dass ich Frau Putinova gefragt habe, ob Sie beide...« Emma wiegte den Kopf hin und her, schielte dabei zu Hollerbeck hinüber.

»Und: was hat sie geantwortet?«

»Ich habe es so verstanden, dass nein. Aber sicher bin ich mir nicht. Sie sind ja ein sehr attraktiver Mann.«

»Vielen Dank. Sie sind sicher, dass Sie heute Abend schon etwas vorhaben? Ich kenne da ein sehr gutes, gemütliches Restaurant.«

»Gern ein anderes Mal. Aber Sie haben meine Frage nicht beantwortet.«

»Ich gebe dieselbe Antwort wie Frau Putinova. Wir haben kein – Verhältnis, das meinen Sie ja wohl.«

»Die gleiche.«

»Bitte?«

»Die gleiche. Sie können nicht dieselbe Antwort geben wie Frau Putinova. Nur die gleiche.«

»Natürlich. Ach so. Aber wir meinen dasselbe, wenn wir dasgleiche sagen.«

»Meinen Sie – oder wissen Sie das?«

»Also das wird mir jetzt zu philosophisch, Frau Schneider. Solche Gespräche kann ich nur bei Kerzenlicht führen. Was haben Sie denn morgen Abend vor?«

Und so kam sie doch noch zu einem Dinner-Date mit Jo – Joe – Hollerbeck.

Vom Einkaufszentrum in La Paz und nachdem sie Hollerbeck abgesetzt hatte, simste Emma Mike an: »War in Buenavista. Putinova kennengelernt. Komme in die Redaktion. Ok?«

Fünf Sekunden später piepte Emmas Handy: »Ok«.

Sie parkte den C3 auf einem großen Brachgelände hinter dem Hafen von Puerto und vor der langen Kaimauer, über die sie neulich gelaufen war. Komisch, fand sie, dass die Stadt aus diesem Gelände nichts machte. Sie befragte Mike danach.

»Das ist so ein Dauerprojekt. Typisch für die Kanaren. Erst werden große Pläne entfaltet, dann Vorbereitungen dafür getroffen, sie zu verwirklichen, dann geht das Geld aus – oder es war nie welches in Sicht. Übrig bleiben ein Bauschild und die von Jahr zu Jahr erneuerte

Absicht der Stadt und der Inselregierung, hier in Bälde etwas zu tun. Und, oh Wunder, manchmal passiert dann auch was. Für den Parkplatz, auf dem dein Auto steht, gibt es Pläne, dort ein größeres Hafenbecken anzulegen, damit endlich Kreuzfahrtschiffe auch hierhin kommen und Puerto mit Shoppern überfluten, und Yachten natürlich. So mancher Kommunalpolitiker träumt nachts wohl von Marbella. Nur dass es im Mittelmeer selten solche Brecher gibt wie auf dieser Seite von Teneriffa, im offenen Atlantik. Hier einen Hafen anzufahren, das will schon gekonnt sein. Das ist nichts für Freizeitkapitäne. Einstweilen dient das Gelände als Parkplatz – und als Kirmesgelände. Außerdem ist, was den Yachthafen betrifft, Garachico Puerto inzwischen zuvorgekommen.«

Die Redaktion der Inselzeitung befand sich im ersten Stock eines der wenigen altkanarischen Häuser an der Plaza del Charco. Sie bestand im Wesentlichen aus zwei Räumen. Einem größeren mit Kundentheke und zwei Schreibtischen und einem kleineren, in dem nur ein Schreibtisch und ein Besprechungstisch standen. Überall sah es aus, wie Emma es aus Redaktionen kannte: auf den Schreibtischen stapelten sich Bücher neben Broschüren, der Rest der Flächen war, um Tastaturen und Flachbildschirme herum, mit irgendwelchen Papieren und Notizblocks bedeckt. An den Wänden hingen Plakate, die für Karneval auf Tenerife warben, daneben steckten Ansichtskarten mit Motiven von allen möglichen Sehnsuchtszielen rund um den Globus. Sehr vielen aus Deutschland.

»Die meisten Karten stammen von treuen Lesern. Wir haben mal eine Aktion gemacht: Welche Karte ist am längsten unterwegs, bis sie bei uns ankommt? Und ein Dinner zu zweit in einem edlen Restaurant dafür ausgesetzt. Seitdem hört das nicht mehr auf«, beantwortete Mike Emmas unausgesprochene Frage. »Nun erzähl, wie waren dein Ausflug mit dem flotten Jo und dein Zusammentreffen mit der russischen Diva?«

Mike und Emma setzten sich an den schmalen Besprechungstisch im Zimmer mit dem Solo-Schreibtisch. Außer Mike arbeitete nur noch eine junge Frau an einem der Schreibtische nebenan »in unserem Großraumbüro«, wie Mike es nannte. Er stelle sie als Katja vor: »Katja macht hier ein Praktikum. Und ersetzt die Sekretärin. Die Chefin ist im Süden. Da haben wir unser Radiostudio.«

Emma berichtete von ihrem Ausflug nach Buenavista. »Die russische Diva ist eine elegante junge Frau, die behauptet, mit meiner Großmutter befreundet gewesen zu sein. Ich fand sie eigentlich recht sympathisch. Sie hat mich auf ein Glas Sekt eingeladen – und Hollerbeck praktisch des Raumes verwiesen. Kusch! Und er hat pariert. Wortlos. Ziemlich eindrucksvoll. Klare Machtverhältnisse. Allerdings hat keiner von den beiden meine freche Frage, ob die beiden ein Verhältnis miteinander haben, eindeutig verneint. Und ich bin schon ziemlich unhöflich mit der Tür ins Haus gefallen.«

»Jochen Hollerbeck und die Frauen – das ist vermutlich Stoff für einen Roman. Ich habe mich inzwischen ein wenig nach ihm erkundigt. Er war schon drei Mal verheiratet, bevor er vor etwa zehn Jahren nach Teneriffa kam. Annika, seine jetzige Frau, die vierte also, hat er erst hier kennengelernt. In einem Lokal, das du dir auch mal ansehen solltest, jedenfalls falls du Anschluss suchst. Eine Bar, in der abends immer Sänger und Gitarrenspieler auftreten und schmalzige Schnulzen zum Besten geben. Du würdest den Altersschnitt des Publikums kräftig nach unten drücken. Das ›Bolivar‹. Benannt nach einem lateinamerikanischen Revolutionär. Der Che Guevara unserer Urgroßeltern sozusagen.« Mike korrigierte sich: »Oder vielleicht eher der Fidel Castro unserer Urgroßeltern.«

»Ich glaub', mich sogar dunkel zu erinnern, dass Oma Ilse von dem Lokal mal gesprochen hat.«

»Schau es dir an! Es ist eine Institution. Und immer ein Erlebnis.«

»Allein gehe ich da nicht hin. Auf gar keinen Fall! Mir reichen die sabbernden Lustgreise am Pool des La Palma. Für solche Abenteuer brauche ich einen Beschützer!«

Emma sah Mike auffordernd an.

»Ich weiß nicht, ob ich als ›Beschützer‹ geeignet bin, falls ich deinen Blick richtig deute: aber wenn eine Frau mich so ansieht! Heute Abend? Das hieße allerdings, dass wir uns vorher die Zeit beim Essen vertreiben müssten. Schon wieder, du und ich! Wird das nicht langweilig?«

»Das wird sich zeigen. Von mir aus können wir auch wieder ins Blanca y Negra gehen. Es hat mir gut gefallen dort.«

»Das Problem ist, ich habe eingekauft und Sachen im Auto. Ich muss vorher zu mir nach Hause und wollte da eigentlich auch was kochen. Also, wenn das nicht zu aufdringlich ist, kannst du gern mitkommen. Es reicht auch für zwei. Und du siehst, wie spartanisch Journalisten auf der Insel leben.«

»Wenn das eine Einladung ist: angenommen!«

»Du kannst deinen Wagen hier stehen lassen und später damit zum La Palma fahren. Die Bar Bolivar ist hier ganz in der Nähe, mitten in Puerto.«

Mike wohnte in einer Cabaña mitten in einer Bananenplantage. Die schlichte weißgetünchte, mit den üblichen roten Ziegeln gedeckte, einstöckige Hütte hatte eine überdachte Terrasse, von der aus das Meer in der Ferne mehr zu erahnen als zu sehen und jedenfalls nicht mehr zu hören war. An einem großen Baum neben der Finca hingen Dolden mit winzigen roten Früchten. Als Emma einige davon in die Hand nahm, ließen sie sich zerbröseln. Sie waren trocken.

»Probier mal«, ermunterte Mike sie: »Das ist roter Pfeffer. Wenn du eine Handvoll davon pflückst, kann ich ihn gleich verarbeiten.«

Emma leckte sich etwas von dem zerbröselten Pfeffer aus ihrer Hand. Eine angenehme, fruchtige Schärfe macht sich in ihrer Mundhöhle breit.

»Hey! Toll! Und die Bananen? Isst du die auch alle?«

»Nein, erstens sind die noch nicht reif, zweitens gehören sie mir nicht. Auch der rote Pfeffer streng genommen nicht, und auch nicht die Orangen und Zitronen und die Mangos und die Avocados, die hier wachsen. Aber ich kann von allen soviel ernten, wie ich brauche. Ich habe die Cabaña gemietet. Die Plantage gehört einer deutschen Familie aus Hamburg, die mehrere Hütten so wie meine ausgebaut und dazugebaut hat, überall über das Gelände verstreut. Die meisten werden als Ferienhäuser genutzt. Ich bin der einzige Dauergast. Für mich ist das großartig so. Ich darf mich als Großgrundbesitzer fühlen – aber ohne die elende Arbeit und Verantwortung, die damit verbunden ist. Allerdings helfe ich bei der Ernte. Das macht Spaß. Wein wächst hier übrigens auch. Und die Hühner, die du herumlaufen siehst, legen Eier. Ich bin fast autark. Den Fisch allerdings habe ich auf dem Markt gekauft. Einen Bonito. Kennst du Bonitos?«

Emma schüttelte den Kopf.

»Das ist ein kleiner Thunfisch, der manchmal den Fehler begeht, in Schwärmen an Teneriffa vorbeitauchen zu wollen.«

»Das Fischangebot muss ja hier großartig sein.«

»Naja, es gibt kaum noch Fischer. Die Fischerei ist eine global agierende Großindustrie, und der meiste Fisch, den du hier im Supermarkt siehst, kommt aus Zuchtanlagen, meistens aus Afrika. Aber der Bonito muss noch richtig gefangen werden, hier. Dafür habe ich jetzt aber auch Arbeit mit ihm. Man kann ihn nur im Ganzen kaufen. Auch kleine Exemplare wiegen gut drei, vier Kilo. Ich bin froh, eine Mitesserin zu haben.«

»Vier Kilo Fisch! Ich fürchte, du überschätzt mich.«

»Da ist ja auch Abfall dabei. Und den größeren Teil wollte ich zu Ceviche verarbeiten. Das hält sich.«

»Tsche... was?«

»Ceviche. Das ist eine Art Fischsalat. Der Fisch wird dabei nur mit Zitronen- oder Limonensaft mariniert. Wenn dir das nicht schmeckt: einen Teil werde ich braten. Da fällt mir ein, du hast ja gestern im Blanca y Negra auch schon Thunfisch gegessen. Ich hoffe, das wird nicht langweilig. Hätte ich gewusst, dass du mitkommst, hätte ich Doraden gekauft.«

Emma lag auf der Zunge zu sagen: ›Langweilig wird der Abend bestimmt nicht.‹ Aber irgendwie erschien ihr das zu anzüglich. Sie entschied sich für:

»Ich esse sehr gerne Thunfisch – auch wenn man das ja eigentlich gar nicht mehr tun sollte. Ist der Fisch nicht vom Aussterben bedroht? Außerdem ist er in Deutschland schweineteuer.«

»Bonito gibt's reichlich. Noch. Aber ich kenne deinen Appetit nicht.«

»Wieso? Gestern habe ich den Teller doch auch schön leer gegessen. Dann gibt es gutes Wetter, hat Oma Ilse gerne gesagt. Hier werden offenbar alle Teller immer leer gegessen.«

Emma half beim Vorbereiten. Sie schnitt auf einem dicken Holzbrett voller Kerben Zwiebeln und Paprika in kleine Stücke, presste Zitronen aus. Mike zerlegte den Fisch und deckte einen kleinen rechteckigen Holztisch auf der Veranda. Ohne Decke.

»Sorry. Tischdecken habe ich nicht, auch keine Stoffservietten. Aber Kerzen.«

»Ich weiß nicht, ob Kerzen wirklich angebracht sind. Bei einem Arbeitsessen?«

»Stimmt. Das habe ich nicht bedacht. Aber ohne Kerzen könnte es gleich sehr dunkel werden. Das ist für ein Arbeitsessen auch nicht das Beste. Da kannst du deine Akten nicht mehr lesen.«

»Oh, die habe ich vergessen mitzubringen. Also, Kerzen sind ok.«

»Das Ceviche muss ein bisschen ziehen. In der Zwischenzeit kann ich dir ein Glas frisches Quellwasser anbieten – und vielleicht einen Schluck Weißwein?«

Emma nickte, zweimal. Sie sah sich um.

Das Innere der Hütte bestand aus einem einzigen Raum – und einem Badezimmer. Der Raum enthielt neben einem Bett, einem Sessel und einem Tisch mit zwei Stühlen, einem Einbauschrank und Regalen auch eine kleine Einbauküche mit Gasherd und Kühlschrank. »Keine Spülmaschine, falls du die suchst«, bedauerte Mike. »Für einen Einsiedler lohnt sich das nicht. Das bisschen Geschirr, das ich schmutzig mache, ist schnell von Hand gespült. Ich habe nicht so häufig Gäste.«

»Und auch kein Gästebett.«

»So kann ich immer höflich sagen: es tut mir Leid, wenn sich Besucher aus Hamburg ansagen. In der Regel ist eine andere Cabaña auf der Plantage frei. Das ist für alle angenehmer.«

»Was sind das für Leute, denen die Plantage gehört?«

»Alte Freunde aus Hamburg. Also: ›Alte Freunde‹ ist vielleicht zu viel gesagt. Freunde sind wir erst hier geworden. Sibylle ist auch Journalistin. Ich hab sie vor langer Zeit auf einer dieser Hamburger Schickimicki-Parties kennengelernt. Sie schreibt über Lifestyle-Themen. Mein Ding wäre das nicht. Aber sie ist erfolgreich damit. Schreibt für Brigitte und so. Dafür fliegt sie gelegentlich in der Welt herum. Harro Steenbosch, ihr Mann, kümmert sich um die Plantage und um die Hütten. Er baut und bastelt gerne. Er ist froh, sagt er, seine Hände benutzen zu können. In den Neunzigern hat er ordentlich Geld verdient, mit einer Onlinefirma, die er gut verkauft hat, kurz bevor der Neue Markt geplatzt ist. Seither legt er Geld an. Aber die beste Anlage, behauptet er immer, sei diese Plantage gewesen. Obwohl sie keine Rendite abwirft. Harro und Sibille haben sie vor etwa zehn Jahren übernommen – kurz bevor ich auf die Insel gekommen bin. Ich war ihr erster Mieter. Die Miete ist extrem günstig. Ich glaube, leben könnte von der Plantage keiner. Ist mehr ein Hobby, sagen die beiden. Zur Zeit ist eine ihrer Töchter auch hier, kümmert sich um die Bewirtschaftung der Hütten und um die Gäste. Eine zweite Tochter studiert in Edinburgh. So, jetzt weißt du alles.«

»Und die ältere: Ist sie nett?«

»Anuschka? Ja, sehr nett. Möchtest du noch einen Schluck Wein? Ist ja noch eine Weile hin, bis du wieder Autofahren musst. Außerdem könntest du den Wagen auch in Puerto stehen lassen und ein Taxi nehmen.«

»Ich habe nicht vor, mich zu betrinken. Aber ein kleines Glas geht sicher noch.«

Mike servierte das Ceviche auf großen weißen Tellern, besprenkelt mit aromatischem rosa Pfeffer, den er in einem Mörser zerstoßen hatte, und mit Cilantroblättern.

»Das Baguette ist leider jetzt schon ein paar Stunden alt, aber es ist noch knackig. Ich könnte es aufbacken...«

»Ist gut so. Das Ceviche ist köstlich. Und wenn man auf den roten Pfeffer beißt: sensationell.«

Anschließend briet Mike zwei Filetstücke vom Bonito – der ein wesentlich dunkleres Fleisch hatte und auch kräftiger, herber schmeckte als der Thunfisch vom Vortag, fand Emma: wilder. Mike stellte dazu ein Tontöpfchen mit roter Soße auf den Tisch: »Meine eigene Mojo rojo. Ist ziemlich scharf, Vorsicht!«

Emma strich einen Teelöffel Mojo auf ein Stück vom innen noch rohen Bonito und biss hinein. Zunächst spürte sie keine extreme Schärfe – bis die aus ihrem Rachen zurückzufluten schien wie eine Welle. Emma riss den Mund weit auf und griff zum Wasserglas. Mike stoppte sie:

»Nimm lieber ein Stück Brot! Wasser verstärkt die Wirkung noch.«

»Was hast du da reingetan?« fragte Emma, als sie wieder normal atmen konnte. Der Vorschlag mit dem Brot hatte sich als richtig erwiesen.

»Kleine scharfe rote Chilischoten. Die wachsen gleich neben der Veranda. Ich habe dich gewarnt.«

Mike hatte sich tagsüber nach den Wohnungsverkäufen im La Palma erkundigt und setzte Emma beim Kaffee ins Bild: »Hier gibt es zwar kein Katasteramt wie in Deutschland, aber alle Verkäufe werden registriert. An die Daten kann man herankommen – relativ schnell, wenn man jemanden kennt, der jemanden kennt, der einen kennt.«

»Und: was hast du in Erfahrung gebracht?«

»In den letzten drei Jahren haben zwölf Wohneinheiten im La Palma die Eigentümer gewechselt. Ein Verkauf hat offenbar innerhalb einer deutschen Familie stattgefunden, aber in den anderen elf Fällen kennen wir die Käufer.«

»Lass mich raten: Nadeshda Putinova. Aber du sagtest ›die Käufer‹. Plural.«

»Frau Putinova hat drei Wohnungen selber gekauft, fünf gehören jetzt der Stella Real Estate, also, falls sie deren alleinige Eigentümerin ist – und das scheint tatsächlich so zu sein – auch der schönen Nadeshda. Für so eine junge Frau scheint sie über beträchtliche Geldreserven zu verfügen. Oder über exzellente Sicherheiten, falls das Geld für die Käufe geliehen ist. Das habe ich leider noch nicht in Erfahrung bringen können.«

»Sie hat mir gesagt, in Moskau sei viel Geld unterwegs, das einen sicheren Hafen suche, oder so ähnlich. Und die anderen drei Wohnungen?«

»Halte dich fest – oder nimm noch einen Löffel Mojo: Jochen Hollerbeck. Unserem Pleitier. Es ist mir übrigens nicht klar, was genau der früher in Deutschland getrieben hat.«

»Mir hat er gesagt, er sei eigentlich Architekt. Aber ich kann ihn danach befragen. Ich habe ein Date mit ihm.«

»Schon wieder? Du bist ja unersättlich. Wann?«

»Morgen Abend. Er will mich schön ausführen. Ich weiß gar nicht, was ich anziehen soll.«

»Solche Gedanken hast du dir nicht gemacht, als du vorhin mit mir hier hinaus gefahren bist. Mit Hollerbeck scheint es was Ernstes zu sein.«

Emma trocknete ab, als Mike nach dem Essen das Geschirr spülte. Auf der Plantage war es inzwischen stockfinster. Die Sichel des Mondes schien wie an den Himmel gehängt. Der Mond lag halb auf dem Rücken, so wie in dem Emblem von Dreamworks. Emma vermisste den Jungen mit der Angel, der auf dem Filmmond bequem in der

Sichel lag und die Beine baumeln ließ. Und wäre gern noch länger geblieben. Mike drängte zum Aufbruch.

Seine Cinquecenta wartete in einem mit getrockneten Palmenzweigen bedachten Carport direkt neben der Hütte. Emma fragte sich, warum Mike so zugeknüpft war und schnell das Thema gewechselt hatte, als die Rede auf die Steenbosch-Tochter kam. Wie hieß sie gleich? Anuschka? Ob die beiden was miteinander hatten? Sollte sie ihn darauf ansprechen? Lieber nicht.

Die Bar Bolivar war schon brechend voll, als sie eintrafen. Selbst draußen vor der weit geöffneten Tür saßen extrem auf heiter getrimmte Menschen, ihre Blicke aufs Innere der Bar fixiert. Eine tiefe Männerstimme trug dort ein offenbar tieftrauriges Lied vor. Emma verstand nur das refrainhaft wiederholte »Mi corazón«. Das hieß, so viel wusste sie: »mein Herz«. Die Bar Bolivar war ein einstöckiges, ziegelgedecktes Haus, das Emma nicht viel größer vorkam als Mikes ›Hütte‹. Der weiße Anstrich war aber offensichtlich viel älter, und aus den Ritzen zwischen den Dachpfannen wuchsen seltsame Pflanzen heraus. Emma kamen sie vor wie grüne, festfleischige Astern auf dicken, langen, verrenkten Stielen. Das Haus wirkte, eingezwängt zwischen zwei dreistöckigen Profanbauten aus neuerer Zeit, wie aus Alexander von Humboldts Zeit übrig geblieben.

Inzwischen war eine zweite Singstimme dazugekommen. Eine Frau, in sonorem Alt, lieferte sich mit dem ›Mi Corazón‹-Sänger ein Duett. Emma stellte sich vor, dass sie ihm klarmachte, warum sie einen anderen liebte – und dass er sie zurückzuerobern versuchte. Sie trug Mike diese Interpretation vor.

»Da liegst du ziemlich richtig. Die Deutung trifft allerdings auf 80 Prozent aller Lieder zu, die hier zum besten gegeben werden. Die anderen 20 besingen die einzigartige Schönheit Teneriffas.«

Als die beiden sich an den Neugierigen vorbei gezwängt hatten, die den Raum zwischen Eingangstür und Theke füllten – offenbar Unentschlossene, die nicht wussten: sollen wir bleiben oder wieder gehen?, rief eine gedämpfte Frauenstimme ihnen zu: »Emma! Emma! Hier sind wir!«

An einem Ecktisch, auf Holzbänken, hockten Johanna und Heinz Poloniak und winkten ihnen heftig zu, hocherfreut, dabei bemüht, den Gesang nicht durch allzu lautes Rufen und Gestikulieren zu stören. Johanna rückte näher an ihren Mann und bedeutete so: hier ist noch Platz auf der Bank!

Emma stieß Mike an und zischte: »Die Poloniaks. Sie werden sich sehr freuen, dich kennenzulernen. Johanna schwärmt für erfolgreiche Journalisten.«

Die beiden drückten sich hinter den Tisch, eng an Johanna Poloniak heran. Emma saß jetzt zwangsläufig auch ganz dicht an Mike gedrängt, denn auf dem Eckplatz der Bank hatte eine Frau nur kurz für sie Platz gemacht, um sie beide durchrutschen zu lassen. So nahe, wurde sie gewahr, war sie Mike bisher nur einmal ganz kurz gekommen, für einen Augenblick beim Spülen. Sie hatte sich umgedreht und war mit Mike zusammengestoßen. Hoppla, hatte sie gesagt. Beide hatten verlegen gelacht, dann war der Moment verflogen.

Als auch dieses traurige Lied ein Ende fand – Emma hatte den Eindruck, aus dem Rückeroberungsversuch war nichts geworden – stellte sie Mike den Poloniaks vor, als »Leitenden Redakteur der Inselzeitung, früher hat er für ein bedeutendes Hamburger Wirtschaftsmagazin gearbeitet«. Johanna war, wie Emma es vermutet hatte, tief beeindruckt. Vor ihnen auf dem Tisch stand eine gewaltige Glaskaraffe voller Wein und Früchte. »Mögen Sie auch Sangría?« fragte Johanna und orderte, ohne eine Antwort abzuwarten, zwei weitere Gläser herbei. Mike fügte hinzu, an die Kellnerin gerichtet: »Y una botella de agua, por favor, sin gas.«

»Das ist aber schön, dass du gekommen bist, Emma, wir dachten schon, wir müssten heute Abend allein bleiben. Eigentlich wollten wir ja Hannelore hier treffen. Aber sie ist krank. Sie hat wohl irgendwas am Magen. Sie hat von einer Fischvergiftung geredet, am Telefon. Sie klang ganz schwach und durcheinander. Wir machen uns Sorgen um sie – nicht wahr, Heinz?«

Heinz Poloniak nickte.

»Aber jetzt müssen Sie uns unbedingt von Ihrer Arbeit bei der Inselzeitung berichten, Herr Dorenbeck! Oder darf ich Mike zu Ihnen sagen?«

Die Musik setzte wieder ein, bevor Mike darauf eingehen konnte.

16. Kapitel

»Hülsenbusch. Ja, bitte?«

Die Stimme klang schwach, leidend.

»Hannelore? Hier ist Emma. Emma Schneider. Wir waren neulich zusammen essen, mit Heinz und Johanna. Ich bin Ilses Enkelin, in 1111.«

»Das weiß ich doch!« Es kostete Hannelore Hülsenbusch hörbar Kraft, laut und deutlich zusprechen. Ihre Stimme krächzte: »Die Journalistin. Wie geht es Ihnen?«

Offenbar hatte Hannelore Hülsenbusch vergessen, dass man zum Du übergegangen war.

»Wir haben uns geduzt, bei Carmen. Wir haben doch noch Brüderschaft getrunken, mit Anislikör.« Als Emma das Wort Anislikör aussprach, durchzuckte sie die Erinnerung an einen heftigen Kopfschmerz.

»Ooch, erwähnen Sie... erwähne du Carmen nicht. Mir ist doch schon schlecht.«

»Ich wollte dir einen Krankenbesuch abstatten und fragen, ob ich etwas mitbringen kann.«

»Das ist lieb von dir, aber Johanna hat mich mit allem versorgt. Und jetzt warte ich auf den Arzt.«

»Kann ich trotzdem vorbeikommen? Die Poloniaks haben davon gesprochen, dass du glaubst, jemand habe dich vergiftet.«

»Die Poloniaks haben das gesagt? Sie sollten doch nicht darüber sprechen! Und von wegen glauben! Jemand hat mich vergiftet! Und ich weiß auch, welcher jemand!« Als Hannelores Stimme lauter wurde – sie regte sich mächtig auf –, überschlug sie sich fast.

»Das Sprechen strengt mich furchtbar an. Aber gerne kannst du kommen. Klopfe einfach an, dreimal, damit ich weiß, dass du es bist, meine Liebe. Ich lasse sonst niemanden mehr herein. Außer Johanna.«

Emma war an diesem Morgen ausnahmsweise früh aufgewacht, mit Albert im Arm. Sie kochte sich einen Tee, rührte sich ein Müsli an und sah während des Frühstücks dem Himmel beim Hellerwerden zu.

Als sie ein paar Minuten später drei Mal an Hannelores Tür klopfte, kam sie sich wie eine Verschwörerin vor. Die drei Stockwerke war sie zu Fuß hinuntergelaufen. Sie war keiner Menschenseele begegnet. Morgens um neun glich das La Palma einer Ruhezone.

Ein Hund blaffte, genauso oft, wie Emma geklopft hatte. Dreimal »wuff-wuff-wuff«.

»Bist du es, Emma?« Hannelores krächzende Stimme. Konnte man Stimmbänder vergiften?

»Ja.«

Emma hörte, wie ein Schlüssel umgedreht wurde, dann ging die Tür einen Spalt weit auf und in diesem Spalt erschien die Schnauze eines Rauhaardackels. Der Dackel schnüffelte an Emmas Fuß und Bein. Offenbar war der Geruch genehm. Der Dackel zog sich zurück. Die Tür wurde jetzt ganz aufgezogen und Emma sah Hannelore Hülsenbusch vor sich, mit ungekämmtem Haar, in einen rosa Morgenmantel gewickelt.

»Komm rein, wenn du magst. Und entschuldige meinen Aufzug. Aber ich war gestern Abend zu keiner Regung mehr fähig. Ich dachte wirklich, mein letztes Stündlein hätte geschlagen. Was soll dann bloß aus Ulli werden?«

»Ulli?« Emma hatte die Tür hinter sich ins Schloss gedrückt. Als sie sah, dass Hannelore Hülsenbusch nach Halt suchte, ergriff sie ihren Ellenbogen und stützte mit der anderen Hand die Schulter der alten Dame, die sie alles andere als zerbrechlich in Erinnerung hatte. So geleitete sie die fast Sterbende zu einem Sofa. Das Apartment war im gleichen Stil möbliert wie das ihrer Oma. Statt aufs Meer ging der Blick aber über den Balkon auf Palmenkronen hinaus. Das 805 lag auf der Pool- und Gartenseite.

»Ulli, komm her und gib unserem Gast ein Pfötchen!«

Der Dackel erhob sich von einem flauschigen Kissen und wackelte gemächlichen Schrittes auf Emma zu, die sich auf einem von zwei beige gepolsterten Sesseln mit Holzlehnen niedergelassen hatte. Ulli machte tatsächlich Männchen vor ihr und kratzte dabei mit einer Pfote an Emmas linkem Hosenbein.

»Jetzt musst du ihm ein Leckerchen geben. Da auf dem Tisch steht eine Schüssel. Die Plätzchen darin sind alle für Ulli, nicht für Besucher. Aber immer nur eines auf einmal. Nicht wahr, Ulli?«

Ulli, der Dackel, hatte das Leckerchen ratzfatz verdrückt, trabte jetzt auf Hannelore Hülsenbusch zu und machte erneut Männchen.

»Nichts da, du Gierlapp. Ein Leckerchen ist genug. Geh auf deinen Platz!«

Ulli, so schien es Emma, zog eine beleidigte Schnute, kehrte aber dann ohne Murren wieder auf sein Kissen zurück.

»Das ist der erste Hund, den ich kenne, der Ulli heißt. Er ist außerordentlich gut erzogen.« Emma lächelte Ulli zu. Der sah sie ungerührt an, bevor er seinen Kopf auf seinen Pfoten ablegte und dabei ein Geräusch von sich gab, das wie ein Seufzen klang.

»Sie. Ulli ist eine Sie«, klärte Hannelore Emma auf. »Deshalb heißt sie auch nicht Ulrich, sondern nur Ulli. Eigentlich hatte ich einen Rüden gewollt, aber dann war nur noch sie zu haben, aus dem Wurf, und sie hat mich mit einem Blick angesehen, da musste ich sie einfach nehmen. Und ich hab mich nicht vergriffen, nicht wahr, Ulli?«

Der Dackel bewegte seine Ohren.

»Das kann ich verstehen. Ein kluger Hund – und kultiviert. Wenn ich einen Hund haben wollte, würde ich sie sofort nehmen.«

Ulli richtete ihren Kopf auf und sah Emma an.

»Als würde sie verstehen, was ich sage!«

»Natürlich versteht sie dich. Ulli versteht alles. Nur mit dem Sprechen hapert es noch. Aber das war bei meinem Ulrich nicht anders.«

Emma machte ein verständnisloses Gesicht.

»Ulrich, so hieß mein verstorbener Mann. ›Ein Hund kommt mir nicht ins Haus‹, hat er immer gesagt. Dabei hätte ich, so lange schon, soo gern einen Hund gehabt. Wo wir doch kinderlos geblieben sind, der Ulrich und ich. Leider. Aber immer, wenn ich davon anfing, hieß es nur: ›Ein Hund kommt mir nicht ins Haus‹. Nun, dafür habe ich mir dann Ulli zugelegt. Wäre sie ein Rüde, hieße sie Ulrich.«

»Wie lange ist denn der andere Ulrich schon tot?«

»Der andere Ulrich! Hähärmm...« Hannelores Versuch zu lachen endete in einem würgenden Krächzen. Sie zeigte auf eine Teekanne und machte eine Eingieß-Bewegung. Emma griff zu der Kanne und einem Glas mit Henkel, das auf dem gläsernen Couchtisch stand und goss ein. Es schien sich um Kamillentee zu handeln.

Hannelore nickte dankbar, nahm einen Schluck und atmete tief ein. »Neun Jahre. So lange, wie Ulli lebt.«

Ulli hob die Ohren und ließ sie wieder fallen.

»Möchtest du auch von dem Tee? Kamille. Ist sehr gesund.«

Emma schüttelte den Kopf. »Nein, danke! Kann ich dir sonst irgend etwas aus der Küche holen? Ein Medikament vielleicht?«

Jetzt schüttelte Hannelore den Kopf. »Lieb von dir, aber wenn es dir nichts ausmacht, lege ich mich wieder hin. Der Gang zur Tür hat mich richtig erschöpft.«

»Erzähle: Was ist passiert? Wieso glaubst du, jemand habe dich vergiften wollen?«

»Glauben? Ja siehst du denn nicht, wie es mir geht?« Hannelore wirkte echt empört, wollte sich aufrichten, ließ den Kopf aber dann doch wieder ins Sofakissen fallen.

»Erzähl mir, was passiert ist«, bat Emma erneut.

»Die Heilbutts! Ich weiß ja nicht, wer von ihnen es war. Aber einer von beiden muss mich abgelenkt haben, während der andere... So eine Heimtücke! Erst raspeln sie Süßholz, dann schütten sie mir Gift ins Essen! Diese abgezockten Widerlinge! Dieser vertrocknete Neidhammel und seine Giftziege!«

Emma musste Unglauben ins Gesicht geschrieben sein, denn jetzt stützte sich Hannelore Hülsenbusch doch tatsächlich und allem Anschein nach mit letzter Kraft von ihrem Kissen hoch und fixierte Emma. Dabei sah sie gleichzeitig wütend, traurig und todkrank aus. Auch Ulli hob wieder den Kopf.

»Ich hätte es ja auch nicht geglaubt! Wozu Menschen fähig sind! Ich hätte den Heilbutts schon manches zugetraut, doch, aber das..!«

»Woher kannst du denn wissen, dass sie versucht haben, dich zu vergiften?«

»Noch einmal, glaubst du, ich falle von selber um? Wie oft war ich schon bei Carmen essen, und immer ist es mir gut bekommen. Du hast einen Magen wie eine Kuh, hat Ilse immer gesagt –, aber die ist ja jetzt auch schon tot, deine Großmutter. Wie Hans und Heinz. Und wie Klaus...«

Hannelores Augen trübten sich ein. Eine Träne kullerte die linke Wange hinunter.

»Die Polizei sagt, dass du... dass du... ihn gefunden hast?«

»Klaus Kaltenbrenner? Ja, das ist wohl so. Ich wollte unbedingt zu der Stelle im Teno-Gebirge wandern, wo ich vor zwanzig Jahren mit meinen Großeltern war. Ich habe da damals ein Amulett versteckt, das Geschenk eines Jungen, mit dem ich Schluss machen wollte. Als ich das Amulett gesucht habe, bin ich auf eine... einen toten Mann gestoßen.«

»An dem alten Dreschplatz, wenn man um eine Felsnase gebogen ist und plötzlich La Gomera sieht?«

»Ja. Kennst du den Platz?

»Und ob ich den kenne! Wir sind früher ganz oft da gewesen, Klaus und ich und Hans und Heinz und Ilse und Pedro. Das war einer unserer Lieblingsplätze auf der Insel. Einmal haben wir da sogar campiert, unter freiem Himmel, alle zusammen. August war's, und wir haben Sternschnuppen gesehen, so viele Sternschnuppen wie ich sonst in meinem ganzen Leben nicht gesehen habe. Ulli war auch immer dabei, nicht war, Ulli?«

Ulli hob den Kopf, dann die Ohren und sah Hannelore an, als wolle sie zustimmen. Dann legte sie den Kopf wieder auf den Pfoten ab, seufzend.

»Erzähle! Was hast du gesehen? Wie sah Klaus aus?«

»Friedlich«, krückte Emma. Sie hatte dem Toten nicht ins Gesicht gesehen. Sie hatte die Leiche ja ohnehin nur im Halbdunkel der verfallenen Hütte vor sich gehabt. Sie schilderte, wie sie die Steine beiseite geschoben hatte, und dass Jochen Hollerbeck sie davon abhalten wollte... Warum eigentlich, schoss es ihr durch den Kopf. Hatte Hollerbeck nicht sogar mehrfach versucht, sie davon abzubringen, bis zu der Hütte zu gehen? Und dann, Steine beiseite zu räumen? Hatte er nicht fast panisch gewirkt, als sie sich davon nicht abhalten ließ? Ob Hollerbeck..? Aber warum?

»Hattet ihr irgendwas mit Jochen Hollerbeck zu tun?«

»Dem Makler, der guckt wie Walter Matthau? Leider. Der hat immer wieder versucht, Apartments im La Palma unter seine Fittiche zu bekommen, als Verwalter. Aufdringlich ist der, wie Losverkäufer auf der Kirmes! Er hat doch sogar mal versucht, mich zu verführen. Was ich doch für eine fesche Frau sei! Und dass er mich seit langem bewundere! Ich hätte so etwas ›Majestätisches‹ an mir. Fast wäre ich drauf hereingefallen. Wenn Ilse nicht so gelacht hätte, als ich ihr das mit dem Majestätischen erzählt habe. Gelacht! Nett war das ja nicht von ihr. Aber sie hat mir die Augen geöffnet. Gerade noch rechtzeitig. Übrigens ist der Hollerbeck schuld daran, dass wir Engländer im Haus haben. Nicht, das ich etwas gegen Engländer hätte! Das sind auch feine Menschen, auf ihre Art. Aber doch anders. Und der Hausgemeinschaft hier haben sie sich immer entzogen.«

»Jochen Hollerbeck hat Wohnungen an Engländer vermittelt? Und ihr hättet lieber Deutsche als Käufer gesehen?«

»Es müssen keine Deutschen sein. Ich bin doch keine Rassistin. Aber es ist schon gut, wenn alle dieselbe Sprache sprechen, in so einem Haus, findest du nicht?«

Hannelores Stimme klang jetzt viel fester; was auch immer ihr gut getan hatte; der Tee, die Erinnerung, die Gesellschaft... »In so einem Haus muss vieles geregelt werden, da ist es gut, wenn man sich versteht. Deshalb haben Heinrich und Ilse, deine Großeltern, klare Regeln eingeführt. Sie wollten den unkontrollierten Verkauf an Fremde verhindern. Das hat auch meistens geklappt.«

»Außer wenn Hollerbeck seine Finger im Spiel hatte.«

»Außer wenn der schmierige Herr Hollerbeck seine schmutzigen Finger im Spiel hatte! Das hast du sehr gut gesagt, Emma. Was hatte der hier zu suchen, sag's mir?«

»Aber was war denn nun gestern, mit dir und den Heilbutts?« versuchte Emma das Gespräch wieder auf seinen Ausgangspunkt zu lenken.

Hannelore Hülsebuch nippte erst noch mal an ihrem Teeglas. »Die Heilbutts, also er, der Günter Heilbutt – er ist ja sowieso der vernünftigere, relativ gesehen, dachte ich jedenfalls – also der Günter Heilbutt klopfte gestern Nachmittag bei mir an. Das war schon eine Sensation! Nie zuvor hat sich einer von den beiden bei mir sehen lassen, bis gestern! Also: ich war wirklich überrascht. Und dann fragt der doch, freundlich lächelnd, ob wir nicht Frieden schließen sollten. Frieden? Als wenn ich im Krieg gewesen wäre! Ich! Der friedlichste Mensch der Welt. Das hat sogar der Ulrich immer gesagt, und der Klaus, der Herr Kaltenbrenner, auch. Und deine Oma Ilse hat mich sogar oft angemeckert: Hannelore, jetzt reg‘ dich doch endlich einmal auf! Hat sie gesagt. Aber ich habe es eben nicht gern, wenn Menschen streiten. Mich macht so was krank.«

»Also Günter Heilbutt wollte mit dir Frieden schließen?«

»Ja, Frieden, hat er gesagt. Ich muss wohl stumm geblieben sein. Ich war sprachlos. Dreimal hat er das wiederholt. Frieden, Frieden, Frieden, wie in diesem Film von Heinrich Böll, wo jeden Tag Weihnachten ist und der Engel immer ruft: Frie-den! Kennst du den Film?«

Emma schüttelte den Kopf. »Aber Heinrich Böll kenne ich. Hat der nicht gegen den Nato-Doppelbeschluss demonstriert? Die Stiftung der Grünen ist nach ihm benannt.«

»Ach ja? Das wusste ich nun wieder nicht. Da siehst du, wie gut wir uns ergänzen!«

Zum ersten Mal an diesem Morgen huschte der Hauch eines Lächelns über Hannelore Hülsenbuschs Gesicht.

»Und dann seid ihr zusammen essen gegangen?«

»Ja, aber nicht gleich. Ich hab den Heilbutt hereingebeten. Was blieb mir denn anderes übrig? Und außerdem: wer kann etwas gegen Frieden haben? Obwohl Ulli«, sie sah zu dem Dackel hinüber, der hob das rechte Ohr an, »Ulli hat geknurrt. Ulli hat mehr Menschenkenntnis als ich, das muss ich ihr lassen. Siehst du, dich mochte sie sofort. Aber ich mag dich ja auch.«

»Ihr habt euch dann unterhalten?«

»Ich habe ihm Tee angeboten. Er wollte aber keinen, so wie du. Aber einen Ciento Tres, den hat er gerne genommen. Ich hatte den Eindruck, es war ihm nicht leicht gefallen, bei mir anzuklopfen. Das nahm mich dann eigentlich für ihn ein. Wir haben uns danach, so wie du sagst, ganz vernünftig unterhalten. Er hat von ›Missverständnissen‹ gesprochen und von verschiedenen Sichtweisen, die man haben könne, und davon, dass wir doch eigentlich alle in einem Boot säßen... Aber dass man mit Ilse einfach nicht habe reden können... Und ich musste ihm zugestehen: da ist was dran. Ilse hätte Heilbutt niemals die Tür aufgemacht. Da war sie kompromisslos. Naja, und dann hat er gefragt, ob wir nicht zusammen zu Abend essen sollten, bei Carmen, seine Frau, er und ich, und einen neuen Anfang wagen. Im Interesse des La Palma. Die Rechnung ginge aufs Haus. Das sei ja wohl gerechtfertigt.«

»Ach, hat der Vorstand eine Spesenkasse?«

»Ja, sicher. Das ist ja wohl das wenigste! Alle im Vorstand arbeiten ehrenamtlich. Du glaubst ja nicht, wie viele Stunden dabei draufgehen. Da sollen wir auch noch den Kaffee selber bezahlen, wenn wir zusammensitzen? Und manchmal musste auch ein Essen drin sein. Wir haben auch jedes Jahr eine Weihnachtsfeier aus der Kaffeekasse finanziert und dann und wann einen Ausflug. Da hat auch nie jemand was dagegen gehabt. Bis das mit den anonymen Briefen angefangen hat.«

»Ja, erzähl mir von den anonymen Briefen!«

»Das ist alles schon so lange her. Das war vor Klaus' Verschwinden. Danach sind, glaube ich, keine mehr gekommen. Aber seitdem war die Stimmung verkorkst im Haus. Alles voller Misstrauen. Meinst du, dass es da einen Zusammenhang gibt, zwischen Klaus' Verschwinden und den Briefen? Das fällt mir jetzt erst auf.«

»Hast du Kommissar Madrigal von den anonymen Briefen erzählt?«

»Dem Polizisten, der gestern hier war? Nein, i wo, wo denkst du hin. Schmutzige Wäsche soll man nicht vor Fremden waschen. Und außerdem bin ich nicht auf den Gedanken gekommen, dass es da einen Zusammenhang geben könnte.«

»Was stand denn drin in den Briefen? Und an wen sind sie gegangen?«

»Wer sie alles bekommen hat, weiß ich nicht. Vermutlich alle Eigentümer. Ich weiß nur von denen, die sich gemeldet haben, das waren eine ganze Menge. Einmal hing auch einer am Schwarzen Brett unten in der Lobby. Aber den haben wir dann natürlich sofort abgerissen. Wir haben uns sogar ein paar Tage lang abwechselnd auf die Lauer gelegt, Ilse, Pedro, Klaus, Hans und Heinz und ich, aber natürlich haben wir niemanden erwischt. Und was drinstand? Na, Schmutz halt. Vorwürfe, der Vorstand bereichere sich auf Kosten der Eigentümergemeinschaft, bei Auftragsvergaben an Handwerker gehe es nicht mit rechten Dingen zu, wir seien selbstherrlich, ja selbstherrlich, wörtlich, das Wort habe ich noch in Erinnerung. Ich weiß noch, wie Ilse sich gerade darüber aufgeregt hat.«

»Hast du solche Briefe noch?«

»Neiiin! Die habe ich immer sofort vernichtet. Aber Ilse oder Pedro haben, glaube ich, sogar einen Ordner angelegt. Wir haben ja ernsthaft darüber geredet, Strafanzeige zu erstatten. Pedro war sehr dafür, aber ich war dagegen und Hans und Heinz waren es auch.«

Ob der Ordner wohl unter denen war, die Madrigal mitgenommen hatte, schoss Emma durch den Kopf? Sie hatte beim Durchblättern nichts gesehen, das nach anonymen Briefen ausgesehen hatte. Aber sie war auch sehr oberflächlich gewesen. Darüber ärgerte sie sich jetzt zum zweiten Mal.

»Hast du im Gespräch mit den Heilbutts die Briefe erwähnt?«

»Na sicher. Ich habe sie sogar ganz direkt gefragt, auf den Kopf zu, ob sie die geschrieben haben.«

»Und, haben sie?«

»Jedenfalls haben sie geleugnet. Damit hätten sie nichts zu tun gehabt. So was fänden sie widerlich: anonyme Briefe zu schreiben. Wenn sie etwas zu kritisieren hätten, dann täten sie das mit offenem Visier. Offenes Visier, hat der Heilbutt gesagt. Wörtlich. Aber leider sei ja einiges nicht so ganz falsch gewesen, was darin gestanden habe, in den Briefen. Da wäre ich dann fast aufgestanden und gegangen.«

»Da wart ihr dann schon bei Carmen? Du und die Frau Hülsenbusch und er?«

»Und Ulli. Genau. Ich nehme Ulli ja sonst nie mit, wenn wir abends essen gehen, aber gestern dachte ich, ich brauche Schutz. Und die anderen sind ja auch zu zweit. Hätte ich nur auf Ulli gehört! Sie hat auch die Frau Heilbutt angeknurrt, und auf dem Weg nach Punta Brava hat sie sich richtig ziehen lassen. Sie wollte nicht mitkommen.«

»Aber sonst war euer Gespräch durchaus harmonisch?«

»Wenn man das so nennen will! Wenn ein Gespräch mit Giftmischern harmonisch sein kann. Ach, was bin ich gutgläubig gewesen! Du bist zu gutgläubig, hat Ilse immer zu mir gesagt. Du willst immer nur das Gute sehen. Aber, da war Ilse sehr entschieden, es gebe eben auch böse Menschen. Ich glaube das nicht. Ich glaube das eigentlich immer noch nicht. Ich weiß nicht, was die Heilbutts zu dem gemacht hat, was sie jetzt sind. So verbittert! Aber ist das ein Grund, jemandem Gift in die Mojo zu schütten?«

»In die Mojo? Die Soße war vergiftet?«

»Ja, was denn sonst? Die grüne Soße ist das einzige, was die beiden nicht angerührt haben beim Essen und was die ganze Zeit auf dem Tisch stand, auch als ich mal austreten musste. Das hat Johanna herausgefunden.«

»Johanna? Johanna Poloniak? War sie denn auch dabei?«

»Nein, und ich will sie da auch gar nicht hineinziehen. Dieser ganze Dreck geht ja keinen was an. Die beiden sind schließlich hier, um Urlaub zu machen, der Heinz und die Johanna, aber die Johanna ist ja so eine Art Hobbydetektivin. Und als mir gestern Abend so schlecht wurde und ich ihr von meinem ›Versöhnungsessen‹ mit den Heilbutts erzählte, da hat sie eben, wie sie sagte, eins und eins zusammengezählt. Ich wäre ja niemals darauf gekommen, dass mich jemand vergiften wollte.«

»Ihr wolltet eigentlich zusammen noch ins Bolivar, stimmts? Da habe ich Heinz und Johanna nämlich getroffen gestern Abend und sie haben erzählt, dass es dir schlecht ging und dass du glaubtest, du seiest vergiftet worden.«

»Ja, genau so ist es gewesen. Ich fühlte mich plötzlich ganz schwach, als ich zurück ins La Palma kam. Und noch mal raus, nein, das wäre zu viel gewesen. Und als ich dann von dem Essen erzählt habe, da hat die Johanna eben eins und eins...«

»...zusammengezählt.«

»Ja, genau.«

»Sag mal«, Emma goss Hannelore Tee nach, »hast du eigentlich ein Testament gemacht? Ich meine, es hätte ja auch schlecht ausgehen können mit der Vergiftung.«

»Na, wenn ich nicht so einen robusten Magen hätte! Da haben die Heilbutts mich wohl unterschätzt. Vielleicht haben sie auch gedacht, ich würde mehr von der grünen Mojo nehmen. Aber mir war gestern nicht nach zuviel Würze, und ich fand sie auch zu säuerlich, die Mojo, gestern. Ob das von dem Gift kam? Obwohl Johanna meint, Gift könne man nicht schmecken, nicht in so einer kräftig gewürzten Soße. Ja, sicher habe ich ein Testament gemacht. Ich habe ja keine

Kinder und wer weiß, wer sich dann melden würde, wenn ich das Zeitliche segne. Irgend so ein nichtsnutziger Großgroßneffe womöglich. Das fehlt mir noch.«

»Und wen hast du, wenn das jetzt nicht zu indiskret ist, als Erben eingesetzt? Weil: das kann ja immer ein Motiv sein.«

»Das hat Johanna auch gesagt. Bist du auch Hobby-Detektivin? Ach, du bist ja Journalistin. Das ist ja fast das gleiche. Ihr müsst ja auch immer misstrauisch sein und Fragen stellen.«

Emma nickte betont ernst. Ulli schnarchte.

»Mein Geld bekommt die Caritas. In Leverkusen. Da haben wir gelebt, der Ulrich und ich, bevor wir Teneriffa ganz für uns entdeckt haben, nach seiner Frühpensionierung. Und die Wohnungen hier, die zwei Apartments, das hier und das nebenan, das jetzt Heinz und Johanna gemietet haben, die bekommt die Asociación, jedenfalls zum größeren Teil. Wenn ich das nicht ändere, jetzt, wo ich hier vergiftet werden soll. Nachher bereichern sich die Heilbutts noch daran, das wäre ja noch schöner... Dann werfe ich Giftmischern mein Geld in den Rachen. Nein, du hast Recht, ich sollte mein Testament ändern und die Apartments komplett dem Hundehotel vermachen.«

»Welchem Hundehotel?« Emma war baff. Und hatte sie wirklich Hannelore empfohlen, ihr Testament zu ändern?

»Ist dir noch nicht aufgefallen, wie schrecklich die Spanier mit Hunden umgehen? Wieviele dieser armen Wesen auf der Straße leben? Selbst oben in der Wüste am Teide laufen sie rum, ganz abgemagert und verwildert. Und dann werden sie eingefangen und vergiftet. Aber zum Glück gibt es einen Verein, der das verhindert. Der sich der Hunde annimmt und sie nach Deutschland vermittelt, an Menschen, die sich um sie kümmern... Kannst du dir das vorstellen, Lebewesen wie Ulli einfach so auszusetzen und zu vergiften..? Leuten wie den Heilbutts macht das natürlich nichts aus, die vergiften ja auch Menschen, und die meisten anderen schauen weg, aber es gibt eben auch gute Seelen, die sich um ihre Mit-Kreaturen kümmern.«

»Stand nicht früher ganz hier in der Nähe so ein Hunde-Hotel? Ich meine mich zu erinnern.«

»Also, Hotel hätte ich das nicht genannt. Ein elender Schuppen war das. Auf nacktem Beton mussten die Hunde da liegen. Wie im

Knast. Aber immerhin war das Elend dadurch allen im Blick. Da konnte man nicht einfach weggucken. Aber genau deshalb war das der Gemeinde ein Dorn im Auge. Das Hundeasyl zerstörte den schönen Schein. Wir haben jetzt einen Neubau in Orotava. Weit weg, aber die Hunde haben es da besser. Wie im Hotel. Da würde ich sogar Ulli lassen, wenn es denn sein müsste.«

»Wir, sagtest du?«

»Der Förderverein. Los Amigos de los Perros. Dem vermache ich meine Wohnungen, den ganzen Erlös und nicht nur zwanzig Prozent. Du hast Recht. Gleich nächste Woche gehe ich zum Notar. Wenn ich dann noch lebe.«

17. Kapitel

Die Casa de los Perros entpuppte sich als schmucklos-eleganter Neubau auf einem großen Gartengelände außerhalb von La Orotava. Emma hatte sich, nachdem sie sich von Hannelore Hülsenbusch verabschiedet hatte, an ihr Notebook gesetzt und alle Neuigkeiten niedergeschrieben. Dann war sie mit dem Computer in die Lobby hinuntergelaufen, alle elf Stockwerke – sie fand, das tat ihr gut – und hatte Mike aus der WiFi-Zone eine E-Mail gesendet, mit ihren Aufzeichnungen als Anhang. Bevor sie auf ›Senden‹ drückte, überlegte sie, ob sie noch ein paar Dankesworte für den netten Abend gestern anbringen sollte. Mehrfach setzte sie an… und löschte den Text immer wieder. Schließlich beließ sie es bei: »Danke für Thunfisch und Folklore. Anbei meine bisherigen Notizen, Emma.«

Auf dem Weg zurück in ihr Apartment – diesmal nahm sie den Aufzug – klopfte sie bei Pedro an. Keine Reaktion. Ob er wieder joggen war? Sie hätte ihn gern zu den anonymen Briefen befragt. Vielleicht besaß ja Pedro den Ordner, von dem Hannelore Hülsenbusch gesprochen hatte?

Mike meldete sich umgehend per SMS: »Notizen gelesen. Sehr interessant. Hundehotel besichtigen? Jetzt gleich?«

Emma simste: »Ok, hole dich ab. In 20 min Parkplatz Mole.« Sie hätte nicht gewusst, wie sie mit ihrem Auto näher an die Plaza del Charco hätte heranfahren können. Sie hatte dort zwar Taxen gesehen, aber eigentlich war die ganze Altstadt eine Fußgängerzone, schien ihr. Nur für Experten befahrbar.

Diesmal beließ Mike es bei einem simplen »Ok«.

Das Gelände um die Casa de los Perros war mit einem hohen Drahtzaun gesichert. Auf einem Anschlag in einem Glaskasten neben dem Tor wurde heftig um Spenden geworben. Der Aufruf war von Hundeporträts umrankt. Wie traurig Hunde dreinblicken können! Hätte ein Klingelbeutel neben den Fotos gehangen, Emma hätte sofort zu ihrem Portemonnaie gegriffen. Zeitungsartikel berichteten über gerettete Hunde und prangerten das ›Verbrechen‹ an, Hunde auszusetzen.

»Ach, guck mal, da sind auch Artikel aus der Inselzeitung dabei. Von dir?« wollte Emma von Mike wissen, mit etwas spitzem Ton.

»Ich sorge mich mehr um Menschen. Für die Afrikaner, die in überfüllten Schaluppen auf der Insel landen – oder aus dem Wasser gefischt werden, tot oder lebendig, hat sich noch kein Verein gegründet. Keine ›Amigos de Los Negros‹. Für so einen Verein würde ich gerne spenden. Wenn er einen anderen Namen trüge. Hunde, finde ich, können sich auch selber helfen.«

Das fand Emma eigentlich auch. Aber sie wusste eben auch, wie gut Zeitungsartikel über Tierquälereien ankommen. Nichts zog in Haltern am See so viele Leserbriefe nach sich wie Berichte über gequälte Hunde. Wobei ziemlich oft vorgeschlagen wurde, die Hundequäler genauso zu behandeln, wie sie mit den Tieren umgingen. Solche Leserbriefe waren in der Regel mit vollem Namen und Absenderadresse gezeichnet. Dazu standen die Leute. Eigentlich erstaunlich.

Die Redaktion in Haltern hatte jeden Monat ein Haustier vorgestellt, das ein neues Herrchen oder Frauchen suchte. Die Reaktion darauf war jedes Mal wieder enorm. Fast kein Tier blieb unvermittelt. Was, wie Emma argwöhnte, auch damit zusammenhing, dass die neuen Besitzer anschließend groß in der Zeitung vorgestellt wurden. Zu Beginn der Serie hatte die Redaktion angekündigt, sie werde nach einem Jahr jeweils nachfragen, wie es dem Tier in seinem neuen Zuhause ergangen war. Als Emma in Haltern anfing, hatte Paul dieses ›Nachfassen‹ aber längst wieder eingestellt. »So was wollen die Leute nicht lesen. In fast jedem zweiten Fall ist es nämlich nicht gut gegangen. Da war das Tier schon wieder im Tierheim oder ›weitergegeben‹ oder tot. Und wir können doch nicht unsere Leser bloßstellen. Dann würde sich bald niemand mehr melden – und es wäre auch nicht gut für die Auflage«, hatte Paul ihr erklärt, schulterzuckend.

Auf ihr Klingeln hin hörten sie eine laute Glocke bimmeln – worauf ein noch viel lauteres Gebelle und Gekläffe einsetzte. Ein Mädchen in papageienbunten Klamotten kam aus dem Haus, ging zum Tor und öffnete es ihnen. Sie lachte ihre Besucher fröhlich an:

»Buenos días oder: Guten Tag! Sie sehen deutsch aus. Wollen Sie Hundepaten werden? Kommen Sie auf unsere Anzeige? Ich bin Jasmin.«

Die freundliche junge Frau reichte ihnen beiden die Hand – nachdem sie die zuvor schnell noch an ihrem grasgrünen Overall abgewischt hatte. Unter dem Overall trug sie ein zitronengelbes T-Shirt, um den Kopf hatte sie, wie ein verdicktes Stirnband, ein karminrotes Tuch gewickelt. An ihren Füßen leuchteten tiefseeblaue Kunststoff-Clogs. Jasmin hatte es offenbar mit klaren Farben.

»Michael Dorenbeck von der Inselzeitung, und das ist meine Kollegin Emma C. Schneider.«

Das ›C‹ nahm Emma Mike augenblicklich übel. Das sollte er büßen:

»Der Herr Dorenbeck hier«, strahlte sie Jasmin an, »Michael F. Dorenbeck – Sie haben sicher schon seine Artikel gelesen, die sind berühmt! Also mein Kollege hier, der Herr Dorenbeck, plant eine Reportage über herrenlose Hunde und die Gemeinheit, sie auszusetzen. Deshalb würden wir gern mit Ihnen sprechen.«

Mike starrte sie an, sagte aber nichts.

»Und Sie sind die Fotografin? Wo haben Sie denn ihre Kamera?«

»Wir sind noch bei den Vor-Recherchen. Wir würden uns gern ein Bild von möglichen Motiven machen. Dürfen wir hereinkommen?«

»Na klar. Aber ich bin hier nur die Praktikantin. Für die Reportage sollten sie wohl besser mit unserem Vorstand sprechen.«

»Natürlich«, schaltete Mike sich ein, »das werden wir dann später auch gern tun, aber jetzt, bei der ›Vor-Recherche‹, können auch Sie uns sicherlich helfen. Sind Sie aus Deutschland extra für ein Praktikum hierher gekommen?«

»Ja, klar, meine Eltern haben mich darauf aufmerksam gemacht, dass der Verein hier Praktikantenplätze vergibt. Davon haben sie während eines Urlaubs auf Teneriffa gelesen. Vielleicht war der Artikel ja sogar von Ihnen! Ich wollte ja eigentlich zuhause in einem Zoo ein Praktikum machen. Ich möchte nämlich Tierpflegerin werden. Aber da hätte ich ganz lange auf einen Platz warten müssen. Und hier passte das genau. Ich hab im Frühjahr nämlich Abitur gemacht und seit Juli bin ich hier.«

»Seit Juli schon! Das ist aber ein langes Praktikum«, fand Emma, »und Glückwunsch zum bestandenen Abitur!«

»Danke! Ja, ich bin sehr froh. Ich kann hier wohnen, kostenlos sogar, und das ist ja ein ganz neues Haus. Und ich finde die Insel und die Menschen hier echt krass. Ich habe sogar schon eine ganze Menge Spanisch gelernt.«

»Wollen Sie denn nicht studieren?«

»Später vielleicht. Biologie oder so. Oder auf Tierärztin oder so. Aber erst will ich eine Ausbildung zur Zootierpflegerin machen. Die Bewerbung läuft. Wenn ich eine Stelle bekomme, fliege ich natürlich sofort nach Deutschland zurück. Aber von mir aus kann das hier ruhig noch ein bisschen dauern. Die Hunde hier sind total süß. Und dankbar.«

Jasmin führte die beiden ins Büro und von dort aus in einen Innenhof. Zwei gescheckte kleine Terrier jagten einen Ball. Aus vergitterten Ställen, die das Atrium umgaben wie Hotelzimmer einen Pool, sahen ihnen Hunde jeder Größe und Art dabei zu. Die beiden Terrier kläfften Mike und Emma schrill an. Jasmin machte einmal »Schsch!«, und sie waren sofort still.

Es führte kein Weg daran vorbei: Jasmin stellte ihnen jeden Hund einzeln vor, samt seiner oder ihrer Vorgeschichte, sofern sie bekannt war. Emma und Mike gaben sich interessiert; sie waren ja schließlich zur ›Vor-Recherche‹ hier.

»Machen Sie sich keine Notizen?« wunderte sich Jasmin, als sie vor dem fünften oder sechsten Käfig standen.

»Nein, das ist nicht nötig. Meine Kollegin, Frau Schneider, hat ein fotografisches Gedächtnis. Und wir werden am Ende sowieso nur ein oder zwei Tiere ausführlicher vorstellen können. Sonst würden wir die Leser überfordern.«

»Das ist aber schade«, fand Jasmin: »Jeder dieser Hunde könnte Geschichten erzählen, das glauben sie nicht. Und jeder hat einen ganz eigenen Charakter. Es ist eine Schande, was die Leute mit ihren Hunden machen!«

»Da haben Sie ja so Recht. Umso besser, dass es die Amigos de Los Perros gibt. Wissen Sie, Jasmin, wie der Verein sich finanziert?«

»Klar, über Spenden. Es gibt offenbar einige sehr wohlhabende

Spender hier. Aber darüber sprechen Sie doch besser mit dem Vorstand. Ich kann denen ja Ihre Karte geben. Sie haben doch eine?«

Mike überreichte Jasmin seine Visitenkarte. In diesem Augenblick klingelte Emmas Handy.

»Ja. Si?« Emma sah Mike und Jasmin entschuldigend und fragend zugleich an und drehte sich weg. Offenbar redete jemand intensiv auf sie ein.

»Wir sollten gehen«, sagte Emma nach Beendigung des Gespräches und reichte Jasmin die Hand: »Vielen Dank für die Führung! Es gibt hier tolle Motive. Und Ihnen: viel Glück!«

»Ja, viel Glück bei der Stellenbewerbung!« schloss Mike sich an.

»Wer war das?« fragte er, als das Tor zur Straße hinter ihnen ins Schloss fiel.

»Du glaubst es nicht! Jochen Hollerbecks Frau! Annike Hollerbeck. Sie möchte dringend mit mir sprechen. Sofort, wenn‘s geht. Sie klang etwas hysterisch. Ich habe ihr versprochen, gleich zu kommen.«

»Da wäre es ja wohl nicht gut, wenn ich mitkäme.«

»Nein, von dir habe ich nichts erwähnt. Und ich glaube auch, ehrlich gesagt, nicht, dass sie mit einer Reporterin sprechen will, mit einem Reporter schon gar nicht. Das klang mehr nach: von Frau zu Frau.«

»Kennt Ihr Euch denn? Und kannst du mich in Puerto absetzen? Wo triffst du dich mit ihr?«

»In einem Café Chantal am Botanischen Garten. Das sei leicht zu finden, hat sie gesagt. Ich wundere mich auch. Wir haben bisher nur einmal miteinander telefoniert. Gleich nach meiner Ankunft, als ich den Brief der Stella Real Estate an Oma Ilse gefunden hatte.«

»Der Botanische Garten ist nicht weit weg von Hollerbecks Büro. Da warst du ja schon. Das findest du leicht. Aber später musst du mir noch erklären, wie ich aus der Nummer mit der angeblich geplanten Reportage wieder rauskomme!«

»Wieso? Ist das nicht eine gute Idee? Wolltest du nicht immer schon mal über arme Hunde schreiben? Oder habe ich da etwas falsch verstanden? Trotz meines ›fotografischen Gedächtnisses‹?«

»Gut, unentschieden. Aber wenn es dazu kommt, machst du die Fotos!«

»Einverstanden. Ich melde mich nach meinem Rendezvous mit Annike Hollerbeck bei dir. Und du könntest in der Zwischenzeit herausfinden, wie viel Geld von wem an den Hundeverein geflossen ist.«

»Danke für den Auftrag! Mich interessiert aber auch, zu welchem Preis die Apartments im La Palma die Besitzer gewechselt haben.«

»Wieso, ist das nicht dokumentiert?«

»Schon, aber wer sagt, dass der echte Kaufpreis dokumentiert worden ist? Frag doch Frau Hollerbeck mal, was sie darüber weiß! Schließlich hat ihr Mann ja Käufe nicht nur vermittelt, sondern selber drei Apartments gekauft.«

»Ja, Chef! Aye-aye, Sir!«

Als sie vor dem Eingang zum Botanischen Garten einen Parkplatz suchte, fiel Emma ein, dass sie keine Ahnung hatte, wie Annike Hollerbeck aussah. Ob sie auch gleich auf sie zukommen würde wie die drei Männer, mit denen sie auf Teneriffa bisher schon unbekannterweise Dates gehabt hatte?

Eine Parklücke tat sich erst auf, als der Botanische Garten schon ein paar hundert Meter hinter Emma lag. Sie lief den Weg zum Café Chantal zurück und machte sich dabei mentale Notizen, was sie alles versuchen wollte/sollte, von Annike Hollerbeck in Erfahrung zu bringen:

Die echten Preise der Apartments im La Palma, das Vorleben ihres Mannes, woher er das Geld für drei Apartmentkäufe hatte? War da noch etwas? Doch da stand sie schon vor dem Café – und eine Frau, die allein an einem Tisch ganz am Rand der Terrasse saß, schob sich die Sonnenbrille vom Typ Jacqueline Kennedy von der Nase auf die Stirn und lächelte sie an. Annike Hollerbecks Lächeln hatte etwas künstliches, gezwungenes, fand Emma. Und als sie näher kam, war ihr auch klar, weshalb: diese Frau hatte geweint. Annike Hollerbeck bedeckte ihre Augen rasch wieder mit der Sonnenbrille und stand auf.

Als die beiden sich, ein wenig steif, die Hände geschüttelt hatten und sich gegenüber saßen, fragte Emma: »Wie haben Sie mich erkannt?«

»Das war nicht schwer. So viele Frauen ohne Begleitung kommen nicht zielstrebig auf dieses Cafè zu, mit suchendem Blick, genau zu dem Zeitpunkt, für den Sie sich angekündigt haben. Allerdings, muss ich gestehen, hatte ich Sie mir eigentlich anders vorgestellt.«

»Inwiefern anders?«

»Das kann ich gar nicht genau sagen. Älter? Mondäner? Nicht dass Sie mich missverstehen: Ihre Jeans und Ihre Bluse stehen Ihnen sehr gut. Aber mit dem La Palma verbinde ich irgendwie einen anderen Frauentyp. Sie tragen keinen Schmuck, wie ich sehe?«

»Ich besitze keinen. Ich hatte mal ein Amulett, aber das ist lange her.«

»Die meisten Frauen hier, gerade die alleinstehenden, machen viel Wind um ihren Schmuck. Je mehr sie es nötig haben, umso mehr. Sie haben es jedenfalls nicht nötig. Sie sind hübsch – und noch so jung. Deshalb verzeihen Sie, wenn ich gleich mit der Tür ins Haus falle und Sie frage: Haben Sie ein Rendezvous mit meinem Mann, heute Abend?«

Wow! Diese Annike Hollerbeck ging ran. Dabei fand Emma sie nicht unsympathisch. Wie alt mochte sie sein? Knapp über vierzig vielleicht? Sie hatte eine gute Figur, etwas vollschlank, war elegant gekleidet, wirkte jugendlich, hatte dichtes, glänzendes Haar in der Farbe dunklen Kupfers, wie aus einem dieser Haarspray-Werbefilme, und ein ebenmäßiges Gesicht mit hellem Teint. Und eine dieser schlanken Nasen, wie sie bei Frauen um die Vierzig in Mode waren. Nasen aus dem Katalog der Schönheitschirurgen. Um den Hals trug Annike Hollerbeck eine schmale Kette aus ineinander verschlungenen Goldfäden. Sie schien also nicht prinzipiell etwas gegen Schmuck zu haben.

»Nein. Ich habe kein Rendezvous mit Ihrem Mann. Ich habe nichts mit Ihm und auch nicht vor, jemals etwas mit ihm zu haben. Wenn diese Sorge also der Grund Ihres Kummers ist, haben Sie Ihre Tränen völlig überflüssigerweise vergossen.«

»Sieht man mir so deutlich an, dass ich geweint habe?«

»Nur, wenn Sie Ihre Sonnenbrille abnehmen, wie gerade eben.«

»Und Sie sind wirklich nicht mit meinem Mann verabredet für heute Abend?«

»Das habe ich nicht gesagt. Ich habe kein Rendezvous mit ihm. Das war Ihre Frage. Ich bin mit ihm verabredet, doch. Er will das Apartment meiner Großmutter für mich verkaufen.«

Irgendetwas sträubte sich in Emma dagegen, zu erwähnen, dass Jochen Hollerbeck sie zum Abendessen eingeladen hatte.

»Und deshalb treffen Sie sich heute Abend, wenn ich richtig informiert bin, zum dritten Mal innerhalb von – drei Tagen?« Annike Hollerbecks Stimme hatte einen feindseligen Ton angenommen. »Und wo, wenn ich fragen darf, treffen Sie sich mit ihm?«

»Ehrlich gesagt, das weiß ich noch gar nicht. Er wollte sich melden und hat das bisher noch nicht getan.«

Sollte sie erwähnen, dass Hollerbeck von einem »gemütlichen Restaurant« gesprochen hatte? Ja, vielleicht sollte sie das. Frauensolidarität ging vor. Emma atmete einmal tief ein und wieder aus:

»Also ich kann mir schon vorstellen, dass Ihr Mann Absichten hat, die ich nicht fair fände Ihnen gegenüber. Er hat von einem »gemütlichen Restaurant« gesprochen. Und wenn ich einige seiner Sprüche aus den letzten Tagen auf die Goldwaage legen würde, könnte ich nicht ausschließen, dass er nichts dagegen hätte, wenn ich ihm irgendein Zeichen gäbe, dass ich zu haben bin. Ich bin aber nicht zu haben. Und für Ihren Mann ganz bestimmt nicht.«

Na, na, Emma! Wieder meldete sich ihre innere Stimme: Bist du wirklich nie auf ›Joes‹ Altmännergeturtel eingegangen – und wenn auch nur zum Spaß? Hast du ihn nicht vielleicht sogar ermutigt – durch Gefrotzel, das er aber auch anders verstehen könnte? Na? Emma bekam den Anflug eines schlechten Gewissens.

Annike Hollerbeck jedenfalls schien sich zu beruhigen: »Ich bitte um Entschuldigung. Sie müssen mich für hysterisch halten. Aber mein Mann, ich, also, in den letzten Tagen ist so viel durcheinander geraten, ich weiß überhaupt nicht mehr, was ich glauben soll und was nicht.«

Eine Träne rollte über Frau Hollerbecks Wange. Sie schien es nicht zu bemerken. Emma widerstand dem Drang, in ihrer Umhängetasche nach einem Papiertaschentuch zu kramen. Stattdessen griff sie über den Tisch, nach Annike Hollerbecks Arm und legte ihre Hand darauf:

»Wenn es Sie beruhigt, rufe ich Ihren Mann gleich jetzt an und sage ihm, was ich von ihm halte und dass ich Geschäftsgespräche mit ihm ab sofort nur noch in seinem Büro führe, in Gegenwart seiner Sekretärin.«

»Welche Sekretärin? Seit wann hat Jo eine Sekretärin?« Jetzt klang Annike Hollerbeck geradezu hysterisch.

»Als ich ihn gestern vor seinem Büro da drüben in dem Einkaufszentrum abholte, um nach Buenavista zu fahren, hat er davon gesprochen, die Sekretärin mache gerade eine Mittagspause. Aber stimmt, Frau Putinova war auch ganz verdutzt, als ich von seiner Sekretärin sprach.«

»Putinova! Sie kennen diese Putinova?« Tränen quollen jetzt in Strömen unter Frau Hollerbecks Sonnenbrille hervor. »War er mit ihr in Buenavista? Gestern? Und mit Ihnen?« Annike Hollerbeck klang verwirrt und verzweifelt zugleich. Zum Glück näherte sich eine Kellnerin.

»Haben Sie Bitterkas?«

Auf das Nicken der Kellnerin fügte Emma hinzu: »Bitte ohne Eis. Sin...« verdammt, was heißt: Eiswürfel?

»Sin hielo, gern«, kam ihr die Kellnerin zweisprachig zuvor – und sah dann Annike Hollerbeck fragend an. Die schüttelte nur stumm den Kopf.

»Sind Sie sicher, dass Sie nicht vielleicht einen Schnaps vertragen könnten?« fragte Emma und fasste erneut nach Frau Hollerbecks Arm. Die ließ es geschehen und schüttelte noch einmal den Kopf.

»Sie sind sich nicht sicher. Dann sollten Sie einen bestellen! Was wollen Sie: Cognac, Rum, Whisky? Ich lade Sie ein.«

»Einen Wodka Lemon, bitte«, flüsterte die leidende Gattin.

Emma stand auf und lief der Kellnerin nach: »Einen Wodka Lemon noch, für die Dame an meinem Tisch, bitte.«

»Darf ich Sie jetzt auch etwas fragen?«

Annike Hollerbeck nickte.

»Warum glauben Sie, dass Ihr Mann fremdgeht – oder fremdzugehen vorhat?«

Annike Hollerbeck schwieg. Sie kramte in ihrer Handtasche und zog ein Paket Tempos hervor, nahm die Sonnenbrille ab und tupfte sich die Tränen aus dem Gesicht. Ihr Lidschatten war zerlaufen. Sie rückte die Sonnenbrille wieder in Position und richtete sich auf, drückte ihr Kreuz durch.

»Wir kennen uns ja kaum, Sie und ich. Eigentlich gar nicht. Aber aus irgendeinem Grunde vertraue ich Ihnen. Ich habe das Gefühl, Sie sind ein ehrlicher Mensch. Das hatte ich bei meinem Mann früher allerdings auch – obwohl ich gewarnt worden bin.«

Emma zog die Augenbrauen fragend hoch, aber schwieg und sah Annika Hollerbeck nur aufmunternd an. Die Kellnerin stellte den Wodka und ein Fläschchen Bitterkas samt Glas auf den Tisch. Die Rechnung steckte sie dezent unter den Papierserviettenspender.

»Ich habe Jo – meinen Mann – hier auf der Insel kennen gelernt, vor zwei Jahren erst. Seit anderthalb Jahren sind wir verheiratet. Es ist meine zweite Ehe. Es war... ich war... es ging mir nicht gut, als ich damals nach Teneriffa geflogen bin, mit einer Freundin. Ich hatte die Scheidung hinter mir, hatte eine neue Wohnung noch gar nicht richtig bezogen, eine kleine, enge, in Rotterdam – mein erster Mann war Holländer, müssen Sie wissen, unsere Tochter lebt in Rotterdam, sie ist praktisch erwachsen, aber ich wollte in ihrer Nähe bleiben. Es war einfach alles... ich war verzweifelt. Und dann habe ich Jo kennen gelernt.«

Emma schwieg weiter, wartete.

»Er war so verständnisvoll. So höflich. Er hat mir Komplimente gemacht. Mir, einer verheulten Frau von über vierzig. Und, das war vielleicht das Wichtigste, er hat mich zum Lachen gebracht. Ich hatte seit Monaten nicht mehr gelacht. Wir hatten eine großartige Zeit miteinander. Und er war auch nicht aufdringlich, überhaupt nicht. Es war eher so, dass ich...«

Emma konnte es sich gut vorstellen. Ein Frauenversteher, dieser Jo oder Joe. Wie hieß der Film noch gleich, mit Walter Matthau, der, an den sie sich erinnert fühlte, bei ihrer ersten – oder zweiten? – Begegnung mit dem famosen Herrn Hollerbeck? Richtig, jetzt fiel‘s ihr ein: Grumpy Old Men! Hatte der Matthau-Typ darin nicht was mit einer italienischen Schönheit? Die hatte durchaus eine gewisse Ähnlichkeit mit Annike Hollerbeck, fand Emma.

»Als mein Urlaub zu Ende ging, fragte Jo mich, was ich in Rotterdam denn noch verloren hätte. Kein richtiges Zuhause, keinen Job – und eine Tochter, der ich zu dem Zeitpunkt, glaube ich, nur auf die Nerven fiel. Bleib hier, bot er an, mein Apartment ist groß genug, bleib zur Probe, und dann sehen wir weiter. Probier es einfach aus!

Und ich habe ›es‹ dann ausprobiert. Und siehe da: erst hat das in Rotterdam niemand verstanden, meine alten Eltern in Hannover schon gar nicht. Aber dann sind sie zu Besuch gekommen und Mareike, meine Tochter auch, mit ihrem Freund. Sie waren alle von Jochen hellauf begeistert. Und von Teneriffa. Er hat sie herumgefahren und ihnen jeden Wunsch von den Augen abgelesen. Was für ein Glücksfall!, hat meine Mutter zu mir gesagt, ›was für ein Glücksfall!‹, bevor sie mit Vater wieder abflog, und dann: Halt ihn ganz fest, deinen Jo! Ja, das habe ich versucht.«

Sie seufzte. »Weshalb sind Sie eigentlich hier? Sie sind doch nicht in Urlaub?«

»Im Grunde aus ähnlichen Motiven wie Sie. Ich habe in Deutschland gerade meinen Job verloren. Von meinem Freund lebe ich getrennt. Ich habe keine Ahnung, wie es weitergeht, und meine Oma ist gestorben. Sie lebte hier auf der Insel. In dem Apartment, von dem aus ich Sie angerufen habe, an dem Tag, als ich angekommen bin. Weil ich dort den Brief Ihres Mannes gefunden habe. Der mich dann, wie Sie das genannt haben, auf der Insel herumgefahren hat. Wobei wir allerdings über eine Leiche gestolpert sind.«

»Deshalb wollte dieser Polizist mich sprechen, dieser Kommissar Matri...«

»Madrigal?«

»Genau. Der hat mich heute Morgen angerufen und gefragt, ob er kurz vorbeikommen könne. Er sei gerade in der Nähe. Ich wollte wissen, worum es geht. Die Polizei! Stellen Sie sich vor! Aus heiterem Himmel! Dabei hatte ich noch nie mit der Polizei zu, nie, außer im Straßenverkehr. Und dann hat er auch noch gesagt, er ermittle in einem Mordfall! Und mein Mann sei ein wichtiger Zeuge, und vielleicht könne ich auch helfen in der Sache. Ein Mordfall! Das müssen Sie sich mal vorstellen! Was habe ich mit der Polizei zu tun? Und was der mich dann alles gefragt hat! Wie ich meinen Mann kennengelernt habe, wie lange wir uns überhaupt kennen, wer die Wohnung bezahlt hat, in der wir wohnen, hier in Durazno...«

»Und? Wer hat die Wohnung bezahlt?«

»Ja, das war komisch. Ich dache ja, die Wohnung gehöre Jo, als ich bei ihm eingezogen bin. Stück für Stück hat er mir dann offenbart, dass er nur eine Kaufoption auf die Wohnung hatte und eine Finanzierung geplatzt war. Das war ihm alles ganz furchtbar unangenehm. Er schämte sich so und wollte erst gar nicht mit der Sprache herausrücken. Stück für Stück musste ich ihm die Wahrheit aus der Nase ziehen. Und da habe ich ihm natürlich geholfen. Ich liebe ihn doch!«

Annike Hollerbeck richtete den Blick für ein paar Sekunden zum Himmel und schwieg. Dann fasste sie sich wieder:

»Ich habe fast alle meine Ersparnisse in die Wohnung gesteckt. Ich müsse mir keine Sorgen machen, hat Jo gesagt. Die Wohnung könne ohnehin nur an Wert gewinnen, das sei eine exzellente Geldanlage – und wie unendlich dankbar er mir sei – und wie peinlich berührt, dass er meine Hilfe... Ich dumme Kuh!«

»Aber dafür gehört die Wohnung jetzt tatsächlich Ihnen? Ihnen allein?«

Annike Hollerbeck starrte Emma an:

»Wieso? Natürlich. Warum fragen Sie?«

»Haben Sie einen Vertrag, ein amtliches Dokument, aus dem das eindeutig hervorgeht?«

»Nein, noch nicht. Das laufe anders hier in Spanien als bei uns, hat Jo gesagt. Das dauere. Aber er sei doch ein Fachmann auf dem Gebiet. Seine Firma wickele ständig solche Grundstücksgeschäfte ab. Und es sei nun einmal so: wenn Ausländer beteiligt sind, dann gälten gewisse Fristen, bis die endgültige Eigentumsübertragung... Ich solle ihm vertrauen. Übrigens hat auch der Kommissar – Madrigal, sagten Sie? – nach der Wohnung gefragt. Und nach Wohnungen im La Palma, die Jochen angeblich gehören sollen. Das hat mich völlig verwirrt. Wieso braucht Jo Geld von mir, wenn ihm mehrere Wohnungen gehören? Ich verstehe das alles nicht. Als der Kommissar gegangen war, habe ich Jo dann gleich angerufen. Ich habe mich doch immer blind auf ihn verlassen...«

»Und? Was hat er gesagt?«

»Das ist das Schlimmste. Er war ganz kurz angebunden. Er sei in wichtigen Gesprächen. Er werde mir das alles erklären... Ganz merkwürdig war er, als sei ich ihm lästig. Und ich habe ihm doch immer blind vertraut! Jetzt weiß ich überhaupt nicht mehr, was ich denken soll, zumal...«

»Zumal was?«

»Nun ja, der Kommissar hat mich auch nach dieser Frau Putinova befragt – und nach Ihnen. Deshalb habe ich Sie ja dann gleich angerufen. Sie hatten mir ja Ihre Telefonnummer gegeben. Die von dieser Russin kenne ich nicht. Das habe ich dem Kommissar auch gesagt. Und dann wollte er wissen, seit wann mein Mann Sie kenne. Und was er mir über Sie erzählt habe? Und ob ich wisse, dass er sich mit Ihnen, seit Sie auf der Insel sind, täglich getroffen hat? Und dass Sie gemeinsam im Tenogebirge...«

Annike Hollerbeck schluchzte. Sie griff wieder zu einem Taschentuch.

»Das mit dem Tenogebirge war eine spontane Eingebung von mir, eine verrückte Idee, überhaupt kein Grund für Sie, sich Sorgen zu machen«, versuchte Emma die Schluchzende zu beruhigen: »Ihr Mann hat mir Apartmentanlagen im Süden gezeigt und...« Emma beschloss, das gemeinsame Mittagessen am Strand besser nicht zu erwähnen »...mir fiel plötzlich wieder ein, das ich vor zwanzig Jahren, als ich das letzte Mal auf der Insel war, bei meinen Großeltern, ich war dreizehn, mit ihnen einmal dort wandern war, zu einer ganz bestimmten Stelle. Und da habe ich Ihren Mann überredet, mit mir dorthin zu laufen. Ihr Mann wollte das erst gar nicht. Ich muss zugeben: es hat mich gereizt zu testen, wie weit er gehen würde. Und da haben wir dann eine Leiche gefunden. Von jemandem, der auch im La Palma gewohnt hat und mit meinen Großeltern befreundet gewesen ist.«

Emma wurde bewusst, wie abstrus das klingen musste; nicht nur, aber ganz besonders in Annike Hollerbecks Ohren. Deren Körpersprache verriet, dass ihr Emmas Erklärungen denn auch alles andere als geheuer vorkamen.

»Und dann hat mich dieser Kommissar auch noch gefragt, ob mir bekannt sei, dass Jochen schon drei Mal verheiratet gewesen ist, in Deutschland!«

Tränen rollten jetzt wieder in Strömen über Annike Hollerbecks Wangen. Sie beachtete es nicht. Ihre Stimme wurde lauter:

»Mit wem bin ich verheiratet? Mit einem Heiratschwindler? Mit einem Mörder? Ich bin völlig verwirrt. Ich kenne meinen eigenen

Mann offenbar nicht. Ich weiß überhaupt nicht, was ich jetzt tun soll.«

»Erst einmal«, versuchte sich Emma als Eheberaterin – und fühlte sich höchst unwohl dabei – »erst einmal würde ich ein langes, klärendes Gespräch mit Ihrem Mann führen, vielleicht in Gegenwart einer guten Freundin...«

»Ich habe doch überhaupt keine Freundin hier auf der Insel – und in Holland eigentlich auch nicht mehr, ich habe doch alle Brücken hinter mir abgebrochen inzwischen.«

»Und Ihre Eltern in Hannover?«

»Nein!« Annike Hollerbeck wies die Vorstellung, Rat bei ihren Eltern zu suchen, ganz weit von sich: »Die sind über siebzig. Und die haben doch so ein gutes Bild von Jochen. Allenfalls fanden Sie ihn etwas zu alt für mich. Für die würde eine Welt zusammenbrechen. Oder vielleicht glauben sie sogar, ich spinne, und halten zu Jo. Nein, das kommt überhaupt nicht in Frage!«

Emma kam eine andere Idee: »Ich habe einen Redakteur der Inselzeitung kennengelernt. Der kannte den Toten und recherchiert schon lange auf dem Immobiliensektor. Er kennt sich da richtig gut aus. Er kennt auch Ihren Mann. Was halten Sie davon, wenn ich zusammen mit diesem Redakteur Ihrem Mann ein paar harte Fragen stelle? Vielleicht lösen sich ja alle Ihre Sorgen und Bedenken in Luft auf?«

Annike Hollerbeck starrte Emma ungläubig an. Doch gleichzeitig schien in ihr neue Hoffnung zu wachsen. Ihr Gesicht glich einem Gewitterhimmel. Emma bekam sofort ein schlechtes Gewissen. Was tat sie hier? Worin mischte sie sich da ein? Welche Verantwortung lud sie sich auf?

»Ein Journalist?« In Annike Hollerbeck siegten wohl doch die Zweifel. ›Journalist‹, das klang aus ihrem Mund ungefähr wie ›Kakerlake‹.

»Ich bin auch Journalistin. Journalisten wissen, wie man Fragen stellt. Das ist unser Beruf. Das haben wir gelernt. In gewisser Weise sind wir wie Polizisten...« Oh Gottogott, Emma! »...und ich versichere Ihnen, dass Mike, der Herr Dorenbeck, und ich nichts veröffentlichen, mit dem Sie nicht einverstanden sind.«

Um Gottes Willen, was versprichst du da, Emma!, beschimpfte

sie sich. Du hast doch keine Ahnung, ob du dein Versprechen halten kannst. Und dann redest du auch noch im Namen eines Kollegen, den du kaum kennst und mit dem du nicht darüber gesprochen hast! Wie kannst du nur? Aber jetzt war es zu spät.

Annike Hollerbeck war viel zu sehr mit sich selbst beschäftigt, um zu bemerken, was in Emma vorging. Sie konzentrierte sich auf ein Wort:

»Sie wollen etwas veröffentlichen? Über Jo und mich? In der Zeitung etwa?« In Annike Hollerbecks Stimme mischten sich Panik und Unglauben. Aber da war, wenn Emma sich nicht täuschte, auch noch etwas anderes. Sie kannte das aus vielen Interviews: diese Mischung aus Widerwillen und Faszination. Ich? Aber ich hab doch nichts zu sagen! Aber schön, dass Sie mich fragen! Der Fisch war am Haken, jetzt musste Emma nur noch ziehen:

»Das weiß ich nicht. Es geht um Mord, vergessen Sie das nicht. Da gibt es nun einmal ein öffentliches Interesse. Da sind Veröffentlichungen unvermeidlich. Und es muss doch in Ihrem eigenen Interesse liegen, dass da nicht wilde Spekulationen und Gerüchte gedruckt werden. Das passiert ja oft, wenn die Fakten nicht glasklar auf dem Tisch liegen.«

Emma kam sich vor, als würde sie Annike Hollerbeck betrügen. Was tat sie, wenn in der nächsten Ausgabe der Inselzeitung – oder wer weiß wo sonst – genau das stehen würde: Spekulationen und wilde Gerüchte? Jetzt half nur noch Daumen drücken – und auf Mike vertrauen.

»Also, ich weiß nicht. Ich fühle mich nicht wohl dabei. Aber ich weiß auch nicht, was ich sonst tun kann. Also: meinetwegen. Aber Sie versprechen mir, dass nichts in die Zeitung kommt, ohne dass Sie mich fragen?«

Was blieb Emma anderes übrig, als überzeugend zu nicken? Sie schloss den Deal: »Und dann habe ich noch eine Bitte an Sie: Sehen Sie sich alle Unterlagen an, die Sie über die Geschäfte Ihres Mannes haben – oder beschaffen können! Ich würde Herrn Dorenbeck dann bitten, sich diese Unterlagen anzusehen, vielleicht, wenn das nötig sein sollte, mit Hilfe eines Notars. Und Sie sollten wohl Ihrem Mann davon zunächst mal nichts erzählen! Vielleicht lösen sich ja alle Ihre Sorgen in Wohlgefallen auf.«

Emma glaubte kein Wort von dem, was sie da sagte. Aber Annike Hollerbeck wirkte, als könne sie neue Hoffnung fassen.

18. Kapitel

Emma stand vor einem Baum und staunte. Der Urwaldriese schien, bis weit über die Höhe ihres Kopfes, nur aus Wurzeln zu bestehen. Im Himmel über ihr, verborgen von üppigem Grün, vermutete sie einen Stamm, doch vor ihr hatte der Baum sich ausgefächert in ein Gewirr aus hölzernen Wurzelarmen. Emma kam es vor, als bestünde jeder dieser Arme aus Muskel und Sehne und als sei er, im Moment äußerster Anspannung, zu Holz erstarrt. Nichts schien geordnet, keinerlei Symmetrie war erkennbar, kein Abstand zwischen zwei Wurzelarmen mochte einem anderen entsprechen, jeder schien gewachsen zu sein, wie er gerade wollte, und doch hatte sich alles zu höchst praktischer Schönheit gefügt, schien jeder Wurzelarm genau die richtige Stärke zu haben und genau dort dem Boden entwachsen zu sein, wo es vorgesehen und wo seine Kraft vonnöten war.

Das Gespräch mit Annike hatte Emma aufgewühlt. Sie schwankte zwischen dem Gefühl, ein schlechtes Gewissen haben zu sollen und einer diffusen Wut. Wobei ihr nicht klar war, auf wen. Sie hätte sich jetzt nicht einfach in den C3 setzen und losfahren können. Wohin auch? Sie hatte keine akute Verabredung. Sie sollte vielleicht mit Mike telefonieren, ihm von ihrem Gespräch mit Annike Hollerbeck berichten. Ja, das sollte sie. Aber erst musste sie ihre Gedanken ordnen. Das sagt man doch in solchen Situationen. Als wenn man Gedanken sortieren und abheften kann wie Papiere! Allenfalls ordneten sich die Gedanken von selbst. Papiere leider nie. Ihre jedenfalls nicht.

Sie hatte, um in den Botanischen Garten zu gelangen, nur die Straße überqueren, ein paar Stufen hochsteigen und Eintritt bezahlen müssen. Sie fand sich in einer Art idealem Urwald wieder. Oder, treffender, einem Urwald, wie Menschen ihn für ideal erachten. Oder, noch spezifischer, europäische Menschen, dachte sie. Denn Indios hatten vermutlich eine ganz andere Einstellung zum Wald als europäische Stadtbewohner. Als europäische, idealistische Stadtbewohner.

Denn waren es nicht auch Europäer, die dafür sorgten, dass Regenwälder großflächig abgeholzt wurden? Damit sie auf der Terrasse ihres Penthauses in London oder Lüneburg auf Teakholzliegen träumen können; von einer besseren Welt?

Solche Gedanken schossen ihr durch den Kopf, als sie das geordnete Wirrwarr des Gartens betrachtete. Sie wusste aus dem Reiseführer, dass er angelegt worden war, um Pflanzen, die Entdecker, Händler und Eroberer aus den Amerikas mitgebracht hatten, hochzuziehen und an ihre neue, künftige Heimat Europa zu gewöhnen. Vor der Küste Afrikas. Auf einer Insel, die weder Afrika noch Europa war noch Amerika, aber von allem etwas. Der gigantische Baum, vor dem sie gerade stand, hatte sich offenbar entschieden, keinesfalls noch einmal verpflanzt werden zu wollen. Mit seinen hölzernen Armen, Kopfstand machend, klammerte er sich mit aller Kraft am Boden fest, während eine unsichtbare Macht von oben an ihm zog. So jedenfalls stellte Emma sich das vor. Warum sonst sind die Wurzeln, wie es sich für Wurzeln gehörte, nicht von Erde bedeckt, sondern hier vor ihr fast obszön zur Schau gestellt?

Der Garten erfüllte seine Funktion, für Emma. Er entfernte sie von Jo und Annike, von Kommissar Madrigal und Pedro und ihrer Oma und den Heilbutts und von Hannelore Hülsenbusch und Nadeshda Putinova. Sie war nicht verantwortlich für Annike Hollerbecks Eheprobleme. Sie war reif für ein Telefonat. Sie setzte sich auf eine von Riesenfarnen umwucherte Bank und zog ihr Smartphone aus der Handtasche.

Mike hatte weitere Erkundigungen über Hollerbeck eingezogen – und keinerlei Beleg dafür gefunden, dass der je als Architekt gearbeitet hätte. Hollerbeck musste sehr oft in seinem Leben umgezogen sein. Eine feste Adresse von einiger Dauer war nicht feststellbar. Googelnd hatte Mike eine Unzahl von Hinweisen auf Jochen Hollerbeck gefunden, aber das waren so viele Hinweise und sie schienen so gänzlich unterschiedlicher Art – sie konnten wohl kaum einer einzelnen Person zuzuordnen sein, meinte er. Ein so ungewöhnlicher Name war Jochen Hollerbeck ja nun auch wieder nicht, dass es nicht mehrere davon geben könnte, in den Weiten des Internets.

»Der Mann kommt mir wie Quecksilber vor«, fasste Mike seinen telefonischen Rapport zusammen: »Da ist nichts zu fassen, was als sicher feststehen könnte.«

»Immerhin wissen wir, was er alles nicht ist: ein treuer Ehemann, ein Ehrenmann, ein Architekt«, sprach Emma Mike Trost zu.

»Wissen? Wissen wir wirklich, dass er seine Frau betrügt? Nein. Wissen wir, dass er krumme Geschäfte macht? Nein? Wissen wir, dass er ein Heiratsschwindler ist? Nein. Vielleicht lassen ihn die Umstände nur als all das erscheinen. Halten wir beide ihn für einen Mörder? Nur, weil er davor zurückscheute, sich mit dir dem Dreschplatz im Tenogebirge zu nähern, als klar war, wohin der Weg Euch führen würde. Abgesehen davon: Wenn er der Mörder war, hätte er doch wohl Euren Ausflug an den Tatort viel früher unterbunden.«

»Es sei denn, er hatte ein morbides Interesse daran, die versteckte Leiche zu umschleichen. Heißt es nicht, Täter ziehe es oft an den Ort ihres Verbrechens zurück? Außerdem konnte Jo ja partout nicht ahnen, dass ich dort anfangen würde, ein Amulett zu suchen und in Stei-nen zu wühlen. Ich finde: Zunächst sollten wir klären, welches Motiv er gehabt haben könnte, Klaus Kaltenbrenner zu ermorden.«

»Wahrscheinlich hast du Recht. Vielleicht sollten wir genau da ansetzen! Wir sollten herausfinden, ob und wenn ja was er mit Kaltenbrenner zu tun hatte. Wir sollten uns an das halten, was vor unseren Augen liegt.«

»Aber wie? Wie sollen wir das herausfinden?«

»Wir müssen Hollerbeck in die Enge treiben. Dein Gespräch mit seiner Frau kann sich dabei als sehr hilfreich erweisen. Und du hast ihr doch versprochen, ihrem Mann ein paar – wie waren deine Worte? – ›harte Fragen‹ zu stellen. Ich glaube, ich hätte da eine Idee. Wir werfen einen Köder aus.«

»Ok, solange ich nicht der Köder bin.«

»Ich dachte an einen Mann. Einen älteren Mann, einen guten Bekannten von mir. Lass mich einfach mal telefonieren. Bleib, wo du bist! Bei deinem Freund, dem Baum. Ich melde mich wieder.«

Das war Emma nicht unrecht.

19. Kapitel

Ein bisschen abenteuerlich kam ihr schon vor, was Mike sich ausgedacht hatte. Sie fühlte sich wie in einem dieser Abenteuerfilme mit Harrison Ford, als sie sich mit Mike zusammen im Geräteschuppen einer Finca oberhalb von San Juan de la Rambla versteckte, einem Ort, an dem sie schon zwei Mal vorbeigefahren war, ohne ihn weiter zu beachten, an der Straße, die vom Orotavatal nach Garachico und Buenavista führte. Mike und Emma hatten sich am La Palma getroffen. Emma ließ ihr Auto dort stehen, und Mike erzählte ihr auf der kurzen Fahrt von Bruno Bautenmeister:

»Das ist der Mann, mit dem zusammen ich den Wanderführer geschrieben habe. Den Wanderführer, mit dem ich neulich versucht habe, dich zu beeindrucken. Die Wahrheit ist: im wesentlichen hat Bruno ihn zusammengestellt. Ich habe nur die Texte geglättet und ein bisschen, sagen wir, aufgepeppt. Ich bin nämlich gar nicht der große Wanderer. Aber Bruno kennt wirklich jeden Winkel auf der Insel. Er lebt seit über zwanzig Jahren hier und er rennt in jeder freien Minute auf der Insel herum. Also: jedenfalls hat er das früher getan. Jetzt ist er ein bisschen ruhiger geworden. Er war Beamter, in Bonn, in einem Bundesministerium, im Bundesministerium für wirtschaftliche Zusammenarbeit, also dem Entwicklungsministerium, bis zum Umzug der Regierung nach Berlin.«

»Er ist seit mehr als zwanzig Jahren pensioniert? Der Jüngste kann er dann ja wohl nicht mehr sein.«

»Nein, er sieht aus wie ein Reptil aus der Urzeit. Aber er ist zäh, dauernd an der frischen Luft, wenn nicht auf seiner Finca, dann auf Wanderung. Er ist hier schon vor seiner Pensionierung viel gewandert, als Feriengast, in den 1970ern, als es praktisch noch überhaupt keine ausgewiesenen Wanderwege auf Teneriffa gab. Bruno war ein echter Pionier. Viele Rundwanderwege gibt es heute überhaupt nur, weil er sie sozusagen ›entdeckt‹ hat. ›Erfunden‹ wäre wohl treffender. Tinerfeños wären im Leben nicht auf die Idee gekommen zu wandern; jetzt wo es Autos gibt – es sei denn, sie sind Ziegenhirten.«

»Ist er nicht verheiratet?«

»Bruno ist Witwer. Auch schon seit mehr als zehn Jahren. Seine Wilma und er waren unzertrennlich. Den schönsten Rundweg in unserem Führer hat er ihr gewidmet und ›Wilmas Weg‹ getauft. Das steht sogar auf den Schildern, die das Cabildo – die Inselverwaltung – dort hat aufstellen lassen, zur Förderung des Wandertourismus: El Sendero de Wilma.«

»Das ist ja total süß!«

Irgendwie, hatte Emma das Gefühl, kam ihr der Name Bruno Bautenmeister bekannt vor.

Der Wanderwegerfinder erwartete sie auf der Terrasse seiner Finca, mit seinen langen Armen rudernd wie ein Flugzeug-Einwinker. Mike verstand und stellte seine Cinquecenta hinter der Finca ab, in einem Verschlag, verborgen für jeden, der sich über den geschlängelten Fahrweg näherte, den sie von der Straße aus hierher genommen hatten, die von San Juan Rambla auf die Höhen führte.

Diesen Mann kannte sie! Emma war sich sicher, ihm schon einmal begegnet zu sein. Na klar! Heiner Geißler! Der frühere CDU-Generalsekretär, der Helmut Kohls Revolvermann war, bis er in Ungnade fiel. Natürlich nicht der echte Geißler, sondern der Typ aus dem Aufzug im La Palma. War da nicht sogar der Name gefallen? Hatten die Frauen vor dem Aufzug ihn nicht überschwänglich mit »Herr Bautenmeister!« begrüßt?

»Ich kenne ihn. Ich bin deinem Ko-Autor schon mal begegnet«, flüsterte Emma Mike hastig zu, bevor sie aus dem Wagen stiegen. Bautenmeister war ihnen um sein Haus herum gefolgt und stand jetzt vor dem Verschlag, um ihn hinter dem Fiat zu verschließen. »Ich habe ihn im La Palma gesehen. Mit einer Gruppe älterer Frauen, die ihn förmlich umschwärmten.«

»Das glaube ich gern. Bruno ist unter Wanderern eine Art Kultfigur. Aber er liebt nur seine Wilma. Immer noch.«

Auch Bautenmeister erkannte Emma sofort wieder. Er schien peinlich berührt.

»Sie müssen meine Grobheit von neulich bitte entschuldigen! Ich war einfach doch sehr überrascht, in lauter so junge Gesichter zu blicken, als sich die Aufzugtür öffnete. Ich habe mich in diesem Moment über mich selbst geärgert: Wieso nimmst du nicht die Treppe, alter Mann? Ich habe ich mich also selbst gerüffelt – und darüber die Grundregeln der Höflichkeit vergessen. Sie sind Ilses Enkelin, nicht wahr?«

»Sie kannten meine Großmutter?«

Bruno Bautenmeister lachte, wobei sich die Falten in seinem Gesicht zu vertiefen schienen wie die einer Ziehharmonika, die zusammengeschoben wird: »Wer kannte Ilse nicht? Die Frau Präsidentin! Sie war schon eine echte Persönlichkeit, ihre Frau Großmutter! Leider konnte ich sie nie von der befreienden Wirkung des Wanderns überzeugen. Das hätte ihr wohlgetan.«

»Aber sie ist doch gewandert. Ich war mit ihr und meinem Großvater im Teno-Gebirge.«

»Ilse ist spazieren gegangen, allenfalls. Das ist etwas ganz anderes als wandern. Und seit Heinrichs Tod hat sie auch das so gut wie gar nicht mehr getan. An meinen geführten Touren hat sie jedenfalls nie teilgenommen – obwohl sie dafür immer viel Reklame gemacht hat im La Palma. Wofür ich ihr sehr dankbar bin, immer noch.«

»Darf ich fragen, wie alt Sie sind, Herr Bautenmeister? Und hat Ihnen schon jemand gesagt, dass Sie Heiner Geißler ähnlich sehen?«

Wieder dieses Lachen!

»Dem Jungspund Geißler? Und ob mir das schon jemand gesagt hat. Angehörige etwas älterer Generationen haben mich allerdings auch schon mit Luis Trenker verglichen. Ich weiß nicht, welcher Vergleich mir lieber sein sollte. Jedenfalls bin ich alt genug, um mit meinem Alter prahlen zu können. Leider ist das die Endstufe des Alterns.«

Wer war Luis Trenker? Emma verkniff sich die Frage.

»Ich bin Baujahr 1933. Ich behaupte immer, ich sei das Gute, das Deutschland in jenem Schicksalsjahr widerfahren ist – neben all dem Bösen. Tausend Jahre alt werde ich aber nicht, auch ich nicht. Und das ist auch gut so.«

»Wandern scheint wirklich gesund zu sein. Sie sehen fit und blendend aus! Jugendlich.«

»Danke! So ein Kompliment aus dem Mund einer schönen jungen Dame. Ich bin entzückt! Ich bedanke mich herzlich! Zumal Sie mit dieser übertreibenden Behauptung immerhin indirekt mein Credo bestätigen: es gibt nichts Wohltuenderes als Wandern; für Leib und Seele. Obwohl: beim Wandern in Gruppen hängt die Seele zurück. Da wird zu viel geschwätzt. Wenn Sie also beim Wandern wirklich zu sich selber finden wollen – und das kann man, glauben Sie mir –, dann wandern Sie allein! Allenfalls zu zweit, aber nur mit jemandem, mit dem sie sich so gut verstehen, dass Sie nicht reden müssen. Wilma und ich haben in den letzten Jahren so gut wie gar nicht mehr miteinander gesprochen, so gut haben wir uns verstanden.«

»Wilma, Ihre Frau?« Emma war sich nicht sicher, ob eine Kondolation angebracht war, nach so vielen Jahren.

»Ja, meine liebe Frau.« Bruno Bautenmeisters Gesicht straffte sich, sein Blick ging in die Ferne. »Sie ist fortgegangen, zum Herrn im Himmel. Sie ist mir vorangegangen – vielleicht um sich zu revanchieren. Beim Wandern hing sie immer hinten zurück. Aber für mich ist es, als wäre sie noch da. Ich spreche oft in Gedanken mit ihr – heute öfter übrigens, als wir miteinander geredet haben, während sie noch leibhaftig bei mir war. Für mich lebt sie in diesem Haus weiter – und in dieser Landschaft, die wir uns zu zweit erschlossen haben. Deshalb würde ich auch nie von hier wegziehen, im Leben nicht, aber das weiß Herr Hollerbeck zum Glück ja nicht. Und bitte, Emma, sagen Sie Bruno zu mir!«

Der Plan war: Mike und Emma versteckten sich in einem alten Stallgebäude, das jetzt als Geräteschuppen diente, neben der Veranda. Durch Luken in der Wand, die eigentlich der Belüftung dienten, konnten sie alles beobachten, was auf der Veranda vor sich ging. In einer mit Hibiscusblüten gefüllten Tonschüssel verbarg Mike ein Mikrofon und einen kleinen Sender. Das Aufnahmegerät nahmen sie mit in den Schuppen. Mike hatte zwei paar Kopfhörer mitgebracht. So konnten sie das Gespräch zwischen Bautenmeister und Hollerbeck beobachten, belauschen und zugleich aufnehmen. Gegen Ende des Gesprächs würden sie dazukommen und Hollerbeck mit den Lügen konfrontieren, in die er sich bis dahin verstrickt haben würde. Hoffentlich. Sollte alles harmlos klingen und Hollerbeck unschuldig oder ahnungslos sein, würden sie versteckt bleiben.

»Jungs spielen doch immer noch gerne Indianer«, war Emmas Kommentar, als sie sich die Kopfhörer überstülpte.

Es war schon früher Nachmittag, als Hollerbecks Mercedes in der Auffahrt erschien. Emma wurde schmerzlich bewusst, dass sie seit ihrem frühen Müsli am Morgen nichts mehr gegessen hatte. Als hätte er eine verborgene sadistische Ader, stellte Bruno in diesem Moment Schalen mit Oliven, Brot und Käsestücken und eine Holzplatte mit frisch vom ganzen Stück gesäbeltem Schinken – Jamón Serrano – auf den Verandatisch. Mike ließ sich nichts anmerken; der hatte sicher ausgiebig getafelt heute Mittag! Emma begann es ihm übelzunehmen.

Die Stimmen kamen klar und deutlich aus den Kopfhörern. Früher hätten über solche Technik nur Geheimdienste verfügt, dachte Emma: eine Form technischer Demokratisierung. So sieht heute Fortschritt aus.

»Herr Hollerbeck! Ich freue mich sehr, dass Sie es so rasch möglich machen konnten zu kommen«, eröffnete Bruno stocksteif und förmlich das Gespräch, nachdem er Hollerbeck einen Platz auf der Veranda angeboten hatte: »Nehmen Sie Wasser – oder lieber einen Weißwein?«

»Nur Wasser. Sehr gerne.«

»Und bedienen Sie sich bitte! Leider konnte ich auf die Schnelle nur ein paar Kleinigkeiten bereitstellen. Aber der Käse ist von El Hierro und der Schinken vom iberischen Schwein. Ich kaufe ihn immer im Ganzen und schneide ihn frisch. Der Verpackte schmeckt ja nicht nur nach Plastik, er hat auch eine Konsistenz wie Plastik.«

Emma in ihrem Versteck lief das Wasser im Mund zusammen.

»Ja, es geht nichts über frischen Ibérico. Sie suchen meine Hilfe, haben Sie am Telefon gesagt. Sie wollen Ihre Finca verkaufen?«

Hollerbeck sah sich um und machte eine raumgreifende Geste.

»So ist es. Und auch das ganze Gelände hier. Rund zehntausend Quadratmeter. Mit allen möglichen Bäumen – Avocados, Guayaba, Mango, weiter oben stehen auch ein paar Mandelbäume – und einem kleinen Kartoffelacker. Darauf ziehe ich übrigens eine uralte Sorte. Aber ich befürchte, das wird sich auf den denkbaren Kaufpreis nicht unbedingt auswirken?«

»Möglicherweise doch. Wenn wir einen Liebhaber finden, der genau so etwas sucht! Der Kreis möglicher Interessenten ist sicher nicht groß, aber er wächst.«

»Sind Sie sicher? Nach meiner Erfahrung sehnen sich die allermeisten Ausländer, die auf Teneriffa etwas kaufen, nach einem sorgen- und arbeitsfreien Leben – weil sie der Illusion erliegen, der Mensch werde glücklich, wenn er nichts tut. Dabei ist das Gegenteil richtig.«

»Wie wahr, wie wahr! Ich glaube aber beobachten zu können, dass der Kreis der Menschen mit einer gewissen Kaufkraft wächst, der darüber denkt wie Sie und ich. Nehmen Sie die Ökobewegung! Früher hieß es: Traue keinem über dreißig. Heute: trau keinem Lebensmittel, das du nicht selber produziert hast.« Hollerbeck zeigte sein gewinnendstes Lächeln. Bruno hatte ihn so platziert, dass Mike und Emma ihn voll im Blick hatten.

»Daraus schließe ich, dass Sie durchaus optimistisch sind, in angemessener Zeit einen Käufer für mein Anwesen hier finden zu können?«

»Wenn jemand den richtigen Käufer findet, dann ich. Die Basis erfolgreicher Maklerarbeit ist eine gepflegte Kundendatei. Die meine komplettiere und pflege ich seit mehr als zehn Jahren. Nur so ist eine gezielte Kundenansprache möglich. Das ist viel erfolgversprechender als Anzeigen aufzugeben. Harpunieren statt angeln, sozusagen.«

»Na, ich hoffe, Ihr Kunde ist noch fähig, den Vertrag zu unterschreiben, nachdem Sie ihn harpuniert haben.«

Hollerbeck gab ein kehliges Lachen von sich. »Ich darf?« Er probierte den Schinken und schloss beim Kauen die Augen: »Köstlich!«

Bruno lächelte. »Das höre ich alles sehr gern. Denn sehen Sie, ich bin darauf angewiesen, möglichst schnell einen Käufer zu finden. Ich habe – was soll's, warum soll ich um den Brei herumreden: Ich habe nicht mehr lange zu leben. Ich möchte in Bonn sterben, wo ich herkomme, und dort beerdigt werden, in rheinischem Boden. Und ich möchte meine Erben, die alle nichts mit Teneriffa im Sinn haben, nicht mit dieser Immobilie unnötig belasten.«

»Sehr vernünftig! Zumal Ihre Erben hier eine hohe Erbschaftssteuer zu entrichten hätten!«

»In der Tat, in der Tat. Also beginnen wir einen Wettlauf mit der Zeit – oder mit dem Herrn mit der Sense. Und deshalb bin ich darauf angewiesen, den richtigen Griff zu tun, wenn ich mich einem Makler ausliefere. Einen zweiten Versuch habe ich womöglich nicht.«

»Natürlich.« Hollerbeck war anzusehen, dass er nicht so recht wusste, ob sein Gesicht jetzt besser Zuversicht oder Mitgefühl zum Ausdruck bringen sollte.

»Deshalb«, fuhr Bruno fort, »werden Sie verstehen, dass ich gern wissen möchte, wem ich mein Schicksal in die Hände lege. Darf ich Ihnen ein paar neugierige, vielleicht sogar aufdringlich wirkende Fragen stellen?«

Mike und Emma grinsten sich an, oben in ihrem Versteck, Seite an Seite. Konnte es sein, fragte sich Emma, dass Mike sich an sie anschmiegte?

Konnte es sein, fragte sich Mike, dass er Emma den Eindruck vermittelte, er zwinge ihr einen Körperkontakt auf? Er tat, als suche er eine bequemere Sitzposition und brachte so einen Spalt Luft zwischen Emma und sich.

Schade, fand Emma.

»Natürlich dürfen Sie das.«

Bruno blickte Hollerbeck geradewegs ins Gesicht: »Sind Sie der Inhaber der Stella Real Estate?«

»Ja.«

»Sie ganz allein?«

»Ja.«

»Und würden Sie persönlich mein Geschäftspartner sein – oder die Stella Real Estate?«

»Warum fragen Sie das?«

»Nun, mir käme es sehr zupass – und meinen Erben in spe vermutlich auch –, wenn sich ein Teil des Geschäftes außerhalb Teneriffas abwickeln ließe, wenn Sie verstehen, was ich meine? Ich bin mir nicht sicher, ob das nach den Usancen des spanischen Unternehmensrechts so ohne weiteres möglich ist.«

Hollerbeck zwinkerte Bruno Bautenmeister zu.

»Ich verstehe. Wir können, wenn das Ihr Wunsch sein sollte, das Geschäft sogar komplett ohne die Stella Real Estate abwickeln. Solche Wünsche sind übrigens ganz und gar nicht ungewöhnlich. In diesem Fall würde ich mein deutsches Büro einschalten.«

»Sie haben ein Büro in Deutschland? Wo denn, wenn ich fragen darf?«

»In Hamburg.«

»Das klingt sehr gut. Die Übergabe des Kaufpreises erfolgt dann mittels eines Notaranderkontos?«

»Das ist nicht mehr üblich, und in Spanien sowieso nicht, wie Sie sicherlich wissen. Der Kaufpreis wird vom Käufer direkt auf ein von Ihnen zu benennendes Konto überwiesen – oder bar bezahlt. Die Hauptsache ist, Käufer und Verkäufer sind sich über die Modalitäten einig.«

»Das würden Sie sicherstellen, nehme ich an?«

»Selbstverständlich. Wenn Verkäufer sich dabei besser fühlen, stelle ich auch schon einmal eines unserer Konten treuhänderisch zur Verfügung.«

»Verstehe. Das setzt natürlich Vertrauen voraus.«

»Vertrauen ist die Grundlage jedes Geschäfts.«

»Manchmal auch Kontrolle, aber dieser Weg ist, wie ich verstehe, bei einem Geschäft, wie es uns vorschwebt, schwieriger zu beschreiten. Apropos, da wir über Vertrauen sprechen: Ich habe einige gute Bekannte, die im Edificio La Palma wohnen. Dort sind Sie mir empfohlen worden. Auf der anderen Seite – ich will ganz ehrlich sein – bin ich auch vor Ihnen gewarnt worden. Können Sie sich erklären warum?«

Hollerbeck schaute drein, als habe ihn jemand gefragt, ob er leprakrank sei.

»Gewarnt? Vor mir? Nein, dafür habe ich überhaupt keine Erklärung. Es stimmt, dass ich bei einigen Transaktionen in Bezug auf Wohneinheiten im La Palma vermittelnd tätig sein durfte. Aber nach meiner Erinnerung in jedem Fall zur vollsten Zufriedenheit aller Beteiligten.«

»Sie sind verheiratet?«

»Bitte? Aber: ja.«

»Entschuldigen Sie, dass ich das frage. Aber verheiratete Menschen sind, nach meiner Erfahrung, verlässlicher als Alleinstehende, die jeder Windstoß wegwehen kann. Darf ich fragen, seit wann Sie verheiratet sind?«

»Ich bin leider – leider natürlich nur ganz im Sinne Ihrer Frage – erst seit gut einem Jahr verheiratet. Wieder. Ich habe meine jetzige Frau hier auf der Insel kennengelernt. Es ist für uns beide die zweite Ehe. Meine erste Frau ist leider verstorben.«

Hollerbeck schien, von Erinnerungen überwältigt, den Tränen nahe zu sein.

»Brauchen Sie ein Taschentuch? Ihre erste Frau Gattin liegt in Hamburg bestattet, nehme ich an?«

Hollerbeck schüttelte den Kopf und versuchte gleichzeitig zu nicken. Er war verwirrt.

»Ich dachte mir, wenn Ihr deutsches Büro in Hamburg ist, dass Sie dann dort früher auch gelebt haben dürften, zusammen mit Ihrer ersten Frau. Mein herzliches Beileid übrigens. Die Erinnerung scheint Sie ja noch immer mitzunehmen. Waren Sie sehr lange miteinander verheiratet? Glauben Sie mir: Ich empfinde mit Ihnen. Meine leider ebenfalls verstorbene Gattin und ich haben es auf mehr als fünfzig Ehejahre gebracht. 50. Gold plus. Da ist man zusammengewachsen wie ein Baum mit zwei Wurzeln.«

Hollerbeck nickte, anscheinend tief in Gedanken versunken: »Wir kannten uns seit dem Kindergarten, meine erste Frfau und ich. Wir waren praktisch unzertrennlich.«

»Haben Sie etwas dagegen, mein lieber Herr Hollerbeck, wenn ich Sie als Lügner bezeichne?«

»Wie bitte?«

»Und im übrigen würde ich gern, und dabei setze ich Ihr Einverständnis voraus, statt es zu erbitten, zwei weitere Gäste zu unserem Gespräch hinzuziehen. Die Herrschaften werden Ihnen nicht unbekannt sein.«

Hollerbeck gab sich freudig überrascht, Emma wiederzusehen. Als jedoch hinter ihr Mike aus dem Schuppen kam, erstarrte sein Gesicht. Bruno holte zwei weitere Stühle heran. Emma griff sich einen Teller und bediente sich bei Schinken, Brot und Käse. »Entschuldigung, aber ich habe seit dem frühen Morgen nichts gegessen. Daran sind Sie schuld, Herr Hollerbeck – oder soll ich Joe sagen?«

»Ich bin mir keiner Schuld bewusst. Und ich lasse mich nicht als Lügner bezeichnen! Auch wenn ich Ihnen dank Ihres hohen Alters mildernde Umstände einräume, Herr Bautenmeister: das hier ist ein billiges Schmierentheater. Ich nehme an, Sie haben gar nicht vor, Ihr Haus zu verkaufen. Und unter diesen Umständen werden Sie mich jetzt entschuldigen!«

Hollerbeck sprang auf und schickte sich an zu gehen.

»Nehmen Sie wieder Platz, Jo!« forderte Mike ihn auf, sehr bestimmt, dabei freundlich lächelnd: »Sonst sähen wir uns gezwungen, dieses ›Schmierentheater‹ fortzusetzen – indem wir einen Mitschnitt des Gesprächs zwischen Ihnen und Herrn Bautenmeister Ihrer Frau und vielleicht auch Frau Putinova zur Kenntnis bringen. Die hiesigen Steuerbehörden könnten auch interessiert sein, und die Hamburger vielleicht auch. Jedenfalls ist dort keine Firma auf ihren Namen registriert, die Steuern gezahlt haben könnte.«

Während er das vortrug, griff Mike in die Blütenschale und gab den Blick auf Mikrofon und Sender frei. Hollerbeck zögerte.

»Wenn Sie dieser Anblick noch nicht überzeugt«, schaltete Emma sich ein, kauend: »Ich hatte heute ein langes Gespräch mit Ihrer Frau. Annike. Sie erinnern sich? Vielleicht wollen Sie wissen, worüber wir uns unterhalten haben.«

Hollerbeck ließ sich wieder in den Korbstuhl plumpsen.

»Sehen Sie, Jo, wir haben nichts gegen Sie. Wir wollen Ihnen nichts Böses. Unseretwegen können Sie noch lange krumme Geschäfte machen, mit Partnern, denen das recht ist«, setzte Mike neu an: »Von mir aus können Sie auch Ihre Frau betrügen, so oft Sie wollen...«

»Von mir aus nicht!« mischte Emma sich ein.

Mike grinste.

Bautenmeister sah Emma mit einem Ausdruck von Stolz im Gesicht an. Hollerbeck wiederum schien sich entschieden zu haben, dem Trio einstweilen ein Pokerface zu präsentieren. Er mimte wieder Walter Matthau, fand Emma. Mike setzte erneut an:

»Das einzige, was mich wirklich interessiert – und zwar nicht mich persönlich, sondern mich als Journalisten – ist, welche Geschäfte zwischen Ihnen und dem Vorstand der Eigentümergemeinschaft des La Palma laufen und was Sie über den Tod von Klaus Kaltenbrenner wirklich wissen. Wenn Sie uns darüber die Wahrheit, die volle Wahrheit sagen, bleibt alles, was hier heute Nachmittag zwischen uns beredet worden ist, unter uns.«

»Und das soll ich Ihnen glauben?«

»Vertrauen, Jo, ist die Grundlage jeder soliden Geschäftsbeziehung, nicht wahr?«

Und Jo erzählte. Zögernd, zunächst, aber bald sprudelte es aus ihm nur so heraus. Er gab zu, nicht einmal, sondern schon drei Mal verheiratet gewesen zu sein. Er habe viel Pech gehabt im Leben – mit den Frauen und mit Geschäftspartnern. Sicherlich habe er auch selber Fehler gemacht und dafür zu Recht »Federn gelassen«. Vor allem ein Partner in Deutschland habe ihn aber regelrecht übers Ohr gehauen und »nach Strich und Faden ausgenommen«. Auf Teneriffa habe er einen neuen Anfang gewagt. Und dann das »große Glück« gehabt, Annike kennen zu lernen; »die Liebe meines Lebens, ob Sie das glauben oder nicht«. Umso mehr schmerze ihn, dass er Annike zunächst nicht die volle Wahrheit über seine Vermögensumstände und sein Vorleben gesagt habe: »Heute weiß ich: so etwas rächt sich immer. Aber wenn du einmal die Wahrheit ein wenig verbogen hast, ist es ungeheuer schwer, sie wieder zurechtzubiegen.«

Nein, er besitze in Deutschland kein Vermögen mehr, sondern er habe dort Schulden. Und deshalb habe ihm Annike »praktisch das Leben gerettet«, als sie ihm Geld gab, um das Apartment in El Durazno zu bezahlen. Er habe die Hypotheken nicht mehr bedienen können, weil ihm feste Einnahmequellen »weggebrochen« seien: »Und da kommt das La Palma ins Spiel.«

Zur Zeit des alten Vorstands – unter der Ägide von Emmas Großvater, dann ihrer Großmutter – seien alle Verträge der Asociación über ihn gelaufen, mit Handwerkern, mit den Behörden, mit Zulieferern, bei Eigentümerwechseln. »Das war viel Arbeit, aber, ich gebe es zu, es hat sich auch gelohnt. Wir hatten feste Provisionssätze vereinbart, das lief alles über die Bücher, hoch korrekt, für etwas anders hätten sich Ihre Großeltern auch nie hergegeben, Emma!«

Dann, nach Klaus Kaltenbrenners unerklärlichem Verschwinden, sei Günter Heilbutt in den Vorstand gekommen, später auch Frau Heilbutt, nach dem Tod von Heinz Hock. »Die haben alles in Frage gestellt. Übelste Anschuldigungen und Verdächtigungen wurden in die Welt gesetzt. Mit als Erstes setzte der Heilbutt durch, dass die Vereinbarungen mit mir gekündigt wurden. Das heißt, gekündigt mussten sie ja gar nicht werden. Es gab ja keinen Vertrag. Auf dem westfälischen Pferdemarkt, hat Ihr Großvater immer gesagt, Emma, gilt ein Händedruck. So wolle er das hier auch halten. Nun, da hatte er die Rechnung ohne die Heilbutts gemacht. Von Pferden verstehen die nichts, von Ehre erst recht nicht.«

Hollerbeck hoffte zu Unrecht, mit diesem lahmen Witz Lacher zu provozieren. Er wartete vergeblich – und fuhr fort:

»Jedenfalls werden Sie nun verstehen, dass ich der letzte bin, der ein Interesse an Klaus Kaltenbrenners Verschwinden – oder am Tod von Heinz Hock – hatte.«

»Gut. Was ich aber nicht verstehe, Jo: wenn Sie derart klamm sind, dass Sie die Ersparnisse Ihrer Frau aufs Spiel setzen, wie kann es dann sein, dass Ihnen drei Apartments im La Palma gehören?«

»Das kann nicht sein. Da muss ich Ihnen Recht geben. Sie gehören mir auch nicht. Oder nur pro forma. Ich habe vertraglich versichern müssen, dass ich die Eigentumsrechte sofort wieder übertragen werde, wenn ich dazu aufgefordert werde – an Personen, die Nadeshda Putinova benennt. Denn das Geld für die Käufe kam von ihr.«

»Aber sie hat doch selber mehrere Apartments im La Palma gekauft. Warum nicht ein paar mehr? Warum brauchte sie Ihre Hilfe?«

»Weil es Verkäufer gab, die niemals an eine Russin verkauft hätten. Zu Herrn und Frau Schneiders Zeiten war das sogar per Satzung untersagt. Das Haus sollte in deutscher Hand bleiben.«

»Ich verstehe etwas anderes nicht«, hakte Emma ein: »Weshalb ist Hannelore Hülsenbusch schlecht auf Sie zu sprechen? Sie gehörte doch zum ›alten Vorstand‹, sie war eine Freundin meiner Großeltern, die doch, wie wir jetzt gelernt haben, mit Ihnen bestens ausgekommen sind.«

»Frau Hülsenbusch nimmt mir übel, dass ich, wie sie wohl sagen würde, die Seiten gewechselt habe. Aber was blieb mir denn anderes übrig? Von einem Tag auf den anderen stand ich ohne fixe Einnahmen da. Die Miete für das Büro musste bezahlt werden, die Hypotheken fürs Haus. Banken sind erbarmungslos. Und so habe ich Verkäufe an Ausländer arrangiert. Das waren die einzigen, die kaufen wollten, zu der Zeit.«

Emma: »An Engländer?«

»Erst an einige Engländer, ja, und dann auch an Russen. Ich hätte das niemals nötig gehabt – und auch nicht getan –, wenn die alten Regelungen noch gelten würden.«

Jetzt warf Bruno Bautenmeister eine Frage ein: »Wenn Geschäfte auf dem Umweg über Deutschland möglich sind, um hier, nehme ich an, Steuern zu umgehen...« Er sah Jo fragend an. Der nickte. »...dann lässt sich ja auch Geld abzweigen, auf Konten was weiß ich wo, oder ›Käsch in de Täsch‹, wie der Rheinländer sagt: Wer hat denn bei diesen Verkäufen sonst noch die Hand aufgehalten?«

»Das müssen Sie Nadeshda fragen. Ich kenne meine Provisionen. Die sind bescheiden genug. Ob der beurkundete Kaufpreis mit dem tatsächlichen immer identisch ist, das weiß ich nicht. Es würde mich, ehrlich gesagt, aber überraschen.«

Emma: »Das verstehe ich nicht.«

Mike: »So lässt sich Schwarzgeld elegant unterbringen, jedenfalls wenn sich Käufer und Verkäufer tief in die Augen sehen und vertrauen. Sagen wir, ein Moskauer Bekannter von Frau Putinova hat eine halbe Million Euro beiseitegelegt, die er gar nicht besitzen dürfte. Vielleicht ruhen sie auf einem Konto auf den Cayman Islands, wo sie keinerlei Rendite abwerfen, und wie lange es solche Schwarzgeldoasen noch gibt, kann auch niemand sicher vorhersagen. Dann kauft er eine Villa auf Teneriffa. Vor den Augen der Behörden für eine halbe Million, die er sich überwiegend bei Banken leiht, dem niedrigen Zinssatz sei Dank. In Wahrheit aber für eine Million. Die anderen 500.000 kommen von dem Konto auf den Cayman Islands – und verschwinden dorthin, wo der Verkäufer keine Steuern dafür zahlen muss. Ein gutes Geschäft für beide Seiten.«

Hollerbeck nickte zustimmend.

»Und bei der Grunderwerbssteuer spart der Käufer auch«, ergänzte Bruno. »Könnte das so laufen?« wandte er sich wieder Hollerbeck zu.

»So ungefähr. Wobei das übrigens – nicht dass Sie das denken – keine russische Erfindung ist. Sie glauben gar nicht, wie viele ehrliche deutsche Handwerker ein bisschen was nebenbei angespart haben, das der Fiskus nicht sehen soll. Und wenn man Steuern sparen kann, ist der deutsche Biedermann der erste, der ›Hier‹ ruft. Jedenfalls nach meiner Erfahrung.«

»Trotzdem«, bohrte Emma nach, »bleibt doch ein Rest von Unsicherheit, ob der Geschäftspartner sich auch wirklich an die Abmachung hält, oder? Klagen, vor Gericht, kann er ja schlecht, wenn er betrogen wird.«

»Für solche Fälle hat unsere reizende Nadeshda ihren Wladim. Mit dem ist nicht gut Kirschen essen, glauben Sie mir. Und solange das jeder der Beteiligten in Rechnung stellt, wird nichts passieren. Das ist der russische Weg.«

»Eins noch«, rief Emma hinter Hollerbeck her, als man schon Abschied genommen hatte – ohne große Förmlichkeiten: »Sehen Sie zu, dass Ihre Frau einen Rechtstitel über das Eigentum an ihrer Wohnung in die Hände bekommt – binnen, sagen wir, der nächsten Woche: dann bleibt das alles hier nicht nur unter uns, sondern ich kann Ihrer Frau auch versichern, was für einen grundanständiger Kerl sie geheiratet hat. Und das würde ich wirklich gerne tun, glauben Sie mir.«

»Binnen einer Woche einen Rechtstitel zu erwirken, das ist völlig unmöglich. Spanische Behördenmühlen mahlen noch viel langsamer als deutsche.«

»Das ist wohl leider korrekt«, stimmte Bruno zu, »aber dann habe ich eine andere Idee: Sie setzen sich gleich jetzt und hier hin und bringen einen Text zu Papier, in dem Sie das Eigentum an der Wohnung auf Ihre Frau übertragen. Wir alle hier bezeugen das, und alles Amtliche holen Sie dann so bald wie möglich nach.«

So geschah es. Emma steckte das Dokument ein. Eine Kopie nahm Mike an sich. Dabei kam ihm ein Gedanke:

»Eines muss ich Sie doch noch fragen, Herr Hollerbeck, bevor wir alle in Frieden auseinander gehen: Bei einigen Verkäufen im La Palma, von denen wir wissen, ist ein beträchtlicher Teil des Kaufpreises an die Amigos de los Perros geflossen. Was wissen Sie darüber?«

Jetzt sah Jochen Hollerbeck ehrlich überrascht aus. Er blickte von Mike zu Bruno, von Bruno zu Emma, von Emma wieder zu Bruno:

»Diese Frage können Sie doch wohl besser miteinander klären. Wo der Vorsitzende dieses Vereins doch hier unter uns weilt.«

Bruno Bautenmeister lächelte entschuldigend.

20. Kapitel

Bruno Bautenmeister verstand es zu backen! Richtig gut zu backen. Emma war erstaunt. Die Kunst des Backens hatte sie bis dato nicht mit Männern assoziiert. Warum eigentlich nicht? In der Kochwelt spreizten sich die Macker doch seit eh und je – die Löffel schwingend wie Phallussymbole. Was unterscheidet das Backen vom Kochen? Sie beschloss, der Frage einstweilen nicht weiter nachzuhängen und nahm stattdessen noch ein Stück von dem Zitronenkuchen, dem selbstgebackenen, mit Saft und Schale selbst geernteter Zitronen, wie Bruno ihnen versichert hatte: »Natürlich ungespritzt. Reine Biologie. Schon aus Bequemlichkeit.«

Nach Jochen Hollerbecks Abgang hatte Bruno seine übrig gebliebenen, verdutzt aus der Wäsche guckenden Gäste gefragt, ob sie jetzt lieber Kuchen und Kaffee oder einen Schnaps hätten. Mike und Emma votierten aus Vernunftgründen für den Kaffeeklatsch. Nun saßen sie zu dritt am Ort der Hollerbeck-Inquisition, auf Brunos Veranda, und ließen sich erklären, was ihr Gastgeber und Komplize mit dem Hundehotel in La Orotava zu schaffen hatte.

»Wenn man auf der Insel viel unterwegs ist, trifft man immer wieder auf streunende Hunde. Die sind nicht gefährlich. Ich habe jedenfalls nie davon gehört, dass einer der wilden Hunde Menschen angefallen hätte. Eher ist es wohl umgekehrt. Jedenfalls sind diese Hunde sehr scheu. Und sehr mager. Es sind traurige Gestalten. Mir kam oft die Geschichte von Don Quichotte in den Sinn, wenn ich solchen Hunden begegnet bin, die Geschichte des Ritters von der Traurigen Gestalt. Ihr kennt sie ja sicher.«

Mike nickte und Emma fiel ein: »Kommt da nicht auch ein gewisser Sancho Pansa drin vor und irgendwas mit Windmühlen?«

»So kann man das sagen: irgendwas mit Windmühlen«, gluckste Bruno und schenkte Kaffee nach – in einer stinknormalen Kaffeemaschine mit Filtertüten gebrühten Kaffee der Marke Jacobs Krönung.

Den habe seine Wilma immer am liebsten getrunken. Deshalb hätten sie ihn früher paketeweise aus Deutschland mitgebracht, bis es ihn auch hier zu kaufen gab.

»Jedenfalls«, fuhr Bruno fort, »waren Wilma und ich nicht die Einzigen, denen die hiesigen Hunde leid getan haben. Halbwegs sensible Deutsche musste es einfach erschrecken, wie die Insulaner mit Hunden umgesprungen sind. Heute werdet ihr überall auf der Insel Spaniern begegnen, die stolz und liebevoll Hunde an der Leine führen, also jedenfalls in den städtischen Zentren, in Santa Cruz, La Laguna, Orotava, Puerto, im Süden. Aber bis vor zehn, fünfzehn Jahren war den Tinerfeños das fremd. Hunde waren Nutztiere, wenn überhaupt. Seit nur noch wenige Einheimische als Hirten unterwegs sind, waren Hunde arbeitslos. Und so wurden sie auch behandelt. Sie waren unnütz, überflüssig. Die Wildhunde werden immer noch so behandelt – ganz anders als die umhätschelten Schmuck-Kläffer, die Jack Russells, die Pinscher, Schnauzer & Co. Dadurch ist das Elend der herrenlosen Hunde nicht kleiner, sondern größer geworden. Denn jetzt schaffen sich viele Familien einen süßen Welpen an und stellen fest, wenn der größer wird, dass er bellt und pisst und kackt, um es mal deutlich zu sagen. Ein Hund macht Arbeit. Das überrascht Leute, die glauben, sie hätten ein Spielzeug erworben. Und was machen sie dann, nicht anders als in Deutschland: sie versuchen, das Tier wieder los zu werden. Und dafür gibt es ja genug freie Natur auf der Insel.«

»Die gibt es ja in Deutschland auch. Und Sie sagen ja selbst: auch bei uns werden Hunde ausgesetzt. Was macht Teneriffa besonders?«

»Hier muss der Umgang mit Hunden als Haustieren erst noch gelernt werden. Da ist eine neue Mode über die Insel geschwappt wie eine Welle. Und deshalb gibt es hier relativ gesehen mehr ausgesetzte Hunde als in Deutschland. Langfristig wird sich das sicherlich angleichen, aber in der Zwischenzeit ist Hilfe vonnöten. Zum Glück gibt es Menschen, die solche Hilfe organisieren. Das nötigt mir großen Respekt ab. Und als Wilma und ich gefragt wurden, ob wir uns nicht auch engagieren wollten, haben wir ja gesagt. Der vollen Ehrlichkeit halber sollte ich hinzufügen: Wilma lauter als ich. Aber ich bin in die Aufgabe hineingewachsen.«

»Aber du selbst hast doch gar keinen Hund«, wunderte sich Mike: »Ich habe dich nie mit Hund gesehen. Warum nicht?« Ja, richtig, dachte Emma: Kein Vierbeiner strich um den Kuchentisch herum, niemand hatte gebellt, als Hollerbecks Auto erschien: Eigentlich ist das doch komisch.

»Wir hatten immer Hunde, Wilma und ich. Oscar, unser letzter Labrador, den wir noch zusammen ausgesucht hatten, ist vor vier Jahren gestorben, kurz bevor wir beide uns kennengelernt haben, Michael. Ich war seither oft in der Versuchung, mir wieder einen Hund zuzulegen, und die guten Menschen vom Verein haben mir auch immer wieder Kandidaten vorgeschlagen. Manchmal, glaube mir, war es sehr schwer, nein zu sagen. Aber ich fände das unverantwortlich. Hund und Herr, das ist, wenn es funktioniert, wie eine Ehe. Und ich werde bald 80. Meine wenigen verbliebenen Freunde sind auch nicht jünger, manche sogar noch ein ganzes Stück älter. Wir scheinen die Generation Hartholz zu sein. Aber dennoch sind wir sterblich. Da mache ich mir nichts vor. Ich kann morgen umfallen – und, ehrlich gesagt, das wäre mir der liebste Tod von allen. Vielleicht kann man da auch nachhelfen, wenn ihr wisst, was ich meine. Hätte ich einen Hund, besäße ich diese Freiheit nicht mehr. Ich trüge ja für den Hund Verantwortung.«

Warum hatte sich Oma Ilse keinen Hund zugelegt? Emma fragte sich, ob ihre Großmutter womöglich noch lebte, hätte sie sich nicht zeitlebens gegen die Anschaffung eines »Köterchens« verwahrt – nicht weniger entschieden als Hannelore Hülsenbuschs Verblichener.

»Dem Verein der Freunde der Hunde gehöre ich seit Urzeiten an. Wilma und ich waren Gründungsmitglieder. Ich finde es großartig, mit welcher Energie und Opferbereitschaft sich Menschen dafür einsetzen, dass streunende, ausgesetzte Hunde ein neues Zuhause finden. Was leider auf der Insel oft unmöglich ist. Deshalb haben wir vor vielen Jahren damit begonnen, Hundepaten in Deutschland zu suchen und Flugreisende dafür zu gewinnen, Hunde mitzunehmen.«

»Die nehmen Hunde mit ins Flugzeug, einfach so?« Emma war verdutzt. »Und wer garantiert, dass die Hunde in Deutschland besser behandelt werden als hier?«

»Deshalb trennen wir Transport von Besitz. Wir sagen niemandem: nimm einen Hund zu dir und mit ins Flugzeug! Wir suchen einerseits verantwortungsbewusste Familien in Deutschland, die wissen, was es bedeutet, einen Hund aufzunehmen, und erst recht, einen Hund aus dem Hundeasyl. Dabei hilft uns heute sehr das Internet – und ein Netz von Partnern in Deutschland. Das andere ist: wie kommt der Hund, wenn ein Herrchen oder Frauchen gefunden ist, nach Deutschland? Jetzt muss man eigentlich nur noch eins und eins zusammenzählen. Täglich fliegen mehrere Flugzeuge von Teneriffa nach Deutschland. Die sind meist nicht voll ausgebucht. Im Stauraum ist Platz. Wir suchen Reisende, die bereit sind, auf dem Rückflug einen Hund als ihr ›Sondergepäck‹ mitzunehmen. Die Kosten trägt der Verein. Jedenfalls bieten wir das an. Ich muss zugeben, ich hätte nicht geglaubt, auf welch fruchtbaren Boden dieser Appell an die Mitmenschlichkeit fallen würde. Inzwischen bringen wir nahezu wöchentlich Hunde nach Deutschland. Die sind natürlich gesund und geimpft.«

»Mit-Menschlichkeit, das Wort bezieht sich ja eigentlich auf den Umgang von Mensch zu Mensch.« Emma konnte nicht anders. Diese übertriebene Hundeseligkeit ging ihr auf den Zeiger. Das war schon im Hundehotel so gewesen, im Gespräch mit Jasmin. Und auch in Haltern, wenn sie sah, welche Hilfsbereitschaft beim Anblick leidender Tiere losgetreten wurde – und wie ruhig die Leserschaft blieb, wenn es um das Elend von Obdachlosen ging, zum Beispiel.

»Ja, liebe Frau Schneider, dieser Einwand ist mir sehr vertraut. Ich verwende das Wort Mitmenschlichkeit in diesem Zusammenhang aber nicht aus sprachlicher Nachlässigkeit, das dürfen Sie mir glauben – obwohl eine solche mir sicherlich auch dann und wann nachzusagen sein dürfte –, sondern aus Prinzip. Für mich sind alle Kreaturen unter der Sonne unseres Herrgotts Geschöpfe. Wir Menschen haben ein paar mehr Möglichkeiten mitbekommen. Das gibt uns Verantwortung. Die Verantwortung, mit anderen Lebewesen sorgsam umzugehen. Für sie zu sorgen, wo wir das können und gefordert sind.«

»Sind Sie Vegetarier?«

Bruno schmunzelte. »Diese Frage, an dieser Stelle unseres Gesprächs, liebe Frau Schneider, liebe Emma, war vorhersehbar. Nein, ich bin kein Vegetarier. Wenn Gott gewollt hätte, dass wir Menschen kein Fleisch essen, hätte er uns als Wiederkäuer erschaffen. Ich bin sicher, das hätte im Rahmen seiner Möglichkeiten gelegen. Das hat er aber nicht getan. Ich vermute, er hatte einen guten Grund dafür. Tiere essen Tiere, so einfach ist das in der Welt. Wir sollten das allerdings, wie alles andere auch, bedachtsam und verantwortungsvoll tun. Also nicht industriell. Deshalb würde ich, wenn ich das könnte, Legebatterien sofort verbieten, zum Beispiel. Übrigens: wenn ich Vegetarier wäre – oder Veganer –, wie passte dann mein Schinken ins Bild, der Ihnen vorhin so gut zu schmecken schien?«

Touché! Emma fiel keine adäquate Erwiderung ein. Sie aß gerne Fleisch; vorzugsweise, wenn sie wusste, wo es herkam und dass die Tiere nicht gedopt waren. Alle ihre Freunde und Bekannten, außer einigen wenigen versprengten Veganern, teilten diese Haltung. Im Prinzip. In Restaurants fragte sie allerdings auch nicht danach, woher das Fleisch kam, das auf ihrem Teller lag – oder der Fisch. Wenn es nicht ohnehin auf der Speisekarte stand. Schon aus Scham über ihre eigene Inkonsequenz nötigte ihr Bautenmeisters entschiedene, und, wie es ihr schien, konsequente Haltung Respekt ab. Dennoch, ganz konnte sie es nicht lassen:

»Der Schinken war köstlich. Kannten Sie das Schwein?«

»Nein, nicht persönlich. Aber ich habe Gründe, dem Lieferanten zu vertrauen. Der Metzger, bei dem ich Fleisch kaufe – und auch diesen Schinken – bezieht seine Tiere nur von Bauern auf der Insel. Was die genau den Tieren zu fressen geben oder spritzen?« Bruno zuckte bedauernd mit den Schultern: »Ich stehe nicht daneben. Aber ich frage öfter mal kritisch nach. Ich denke, das ist das Mindeste, was jeder Verbraucher tun sollte. Schon aus Verantwortungsbewusstsein für seinen eigenen Körper. Schließlich ist man, was man isst. Leider ist mir im Moment nicht präsent, wer das gesagt hat. Aber es stimmt.«

Ein etwas wunderlicher Mensch, dieser Bruno Bautenmeister, dachte Emma. Sie stellte sich eine Diskussion zwischen ihm und ihren Eltern vor. Bruno war ja wohl eher konservativ, schon als ehemaliger Bundesbeamter, offenbar auch religiös, legte ein fast mystisches Verhältnis zur Ehe an den Tag – in allem das Gegenteil ihrer grünroten atheistischen Fast-Noch-1968er-Eltern –, und doch gelangten sie und er zu ganz ähnlichen, ja fast identischen Schlussfolgerungen, was Grundfragen der Ernährung und des Lebens betraf! Interessant. Aber jetzt galt es erst einmal, das Näherliegende zu klären. Schließlich war eine zentrale Frage noch offen geblieben:

»Was uns merkwürdig vorkam nach meinem Gespräch mit Hannelore Hülsenbusch und allem, was wir sonst noch über Apartment-Verkäufe im La Palma ausfindig gemacht haben: Was bringt so viele Eigentümer – jedenfalls einige, von denen wir es wissen – dazu, einen satten Anteil ihres Erbes dem Hundehotel zu vermachen?«

»Ja, die gute Hannelore! Das ist ein echter Schatz. Und schon ein Teil der Antwort auf Ihre Frage, meine Liebe. Hannelore Hülsenbusch ist meine Vorstandskollegin bei den Amigos de Los Perros. Ich hätte ja nur zu gern auch Ihre von mir überaus geschätzte Frau Großmutter dazu bewegt, bei uns mitzutun. Aber das ist mir leider nicht gelungen. Das wollte sie partout nicht. Das sei nichts für sie. Dabei hätten wir Frau Schneider, bei ihrer unbändigen Energie und ihren guten Kontakten, nun wirklich sehr gut einbinden können. Den letzten Anwerbeversuch habe ich unternommen, als sie den Vorsitz der Eigentümer-Asociación hatte abgeben müssen. Das hatte sie schwer getroffen, war mein Eindruck. Frau Hülsenbusch und ich versuchten sie zu überzeugen, dass sie bei den Amigos de Los Perros ein neues, nicht weniger vielfältiges und wichtiges Betätigungsfeld finden könnte. Jeder Mensch braucht eine Aufgabe, und Ihre Frau Großmutter gehörte zu den im Grunde glücklichen Menschen, die sich darüber im klaren sind. Aber sie wollte trotzdem nicht.«

»Oma Ilse konnte mit Hunden noch nie etwas anfangen. Wenn Sie ihr etwas mit Fischen angeboten hätten, das hätte eher klappen können.«

»Der Fischexport nach Deutschland ist schon sehr professionell organisiert. Leider ist das aber auch ein weitgehend industrieller Prozess.«

»Das hätte Oma Ilse nicht weiter gestört. Leider. Sie hatte früher einen Fischhandel und dabei nur ein Motto: Hauptsache frisch!«

»Aus Konsumentensicht ist das sicher ein sehr brauchbares Motto. Übrigens sollte kein falscher Eindruck entstehen: Ich bin Ihrer Frau Großmutter sehr dankbar, dass sie auf Ihre Weise die Arbeit unseres Vereins doch sehr gefördert hat. Übrigens ist in dieser Hinsicht Herr Heilbutt, der jetzt die Amtsgeschäfte führt, und mit dem sich Ihre

Frau Großmutter ja sonst wohl nicht so gut vertragen hat, ganz und gar in ihre Fußstapfen getreten, zu meiner großen Genugtuung.«

»Was heißt das? Was tut der Vorstand für den Hundeverein?«

»Er öffnet uns Türen, mehr nicht. Er lässt uns im Haus für die gute Sache werben. Das war allerdings früher leichter, als es das neue Hundehotel noch nicht gab, und jeder Spaziergänger fast täglich an dem alten Hundeasyl vorbeilaufen musste. Da hat sich öfter als heute schon einmal jemand einen Hund zum Spazierengehen ausgeliehen. Und nicht nur das: Je näher das Elend, umso lockerer sitzt die Brieftasche. Das weiß jeder von uns, die wir im Spendenwesen tätig sind.«

»Heißt es nicht auch«, meldete sich nach längerer Zeit auch Mike mal wieder zu Wort, »dass im Spendenwesen ein Großteil der Spenden für den Overhead draufgeht, für Verwaltungskosten?«

»Das ist leider richtig. Deshalb gibt es Zertifizierungen für karitative Organisationen. Man sollte sehr genau hinsehen, was mit den Spendengeldern geschieht. Bei uns halten sich die Verwaltungskosten zum Glück in außerordentlich engen Grenzen. Der Vorstand ist ehrenamtlich tätig, und wir haben keine fest angestellten Mitarbeiter, nur Teilzeitkräfte, Freiwillige und Aushilfen.«

»Wir haben Ihre Praktikantin getroffen, am Hundehotel«, warf Emma ein.

»Jasmin Schäfer? Hat sie euch helfen können? Jasmin ist ein Glücksfall für den Verein. Sie ist engagiert, klug, verantwortungsbewusst und voller Eigeninitiative. Ein paar Hinweise, mehr braucht sie nicht, schon kann man sie beruhigt mit den Tieren allein lassen. Ich verstehe das wohlfeile Geschimpfe auf die ›Jugend von heute‹ sowieso nicht.«

»Bekommt Jasmin Geld für ihre Arbeit?«

»Da berühren Sie einen wunden Punkt, Emma. Ich habe auch schon von der ›Generation Praktikum‹ gelesen und weiß, wie schwer die jungen Leute es heute haben, eine ordentlich bezahlte Festanstellung zu finden. Aber ich bin sicher, Jasmin wird ihren Weg gehen. Bei uns kann sie kostenfrei wohnen und wir zahlen ihr ein kleines Taschengeld. Mehr ist leider nicht möglich.« Bautenmeister warf einen Seitenblick auf Mike: »Nicht, wenn wir die ›Overhead‹-Kosten klein halten wollen.«

»Apropos Vorstand«, nahm Mike den Ball auf: »Seit wann machst du das, und wer ist noch da drin?«

»Im Vorstand bin ich schon lange, aber Vorsitzender erst, seitdem mein Vorgänger einem tragischen Unfall zum Opfer gefallen ist.«

»Einem Unfall? Was für einem Unfall?«

»Er ist von Bord eines Schiffes gefallen; über Bord gegangen, heißt das in der Seemannssprache. Möglicherweise, wurde vermutet, habe er Selbstmord begangen. Das glaube ich allerdings bis heute nicht.«

Mike machte große Augen. »Hieß das Schiff etwa Claviga und dein Vorgänger im Vereinsvorsitz Heinz Hock?«

»Ja, genau! Woher weißt du das?«

»So viele Menschen fallen ja auch um Teneriffa herum nicht von Schiffen. Und auf Heinz Hock sind wir schon bei unseren Recherchen wegen des Todes von Klaus Kaltenbrenner gestoßen. Da gibt es merkwürdige Zusammenhänge. Und jetzt gibt es noch einen mehr.«

»Inwiefern? Das verstehe ich nicht, ehrlich gesagt. Welchen Zusammenhang soll es geben zwischen Klaus Kaltenbrenners Verschwinden – und Tod – und den Amigos de Los Perros?«

»Vielleicht überhaupt keinen. Aber findest du es nicht auch zumindest merkwürdig, dass nach und nach fast alle Mitglieder des alten Vorstandes der Eigentümer-Asociación des La Palma verschwinden oder sterben: Kaltenbrenner, Heinz Hock, Hans-Werner Frohsinn…«

»Der Hans war übrigens auch in unserem Vorstand aktiv, als Schriftführer.«

»Ach nee! Und wie – oder mit wem – habt ihr die gelichteten Reihen geschlossen? Etwa auch mit dem Ehepaar Heilbutt?«

Bruno Bautenmeister holte tief aus seiner Brust einen herzhaften, kurzen Lacher:

»Nein – aber gefragt, ob sie nicht bei uns eintreten wollen, habe ich die beiden schon, muss ich zugeben. Das wollen sie aber nicht, bisher jedenfalls. Nein, nach Heinz Hocks Tod habe ich, wie schon gesagt, den Vorsitz übernommen. Aber das habe ich nur unter der Voraussetzung getan, dass wir ernsthaft versuchen würden, den Verein zu entgermanisieren. Mit anderen Worten: mehr Nicht-Deutsche aufzunehmen und auch in Verantwortung zu bringen, und sei es pro Forma. Das macht manches leichter auf der Insel.«

»Und: Habt Ihr Nicht-Germanen gefunden?«

»Oh ja. Leicht war es nicht, aber auf unseren heutigen Vorstand, in seiner jetzigen Zusammensetzung, bin ich schon ein bisschen stolz.«

»Kennen wir die Herrschaften? Offen gesagt, es würde mich nicht wundern – wenn ich auch nicht weiß, weshalb.«

»Hmmm. Es handelt sich um einen Spanier, leider einen Peninsulaner, einen eingeborenen Tinerfeno suche ich noch, und eine Russin.«

»Lass mich raten: Die Russin heißt Nadeshda Putinova?«

»Der Kandidat hat hundert Punkte. Das hat früher ein zu meiner Zeit berühmter Quizmaster immer gesagt, wenn der Schuss saß. Woher kennst du, woher kennt ihr denn Frau Putinova?«

»Sagen wir, sie bewegt sich auch im Orbit um das La Palma und die Geschäfte, von denen wir vermuten, dass es einen Zusammenhang zwischen ihnen und ein paar ungeklärten oder mindestens mysteriösen Todesfällen gibt.«

»Macht sie das etwa verdächtig? Das fände ich schade. Ich muss gestehen, ich halte große Stücke auf Frau Putinova. Sie ist eine bemerkenswerte Person mit einem gerade in Anbetracht ihrer jungen Jahre großen Reife und Durchsetzungskraft. Man sollte der Versuchung widerstehen, ihr gutes Aussehen gegen sie zu verwenden. Sie ist uns eine große Hilfe – und dabei denke ich nicht nur an die finanzielle Dimension. Obwohl ich die Wahrheit dehnen müsste, würde ich sagen, daran dächte ich nicht.«

»Jetzt bin ich gespannt, ob wir den Spanier auch kennen?«

»Das nun halte ich für eher unwahrscheinlich, obwohl – du hast ja Polizeikontakte, Michael, nicht wahr, als Reporter, oder täusche ich mich? Vielleicht kennst du Kommissar Madrigal tatsächlich? Roberto Rodríguez Madrigal von der insularen Polizeibehörde?«

21. Kapitel

Mike hatte es eilig. Er musste fort, in die Redaktion der Inselzeitung. Die Deadline der nächsten Ausgabe stand an, morgen sollte sie in den Druck gehen, und seine Chefin war schon unruhig: wo er sich dauernd herumtreibe? Er setzte Emma am La Palma ab. Es war inzwischen früher Abend geworden. Die ersten Apartmentbewohner machten sich, frisch gekämmt, auf den Weg in die Lokale der Stadt. Von der Sonne war nichts mehr zu sehen. Von den Bergen auch nicht. Über dem kompletten Orotavatal hing eine dickbauchige graue Wolke.

Bruno Bautenmeister hatte noch eine Weile von Nadeshda Putinova geschwärmt. Er hatte sie bei einem Golfturnier kennengelernt. Sie überreichte die – von ihr gestifteten – Preise. Er bedankte sich für seinen ›Ehrenpreis‹ auf Russisch: ›Es war eines dieser Turniere, wo man die Bälle verschlucken muss, um einer Ehrung zu entgehen, und selbst dann ist es nicht sicher.‹ »In meinem Restrussisch. Ich bin als Kind in der SBZ zur Schule gegangen, in der Sowjetisch Besetzten Zone, bevor meine Eltern, rechtzeitig vor dem Mauerbau, rübermachten in den Westen.« Nadeshda sei offenbar froh gewesen, den Dauergesprächen über Handikaps, Golfplatzdesign und Tiger Woods zu entkommen. Sie hätten sich stattdessen über Politik und die kanarische Landschaft unterhalten, Nadeshda und er.

»Nadeshda ist eine sehr erfrischende Gesprächspartnerin. Überhaupt ist sie eine ungewöhnlich gebildete und interessierte junge Dame – und scharfzüngig. Wenn ich nicht meine Wilma hätte und ein paar Jahrzehnte jünger wäre...« Als er sie gefragt habe, ob sie sich vorstellen könne, dem Verein der Los Amigos de Los Perros beizutreten – und gleich für den Vorstand zu kandidieren, im Interesse der Völkerfreundschaft und der internationalen Solidarität – habe sie um ein paar Tage Bedenkzeit gebeten. Nach drei Tagen, als er längst nicht mehr damit rechnete – »Wie das so ist mit Partygeschwätz« – habe sie ihn angerufen und gesagt, kurz und entschieden: »Ich bin dabei«. Auf Russisch.

Nun müsse man wissen, dass die Mitgliedschaft im Vorstand nicht in Arbeit ausarte. Zweimal im Jahr gebe es eine Vorstandssitzung und einmal jährlich einen Tag der Offenen Tür im Hundehotel. Mehr Präsenz sei willkommen, aber nicht Pflicht.

Über Madrigal äußerte sich Bruno nicht ganz so euphorisch. Immerhin sei er »ein Mann mit Perspektiven, aber auch eine etwas schillernde Persönlichkeit«. Es sei Nadeshda Putinova gewesen, die vorgeschlagen habe, den Kommissar anzusprechen. »Im Interesse der internationalen Solidarität.« Alle im Vorstand seien davon sofort hellauf begeistert gewesen. Der Name eines leitenden Polizeibeamten auf dem Briefbogen des Vereins: selbst wenn das nicht unmittelbar der Völkerfreundschaft auf die Beine helfe, dann aber sicher, denkbare Konflikte mit lokalen Behörden wenn nicht gänzlich zu vermeiden, so doch abzuschwächen. Zumal Señor Madrigal nachgesagt werde, politische Ambitionen zu pflegen. Außerdem habe er sich später als regelrechter Hundenarr entpuppt. Und nicht zuletzt: das Spendenaufkommen entwickle sich »sehr erfreulich« seit der »Öffnung des Vereins für ein internationales Publikum«.

Emma fragte sich, was sie mit dem angebrochenen Abend anfangen sollte. Aus dem Essen mit Hollerbeck würde nun ja nichts mehr werden. Hollerbeck, genau! Sie sollte Annike Hollerbeck anrufen! Gute Nachrichten, sagte Paul Bärkamp immer, werden durch Liegenlassen nicht besser. Schlechte allerdings auch nicht, pflegte er hinzuzufügen.

Emma schwebte in den elften Stock hoch, dankbar, den Aufzug diesmal für sich allein zu haben. Sie schnupperte. Schweinebraten? Sauerkraut? Wider Willen lief ihr das Wasser im Mund zusammen. Sollte sie bei Pedro anklopfen? Wenn schon nicht Schweinebraten: irgend etwas Leckeres hatte er bestimmt parat. Warum nicht? Also: Klopf, klopf, klopf – und leise: »Pedro? Ich bin es, Emma!«

Wieder: keine Reaktion.

Schade. Sie hätte eine Einladung zum Imbiss nicht abgeschlagen. Ihre Einkäufe waren darauf gezielt gewesen, frühstücken zu können. Etwas zu kochen, dazu gaben sie nichts her. Emma hatte im übrigen auch keine Lust, sich in Oma Ilses Küche zu stellen und mit Pfannen und Töpfen zu hantieren. Schon gar nicht für sie allein. Alleinsein konnte sie gut, aber ungern beim Essen.

Sie wählte von Oma Ilses Festnetzgerät aus Hollerbecks Nummer an. Wie erwartet meldete sich wieder dessen Frau.

»Frau Hollerbeck? Hier ist Emma Schneider. Wie geht es Ihnen? Haben Sie sich etwas erholt? Hatten Sie ein Gespräch mit Ihrem Mann?«

Ja, es gehe ihr gut, behauptete die Hintergangene: »So gut es einer Frau gehen kann, die ihren Mann nicht kennt und vielleicht ihr Zuhause verliert und nicht weiß, wo sie hingehen soll.«

»Was Ihren Mann betrifft, kann ich Ihnen nicht helfen. Sie müssen mit ihm sprechen, denke ich. Offen und ehrlich. Aber was Ihre Wohnung betrifft, kann ich Sie beruhigen. Ich habe heute Nachmittag an einem Gespräch mit Ihrem Mann teilgenommen, wie verabredet. Außer mir waren noch zwei Herren dabei, der Reporter, von dem ich Ihnen erzählt habe, und ein sehr seriöser ehemaliger deutscher Beamter. Als Zeuge. Ihr Mann hat mir versichert, er werde die Wohnung, Ihre gemeinsame Wohnung, komplett Ihnen übertragen. Das wird, wegen der nötigen Formalitäten, zwar noch ein paar Wochen dauern, aber ich bin ganz sicher – ganz sicher! –, dass Ihr Mann Wort halten wird. Diese Sorge also sind Sie los.«

»Iss das wirklich wahr? Was haben Sie gemacht? Wieso sitzt mein Mann überhaupt schon wieder mit Ihnen zusammen und – und mir geht er aus dem Weg? Sie glauben gar nicht, wie oft ich seit heute früh versucht habe, ihn anzurufen! Entweder er wimmelt mich ab oder es ist besetzt oder das Handy ist tot.«

Ischtodt. Konnte es sein, dass Annike Hollerbeck getrunken hatte? Nun ja, hatte sie nicht selbst, die smarte Emma C. Schneider, die Unglückliche zum Alkohol verführt, schon am späteren Morgen? Vermutlich war es bei dem einen Wodka Lemon nicht geblieben, in der Zwischenzeit. Zu verstehen wäre es.

»Ich dachte, Sie freuen sich! Und übrigens habe ich das Abendtreffen mit Ihrem Mann abgesagt. Er sollte jetzt eine Lücke in seinem Terminkalender haben. Und meiner entschiedenen Meinung nach sollte er diese Lücke nutzen, um mit Ihnen ins Reine zu kommen!«

Emma folgte einer spontanen Eingebung: »Wissen Sie was? Ich rufe ihn an. Jetzt sofort. Und wenn ich ihn nicht sofort bekomme, bombardiere ich ihn mit SMS. Er wird denken, es gehe um Vertragsdinge und sich bestimmt melden. Und dann sage ich ihm, dass Sie seinen Anruf erwarten, und zwar dringend. Ok?«

Schweigen. Annike Hollerbeck benötigte eine Weile, bis sie sich zu einer Antwort aufraffen konnte: »Ok. Und: danke schön! Für alles!« Vermutlich weinte sie wieder.

Emma versuchte es auf gut Glück mit Hollerbecks Büronummer. Und siehe da: Er meldete sich sofort. Der Feigling drückte Anrufe seiner Frau sicher immer gleich weg!

»Herr Hollerbeck, Jo!« Emma legte dick Freude auf: »Hier ist noch mal Emma Schneider. Ich wollte auf unsere Verabredung für heute Abend zurückkommen, auf Ihre Einladung. Gilt die noch?«

Falls Hollerbeck perplex war, ließ er sich nichts anmerken:

»Fräulein Schneider, welche Freude! Sie ahnen nicht, mit wem ich gerade zusammensitze und just in diesem Moment über Sie gesprochen habe: mit Frau Putinova! Ich soll sie, ruft sie mir gerade zu, herzlich von ihr grüßen. Und natürlich habe ich meine Einladung nicht vergessen. Wie könnte ich? Ein Mann, ein Wort. Ich freue mich, dass Sie darauf eingehen wollen.«

»Und ich freue mich, dass Sie sich in der Zwischenzeit nichts anderes vorgenommen haben. Denn so gern ich den Abend mit Ihnen zubringen würde, in einem gemütlichen Restaurant, wie Sie versprochen haben – ich kenne jemanden, die sich darüber noch viel mehr freuen würde als ich. Ich glaube, es wäre eine gute Idee, Herr Hollerbeck, wenn Sie Ihre Frau Annike heute Abend ausführen würden. Schließlich können Sie ihr gute Nachrichten überbringen. Die Wohung, Sie wissen! Gute Nachrichten werden nicht besser, wenn man sie liegen lässt. Alte Reporterweisheit. Sie müssen ja noch nicht einmal einen Tisch reservieren. Das haben Sie ja schon. Also: Was halten Sie davon?«

Anstelle von Hollerbeck meldete sich Nadeshda Putinova. Sie musste ›Joe‹ den Hörer entwunden haben:

»Entschuldigen Sie, Emma, ich habe gelauscht. Ich konnte nicht anders. Der Lautsprecher war eingeschaltet, hier im Büro, und Joe hatte keine Gelegenheit, Sie in der Schnelle darauf aufmerksam zu machen. Also: Ich finde, das ist eine ganz tolle Idee, die Sie da vorgetragen haben. Eine ganz, ganz tolle Idee. Joe findet das sicher auch, nicht wahr, Joe?«

Kurze Pause.

»Joe findet das auch. Er greift schon zum Handy und geht aus dem Raum, um seine Frau anzurufen.«

Pause.

»Und ich habe auch eine Idee. Ich bin ja jetzt hier in La Paz und später noch verabredet. Ich hatte eigentlich gehofft, zwischendurch mit Joe noch eine Kleinigkeit zu Abend zu essen. Er hatte mir ja von seinem Date mit Ihnen nichts erzählt. Das kläre ich später mit ihm. Der langen Rede kurzer Sinn: Was halten Sie davon, wenn wir beide uns ein nettes Lokal suchen und uns von Mädel zu Mädel unterhalten, so wie neulich. Was denken Sie? Oder haben Sie schon ein neues Date?«

Nein, das hatte sie nicht. Und sie hatte Hunger. »Von mir aus sehr gerne. Jetzt gleich? Und wo? Haben Sie einen Vorschlag? Sonst hätte ich einen.«

Oho: Emma, die Auskennerin.

Leider konnte sie sich an den Weg zum Blanca y Negra nicht mehr genau genug erinnern. Irgendwann bog sie falsch ab, und dann bestand dieses Puerto überwiegend aus Einbahnstraßen und Sackgassen. Wenigstens war die Zufahrt zu dem alten Taoro-Hotel ausgeschildert. Emma stellte den C3 auf dem Parkplatz zwischen dem Hotel und einer englisch aussehenden Kirche ab. Vor der Kirche standen drei Männer in ein intensives Gespräch vertieft, dann und wann herzhaft lachend. Alle drei sahen aus wie einem Harry-Potter-Film entsprungen. Emma ging auf die drei zu und fragte nach dem Weg. Auf Englisch. Treffer! Die drei Gentlemen nahmen die Störung alles andere als übel – und wussten Bescheid. Bis zum Blanca y Negra waren es keine 300 Yards. Emma bedankte sich ladylike und nahm den Rest des Weges zu Fuß. ›Anglikanische Kirchengemeinde‹, registrierte sie im Weitergehen, stand auf einem Schild neben dem Zugang zum Kirchhof.

Nadeshda erwartete sie schon, an der Bar, bei einem Martini Rosso auf Eis und Orangenscheiben. Sie herzte Emma – Wangenkuss links,

Wangenkuss rechts, und noch einmal links – wie eine alte Freundin. Emma fiel das berühmte Foto ein, das Honecker und Breshnew beim Zungenkuss zeigt. Zum Glück waren sie keine Männer. Sie entschuldigte sich für ihre Verspätung: »Ich habe mich verfahren. Mein Leihwagen hat kein GPS.«

»Das hilft auf Teneriffa auch nicht immer«, zeigte Nadeshda Verständnis, »Manche Viertel hier sind absichtlich angelegt wie Irrgärten. Ich vermute, um Einbrecher abzuschrecken oder auf der Flucht zu verwirren. Vielleicht aber auch nur aus Versehen. Das weiß man bei den Tinerfeños nie. Die Ureinwohner, die Guanchen, waren schließlich Widerstandskämpfer. Ich musste übrigens schon mal ein Getränk haben, nach meinem Meeting mit Joe. Der Martini hier ist gut. Sie hätten sein Gesicht sehen sollen, als Sie den Vorschlag mit dem Versöhnungsdinner gemacht haben! Göttlich! Übrigens: sollen wir uns nicht duzen? Ich bin Nadeshda.«

»Emma. So ein Getränk will ich auch. Das sieht gut aus.«

»Das Tolle daran sind die frischen Orangen. Ein schönes Lokal hast du ausgesucht. Ich kannte es bisher nicht. Danke für den Tipp!«

»Den habe ich einem Bekannten zu verdanken, einem Redakteur der Inselzeitung.«

»Respekt! Wie lange bist du jetzt hier auf der Insel? Noch keine Woche, stimmt's? Und schon bist du Restaurantexpertin – und einen ›Bekannten‹ hast du auch schon! Ich hoffe für dich, dass er nicht ganz so gebraucht ist wie deine zahlreichen anderen, etwas ältlichen Verehrer.«

»Habe ich Verehrer? Da weißt du mehr als ich.«

»Nun tu mal nicht so harmlos und bescheiden. Joe jedenfalls liegt dir zu Füßen, sabbernd und schleimend, förmlich um Peitschenhiebe bettelnd. Und Bruno Bautenmeister schwärmt von dir, dass er fast seine geliebte Wilma vergisst. Das heißt schon was. Und dann kenne ich noch einen Kommissar, den du offenbar im Verhör um den Finger gewickelt hast. Und dann noch dieser ominöse ›Bekannte‹, den du mir sicher noch vorstellen wirst.«

»Mike wird entzückt sein.«

»So, Mike heißt er? Ein Engländer?«

»Deutscher. Eigentlich heißt er Michael. Michael Dorenbeck.«

»Ja, klar, du sagtest ja: Redakteur der Inselzeitung. Der Name kommt mir bekannt vor. Das sollte es wohl auch: Die Stella Real Estate bezahlt schließlich das halbe Blatt, so viele Anzeigen schaltet der gute Joe darin.«

Das klang, fand Emma, als würde Nadeshda, ihre neue Freundin, den Mann aushalten, von dem sie, Emma, sich ausführen ließ. Na warte, meine Liebe!

Die zierliche dunkelhaarige Kellnerin stellte Emmas Martini auf eine weiße Papierserviette und zog sich, diskret lächelnd, sofort wieder zurück, offensichtlich bemüht, das Gespräch unter Freundinnen nicht über Gebühr zu stören.

»Wollen wir uns nicht an einen Tisch setzen?« schlug Emma vor: »Ich habe heute zwar schon sehr viel erlebt, aber dabei kaum etwas gegessen. Ein Müsli, ein paar Schinkenscheibchen und drei Stück Zitronenkuchen, um genau zu sein.«

»Brunos berühmten Zitronenkuchen? Hat er dir drei Stücke davon überlassen? Ich beginne, mir ernstlich Sorgen zu machen. Der gute Bruno scheint verknallt zu sein. Ich habe auch Hunger – und keinen Zitronenkuchen gegessen. Was hältst du von dem Tisch dort drüben am Fenster? Oder ist der reserviert?« Nadeshda hatte die Stimme gehoben und sah die Barkeeperin an.

»Der Tisch am Fenster? Moment, ich sehe nach.«

Sie blätterte in einer dicken Kladde, die neben der Computerkasse lag und blickte nach einigen Sekunden erfreut auf:

»Der Tisch ist erst ab 23 Uhr reserviert. Bis dahin können Sie ihn haben.«

»Um 23 Uhr? Wer geht denn dann noch essen?« wunderte sich Emma, als sie Platz genommen hatten.

»Ich denke, in Läden wie diesem geht es dann erst richtig rund. Die Spanier haben eine andere innere Uhr als ihr Deutschen. Ich weiß gar nicht, wie Ihr miteinander klar kommt. Ihr Deutschen müsst doch pünktlich um 12 Uhr Mittag essen, und wenn um sechs nicht das Abendbrot auf dem Tisch steht, damit vor der Tagesschau wieder alles abgeräumt ist, werdet ihr sauer. Wie Kraut. Spanier essen nachmittags und am späten Abend. In Madrid machen viele Restaurants erst ab 21 Uhr auf. Aber wenn mehr deutsche Touristen nach Madrid kämen, würde sich das sicher ändern. Für Gastronomen ist diese kulturelle Kluft jedenfalls ein Glück. Sie können die Tische zweimal besetzen. Hast du eine Empfehlung?« fragte sie mit schnellem Blick in die Karte.

»Der Thunfisch ist sehr gut und die Entenbrust auch. Und den Gazpacho fand ich sensationell – aber vielleicht auch nur, weil ich Gazpacho mit Früchten drin vorher nie gegessen habe. Vielleicht ist das ja hier üblich so und für dich ganz langweilig. So viel herumgekommen, wie es scheint, bin ich nämlich noch nicht. Jedenfalls bei weitem nicht so wie du. Ich kann ja hier offenbar mit keinem Mann ein Wort wechseln, mit dem du nicht schon…«

»Was?« Nadeshda tat empört.

»…Bekanntschaft gemacht hast. Woher weißt du, dass ich bei Bruno Bautenmeister war?«

»Von Joe, woher sonst? Denkst du, ich bin eine Agentin? Eine russische Mata Hari? Die smarte kleine Abhörgeräte zwischen Blumen versteckt? Um einen unschuldigen – na gut, vielleicht nicht völlig unschuldigen, aber doch weitgehend harmlosen – Immobilienmakler hinters Licht zu führen?«

Emma schwieg. Nadeshda war nicht zu bremsen: »Ich muss schon sagen: für so durchtrieben hätte ich dich nicht gehalten, als wir uns über den Weg gelaufen sind, in Buenavista. Respekt! Ich bin froh, jetzt mit dir befreundet zu sein. Sonst müsste ich womöglich Angst bekommen. Prosit, Emma C. Schneider! Auf die internationale Frauensolidarität!«

Nadeshda hob ihr Glas, Emma tat es ihr bereitwillig gleich. Die kleine Kellnerin hatte ihnen die Martinis hinterhergetragen. Die beiden stießen an und gaben ihre Bestellungen auf. Nadeshda wählte Gazpacho und den Thunfisch mit Ingwer, Emma einen Lachstartar auf Avocadocreme und ein Filetsteak mit Steinpilzen.

»Zu solch einem Gelage sollten wir unbedingt auch einen Wein trinken«, schlug Nadeshda vor: »Einen Rosado? Der passt zu Fisch und Fleisch?« Emma zögerte.

»Ach komm! Sei kein Mädchen! Zur Not können wir die Wagen ja stehen lassen. Genau! Weißt du was: ich bin nachher noch verabredet, und ich werde meinen Ritter einfach bitten, uns hier aufzupicken.

Dann setzen wir dich am La Palma ab, wenn du magst. Wie wäre das? Einverstanden?«

»Kenne ich den ›Ritter‹?«

»Keine Angst, du musst nicht schüchtern sein. Es ist kein Fremder. Im Gegenteil: es ist einer deiner glühenden Verehrer. Eigentlich wollte ich heute Abend versuchen, ihn für mich zurückzugewinnen – aber wir können ihn uns auch schwesterlich teilen, jetzt wo wir auf Du sind. Roberto hätte sicher nichts dagegen. Roberto: auch bekannt als Kommissar Madrigal.«

Emma war verblüfft, wie ungehemmt Nadeshda von ihren Erfahrungen mit Madrigal erzählte. Sie hatte ihn bei einem Empfang für eine aus Madrid angereiste Ministerin kennengelernt. Er war in einer Parteifunktion dort, nicht als Polizist: »Wir sind am selben Abend noch miteinander ins Bett gegangen. Stimmt gar nicht, es war kein Bett. Es war eine Streckbank im Fitnessraum des Hotels, wo der Empfang stattgefunden hat. Ich hasse solche Empfänge, aber ich musste dort hin. Wir sind auf politisches Wohlwollen angewiesen, für unser Projekt in Buenavista. Also habe ich langweiligen Anzugträgern im Dutzend die Hand geschüttelt und endlose Reden angehört. Irgendwann stand ich Madrigal gegenüber. Er schien mir exakt anzusehen, was ich dachte. Erst fand ich das unheimlich, dann erregend. ›Sie langweilen sich‹, sprach er mich an, einfach so. Eine Feststellung, keine Frage. Und dann: ›Wie wäre es, wenn wir das ändern?‹ Mit so einem diabolischen Lächeln. Ich habe nichts gesagt und mich nicht gerührt. Ich war wie gelähmt. Da hat er meine Hand genommen – und mich in den Fitnessraum geführt. Da hat er mich geküsst. Einfach so. Ohne Worte. Klar, ich hätte ihn ohrfeigen, beschimpfen, stehen lassen sollen. Klar war das Machogehabe in Reinkultur. So was von durchschaubar. Ohne das Lächeln wäre ich ihm sicher nicht gefolgt. Sein sardonisches Lächeln. Wie Mephistopheles, der von Eurem Goethe. Es versprach etwas, dieses Lächeln, wonach ich mich in diesem Augenblick zutiefst sehnte: Abenteuer, gute Unterhaltung, Skandal! Einfach eine gute Nummer. Der Kerl wusste genau, worauf ich anspringen würde. Und ehrlich: Ich bin froh, dass ich ihn nicht habe stehen lassen. Geohrfeigt habe ich dann danach. Der guten Ordnung halber.«

Seither habe sie deutlich mehr Spaß als vorher an langweiligen Empfängen. Sie scanne jetzt immer, mit diesem unbeteiligt-interessiert-tuenden-arroganten Empfangslächeln im Gesicht, alle anwesenden Männer und frage sich, mit wem sie in welchen Raum flüchten und was er dort mit ihr anstellen werde. »Du glaubst gar nicht, auf was für Ideen man dabei kommen kann! Allerdings sehen die meisten Männer aus wie Versager und ich male mir aus, woran die Nummer scheitert und wie. Manchmal muss ich mich bremsen, beim Scannen nicht laut aufzulachen. Und das Schönste: die Gescannten denken, ich flirte mit ihnen, und fühlen sich wie Gockel. Du kannst förmlich fühlen, wie sie ihre inneren Federn spreizen und am liebsten Kikeriki rufen würden. Und du«, wandte sie sich Emma zu: »Wie weit bist du mit der tinerfenischen Männerwelt gekommen?«

Ja, wie weit war sie gekommen? Emma fiel es leicht, ehrlich zu bleiben: »Ich bin noch überhaupt nirgendwo ›hingekommen‹. Aber die Sache mit dem Scannen werde ich mir merken. Das ist ein nettes Spiel. Ich war zwar noch nicht auf vielen Empfängen« – eigentlich auf keinem, musste sich Emma eingestehen, wenn man das Weihnachtsgansessen der Sparkasse in Haltern am See nicht zählte; wäre es da möglich gewesen, in dieser münsterländischen Landgaststätte, solche Phantasien zu entwickeln? – »aber das probiere ich aus.«

»Aber bitte nicht, wenn Roberto auch eingeladen ist!« Nadeshda hob scherzhaft mahnend den Zeigefinger – und ließ ihn gleich wieder sinken: »Oder vielleicht doch, gerade. Ich sollte nicht so egoistisch sein.«

»Sei unbesorgt! Deinen Kommissar lasse ich dir gerne exklusiv.«

»Exklusiv ist gut! Unser braver Kommissar gibt sich zwar als Witwer aus, aber in Wahrheit ist er verheiratet und hat drei Kinder, in León. Man hat ihn strafversetzt, hier auf die Insel, aber er sieht das als eine Zwischenstation. Überhaupt sieht er sich ganz woanders als in seinem jämmerlichen Präsidiumsbüro. Er hat eine mitreißende Phantasie. Und wenn er in allem so tatkräftig ist wie beim Sexout im Fitnessraum, würde ich mich nicht wundern, wenn er demnächst bei solchen Empfängen die längste der langweiligen Reden hielte. Und dein Mike, sag, wie viel Phantasie hat der?«

›Ihr‹ Mike? Sollte sie Nadeshda Putinova erzählen, dass sich ihre Härchen aufgerichtet hatten, als sich ihre Oberarme kurz berührten, Mikes und ihrer, beim Lauschen auf Brunos Finca? Und selbst, wenn mehr passiert wäre – hätte sie das übrigens gewollt?, prüfte sie sich für den Bruchteil einer Sekunde – nie würde sie darüber reden, nie! Und schon gar nicht so, gegenüber einer praktisch Unbekannten! Moment! Wollte Nadeshda mit dem Wort ›Phantasie‹ im Zusammenhang mit einem Journalisten vielleicht ganz woanders hin? Bevor Emma eine adäquate Frage einfiel, um dem nachzugehen, war Nadeshda schon weiter:

»Weißt du was? Morgen Abend, morgen ist ja Samstag, und morgen Abend ist ein großes Fest am Hafen von Garachico. Am neuen Hafen. Eine Party aus Anlass der Fertigstellung. Nur mit geladenen Gästen. Es werden Reden gehalten, das ist unvermeidbar. Aber es gibt auch Musik, und die Location ist grandios. Wie wärs, wenn ihr beide, dein Mike und du, dazukämt? Die Location liegt direkt am Wasser, bei einer kleinen Kirche, das regt die Phantasie an.«

»Nur für geladene Gäste, sagtest du…«

»Betrachtet euch als geladen. Die Stella Real Estate sponsert die Party. Ich lasse euch gleich morgen früh auf die Gästeliste setzen.«

»Was hat deine Firma mit dem Hafen zu tun? Baut ihr auch Häfen?«

»Bisher nicht. Aber wir vermitteln Yachten – oder besser: wir hoffen, das künftig zu tun. Schau: Wenn schon einer meiner plötzlich zu viel Geld gekommenen Landsleute ein Milliönchen oder zwei, drei in eine Villa mit Golfplatz und Atlantik investiert, fehlt ihm immer noch was zum vollkommenen Glück, er weiß es nur noch nicht: eine Yacht, möglichst eine längere als die seines Nachbarn, der auch über Nacht zu viel Geld gekommen ist. Also sollten wir ihm auf die Sprünge helfen. Also präsentieren wir ihm ein paar dümpelnde, glitzernde Anschauungsobjekte, samt perfektem Liegeplatz.

Apropos: wie denkst du inzwischen über den Wohnungsverkauf? Nimmst du Joes Angebot an? Und was machst du dann mit dem vielen Geld? Du könntest es in eine Yacht investieren. Eine Charteryacht. Wir entwickeln gerade tolle Timeshareprojekte. Schau dir das mal an! Es lohnt sich. Aber erst musst du mir erzählen, warum ihr Joe diese Abhörfalle gestellt und meinen guten Bruno dabei zum Komplizen gemacht habt! Übrigens war der Gazpacho wirklich ein Erlebnis. So habe ich sie auch noch nie gegessen.«

Eine Kellnerin servierte ihnen inzwischen die Hauptspeisen. Die Flasche Rosado – ein Inselwein aus dem Valle de Güimar – war zur Hälfte geleert.

»Also! Rück raus mit der Wahrheit! Was hat der gute Joe verbrochen, von dem ich nichts weiß?«

»Was hat er dir denn erzählt, was wir von ihm wissen wollten?«

»Erzählt? Rumgestottert hat er. Seine Verabredung mit Bruno hatte er mir komplett verschwiegen. Der Idiot. Hätte mich Bruno nicht nach Eurem Abenteuer angerufen – Ihr habt ja offenbar auch über mich gesprochen –, hätte ich davon nichts erfahren. So konnte ich Joe in seinem traurigen Büro überraschen. Und da er keine Ahnung hatte, was Bruno mir alles erzählt hatte – in Wahrheit nicht viel, außer dass er dich außerordentlich reizend fände und dir verraten habe, dass ich in seinem Hundevorstand bella figura mache –, traute er sich nicht, mich allzu dreist zu belügen. Glaube ich jedenfalls. Also: worum ging es Euch?«

Also das war es. Darum ging es. Deshalb machte Nadeshda hier auf dicke Freundinnen, die sich alles erzählen! Sie wollte sie aushorchen. Aber warum? Welchem dunklen Geheimnis waren Mike und sie auf der Spur, ohne eine Ahnung davon zu haben? Vielleicht sollte Emma einfach mal auf den Busch klopfen:

»Es geht um vier mysteriöse Todesfälle. Jeder einzelne sieht für sich aus wie Unfall oder Selbstmord. Aber der Zusammenhang macht uns misstrauisch, also Herrn Dorenbeck und mich, und inzwischen auch deinen Kommissar. Der ermittelt mittlerweile nicht nur wegen des Leichenfunds im Tenogebirge. Hat er dir das nicht erzählt? Nun, Jochen Hollerbeck hatte mit allen Opfern zu tun. Er meint allerdings, du auch. Und ein gewisser Wladim.«

»Wladim?« Nadeshda ließ ein derbes Lachen hören. »Joe versucht, wenn ich dich recht verstehe, den Verdacht zu erwecken, Wladim habe vier Menschen auf dem Gewissen und seine brutalen Verbrechen als Unfälle oder Selbstmorde getarnt? Wladim?«

Emma nickte ernst.

»Eine interessante Theorie.« Nadeshda runzelte die Stirn, als würde sie das Für und Wider dieser Theorie ernsthaft abwägen. »Und was wäre Wladims Motiv?«

»Ich dachte, das könntest du mir verraten. Hast du nicht gesagt, Wladim sei dein Assistent? Arbeitet er nicht für dich?«

»Also eigentlich richtet sich Euer Verdacht auf mich, verstehe ich das richtig? Auf die unheimliche russische Mafiabraut, die heimlich Killer losschickt, um unschuldige deutsche Rentner zu schlachten? Findest du dich nicht sehr mutig oder unverschämt, meine Liebe? Mit dieser Russenschlampe sitzt du hier ganz allein zusammen, lässt mich auf gute Freundin machen und hast keinerlei Angst? Vor mir, der kaltblütigen Killerin? Ich könnte dir längst Strichnin in den Rosado geschüttet haben, vorhin, als du für kleine Mädchen draußen warst.«

»Das wäre dumm. Das traue ich dir nicht zu.«

»Weil es dumm wäre? Und nicht, weil du mich für eine anständige, gesetzestreue Person hältst, die es ernst meint mit unserer Freundschaft? Oder wenigsten nur für eine kluge Geschäftsfrau? Ich glaube, ich sollte ernsthaft beleidigt sein.«

»An deiner Stelle wäre ich das jetzt auch. Zugegeben. Aber gerade weil mein eigenes Bild von dir seit unserer Begegnung auf dem Golfplatz so gar nicht zu dem passt, was über dich verbreitet und unterstellt und gemunkelt wird, freue ich mich so über deine Offenheit und unser Gespräch hier. Ehrlich! Ich kann mir eben ganz und gar nicht vorstellen, dass du mit diesen Todesfällen irgend etwas zu tun haben sollst. Aber was ist mit Wladim?«

»Was mit Wladim ist? Den gibt es nicht.«

22. Kapitel

Emma musste sehr verdutzt dreingeschaut haben. Nadeshda strahlte sie an:

»Ich behaupte nicht, niemals zu lügen. Manchmal muss frau einfach lügen. Manche Lügen dienen der Wahrhaftigkeit. Manche sind nützlich und schaden niemandem. Ich finde, man sollte ein rationales Verhältnis zum Lügen haben, und das heißt ja, nach Eurem Kant, dass man sich dabei ethisch vertretbar verhält.«

»Kant? Immanuel Kant, der Philosoph? Der mit dem kategorischen Imperativ: was du nicht tust, das man dir tu, das füg auch keinem anderen zu?«

»So ungefähr. Übrigens wäre Kant heute Russe. Er hat ja in Kaliningrad gelebt. Und das wollt ihr ja nicht zurückhaben, soviel ich weiß. Jedenfalls noch nicht.«

Emma fand, es wäre an der Zeit, dem Gespräch eine neue Wendung zu geben:

»Bist du eigentlich mit Putin verwandt? Eurem neuen Zaren? Oder ist dein Name im Interesse höherer Vernunft nur gut erfunden?«

»Der große Putin und die kleine Putinova? Das klingt gut, nicht? Das belebt die Phantasie, nicht wahr? Und ist in der Tat hilfreich, manchmal. Aber leider kennt Wladimir der Große mich nicht und ich ihn zum Glück auch nicht. Nein, die Namensähnlichkeit ist wirklich reiner Zufall. Und mein Name ist so echt wie alles andere an mir. Kein bisschen Silikon.«

Nadeshda lachte. Kein schallendes, lärmendes Lachen, nein, ein sonniges, kehliges, von zarter Ironie gedimmtes Lachen, eines, das Emma zum Mitlächeln einludt: komm, wir beide, wir verstehen uns, uns amüsiert das alles hier. So zu lachen stand Nadeshda wirklich gut, fand Emma und stellte sich vor, wie Männer auf einem Stehempfang darauf reagierten, wenn sie, über den Rand eines Martiniglases hinweg, so angestrahlt wurden, im ursprünglichen Sinn des Wortes.

»Wladim gibt es nicht, sagst du? Was meinst du damit? Ist er tot?«

»Phantasie hast du jedenfalls auch. Nein. Oder ja, in gewisser Weise ist er wohl tot. So viel ich weiß, hat er nie gelebt. Ich habe ihn erfunden.«

Emma sah sich in Versuchung, mit offenem Mund »Erfunden?« zu fragen. Sie kam sich blöd vor. Wie ein Schaf in Gegenwart einer Gepardin. Sie versuchte, schweigend ein aufmunterndes Gesicht zu machen. Sie fühlte sich dieser Frau in jeder Hinsicht unterlegen. Dabei fiel ihr ein, dass sie ihr einladend glaciertes Rinderfilet bisher so gut wie nicht angerührt hatte. Nadeshda hingegen hatte es fertig gebracht, während des Redens Biss um Biss ihres fast rohen Thunfisches genussvoll auf ihrer Zunge zergehen zu lassen, dann und wann anerkennend nickend. Die Russin war offenkundig multi-tasking-fähig, im Gegensatz zu ihr. Emma konnte viel von Nadeshda lernen, fand sie.

»Ich finde es nützlich, wenn die Leute denken: Vorsicht, diese junge Frau mag ja zerbrechlich sein, aber hinter ihr steht ein starker Mann. Ein Brutalo. Ein Rus-se!« Nadeshda straffte ihren Oberkörper, streckte das Kinn vor und wackelte mit den Schultern, während sie mit tiefer Stimme das Wort ›Rus-se!‹ aussprach: »Man weiß ja, wie die Russen sind! Brutal und kinderlieb. Manchmal, finde ich, sind Vorurteile ganz nützlich. Jedenfalls bin ich, seitdem es ›Wladim‹ gibt – also in der Vorstellung der Leute gibt –, immer mit dem größten Respekt behandelt worden.«

»Außer von Kommissar Madrigal.«

»Oh, doch. Auch von dem. Das siehst du falsch. Männer machen mit mir nur, was ich will, dass sie es mit mir machen. Robertos Fähigkeit ist es, zu erahnen, was ich will. Ist das nicht die Essenz der Erotik? Dieses Spiel mit Macht und scheinbarer Ohnmacht, mit Gewalt und Widerstand? Mit Betonung auf Spiel. Findest du nicht?«

Fand Emma das? Offenbar gingen ihr einige Erfahrungen ab. Sie dachte eigentlich, bisher ein recht befriedigendes Sexleben gehabt zu haben – gut, mit frustrierenden Erlebnissen gespickt und auch mit längeren Dürreperioden, aber war das nicht normal? Angesichts dieser Frau fühlte sie sich wie ein unerfahrenes kleines Mädchen. Aus Nadeshdas Sicht hatte sie wohl nichts als, wie nannte man das: Blümchensex zu bieten. Drüber reden? Gott bewahre!

Nadeshda sah sie an, als lese sie Emmas Gedanken:

»Du bist jung. Du bist attraktiv. Du hast Witz. Du hast Spaß am Essen. Und guten Wein magst du auch. Also bist du sinnlich. Da ist noch viel drin! Sei offen! Und, falls du von einer russischen ›Mafiabraut‹ einen Rat annehmen willst: definiere für dich, was du willst! Und das suchst du dir dann. Ich garantiere, du findest es auch. So jedenfalls habe ich das gemacht, irgendwann. Nicht, dass du glaubst, ich hätte nicht auch armselige Erfahrungen hinter mir.«

Nadeshda sah Emma nachdenklich an.

»Vielleicht sollte ich dich nachher mit Roberto allein lassen, stechende Kopfschmerzen vortäuschend. Was hältst du davon? Nein, ich sehe schon, du hältst nichts davon. Jedenfalls: noch nicht. Sag mir Bescheid, wenn du soweit bist! Und inzwischen: Viel Erfolg mit Mike!«

»Danke. Wie auch immer du das meinst mit dem ›Erfolg‹. Wo hast du eigentlich so perfekt Deutsch gelernt?«

»Perfekt? Muchas gracias! Erst in der Schule, dann in der Schule des Lebens. Meine Eltern waren zu Sowjetzeiten oft in der Deudschen Demograadischen Rebublik.« Nadeshda imitierte Walter Ulbrichts sächsischen Singsang. »Sie wollten, dass ihr Töchterchen die Sprache der Philosophen, Dichter und Massenmörder erlernt. Und seit ich mein eigenes Geld verdiene, hatte ich immer mit deutschen Firmen zu tun. Das ist besser, in fast jeder Hinsicht, als sich mit rein russischen Arbeitgebern arrangieren zu müssen.«

»Aber deine Auftraggeber, also die Investoren, die sind doch Russen, sagtest du.«

»Sagte ich das? Es ist ein bisschen komplizierter. Ich arbeite für einen Investmentfonds. Der sitzt in Moskau, aber er gehört Russen und Deutschen. Ein Joint Venture, hätte man früher gesagt, in den Zeiten der heroischen Sowjetunion, an die ich zum Glück nur noch sehr verschwommene Erinnerungen habe. Die meisten sowieso nur dank der Erzählungen meiner Eltern und einiger in jeder Hinsicht erfahrener Liebhaber. Unser Fonds bietet Kunden, die in Russland – aber potentiell auch anderswo – zu Geld gekommen sind, zu mehr Geld, als sie für Kaviar, deutsche Autos und geile Parties ausgeben können, aber wiederum nicht zu so viel Geld, dass sie sich ihre eigene

Investmentfirma halten können – solchen Leuten erschließen wir Möglichkeiten, ihr Erspartes zugleich sicher, gewinnbringend und mit einem Genussfaktor versehen unterzubringen. Im gelobten Land, in Euroland. Alles höchst legal, da kann ich dich und deinen Mike beruhigen, und im höheren Interesse der weiteren Annäherung zwischen EU-Europa und dem Russischen Reich.«

»Wenn du schon mit Putin weder verwandt noch verschwägert bist: aber seine Politik findest du gut?«

»Ach Ihr Deutschen! Ihr glaubt immer, die ganze Welt an Euren biedermeierlichen Maßstäben messen zu müssen! Putin ist ein Verbrecher, na klar, aber ein guter. Er ist genau die Art von Verbrecher, die Russland jetzt braucht, in dieser historischen Phase seiner Entwicklung. Er hat seine Wladims, nur dass die echt sind, oft. Außerdem: Hat ihm nicht ein deutscher Bundeskanzler bescheinigt, ein ›lupenreiner Demokrat‹ zu sein? So weit würde ich nie gehen. Vor allem haben wir in Russland keine echte Pressefreiheit und keine unabhängige Justiz. Dafür bestechliche Polizeibeamte. Das ist gut, wenn du Geld hast. Aber wenn du Geld und Verstand hast, merkst du auch, dass es auf Dauer nicht gut genug ist. Und dann bist du froh, wenn dir jemand hilft, dein Geld in EU-Europa anzulegen, bevor Väterchen Putin und einer seiner Neffen oder Großneffen es dir wieder wegnimmt, im Interesse einer höheren Macht, seiner eigenen nämlich.«

Das Rinderfilet mundete Emma auch kalt. Der Rosado ging zur Neige. »Nehmen wir noch einen Kaffee?« fragte Nadeshda, während sie der Kellnerin bereits ein Zeichen gab. Das Blanca y Negra war inzwischen gut gefüllt. Das Publikum schien umso jünger, je älter der Abend wurde. Konnte es sein, dass die Musik, die aus fast unsichtbaren Bose-Lautsprechern quoll, dazu allmählich lauter wurde?

»Eines muss ich dich unbedingt noch fragen«, setzte Emma an: »Wieso engagierst du dich für die Los Amigos de Los Perros? Das, finde ich, passt überhaupt nicht zu dir.«

Nadeshda lachte. »Ist das ein Kompliment? Etwas habe ich von euch Deutschen gelernt: wenn du irgendwo ›ankommen‹ willst, also von den vorher Angekommenen, den sogenannten Einheimischen akzeptiert werden willst, dann tritt Vereinen bei! Ich würde jedem

Verein beitreten, der uns helfen könnte, unsere Villen und Yachten an den Mann zu bringen, oder auch an zahlungskräftige Frauen.«

»Wieso sollen Euch die Hundefreunde helfen können, Eure Villen zu verkaufen? Das sind ja nicht gerade Hundehütten.«

Wie witzig, Emma!

»Ach, Hundehütten liefern wir, wenn es verlangt wird, auch, möglichst vergoldet und mit Brokat verkleidet. Gerade wenn es um die kleinen Lieblinge geht, sitzt das Geld besonders locker. Aber im Ernst: Eigentlich hat mich Ilse auf die Idee gebracht.«

»Meine Großmutter?«

Emma! Wie idiotisch geht's denn noch! Oder hat es auf Teneriffa eine Invasion der Ilses gegeben?

Nadeshda schenkte Emma diesmal ein Lächeln, das man als liebevoll charakterisieren könnte oder auch als mitleidig. So schaut man Teddies an:

»Deine Großmutter und ich haben uns darüber unterhalten, wie man es fertig bringen kann, den Widerstand der Biodeutschen im La Palma gegenüber uns Fremden zu überwinden. Da hat sie den Hundeverein erwähnt. Das Schicksal der bedauernswerten vierbeinigen Kreaturen hier auf der Insel liegt deinen Landsleuten sehr am Herzen, gerade den im La Palma konzentrierten. Eine Russin, die diese Eure tiefe Sehnsucht teilt, die Sehnsucht, das Leid der von den Tinerfeños so übel drangsalierten Kläffer zu mildern, die kann doch so gefährlich nicht sein! Ich finde, sie hatte Recht, die kluge Ilse. Und kurz darauf habe ich Bruno kennengelernt, bei einem Empfang! – und er hat mich doch tatsächlich eingeladen, dem Vorstand der Amigos beizutreten. Wenn das keine Fügung war!«

»Weshalb sollte meine Oma daran interessiert gewesen sein, mehr Russen ins Haus zu holen? Denn darum geht es doch am Ende, wenn ich dich richtig verstehe? Ich hatte bisher eher die Information, sie hätte das Haus gern in deutschen Händen gehalten.«

»Russen, Prussen, Papperlapapp. Geld! Geld kennt keine Nationalität. Es geht darum, Geld ins Haus zu holen, solvente Eigentümer anstelle von geizigen, provinziellen deutschen Sparrentnern. Ilse hatte genau verstanden, jedenfalls die Ilse, die ich kennengelernt habe, dass die Zeit der kleinkarierten Pfennigfuchser vorbei ist, die zuhause ein Paar Mark auf die Seite gelegt hatten und auf Teneriffa damit den großen Macker spielen: ›Ist der Cognac nicht billig hier!‹ oder ›Wir haben ja für unsere Wohnung nur 30.000 Mark bezahlt, damals‹.«

Nadeshda versuchte sich als Sprach-Imitatorin der ›schwäbischen Hausfrau‹. Das gelang ihr, fand Emma, längst nicht so gut wie ihr Ulbricht.

»Das ist übrigens auch noch eines meiner deutschen Lieblingswörter: Pfennig-fuchser. Ich bin sicher, auch wenn es Eure Pfennige schon lange nicht mehr gibt, die Fuchser bleiben uns erhalten. Nimmst du Zucker?«

Der Kaffee war gekommen. Emma warf ein Stück Zucker in ihren Café solo, Nadeshda nahm drei, ohne hinzusehen. Sie schien sich für die Richtung zu begeistern, die ihr Gespräch genommen hatte:

»Das absolute Lieblingswort deiner tüchtigen Landsleute ist ja wohl ›Preis-Leistungs-Verhältnis‹. Damit kann man bei Euch jedenfalls am besten punkten. Mit dem tollen ›Preis-Leistungs-Verhältnis‹. Also mit der Tatsache, dass andere ganz hart für wenig Geld schuften, damit der deutsche Kleinbürger auf Teneriffa den großen Macker raushängen lässt. Die Stella Real Estate, da kannst du sicher sein, bietet ein optimales ›Preis-Leistung-Verhältnis‹. Deutsche Wertarbeit zu spanischen Preisen. Im Übrigen, nicht dass du mich für eine verkappte Rassistin hältst: dieses Versprechen lockt auch unsere russischen Kunden. Denn im Kern sind Moskaus Multimillionäre nichts anderes als plötzlich zu Geld gekommene Kleinstbürger, Proleten mit dicker Hose. Und natürlich bewundern sie alles Deutsche. Mindestens klammheimlich. Deshalb kommt es auch bei meinen russischen Kunden sehr gut an, wenn ich beiläufig erwähne, wie intim ich mit dem deutschen Vereinswesen bin.«

Emma verkniff es sich, das Wort ›intim‹ aufzugreifen. Außerdem war Nadeshda sowieso nicht zu stoppen:

»Ilse konnte wunderbare Geschichten aus dem Innenleben der deutschen Exil-Community erzählen. Sie hatte sich davon offenbar gelöst, verfügte aber über reiche Erfahrungen. Für mich war das außerordentlich hilfreich. Wer verkaufen will, habe ich gelernt, muss in die Seele seiner Kunden zu blicken verstehen. Ilse hat mir den Blick in die deutsche Kleinbürgerseele geöffnet. In Moskau hatte ich es ja eher mit anderen Exemplaren Eurer Spezies zu tun gehabt, den großkalibrigen. Oder besser: den großkalibrig Tuenden. Aber in jedem sogenannten ›großen Mann‹, glaub mir, steckt die Seele eines kleinen Jungen. Und in jeder edlen Robe, in jedem Nadelstreifenanzug, das ist mir früh klar geworden, steckt ein kleiner Scheißer.«

Nadeshda orderte, wie selbstverständlich, die Rechnung. Emma unternahm erst gar nicht den Versuch, sich einzumischen. Sie hatte kapituliert. Sie nahm ihre Rolle an. Sie war hier, um zu lernen:

»Trotzdem. Ich will das verstehen. Was interessiert dich – oder deinen moskowitischen Investmentfonds an so einer abgestandenen Immobilie wie dem La Palma?«

»Meine liebe Emma, kennst du die drei wichtigsten Kriterien jedes Immobiliengeschäfts?«

Emma schüttelte den Kopf und guckte wissbegierig wie ein kleines Kind.

»Erstens: Location. Die Lage. Zweitens: Location. Und drittens, was denkst du?«

»Location?«

»Genau. Das La Palma mag ein fruchtbarer Klotz sein, voller Pfennigfuchser, aber es steht an einer einzigartigen Stelle. Direkt am Meer, unverbaubarer gehts nicht. Nie im Leben würde an so einem Ort heute so ein Bau genehmigt werden. Keine Chance, selbst wenn es unbebaute Plätze dieser Qualität noch gäbe! Aber nun steht das La Palma da, in unmittelbarer Nähe zu einer wieder aufstrebenden Destination erster Güte: Puerto de la Cruz. Demnächst mit neuem Super-Hafen. Das einzige, was stört, sind die bisherigen Bewohner des La Palma, ist der Sauerkrautgeruch im Treppenhaus – ist dir der auch aufgefallen? – und das ist der Zuschnitt der Apartments. So eng, so bescheiden kann man heute nicht mehr daherkommen.«

»Meine Großmutter hat von dem Haus, so wie es ist, immer geschwärmt.«

»Bist du dir da ganz sicher? Deine Großmutter Ilse mochte aus beengten Verhältnissen stammen, aber sie hatte eine große Seele. Sie hatte den richtigen Blick, einen scharfen Blick, auf die ›facts of life‹. Und auf die Heilbutts dieser Welt. Mit Ilse konnte man Visionen entwickeln. Vom La Palma der Zukunft. Exklusive Luxusapartments mit Traumblick, nahe an Stadt, Marina und Strand.«

»Aber wieso sollte sie dann ihr Apartment verkaufen wollen?«

»Das war der Ausgangspunkt. Sie hatte die Nase gestrichen voll von dieser Engstirnigkeit der Heilbutts & Co., die nicht sehen wollen oder können, welches Potential im La Palma steckt. Aber noch besser als dem Haus und der Enge dort zu entfliehen gefiel ihr der Gedanke, das Haus zu verändern, zu öffnen, die Enge zu sprengen. Neue Grundrisse, ein neues Lebensgefühl, neue Eigentümer. Und sie, Ilse, mittendrin. Oder, wenn sie eines Tages ›nicht mehr wäre‹, dann du, ihre Enkelin, als die, die das alles möglich macht.«

Emma glaubte zu begreifen:

»Und dazu muss man zunächst die Mehrheit in der Eigentümergemeinschaft bekommen? Also genug Apartments zusammenkaufen, um sich durchsetzen zu können, gegen die Heilbutts & Co. Richtig?«

»Ganz genau. Da hast du es. Leider wehren sich Heilbutt & Co. Leider haben sie sogar den Vorstand übernommen, einstweilen. Bisher habe ich gedacht, sie hätten dabei einfach Glück gehabt und die Mittel der Demokratie genutzt. Wie ich mir brave deutsche Spießer eben so vorstelle, als naive Russin. Aber seitdem du hier bist und über Leichen stolperst, kommt mir ein ganz anderer Verdacht.«

»Was meinst du damit? Du denkst, die Heilbutts – Heilbutt & Co. – haben Klaus Kaltenbrenner, Hans & Heinz und womöglich auch meine Oma aus dem Weg geräumt? Um im La Palma das Sagen zu haben?«

Nadeshda sah Emma ausdruckslos an. Statt zu antworten, legte sie eine goldig schimmernde Kreditkarte in das schwarze Kästchen, in dem die Rechnung versteckt war.

So ungeheuerlich Emma der Gedanke vorkam: war er ungeheuerlicher als die Vorstellung, eine junge russische Finanzmanagerin habe einen Schläger namens Wladim beauftragt, deutsche Rentner zu meucheln, um auf Teneriffas Klippen Platz für Moskauer Oligarchen zu schaffen? Die Wahrheit war: Wenn Emma zwischen diesen beiden Versionen hätte wählen müssen, wäre sie auf Nadeshdas Seite gelandet. Ohne Zweifel und Zögern. Jedenfalls im Hier und Jetzt. Sie brauchte Ruhe und Zeit und vielleicht auch einen anderen

Gesprächspartner, um ihre Gedanken und Gefühle zu ordnen. Unbedingt. Schnell.

Nadeshda schien parallel zu Emma zu denken. Sie zog ihr platinfarbenes Smartphone aus einem hellroten Lederetui und tippte eine Nummer an. Zu Emma gewandt flüsterte sie: »Ich bestelle unser ›Taxi‹.« Dann, etwas lauter und auf Spanisch, ins Handy: »Roberto! Nein, ich habe unser Date nicht vergessen. Du darfst mich jetzt abholen, bei einem reizenden kleinen Restaurant hinter dem Taoro, dem Blanca y Negra. Das kennst du? Ich lasse meinen Mercedes hier stehen, um nicht die Beute deiner Kollegen von der Straßenverkehrssitte zu werden. Und als Belohnung für deine Geduld darfst du nicht nur mir die Tür aufhalten, sondern auch einer deiner wichtigsten Zeuginnen: Señorita Emma Schneider ist hier bei mir...«

Als Emma ihren Namen hörte – die Bedeutung des ansonsten Gesagten konnte sie nur erahnen –, schüttelte sie heftig den Kopf und winkte ab. Leise zischte sie Nadeshda zu: »Ich laufe. Ich nehme mir unterwegs ein Taxi.«

»O Schade, Roberto, aber ich höre gerade: Señorita Schneider will dir heute Abend doch lieber aus dem Weg gehen. Du musst dich also mit mir begnügen. Hasta luego! Und beeil dich! An der Bar hier sitzen interessante Männer.« Nadeshda verstaute das Handy wieder in ihrer Luis-Vuitton-Tasche.

Emma stand auf, schob ihren Stuhl zurecht und bedankte sich für die Einladung »und alles«:

»Ach ja, und schöne Grüße an den Herrn Kommissar. Sag ihm, ich sei gespannt auf die Ergebnisse seiner Ermittlungen!«

»Sicher. Und vergiss nicht: wir sehen uns morgen! In Garachico. Um 8. Am neuen Hafen. Und bring deinen Mike mit!«

Auch Nadeshda erhob sich. Wangenkuss links, Wangenkuss rechts, Wangenkuss links. Beste Freundinnen halt.

23. Kapitel

Die Wolke, die am Nachmittag über dem Orotavatal gehangen hatte, war vollständig verschwunden. Die Sterne am tiefdunklen Nachthimmel spielten Lichter der Großstadt. Der Mond hielt sich versteckt. War es nicht zu finster, zu Fuß durch menschenleere Straßen und Parks zu laufen?

Sich nicht mitnehmen zu lassen: das war Emmas ganz spontane Idee gewesen. Die Vorstellung, jetzt noch auf Kommissar Madrigal – Nadeshdas ›Roberto‹ – zu treffen und womöglich dessen Avancen in Richtung einer Menage à trois abwehren zu müssen, und dabei nicht wie ein verklemmter Trampel wirken zu wollen, hatte Emma erschreckt. Dafür stand sie jetzt mutterseelenallein auf einer spärlich beleuchteten Nebenstraße in einer ihr im Grunde immer noch gänzlich unbekannten Stadt auf einer Insel im Ozean vor Afrika. Na und, riss Emma sich zusammen: bergab muss es zu einer Hauptstraße gehen, dort werde ich ein Taxi finden. Oder könnte sie womöglich doch noch selber fahren? Nach einer halben Flasche Wein und einem großzügig eingeschenkten Martini? Nein! Abmarsch zur Straße!

Keine zehn Minuten später saß sie einem Taxi, auf dem Weg zum La Palma. Konnte sie Mike noch anrufen? Er hatte gesagt, sie wollten heute mit der nächsten Ausgabe der Inselzeitung fertig werden. Solche Abende, das wusste Emma gut genug, wurden immer lang. Aber vielleicht war er im Stress? Nun, dann konnten sie ein ernsthaftes Telefonat auf noch etwas später verschieben. Sie wählte Mikes Handynummer an.

»Si!«

Ziemlich unwirsch, der Herr. Aber so hätte Emma auch geklungen, dachte sie, wenn sie jetzt noch in Haltern säße, in der Redaktion, vor der letzten Überschrift auf der letzten Seite der morgigen Ausgabe. Komisch, seit wie vielen Stunden – Tagen? – hatte sie nicht mehr an ihren alten Job, an Haltern und die Kollegen dort gedacht? Mordermittlungen hatten etwas Therapeutisches.

»Ich bin es: Emma. Störe ich?« Natürlich störte sie. Sie musste lächeln.

»Überhaupt nicht. Entschuldige. Ich habe nicht auf das Display geachtet. Wir haben die Ausgabe noch ein bisschen aktualisiert. Das wird dir gefallen. Aber bald sind wir durch, ein, zwei Stunden noch. Wie geht es dir? Wo steckst du? Ist alles in Ordnung?«

Machte Mike sich Sorgen um sie? Wie süß!

»Alles bestens. Ich bin im Taxi auf dem Weg nach Hause. Ich habe ein Business-Dinner mit Nadeshda hinter mir. Das war die Krönung des Tages – und dabei dachte ich schon, unser Tête-à-tête mit Joe sei nicht zu toppen gewesen. Ich dachte, ich bräuchte jetzt jemandem zum Reden. Aber klar, jetzt ist keine gute Zeit für dich. Morgen? Übrigens sind wir beide, du und ich, morgen Abend eingeladen. Zu einer Eröffnungsfeier am Hafen von Garachico.«

»Das ist schön. Da wollte ich sowieso hin. Ich hätte dich gerne mitgenommen. Aber genauso gerne lasse ich mich auch von dir mitnehmen. Vielleicht sogar noch lieber.«

Flirtete Mike mit ihr? Oder machte er sich lustig über sie? Weil sie dumme Gans dachte, sie hätte exklusiven Zugang zu einer exklusiven Party? Es war doch klar – nur ihr nicht, diesem unerfahrenen Küken –, dass der einzige Redakteur der deutschsprachigen Zeitung der Insel eingeladen war, wenn ein Hafen eingeweiht wurde! Grrrr!

»Ich rufe dich morgen früh an. Ist das ok? Ab wann kann ich dich stören?«

»Von mir aus darfst du mich wecken. Am liebsten mit Kaffee und Brötchen.«

»Gut. Du hast es gesagt. Ich komme. Morgen früh. Selber schuld. Im Morgengrauen. Zu deiner Höhle. Ich bringe Brötchen mit. Den Kaffee musst du selber kochen.«

»Nichts könnt ihr jungen Frauen von heute allein! Aber gut: ich freue mich.«

»Bis morgen!«

»Bis morgen.«

Was wusste sie wirklich über ihre Oma Ilse, über Ilses neues Leben auf der Insel, fragte sich Emma, als sie sich auf ihrer Schlafcouch fest einkuschelte, mit Albert im Arm. Mit Albert! Was Nadeshda jetzt wohl gerade mit ›Roberto‹ anstellte? Emmas Phantasie produzierte Bilder, die absolut nicht jugendfrei waren. Sie hatte Albert. Sie gab dem Walross einen Kuss – und schlief ein.

Emma träumte. Sie war auf einem Empfang. Umgeben von sich diplomatenhaft gerierenden Männern in Smokings, geschminkte Damen in wolkigen Abendroben untergehakt, in einem Palmengarten voller seltsamer, riesiger Farne und süß duftender, bonbonfarbener Blüten, geheimnisvoll durchwoben von Luftwurzeln und Lianen, wo das steife Redenhalten peu à peu überging in eine wilde Orgie – ohne dass sich die Gesichtsausdrücke der Beteiligten veränderten. Anstelle von Reden erklang nun leise Musik, allmählich anschwellend, während jeder jede begrapschte und umgekehrt und mit ernsten Gesichtern kopuliert wurde, auf umrankten Parkbänken, an Lianen schwingend, über Brüstungen gebeugt. Emma sah sich selbst, mit den Händen im Wasser plätschernd, stöhnend, während Piranhas nach ihren Fingern schnappten. Wer war das hinter ihr? Eine Maske aus Echsenhaut verbarg sein Gesicht. Lustschreie vermengten sich mit dem Krächzen von Papageien. Papageien? Riefen Papageien Kikeriki? Emma wachte auf.

Es dämmerte. Gerade in diesem Moment, das wusste Emma inzwischen, musste sich die Sonne über den Bergkamm schieben, die das halbschüsselförmige Orotavatal auf drei Seiten umgab. Durch das offene Fenster hörte sie das unermüdlich rauschende Meer – und einen laut krähenden Hahn.

Noch immer hielt sie Albert fast krampfhaft umklammert. Sie lockerte den Griff – armer Albert! – und schüttelte sich. Was für ein Traum! Sie war schweißnass. Sie sollte duschen. Oder, besser noch, in den Pool springen. Die Mittelschwimmer kühl ignorierend. Wovon die wohl träumten des nachts?

Der Pool gehörte ihr allein. Sie musste eine Lücke zwischen den Schwimmtrupps erwischt haben. Welch ein Glück! Emma zählte zwanzig Bahnen ab, kraulte erst so schnell wie möglich, drehte sich, als Erschöpfung einsetzte, auf den Rücken und legte zum Schluss noch fünf Bahnen brustschwimmend drauf. Als sie sich aus dem Becken hob, vermied sie jeden Blickkontakt mit den Logenplätzen auf den

Balkonen. Sie duschte und nahm den Aufzug nach oben. Ohne einer Menschenseele zu begegnen. Das schien ein guter Tag zu werden.

Was hatte Nadeshda ihr über Seelen erzählt? Und warum? Warum machte sie auf innige Freundschaft, mit einer deutschen, unerfahrenen, naiven, wie ihr jetzt schwante zu Recht arbeitslosen Journalistin, die Nadeshda Putinova in keiner Weise das Wasser reichen konnte? Heißt Wasser nicht Wodka auf Russisch? Hihi, Emma, werde nicht kindisch! Wer verkaufen will, muss in die Seelen seiner Kunden sehen: hatte Nadeshda das gesagt? Klar, sie ist eine Geschäftsfrau. Und Emma? Hat etwas, das Nadeshda haben will. Dafür lohnt sich der Einsatz. Tatsächlich? Für ein lausiges Apartment in einem 1970er-Jahre-Schuppen? Nun gut, aus dem ein Luxusbunker werden könnte; für bleiche Moskowiter, die in Wärmerem als Rubeln baden wollen. Dennoch. Emma blieben Zweifel. Dass Nadeshda ihr gestern Abend eine große Show geboten hatte, stand außer Frage. Wirklich nur wegen eines Apartments im La Palma? Oder um ihr etwas anderes zu verkaufen? Um sie – und über sie Mike, die Presse, oder Madrigal – auf eine Fährte zu locken? Um die Heilbutts als Serienmörder hinzustellen? Ihn, Günter Heilbutt, hatte Emma bisher noch nicht getroffen, aber konnte sie sich Irma Heilbutt als eiskalte Killerin vorstellen? Hannelore Hülsenbusch konnte das offensichtlich. Aber Emma hatte das nicht ernst genommen. Eigentlich. Doch was wusste sie davon, was in den Köpfen dieser alten, verbitterten, freudlosen Menschen vorging? Ihr fiel ein, wie Oma Ilse am Telefon über diese »widerlichen Intriganten« aus der Hausgemeinschaft hergezogen hatte. Voller Hass. So hatte sie ihre Oma nicht gekannt. Als ruppig war sie ihr, schon als Emma noch ein kleines Kind war, gelegentlich vorgekommen, auch als streng und gelegentlich verärgert. Aber Hass? Hass hatte in Emmas Bild von Oma Ilse keinen Platz gehabt.

Sie passierte die Tür zu Pedros Apartment. Sollte sie anklopfen? Es gäbe manches zu besprechen. War Pedro nicht auch bedroht, laut Hannelore Hülsenbusch? Was wusste er über Nadeshdas Kaufoffensive? Was traute er den Heilbutts zu? Aber wenn sie jetzt klopfte, würde er sie sicher zum Frühstücken einladen. Und dann müsste sie darlegen, dass sie anderes vorhatte, und mit wem... Nein, zu viele Komplikationen. Vielleicht fände sich später am Tag eine Gelegenheit, mit Pedro Mordkomplott-Ideen durchzugehen – und herauszufinden, was er über Nadeshdas Übernahmeversuch wusste und wie er dazu stand.

Ihr Auto! Erst jetzt fiel ihr wieder ein, dass sie den C3 gestern Abend auf dem Taorohügel hatte stehen lassen. Und wie, bitte schön, sollte sie jetzt zu Mike kommen? Wie weit war die Plantage, auf der seine »Hütte« stand, überhaupt vom La Palma entfernt? Führte ein Fußweg dorthin? Wenn ja, würde sie womöglich einen Gewaltmarsch hinlegen müssen. Auf nüchternen Magen. Zumal es sicher bergauf ging. Teneriffa, das hatte sie gelernt, bestand aus Steigungen. Teneriffa war kein Nackedei im Seichten, flach dahingestreckt und auf einen Blick zu erfassen, so wie Norderney oder Sylt. Teneriffa kam ihr vor wie ein 3600 Meter hoher Riese voller Falten und Pickel und umgeben von Landschaften wie planlos fallengelassenen Kleidern. Unübersichtlich. Eine Herausforderung für jedes Orientierungssystem. Frei von jeder Symmetrie.

Ein männlicher Riese natürlich. Sonst sähe die Landschaft akkurater aus und lieblicher.

Was tun? Sollte sie Mike anrufen und ihn bitten, zu ihr zu kommen und Brötchen mitzubringen – statt dass sie ihn aufsuchte? Nein, das wäre peinlich. Nein, das kam nicht infrage. Zumal er sicher noch schlief. Wer weiß, wie spät es für ihn geworden war gestern? Sie waren noch längst nicht so vertraut miteinander, dass man sich voreinander eine Blöße geben konnte ohne das Gefühl, etwas erklären zu müssen. Noch? Hatte sie ›noch‹ gedacht? Was meinte sie damit? Emma fühlte sich konfus.

Ein drittes Mal: Nein. So ärgerlich und im Grunde albern es war: sie musste ein Taxi rufen, sich zum Taoro fahren lassen, den C3 abholen, der hoffentlich noch dort stand, wo sie ihn hingestellt hatte, und dann auf dem Weg zur Plantage in einer Panadería Brötchen kaufen. Je flotter, desto besser. Also, die Haare geföhnt und hopp! Gut, dass sie nicht bei Pedro angeklopft hatte! Obwohl: er hätte sie vielleicht zu ihrem Wagen gefahren. Aber wäre das nicht unverschämt von ihr gewesen? Komm, Emma, kurbele die Taxiwirtschaft an!

Unterwegs, im Taxi, meldete sich der Sparfuchs in Emma zu Wort und rechnete vor: der Weg vom La Palma zu Mike direkt wäre kürzer gewesen. Erheblich kürzer. Dann hätte Mike sie später zu ihrem Wagen bringen können. Nun, jetzt war es, wie es war.

Und so ging es schon auf Mittag zu, als sie endlich, eine Tüte mit immerhin ofenwarmen Baguette-Brötchen unter dem Arm, vor der Steenbosch-Plantage auftauchte. Emma stellte den C3 vor dem weit offen stehenden gusseisernen Gatter ab. Ein geschwungener, mit dicken grauen Steinen gepflasterter Weg führte zwischen Bananenstauden bergab zum Haupthaus. Kurz davor, erinnerte sie sich, musste sie sich beim alten Lorbeerbaum links halten. Ein schmalerer, mit den gleichen Steinen belegter Weg führte noch steiler bergab und mit einem letzten Schwung nach rechts zu Mikes ›Hütte‹.

Vor dieser ›Hütte‹, unter den ausladenden Ästen des Pfefferbaums, setzte sich just in diesem Moment ein Polizeiwagen in Bewegung. Mike stand auf der Terrasse und sah dem bergauf krabbelnden Wagen nach. Er fing Emmas Blick auf. Sie war überrascht stehen geblieben und drückte sich nun eng an das hüfthohe Mäuerchen zwischen Weg und Bananenstauden. Vom Beifahrersitz des Polizeiautos sah ihr Kommissar Madrigal amüsiert – wie es ihr vorkam – in die Augen. Am Steuer saß die stumme junge Polizistin, die Madrigal auch ins La Palma begleitet hatte. Erst als der Wagen auf Emmas Höhe angekommen war, und sie zwischen Mauer und Beifahrertür eingeklemmt stand, dass sie sich fühlte wie ein aufgespießter Schmetterling in Alexander von Humboldts Reisegepäck, hielt der Wagen an. Madrigal ließ das Fenster heruntersurren und begrüßte Emma mit einem galanten Lächeln:

»Señorita Schneider! Hier hatte ich Sie nicht vermutet. Schade, dass wir uns gestern Abend verpasst haben! Betreiben Sie jetzt einen Lieferservice für Frühstücksbrote? Ich fürchte, das wird nichts. Wer hier Geschäfte machen will, muss früher aufstehen.«

Emma wollte auf die Schnelle ärgerlicherweise keine passende Erwiderung einfallen. Sie stand einfach stumm da und machte, fürchtete sie, ein dummes Entleingesicht.

»Jedenfalls ist es gut zu wissen, wo ich Sie finden kann, Fräulein Schneider. Bitte halten Sie sich zu unserer Verfügung! Es kann sein, dass ich Sie im Laufe des heutigen Tages noch einmal befragen muss. Hasta luego!«

Damit schnurrte die Scheibe wieder nach oben und der Wagen krabbelte weiter.

»Was wollte Madrigal von dir?« Emma drückte Mike ziemlich brüsk die Brötchentüte in den Arm. Sie ärgerte sich.

»Er wollte mich warnen. Vor allzu intensiven Kontakten mit einer Tatverdächtigen.«

»Mit wem?«

»Mit einer gewissen Señorita Emma C. Schneider. Und wie auf Zuruf tauchst du hier auf! Wie im Film. Oder beim Boulevardtheater, wo gerne zur linken Tür jemand herein kommt, auf die Bühne, wenn rechts jemand abgeht. Guter Auftritt! Ich hatte Madrigal gegenüber nicht erwähnt, dass ich dich erwarte.«

»Komisch: gestern Abend wollte er noch mit mir ausgehen«, verbog Emma den Tathergang ein bisschen, »und jetzt bin ich verdächtig?«

»Wie wäre es erst mal mit einer Tasse Kaffee? Außerdem habe ich heute früh einen kleinen Obstsalat gemischt, um die Zeit zu überbrücken. Ich konnte ihn erfolgreich vor Madrigal verstecken. Er greift ja gerne überall zu. Möchtest du gekochte Eier oder lieber Rühreier? Die Lieferantinnen kennst du ja schon; sie gackern da irgendwo unter den Zitronenbäumen.«

»Rührei wäre großartig. Entschuldige, dass ich so spät bin. Ich musste erst noch mein Auto abholen. Das habe ich gestern am Taoro-Hotel stehen lassen.«

»Das war wohl auch besser so. Du klangst gestern Abend ziemlich, wie soll ich sagen, aufgedreht – erregt –, als du mich angerufen hast. Sorry, dass ich so kurz angebunden war.«

»Ich kann mir den Stress vorstellen. Ich kenne keinen Journalisten, der zum Plaudern aufgelegt ist, wenn die Deadline drängt.«

»Na, hinzu kam, dass wir Madrigal den Grund geliefert haben, mich hier heute früh zu überfallen. Wir haben nämlich auf den letzten Drücker noch eine Geschichte ins Blatt gehoben, die ihm überhaupt nicht gefällt. Die ihm so wenig gefällt, dass er mir das glaubte unbedingt gleich heute früh sagen zu müssen. Jetzt ist er wahrscheinlich auf dem Weg zu Ursula.«

»Ursula?«

»Ursula Blaukamp, unsere Verlegerin. Madrigal wird Druck machen. Er möchte, dass wir die Ausgabe zurücknehmen, bevor sie an alle Kioske und Hotels ausgeliefert worden ist. Immerhin hat er den ›Dienstweg‹ eingehalten und ist erst zu mir gekommen. Das sollte ich ihm hoch anrechnen. Andere Potentaten rufen immer gleich den Verleger oder Herausgeber an.«

»Mir war bisher nicht aufgefallen, dass die Inselzeitung so ein Sensationsblatt ist. Womit habt ihr den Herrn Kommissar denn verärgert?«

»Sieh selbst – während ich mich um die Eier kümmere. Hier ist der Kaffee! Und da liegt eine Andrucknummer. Den Stein des Anstoßes findest du gleich auf Seite Eins.«

Emma hockte sich auf die Bank auf der Terrasse und nahm die Zeitung in die Hand. Auf den ersten Blick war klar, welche Schlagzeile Madrigal auf die Palme getrieben hatte:

»Die Toten und die Hunde – Geht auf Teneriffa ein Serienmörder um?«

Der Artikel – gezeichnet von Michael F. Dorenbeck – hatte folgenden Wortlaut:

»Teneriffa. Wanderer haben im Teno-Gebirge eine Männerleiche entdeckt. Sie war unter Steinen in einer verfallenen Schutzhütte versteckt. Bei dem Toten handelt es sich um den seit drei Jahren als vermisst gemeldeten Residenten Klaus Kaltenbrenner. Die Umstände des Fundes deuten auf Mord.

Die Polizei schließt einen Zusammenhang mit drei anderen ungeklärten Todesfällen nicht aus. Alle Opfer wohnten im selben Apartmenthaus in Puerto de la Cruz. Dessen Bewohner leben nun in Angst: Treibt ein Serienmörder sein Unwesen?

Alle Opfer – neben Kaltenbrenner zwei Männer und eine Frau – waren Rentner, die ihren Lebensabend auf Teneriffa verbrachten und hier Eigentum erworben hatten. Die Polizei geht Hinweisen nach, alle vier Opfer hätten einen nicht unbeträchtlichen Teil ihres Vermögens für den Fall ihres Hinscheidens testamentarisch einer Organisation vermacht, die entlaufene und wilde Hunde von Teneriffa aus an neue Halter in Deutschland vermittelt.

Der die Ermittlungen leitende Kommissar Roberto Madrigal wollte der Inselzeitung gegenüber nicht bestätigen, dass der Kreis der Verdächtigen bereits eingeengt werden konnte. Madrigal auf die Frage, ob der oder die Tatverdächtigen im Umfeld des Vereins »Los Amigos de Los Perros« zu suchen seien: »Wir ermitteln in alle Richtungen.«

Es sei »viel zu früh, irgendwelche Vermutungen anzustellen.« Es gebe keinen Grund zur Panik.

Doch Beobachter – die nicht mit Namen zitiert werden wollen – stellen die Frage, ob Madrigal möglicherweise befangen sei. In der Tat gehört er Recherchen der Inselzeitung zufolge selbst, wenn auch erst seit kurzem, dem Vorstand der »Los Amigos de Los Perros« an.«

»Mehr Platz hatten wir vorne leider nicht.« Mike ermunterte Emma, umzublättern. »Weiter hinten im Blatt beschreiben wir ausführlich das segensreiche Wirken des Vereins der Los Amigos. Daneben findet der geneigte Leser ein sehr schmeichelhaftes Porträt Madrigals. Jedenfalls steht da nicht drin, weshalb es ihn von León nach Teneriffa verschlagen hat. Aber auch mein Hinweis darauf war vorhin nicht geeignet, Madrigals Erregung zu dämpfen.«

Neben dem Porträt Madrigals fand Emma Fotos von Klaus Kaltenbrenner – des lebenden –, vom Fundort der Leiche, von Heinz Hock und Hans-Werner Frohsinn – und von Oma Ilse.

»Wo hast du das her? Das Bild von Oma Ilse – und auch die anderen Fotos, woher sind die?« Emma wusste nicht, ob sie empört sein sollte – als Enkelin – oder beeindruckt – als Kollegin. Auch das La Palma war in seiner ganzen Größe abgebildet. »Was sagt denn dein Freund Bruno dazu, dass du ihn zum Tatverdächtigen erklärst? Denn ich gehe mal davon aus, dass nicht Madrigal die Los Amigos ins Spiel gebracht hat.«

»Bruno habe ich angerufen und ins Bild gesetzt. Er war einverstanden. Also: nicht sofort, aber nachdem ich ihn überzeugt hatte, dass ich keine Sekunde daran glaube, dass die Hundefreunde Menschenmörder sind, sondern dass wir auf diese Art erstens den wahren Täter in Sicherheit wiegen, zweitens die Polizei ermuntern, wirklich ernsthaft zu ermitteln, und drittens sein Verein am Ende jede Menge kostenlose Publicity gehabt haben wird. Was ja schon mit dem Stück auf Seite Fünf angefangen hat. Das hat ihn, denke ich, überzeugt. Er hat mir dann aber doch noch das Ehrenwort abgenommen, dass er im nächsten Heft seiner Empörung darüber Ausdruck geben darf – länglich –, dass so ein herzensguter Verein voller selbstloser Mitglieder und umgeben von aufopferungsvollen ehrenamtlichen Mitarbeitern…«

»Das reicht«, fiel Emma ihm ins Wort: »Mir kommen schon die Tränen vor Rührung.«

»Die Fotos waren nicht schwer zu beschaffen. Eine kleine Recherche-Runde am Pool des La Palma – und ich hätte komplette Biographien unserer Opfer schreiben können, als Bildergeschichte. Das Haus steckt voller Hobbyfotografen: willige Bürgerreporter. Am mühsamsten war es, an das Foto vom Tatort zu kommen. Dazu musste ich wandern. Zum Glück kenne ich ja die Gegend ganz gut. Ich bin mit Bruno ein paar Mal im Tenogebirge unterwegs gewesen, für den Reiseführer.«

»Das mit der ›Tatverdächtigen‹: das war ein Scherz, nicht wahr? Madrigal meint nicht im Ernst, ich hätte etwas mit dem Massenmord zu tun«, wollte Emma wissen, als sie endlich etwas im Magen hatte. Der Obstsalat – aus Bananen, Orangen, Mangos, Papayas, »alle selbst gepflückt« – war mit keinem Gemisch gleichen Namens zu vergleichen, das sie je zu sich genommen hatte. Ihr Brot hatte sie mit einem würzigen dunklen Honig bestrichen, wie Mike es ihr nahegelegt hatte: Miel de Fenojo stand auf dem Etikett. Sie fand ihn göttlich, den Honig.

»Halb und halb. Madrigal stochert im Nebel. Also: eigentlich wollte er ja überhaupt nicht stochern. Wütend auf die Zeitung war er nicht nur, weil er jetzt seinen Vorgesetzten seine Hundeliebe erklären muss und weshalb er nicht befangen ist. Vor allem hat er einen Fall am Hals, von dem er glaubt, dass es ihn gar nicht gibt. Er hat mir die Zeitung förmlich an den Kopf geknallt. ›Serienmörder! Wissen Sie überhaupt, was Sie damit anrichten?‹ Und da hat er ja nicht ganz unrecht. Andererseits, habe ich zurückgeworfen: wenn er und seine Kollegen von Anfang an intensiver hingeschaut hätten, könnten phantasiebegabte Journalisten jetzt nicht auf dumme Gedanken kommen.«

»Das hat ihm sicher gefallen. Auch noch als faul beschimpft zu werden!«

»Klar. Kaffee wollte er jedenfalls keinen. Obwohl ich ihn und seine stumme Dienerin sehr herzlich dazu eingeladen habe.«

»Mich hat er freundlich angelächelt, als er abfuhr. So aufgebracht kam er mir gar nicht vor.«

»Erstens ist Madrigal natürlich Profi und erregt sich, wenn er glaubt, sich erregen zu sollen. Zweitens steht er jetzt im Mittelpunkt der Aufmerksamkeit. Das schmeichelt ihm durchaus. Es würde mich nicht wundern, wenn sich heute im Laufe des Tages auch Nachrichtenagenturen und Festlandzeitungen bei der Inselpolizei meldeten. Vielleicht sogar die Bild. Gemeuchelte Rentner auf Teneriffa: da steckt doch Musik drin! Und Madrigal kann, wenn er die Rolle annimmt – und das wird er tun, da bin ich mir ganz sicher – der Dirigent sein. Der Sherlock Holmes der Kanaren. Eigentlich, habe ich ihm gesagt, sitzen wir zwei im selben Boot. Ich habe eine Story, die sich gut verkaufen lässt, und er hat einen Fall, der ihm große Auftritte verschafft.«

»Aber doch nur, wenn er den ›Fall‹ am Ende löst.«

»Klar. Aber das gilt natürlich auch, falls am Ende alles ganz harmlos aussehen sollte und es nichts ist mit der Serienmörder-Theorie. Dann ist Madrigal der Kommissar, der der Insel wieder ihren Frieden gebracht haben wird. Aber immerhin: mit *einem* Mord hat er es ja mindestens zu tun. Und wie Klaus Kaltenbrenner gestorben ist und warum, das werden wir dann wissen. Dank des frischen Fleißes der Inselpolizei. Willst du noch mehr Rührei?«

»Gern.«

Emmas Handy tönte. »Ja. Si?«

»Frau Schneider? Spreche ich mit Emma Schneider? Hier ist Nadine Norbisrath aus der Bild-Redaktion in Essen. Ich hätte gerne Ihren kollegialen Rat.«

»Meinen Rat? Kennen wir uns?«

»Vielleicht. Waren Sie nicht bis zuletzt bei der Halterner Post? Da könnten wir Kontakt gehabt haben. Jedenfalls habe ich bewundert, wie Paul Bärkamp und Sie sich gegen diese Plattmach-Verleger gewehrt haben.«

Wow! Emma war gar nicht aufgefallen, dass Sie sich ›gewehrt‹ hatte gegen die Vernichtung ihres Arbeitsplatzes! Klar, sie hatte an zwei, drei Demos teilgenommen, wo Gewerkschafter kraftvolle Reden geschwungen hatten, von Pressefreiheit und den Wurzeln der Demokratie etcetera, aber ›gewehrt‹? Hatte sie sich gewehrt – oder sich nicht letztlich ihrem scheinbar unausweichlichen Schicksal schlichtweg ergeben?

»Gewehrt? So würde ich das nicht nennen. Mir ist in Haltern erst klar geworden, wie ohnmächtig unsereins eigentlich ist. Wie vollständig abhängig vom Willen irgendwelcher Business-School-Absolventen und McKinsey-Typen. Von wegen: vierte Gewalt!«

»Ich kann verstehen, wie Sie sich fühlen, Frau Schneider. Aber dass Sie eben nicht einfach den Laden zugemacht haben, sondern aufgestanden sind und klar gemacht haben, dass Ihre Verleger eben nicht die Neuerfinder des Journalismus im digitalen Zeitalter sind, wie sie – und nicht nur die, glauben Sie mir! – sich gerne darstellen, dass hat mir und vielen hier bei uns sehr imponiert.«

Emma fühlte sich jetzt doch ein bisschen geschmeichelt. So hatte sie ihre Rolle in dem Schmierenstück vom Untergang der Halterner Post noch gar nicht gesehen. Außerdem hatte diese Nadine Norbisrath eine bezaubernde Stimme. Man hatte sofort den Eindruck, befreundet zu sein. Nicht zuletzt: sie hatte von ›Kollegin‹ gesprochen! Emma musste sich eingestehen: das tat gut. Obwohl sie nie auf die Idee gekommen wäre, für die Bild zu arbeiten. Aber dass dort Vollprofis am Werk waren, die ihr Handwerk verstanden, das war natürlich klar. Von solchen Vollprofis ernst genommen zu werden, als Kollegin...

Moment mal: was wollte diese Nadine eigentlich von ihr? Und woher hatte sie Emmas Handynummer?

»Woher haben Sie eigentlich meine Handynummer?«

»Von Paul Bärkamp. Ich muss mich entschuldigen. Ich falle einfach so über Sie her. Aber ich brauche wirklich einen kollegialen Rat. Und Herr Bärkamp hält supergroße Stücke auf Sie. Er meinte, ich solle es einfach mal versuchen. Aber falls ich gerade störe, kann ich mich gerne später noch mal melden...«

»Nein, nein, Sie stören nicht. Kein Stück. Aber ich wüsste wirklich nicht, welchen ›kollegialen Rat‹ ich Ihnen geben könnte.«

»Nun, wir haben gehört, die Polizei auf Teneriffa jage einen Serienmörder, und Sie sollen nahe dran sein an dem Fall. Die bisherigen Opfer sollen zumeist aus dem Ruhrgebiet stammen. Das interessiert uns natürlich. Sie sind doch gerade auf Teneriffa – oder stimmt das nicht?«

»Doch, doch, ich bin auf Teneriffa. Und ich sitze zufällig gerade mit dem Journalisten zusammen, der die Geschichte mit dem möglichen Serienmord losgetreten hat, in der Inselzeitung.«

»Das ist ja grooß-artig!« Nadine Norbisrath klang jetzt nicht mehr wie eine Freundin, sondern wie Emmas allerbeste Freundin: »Das ist ja phantastisch. Und stimmt es auch, dass Ihre Großmutter eines der Opfer ist?«

»Wenn man das so sehen will: ja.«

»Da stecken Sie ja tatsächlich mittendrin in der Geschichte. So mittendrin, dass es schon fast wieder schade ist. Denn sonst hätte ich Sie gefragt, ob Sie nicht für Bild über den Fall schreiben wollen, als unsere Insel-Reporterin sozusagen.«

Was war das denn jetzt? Emma schwirrte der Kopf. Hatte sie jetzt gerade ein Job-Angebot verpasst? Weil ihre Oma Ilse sich das Leben genommen hatte – oder auch nicht? Oder hatte sie Oma Ilses Ableben womöglich den Wiedereinstieg in ihren geliebten Beruf zu verdanken? Emma hatte das Gefühl, dringend Bedenkzeit zu benötigen.

»Kann ich Sie zurückrufen, Frau Norbisrath? Ich muss hier rasch einiges klären.«

»Aber natürlich. Jederzeit. Möglichst bald, allerdings. Die Zentrale will von mir wissen, ob mit der Geschichte etwas anzufangen ist oder nicht. Die Antwort steht und fällt mit Ihnen. Könnten Sie mich innerhalb der nächsten halben Stunde zurückrufen? Sie würden mir wirklich einen sehr großen Gefallen tun!«

Wie hätte Emma ihren neuen allerbesten Freundin einen solchen, kleinen Gefallen ausschlagen können! »Sicher. Das mache ich. Versprochen.«

Hui, jetzt war Emma auch noch irgendwie für die weitere Karriere – oder Nicht-Karriere – einer tüchtigen jungen Bild-Reporterin verantwortlich! Dass diese Frau Norbisrath in etwa ihrer Alterskohorte angehörte und ihr auch sonst nicht unähnlich war, stand für Emma dabei außer Frage. Warum eigentlich?

Nachdem Emma Nadine Norbisraths Nummern notiert hatte – die Durchwahl in der Redaktion und die Handynummer –, erzählte sie Mike, was er aus Emmas Antworten und Reaktionen nicht ohnehin hatte schließen können.

»Das klingt doch gut. Bild berichtet sowieso, was sie will. Da ist es besser, wir bestimmen den Ton und die Musik.«

»Wir?«

»Entschuldige, du natürlich!« Mike drückte den Rücken durch und vergrößerte demonstrativ die Distanz zwischen Emma und sich. »Wie konnte ich auf die Idee kommen, entfernt auch nur irgendwie mit dem Fall befasst zu sein? Aber es wäre mir natürlich eine große Ehre, der berühmten Bild-Reporterin Emma C. Schneider noch eine zweite Portion Rührei servieren zu dürfen!«

»Arschloch!«

Emma und Mike grinsten sich an.

»Das mit der ›Tatverdächtigen‹, das ist natürlich Quatsch. Aber Madrigal hat mich intensiv über dich ausgefragt. Seit wann wir uns kennen? Ob wir uns in Deutschland schon mal begegnet seien? Ob es mir nicht auch komisch vorgekommen sei, dass du, kaum hier gelandet, mit einem angeblich wildfremden Makler wandern gehst? Was sollte ich sagen? Natürlich klingt das komisch. Vor allem wollte Madrigal wohl herausfinden, ob du und Jo sich nicht vielleicht schon länger kennen. Ob du womöglich sein heimlicher Partner bist, in unter Umständen doppeltem Sinn: Geliebte und Geschäftspartnerin.«

»Was!?« Emma war entsetzt.

»Naja, wenn du nüchtern darüber nachdenkst: auf diese Idee kann man schon kommen. Herr Hollerbeck hat einen einschlägigen Ruf. Als treue ehrliche Seele hat ihn jedenfalls noch niemand bezeichnet. Und dass deutsche Mittelständler ihr mühsam Erspartes lieber in kanarisches Betongold investieren als es dem Fiskus in den Rachen zu werfen, das ist auch weder eine Neuigkeit noch Madrigals Hirngespinst. Du könntest dir ja ein kleines Zubrot zum kargen Redakteursgehalt als Geldbotin verdient haben. Jetzt als gescheiterte Journalistin zumal – entschuldige, ich nehme Madrigals Sichtweise ein.

Indem du für Hollerbeck und seine Russenmafia Kunden aufgetan hast, in Haltern am See und dem Rest des Ruhrgebiets. Hast du?« Mike hielt inne und sah Emma todernst ins Gesicht, mit hochgezogenen Augenbrauen.

»Bitte? Das glaubst du ja wohl nicht eine Minute!« Emma starrte Mike an. Dessen Gesichtszüge waren wie eingefroren. »Oder doch?«

»Denk doch mal wie eine Reporterin!« Mike entspannte sich und griff zur Kaffeekanne: »Und du wirst zugeben müssen: Wenn man dich nicht kennt, klingt Madrigals Hypothese keineswegs aberwitzig. Vielleicht hättest du doch gestern Abend mit ihm ausgehen sollen. Dann würde er dich jetzt besser kennen. Andererseits...«

»Andererseits was?«

»Andererseits bin ich schon froh, dass du heute mit mir frühstückst und nicht mit Roberto Rodríguez Madrigal.«

Das hatte er nun wieder süß gesagt, fand Emma und fühlte sich seltsam erwärmt.

»Denn dann wäre ich nicht dabeigewesen, als dich die Bild-Nadine angerufen hat und hätte jetzt keine Chance, dein Hilfsreporter zu werden! Du solltest sie wirklich zurückrufen jetzt!«

Stimmt, dachte Emma und fischte nach ihrem Handy, was ihr nebenbei ersparte, über die unterschwellige Bedeutung dieses Dialogs nachzudenken.

»Warte«, stoppte Mike sie, als sie auf die gespeicherte Nummer tippen wollte, »lass uns erst absprechen, was du ihr sagst! Und vergiss nicht, Honorar zu verlangen! Und als Ko-Autorin erwähnt zu werden.«

»Als was?«

»Na klar. Stell dich nicht so an! Das hat dir diese Nadine Dingenskirchen doch praktisch angeboten. Erstens ist es besser, du bist ihre Partnerin als ihr Opfer.«

»Und zweitens?«

»Und zweitens kann es deinem Lebenslauf für künftige Bewerbungen nicht schaden, auch mal für Bild gearbeitet zu haben. Drittens: wenn du das Geld nicht brauchst – ich würde es nehmen. Und wenn du es mir nicht spenden willst, kannst du es ja den Hundefreunden geben. Das würde Bruno sehr gefallen. Er läge dir dann noch platter zu Füßen als er das ohnehin schon tut!«

»Ich denke darüber nach.« Emma tippte die Nummer der Bild-Zeitung.

Nadine Norbisrath war »in einem Meeting«, eilte aber dennoch sofort ans Telefon, hoch erfreut, so rasch wieder von Emma zu hören: »Wir haben gerade in der Mittagskonferenz über Sie gesprochen!«

Emma registrierte erstaunt, wie cool sie ihre Bedingungen vortrug. Die Bild-Frau hingegen schien kein bisschen überrascht und versprach, ›über alles‹ mit ihrem Chef zu sprechen. »Ich bin sicher, das geht klar.«

Dann erzählte Emma, weshalb sie auf der Insel war, von ihrer Oma Ilse – in den glühendsten Farben –, von ihren Kindheitserinnerungen an das Teno-Gebirge und die Aussicht auf La Gomera. Von Hollerbeck sagte sie nichts.

»Und dieser Jochen Hollerbeck: woher kennen Sie den?«

Hoppla! Hatte diese Nadine etwa in der Zwischenzeit mit Madrigal telefoniert? Emma entschloss sich, bei Gelegenheit nachzufragen, aber in jedem Fall immer dicht an der Wahrheit zu bleiben:

»Das ist ein Makler, der Kontakt zu meiner Großmutter hatte. Ich habe einen Brief gefunden, mit dem er ein Kaufangebot für das Apartment gemacht hat. Das fand ich interessant, wollte mir aber erst einen Marktüberblick verschaffen. Und als Hollerbeck dann angeboten hat, mir andere Objekte zu zeigen, die gerade verkauft wurden oder werden, habe ich das angenommen. Ich kenne ja die Insel praktisch nicht und hatte auch noch keinen Mietwagen. Deshalb sind wir herumgefahren.«

»Und dann sind Sie beide wandern gegangen?« Nadine Norbisraths Stimme klang absolut ironiefrei. Als hätte sie gefragt: Und wie war das Wetter?

»Ich weiß, das klingt komisch. Aber wir waren nun mal schon im Teno-Gebirge. Weit musste man nicht wandern. Und Hollerbeck wähnte sich wohl nah an einem Deal. Gern ist er nicht auf meine Bitte eingegangen, anzuhalten und einen kleinen Abstecher zu machen. Aber er traute sich auch nicht, Nein zu sagen.«

»Entschuldigung, wenn ich so direkt frage, aber unter Kollegen sollte das möglich sein: Haben Sie was mit diesem Hollerbeck?«

Emma bemühte sich, genauso ton- und emotionslos zu antworten: »Nein.«

»Gut. Das würde die Sache sonst sehr verkomplizieren. Ich werde danach sicher gefragt werden, von der Chefredaktion. Also: Nein?«

»Nein. Punkt.«

»Danke. Aber Sie verstehen, ich verlasse mich jetzt ganz auf Sie! Wir müssen vollständig ehrlich miteinander sein. Sie müssen sicher sein können, dass ich meine Zusagen einhalte, und ich halte hier meinen Kopf für Sie hin. Wir sind jetzt aufeinander angewiesen wie Bergsteiger an einem Steilhang.«

»Klar. Das sehe ich genauso.« Emma kam sich sehr professionell vor.

»Gut. Deshalb muss ich auch wissen: In welcher Beziehung stehen Sie zu diesem Michael Dorenbeck, dem Redakteur der Inselzeitung, der den Fall aufgedeckt hat? Sie sind mit ihm zusammen, haben Sie vorhin gesagt.«

Zusammen? Wieder gelang es Emma nicht, in Nadine Norbisraths Stimme auch nur einen Hauch von Ironie und doppelter Bedeutung zu verorten. Sie konnte nicht anders: sie empfand Respekt für die Kollegin!

»Das stimmt. Herr Dorenbeck und ich haben eben gerade über den Fall gesprochen, als Sie anriefen.«

»Dann sind Sie jetzt in der Redaktion der Inselzeitung?« Die Bild-Frau schien wirklich wissen zu wollen, wie so eine Redaktion wohl aussehen mochte. So jedenfalls klang ihre Stimme.

»Nein, aber da war ich auch schon. Herr Dorenbeck hat mir heute früh den Andruck der neuen Ausgabe zeigen wollen. Deshalb bin ich zu ihm gefahren...«

»Zu ihm nach Hause?« Wieder null Ironie. Die schiere Sachlichkeit.

»Das war näher als die Redaktion. Außerdem ist es da gestern spät geworden. Die Inselzeitung hatte Deadline. Da ist am Morgen danach niemand in der Redaktion.«

Tatsächlich? Emma hatte keine Ahnung, fand aber, das klang überzeugend. Nadine Norbisrath fand das offenbar auch. Sie hakte jedenfalls nicht nach. Stattdessen stellte sie fest:

»Nicht, dass Sie mich missverstehen: Ihr Verhältnis zu Michael Dorenbeck tut für mich nichts zur Sache. Aber ich wüsste schon gern, wie seriös er ist. Ist auf seine Recherchen Verlass oder saugt er sich Ideen aus dem Finger? Oder will er sich oder diesem Kommissar irgendwas beweisen? Sie wissen ja, solche Kollegen gibt es auch.«

»Ja, das weiß ich«, behauptete Emma – und sah Mike musternd an: »Ich habe Herrn Dorenbeck hier als einen sehr sorgfältigen und engagierten Journalisten kennengelernt. Absolut professionell. Kein windiger Vogel. Ich habe den Eindruck, mich rundum auf ihn verlassen zu können.«

Emma lächelte Mike an. Der warf ihr eine Kusshand zu. Emma hatte das Gefühl zu erröten. Aber ihre Stimme blieb blass, als sie hinzufügte: »Herr Dorenbeck, Mike Dorenbeck und ich haben vereinbart, gemeinsam zu recherchieren, schon bevor Sie angerufen haben. Wir müssen uns also ebenso aufeinander verlassen können wie Sie und ich. Herr Dorenbeck und ich hängen schon mitten im Steilhang.«

Mike zog eine Augenbraue hoch und blickte mit übertrieben besorgtem Gesicht auf den Boden unter dem Verandatisch.

»Könnten Sie Mike dann bitte für uns fragen, ob er Fotos von den Opfern und vom Tatort hat, die wir gegebenenfalls bekommen könnten? Im Internet habe ich, jedenfalls bislang, nichts gefunden.«

Emma erwähnte die Fotos in der aktuellen Ausgabe der Inselzeitung und äußerte die Erwartung, Mike werde sicher gern kooperativ sein. Mike nickte ihr zu.

»Solange die Texte und Bilder nicht online stehen: Könnte Herr Dorenbeck sie uns mailen? Oder können Sie ihm jetzt kurz Ihr Handy geben? Dann frage ich ihn selbst?«

Mike winkte ab, als er hätte er die Frage gehört. Emma sagte:

»Im Moment kann er nicht sprechen. Aber das macht er bestimmt, das mit den Fotos. Ich kläre das mit ihm. Kann ich ihm ein Honorar anbieten?«

»Wenn wir die Fotos bringen, natürlich. Auch für die exklusive Überlassung, selbst wenn wir sie nicht verwenden sollten. Wir zahlen die üblichen Sätze. Das können Sie ihm sagen. Und geben Sie ihm meine Mail-Adresse. Es wäre schön, wenn er mir dann seine Kontaktdaten mailt. Das gilt für Sie natürlich auch. Samt Kontonummern.«

»Ok. Das kläre ich.«

»Bestens. Ach: und bitte so schnell wie möglich. Am besten jetzt gleich.«

»Hast du hier Internet?« fragte Emma, als das Gespräch mit der Bild-Frau beendet war.

»Klar, Chef.«

»Dann schick doch bitte Frau Norbisrath deine und meine Kontaktdaten und die Texte und Fotos zum Fall!«

»Sofort, Chef!« Mike legte zwei Finger an die Stirn, stand auf, ging ins Haus, holte sein Notebook auf die Veranda, schaltete es ein und erledigte Emmas Aufträge.

»Und was machen wir jetzt, wir beide, hier, mitten im Steilhang?«

24. Kapitel

Der neue Hafen von Garachico erschien Emma wie ein Monstrum. Wie aus einer anderen Welt gefallen. Sie musste an James-Bond-Filme denken, an die abstrusen Technik-Burgen des Bösen, als Mike sie vor der Zufahrt absetzte, während er selbst noch einen Parkplatz suchen wollte. Das weitläufige Hafenareal stand voller Kirmesbuden und Fahrgeschäfte und wimmelte von Menschen. Ein kleinerer Parkplatz war für Ehrengäste reserviert. Dazu zählten sie nicht, wie ihnen ein freundlicher Ordner bedauernd klar machte. Er verwies Mike auf Parkmöglichkeiten hinter einem alten Klostergebäude oberhalb des neuen Hafens.

»Geh schon mal rein und amüsier dich. Ich werde dich wiederfinden.« Emma zögerte, aber Mike bestand darauf. Sie schenkte ihm ein Lächeln und stieg aus.

Heute Mittag hätte sie ihm fast mehr geschenkt, als er fragte: »Und was machen wir jetzt, wir beide, mitten im Steilhang?« Wäre da nicht eine Tischplatte zwischen ihnen gewesen, hätte das einer dieser Filmmomente werden können. Wo sich zwei in die Augen sehen, suchend, fragend, einander stumm ein erstes Versprechen gebend. Emma hätte sich unmerklich vorgebeugt, die Lider leicht gesenkt – und wenn Mike sie dann in den Arm genommen und geküsst hätte, wäre sie nicht zurückgewichen. Auch gegen weiteres hätte sie sich nicht gewehrt. Nein, das hätte sie nicht!

Aber da war ja die Tischplatte im Weg, auf der die Zeitung lag und ihr Handy und Mikes Notebook, umgeben von Frühstückresten. So war dieser Moment verblasst wie ein Regenbogen im Aufklaren nach dem Gewitter. Emma empfand darüber Bedauern und Erleichterung zugleich.

Jenseits der Absperrung führte ein Weg sanft hinab zum neuen Hafen. Emma blieb stehen und sog die Aussicht in sich ein. Unbekannte Kräfte, deren Macht alles bei weitem übertraf, was vor ihnen auf der Insel je gestaltend tätig gewesen war – außer Gott und dem Vulkan vielleicht – hatten Unmengen von Beton ins Meer geschüttet, um eine akkurat geradlinige Mole zu schaffen, die nun schier endlos weit in den Atlantik ragte und so eine weitläufige künstliche Bucht schuf. Im Hafenbecken glänzte ruhiges Wasser in karibischen Farben, zartgrün bis türkis, je nach Sonneneinstrahlung, ganz anders als das kraftvolle weißgesprenkelte Blau des jenseits des Betonwalls tobenden Ozeans. Dem ozeanisch-tinerfenischen Chaos setzte die Riesenhand, die hier am Werk gewesen war, auch im Inneren der Bucht konsequent die Herrschaft der Geraden und des rechten Winkels entgegen. Was auch immer die Architekten und Ingenieure im Sinn gehabt hatten, es war ihnen offensichtlich nicht darum zu tun gewesen, ein Werk zu hinterlassen, das im Einklang mit dem Vorgefundenen stand, das sich einfügte in die Natur der kanarischen Landschaft. Im Gegenteil. Emma kam der Anblick vor, als habe jemand auftrumpfen wollen. Sieh her, Vulkan, sieh her, Poseidon: Ihr habt Euren Meister gefunden! Ein Schild erläuterte, wer dieser Meister war: die Europäische Union.

Garachicos alter Hafen, das hatte Mike ihr erklärt, war bei einem Vulkanausbruch vor 300 Jahren zugeschüttet worden. Damit hatte der Aufstieg Puertos begonnen. Des einen Leid, des anderen Freud. Wo bis 1706 Segelschiffe gedümpelt hatten, um Bananenstauden zu verschlingen, bildeten heute schroffe dunkle Lavafelsen kleine Pools, in denen Einheimische und Touristen plantschten, ohne dass die Wellen des Atlantiks ihnen etwas anhaben konnten. Ein Badeparadies, geschaffen vom Vulkan, ergänzt von Menschenhand – die durch gezieltes Ausschütten von Beton die Oberflächen des Vulkangesteins geglättet und Wege um die Pools herum geschaffen hat. Den Vorgaben von Vulkan und Meer entsprechend frei von rechten Winkeln und geraden Linien. Ganz anders als hier im neuen, großen Hafen.

Wie ein Relikt der kleinteiligen Vergangenheit erhob sich rechts von der Zufahrt, mit guter Aussicht auf den Triumph moderner menschlicher Ingenieurskunst, eine kleine, weißgetünchte Kapelle, umrahmt von einem rechteckigen Platz. Laternen markierten die Ecken und Ränder des Platzes. Sie waren mit Girlanden verbunden, an denen Fähnchen hingen. Die dunkelblaue der neuen Weltmacht EU, die rot-gelb-rote Spaniens und noch zwei weitere, blass-verspielt gemusterte, die Emma nicht kannte und deren Wappendetails aus der Distanz nicht zu entziffern waren. Hinter der Kirche, auf einer Empore stand ein Bühnenzelt. Auf dem Platz selbst tummelten sich Männer in dunklen Anzügen, geschmückt von eingesprenkelten Frauen in Kostümen oder Hosenanzügen. Emma trug Jeans und musterte die Menge in der Hoffnung, mit dieser Kleiderwahl nicht ganz allein zu sein. Und richtig: hier und da hatten auch andere gegen den vermuteten Dresscode verstoßen. Einige Männer trugen, was Emma aufatmen ließ, Jeans oder Khakihosen unter ihren Sakkos und hatten auf Krawatten verzichtet. Nicht wenige sogar, bei genauerem Hinsehen. Aber insgesamt bot die auserwählte Menge um das Kirchlein herum ein gänzlich anderes, ein blasseres, ruhigeres Bild als die große auf dem Kirmesgelände um die tiefergelegenen Hafenbecken herum. In denen übrigens nur wenige große Yachten vertäut waren und eine Handvoll Fischerboote.

Vor dem Zugang zum Kirchplatz hatte sich eine Menschenschlange gebildet. Keine schubsende, eilig vorwärtsdrängende, gierige Schlange, sondern eine wie satt wirkende, träge mit sich selbst beschäftigte, die sich gemächlich voranschob und sich hinter einer weiteren Pforte, wo Einladungen überprüft, Hände geschüttelt und Fotos gemacht wurden, dem Durcheinander plaudernder Partygrüppchen ergab. Während Emma anstand, von lauter ihr fremden Menschen umgeben, die einander höflich begeistert begrüßten, Bussi links, Bussi rechts, fiel ihr auf, dass die gigantische Hafenmole auf der Innenseite mit Reliefs geschmückt war. Aus irgendeinem Grund überraschte sie das. Die Reliefs stellten einen überlebensgroßen Meeresgott dar, immer wieder, in vielfacher Wiederholung; Poseidon offenbar, mit seinem Dreizack und Krönchen, dümmlich grinsend wie eine Comicfigur. Was sollte er auch anderes tun, dachte Emma, angesichts dieses ihn blamierenden Menschenwerks? Aber wieso überhaupt Poseidon? Auf einem Werk der EU, zwar nicht mitten im »allerkatholischsten« Spanien, aber doch auf dessen von Missionseifer blutgetränktem Grund? War in Politikerreden nicht immer von der christlichen Prägung Europas die Rede, gelegentlich auch von der christlich-jüdischen, wenn es galt, den Islam klein- und fernzuhalten von den ›wahren‹ europäischen Werten? Wie passte da ein antiker Meeresgott ins Bild?

Bevor Emma dieses Rätsel lösen konnte, hatte sie die Absperrung erreicht und ihren Namen genannt. Eine dauerlächelnde Hostess in engem, himmelblauem Rock, unter ebenso himmelblauer Bluse, fand »Schneider, Emma« tatsächlich auf der Gästeliste, wie von Nadeshda versprochen, und winkte sie gnädig durch, einer zweiten dauerlächelnden Hostess in engem himmelblauem Rock entgegen, die schon darauf wartete, an Emmas Handgelenk strahlend ein gelbes Plastikarmband zu befestigen. Damit war Emma C. Schneider jetzt sichtbar Teil der hier oben Eingelassenen; einer ausgewählten, privilegierten Gruppe. Teil des Establishments, jedenfalls für diesen Abend. Ein, so verstörend sie das empfand, durchaus erhebendes Gefühl. Vom Plateau der Kirche konnte man als Privilegierte bequem hinabsehen auf das ordinäre Getümmel rund um die Hafenbecken herum. Wo Lose gekauft wurden und Churros frittiert.

Während sie die Grüppchen vor ihr, auf dem Kirchplatz, scannte, streckte ihr ein junger Kellner ein Tablett voller Gläser entgegen. Sie hatte die Wahl zwischen Cava, Orangensaft und Wasser. Emma griff zum Sekt; sie hatte ja einen Fahrer. Der Gedanke machte sie grinsen.

Auf den ersten Blick entdeckte Emma kein vertrautes Gesicht in der Menge und hielt sich mit Menschen-Sortieren beschäftigt, eines ihrer Lieblingsspiele. Die Männer mit den gedeckten Anzügen und stramm gekämmten Haaren, vermutete sie, waren Politiker und Funktionäre. Die mit den grauen Sommerhosen unter dunkelblauen, gern goldbeknöpften Sakkos schienen Geld zu haben oder zumindest darüber verfügen zu können: Geschäftsleute. Ihr fiel auf, dass zum Standard-Outfit dieser zweiten Gruppe offenbar ein Einstecktuch gehörte, das kunstvoll locker aus der Brusttasche der Sakkos ragte. Eine dritte, kleinere Gruppe schien Wert auf demonstrative Lässigkeit zu legen. Da durfte die Leinenhose edel knittern, der Hemdkragen weit offen stehen oder das Hemd gar ein Polo-Shirt sein – wenn auch zweifellos ein teures. Beschuht waren diese Exemplare der Species Wichtiger Mann gern mit Wildlederslippern oder hell besohlten Bordschuhen. Emma nahm an, dass es sich um Boots-Besitzer handelte, Kapitäne der Finanzmärkte und Weltmeere. Oder Erben. Jedenfalls um Geldquellen. Dafür sprach, dass ihnen ständig Blicke zuflogen, offen oder verschämt, und dass sie stets umgeben von Grüppchen waren, deren

Aufmerksamkeit, egal wer gerade sprach, ganz ungeteilt dem jeweils Hellbesohlten galt. Sie ließen Emma an Magneten denken; Magneten, umgeben von Metallspänen, deren Ausrichtung sich änderte, sobald sich die Zentralkörper bewegten. Kam daher das Wort ›Magnat‹? fragte sie sich.

»Frau Schneider! Emma! Wie schön, Sie hier zu treffen!« Emma hatte Jochen Hollerbeck nicht kommen sehen, so versunken war sie in die Betrachtung des Small-Talk-Bussi-Häppchen-und-Cava-Balletts auf dem Platz um die Kapelle herum. Eine perfekte Bühne, fand sie. Poseidon darf staunen. Fast war sie ein bisschen verärgert, dass Hollerbeck sie aus ihren Betrachtungen riss. Sie zwang sich ein Lächeln ab.

»Herr Hollerbeck! Ich dachte schon, ich kenne hier niemanden. Wie geht es Ihnen? Haben Sie Ihre Frau mitgebracht?«

»In der Tat. Sie steht da hinten bei der Gruppe um den Cabildo-Präsidenten. Danke sehr für Ihren Rat! Sie könnten Eheberaterin werden.« Hollerbeck deutete vage in Richtung der Bühne. »Und danke, mir geht es gut. Wie geht es Ihnen? Ich befürchtete schon, Sie seien abgereist.«

»Warum sollte ich? Jetzt, wo es spannend wird? Außerdem hätte Kommissar Madrigal vermutlich etwas dagegen.«

Hollerbeck war anzusehen, dass ihm die Erinnerung an Madrigal nicht sonderlich behagte.

»Müssen wir über diesen Herrn sprechen, an diesem Ort der Freude, an so einem Abend, unter diesem göttlichen Sternenhimmel?« Hollerbeck richtete den Blick theatralisch nach oben und beschrieb mit dem rechten Arm einen weiten Bogen um die Milchstraße herum, die über ihnen das tiefdunkle All mit Lichtern zierte.

»Ich befürchte, das wird sich nicht vermeiden lassen. Denn da ist er!«

Emma hatte Madrigal entdeckt, der sich, mit dem Rücken zur Kapellentür, so platziert hatte, dass ihm niemand entging, der den Festplatz betrat. Der Kommissar blickte just in diesem Moment zu Emma und Hollerbeck herüber, lächelnd eine leichte Verbeugung andeutend, während er Emma fixierte. Als er von ihr zu Hollerbeck sah, verschwand das Lächeln aus seinem Gesicht.

Ein sanfter Ruck ging durch die Menge. Emma kam es vor, als sei ein Großmagnet eingeschaltet worden. Die Ausrichtung der Späne veränderte sich, durch alle Grüppchen hindurch. Auf der Bühne erschien jetzt ein Anzugträger hinter dem Rednerpult und schlug mit zwei Fingern leicht auf das Mikrofon vor ihm. Aus Lautsprechern, die an den Laternenpfosten hingen, erschallte ein schnarrendes Geräusch. Dann erklang eine Stimme.

»Das ist der Bürgermeister von Garachico«, flüsterte Hollerbeck Emma rasch zu, dabei mit seinen Lippen fast ihre Ohren berührend. Auch sie beide hatten sich so gedreht, dass sie jetzt die Bühne im Blick hatten, und sich dabei zwei, drei Schritte nach vorn bewegt: Spänchen auch sie.

Der Bürgermeister sagte etwas auf Spanisch, das Emma nicht verstand. Er strahlte dabei wie ein Kind während der Weihnachtsbescherung, kurz vor dem Öffnen des ersten Geschenks. Der Bürgermeister sah nacheinander zu Personen hinunter, die offenbar in der ersten Reihe vor ihm standen, für Emma und Hollerbeck hinter einer Phalanx gutbetuchter Rücken verborgen. Klar, dachte Emma, er begrüßt die Honoratioren und Geldgeber. Das wäre in Haltern nicht anders gewesen.

Nach dem Bürgermeister ergriff der Cabildo-Präsident das Wort, dann eine Staatssekretärin aus Madrid, schließlich ein Repräsentant der Europäischen Union, ein sehr blasser Mittvierziger mit vollem rötlich gewelltem, scharf gescheiteltem Haar, der mit britischem Akzent sprach. Offenbar verstand er es, in seine vom Blatt gelesene Rede ein paar Witzigkeiten einzustreuen, denn aus dem Publikum stieg dann und wann ein glucksendes Lachen empor wie Kohlensäure in einem Glas Cava.

Hollerbeck hatte die ersten Sätze des Bürgermeisters für Emma übersetzt, dann hatte sie abgewunken. Sie war sicher, auch so zu ahnen, was geredet wurde. Außerdem wollte sie Abstand zwischen ihre Ohren und Hollerbecks Lippen bringen. Sie stellte sich vor, in Haltern am See würde eine neue, EU-finanzierte Marina eröffnet, mit Poseidon-Kunst am Kai. Die Reden wären vermutlich eins zu eins übertragbar gewesen, minus dem jeweiligen Lokalkolorit.

Wo steckte Mike eigentlich? Inzwischen müsste er doch längst einen Parkplatz für seine Cinquecenta gefunden haben! Doch so oft

Emma auch verstohlene Blicke über ihre Schulter warf, nie sah sie ihn.

Nach dem Rotschopf bestieg wieder eine Frau die Bühne. Eine Frau, die Emma kannte: Nadeshda Putinova! Der irische, schottische, englische oder jedenfalls wohl britische EU-Bürokrat küsste Nadeshda galant die Hand, als er ihr mit großer Geste das Rednerpult überließ. Nadeshda dankte dezent mit einem majestätischen Beugen ihres eleganten Schwanenhalses. Ihr Haar hatte sie heute streng hochgesteckt, was die Länge ihres Halses ebenso betonte wie eine schlichte, eng anliegende goldene Kette. Sie trug ein champagnerfarbenes Kostüm, vermutlich über sündhaft teuren langstieligen Stilettos. Was von Emmas Standort aus leider nur zu erahnen war.

Hollerbeck registrierte Emmas unausgesprochene Frage und flüsterte ihr, die Gelegenheit zur Nähe freudig nutzend, ins Ohr: »Nadeshda gilt als ›Investorin‹. Jetzt ist der Hafen da, jetzt fehlen nur noch Boote – und so ziemlich alles andere, was eine Marina bewohnbar macht: Geschäfte, Lokale, sanitäre Anlagen. Dafür war kein Geld mehr vorhanden. Aber Nadeshda wird es beschaffen. Deshalb ruhen jetzt alle Augen auf ihr.«

Nicht nur deshalb, dachte sich Emma.

Offensichtlich verstand sich auch Nadeshda Putinova auf die Kunst, eine langweilige Nullachtfühnzehnrede mit heiteren Bonmots aufzulockern, dem belebten Glucksen der Menge zufolge. Obwohl das Publikum jetzt schon fast eine Stunde voller Reden hinter sich hatte, abgefedert nur von schönen Aussichten, von Cava und frisch gepresstem Orangensaft, hing alles gebannt an Nadeshdas geschwungenen, schattenmorellendunklen Lippen. Der weibliche Teil der Menge musternd, sachlich-interessiert, zur Sympathie ostentativ entschlossen, der männliche schlicht hingerissen, zur Ergebung bereit.

Nadeshda fasste sich relativ kurz und erntete donnernden Applaus. Vermutlich, dachte Emma, hatte sie das Buffett eröffnet. Tatsächlich: Wie von Geisterhand dirigiert erschienen, kaum dass Frau Putinova das letzte Wort gesprochen und zu den 1a-Honoratioren hinabgestiegen war, die sie augenblicks umfingen wie eine geöffnete Blüte ihre Bestäuberin, Schwärme von Bediensteten mit Tabletts voller kleiner Gläschen und geschwungener Löffel.

»Das Catering kommt aus dem Buenavista-Resort. Der Chefkoch ist ein Belgier, der bis vor kurzem das angesagteste Restaurant hier im Norden betrieben hat. Nadeshda hat ihn abgeworben«, erläuterte Hollerbeck, der sich wieder in die Rolle des Fremdenführers eingefunden hatte.

»Sollten Sie nicht jetzt in Frau Putinovas Nähe sein, für den Fall, dass Geschäftliches besprochen wird?« neckte Emma ihn. Hollerbeck nickte ernst. »Vielleicht sollte ich das wirklich. Wenn ich Sie denn einstweilen dem Treiben hier schutzlos überlassen darf?«

»Das dürfen Sie ohne Bedenken. Ich bin sicher, Kommissar Madrigal passt auf mich auf.«

Noch immer war von Mike nichts zu sehen. »Ach«, rief Emma Hollerbeck fragend nach, der sich ihr bereitwillig noch einmal zuwendete: »Wissen Sie, ob aus dem La Palma irgend jemand hier ist, den ich kennen könnte?«

»Wohl kaum. Wenn überhaupt, dann unten am Hafenbecken, wo das Volksfest gefeiert wird. Ich glaube nicht, dass irgendein Rentner-Resident auf der doch sehr exklusiven Einladungsliste stand. Und im Übrigen findet, so viel ich weiß, im La Palma heute Abend eine Eigentümerversammlung statt. Haben Sie dazu keine Einladung erhalten?«

Emma hatte sich für eventuelle Post nicht interessiert. Ihr – also eigentlich Oma Ilses – Postfach in der Lobby des Apartmenthauses hatte sie nur einmal geöffnet, um den Vertrag für den Mietwagen herauszunehmen. Dabei war ihr ein Stapel Umschläge und Werbeblätter in die Hand gefallen, denen sie in diesem Moment keine weitere Beachtung geschenkt und die sie wieder im Kasten verstaut hatte – um sie später mitzunehmen, wenn sie zurückkommen würde. Und das hatte sie dann glatt vergessen.

»Nein, habe ich nicht. Aber ich muss gestehen, ich habe auch nicht nach der Post gesehen. Vermutlich liegt die Einladung in meinem Postfach.«

Hollerbeck lächelte nachsichtig und drehte mit angedeuteter Verbeugung endgültig ab in Richtung Bühne und Bedeutung.

Dort richteten jetzt Musiker ihre Instrumente, vier weiße Männer und eine dunkelhäutige Frau, offenbar die Sängerin – und Chefin der Combo. Sie justierte ihr Mikrofon und warf dabei der mit sich selbst beschäftigten Menge ein so beglücktes Lächeln zu, als wäre soeben der immerwährende Weltfrieden verkündet – oder ihr ein fetter Scheck zugesteckt – worden.

Wenig später tanzten die ersten. Die Band, stellte Emma anerkennend fest, hatte Klasse. Vom ersten Ton an war jede Langeweile wie von einer Welle weggespült, und auch Emma fühlte sich, als gingen leichte Stromstöße durch ihre Beine. Es fiel ihr schwer, sie ruhig zu halten. Die südamerikanische Musik – Sambarhythmen, Cha-cha-chas, Salsa – vibrierte förmlich vor Lebensfreude. Die Sängerin fügte sich mit ihrer rauchigen, vollen Stimme unaufdringlich und doch dominierend ins Klangbild ein wie ein fünftes Instrument.

Emma kostete einige der dargereichten Häppchen: Blutwurstpralinen, die nach Weihnachten schmeckten, rosige Entenbrusthappen auf Mangowürfelchen, eine Art Mini-Paella mit aufgesteckter Garnele. In kleinen Gläsern wurde eine Kürbissuppe mit Rauchgeschmack serviert. Am hinteren Rand der Tanzfläche, mit dem Rücken zum Parkplatz für die Ehrengäste, zersäbelten Köche Roastbeefs und ein gegrilltes Zicklein. Emma kostete vom Zicklein und spazierte um die Kapelle herum. Sie hatte Hollerbeck ebenso aus den Augen verloren wie Madrigal. Eigentlich suchte sie, gestand sie sich ein, nach Mike. Doch der blieb verschollen. Außer Emma stand scheinbar niemand allein herum. Wer sich nicht unterhielt, essend, nippend, der tanzte. Am Rand der Tanzfläche hatten sich Grüppchen gebildet, die wirkten, als hätten sie Geschäfte zu erörtern. Da mit ihr offenbar niemand etwas zu erörtern hatte, machte Emma sich hilfsweise daran, die Inschrift auf der Tafel neben dem schlichten Portal der Kapelle zu entziffern.

Sie begriff, dass die Kapelle einem Heiligen namens Roque – das hieß doch Stein, so viel sie wusste? – geweiht war: San Roque. 1736: das musste wohl das Baujahr sein.

»Sie interessieren sich für alte Kirchen?« Kommissar Madrigal tauchte mit einem Mal neben ihr auf, ohne dass Emma ihn hatte kommen sehen: »Sie haben offensichtlich sehr vielseitige Interessen, Señorita Schneider. Darin gleichen wir uns.« Er betrachtete – gleich ihr –, konzentriert die Tafel mit der Inschrift. Dabei berührte sein linker Arm leicht ihren rechten.

»Architekturgeschichtlich ist diese Ermita völlig ohne Bedeutung. Aber den neuen, etwas aus den Maßen geratenen Hafen schmückt sie ganz ausgezeichnet, finden Sie nicht auch, Señorita Schneider? Sind Sie allein hier? Ich übrigens auch. Frau Putinova ist heute anderweitig gebunden. Ich hoffe, Sie haben nichts dagegen, wenn ich mich für eine Weile zu ihnen geselle. Auf solchen Veranstaltungen macht man sich schnell verdächtig, wenn man längere Zeit allein bleibt. Wenn man niemanden kennt, also keine Beziehungen hat. Beziehungen sind heute die zweitwichtigste Währung, gleich nach dem Euro. Vielleicht sind sie sogar die wichtigste. Wie denken Sie darüber, Fräulein Schneider?«

»Ich wäre Ihnen sehr dankbar, Herr Kommissar, wenn Sie mich nicht mit ›Fräulein‹ ansprechen würden. Ich könnte sonst für eine Kellnerin gehalten werden. Welche Rückschlüsse ließe das auf die Qualität Ihrer Beziehungen zu: wenn Sie sich auf einem Empfang wie diesem notgedrungen mit Kellnerinnen unterhalten müssen?«

»Mit Ihnen würde ich mich auch dann gut unterhalten, da bin ich sicher, wenn Sie Putzfrau wären, Señorita Schneider. Oder gefällt Ihnen auch unser schönes Wort Señorita nicht?«

»Jedenfalls klingt es melodischer und weniger herablassend als Frollein. Aber Frau täte es auch: Frau Schneider.«

»Mit Ihrer gnädigen Erlaubnis bleibe ich der Señorita treu. Solange Sie mir nicht gestatten, Sie mit Emma anzusprechen. Ein wunderschöner Name übrigens: Emma. Nicht so hart und kantig wie die meisten deutschen Vornamen: Frank, Konstanze, Karlheinz, Brunhilde.«

Emma musste schmunzeln. »Señorita ist ok. Wie kommen Sie eigentlich zu der Ehre, hier eingeladen zu sein, Herr Kommissar? Haben Sie etwas beiseitelegen können von ihrem kargen Beamtengehalt, um sich eine Yacht zu kaufen?«

Madrigal lachte. »Schön wäre es. ›Beiseite gelegt‹: diese Formulierung gefällt mir. Aber das kann man als Gesetzesdiener nur, wenn man aufhört, dem Gesetz zu dienen. Ich hoffe, Señorita Schneider, sie stellen meine Ehre nicht in Frage.«

»Wie käme ich dazu, Herr Kommissar! Aber was bringt Sie dann hierher?«

»Unsere gemeinsame Bekannte, die soeben denjenigen Teil der wichtigen Männerwelt Teneriffas, der ihr bisher noch nicht verfallen war, mit wenigen Worten bezirzt hat.«

»Und mit ihrem Lippenstift.«

»Sie, Señorita Schneider, ziehen es, wie ich sehe, vor, keinen Lippenstift zu verwenden. Weil Sie gern in Deckung bleiben?«

»Sie irren sich, Herr Kommissar. Ich verwende durchaus Lippenstifte. Aber Kirschrot, das steht mir nicht.«

»Woher wissen Sie das? Ich wäre entzückt. Diese Kirche wurde übrigens nach einer schlimmen Pestepidemie eingeweiht, aus Dankbarkeit. San Roque, der Namensgeber, hat viele Kranke geheilt. So heißt es jedenfalls. Was glauben Sie: ob in dieser Versammlung wohl jemand zu finden ist, dem Nachgeborene eine Kapelle widmen werden? Falls so etwas wieder in Mode kommen sollte?«

»Wie soll ich das wissen? Ich vermute, dafür sind eher Sie der Experte. Eine Gegenfrage: Wer, glauben Sie, gehört aus dieser Versammlung heraus als Erster oder als Erste verhaftet?«

Madrigal lachte erneut.

»Wie wäre es mit Ihnen, Señorita Schneider? Da mir leider der Haftbefehl fehlt: wie wäre es, wenn ich Sie ersatzweise zum Tanz aufforderte?

Warum nicht? Sie tanzten. Madrigal entpuppte sich als exzellenter Tänzer. Als ein viel besserer als Emma, die sich nach einigem Zögern und Stolpern willig seiner Führung anvertraute. Sie begann, ihr Hierundjetztsein in der lauen Abendluft am Meer zu genießen, als Madrigal ihr ins Ohr flüsterte: »Wissen Sie eigentlich, dass Ihr Freund Mike Dorenbeck vorbestraft ist?«

25. Kapitel

Emma hielt abrupt inne, mitten im Tanz, und starrte Madrigal ins Gesicht. Er erwiderte den Blick, ausdruckslos.

»Nein, davon weiß ich nichts. Was sollte ich denn wissen?«

»Nun, Señorita Schneider, ich jedenfalls finde: wenn ich mit jemandem eng zusammenarbeite, ob aus freien Stücken oder von den Umständen erzwungen, ganz egal, dass ich mich auf ihn – oder sie – verlassen können muss. Die Grundlage dafür ist Offenheit. Sehen Sie das anders?«

Nein, das sah Emma nicht anders. Aber Madrigal versuchte doch ganz offensichtlich, sie in eine Richtung zu drängen. Er führte das Gespräch so, wie er tanzte. Beim Tanzen fand sie das in Ordnung, aber sonst? Sie sollte vorsichtig sein, ermahnte sie sich.

»Ich habe keinen Grund anzunehmen, nicht alles zu wissen, was ich wissen muss, um mit Herrn Dorenbeck Informationen auszutauschen, kollegial. Und mehr tun wir nicht.«

»Kollegial?« Madrigal sprach das Wort ›kollegial‹ aus, als wäre es schlüpfrig. Emma entschloss sich, so zu tun, als habe sie das nicht bemerkt.

»Aber offenbar wissen Sie etwas, Herr Kommissar, von dem Sie denken, ich sollte es wissen. Wie wäre es also, wenn Sie es mir einfach sagen würden?«

Die beiden hatten das Tanzen wieder aufgenommen, zu einem langsamen Salsa-Rhythmus.

»Ich bin nicht sicher, ob ich alles weiß, das Sie über Herrn Dorenbeck wissen sollten – schon allein, weil ich mir nicht sicher bin, wie weit ihre ›kollegiale‹ Kooperation geht –, und ich werde keine üble Nachrede betreiben…«

»Tun Sie das nicht schon?«

»Ich weiß nur, dass unser wichtiger Herr Inselredakteur nicht ganz aus freien Stücken der schönen, freien und Hansestadt Hamburg den

Rücken gekehrt hat. Denn das hat er Ihnen doch wohl erzählt: dass er früher in Hamburg gearbeitet hat? Irre ich mich, oder macht man dort in Ihrer Profession schneller Karriere als auf Teneriffa?«

»Stimmt. Herr Dorenbeck« – wie das aus ihrem Mund klang: Herr Dorenbeck! Fremd, fand Emma; sie musste sich jedes Mal förmlich zwingen, nicht Mike zu sagen – »war Wirtschaftsredakteur, bei einem Magazin, das eingestellt wurde. Journalisten sind eben, anders als Beamte, nicht unkündbar, Herr Kommissar. Aber welches Verbrechen soll Mike« – sie beschloss, das Versteckspiel um den ›Herrn Dorenbeck‹ herum aufzugeben, schon aus Solidarität – »denn begangen haben? Und wo: hier oder in Hamburg?«

»Falls er hier Verbrechen begangen hat, sind sie ihm bisher noch nicht nachgewiesen worden. Nein, ich rede von seiner deutschen Vergangenheit. Und von ›Verbrechen‹ haben Sie gesprochen. Man kann in Deutschland, so viel ich weiß, auch wegen ›Vergehen‹ belangt werden. Ich weiß nur, dass er den deutschen Behörden nicht unbekannt ist. Sie wissen schon: der kleine Dienstweg, wie man bei Ihnen sagt: er funktioniert zum Glück auch in Europa.«

»Sagten Sie nicht, Sie wollten keine üble Nachrede betreiben, Herr Kommissar? Ich habe den Eindruck, dass Sie genau das weiterhin tun.«

»Dann müsste ich mich dafür entschuldigen! Ich bitte Sie: glauben Sie mir, ich möchte Sie nur davor bewahren, womöglich einen Fehler zu begehen.«

»Mich? Warum?«

»Das fragen Sie? Sagen wir: aus Sympathie. Oder, wenn Ihnen das lieber ist – da Sie mir gegenüber doch immer noch sehr reserviert zu sein scheinen – aus dem angeborenen Reflex eines gut erzogenen Mannes heraus, eine schöne junge Frau vor Unheil bewahren zu wollen. Außerdem ist das mein Beruf, wie Sie wissen. Lassen Sie mich Ihr Ritter sein!«

Madrigal erhob bei diesen Worten mit seiner Linken Emmas rechte Hand über beider Köpfe und animierte sie zu einer Pirouette. Das kam für Emma überraschend. Sie stellte sich ungeschickt an und stieß mit einem anderen Tänzer zusammen. Emma drehte sich um und wollte sich entschuldigen: »Perdon!« Verdutzt zuckte sie zurück. Der andere Tänzer war: Mike. Und seine Partnerin: Nadeshda Putinova!

Mike lächelte sie an – verlegen? Entschuldigend? Oder spöttisch? Nadeshda schien amüsiert. Machten die beiden sich über sie lustig? Emma war perplex. Sie hatte das dringende Gefühl, nachdenken zu müssen, in Ruhe, allein.

Wie willenlos ließ sie sich von Madrigal über die Tanzfläche schieben, weg von Putinova und Dorenbeck. Inzwischen tanzte fast jeder. Auf dem Platz unmittelbar vor der Bühne herrschte ein dichtes Geschiebe und Gedrehe. Manche Paare zogen es vor, raumergreifend am Rande des Kirchplateaus zu tanzen, wo es dunkler wurde und das Rauschen des Meeres sich mit der Musik zu einem eigenartigen Duett vereinte. Als die Combo zu einem neuen Stück ansetzte, löste Emma sich von Madrigal, ein bisschen ruckartig:

»Danke für den Tanz, Herr Kommissar! Sie sind ein ganz ausgezeichneter Tänzer! Ich könnte sicher viel von Ihnen lernen. Aber ich will Ihre Zeit nicht weiter vergeuden.«

»Von Vergeudung kann keine Rede sein. Sie wollen gehen? Das ist schade. Es wäre mir ein großes Vergnügen, Ihnen noch das ein oder andere zeigen zu dürfen. Sie lernen sehr schnell! Zumal Ihr Partner Sie versetzt zu haben scheint. Sie sind sicher, dass Sie keinen weiteren Tanz wagen wollen?«

Die Sängerin trug jetzt, zu einer langsamen, schwermütigen Weise, ein offenbar tieftrauriges Liebeslied vor. Emma verstand nur einzelne Worte. Jedenfalls hörte sie immer wieder »Corazón« heraus.

Es war ein Lied, das zum langsamen Tanzen einlud und denen, die es mochten, die Gelegenheit bot, sich aneinander anzuschmiegen. Eine ganz andere Stimmung als noch Sekunden zuvor lag über dem Platz. War es wärmer geworden? Auf Emma wirkte die wogende Menge wie ein Motor, der eben noch auf Hochtouren lief und nun im Leerlauf schnurrte. Was Mike und die Putinova jetzt wohl anstellten? Emma konnte sie nirgends entdecken. Sie waren so plötzlich von ihrem Radarschirm verschwunden, wie sie zuvor aufgetaucht waren.

Madrigal bemerkte Emmas Zögern. Er ergriff ihre Hand, zog sie an sich, stumm fragend, bittend, eng, enger, mit leichtem Druck, aber gerade nicht so viel Druck, dass Emma zurückgezuckt wäre, und nahm den Rhythmus der Musik auf, ihn auf Emma übertragend. Sie hatte nicht den Eindruck, sich dagegen wehren zu müssen. Oder zu können. Oder zu wollen.

Sie tanzten schweigend. Nach einer Weile verstärkte Madrigal den Druck seiner rechten Hand, die auf Emmas Rücken lag. Er führte aktiver. Sie spürte Madrigals Fingerspitzen auf den Wirbeln ihres Rückgrads. Er zog sie enger an sich heran und flüsterte ihr ins Ohr: »Hören Sie auf, sich zu viele Gedanken zu machen! Ist das nicht eine wunderbare Nacht? Ein traumhafter Ort? Eine bezaubernde Musik? Lassen Sie sich fallen! Genießen Sie! Carpe diem!«

Fast berührte jetzt auch Madrigals Mund Emmas Ohr, als er »Genießen Sie!« sagte und dann dieses Lateinische, von dem Emma nicht ganz sicher war, was es bedeutete. Ein Schauer lief durch ihren Körper. Ein, auch wenn sie darüber ärgerte, diesmal durchaus wohliger Schauer.

Ja, warum sollte sie nicht einfach tun, was Spaß machte und was das Leben hergab, jetzt und hier? Was hatte sie zu verlieren? Nichts. Sie war niemandem verbunden, stand in niemandes Schuld, hätte niemanden um Verzeihung zu bitten, worauf auch immer sie sich einlassen würde.

Sie musste daran denken, was Nadeshda Putinova über Madrigals Verführungskünste angedeutet hatte. Wenn er in allem so geschickt war wie im Überreden und Tanzen..? Und mit seinen Fingerspitzen... Doch was war das? Ein Vibrieren. An ihrer Hüfte. Ihr Handy! Emma hatte es auf stumm geschaltet und in ihre Hosentasche gesteckt. Jetzt machte es auf sich aufmerksam, sich immer heftiger schüttelnd.

Emma löste sich erneut abrupt von Madrigal und griff in ihre Hosentasche. »Entschuldigung! Mein Handy!« Während sie das Gerät hervorzog, wandte sie sich, mit einem entschuldigenden Lächeln, von Madrigal ab und eilte an den Rand der Tanzfläche, aufatmend. Die Nummer auf dem Display des Handys sagte ihr nichts, aber während sie die blassen Ziffern anstarrte und auf »Annehmen« tippte, fühlte sie sich wie soeben aufgewacht und aus einem schwülen Traum entlassen.

»Emma? Emma, bist du das?«

Eine Frauenstimme, die Emma bekannt vorkam. Aber woher? Eine aufgeregte Stimme, fast hysterisch. Eine Stimme voller mühsam beherrschter Angst, so kam es Emma vor.

»Ja. Schneider. Emma Schneider. Wer spricht denn da?«

»Hannelore. Hier ist Hannelore. Entschuldigung, dass ich so spät noch anrufe! Aber ich bin... ich weiß nicht... ich habe solche Angst!«

Hannelore Hülsenbusch, na klar! Ihre Stimme klang verzerrt.

»Wovor hast du Angst? Und wo bist du?«

»In meinem Apartment. Im La Palma. Wir hatten Eigentümerversammlung und ich glaube, ich weiß jetzt, wer... Nein, ich weiß überhaupt nicht mehr, was ich überhaupt noch glauben kann...«

Emma hörte Hannelore Hülsenbusch schluchzen.

»Soll ich kommen? Sollen wir reden?«

»Wenn du das tun würdest! Für mich! Ich weiß doch nicht, wen ich sonst ... ich habe doch niemanden sonst, außer Ulli ... und die...« Das Schluchzen ging in ein gekünsteltes Lachen über.

»Hör zu, Hannelore: ich bin in Garachico, auf einer Party. Ich nehme ein Taxi und komme zu dir, jetzt gleich. So schnell wie möglich. Aber eine Dreiviertelstunde wird es wohl dauern, bis ich bei dir bin. Ok?«

»Das ist so lieb von dir, Emma! Natürlich ist das ok. Ich freue mich so. Und bitte, entschuldige...«

»Da ist nichts zu entschuldigen. Hier ist sowieso nicht mehr viel los. Ich verpasse nichts.«

Wirklich? Emma war sich nicht sicher. Aber irgendwie war sie froh, der Beantwortung dieser Frage aus dem Weg gehen zu können.

In der Zufahrt zum Hafen standen drei Taxen – die allesamt, wie choreografiert, just in dem Moment wegfuhren, als Emma auf sie zuging. Wie ihr erging es auch zwei Paaren; einem älteren, distinguiert wirkenden, ernst dreinblickenden, und einem händchenhaltenden – sie mochte Ende zwanzig, er zehn Jahre älter sein. Die beiden überbrückten die nun fällige Wartezeit mit einem so intensiven Kuss, dass Emma vermutete, sie forschten mit ihren Zungen gegenseitig ihre Mundhöhlen aus. Minutenlang schien das so zu gehen. Das ältere Paar wirkte halb verstört, halb verärgert. Emma fragte sich, wann diese beiden sich wohl zuletzt so abgeknutscht hatten. Wenn überhaupt jemals. Und sie konnte nicht anders, als nachzudenken, wann sie selbst... So öffentlich jedenfalls: niemals, und auch nicht so lange. Emma, bist du neidisch? fragte sie sich.

Ein Mercedes-Taxi bog in die Zufahrt ein. Das Turtelpaar hatte blitzschnell seine Umklammerung gelöst und war auf den Wagen zugesprungen, noch bevor er zum Stillstand kam. So eine Frechheit! Eigentlich wäre Emma zuerst an der Reihe gewesen! Zum Glück kam schon die nächste Taxe. Das ältere Paar sah Emma an, entschuldigend lächelnd – und schon war auch Wagen Nummer 2 vergeben, und nicht an Emma.

Die nächste Taxe erschien erst eine gefühlte halbe Stunde später, gefolgt von einer weiteren und noch einer und noch einer. Als hätte sich irgendwo plötzlich ein Schleusentor geöffnet und Taxen entlassen. In Wahrheit waren es wohl eher nur zehn oder fünfzehn Minuten Wartezeit gewesen, aber in der Zwischenzeit hatte sich hinter Emma eine kleine Schlange Wartender gebildet.

Emma war froh, auf einen wortkargen Fahrer zu treffen, der beglückt schien, als Emma »Nach Puerto, bitte!« sagte. Sie fügte dann noch »Al edificio La Palma, por favor!« hinzu. Der Fahrer, der, nach seinem wettergegerbten Gesicht zu urteilen, auch Fischer hätte sein können, nickte nur stumm. Die nächsten 35 Minuten schwiegen er und seine Passagierin wohlig aneinander vorbei.

Emma fragte sich, was dieser Anruf zu bedeuten hatte. Was wusste sie eigentlich über Hannelore Hülsenbusch? Wenig. Aber so viel schon: Hysterie stand dieser Frau jedenfalls nicht. Sie war, das hatte Frau Poloniak – Johanna – Emma erzählt, Chefsekretärin gewesen, bei Bayer in Leverkusen. Das war ein Job, der sicher gute Nerven verlangte und die Fähigkeit, auch in brenzligen Situationen Ruhe und den Überblick zu bewahren. Jedenfalls war das eine Beschreibung, die auf alle Redaktionssekretärinnen zutraf, die Emma in ihrem – leider kurzen, grr! – Berufsleben kennengelernt hatte.

Redaktionssekretärinnen, das waren die Felsen in den verwirbelten Strömungen, aus denen Redaktionen bestehen: immer zugegen, über alle Aufgeregtheiten erhaben, tröstend, wenn Trost gebraucht wurde, beschützend, vor allzu dreisten Lesern, wenn nötig frech, wo nur noch Frechheit half, dabei stets den Anschein von Ordnung aufrechterhaltend, wo das tägliche Chaos regierte, und nicht zuletzt: auf Du und Du mit der Kaffeemaschine.

So ein Mensch war in Emmas Augen auch Hannelore Hülsenbusch. Eine Frau, bei der sie, Emma, mütterlichen Rat suchen sollte, und nicht umgekehrt. Ihre Neugier wuchs. Ihre Sorge auch.

Auf dem Parkplatz vor dem La Palma blinkten Lichter, gelbe, blaue. Ein Polizeiwagen blockierte die Zufahrt. Emma entlohnte den Taxifahrer, den offenbar völlig kalt ließ, was sich da vor ihren Augen zutragen mochte. Emmas Finger hingegen zitterten, als sie in ihrem Portemonnaie nach Geldscheinen und Münzen kramte. »Stimmt so. Ist ok.« Hatte sie sich im Schein vergriffen? Der Fahrer jedenfalls bedankte sich überschwänglich, während Emma dem Taxi entstieg, den Blick auf die bizarre Szenerie vor ihr gerichtet.

Ein Polizeibeamter wollte sie aufhalten, doch Emma konstatierte bestimmt: »Ich wohne hier!«, energisch auf das La Palma weisend. Als sie dann noch den Poloniaks zuwinkte, die neben einem gelbweißen Ambulanzfahrzeug standen, und die beiden dezent zurückwinkten, ließ der Beamte sie schulterzuckend passieren. Johanna Poloniak eilte Emma entgegen, mit offenen Armen.

»Emma! Es ist ja so schrecklich!«

Emma wurde umarmt und gedrückt. Johanna Poloniak weinte. Ihr Mann Heinz kam näher, hielt aber Distanz, hilflos wirkend. Entgeistert, so nennt man wohl solch einen Gesichtsausdruck, ging es Emma durch den Kopf. Entgeistert: das traf es. Oder: fassungslos. Aber nein: entgeistert war richtiger. Verrückt, dass sie immer nach Worten suchte, als müsste sie eine Reportage schreiben! Aber vielleicht musste sie das ja auch: für Bild!

»Was ist passiert?«

»Ach Emma, es ist ja so schrecklich!« Über Johanna Poloniaks sonst so rosige Wangen kullerten dicke Tränen: »Hannelore..!«

»Was ist mit Hannelore?«

Johanna Poloniak nickte, ihr Mann schien seine Schuhspitzen zu inspizieren.

»Tot! Hannelore ist tot! Sie liegt... Sie ist vom Balkon gesprungen. Oder gefallen. Neben dem Pool. Oder...«

Johanna wies mit dem rechten Arm unbestimmt in Richtung des Hauses und drückte Emma gleichzeitig fest an sich.

Emma griff nach Johannas Schultern, schob sie ein Stückchen von sich fort und blickte ihr fest in die Augen:

»Jetzt beruhige dich erst mal! Und sag mir, was passiert ist!« Sie sah von Johanna zu Heinz und zurück und schließlich wieder zu Heinz, der jetzt, zögernd, das Wort ergriff:

»Hannelore ist von ihrem Balkon gefallen – oder gesprungen – oder: gestoßen worden. Stell dir das vor! Sie ist tot. Hannelore ist tot! Sie lag auf dem Pflaster neben dem Pool, halb in den Kakteenbüschen. Sie hat sich nicht mehr bewegt.«

Johanna fiel ihrem Mann ins Wort:

»Sie ist umgebracht worden! Und wir haben es gehört. Wir haben sie schreien gehört! Die Hannelore. Wir saßen bei offener Balkontür auf der Couch und haben gelesen, ich einen Eifelkrimi und Heinz im Stern. Und dann haben wir diesen Schrei gehört. Furchtbar! Einen Todesschrei. Und dann ein Geräusch wie ein Schlag. Und dann war Stille.«

»Wir haben über die Brüstung geschaut und gesehen, dass unten etwas lag – oder jemand. Genau unter Frau Hülsenbuschs Balkon – also: acht Stockwerke tiefer.«

»Aber der Schrei, der war aus unserer Nähe gekommen, nicht von unten vom Pool!«

Johanna und Heinz Poloniak sahen sich immer wieder an, während einer vom anderen den Gesprächsfaden übernahm. Jetzt war Heinz wieder an der Reihe:

»Wir waren nicht die einzigen. Auf ganz vielen Balkons standen mit einem Mal Leute und starrten nach unten. Da unten war ja niemand. Um die Zeit geht ja keiner mehr schwimmen. Und die Beleuchtung ist so schummrig im Garten, dass nichts genaues zu erkennen war. Außer, ganz klar: dass da jemand lag und sich nicht rührte. Wir haben sofort die Notrufnummer gewählt.«

»Phantastisch, wie schnell die hier gewesen sind! Ich muss schon sagen: das hätte ich den Spaniern nicht zugetraut, wie gut das mit der Ambulanz funktioniert. Dabei hatte der Heinz doch am Telefon nur mit seinem gebrochenen Spanisch geredet. Die konnten doch gar nicht verstehen, was passiert ist.«

»So gut ist mein Spanisch schon, dass ich klar machen kann, dass hier Hilfe gebraucht wird!« Heinz wirkte leicht düpiert.

»Es wäre besser, wenn du auf mich gehört und endlich den VHS-

Kurs belegt hättest! Seit Jahren sag ich dir das! Aber dafür bist du ja zu bequem! Und jetzt haben wir den Salat!«

Johanna Poloniak warf ihrem Mann einen Blick zu, als wäre der soeben als Hannelore Hülsenbuschs Mörder entlarvt worden. Emma ging mit einer Frage dazwischen, bevor es zur Scheidung kam:

»Und wieso glaubt Ihr, Hannelore sei ermordet worden? Denn das denkt Ihr doch, oder nicht?«

Heinz nickte stumm und Johanna versicherte: »Das glauben wir nicht nur, nicht wahr, Heinz, sondern so war es. Warum sollte sie sich denn umbringen? Und aus Versehen fällt doch keiner über diese Brüstung. Und eine Hannelore Hülsenbusch schon gar nicht. Nicht mal betrunken. Und betrunken war sie eindeutig nicht. Nicht, als wir sie das letzte Mal gesehen haben. Und das ist nicht lange her.«

Heinz schüttelte wie zur Illustration der Worte seiner Frau den Kopf.

Emma bestätigte: »Nein, betrunken wirkte sie nicht. Ich habe nämlich noch vor, na vor einer guten Stunde mit ihr telefoniert.«

»Hat sie dich also doch angerufen! Das wollte sie nämlich erst nicht, ganz und gar nicht. Sie traute sich nicht. So spät sei es schon, und so. So ein Quatsch. Für junge Leute ist das doch nicht spät. Ich habe ihr jedenfalls gut zugeredet, nicht wahr, Heinz?«

Heinz Poloniak nickte erneut. Er hatte sich jetzt wieder in die Rolle des Schweigers gefunden.

»Wieso sollte sie mich anrufen? Wieso habt Ihr ihr zugeredet?

»Na, heute Abend war doch diese Eigentümerversammlung. Und als die Hannelore da rauskam, sind wir ihr begegnet. Heinz und ich kamen gerade von Carmen zurück und sind in der Lobby stehen geblieben. Aus dem Versammlungsraum – dem ehemaligen Café gegenüber vom Büro – kam so ein lautes Geschnatter und Geschimpfe, da mussten wir einfach stehen bleiben.«

»Und zuhören?«

Johanna Poloniak unterzog Emma einer strengen Musterung: »Du meinst: lauschen? Nein, so was machen wir nicht. Wir nicht, Heinz, nicht wahr?«

Heinz Poloniak verzog keine Miene.

»Also, so etwas machen wir nicht, das tun wir nicht. Aber da gab es auch nichts zu lauschen. Dass da drinnen gestritten wurde, war nicht zu überhören. Und dann kam Hannelore auch schon aus dem Saal geschossen – und direkt in unsere Arme. So aufgeregt haben wir sie noch nie gesehen, nicht wahr, Heinz?«

Diesmal nickte er.

»Und dann?« hakte Emma nach.

»Dann hätten wir uns erst mal auf die Sitzgruppe in der Lobby gesetzt, aber die gibt es ja nicht mehr, wie Hannelore sich – nicht zum ersten Mal – beschwert hat. Also sind wir nach oben gefahren, zu uns, und haben Hannelore einen Ciento Tres eingegossen. Einen! Na gut, einen etwas größeren, aber betrunken haben wir sie nicht gemacht. Bestimmt nicht. Nicht wahr, Heinz?«

»Nein.«

»Hannelore war nämlich ganz durcheinander. So kennen wir sie gar nicht, nicht wahr, Heinz? So richtig war nicht aus ihr herauszubringen, worüber sie sich so empört hat. Sie hat vom Anstrich geredet, einem neuen Anstrich für das Haus, von Kostenvoranschlägen, von »diesen Heilbutts«, von Pedro, immer wieder ging es »Pedro, Pedro, Pedro!«, irgendwas war auch mit dem Pool. Und dann hat sie diesen Reporter erwähnt. Diesen Mike Dorendings.«

»Dorenbeck.«

»Richtig. Dorenbeck. So heißt der wohl. Der neulich bei dir war, im Bolivar. Jedenfalls muss der sich bei Hannelore gemeldet haben, heute Abend, und ihr irgendwas erzählt haben. Oder gefragt. Das war aus Hannelore nicht richtig rauszukriegen. Sie war so verwirrt. Und aufgeregt. Und dann hat sie immer längere Pausen gemacht und nur still und stumm dagesessen, wie.., ja wie...«

»Wie betäubt«, warf Heinz Poloniak ein.

»Ja, wie betäubt. Danke, Schatz! Wie betäubt. Vielleicht war sie doch deprimiert, und wir haben nichts davon bemerkt. Aber Selbstmord? So schnell begeht man doch keinen Selbstmord!«

Ein weiterer Polizeiwagen fuhr vor. Hinter ihm hielt ein weißer Lieferwagen, der mit einem Globus und einer Antenne bemalt war. Dem Lieferwagen entsprangen ein Kameramann und eine Reporterin mit fest umklammertem Mikrofon. Aus dem Polizeiwagen stieg Kommissar Roberto Madrigal, in demselbem dunklen Anzug, in dem er vor – wie lange mochte das jetzt her sein? Keine anderthalb Stunden? –

mit Emma getanzt hatte. Emma fühlte, wie eine Hitzewelle durch ihren Körper strömte.

Madrigal eilte schnurstracks zum Eingang des La Palma. Er warf Emma im Vorübergehen einen bedauernden Blick zu, stumm. Errötete sie? Zum Glück war es dunkel genug, dass es niemandem aufgefallen wäre.

»Was hat Hannelore denn von dem Reporter erzählt?« nahm Emma das Gespräch wieder auf, während alle drei beobachteten, wie Polizisten dem Reporterteam den Zugang zum Parkplatz zu verwehren versuchten, vor laufender Kamera. Der Kameramann filmte die Szene vor dem Haus, das Haus, die Umgebung, und dann richtete er das Objektiv auf sie; auf Emma und die Poloniaks. Emma drehte sich weg, Johanna nicht, Heinz musterte wieder seine Fußspitzen.

»Das war so klar nicht zu verstehen.« Während Johanna Poloniak auf Emmas Frage einging, starrte sie wie gebannt in Richtung Filmkamera, als spräche sie direkt ins Mikrofon. »Jedenfalls muss er ihr einen Schrecken eingejagt haben. Einen riesigen Schrecken. Von Hunden war die Rede, von einem gewissen Bruno und von einem Einbruch.«

»Von einem Einbruch? Wo? Bei wem?«

»Keine Ahnung. Hannelore hat ja nur gestammelt. Und dann immer wieder geschwiegen. Und stumm vor sich hin gestarrt. Aber irgendwie hatte der Einbruch mit Hunden zu tun und mit einem Medikament.«

»Was für ein Medikament?«

»Irgendwas mit Ku... Ich weiß nicht. Hannelore hat auf Nachfragen überhaupt nicht reagiert. Aber dass sie mit Pedro sprechen müsse, sofort, also mit dem Herrn Seidenschuh, und mit dir, das hat sie mehrfach wiederholt. Wir haben sie dann, als sie unbedingt gehen wollte, ermuntert, dich gleich anzurufen. Das hat sie ja offenbar auch getan.«

Emma nickte. »Das hat sie. Sie wollte mit mir sprechen. Aber worüber, das hat sie mir nicht gesagt. Sie klang verstört, das fand ich auch. Ich hab dann so schnell wie möglich ein Taxi genommen, aber mehrere sind mir vor der Nase weggeschnappt worden, in Garachico.«

»In Garachico? Warst du bei der Hafeneinweihung? Auf dem großen Fest?« Johanna Poloniaks Augen erstrahlten wieder in vertrauter Frische. »Wie war es denn da?«

»Ich war sogar unter den geladenen Gästen bei einem Empfang. Mit Sekt, Häppchen und einer Tanzkapelle. Vor einer guten Stunde noch habe ich dort mit dem Kommissar getanzt, der gerade an uns vorbei gegangen ist.«

Johanna Poloniak öffnete den Mund und sagte nichts. Emma fühlte sich ein bisschen stolz. Es war ihr gelungen, Johanna Poloniak zu beeindrucken! Gleichzeitig kam sie sich billig dabei vor.

26. Kapitel

Madrigal gab dem Fernsehteam ein Interview. Emma sah ihm aus der Ferne dabei zu. Ihr geschmeidiger Tanzpartner von vorhin wirkte jetzt sehr steif und förmlich. Er hatte die Rolle gewechselt, machte auf eilig und unwirsch und stand dabei vor der Kamera wie ein Denkmal seiner selbst: den Rücken kerzengerade, die Brust herausgedrückt, das Kinn markig gehoben. Die unterwürfig wirkende Reporterin setzte mehrfach nach, schien aber immer nur extrem knappe Antworten zu erhalten. Auf dem Weg zum Fernsehteam hatte der Kommissar Emma und die Poloniaks und noch ein paar Hausbewohner, die sich auf dem Parkplatz versammelt hatten, sehr bestimmt gebeten, ihre Namen zu Protokoll zu geben und in ihre jeweiligen Apartments zu gehen und dort zu bleiben. Er oder ein Kollege werde sich melden und nachfragen, was sie gesehen und gehört hatten.

Während Emma mit den Poloniaks auf den Aufzug wartete, fiel ihr Blick auf die Briefkästen. Ja, richtig, sie wollte die Post noch mitnehmen! Emma nahm den Stapel in die Hand und schloss den Kasten wieder ab. Der Aufzug mitsamt den Poloniaks war inzwischen entschwunden.

»Ach, Frau Schneider! Ist das nicht fürchterlich!«

Irma Heilbutt trat aus ihrem Büro. Schräg hinter ihr stand ein grauer kleiner Mann: er trug graue Hosen und eine graue Strickweste über einem Hemd von unbestimmter Farbe. Seine dünnen, zwischen Hell- und Dunkelgrau changierenden Haare hatte er sorgsam in langen Strähnen von rechts nach links über den ansonsten verdörrten Schädel sortiert: Günter Heilbutt, nahm Emma an. El Presidente.

Beide Heilbutts glotzten Emma stumm und betroffen an, als rängen sie nach Worten. Sie schienen ein Redebedürfnis zu haben, aber nicht zu wissen, wie sie es anstellen könnten, mit Emma ins Gespräch zu kommen. Emma richtete den Poststapel in ihrer Hand, blickte von ihr zu ihm und zurück und machte es ihnen leicht: »Ja, ganz fürchterlich! Ich habe vorhin noch mit Frau Hülsenbusch telefoniert. Und Sie haben sie doch heute Abend auch noch getroffen?«

»Ja, sicher.« Irma Heilbutt warf Emma einen geradezu dankbaren Blick zu: »Wir hatten doch vorhin die Eigentümerversammlung. Mein Mann und ich«, Frau Heilbutt warf dem Gräuling hinter ihr einen raschen Blick zu, »waren noch dabei, wir sind noch dabei...«

»Wir haben das Protokoll geschrieben, als plötzlich das Telefon klingelte und gleichzeitig draußen die Sirene erklang«, fiel Günter Heilbutt seiner Frau ins Wort.

Sie: »Wir hatten nichts bemerkt. Dabei war Frau Hülsenbusch doch kurz vorher noch hier unten gewesen.«

Wieder er: »Wir hätten sie ansprechen sollen. Wir hätten das alles nicht so im Raum stehen lassen dürfen!«

Emma: »Was? Was hätten Sie nicht im Raum stehen lassen sollen?«

»Wollen Sie nicht hereinkommen, ins Büro?«

Günter Heilbutt streckte den graubestrickten Arm aus und deutete eine einladende Geste an. »Und überhaupt haben wir uns noch gar nicht bekannt gemacht. Günter Heilbutt, Vorsitzender der Asociación de Propietarios.« Er trat ein paar Schritte vor und reckte Emma seine Rechte entgegen.

Aus dem Ärmel der Strickweste ragte eine Hemdmanschette hervor, samt goldenem Manschettenknopf. Emma registrierte, dass sie jetzt zum ersten Mal, seit sie auf Teneriffa gelandet war, einen Manschettenknopf zu Gesicht bekam. Sie warf einen diskreten Blick auf Herrn Heilbutts Hose. Richtig: der graue Flanell war von einer scharfen Bügelfalte gescheitelt. Übrigens schien Frau Heilbutt sich von ihrem Gatten absetzen zu wollen, indem sie Beige bevorzugte. Aber beide legten offensichtlich großen Wert auf eine jederzeit gepflegte, konservative, dezente Erscheinung. Günter Heilbutts schwarze Halbschuhe glänzten von frischer Politur.

»Emma Schneider.« Sie ergriff die dargebotene Hand und nickte erst Herrn, dann auch, vorhandene Bekanntschaft auffrischend, Frau Heilbutt zu, bemüht lächelnd. Mehr Freude zu zeigen schien ihr der Situation nicht angemessen zu sein. Beide Heilbutts hielten es genau so. Sie wirkten in gewisser Weise erleichtert.

»Dass es so weit kommen sollte, das haben wir nicht gewollt. Das haben wir wirklich nicht gewollt. Das ist es doch nicht wert. Das ist es wirklich nicht wert!« Irma Heilbutt schien mit den Tränen zu kämpfen. Die drei platzierten sich um die beiden Schreibtische hinter dem Bürotresen herum. Günter Heilbutt bot Emma den Stuhl an, der wohl Marisols Arbeitsplatz war. Die Schreibtischplatte vor ihr war leer geräumt. Hefter, Locher, Stifte, ein Notizblock: alles lag an seinem scheinbar vorbestimmten Ort, penibel ausgerichtet. Gegenüber, wo Frau Heilbutt Platz genommen hatte, sah Emma diverse Zettel und Papiere auf der Arbeitsfläche liegen, und offenbar lief auch der Computer. Günter Heilbutt blieb stehen und lehnte sich an den Besuchertresen.

»Was ist es nicht wert? Und was meinten Sie eben mit: das hätten wir nicht im Raum stehen lassen dürfen?« nahm Emma den Gesprächsfaden wieder auf. Herr Heilbutt nickte seiner Frau aufmunternd zu. Sie setzte an, mit einem tiefen Seufzer:

»Ach, Frau Schneider! Ich wünschte, Ihre Großmutter lebte noch! Ich wünschte es wirklich. Diese ganze Sache, sie ist so aus dem Ruder gelaufen... Das.., das haben wir wirklich nicht gewollt. Ich möchte so gern, dass Sie uns das glauben!«

Irma Heilbutt sah Emma flehend an. Ihr Mann tat es ihr gleich.

»Sie meinen, diese ganze Auseinandersetzung um die Präsidentschaft hier? Sie glauben, da gibt es einen Zusammenhang mit Hanneloresю Tod?«

Beide Heilbutts blieben stumm. Schließlich ergriff wieder er das Wort:

»Also, das wissen wir nicht. Vielleicht. Wir wissen nur, dass Frau Hülsenbusch heute Abend sehr erregt war, in der Eigentümerversammlung. Und was meine Frau und ich sagen wollen, ist: keine Auseinandersetzung um Rechnungen und Renovierungen und Spesen oder was auch sonst – keine! – ist es wert, dass sich ein Mensch das Leben nimmt.«

»Woher wissen Sie denn, dass Hannelore sich das Leben genommen hat? Die Polizei geht meines Wissens von Mord aus«, behauptete Emma forsch.

»Mord?« Beide Heilbutts sprachen das Wort gleichzeitig aus und sahen sich betroffen an.

»Ist das wirklich wahr?« fragte Günter Heilbutt: »Das wäre ja noch schlimmer. Mord! Hier in unserem Haus! Unfassbar.«

»Nun, es wäre ja nicht der erste, jedenfalls um das Haus herum«, warf Emma trocken ein: »Klaus Kaltenbrenner ist ja offensichtlich auch ermordet worden. Und Herr Hock und Herr Frohsinn wohl auch. Und dass meine Großmutter sich selbst getötet haben soll, das fällt mir jedenfalls jetzt auch immer schwerer zu glauben.«

»Ja, ja: Serienmord auf Teneriffa!« Günter Heilbutt betonte das Wort ›Serienmord‹ mit aufgesetzter Komik. »Wir dachten, das sei Quatsch. Das denke ich ja eigentlich immer noch. Das hat sich dieser Schreiberling doch ausgedacht! Ohne zu bedenken, welche Auswirkungen das auf den Marktwert der Wohnungen hat! Wir saßen vorhin schon an einem Leserbrief, an die Verlegerin der Inselzeitung. Das ist ja sonst nicht so ein Revolverblatt. Und wir annoncieren oft darin. Aber die Polizei, sagen Sie, nimmt das ernst?«

»So viel ich weiß: ja. Kommissar Madrigal hat Herrn Dorenbeck – das ist der ›Schreiberling‹ der Inselzeitung – jedenfalls sehr intensiv darüber befragt.«

So konnte man das sehen, rechtfertigte Emma diese forsche Zuspitzung vor sich selbst. »Aber erzählen Sie mir doch bitte, was heute vorgefallen ist! Die Polizei wird das sicher auch noch wissen wollen.«

»Tja, vorgefallen?! Vorgefallen ist, dass unsere Eigentümerversammlung, eigentlich eine Routinesache, völlig aus dem Ruder gelaufen ist. Wie das kommen konnte, weiß ich auch nicht. Wir hätten das stoppen müssen!« Günter Heilbutt sah zu seiner Frau hinüber. Tadelnd?

»Wie hätten wir das tun sollen, Günter? Hannelore war doch nicht zu bremsen gewesen. Und Herr Seidenschuh ist ja geradezu Amok gelaufen.«

Herr Seidenschuh! Pedro. Was war eigentlich mit Pedro? Emma hatte den Eindruck, sie hätte ihn längst suchen und mit ihm sprechen sollen. Wo steckte er eigentlich?

»Herr Seidenschuh hat also an der Eigentümerversammlung teilgenommen?«

»Wenn man das so nennen will!« Günter Heilbutts Mimik erinnerte Emma an einen alten Lehrer. Exakt so hatte der geguckt, wenn sich jemand in der Klasse flegelhaft benahm. Indigniert. Stumm tadelnd. 70 Kilo gesammelter Vorwurf.

»Der Herr Seidenschuh ist und bleibt ein Flegel«, sprang Irma Heilbutt ein: »Also, eigentlich wollten wir in der Versammlung über die Angebote für den neuen Hausanstrich berichten und einen Beschluss fassen. Einen Auftrag erteilen. Der ist nämlich überfällig. Und um die Erhöhung der Pool-Umlage ging es auch. Das war die Tagesordnung, im wesentlichen. Aber beschlossen wurde gar nichts. Und jetzt hängt wieder alles im Raum, und wir müssen sehen, wie wir die Scherben wieder zusammenkleben.«

Emma verstand nur Bahnhof. Pool-Umlage! Anstrich! Angebote! So ein Killefitt, dachte sie. Aber hatte Hannelore davon nicht auch irgendwas erzählt?

»Und was hat das mit Hannelore Hülsenbuschs Tod zu tun?«

»Hoffentlich nichts«, übernahm Herr Heilbutt wieder die Regie:

»Ihnen erscheint das alles sicher wie lästiges Klein-Klein. Lassen Sie mal«, wischte er Emmas Versuch beseite, protestierend das Offenkundige zu leugnen, »das verstehe ich ja. So denken übrigens die meisten der Wohnungseigentümer hier. Sie wollen den Schlüssel umdrehen und die Aussicht vom Balkon genießen. Und dann soll der Pool geheizt und sauber sein. Ansonsten wollen sie ihre Ruhe haben. Damit ist es aber nicht getan. Das Haus streicht sich eben nicht von selbst, keine Verstopfung löst sich von selbst auf, und wenn der Pool nicht ständig gewartet wird, ist er bald voller Schleim und toter Echsen und Ratten.«

Günter Heilbutt ließ seine Worte ein paar Sekunden wirken.

»Ein Haus macht Arbeit. Ein großes Haus wie dieses macht viel Arbeit. Niemand wusste das übrigens besser als Ihre Großeltern. Damals habe ich selber das noch nicht so klar gesehen. Das muss ich zugeben. Vielleicht, wenn wir heute noch mal von vorn anfangen könnten, Ihre Großeltern und wir...«

Der Präsident seufzte. »Wir haben uns hier in den letzten Jahren mächtig in die Wolle gekriegt. Sie werden dazu die Version Ihrer Großeltern gehört haben. Glauben Sie mir: wir haben auch eine. Die Wahrheit liegt wahrscheinlich in der Mitte. Aber wie das so ist im Streit unter Nachbarn: ein Wort gibt das andere, jede Handlung provoziert eine Gegenhandlung, und am Ende redet man nicht mehr miteinander, sondern nur noch übereinander. Wir hätten es nicht so weit kommen lassen dürfen.« Er sah wieder zu seiner Frau hinüber. Schuldbewusst. Tadelnd. Die ermunterte ihn:

»Ich denke, du solltest Frau Schneider erklären, worüber Hannelore sich so aufgeregt hat!«

Emma nickte: »Und, inwiefern Herr Seidenschuh ›Amok gelaufen‹ ist – wie Sie das eben nannten.«

»Ja. Es ist so… Um es nicht zu kompliziert zu machen: Frau Hülsenbusch, Hannelore, war schon sehr erregt, als die Versammlung begann. Sie wollte die Tagesordnung nicht akzeptieren.«

»Wieviele Eigentümer waren denn eigentlich dabei?« unterbrach Emma ihn. »Die kommen doch nicht alle deshalb angereist, oder? Und ich zum Beispiel wusste gar nichts von der Versammlung.«

»Nein? Sie müssen aber doch eine Einladung erhalten haben. Vielleicht haben Sie nicht in die Post gesehen?« Günter Heilbutt warf einen kritischen Blick auf den Briefstapel, den Emma vor sich auf dem kahlen Schreibtisch abgelegt hatte. Sie machte ein schuldbewusstes Gesicht, wie eine vom Lehrer ertappte Schülerin.

»Das geht vielen so. Andere sehen die Briefe der Asociación zwar, lesen sie aber nicht. Es ist jedes Mal ein Kampf, wenigstens die auf der Insel Anwesenden zur Versammlung zu treiben und ausreichend viele andere, ihr Stimmrecht auf Anwesende zu übertragen. In der Regel müssen wir die Versammlung drei Mal neu eröffnen, bis wir gemäß der Satzung beschlussfähig sind.«

Emma schien begriffsstutzig zu sein.

Irma Heilbutt griff erklärend ein:

»Die Satzung sieht vor, dass so und so viele Eigentümer anwesend oder vertreten sein müssen. Wenn das nicht der Fall ist, ist die Versammlung nicht beschlussfähig und wird geschlossen. Und dann gleich wieder eröffnet. Beim zweiten Mal gilt ein geringeres Quorum. Und manchmal, so wie heute, kommt die Beschlussfähigkeit eben erst beim dritten Mal zustande.«

»Aber dann stimmen am Ende ja nur sehr wenige ab. Demokratisch ist das nicht gerade, oder?«

»Doch, sicher ist das demokratisch«, übernahm Günter Heilbutt wieder das Gespräch: »Ohne solche Regeln gäbe es keine Demokratie.

Demokratie heißt ja eben: jeder kann mitbestimmen, muss aber nicht. Am Ende entscheiden die, mit Mehrheit, denen am Gemeinwohl so viel gelegen ist, dass sie sich informieren, nachfragen und die Mühe machen abzustimmen. Das ist im Bundestag im Grunde nicht anders.«

»Da läuft aber selten jemand Amok.«

»Zum Glück. Das mit dem ›Amoklauf‹ war ja auch nur bildlich gemeint. Herrn Seidenschuh ging es – geht es ihm eigentlich immer, seitdem er nicht mehr selbst im Vorstand ist – um Obstruktion. Wie der Linken im Bundestag. Das beginnt mit dem Bezweifeln der Beschlussfähigkeit und geht weiter mit Änderungsanträgen zur Tagesordnung.«

»Und mit Geschäftsordnungsanträgen«, rief Frau Heilbutt dazwischen.

»Und mit Geschäftsordnungsanträgen«, stimmte ihr Mann zu. »Aber wir müssen zugeben: so ähnlich haben wir uns früher auch verhalten, als Ihre Frau Großmutter noch die Präsidentin war. Oppositionsverhalten eben. Doch heute war es anders.«

»Was genau war heute anders?«

»Heute war schon mal anders, dass Herr Seidenschuh und Hannelore sich offenbar nicht abgesprochen hatten. Sie fielen sich gegenseitig ins Wort. Das haben wir noch nie erlebt.«

»Deshalb haben wir den alten Vorstand, den um Ihre Großmutter herum, ja ›die Junta‹ getauft«, griff Irma Heilbutt wieder ein: »Die traten immer sehr diszipliniert auf. Alles war im voraus bekakelt und abgesprochen und durfte nur noch abgenickt werden. Das war es ja, was uns so gestört hat und weshalb wir... Aber dass es so weit kommen würde...«

»Herr Seidenschuh hat sich so wie inzwischen bei ihm üblich verhalten: er hat einen Antrag nach dem anderen gestellt, grinsend, aber Frau Hülsenbusch hat einfach dazwischengeredet. Im Grunde wirkte sie verwirrt. Sehr erregt. Wahrscheinlich hätte sie Hilfe benötigt. Oder einen Schnaps. Aber in dem Moment dachten wir nur, also meine Frau und Marisol und die anderen, die wir diskutieren und zügig Beschlüsse fassen wollten, das sei eine neue Obstruktionstaktik, eine besonders perfide. Jetzt würde ich manches Wort gern zurücknehmen und herunterschlucken, das heute Abend gefallen ist.«

»Zum Beispiel?«

Herr Heilbutt stöhnte laut auf. »Zum Beispiel, dass wir Herrn Seidenschuh anzeigen würden und Frau Hülsenbusch auch. Und wo denn die Schwarze Kasse geblieben ist, die sie – und der alte Vorstand – geführt haben.«

»Was für eine Schwarze Kasse?« Wenn Emma alles richtig mitbekam, war ihrer Großmutter jetzt gerade eine Form von Betrug, mindestens Steuerbetrug, vorgeworfen worden.

»Das klingt jetzt wohl schlimmer, als es ist. Obwohl: damals, also, als wir anfingen, uns ernsthaft für die Bücher der Asociación zu interessieren, kam uns das alles schon sehr schlimm, fast kriminell vor. Ich sagte ja: heute würden wir, meine Frau und ich, manches milder beurteilen.«

»Heute, wo Sie der Präsident sind, wollen Sie damit sagen, sieht eine Schwarze Kasse gar nicht mehr so dunkel aus, oder wie?«

Heilbutt schaute schuldbewusst drein.

»Die Theorie ist das eine, die Praxis ist eben meist etwas anderes. In Spanien, hier auf der Insel, das haben wir lernen müssen, ist es von Vorteil, wenn man Behördenvertretern und auch Handwerkern manchmal etwas zustecken kann. Manche Dinge passieren eben einfach nicht ohne etwas Bakschisch, wenn Sie verstehen, was ich meine. Das haben wir uns anders vorgestellt. Das kannten wir so nicht aus Deutschland. Ich habe in Worms fast dreißig Jahre lang eine Bankfiliale geleitet. Genauigkeit, Ehrlichkeit, Pünktlichkeit: das habe ich nie für ›Sekundärtugenden‹ gehalten wie dieser Schlawiner Lafontaine. Aber hier, das wissen wir jetzt, kommt man damit nicht weit. Und wir vermuten, diese Erfahrung haben Ihre Großeltern vor uns so ähnlich gemacht.«

»Und wie entsteht so eine Schwarze Kasse? Irgendwo muss das Geld ja herkommen.«

»Genau. Und man kann ja schlecht von den Eigentümern einen Beitrag zur Anlage der Schwarzen Kasse erheben. Deshalb werden Kosten künstlich konstruiert, gegen die niemand etwas einwenden kann. Zum Beispiel jetzt der Anstrich: Da gibt es am Ende eine Rechnung, die auch Leistungen enthält, die nie erbracht worden sind. Weil es nicht nötig war. Das Geld wird aber gezahlt, an die beauftragte

Firma. Und die zahlt einen gewissen Betrag zurück, auf ein anderes Konto. Oder bar. In die Schwarze Kasse.«

»Und damit kann dann der Vorstand machen, was er will?«

»Ja, wenn der Vorstand zusammenhält. Denn wenn nur einer nicht den Mund hält oder man einander nicht vertrauen kann, dann haben wir ein Problem. Und so war das wohl bei dem alten Vorstand. Am Ende war die Junta heftig zerstritten. Sonst wären wir ja gar nicht an Informationen über die Schwarze Kasse und noch ein paar andere Dinge gekommen.«

»Andere Dinge? Was denn noch?«

»Wir glauben, dass manchmal auch Rechnungen beglichen wurden, ohne dass überhaupt irgendeine Leistung erbracht worden ist. Zum Beispiel für Gärtnerarbeiten. Solche kleineren Aufträge konnte Ihr Großvater und später Ihre Großmutter und auch Herr Seidenschuh praktisch freihändig vergeben, ohne Vorstandsbeschlüsse.«

Emma hatte das heftige Gefühl, ihre Oma und ihren Opa in Schutz nehmen zu müssen:

»Ich kann mir absolut nicht vorstellen, dass meine Großeltern so etwas dulden geschweige denn mitmachen würden. Sie hatten zwar nur einen Fischladen und keine Bank, aber für sie waren Ehrlichkeit und Genauigkeit und Pünktlichkeit auch ganz, ganz wichtige Tugenden.«

»Das will ich nicht bezweifeln. Jedenfalls heute nicht mehr.« Günter Heilbutt zog wieder eine schuldbewusste Miene. »Aber für den feinen Herrn Seidenschuh würde ich meine Finger nicht ins Feuer legen. Und für Hannelore Hülsenbusch übrigens auch nicht. Sie hat nämlich die Kassenführung übernommen, nach Heinz Hocks Tod.«

Aus dem Gang zum Büro waren Stimmen zu hören, dann auch Schritte. Jemand klopfte an die nur angelehnte Tür und stieß sie dann, ohne auf eine Antwort zu warten, ganz auf.

Kommissar Madrigal, begleitet von seiner schweigsamen Assistentin. Er wirkte verdutzt, Emma hier anzutreffen:

»Frau Schneider! Ich bin überrascht. Hatte ich Sie nicht gebeten, sich in Ihr Apartment zu begeben und dort auf mich zu warten? Ich habe Sie vergeblich gesucht – und dachte schon, es sei Ihnen etwas zugestoßen. Oder Sie seien geflohen. Und dachte gerade darüber nach, was wohl schlimmer wäre.«

Emma musste grinsen.

»Herr und Frau Heilbutt leiten die Asociación de Propietarios hier im Haus, wie früher meine Großmutter. Wir haben über alte Zeiten gesprochen. Ich wollte gerade hochfahren und auf Sie warten, Herr Kommissar. Im übrigen dachte ich, Sie hätten auch noch ein paar andere Zeugen zu vernehmen und seien damit eine Weile beschäftigt.«

»Das ist sehr nett, dass Sie für mich zu denken versuchen, Señorita Schneider, aber einstweilen kann ich das noch selber tun. Und jetzt können wir Sie ja gleich hier vernehmen, gleich nach Ihren Freunden.« Dabei sah er erst Günter, dann Irma Heilbutt an, schließlich wieder Emma: »Wenn Sie bitte solange draußen auf mich warten würden!«

Die Lobby war verwaist. Selbst mit den Fischen im abgedimmten Aquarium war nicht viel los. Wie spät war es eigentlich inzwischen? Emma sah auf die Uhr. Kurz nach Mitternacht. Ob die Party am Hafen von Garachico wohl inzwischen zu Ende war? Oder ging es dort jetzt erst richtig rund? Wenn ja: was würde Mike jetzt tun? Nadeshda Putinovas Haupt-Lover war ja vorerst anderweitig gebunden.

Durch die Milchglastür zum Poolbereich schimmerte Licht. Ob Hannelore Hülsenbuschs Leiche noch immer dort lag? Wohl kaum. Emma fühlte sich von der Tür magisch angezogen und stieß sie auf.

Zwischen Pool und Hauswand war ein größerer Bereich mit rotweißen Plastikbändern abgesperrt und von Standscheinwerfern hell ausgeleuchtet. Wo wohl die Leiche gelegen hatte, sah Emma Kreidestriche neben zerdrückten Kakteen. Aus dem Schatten unter den Palmen neben dem Pool löste sich eine Gestalt und ergriff ihren Arm. Sie schreckte zurück.

»Hallo Emma! Schön, dich endlich wiederzufinden! Gesund und lebendig.«

Mike! Der verlorene Mike.

Emma riss sich los und starrte ihn teils erschrocken, teils wütend, aber auch ein wenig erleichtert an.

»Wo kommst du her? Ist Nadeshda auch hier?« In dem Moment, als sie die zweite Frage aussprach, hätte Emma sich am liebsten auf die Zunge gebissen.

»Nadeshda Putinova? Warum sollte die hier sein? Ich nehme an, sie lässt sich noch immer von den Hobby-Kapitänen aus der neuen Marina umschwirren. Der mit der dicksten Yacht im Hafen wollte für später noch zu einer After-Party-Party auf sein schwimmendes Phallussymbol einladen, habe ich gehört.«

»Und warum bist du dann nicht dort?«

»Meinst du das ernst? Ich wollte dir einiges erzählen, aber dann warst du plötzlich verschwunden, wie von der Tanzfläche – haha. Und kurz danach ist auch Madrigal entfleucht. Also, wenn hier einer eifersüchtig sein könnte, dann wohl ich.«

»Eifersüchtig? Wer spricht denn von Eifersucht! So ein Quatsch. Wie eitel ist der Herr?«

»Na dann! Ist ja alles gut. Ich dachte nur... also ich habe mich eben gefreut, dich wiederzusehen – während du von Frau Putinova angefangen hast.«

»Ich habe nicht von ihr ›angefangen‹ – ich hatte nur nicht gewusst, dass du so ein begeisterter Tänzer bist.«

Emma fand selbst, dass sie patzig klingen musste. Das ließ ihren Ärger zusätzlich anschwellen. »Und du hast mir verschwiegen, dass du vorbestraft bist!«

»Bitte? Was habe ich? Was soll das denn jetzt sein? Wo hast du das denn her? Ach, na klar, von Madrigal! Die intrigante Ratte.«

»Und?«

»Und was?«

»Und bist du jetzt vorbestraft oder nicht?«

Mike seufzte und sah Emma ein paar Sekunden lang stumm an. Keiner von beiden bemerkte, dass sie, im Schimmer des hell erleuchteten Fundorts von Hannelore Hülsenbuschs Leiche stehend, am Rande des reflektierenden Pools, laut sprechend, von einigen Dutzend Gesichtern beobachtet wurden. Kaum einer der anwesenden Apartmentbewohner, der einen Balkon zur Pool-Seite hin besaß, ließ es sich nehmen, die aufregenden Vorgänge im Garten von seinem Logenplatz aus zu verfolgen.

Die Zuschauer im Pool-Theater hatten zuvor die Sanitäter kommen und unverrichteter Dinge wieder abziehen sehen. Dann sperrten Polizisten das Gelände ab, inspizierten die Leiche und die Umgebung.

Als der ältere Polizist, der komischerweise einen dunklen Anzug und Krawatte trug, als käme er tatsächlich aus dem Theater, den Blick hob und über die Balkonreihen gleiten ließ, zuckten reihenweise Köpfe zurück, wie neugierige Echsen, die sich mit gereckten Hälsen für ein Bananenstück interessieren – und plötzlich klatscht jemand in die Hände.

Was Kommissar Madrigal dann auch tat. Er schlug drei Mal nacheinander laut seine Hände zusammen, trat einen Schritt zurück und rief, auf Deutsch: »Meine Damen! Meine Herren! Wir sind hier nicht im Zirkus! Aber ich freue mich, so viele aufmerksame Zeugen zu haben. Bitte halten Sie sich für uns bereit und berichten Sie meinen Kollegen alles, was Sie heute Abend hier gehört und gesehen haben. Alles! Jede Kleinigkeit kann wichtig sein. Sie kennen das sicher aus dem Fernsehen. Und jetzt dürfen Sie ruhig weiter dabei zusehen, wie die Polizei hier ihre Arbeit tut.«

Madrigal deutete eine galante Verbeugung an und wandte sich wieder den traurigen Überresten der Schatzmeisterin der Asociación de Propietarios zu. Sein Appell hatte zur Folge, dass seine Kollegen und er wohl noch bis zum Morgengrauen Zeugenbefragungen hätten durchführen können. Aber Madrigal gab, als sich die ersten Vernehmungen länger hinzogen als gedacht – weil die La-Palma-Bewohner seine Aufforderung ausgesprochen ernst nahmen, jedes noch so winzige Detail ihrer abendlichen Erlebnisse zu Protokoll zu geben – das Kommando aus, heute Nacht nur noch die Namen und Telefonnummern aller Bewohner zu notieren, die im Haus waren und noch nicht ausgesagt hatten und sie zu bitten, am kommenden Morgen wieder zur Verfügung zu stehen. Dann würde die Befragung fortgesetzt werden.

Umso überraschender kam für das Publikum, das inzwischen erste Bewertungen des Erlebten auszutauschen begonnen hatte – bei dem einen oder anderen Bier, Sekt oder Schnaps – die plötzliche Zugabe: Public Viewing.

Mike und Emma wären sich der Aufmerksamkeit, die ihnen galt, wohl gar nicht bewusst geworden, hätten nicht zwei Beamte die Glastür zwischen Lobby und Garten plötzlich weit aufgestoßen, festgestellt und die Scheinwerfer abgeschaltet. In der eintretenden Ruhe und Finsternis nahmen Mike und Emma plötzlich allerlei Geräusper und Geraschel wahr. Es kam von oben. Sie blickten synchron hoch – und wurden sich der Peinlichkeit ihrer Lage bewusst.

Emma griff nach Mikes Hand und zog ihn mit sich in die Lobby.

»Madrigal hat uns alle aufgefordert, im Apartment auszuharren. Dabei kannst du mir jetzt ruhig eine Weile Gesellschaft leisten.«

Ein Aufzug stand bereit. Minuten später betrat Michael Dorenbeck erstmals Ilse Schneiders Apartment, das jetzt Emma Schneiders Apartment war – oder bald werden würde, wenn die ›Formalitäten‹ erledigt waren, um die sich Emma, wie ihr wieder einfiel, auch noch kümmern musste.

Mike blieb hinter der Schwelle stehen und sah sich zunächst einmal um.

»Oma Ilse hatte einen etwas anderen Geschmack als ich. Bisher habe ich nichts verändert«, glaubte Emma das seniorenhafte Ambiente erklären zu sollen. Vielleicht war es doch keine so gute Idee gewesen, Mike hier hoch zu lotsen. Sie dirigierte ihn zu der Sitzgruppe im Wohnzimmer.

»Willst du etwas trinken? Ich habe allerdings nur Saft und Wasser – oder ich könnte einen Kräutertee kochen.«

»Kräutertee wäre gut. Im Ernst. Außerdem gefällt mir die Vorstellung, von dir bekocht zu werden.«

Emma entschwand in die Küche und füllte den elektrischen Kocher mit Wasser. Mike folgte ihr.

»Deine Vorstrafe: du wolltest mir erläutern, worauf Madrigal, wie du ganz richtig vermutet hast, angespielt hat.«

»Gut, dass die Beamten kamen und das Licht ausgeschaltet haben! Sonst würde sich jetzt die komplette Belegschaft des La Palma über meine ›criminal records‹ das Maul zerreißen.«

»Criminal records? Sprechen wir jetzt schon im Plural? Was bist du also: ein Serienkiller? Gut, dass so viele Zeugen beobachtet haben, wo wir hingegangen sind. Sonst müsste ich jetzt wohl zittern.«

»Es kann schon sein, dass du Grund hättest, Angst zu haben. Aber sicher nicht vor mir.«

»Sondern? Nein – lenk nicht schon wieder ab! Was hast du angestellt, das du mir verheimlicht hast und das du offenbar immer noch vor mir verheimlichen willst?«

»Madrigal hat Recht. Ich bin vorbestraft. Ich habe Fahrerflucht begangen.«

Mike ließ ein paar Sekunden verstreichen, Emma starrte ihn schweigend an; aufmunternd, neugierig, vor allem aber hoffend, dass sich Mikes ›Vorstrafe‹ als Lappalie entpuppen würde. Aber ›Fahrerflucht‹: das klang leider gar nicht nach Lappalie.

Er stöhnte auf. »Als ich meinen Job los war und sich auch kein neues Angebot auftat und Bewerbungen nichts fruchteten, habe ich eines Abends angetrunken ein anderes Auto gerammt. Ich hatte getrunken und bin gefahren. Ich habe einen Unfall verursacht und ich bin abgehauen. Ich hatte einen Aussetzer. Ich war neben der Spur.«

»Hast du jemanden verletzt?«

»Nein! In dem anderen Wagen saß niemand drin. Ich habe auf dem Parkplatz vor der Kneipe, in der ich was getrunken hatte – zuviel getrunken hatte – einen parkenden Wagen gerammt. Volle Pulle, beim Zurücksetzen. Und bin dann einfach weggefahren. Ein paar Stunden später stand die Polizei vor meiner Tür. Und jetzt bin ich ›vorbestraft‹, wegen Fahrerflucht. Ich habe mich schuldig bekannt.«

Emma schwankte zwischen Mitgefühl und Erleichterung.

Jemand hämmerte ziemlich bestimmt an die Apartmenttür. Mike und Emma sahen sich an.

»Das werden Madrigal und Co. sein«, stellte Mike fest. »Ich dachte, heute Nacht sollten keine Verhöre mehr stattfinden. Aber vielleicht macht der Kommissar für dich eine Ausnahme. Ich bin gespannt, wie er es findet, auch mich hier anzutreffen.«

Emma öffnete die Tür. Vor der Tür stand Madrigals wortkarge Assistentin. Sie hatte eine Leine in der Hand. Eine Hundeleine. Ulli wedelte heftig mit dem Schwanz, als er Emma sah – oder roch? Hunde erleben ihre Umwelt doch vor allem durch ihre Nase, olfaktorisch: wonach mochte sie riechen, fragte sich Emma, dass sie so gut erkennbar war? Wahrscheinlich nach Schweiß. Es war ein langer Tag gewesen. Und sie hatte getanzt. Und seither keinerlei Gelegenheit gehabt, sich ›frisch zu machen‹. Immerhin schien ihr Schweiß Ulli, dem Hund zu gefallen.

»Perdón! No hablo Aleman. I don't speak German. El Comisario le pregunta si usted puede guardar el perro de Señora Hulsenbusch.

Could you care for the dog, until tomorrow?«

»If you would have to arrest him otherwise: ok.« Emma übernahm die Leine, während Ulli längst heftig schnüffelnd in Oma Ilses Apartment drängte. Klar, er kannte sich hier aus. Er roch Oma Ilse, nicht Emma! Sie spürte einen leisen Stich der Enttäuschung.

»Aber womit soll ich Ulli füttern?« Emma sah Mike an, und der übersetzte die Frage ins Spanische. Die Polizistin zuckte mit den Schultern und ließ einige spanische Sätze sprudeln, die Mike für Emma so übersetzte: »Die Wohnung von Frau Hülsenbusch ist jetzt versiegelt. Du kannst ja morgen früh Futter beschaffen. Jetzt sollte der Hund keinen Hunger haben. Er braucht allenfalls Wasser. Und: Fräulein Schneider sollte morgen Vormittag für Kommissar Madrigal erreichbar sein. Sie will unser beider Telefonnummern notieren.«

»Sag ihr doch bitte, dass Hannelore Hülsenbusch mich eine gute Stunde vor ihrem Tod noch angerufen hat. Vielleicht ist das wichtig. Sie wollte dringend mit mir sprechen. Vielleicht ist sie deshalb umgebracht worden. Sie wird doch keinen Selbstmord begehen, wenn sie auf mich wartet. Das passt doch nicht zusammen. Das sollte Madrigal wissen, und nicht erst morgen früh irgendwann. Ich meine, der Mörder läuft frei herum und vielleicht... Pedro!« Emma sah Mike erschrocken an: »Pedro ist jetzt der letzte aus der sogenannten ›Junta‹, und ich habe ihn seit Tagen nicht gesehen und nicht erreicht.«

»Wohnt er nicht gleich nebenan? Wir können klopfen. Aber es gibt natürlich auch noch eine andere Möglichkeit?«

»Was für eine Möglichkeit?«

»Nun, der gute Herr Seidenschuh könnte doch auch der Täter sein!«

»Warum sollte er seine Freunde umbringen? Das macht doch überhaupt keinen Sinn.«

»Vielleicht ja doch. Weißt du, warum unser Pedro in so jungen Jahren Rentner geworden ist?«

Die Polizeibeamtin wurde sichtlich unruhig. Sie wollte gehen. Mike übersetzte Emmas Hinweise auf Frau Hülsenbuschs Anruf. Madrigals Assistentin schien das alles sehr interessant zu finden. Sie fragte nach Uhrzeiten, machte sich Notizen und versprach, Madrigal umgehend zu informieren. Der Kommissar werde sich vielleicht gleich noch melden. Noch sei er im Haus. Damit verabschiedete sie sich.

Emma ließ Ulli von der Leine. Der Dackel machte sich auf einen Kontrollgang durch die ganze Wohnung, die feuchte Nasenspitze immer dicht am Boden. Nach einer Weile ließ er den Schwanz hängen. Er schien enttäuscht.

»Ulli hat wahrscheinlich gehofft, sein Frauchen hier zu finden. Komisch, ich rede von ihr, als wäre sie ein Rüde. Jetzt ist sie traurig. Schau!« Emma hatte Ulli fasziniert zugesehen. Mike schien das zu belustigen:

»Tja, wer die wahre Liebe sucht, sollte sich einen Hund zulegen! Apropos Hund: Falls du wissen willst, warum ich erst so spät zu dem Fest gekommen bin...« Mike legte eine Kunstpause ein.

»Blödmann. Spuck's aus! Du hast einen Hund getroffen und Ihr habt Euch stundenlang beschnüffelt, oder was?«

»Oder was. Erst habe ich ur-lange gebraucht, einen Parkplatz zu finden. Ganz Garachico war zugeparkt oder abgesperrt. Heute hätte es sich wirklich gelohnt, ein Bonze zu sein. Und dann hat mich Bruno aufgehalten.«

»Hast du Bruno in Garachico getroffen und ihn beschnüffelt?«

»Nein, er hat mich angerufen. Aber was er mir zu erzählen hatte, war so spannend, dass ich mich unterwegs hinsetzen musste und mir ein paar Notizen machen.«

»Und? Kannst du endlich mal zur Sache kommen?«

»Bruno hat erzählt, dass ins Hundeasyl eingebrochen worden ist. Was nur durch einen Zufall aufgefallen ist. Der Täter hat nämlich so gut wie keine Spuren hinterlassen. Er – oder sie – muss sich gut ausgekannt haben. Aus dem verschlossenen Medikamentenschrank ist Medizin verschwunden. Oder treffender: Gift. Mittel, mit denen Hunde eingeschläfert werden.«

»Wann ist das gewesen?«

»Irgendwann in den letzten Tagen. Die Medikamente, die gestohlen wurden, sind erst vor kurzem angeschafft worden, von der Tierärztin, die im Asyl ein Praxiszimmer hat. Aber, und das macht die Sache noch spannender: Eine gründliche Untersuchung der Unterlagen hat ergeben, dass genau dieses Medikament schon öfter entwendet worden ist. Immer in kleinen Dosen, deshalb ist es bisher nicht aufgefallen. Aber insgesamt in solchen Mengen, dass man damit ein ganzes Rudel Hunde einschläfern könnte – oder mehrere Menschen.«

Es klopfte erneut. Diesmal stand Madrigal persönlich vor der Tür, schräg hinter ihm seine Assistentin. Emma bat beide herein. Ulli zeigte nur mäßiges Interesse.

»Ich höre, Sie haben mit der Toten kurz vor deren Sprung vom Balkon gesprochen, Señorita Schneider?«

Emma nickte und macht eine einladende Geste Richtung Sitzgruppe. Dort stand noch immer der Kräutertee, ungetrunken und inzwischen sicher erkaltet.

»Oh, sie wollten einen Tee miteinander trinken! Es tut mir Leid, dass meine Kollegin und ich Sie dabei stören müssen.«

»Möchten Sie eine Tasse, Herr Kommissar? Es besteht keine Gefahr mehr, dass Sie sich den Mund daran verbrennen.«

»Das ist ganz reizend von Ihnen, Señorita Schneider. Ein oder zwei Glas Cava oder einen Martini hätte ich gerne mit Ihnen genommen heute Abend, am neuen Hafen. Aber Tee? Den Tee – Kamille, Roibos? – überlasse ich gern Herrn Dorenbeck. Ihr Freund hat ja auch gute Gründe, sich vom Alkohol fernzuhalten.«

Madrigal warf einen maliziösen Blick in Richtung Mike. Der gab sich ungerührt.

»Bitte, ich bin ganz Ohr!« Madrigal hatte sich auf das Sofa gesetzt, seine Assistentin blieb stehen, wie gehabt. Mike leistete ihr Gesellschaft. Emma hockte sich auf eine Stuhlkante und berichtete von Hannelore Hülsenbuschs Anruf, von ihrer Taxisuche, von ihrer Ankunft am La Palma und zuletzt von ihrer Sorge um Hans-Peter Seidenschuh: »Hatten Sie Kontakt mit ihm? Wissen Sie, ob er in Sicherheit ist?«

»Leider nein. Also: ich weiß es nicht. Ich dachte, Sie könnten uns helfen. Als seine Nachbarin. In seinem Apartment ist er nicht. Jedenfalls öffnet er nicht.« Madrigal schien ein Gedanke zu kommen, der ihn beunruhigte. »Vielleicht sollten wir besser nachsehen!« Er warf seiner Assistentin ein paar Kommandos zu. Die salutierte und verließ Emmas Apartment.

»Was passiert jetzt?« wollte Emma wissen.

»Wir haben uns den Generalschlüssel beschafft. Meine Kollegin holt ihn. Dann werde ich gemeinsam mit ihr Herrn Seidenschuhs Apartment öffnen und nachsehen, ob Ihr Serienmörder...« Madrigal warf Mike einen strengen Blick zu. »womöglich auch dort zugeschlagen hat und Herr Seidenschuh nur deshalb auf Klopfen nicht reagiert, weil er tot ist.«

Emma war entsetzt. Natürlich! Das war eine Möglichkeit.

»Glauben Sie, es gibt einen Zusammenhang zwischen den Morden und den Einbrüchen in das Hundeasyl?«

Emma nahm aus den Augenwinkeln wahr, dass Mike die Brauen runzelte. Waren die Einbrüche womöglich noch gar nicht der Polizei gemeldet worden? Dann hätte Emma sich jetzt verplappert. Zu spät!

»Welche Einbrüche?« fragte Madrigal denn auch prompt, von Emma zu Mike sehend, registrierend, welche Blicke die beiden sich zuwarfen.

»Ich bin von Herrn Bautenmeister, dem Vorsitzenden des Vereins der Los Amigos de los Perros, vorhin darüber informiert worden, dass aus dem Hundeasyl Medikamente entwendet worden sind, Betäubungsmittel. Ich nehme an, dass inzwischen Anzeige erstattet worden ist.«

»Wann: vorhin?«

»Heute Abend, als wir alle in Garachico waren, um den neuen Hafen und Teneriffas Fortschritt zu feiern.«

Madrigal musterte Mike misstrauisch, schien die Auskunft dann aber doch zu akzeptieren.

Wieder klopfte es an der Tür, diesmal eher dezent als energisch.

»Bleiben Sie ruhig sitzen! Und Sie bleiben da stehen, oder Sie setzen sich auch!« kommandierte der Kommissar Emma und Mike und fügte hinzu, zum Dackel gewandt, der schwanzwedelnd in Richtung Tür blickte: »Platz!«

Madrigal ging hinaus und schloss die Tür hinter sich mit einem kräftigen Ruck.

Keine zehn Minuten später kam er zurück, ohne zu klopfen.

»Der Generalschlüssel!« entschuldigte er sich. Madrigal tat erfreut, Mike und Emma immer noch in fast unveränderten Positionen anzutreffen. »Sie können ja richtig brav sein!«

Er blickte von Mike zu Emma zu Ulli: »Sie dürfen sich jetzt rühren!«

»Und? Was haben Sie nebenan gefunden?« kam Emma Mike zuvor.

»Nichts. Oder jedenfalls: niemanden. Morgen – oder nachher – werden wir die Wohnung genauer untersuchen. Aber falls Herr Seidenschuh das Zeitliche gesegnet haben sollte, dann jedenfalls nicht in seinem Apartment. Übrigens, auch wenn Sie das im Grunde nichts angeht: Ihr Nachbar scheint verreist zu sein.«

»Woran erkennen Sie das denn?«

»Nun, es sieht so aus, als habe Herr Seidenschuh in aller Eile ein paar Sachen gepackt – oder wer immer zuletzt in seiner Wohnung war. Wir werden nachher nach Fingerabdrücken suchen. Übrigens: kann es sein, Señorita Schneider, dass Ihr Anrufbeantworter blinkt? Wann haben sie ihn zuletzt abgehört?«

»Heute jedenfalls nicht.«

Emma stand auf und folgte Madrigals Blick zu der Kommode, auf der Oma Ilses altmodisches spanisches Telefon stand. Der »Mensajes«-Knopf blinkte rot.

»Acht neue Nachrichten. Soll ich sie abhören? Jetzt?«

»Bitte! Und wenn es Ihnen recht ist, schalten Sie bitte den Lautsprecher ein. Herr Dorenbeck und ich würden gern mithören.«

Madrigal tat so, als ersuche er Mike um Zustimmung. Emma hatte den Hörer schon in der Hand und drückte erst den Lautsprecher-Knopf, dann auf »mensajes«.

Die älteste Nachricht war von Johanna Poloniak. Sie wollte wissen, ob Emma mit ihnen zu Carmen gehen wolle. Dann war Marisols Stimme zu hören: »Frau Schneider? Können Sie sich bitte mal im Büro melden? Und nach ihrer Post sehen? Heute Abend ist Mitgliederversammlung der Eigentümer und wir müssten wissen, wer das Stimmrecht für die Anteile Ihrer Großmutter wahrnehmen soll. Herr Heilbutt wüsste das gern, der Herr Präsident. Melden Sie sich bitte? Marisol hier. Danke.«

Als nächstes erklang die Stimme Hannelore Hülsenbuschs. Ulli spitzte die Ohren und sprang von dem Läufer vor der Balkontür auf, freudig schwanzwedelnd.

»Emma? Ach, das ist der Anrufbeantworter! Hier spricht Hannelore. Hannelore Hülsenbusch. Ich muss unbedingt mit dir reden. Es ist... ich bin...« Ein paar Sekunden Stille. »Aber ich habe ja deine Handy-Nummer. Ich versuche das dann mal.«

»Das muss gewesen sein, kurz bevor sie mich dann in Garachico erreicht hat«, vermutete Emma. Niemand widersprach. »Schaut mal: Ulli hat sein Frauchen erkannt!«

Huch, jetzt hatte sie Madrigal unwillentlich mit-geduzt. »Schauen Sie!« schob sie nach. Madrigal grinste.

Alle anderen Anrufe kamen von einer Nummer, die Emma nichts sagte. Nachrichten waren nicht hinterlassen worden. Der Kommissar schrieb sich die Nummer auf.

»Ich denke, ich verlasse Sie jetzt, Señorita Schneider. Sie werden ein bisschen schlafen wollen, bevor es hell wird – und wir wiederkommen.«

Madrigal wandte sich zur Tür und sah Mike fragend an: »Gehen Sie auch?«

Mike nickte und reichte Emma die Hand. »Bis morgen dann – oder bis nachher. Melde dich, so bald du wach bist, ja?«

Emma versprach es. Madrigal hatte noch eine letzte Bitte, bevor er die Tür hinter Mike und sich zuzog: »Falls Herr Seidenschuh etwas von sich hören lassen sollte – oder wenn Sie sonst irgend etwas Auffälliges erleben, heute Nacht: rufen Sie mich sofort an! Verstehen Sie? Sofort! Haben Sie meine Handy-Nummer?« Madrigal reichte Emma eine Visitenkarte. »Verschließen Sie die Tür und lassen Sie niemanden zu sich herein! Niemanden! Verstehen Sie mich!«

»Ihr Deutsch ist ausgezeichnet. Warum sollte ich Sie also nicht verstehen, Herr Kommissar? Und soll ich Ihnen wirklich alles berichten, was ich heute Nacht noch erlebe? Ist das nicht ein bisschen indiskret?«

27. Kapitel

Emma fühlte sich wie ausgewrungen. Sie leerte in schnellen Zügen ein Glas mit dem abgekühlten Kräutertee, den keiner ihrer Gäste angerührt hatte. Dabei sah Ulli beleidigt zu ihr hoch. Klar, der Hund brauchte Wasser! Emma suchte auf die Schnelle ein passendes Schälchen und fand in der Schrankwand eine Salatschüssel aus Porzellan mit Blümchenmuster und Goldrand. Ulli schien das für angemessen zu halten.

Die Post! Emma hatte den Stapel vorhin auf dem Telefontischchen abgelegt und dann wieder vergessen. Ach was, dafür würde es morgen auch noch früh genug sein! Zumal sie ja wahrscheinlich lange würde im Apartment ausharren müssen, bevor Madrigal sie entließ. Und der Pool blieb sicher bis auf weiteres für Schwimmer gesperrt. Das würde die fest gebuchten Früh-, Mittel- und Spätschwimmer wahrscheinlich am meisten erregen an der Affäre!

Emma überkam der Anflug eines schlechten Gewissens, weil sie soeben Menschen, die sie doch kaum kannte, Mitleidlosigkeit und Egozentrik unterstellte. Doch es blieb bei einem Anflug. Es gelang Emma nicht, sich davon zu überzeugen, dass ihre Unterstellung falsch sein musste.

Über was für einen Blödsinn dachte sie da eigentlich nach! Es war Zeit, höchste Zeit, schlafen zu gehen. Emma zog sich aus, putzte sich die Zähne, dabei immer sorgsam von Ulli beobachtet, schlüpfte in ihr dottergelbes Nachthemd, nahm Albert fest in den Arm und kuschelte sich ein. Ulli sprang auf die Bettcouch und machte Anstalten, es sich dort, zwei Mal um sich selbst kreiselnd, zu ihren Füßen bequem zu machen. Nichts da! Sie schob den Dackel mit einem sanften Fußtritt von der Couch. Im selben Moment tat Ulli ihr schon wieder leid. Der Hund war es wahrscheinlich gewohnt, in Hannelores Bett zu schlafen. Und jetzt war sein Frauchen tot, und er akzeptierte sie, Emma, als Ersatz! Das war doch eigentlich ein Kompliment. Sie beschloss,

Ulli, sollte er – oder sie – ein zweites Mal aufs Bett springen, gewähren zu lassen. Doch Ulli sprang nicht. Er/sie verzog sich ins Wohnzimmer. Emma fühlte sich bestraft.

Das nächste, das sie wahrnahm, war Läuten. Anhaltendes Läuten. Das Telefon! Emma rieb sich die Augen und schob die Decke beiseite. Sie sah auf die Uhr: halb Acht. Draußen wurde die Welt gerade wieder wahrnehmbar. Es war nicht mehr finster, aber auch noch nicht richtig hell. Und sie lag nicht allein in ihrem Bett. Ulli schlummerte, dicht an die Lehne der Schlafcouch gedrückt, zu ihren Füßen. Und schnarchte! Emma war überrascht, dass Hunde schnarchen können. Sie ließ, vorsichtig, den Hund, wo er war, und eilte zum Telefon.

»Emma! Endlich!«

Pedro. Er klang aufgeregt und erleichtert zugleich.

»Pedro? Bist du das? Wo steckst du?«

»An einem sicheren Ort. Nach dem, was gestern mit Hannelore passiert ist, hätte ich es keine Stunde mehr im La Palma ausgehalten. Aber ich habe mehrfach versucht, dich zu erreichen. Du bist nie ans Telefon gegangen.«

»Also du warst das! Ich habe gesehen, dass da jemand angerufen hat. Die Nummer hat mir nichts gesagt. Warum hast du keine Nachricht hinterlassen? Ich hätte zurückgerufen.«

»Das hier ist nicht mein Telefon. Und ich war mir nicht sicher, ob nicht jemand anderes deinen Anrufbeantworter abhören würde. Hast du Wladim gesehen?«

»Wladim? Ich dachte, den gibt es gar nicht.«

»Wer sagt das denn? Jedenfalls wäre die Welt nicht ärmer, wenn es ihn nicht gäbe.«

»Nadeshda Putinova. Sie hat behauptet, sie habe Wladims Existenz nur erfunden, weil ihr das Gefahren vom Leib hält.«

»Der ist gut! Der ist wirklich gut.« Pedros Stimme klang wie die eines Fußgängers, der soeben fast überfahren worden wäre und vom Fahrer beschimpft wird, ob er nicht besser aufpassen könnte! »Die schöne Nadeshda ist selber eine leibhaftige Gefahr. Ich bin sicher, dass sie sich zu wehren weiß, sollte ihr mal jemand näher kommen, als sie es will. Dazu braucht sie keinen Wladim, und einen erfundenen schon gar nicht.«

»Bist du ihm denn schon begegnet, diesem Wladim?«

»Ob ich ihm begegnet bin? Und ob ich ihm begegnet bin! Wenn man das Begegnen nennen kann, wenn so einer wie Wladim vor dir steht und dir droht.«

»Er hat dir gedroht? Wann?«

»Zuletzt gestern.«

»Wladim war gestern hier? Hier im Haus?«

»Sicher. Ich glaube, er sollte sicherstellen, dass die Mitgliederversammlung so verlaufen würde, wie die Heilbutts und ihre russische Freundin das ausgeheckt hatten. Jedenfalls hat er Hannelore und mir unmissverständlich zu verstehen gegeben, es werde ›Folgen‹ haben, wenn wir nicht ›parieren‹. Wörtlich. Parieren hat er gesagt, und: Folgen. Dabei redet er nicht viel. Ich glaube, er kann nur ein paar Worte Deutsch. Und die hat er auswendig gelernt.«

»Und was war dann? Hat er... Hannelore?«

»Wer denn sonst? Die Versammlung gestern ist geplatzt. Wir haben eben nicht pariert. Hannelore und ich. Obwohl sie ganz aufgeregt war, die Gute. Und jetzt soll offenbar der letzte Widerstand mit Gewalt abgeräumt werden. Du glaubst doch nicht etwa, dass Hannelore Selbstmord begangen hat? Du kanntest sie doch!«

»Nein, das glaube ich nicht. Sie hat mich angerufen, kurz vor ihrem Tod. Sie wollte mit mir reden. Deshalb bin ich ja ganz schnell zurück gefahren. Aber ich kam zu spät.«

»Pass auf! Wir sollten das alles eigentlich gar nicht am Telefon bereden. Können wir uns treffen?«

»Na, klar. Wann und wo?«

»Am besten jetzt gleich. Ich lade dich auf ein Frühstück ein, im Freien. An einem Ort, den du noch nicht kennst, aber kennen solltest. Etwas abgelegen, muss ich gestehen. Dafür sicher. Findest du den Weg nach Icod el Alto?«

»Icod? Ist das nicht auf dem Weg nach Garachico? Da, wo so ein ganz alter Baum steht?«

»Der angeblich tausend Jahre alte Drachenbaum. Das ist Icod de los Vinos. Icod el Alto liegt höher, wie der Name schon sagt. Es ist nicht weit. Du musst auch nur in Richtung Icod el Alto fahren, über Los Realejos, das ist der nächste Ort gleich hinter Puerto. Da fährst du die Hauptstraße hoch, durch den Ort und dann Richtung Icod el Alto. Immer auf der Straße bleiben! Es wird kurvig und es geht aufwärts. Bis zu einem Aussichtspunkt, der nicht zu übersehen ist. El Lance heißt der. Da kannst du parken, und da warte ich auf dich. In einer Stunde. Kannst du das schaffen?«

»Wie lang fahre ich denn bis zu diesem, wie hieß das?«

»El Lance. Dreißig Minuten cirka. Und eigentlich kannst du dich nicht verfahren.«

»Ok. Sagen wird dann: in einer Stunde! Plusminus. Ok?«

»Schön. Und pass auf, dass dir niemand folgt! Und sag keinem im Haus, wo du hin willst! Bloß nicht! Bitte! Keinem!«

Emma hatte das Gefühl, noch schlaftrunken schon wieder ein Karrussell bestiegen zu haben. Ein Karrussell, das begann, sich schneller und schneller zu drehen.

Ulli stand zu ihren Füßen und sah zu ihr auf, den Schwanz zwischen die Beine geklemmt.

»Owei, du musst sicher raus! Pass auf«, sagte sie zu dem Dackel, »ich dusche ganz schnell, ziehe mir was über und dann machen wir zwei einen Ausflug in die Berge! Was hältst du davon?«

Ulli schien der Plan zu gefallen. Jedenfalls entließen seine krummen Hinterbeine den Schwanz für eine Weile ins Freie. Der schwang zwei Mal hin und her. Und Emma verschwand, im Gehen das Nachthemd von sich werfend, im Bad.

Ulli wartete schon ungeduldig vor der Tür zum Gang, als Emma aus der Dusche kam. Mit äußerst schlechtem Gewissen zog sie sich hastig an und hockte sich noch schnell an den Computer. Schließlich hatte sie Mike versprochen, sich heute früh zu melden – und der Kommissar dürfte auch davon ausgehen, sie in ihrem Apartment anzutreffen. Sie beließ es bei einer kurzen E-Mail an Mike:

»Buenos días! Pedro hat sich gemeldet. Fahre zu ihm in die Berge. Melde mich später. Sag bitte Madrigal Bescheid! LG Emma

Im Rausgehen schnappte sie sich die Leine, Wohnungs- und Autoschlüssel. Dabei fiel ihr Blick auf den Poststapel.

Emma sah vom Stapel zu Ulli. Und von Ulli wieder zum Stapel.

Ein Mal schnell die Post durchsehen, das würde die Dackelblase sicher noch verkraften!

Mehrere Briefe waren von der Asociación und der Telefongesellschaft, einiges war eindeutig Werbung. Und dann steckte dazwischen noch ein Umschlag, der unfrankiert war und nur ihren Namen trug: Frau Emma C. Schneider, in einer sehr akkuraten, ältlich wirkenden Handschrift. Emma war äußerst versucht, den Brief zu öffnen. Ulli schien das zu bemerken, schnappte nach ihrem Hosenbein und zog an der Jeans.

»Ja, ist ja gut, Ulli, wir gehen gleich, aber das hier ist wichtig.« Sie hielt dem Hund den Brief vor die Nase, und Ulli schnupperte daran. Und wedelte mit dem Schwanz.

Emma riss hastig den Briefumschlag auf. Er enthielt einen weißen Briefbogen, auf dem mit blauer Füllfederhaltertinte nur wenige Zeilen geschrieben standen, in kleiner, wie ziseliert wirkender Handschrift. Emma las sie mit wachsender Erregung, als hätte sie Post aus dem Jenseits erhalten. Unterschrieben war der Brief, deutlich lesbar, von Hannelore Hülsenbusch. Ulli zog wieder an Emmas Hosenbein.

»Liebe Emma,

ich habe Angst. Das ist eine ganz neue Erfahrung für mich. Ich bin nicht leicht zu erschrecken. Aber nach allem, was passiert ist und nachdem ich die Inselzeitung gelesen habe, kommt mir ein ganz schrecklicher Verdacht. Wenn das mit den ›Serienmorden‹ stimmt, dann kenne ich den Täter. Glaube ich. Aber ich bin mir nicht sicher. Deshalb werde ich es herausfinden, jetzt gleich. Diesen Brief schreibe ich nur für den Fall, dass mir etwas zustößt. Was ich natürlich nicht hoffe. Wenn alles gut geht, dann vergiss bitte diesen Brief, und nichts ist passiert! Wir sollten dann alle aufatmen.

Deinem Freund bei der Zeitung schicke ich auch einen Brief. Darin wird nur ein Name stehen. Wenn mein Verdacht falsch ist, soll er den Brief bitte gleich wegwerfen! Dann habe ich niemanden angeschwärzt. Das wäre mir nämlich furchtbar peinlich.

In der Hoffnung, dass sich für alles ganz harmlose Erklärungen finden lassen und auf viele weitere schöne gemeinsame Stunden auf Teneriffa,

Deine

Hannelore Hülsenbusch«

Hatten die Heilbutts nicht gesagt, sie hätten Hannelore kurz vor ihrem Tod noch mal in die Lobby kommen sehen? Das war also der Grund: sie hatte die Briefe eingeworfen. Und jetzt? Emma dachte nach. Ulli hockte sich hin und blickte zu ihr auf.

Also: Zuerst musste der Hund raus. Dann brauchte er Futter. Dann würde sie Mike anrufen – Ihren »Freund«? – ihm von dem Brief erzählen und ihn fragen, welcher Name in seinem stand. Dann sollte sie immer noch halbwegs pünktlich zu dem Aussichtspunkt kommen. Klang das nicht nach einem guten Plan? Emma nickte sich selber zu, legte den Brief ab, schloss die Tür hinter sich und machte sich, von Ulli gezogen, auf den Weg zum Aufzug.

Ulli zog immer noch stramm an der Leine, als Emma endlich mit ihr durch die Lobby eilte. Der Dackel wässerte ausgiebig die Rabatten gleich vor der Eingangstür.

Als Emma Ulli die Beifahrertür ihres C3 aufhielt, fiel ihr auf: sie hatte sich die Schuhe noch gar nicht zugebunden, in der Eile. Sie holte es hastig nach. Ulli sprang derweil in den Fußraum vor dem Beifahrersitz.

Sobald Emma den Motor anließ, hopste Ulli auf den Sitz und legte seine Schnauze auf die Unterkante des Seitenfensters. Emma verstand und senkte das Fenster herab.

In dem Supermarkt auf dem Weg zur Autobahn kannte Emma sich inzwischen schon etwas aus. Sie erinnerte sich an ein langes Regal voller Tierfutter. Eigentlich wäre es höchste Zeit, auch ihre eigenen Futtervorräte wieder aufzufüllen – aber das könnte sie ja vielleicht auf dem Rückweg tun. Sie ließ Ulli im Auto, bei geöffnetem Fenster.

Du liebe Güte: wie viele verschiedene Sorten Futter es gab! Allein für Hunde: Huhn, Pute, Thunfisch, Leber, Rind, Herz. Gemischt Huhn-Pute, Leber-Herz, Rind-Leber-Reis... Und das waren nur die Dosen. Wovon kleinere, so wie die Dosenbohnen für den Single-Haushalt, größere und riesengroße im Angebot waren. Klar, es gab ja auch kleine Hunde, mittelgroße und Bernhardiner. Praktischer erschienen Emma flache Aluminiumschälchen mit Abreißdeckel. Sie hatte ja hier und jetzt auch keinen Dosenöffner zur Hand. Und keinen Futternapf! Ob der Dackel direkt aus diesen Aluschälchen fressen könnte? Emma hatte keine Ahnung. Und was war in den großen

Beuteln? Trockenfutter. Offenbar in Pellet-Form. Was wohl besser schmeckte: ringfömige Pellets oder kleine knubbelige?

Emma verharrte minutenlang ratlos vor dem Tierfutterregal. Sie hatte den Eindruck, ihr Kopf sei völlig leer. Bisher war sie an diesen Sortimenten, die es ja wohl in allen Supermärkten gab, stets achtlos vorbeigegangen. Jetzt erschloss sich ihr eine völlig neue Angebotswelt. Sie war fasziniert und hätte gern gelesen, was die Dosen und Schalen und Tüten denn wohl im Detail enthielten. Aber sie hatte ja keine Zeit! Ein schneller Entschluss musste her. Emma griff zu einem Aluschälchen mit Thunfisch-Reis-Füllung. Das klang gesund und regional.

Sie erwartete, Ulli auf den Hinterbeinen auf dem Beifahrersitz stehend aus dem Fenster guckend seiner Ernährerin fröhlich und dankbar entgegenhecheln zu sehen. Doch als Emma sich dem C3 näherte: kein Hund! Ulli war doch wohl nicht aus dem Fenster gesprungen? Gleich nebenan rauschte die Autobahn! Emma wurde heiß und kalt zugleich. Sie beschleunigte ihre Schritte.

Der Beifahrersitz war verwaist. Dafür hatte Ulli es sich auf dem Fahrersitz bequem gemacht. Eingerollt lag sie da, Schnauze auf Pfote. Emma fiel der sprichwörtliche Stein vom Herzen. Von Hunden hatte sie keine Ahnung.

Das Hundeasyl! Die Amigos! Hannelore war doch schließlich Vorstandsmitglied gewesen. Ulli sollte in dem schicken neunen Heim ja wohl ein Ehrenplatz zustehen! Na klar. Wenn sie nicht schon Zeit vertrödelt hätte und Pedro nicht auf sie warten würde, wäre sie augenblicklich zum Hundehotel gefahren und Ulli los geworden. Aber hatte sie ihm nicht einen Spaziergang in den Bergen versprochen? Versprechen hielt man, oder jedenfalls sie. Aber auf dem Rückweg! Auf dem Rückweg würde sie Ulli der freundlichen Jasmin überlassen.

Emma öffnete die Fahrertür, nahm Ulli an die Leine, hockte sich neben dem Auto hin und riss den Verschluss der Thunfisch-Reis-Packung auf. »Hmmm«, hielt sie sich den gräulichen Inhalt unter die Nase – er roch wie der Thunfisch aus der Dose, den sie sich gelegentlich im Aldi kaufte, für Pizza und Salate – »hmmmm«, hielt ihn vor Ullis feuchtglänzende Schnauzenspitze und stellte das Schälchen auf den asphaltierten Parkplatzboden.

Ulli wischte zweimal kurz mit der Nase über den Inhalt, warf Emma einen indignierten Blick zu und sprang wieder auf den Fahrersitz.

Emma war ratlos. Sie nahm die Schale auf und hielt sie erneut vor Ullis Schnauze. Die drehte nur den Kopf weg und rollte sich gemütlich ein. Und jetzt? Was tun? Emma versuchte, den abgerissenen Deckel wieder notdürftig auf der Schale zu befestigen – was sich als unmöglich erwies. Es gab keine Ränder, die sie hätte umklappen können, so wie bei Aluschalen zum Einfrieren. Aber warum sollte sie die Schale überhaupt mitnehmen? Wenn Ulli das Zeug jetzt, wo sie doch schon ausgehungert sein musste, verabscheute, warum sollte sie das dann in einer Stunde oder so nicht mehr tun? Und im Hotel würde es sicher anderes, besseres Futter für sie geben. Außerdem würde das Auto nach Thunfisch stinken, spätestens wenn die Sonne demnächst über den Rand des Orotavatals geklettert sein würde. Das konnte nicht mehr lange dauern. Das Blau des Himmels über dem Talrand strahlte von Minute zu Minute heller. Es war von hellroten, wie hingetuschten Streifen durchzogen. Weg mit dem Zeug in den Müll!

Der C3 rollte aus der Parklücke, als Emma einfiel, dass sie laut ihrem »Plan« Mike noch anrufen wollte. Aber war das wirklich eine gute Idee? Hatte Pedro nicht dringend darum gebeten, dass sie niemandem verriet, wohin sie unterwegs war? Und sie sollte darauf achten, dass ihr niemand folgte! Das hatte sie total verdrängt. Klang ja auch wie im Film. Sollte sie beim Fahren immer den Rückspiegel im Auge behalten – oder ein paar Mal blitzschnell irgendwo abbiegen? Sie käme sich albern dabei vor. War ihr auf der Strecke vom La Palma zum Supermarkt vielleicht schon jemand gefolgt? Emma hatte keine Ahnung. Jedenfalls hatte sie weder in den Rückspiegel geschaut – außer beim Ausparken –, noch irgendwelche Verwirr-Manöver angestellt.

Sie sah sich verstohlen auf dem Supermarkt-Parkplatz um. Hier sah es aus, wie es auf Supermarkt-Parkplätzen eben so aussieht, am frühen Morgen. Allenfalls ein Fünftel der Parklücken war belegt. Autos parkten ein, andere fuhren ab. Menschen beluden Kofferräume mit Plastiktüten, andere schoben Einkaufskörbe vor sich her. Die meisten wirkten, als seien sie in Eile. Emma fiel nichts Verdächtiges auf.

Jemand hupte. Emmas C3 blockierte die Zufahrt zu einem der Parkstreifen. Vielleicht sollte sie erstmal losfahren!

Auf der Autobahn beschleunigte Emma nicht schneller als 80 und versuchte herauszufinden, ob jemand hinter ihr blieb. Ein Wagen nach dem anderen wechselte die Spur und überholte sie. Immerhin betätigte kein Fahrer die Lichthupe oder zeigte ihr im Vorüberfahren den Vogel, wie sie es in Deutschland erwartet hätte. Spanier sind duldsame Verkehrsteilnehmer, fand sie. Von Verfolgern keine Spur.

Es waren nur wenige Kilometer bis zur Ausfahrt Los Realejos. Die Autobahn endete hier und ging in eine Landstraße über. Die beiden Spuren trennten sich. Die rechte mündete in einen Kreisverkehr. Emma umrundete vorsichtshalber vier Mal das klägliche Grün in der Mitte – und kam sich dabei ziemlich clever vor. Als sie endlich die richtige Ausfahrt nahm, war sie sich nun wirklich ganz sicher, nicht verfolgt zu werden. Jetzt könnte sie anhalten und Mike kurz anrufen. Ja, das sollte sie tun – obwohl: was genau würde sie ihm sagen? Und: War Mike nicht womöglich auch verdächtig? Madrigal jedenfalls hatte das angedeutet. Pedro und Hollerbeck schienen ihn auch nicht für koscher zu halten. Was wusste sie von Mike überhaupt? Stimmte die Fahrerflucht-Geschichte? Konnte sie ihm wirklich trauen? Was wäre, wenn Mike sie angelogen hätte? Ein paar Anrufe in Hamburg, ein bisschen Gegoogel, und Emma könnte sicher sein. Aber wann wäre Zeit dafür gewesen? Außerdem: Ja, sie traute Mike. Beziehungsweise ihrem Gefühl. Oder wollte sie ihm nur unbedingt glauben?

Emma entschloss sich, auf ihr Gefühl zu setzen. Sie stoppte auf einem Parkstreifen am Straßenrand und fischte nach ihrem Handy. Das heißt, sie versuchte, nach ihrem Handy zu fischen. Aber da war nichts. Nicht in ihrer Hosentasche, nicht in ihrer kleinen Umhängetasche. Sie hatte das Handy im Apartment vergessen! Bei ihrem hastigen Aufbruch. Das war ihr noch nie passiert. Ulli war schuld! Emma warf dem Hund einen wütenden Blick zu. Und musste lächeln. Was konnte der Dackel dafür – schon gar ein Dackel mit einem derart treuherzigen Augenaufschlag –, dass sie sich nervös machen ließ?

Also gut. Auch so fallen Entscheidungen, dachte sich Emma, innerlich schulterzuckend. Sie legte einen Gang ein und fuhr weiter. Die

Stunde, binnen derer sie am Treffpunkt sein wollte, war inzwischen fast schon vergangen.

Was war das überhaupt, dieses Los Realejos? Wie aus dem Nichts tauchten Häuserberge vor Emma auf, links und rechts der Straße, große Wohnblocks, Geschäfte, Verwaltungsbauten oder ähnliches. Eine richtige Stadt! Eine Stadt, die sie bis jetzt überhaupt nicht wahrgenommen hatte, obwohl sie ein paar Mal dicht daran vorbei gefahren sein musste. Eine sonderbare Stadt. Alles an ihr wirkte steil. Steil stiegen Fassaden auf, steil ging es vor allem auf der Straße aufwärts, um einige Windungen herum, an immer weiteren Geschäftszeilen, Wohnblocks und Büros vorüber. Überall ging es geschäftig zu. Mehrmals musste Emma abbremsen, weil vor ihr jemand einparkte oder sich in den Verkehr einfädelte. Niemand hupte. Das, dachte Emma, wäre in Italien ganz anders.

Irgendwann kündigte ein Schild die bevorstehende Teilung der Straße an. Die rechte Spur würde nach Icod el Alto führen, die linke nach Cruz Santa und La Orotava. La Orotava, das sagte Emma was. Den Namen dieser Stadt trug schließlich das ganze Tal, und bei ihrer Ankunft – wie lange war das eigentlich erst her? – hatte Pedro ihr vom Mirador Humboldt aus den Ort gezeigt. Von Los Realejos, da glaubte sie sich sicher zu sein, war dabei nicht die Rede gewesen.

Also nach rechts. Ziemlich abrupt hatte es ein Ende mit der dichten Bebauung. Grün trat an die Stelle von Steingrau; Grün gesprenkelt mit bunten Blüten. Bald wand sich die Straße zwischen Gärten, Äckern und Gehöften hindurch, in Serpentinen höher und höher, schließlich dem Talrand aufwärts folgend Richtung Meer. Oder Himmel. Das Häuserwirrwarr, das Los Realejos hieß, lag schon tief unter ihr, als Emma einen Blick aus dem Beifahrerfenster warf. Irgendwo in der blauen Weite des Atlanitks glaubte sie ein weißes Segel zu erkennen. Der Hang, den sie aufwärts fuhr, jetzt immer geradeaus, lag mittlerweile in gleißendem Sonnenlicht, diesem frühen, reinen, harte Schatten werfenden Morgensonnenlicht. Emma hatte den Eindruck, sie steuere dem Himmel entgegen.

Wo der Bergrücken endete, vor einer scharfen Linkskurve, tauchte rechter Hand ein Parkplatz auf, hinter einem nackten Riesen. Der Riese schien, wie ein Athlet – oder ein archaischer Krieger? – einen

Gegenstand ins Tal schleudern zu wollen. Angreifern entgegen? Piraten? Spanischen Eroberern auf ihrem Zwischenstopp in die Neue Welt? Spekulanten? Der Russenmafia? Emmas möglichen Verfolgern? Bevor Emma diesem Gedanken weiter nachhängen konnte, hatte sie den C3 schon eingeparkt und jemand klopfte ans Fenster ihrer Fahrertür.

Pedro. Er hatte sie – natürlich! – längst erwartet. Er kannte ihren Leihwagen. Er hatte ihn sicher schon aus der Ferne kommen sehen. Die Aussicht von diesem Parkplatz aus schien gigantisch zu sein. Am oberen Ende des Parkstreifens bot ein Stand Kaffee und andere Getränke an. Ein Werbe-Reiter versuchte Appetit auf Eis am Stiel zu wecken. Ein kurzgeschorener rundlicher Männerkopf leckte vom Plakat aus begeistert vor. Wer war das, fragte Emma sich; vage kam ihr das Gesicht bekannt vor.

»Wer ist das? Der Mann da auf dem Eisplakat?« Emmas Begrüßungsfrage an Pedro schien ihn nicht zu überraschen. »Der? Den kennst du nicht? Ein berühmter spanischer Fußballer. Andrés Iniesta, von Barcelona. Der ist hier immens populär. Schön, dass du gekommen bist.« Pedro quälte sich ein Lächeln ab. Er sah übermüdet aus.

»Entschuldige die Verspätung. Aber schneller ging es wirklich nicht. Der Weg war länger, als ich dachte. Außerdem bin ich, um mögliche Verfolger abzuschütteln, mehrfach um denselben Kreisverkehr gefahren.«

»Braves Mädchen. Also bist du dir sicher, dass dir niemand gefolgt ist?«

»Ganz sicher. Außerdem hätte der inzwischen auch hier parken müssen, nicht?«

Seit Emma eingeparkt hatte, waren höchsten drei, vier Autos an dem Aussichtspunkt vorüber gefahren. Niemand hatte angehalten.

»Aber ich bin nicht allein gekommen, sorry.«

Pedro machte ein erschrockenes Gesicht.

»Ich habe Hannelores Hund dabei: Ulli. Er – respektive sie – hat die Nacht bei mir verbracht. Nachher bringe ich sie zu den Amigos. Aber jetzt war ich ja in Eile.«

Emma wollte um den Wagen herumgehen, um Ulli herauszuholen, als sie sah, dass der Dackel schon wieder die Seite gewechselt hatte.

Ulli thronte, stolz wie Oskar, erneut auf dem Fahrersitz. Emma ließ ihm die Freude.

»Wolltest du mir die Aussicht zeigen? Ist es das?« Emma trat näher an die Brüstung heran. Vor ihr lag, wie ausgebreitet, zwischen Ozean und Bergen, das Orotavatal. Wie eine wellige, hier und da von zum Meer hin breiter und tiefer werdenden Gräben eingekerbte Spielzeuglandschaft, dekoriert mit Siedlungen, Straßen, Bauernhöfen, terrassierten Feldern, Anwesen, den typischen kubusartigen, gern bunt gestrichenen Wohnhäusern ärmerer Menschen und einigen Hochhäusern in Puerto. Emma glaubte ein Déjà-vu-Erlebnis zu haben. Fast exakt mit einer solchen Panoramaansicht hatte ihr Inselabenteuer begonnen. Nur dass jetzt alles spiegelverkehrt angeordnet vor ihr lag. Irgendwo unter ihr müsste auch Mikes Cabaña liegen. Mit einem Fernglas könnte sie ihm womöglich beim Aufwachen zusehen. Der Gedanke stimmte sie heiter.

»Toll, nicht? Fast noch besser als die Aussicht vom Humboldt-Blick aus, findest du nicht? Aber bis hier hin ist der adelige junge Herr eben nicht gekommen. Deshalb steht hier nur ein schlichtes Café und kein Mirador für Bildungsbürger.«

»Aber auch eine Skulptur«, widersprach Emma: »Sogar eine viel größere als die des feschen Alex da drüben.«

Details am gegenüberliegenden Bergrücken waren mit bloßem Auge bei bestem Willen nicht zu entdecken. Für diesen Zweck standen fest angeschraubte Fernrohre vor der Brüstung, wie an Aussichtspunkten in den Alpen.

»Die Skulptur soll einen Guanchenkrieger darstellen, einen Anführer der Ureinwohner, die von den Spaniern besiegt worden sind. Der hier«, Pedro deutete auf den steinernen Riesen, »soll sich, statt sich den Truppen der Eroberer zu ergeben, von hier aus in den Tod gestürzt haben.«

»Ach, deshalb reißt er die Hände hoch – aus Verzweiflung! Ich dachte eben, auf den ersten Blick, er wolle was werfen. Aber warum ist er nackt? Sind die Ureinwohner immer nackt herumgelaufen?«

»Das weiß ich auch nicht. Eigentlich eine interessante Frage. Es gibt Museen, da kann man sich über die Lebensgewohnheiten der Guanchen informieren.«

»Das sollte ich vielleicht mal tun. Starke Typen, diese Guanchen. Und der Typ da, der Verzweifelte, der hieß El Lance?«

»Nein, das wäre ja ein spanischer Name. Bentor hieß der, glaube ich. Hast du Hunger?«

Oh ja, Emma hatte Hunger, und wie. »Wollen wir hier frühstücken, an dem Café?«

»Oh Nein. Hier gibt's nichts außer Süßigkeiten und Chipstüten. Für unser Frühstück habe ich einen ganz besonderen Ort ausgesucht. Einen, an dem deine Großmutter sehr, sehr gerne gewesen ist. Wenn du sie wirklich verstehen willst – also wenn du begreifen willst, wie sie hier geworden ist, was Teneriffa aus ihr gemacht hat – dann musst du wenigstens einmal dort gewesen sein. Außerdem sind wir da sicher.«

»Das klingt ja ungeheuer geheimnisvoll.«

»Lass dich überraschen! Auf jeden Fall ist es ein mythischer Ort. Wir müssen noch ein kleines Stück fahren und dann ein paar Schritte laufen. Aber du wanderst ja gerne mal in die Berge.«

»Dann brauche ich aber unbedingt vorher einen Cortado. Den gibt's doch sicher hier an der Bude?«

»Vermutlich. Aber sicher keinen guten. Ich habe einen Picknickkorb im Wagen, und da ist frisch gebrühter Kaffee drin.«

»Das klingt toll, aber wenn ich wandern soll, um an den Korb zu kommen, brauche ich vorher einen Wachmacher. In meinem jetzigen Zustand würde ich sagen: Ein schlechter Cortado ist besser als gar kein Cortado. Komm, ich geb' dir einen aus!«

Pedro ließ sich eher widerwillig zu dem Café hinüberziehen, das aus nicht viel mehr als einer Theke, einer Kaffeemaschine, einer Kühlkiste für Eis und einem Sonnendach bestand. Die vier davor aufgestellten Plastiktische waren verwaist. Über die Theke hinweg unterhielt sich der Wirt angeregt mit einem etwa gleichaltrigen Mann – beide mochten um die vierzig sein –, der über seiner dunkelblauen, ölverschmierten Arbeitshose ein ausgefranstes, rot-weiß kariertes Flanellhemd trug und genussvoll eine Zigarre paffte. Der Wirt, schwarze Hose, weißes Hemd, sah dem Zigarrenraucher ansonsten zum Verwechseln ähnlich. Nur zögernd unterbrach er sein Gespräch, um die neuen Kunden nach ihren Wünschen zu fragen. Dabei wischte er mit einem blassblauen Lappen unermüdlich die Thekenoberfläche ab.

Emma orderte: »Dos cortados, por favor!«

Pedro hatte sich mit dem Rücken an die Theke gelehnt und zwinkerte in die Sonne hinein, die jetzt schon ein Stückchen über dem gegenüberliegenden Bergrücken stand und den Aussichtsplatz bestrahlte wie ein himmlischer Scheinwerfer. Pedro zog eine Sonnenbrille aus der Brusttasche seines Anoraks und setzte sie auf. Eine gute Idee, fand Emma, und hätte sie gern nachgeahmt. Aber vermutlich lag ihre Sonnenbrille da, wo auch ihr Handy war.

28. Kapitel

Mike hatte verschlafen. Die ersten Sonnenstrahlen weckten ihn auf. Sie kämpften sich durch die fedrigen Blätter des Pfefferbaums und fielen auf die Fassade der Hütte. Die Vorhänge hatte Mike in der Nacht nicht zugezogen. Jetzt wurde es zügig hell in der Hütte. Verdammt! Es war sicher schon nach Neun. Richtig: 9.10 Uhr, laut Smartphone-Display. Mike schlug die Decke beiseite, dehnte und streckte sich und verschwand im Badezimmer.

Er sollte Emma anrufen, jetzt gleich, ging ihm durch den Kopf, während das Wasser der Dusche allmählich wärmer wurde. Die Energie dafür kam aus einer Gasflasche in einem Verschlag hinter der Hütte, unter dem Gasboiler. Es vergingen immer gefühlte Minuten, bis endlich richtig warmes Wasser am Duschkopf ankam, geschweige denn heißes. Heute wollte es allenfalls lauwarm werden. Mike machte sich eine mentale Notiz: Gasflasche austauschen! Alle paar Tage kam ein Händler auf die Plantage und verkaufte von der Ladefläche seines Lkw herunter Gas; er tauschte leere gegen volle Flaschen aus. Mike besaß zwei Flaschen; so hielt er eine immer in Reserve.

Er war in der Nacht nicht gleich nach Hause gefahren. Madrigal hatte ihn noch festgehalten. Der Kommissar, der ihn doch am Vortag noch heftig wegen seines angeblichen Skandaljournalismus gescholten hatte, zeigte mit einem Mal reges Interesse an Mikes Serienmord-Theorie. Er hatte sogar die Größe, sich für seinen Auftritt am Morgen zu entschuldigen! Er sei froh, dass er entgegen seiner ursprünglichen Absicht dann doch nicht mehr die Verlegerin der Inselzeitung aufgesucht habe. Im Grunde müsse die Polizei sich bei Herrn Dorenbeck sogar bedanken! Der Reporter habe mit seinem Artikel Steine ins Rollen gebracht: »Nur die arme Frau Hülsenbusch liegt jetzt unter diesen Steinen begraben, sozusagen.«

Mike war betreten. So gern er seine Arbeit gewürdigt sah, gar von einem Amtsträger, der Journalisten üblicherweise als seine natürlichen

Feinde betrachtete: der Hinweis auf einen möglichen Zusammenhang zwischen seinen Recherchen und dem Todessturz vom Balkon musste kein Bluff sein. Trug er womöglich wirklich eine Mitschuld am Tod der harmlosen alten Dame? Er versuchte, diesen Gedanken nicht an sich heranzulassen, einstweilen jedenfalls. Es wollte nicht so recht gelingen.

Als die Luft zwischen ihnen gereinigt war, ließ Madrigal sich von Mike über die Vorstandsquerelen im La Palma aufklären. Mike hielt mit nichts hinter dem Berg, was er darüber wusste. Warum auch? Fast eine Stunde lang verbrachten die beiden so vor dem schwach glimmenden Aquarium in der Erdgeschoss-Lobby, stehend. Seine Kollegen hatte der Kommissar längst in die Nachtruhe entlassen. Nur die wortkarge Assistentin harrte neben der Eingangstür aus, allerdings zunehmend Anzeichen von Müdigkeit zeigend. Sie stieg von einem Fuß auf den anderen, und dann und wann hüstelte sie verschämt vor sich hin. Madrigal schenkte ihr keinerlei Beachtung. Komisch eigentlich, dachte Mike: die junge Polizistin war hübsch, und Madrigal blickte doch eigentlich an keiner halbwegs ansehnlichen Frau vorbei.

In dieser Nachtstunde hatte der Kommissar aber offenbar nur Augen und Ohren für ihn. Für Mikes Schilderung der Querelen zwischen der ehemaligen Vorstands-»Junta« und der Truppe um die Heilbutts. Ganz besonders schien ihn zu interessieren, wer welche Ämter innegehabt hatte und welcher Zugriff auf Gelder damit einherging. Dann wollte er noch ganz genau wissen, was Bruno Mike über die Diebstähle aus dem Medikamentenschrank im Hundehotel der Amigos erzählt hatte. Im Gegenzug unterrichtete Madrigal den Reporter, wenn auch eher widerwillig, über die Erkenntnisse der Spurensuche am Tatort.

Fingerabdrücke waren in Hülle und Fülle vorhanden. Noch hatte man sie nicht mit gespeicherten abgleichen können. Hannelore Hülsenbuschs Wohnung wirkte unaufgeräumt, aber nichts deutete darauf hin, dass sie durchwühlt worden war. Es hatte sich auch niemand gewaltsam Zugang verschafft. Falls jemand Hannelore Hülsenbusch über die Brüstung ihres Balkons gestoßen hatte, dann hatte sie ihm – oder ihr – zuvor die Tür geöffnet. Wenn es einen Mörder gab – oder eine Mörderin –, dann war er oder sie mit der Ermordeten also so gut bekannt, dass das Opfer ohne Misstrauen war.

»Da sie doch ganz offensichtlich Angst hatte – sonst hätte sie ja Emma nicht angerufen, und Frau Schneider hatte den Eindruck, dass Frau Hülsenbusch dabei äußerst erregt war –, hat sie bestimmt nicht auf jedes Klopfen oder Klingeln hin die Tür geöffnet«, schloss Mike aus dem Gehörten. »Das heißt, der Täter oder die Täterin ist jemand, den Frau Hülsenbusch nicht nur kannte, sondern auf den – oder die – sie vermutlich sogar gewartet hat. Da Emma es nicht gewesen ist: Vielleicht hat sie noch jemanden zu Hilfe gerufen. Haben Ihre Leute das Telefon kontrolliert?«

Madrigal warf Mike einen Blick zu, als wäre er gefragt worden, ob Polizisten aufrecht gehen können. »Natürlich haben wir das.«

»Und?«

»Und: Frau Hülsenbusch hat in der letzten Stunde ihres Lebens exakt drei Telefonate geführt. Eines mit Señorita Schneider.«

»Und die anderen beiden?«

»Mit Herrn Bautenmeister und mit Herrn Seidenschuh.«

»Wissen Sie eigentlich, weshalb Herr Seidenschuh schon Rentner ist?« fragte Mike den Kommissar: »Er ist ja deutlich jünger als der Rest der Seniorentruppe im La Palma.«

»Das ist mir aufgefallen, und Sie werden mich jetzt sicher in die Feinheiten des deutschen Rentenwesens einweihen. Aber vielleicht hat Herr Seidenschuh ja auch geerbt oder im Lotto gewonnen und kann sich deshalb ein Dolce Vita unter der Kanarensonne leisten.«

»Eher nicht. Nach meinen Informationen erhält er eine staatliche Pension und hat sonst nicht viel. Ich habe herauszufinden versucht, ob er Vermögenswerte in Deutschland besitzt. Ich habe nichts gefunden. Er scheint alle Brücken hinter sich abgebrochen zu haben, als er damals nach Teneriffa ausgewandert ist. Das ist er faktisch, selbst wenn er nach wie vor deutscher Staatsbürger und Pensionsempfänger ist. Er war zweimal verheiratet. Keine seiner Ex-Frauen scheint den geringsten Wert auf Kontakt zu ihm zu legen. Kinder gibt es nicht, Alimente zahlt er nicht – also, nicht dass ich wüsste. Aber das vielleicht Interessanteste ist: er war Lehrer, an einer Gesamtschule in Duisburg, das ist eine Stadt in Nordrhein-Westfalen, im Ruhrgebiet...«

»Duisburg ist mir ein Begriff, Señor Dorenbeck: Der größte Binnenhafen der Welt.«

»Genau. Aber Seidenschuh war Lehrer und er erzählt überall, er sei wegen Gesundheitsproblemen frühpensioniert worden. Ich habe in Duisburg recherchiert und siehe da: Seine ›Krankheit‹ war, dass er im Unterricht mehrmals übergriffig geworden ist.«

»Was heißt das: übergriffig? Hat er sich an Schülerinnen oder Schülern vergriffen?«

»Das weiß ich so genau nicht. Richtig harten Fakten ist schwer beizukommen. Die Schule und die Stadt und, sofern beteiligte Eltern und Schüler noch aufzufinden sind, auch die, geben sich äußerst schmallippig. Man wollte damals keinen Skandal, ist mein Eindruck, und heute will keiner alte Geschichten neu aufwärmen. Nur: alle Andeutungen verstehe ich so, dass Lehrer Seidenschuh schon mal die Hand ausgerutscht ist. Eine ehemalige Lehrerkollegin, mit der ich telefoniert habe, hat mir erzählt, der Herr Seidenschuh – keiner nannte ihn dort Pedro, natürlich nicht – sei »zuletzt« sehr reizbar gewesen. Sie nannte es eine ›Schülerallergie‹. Seidenschuh habe eine Allergie gegen Schüler entwickelt.«

»Eine Allergie gegen Schüler? Das gibt es? Dafür wird man in Deutschland krank geschrieben? Ich habe eine Allergie gegen Verbrecher. Schade, dass man dafür in Spanien keine vorzeitige Rente bekommt. Deutschland ist uns weit überlegen.«

»Ich wusste das auch noch nicht. Offenbar ist Seidenschuh auch gemobbt worden, von Schülern. Damals kamen wohl die ersten Beurteilungsportale im Internet auf, SchülerVZ und so was. Die ersten sozialen Netze. Einer der Spitznamen, die Seidenschuh da verpasst worden sind, so sagt meine Quelle, war ›Scheidenschuh‹. Jedenfalls waren alle Beteiligten froh, als Herr Scheidenschuh für berufsunfähig erklärt und frühpensioniert wurde.«

Nach diesem Austausch hätte Mike gerne noch mal mit Emma gesprochen – zumal er den Eindruck hatte, dass irgendetwas Wesentliches ungesagt geblieben war; vorhin, als die Polizistin in Emmas Apartment auftauchte. Aber inzwischen war es fast zwei Uhr morgens. Wahrscheinlich schlief Emma schon tief und fest. Wenn jetzt ihr Telefon klingelte, würde er sie aus Morpheus‘ Armen reißen –

und ihr womöglich einen Schreck einjagen. Nein, das wäre keine gute Idee. Anzuklopfen schon gar nicht. Außerdem spürte er allmählich seine eigene Müdigkeit. Was war das auch für ein Tag gewesen! Der Andruck der neuen Ausgabe, das Warten auf Emma, der morgendliche Besuch des Kommissars, das Frühstück mit Emma! Nachmittags hatte er mehrere Rundfunk- und Fernsehinterviews gegeben und den Live-Chat der Inselzeitung bedient, bevor er Emma am La Palma aufpickte, um mit ihr nach Garachico zu fahren. Dann, während der Parkplatzsuche: Brunos Anruf, die obskure Diebstahlsgeschichte.

Das Betäubungsmittel konnte nur von jemandem entwendet worden sein, der regulär Zugang zu dem Hundehotel hatte, und zwar schon seit Jahren. Der einen Schlüssel hatte und wusste, wo der Schlüssel zum Arztzimmer und der zum Medikamentenschrank zu finden waren. Das setzte eine ganze Menge Insiderwissen voraus. Oder jemand hatte die Gelegenheit, sich von allen Schlüsseln Kopien zu besorgen. Aber auch dazu musste er oder sie zunächst mal an die Originale kommen. Und niemandem war aufgefallen, dass Schlüssel fehlten.

Der Täter – oder die Täterin – schloss Mike daraus, und der Kommissar, dachte er, war sicher zu demselben Schluss gelangt, war höchstwahrscheinlich unter den Beschäftigten oder im Vorstand des Vereins zu suchen. Die Praktikantin Jasmin war erst seit ein paar Monaten im Haus, und ehrenamtliche Helfer bekamen keine Schlüssel. Jedenfalls »in der Regel nicht«, wie Bruno ein bisschen herumdrucksend eingeschränkt hatte. Mikes Eindruck war: die Amigos hielten es mit Ordnung und Aufsicht nicht allzu streng. Bruno hatte zwar versichert, das Arztzimmer und der Medikamentenschrank seien immer fest verschlossen und würden nur in Anwesenheit oder auf Veranlassung der Tierärztin geöffnet, aber so wie Bruno das versicherte, glaubte Mike heraushören zu können, dass Bruno schilderte, wie es sein sollte... »Theorie und Praxis, das weißt du doch auch, stimmen nicht immer hundertprozentig überein, nirgendwo«, hatte er zu Mike gesagt: »Oder ist das bei Eurer Zeitung etwa anders?«

»Nein«, hatte Mike zugegeben, mit dem Nachsatz: »Aber wir haben in der Redaktion auch keinen Giftschrank.«

»Das sagst du! Andere glauben, dass auch Informationen krank machen können – oder tödlich sind. Haltet Ihr alle Papiere, Notizen und Tonbänder immer unter Verschluss?«

›Tonbänder‹: Das hatte Bruno tatsächlich gesagt. Mike war versucht, ihm zu erläutern, dass Redaktionen schon seit längerem nicht mehr mit Tonbandgeräten arbeiteten, und was MP3-Dateien sind. Aber vermutlich hatte Bruno ihn genau auf diese Fährte locken wollen, um ihn abzulenken, der gerissene Hund! Jedenfalls hatten sie das Thema des Umgangs der Amigos mit gefährlichen Medikamenten nicht weiter vertieft.

Immerhin kannte Mike jetzt auch den Namen des entwendeten Mittels. Er hatte sich nach dem Telefonat mit Bruno vorgenommen, im Internet mehr darüber herauszufinden: wie es wirkt und welche Spuren es hinterlässt. Aber auch dazu war er am Abend nicht mehr gekommen.

Auf der Party wurde schon getanzt, als Mike endlich die Einlasskontrolle passierte und sein Armbändchen erhielt. Er aß ein paar Happen – und noch ein paar Happen. Ganz gegen seine Gewohnheit. Fingerfood, das war in seinen Augen ein Rückfall in die zivilisatorische Steinzeit. Er hielt viel davon, sich zum Essen Zeit zu nehmen, sich hinzusetzen und Messer und Gabel in die Hand zu nehmen. Im Stehen, beim Reden und mit den Fingern Luxusgüter wie Kaviar, Entenbrust und Trüffelravioli zu verschlingen, das kam ihm dekadenter vor als alles, was die alten Römer bei Parties so getrieben haben: die aßen wenigstens liegend. Aber, musste er sich eingestehen, das Zeug schmeckte zu köstlich, und nach dem ersten Bissen fiel Mike auf, wie ausgehungert er war. Er suchte sich ein ruhiges Eckchen abseits der Bühne, um sich auf die Fingerhappen wenigstens konzentrieren zu können. Leider, aus Mikes Sicht, hatte Jochen Hollerbeck die gleiche Idee und gesellte sich an seine Seite. Statt ruhig zu kauen und die Arbeit der Kochbrigade schweigend zu würdigen, quälte Hollerbeck ihn umgehend mit nervenden Fragen zu »Ihrem Serienmörder«. Zu allem Überfluss tauchte dann auch noch ein Reporter auf, der behauptete, Bloomberg zu beliefern, eine auf Wirtschaftsnachrichten spezialisierte Agentur, die nicht nur so hieß wie der Bürgermeister von New York, sondern dem auch gehörte: schöne neue Medienwelt.

Irgendjemand hatte dem Reporter bedeutet, Mike sei der Autor des »Serienmörder«-Artikels in der Inselzeitung. Der junge Mann – nach Mikes Schätzung war er keinesfalls älter als Mitte zwanzig – himmelte Mike geradezu an. Wie man sich als Journalist fühle, wenn man einen solchen Scoop lande – der Reporter sprach tatsächlich von »Scoop«, dabei hatte Mike doch nur bereits Bekanntes zu einer, wie er sich selber gegenüber eingestand, durchaus gewagten Theorie zusammengebastelt. Statt von einem Scoop hätte er selber, an der Stelle des Bloomberg-Jungreporters, wohl eher von Kolportage gesprochen. Jedenfalls fühlte Mike sich verpflichtet, den Nachwuchskollegen auf ein paar journalistische Fundamentals – er ließ als Retourkutsche auch ein paar Anglizismen vom Stapel – aufmerksam zu machen. Über journalistische Unabhängigkeit, die Pflicht, jede Information erst gegenzuchecken, bevor man sie online stellte, Respekt vor Menschen... Der Jungreporter hing an Mikes Lippen. Mike kam sich zum Kotzen vor.

Deshalb fühlte er sich geradezu erlöst, als Nadeshda Putinova auftauchte und ihn, mit einem Wimpernaufschlag, wenigen Worten und indem sie sich bei Mike umstandslos einhakte, von Hollerbeck und dem Bloomberg-Baby loseiste und ihn zur Tanzfläche zog – ohne die beiden Stehengelassenen auch nur eines Seitenblicks zu würdigen. Mike war klar, dass Nadeshda keinen Tänzer suchte, sondern im Grunde das Gleiche wie der Bubi und wie Hollerbeck. Sie ging vom Start weg auf Tuchfühlung und fragte ihn aus.

Wie es komme, dass er mehr wisse als ihr guter Freund, der Kommissar? Wen er selbst denn in Verdacht habe: »Ach kommen Sie, Mike: so etwas schreiben Sie doch nicht, ohne eine Theorie im Kopf zu haben! Sie doch nicht! Sie sind doch kein Anfänger! Tanzen können Sie übrigens auch sehr gut.«

In dem Moment stieß er mit Emma zusammen.

Als Mike es endlich schaffte, Nadeshda drei Musikstücke später loszuwerden – mit Hilfe eines Freizeitkapitäns, der, was Mike und Nadeshda nicht entgangen war, schon eine ganze Weile geradezu lüstern allen ihren Bewegungen, also: Nadeshdas Bewegungen, gefolgt war – konnte er Emma nirgendwo mehr sehen.

So blieb er schließlich an Madrigal hängen, der vom Rand des Plateaus aus den Menschenströmen zusah, die zum Volksfest am Hafen zogen. Dort unten wurde es jetzt erst richtig eng. Über den Frittenbuden und Churrerías schwebten Rauchwolken. Am Rand des Hafenbeckens, umgeben von dichtbesiedelten Plastiktischen und -bänken, wurde unter großem Hallo und von Touristen permanent fotografiert eine gewaltige Paella zusammengebrutzelt. Mike stellte sich schweigend neben den Kommissar und genoss mit ihm zusammen die Aussicht. Kurz darauf brummte Madrigals Handy. Mike konnte dabei zusehen, wie die Miene des Kommissars sich verdüsterte.

»Was ist passiert?« fragte er, als Madrigal das Gespräch beendete und es sehr eilig hatte, Abschied zu nehmen.

Der Kommissar schien für ein paar Sekunden mit sich zu ringen. Dann entschloss er sich, Auskunft zu geben:

»Sie erfahren es ja doch irgendwie, auf Ihre krummen Touren, also kann ich es Ihnen auch gleich sagen: Im La Palma ist jemand aus dem Fenster gestürzt.«

Mike war entsetzt. »Wer?«

»Eine Frau. Wie sie heißt, das weiß ich noch nicht.«

»Ist sie tot?«

Madrigal nickte knapp und eilte davon. Auch Mike machte sich sofort auf den Weg zu seinem Wagen, dabei so verzweifelt wie vergeblich nach Emma Ausschau haltend. Von Garachico ohne Blaulicht wegzukommen, erwies sich als nicht ganz leicht, denn auf den Gassen zwischen der Altstadt und dem neuen Hafen herrschte ein Gedränge wie morgens früh auf dem Hamburger Fischmarkt. Und Mike hatte seine Cinquecenta vorhin mitten im Ort zurücklassen müssen.

Mike glaubte, nicht einschlafen zu können, ohne die Internetsuche nach dem Medikament nachgeholt zu haben. Also hockte er sich, als er endlich seine Hütte auf der Steenbosch-Plantage erreicht hatte, an den Computer. Während der Kasten hochfuhr, riss Mike eine Dose Dorada auf – die letzte, die er im Kühlschrank vorfand, wie er mit Bedauern feststellte – und trank sie in drei gierigen Zügen leer. Auf der Party hatte er die Finger von allen Getränken gelassen, dummerweise auch von Wasser. Er fühlte sich wie ausgetrocknet. Nach dem Bier ging es ihm besser. Leider hatte es bei dem einen zu bleiben.

Eine halbe Stunde später wusste Mike, dass Pancuronium eine Atemlähmung bewirkt und als Narkosemittel eingesetzt wird. Es muss ins Blut gelangen, also gespritzt werden, und entfaltet, im Zusammenspiel mit anderen Medikamenten, eine tödliche Wirkung. Im Mix mit anderen Medikamenten – oder wenn der Mensch, dem es eingespritzt wird, eine Herzschwäche hat. Am interessantesten fand Mike den Hinweis, Pancuronium sei schon nach kurzer Zeit im Blut der so Betäubten – oder Getöteten – nicht mehr nachweisbar.

Das hieß: Der Dieb – oder die Diebin – musste mindestens über medizinische Grundkenntnisse verfügen und mit Spritzen umgehen können. Aber wie kann man jemandem unbemerkt eine Spritze setzen? Dazu musste das Opfer doch wohl gefesselt sein. Fesselspuren waren aber an keiner der Leichen, die Mike dem »Serienmörder« zugeschrieben hatte, zu finden gewesen. Oder sie merkten nichts, weil sie zuvor betäubt worden waren, mit einer anderen Narkose-Komponente! Konnte es so gewesen sein? Mit diesem Gedanken und dazu passenden Bildern im Kopf schlief auch Michael Dorenbeck in dieser Nacht schließlich ein.

Als er knapp sechs Stunden später wieder erwachte, waren die Bilder immer noch da. Auch die heiße Dusche vertrieb sie nicht. Noch in Unterwäsche wählte Mike auf seinem Smartphone Emmas Nummer. Er hatte das unbestimmte Gefühl, sie sei in Gefahr.

Klingeln. Die Mailbox. »Emma? Hier ist Mike. Bitte ruf mich zurück! Sofort!«

Vielleicht hatte Emma ihr Handy ja, wie das manche Frauen gerne taten, tief in ihrer Handtasche vergraben. Oder sie hatte es auf lautlos gestellt, um in Ruhe auszuschlafen. Mike wählte Ilse Schneiders Festnetznummer an. Und landete nach dem siebten Läuten bei der Automatenstimme des Anrufbeantworter-Dienstes der Telefónica. Er versuchte es gleich noch einmal. Wieder läutete es sieben Mal. Mike schaltete das Gerät aus.

Wo konnte Emma stecken? Das unbestimmte Gefahrengefühl, mit dem Mike wach geworden war, wuchs sich zu realer Angst aus. In Windeseile komplettierte er seine Garderobe, steckte Handy und Schlüssel ein und fuhr, nein: raste zum La Palma.

29. Kapitel

»Lass deinen Wagen ruhig stehen! Die letzte Wegstrecke ist ziemlich holprig, und Parkplätze gibt's da oben auch nicht viele.« Pedro hatte heftig untertrieben, was die Qualität des Cortado betraf: der hatte Emma richtig gut getan. Jetzt aber drängte Pedro zum Aufbruch.

»Ulli! Denk an Ulli! Ich kann den Wagen hier lassen, aber nicht den Hund. Das Auto steht in der prallen Sonne. Ulli wäre vertrocknet, wenn wir zurückkommen.«

Der Dackel schien diese Angst nicht zu haben. Eher widerwillig löste er sich vom Fahrersitz und sprang auf das Pflaster des Parkplatzes. Als er Pedros Anwesenheit zur Kenntnis nahm, fing er an zu knurren. Ein zunächst sonores Brummen steigerte sich zu einem für so einen kleinen Hund erstaunlich lauten Rattern. Dann bellte Ulli Pedro sogar laut an, einmal, zweimal, dreimal. Solche Geräusche hatte Emma aus dieser Hundeschnauze bis dato noch nicht kommen hören.

»Sie mochte mich noch nie«, reagierte Pedro auf die Drohgeräusche, »aber das beruht auf Gegenseitigkeit, nicht wahr, Ulli, mein Schatz?«

Pedro tat so, als wolle er sich hinunterbeugen, um die Dackeldame zu streicheln. Abwechselnd bellend und knurrend trippelte Ulli zurück.

»Wenn dein Ersatzfrauchen dich nicht hier lassen will, müssen wir beide jetzt wohl ein Stündchen miteinander auskommen! Mir tut das auch Leid. Von mir aus könntest du auch nach Hause laufen von hier aus. Aber das wäre Tante Emma sicher nicht recht.«

»In der Tat«, bestätigte ›Tante‹ Emma und zog energisch an der Leine: »Und ob du fressen willst oder nicht, du Primadonna: Tantchen hat jetzt Hunger.« Und, zu Pedro gewandt: »Wo steht dein Wagen?«

Pedro deutet auf die andere Straßenseite.

»Wo? Ich kann ihn nicht sehen.«

»Der Subaru ist in der Werkstatt. Ich habe einen Toyota ausgeliehen. Das Möhrchen da vorne, das ist es!« Pedro deutete auf einen Pickup-Geländewagen, dessen blassrote Lackfarbe aussah wie von der Sonne gebleicht.

»Ulli kann sich überlegen, ob sie auf die Ladefläche will oder in den Fonds.«

Emma war entsetzt. »Du kannst den Dackel doch nicht auf die Ladefläche setzen! Da fliegt der doch hin und her, gerade auf einer holprigen Strecke!«

»Ein Scherz! Das war ein Scheeheerz, die Damen!« Pedro sah abwechselnd Emma und Ulli an und hielt beiden, einen Diener andeutend, die Beifahrertür auf.

Emma hatte geglaubt, auf der Höhe einer Bergkuppe angelangt zu sein, aber nein: kaum waren sie links um die Nase des Berges gebogen, breitete sich hinter einigen Häusern eine weite, nicht steil, aber stetig ansteigende Anhöhe vor ihnen aus. Weit oben, jenseits von sattgrünen Feldern und rotbraunen Ackerstreifen, thronte, schneebekleckert, die Riesenbrust des Teide. Aus einer solchen Perspektive hatte Emma den Berg noch nicht gesehen. Sie verdrehte immer wieder den Kopf, nach jeder Serpentine. Der Zusammenklang von azurblauem Ozean tief unter ihnen, grasfroschgrünen, mit knallgelben Kleeblüten überstreuten Wiesen um sie herum und dem massiven Schnee-Knuddel über ihnen, ein Bild, durchzogen leider von massiven Hochspannungsleitungen, kam ihr unwirklich vor. Sie fühlte sich an Gemälde von Dalí erinnert, wo schmelzende Uhren in der Landschaft hängen. Surreal, das war das Wort, nach dem sie gesucht hatte! Der Anblick hier kam ihr surreal vor. Sie hätte sich nicht gewundert, brennenden Giraffen zu begegnen. Stattdessen kam ihnen ein Reiter auf einem sattellosen Apfelschimmel entgegen, wie einer fremden Zeit entritten. Am rechten Wegrand spannte bald darauf ein Bauer ein Maultier vor einen Pflug oder eine Egge, oder was auch immer. Schon war die Szene wieder aus dem Blick. In so einer Kulisse, schoss es Emma durch den Kopf, sollte man nicht Auto fahren.

Nach ein paar weiteren Haarnadelkurven endete die Straße an einem Parkplatz neben einem Hain von Funktürmen. Emma fiel auf, dass sie diese Türme von unten, von der Küste, aus oft gesehen hatte. Sie krönten den Bergkamm. Vom Tal aus wirkten sie, als hätte ein Riese dem Bergrücken ein paar Akupunktur-Nädelchen aufgepiekt. In Wahrheit waren es stattliche Antennen. Emma schätzte ihre Höhe auf mindestens zehn, fünfzehn Meter. Unterhalb des Antennenwäldchens, jenseits einer hüfthohen Mauer, sah sie eine Fläche, deren Grün sich von dem der Wiesen deutlich abhob. Es war dunkler, es erinnerte Emma an das Grün in einer Bierreklame. Es war: Kunstrasen! Emma musste wieder an Dalí denken.

»Von hier aus starten die Gleitschirmflieger«, nahm Pedro der Szene ihren Zauber: »Sie nehmen auf dem Kunstrasen Anlauf und nutzen den Aufwind vor der Bergwand. Dann können sie kreisen und kreisen...«

»Ja, die hab ich schon mehrfach gesehen, hoch am Himmel, über Puerto, aber ich wusste nicht, wo sie herkamen.«

»Jetzt weißt du es.«

Pedro hatte, damit Emma den Anblick aufsaugen konnte, den Wagen abgebremst, aber nicht angehalten.

»Wir bleiben nicht hier?« Emma hatte sich schon gefragt, welche Beziehung ihre Oma Ilse wohl zum Gleitschirmfliegen gehabt haben mochte. Seit sie wusste, dass ihre Großmutter auf Teneriffa zur Golfspielerin mutiert war, war Emma bereit, sich über nichts mehr zu wundern. Aber Gleitschirmfliegen – hieß das nicht auch Drachenfliegen? –, das kam ihr dann doch etwas heftig vor.

»Man kann sich übrigens huckepack mitnehmen lassen, von einem Lehrer – also umgekehrt huckepack. Der Lehrer schnallt sich den Fallschirm auf den Rücken und den Schüler vor die Brust.« Als hätte Pedro wieder ihre Gedanken gelesen.

»Hast du das schon mal gemacht?« fragte sie ihn.

»Nein, aber Ilse.«

Also doch! Oma Ilse! Donnerwetter! Emma war sich nicht sicher, ob sie den Mut hätte, über den Kunstrasen zu laufen und dann von der Bergkante zu springen. Alleine sicher nicht. Aber mit einem erfahrenen Flieger im Rücken? Das musste ein grandioses Erlebnis sein. Vielleicht sollte sie es einfach mal versuchen! Was das wohl kosten würde? Mike kannte sicher Leute, die das machen. Sie würde ihn fragen.

Von dem Parkplatz zweigte ein grob gepflasterter Feldweg ab und folgte dem Kamm des Bergrückens weiter hinan. Die letzten Häuser hatten sie längst hinter sich gelassen, auch bewirtschaftete Felder waren bald nicht mehr zu sehen. Vereinzelte Kiefern ragten aus dichtem Buschwerk heraus. Der Motor des Toyota musste sich kreischend anstrengen. Immer wieder wich Pedro Schlaglöchern aus. Dennoch kam Emma sich wie durchgeschüttelt vor, als der Wagen schließlich an einer Stelle, wo der Weg nach rechts wegbog, in einer Kehre stehen blieb.

»Ab jetzt müssen wir laufen. Du nimmst Ulli, ich trage die Kühlbox. Keine Sorge, es ist nicht mehr weit.« Pedro stieg aus und zog hinter dem Fahrersitz eine blauweiße Plastikkiste mit Tragebügel hervor. Ulli brauchte diesmal kein Kommando. Die Dackeldame schien hoch erfreut, den Wagen und die Rüttelei endlich hinter sich lassen zu dürfen. Während der Höllenfahrt hatte sie auf den Hinterpfoten zwischen Emmas Schenkeln gestanden und die Vorderpfoten in Emma Schoß gelegt, leise jaulend. In Kurven und auf der Marterstrecke hatte Emma sie festhalten müssen.

Aus der Kehre heraus folgten sie einem Wanderweg – eigentlich war es nicht mehr als ein Trampelpfad – weiter bergauf. Pedro ging flott ausschreitend voran, die Kiste schleppend, gefolgt von Ulli, die Emma an ihrer Leine hinter sich herzog. Der Dackel schien den Weg zu kennen und hätte Pedro am liebsten überholt. Er hatte aufgehört zu bellen und zu knurren.

Von wegen: es ist nicht weit! Pedro legte, trotz der Box, ein ordentliches Tempo vor. Ulli tat es ihm gleich. Emma hatte mit ihren Sneakers manchmal Mühe, auf dem halb steinigen, halb erdigen und an schattigen Stellen feuchten Boden Halt zu finden. Was mache ich hier eigentlich? fragte sie sich. Aber der Weg beanspruchte zu sehr ihre Aufmerksamkeit und Pedro eilte so flott vorweg, dass die Frage immer wieder rasch verhuschte. Es ging beständig bergan, manchmal auf dem Bergkamm – dann öffneten sich spektakuläre Ausblicke auf das Orotavatal, die Emma jetzt aber nicht wirklich zu genießen vermochte –, dann wieder ein Stückchen unterhalb des Kammes. Der Pfad wurde enger, die Büsche links und rechts rückten dichter heran.

Abrupt blieb Pedro stehen. Ulli zog weiter an der Leine. Pedro drehte sich zu Emma um: »Anstrengend? Wir sind so gut wie am Ziel. Nur ein paar Meter noch. Hier hinunter!«

Emma blickte schnaufend in die Richtung, in die Pedros Arm wies. Sie sah nur Büsche und die Wipfel von Eukalyptusbäumen. Ein noch schmalerer Trampelpfad bog nach rechts von ihrem Weg ab. Pedro musste die Blätter einiger Farne mit dem Arm erst beiseiteschieben, um sich und Emma einen Durchgang zu verschaffen. Emma kam sich vor, als stiege sie eine schmale Kellerstiege hinab. Über ihr schien sich ein Dach aus Ästen und Zweigen und Blättern und Blüten zu schließen. Es kam ihr kühler vor. Sie musste ein paar Mal an Ästen Halt suchen, sonst wäre sie weggerutscht. Der Untergrund war glitschig. Zum Glück ragten immer mal wieder dicke Steine hervor, die man nutzen konnte wie eine Treppe.

Emma hielt verblüfft den Atem an. Vor ihnen öffnete sich eine, ja, wie sollte man es nennen? Sie suchte nach Worten: Eine Lichtung, ja, aber eine völlig beschattete Lichtung. Kein Sonnenlicht fiel hinein, jedenfalls nicht jetzt am Vormittag. Dafür verfingen sich die Strahlen der Sonne in dem Blätterdach über ihnen und spannten dort ein flimmerndes Netz. Die Lichtung lag in einer Senke, einem Einschnitt in den Bergkamm. Sie wirkte: möbliert! Ja, möbliert, dachte Emma; mit Baumscheiben, Baumstammstücken und großen Steinen, die zu Sitzgelegenheiten und Tischen gruppiert waren. Auf einigen standen Vasen mit vertrockneten Blumensträußen. In Felsnischen erkannte Emma Kerzen in unterschiedlichen Stadien des Abgebranntseins. Eine Kapelle! Der Ort kam Emma wie eine Kapelle vor. Eine Kapelle, eingerichtet und geschmückt von Menschenhand, aber geschaffen von der Natur. Von Gott? Oder den Göttern? Welchen? Wem wurde hier gehuldigt? Wenn es der Christengott war, dann trug er recht heidnische Züge. Ein breiter, flacher Fels in der Mitte der Lichtung erinnerte Emma an Opfersteine aus Horrorfilmen. Wo hatte sie so einen Stein schon einmal gesehen? Auf einem Foto. Auf dem Foto in Oma Ilses Schlafzimmer! Ja, genau: das Gruppenfoto von der Junta – hier musste es aufgenommen worden sein. Auf dem Foto stand ihre Großmutter zusammen mit Klaus Kaltenbrenner direkt neben dem Felsen, sich mit einem Bein anlehnend, wenn Emma sich recht erinnerte.

Während sie weiter hinabstiegen und nach wenigen Schritten den Grund der Lichtung erreichten, fiel Emmas Blick in den Felseinschnitt, auf den die Sitzanordnung der Holzklötze und Steine ausgerichtet schien. Dort stand, auf einem natürlichen Sims, ein Marienbild, umkränzt von gelben und weißen Blüten. In einer Glasvase zu Marias Füßen, sozusagen, entfaltete sich ein Strauß noch nicht ganz verblühter Strelitzien. Ähnliche Vasen, mit weiteren Strelitziensträußen, standen am Rand der Lichtung, an geschützten Stellen zwischen Felsen.

Aus dem höhlenartigen Einschnitt, den das Marienbild schmückte, sprudelte Wasser. Eine Quelle! Das Wasser wurde förmlich von der Felswand ausgeschwitzt, bildete, umgeben von dichtem dunkelgrünen Moos, schmale Rinnsale, die sich auf dem Höhlenboden in einer ovalen, natürlichen Steinwanne vereinten, bevor sie von dort als ein Bächlein zwischen Gräsern, Blumen und Farnen hindurch zum Rand der Lichtungskapelle leise murmelnd flossen, wo sie zwischen Grünzeug verschwanden. Emma fiel auf, dass sie ihren Mund wieder schließen sollte. Sie staunte. So etwas hatte sie noch nie gesehen. Was war das?

Ulli zog es zum Wasser. Klar: sie hatte Durst. Emma ließ den Hund von der Leine.

Wieder schien Pedro ihre Gedanken erraten zu haben. Aber das war diesmal auch leicht. »Die Fuente de las Ánimas: wir sind an der Quelle der Geister. Ein mythischer Ort. Hier haben wohl schon die Guanchen ihre Götter verehrt, wie immer die auch hießen.«

»Da steht ein Marienbild. Finden hier Gottesdienste statt?«

»Nicht dass ich wüsste. Vielleicht. Ich glaube eher, dass Maria eine Alibifunktion hat. Wenn nicht irgendein christliches Symbol hier zu finden wäre, hätte die katholische Kirche dem Zauber längst ein Ende gemacht. So ist es jetzt ihr Zauber. Und damit ist es gut. Aber wem die Leute huldigen, die hier Blumen hinbringen und tanzen und meditieren: Wer kann das schon wissen? Die Gedanken sind frei. Die der Betenden auch.«

»Hier wird getanzt?«

»Oh ja! Siehst du nicht, dass um den Stein in der Mitte praktisch nichts wächst? Das ist vielen stapfenden Füßen zu verdanken. Aber nun lass uns endlich frühstücken, im Namen der Götter!«

Pedro stellte die Box ab, klappte den Deckel hoch und entnahm ihr ein weißes Tuch, das er über eine besonders breite Baumscheibe legte. Darauf stellte er zwei Plastikteller, zwei Plastikbecher, eine Thermoskanne und zwei zugeschraubte Plastikgläser. Er schob eines der Gläser zu Emma hinüber und lud sie ein, sich neben ihn auf ein dickes dunkles Brett zu setzen, dass jemand auf zwei Holzklötze geschraubt hatte: eine Bank.

Emma schraubte das Saftglas auf, stieß mit Pedro, der ihr sein Glas entgegenstreckte, an und probierte. Köstlich! Kühl, säuerlich, süß mit einem leicht bitteren Unterton. Sie trank das Glas mit wenigen Schlucken fast leer. Pedro tat es ihr gleich. Er entnahm der Box Sandwiches und Bananen und goss beiden aus der Thermoskanne Kaffee ein.

»Milch? Zucker? Bedien dich! Die Sandwiches sind mit Jamón, frischem Ziegenkäse und Avocado belegt. Ich hoffe, das trifft deinen Geschmack.«

»Perfekt.« Emma strahlte, wickelte eines der Sandwiches aus der Plastikumhüllung und biss kraftvoll hinein.

»Hier hat alles angefangen.«

Pedro hatte sein Sandwich nicht angerührt. Er sah Emma beim Kauen zu. Sie musste erst schlucken, bevor sie fragen konnte:

»Was hat hier angefangen?« Sie trank den Rest des O-Safts aus. Pedro nickte ihr zufrieden zu.

»Die Quälerei.«

30. Kapitel

Der Parkplatz vor dem La Palma lag noch im Schatten. Die Sonne beschien zu so früher Stunde nur die oberen Stockwerke des Apartmenthauses. Die Polizei war offensichtlich früher wach als er. Eine Einsicht, die Mike einen leichten Stich versetzte. Ja, er war im Begriff, die gängigen Klischeevorstellungen vom Journalistenleben zu bestätigen: abends trinkfest, morgens verpennt. Dabei hatte er, wenn er sich recht erinnerte, heute Nacht nur ein einziges Bier getrunken, zuhause. Andererseits musste er zugeben: wären drei im Kühlschrank gewesen…

Zwei Polizeiwagen waren vor dem Eingang geparkt, quer zu den auf den Asphalt gepinselten Parkbuchten. Die Obrigkeit machte sich breit. Ein Wagen trug den Schriftzug der Policía Local, der Ortspolizei von Puerto, der andere gehörte der im Aufbau befindlichen Kanarenpolizei, der Policía Canaria. Die Zuständigkeiten der Polizeibehörden zu durchschauen erforderte detektivisches Geschick. Es gab die Ortspolizei, die den Verkehr regelte, die Ordnung wahrte und sich für alle kleineren Delikte zuständig fühlte. Es gab die Guardia Civil, die einstige und immer noch nicht überall geliebte Unterdrückungstruppe des Diktators Franco: statt politische Gegner zu drangsalieren, war sie heute für den Umweltschutz und die Küstenwache zuständig – wohl als quasi therapeutische Wiedergutmachungsumschulung –, aber auch für die Terrorbekämpfung und Verbrechen aller Art. Und für den Verkehr auf den Autobahnen. Es gab ferner die Policía Nacional, die sich ebenfalls um Terroristen kümmerte, aber auch um organisierte Kriminalität. Und es gab, seit kurzem und politisch heftig umstritten, die Policía Autonomica de Canarias, die sich um alles Mögliche kümmern soll, um das sich auch die anderen Polizeibehörden schon kümmerten. Mit anderen Worten: viel Kompetenzgestrüpp, in dem es sich leicht verheddern ließ. Aber ideale Bedingungen für Journalisten wie Mike – denn wo Behörden aufeinander eifersüchtig sind, wird viel getuschelt, nachgesagt und durchgestochen. Mike hatte dafür gesorgt, in jeder Behörde Informanten zu kennen. Die alle – natürlich – hofften, ihn in ihrem Ringen mit der Konkurrenz einsetzen und benutzen zu können. Dafür hielten sie ihn sich gewogen, indem sie nicht auflegten, wenn er sie anrief. So lief das, überall: Es war ein Tauschgeschäft; eine Hand wäscht die andere.

Hier und heute war offenbar ein gutes Beispiel der ausnahmsweise gelungenen Zusammenarbeit von Lokal- und Inselpolizei zu beobachten. Jedenfalls blockierten die beiden Fahrzeuge sich nicht gegenseitig, sondern beide zusammen die Parkbuchten der Apartmentbesitzer. Mike nahm sich vor, in der nächsten Ausgabe der Inselzeitung dieses positive Beispiel in aller Unschuld lobend zu erwähnen. Er freute sich schon jetzt auf die Zuschriften, die er damit lostreten würde. Und wenn er en passant noch ein paar Namen einfließen lassen würde, erweiterte das seinen Kreditrahmen bei den Quellen. Mike stellte seine Cinquecenta im hintersten Winkel des Parkplatzes ab, unter den dicken Blättern eines gigantischen Gummibaumes.

Ein junger, uniformierter Beamter der Lokalpolizei hatte in der Lobby Stellung bezogen. Offenkundig hatte er den Befehl, jeden zu registrieren, der das Haus betrat oder es verlassen wollte. Seine höherrangigen Kollegen waren vermutlich zur Zeugenbefragung im Haus unterwegs. Die Lobby war ansonsten verwaist. Mike gab seine Personalien zu Protokoll und klopfte an die Tür des Büros.

»Adelante!« Eine sonore Frauenstimme. »Herein!« Marisol saß auf ihrem Stuhl an ihrem Schreibtisch hinter der Theke, ihr gegenüber Frau Heilbutt, geschäftig in Unterlagen blätternd.

»Guten Morgen, buenos días!« Mike nickte beiden Damen freundlich zu und stellte sich vor: »Michael Dorenbeck, Redakteur der Inselzeitung«. Marisol lächelte ihm entgegen, mit gerade jenem Maß an Frohsinn, das die Situation zuließ. Immerhin war es erst wenige Stunden her, dass eine Bewohnerin des Hauses, eine, im Hausmaßstab, prominente Bewohnerin sogar, vom Balkon gestürzt war. Irma Heilbutt blickte nur kurz auf, ohne das Gesicht zu verziehen, offenbar nicht sehr erfreut, ihn zu sehen. Sie wirkte übernächtigt.

»Was können wir für Sie tun?« fragte Marisol, ganz freundliche Fachkraft.

»Ich suche Frau Schneider. Sie geht nicht an ihr Telefon. Dabei sollte sie doch hier im Haus bleiben heute morgen, wie alle Apartmentbewohner.«

»Woher wissen Sie das?« Marisol war überrascht. Aber sie hatte ja die nächtlichen Ereignisse nicht selber miterlebt. Sie hatte erst, als sie um kurz nach acht am La Palma ankam, von Hannelore Hülsenbuschs Todessturz erfahren. Und da stand auch schon die Polizei vor der Tür. Eine junge Polizistin nahm Marisols Personalien auf und fragte sie über die Verstorbene aus – und dann über die finanziellen Verhältnisse der Asociación. Marisol fand das höchst verwunderlich. Was hatte die Buchführung des Hauses mit dem Todesfall zu tun?

»Wir können nicht ausschließen, dass es sich um einen Mordfall handelt«, erklärte ihr die Polizistin.

Marisol war schockiert. Zunächst jedenfalls. Dann fühlte sie sich wie von Adrenalin befeuert. Ein Mordfall! Polizeiermittlungen! Hier! Und sie steckte mittendrin! Womöglich kannte sie den Mörder! Erregend.

Seitdem hatte sie Mühe, ihre gehobene Stimmung hinter der Fassade professioneller Geschäftigkeit zu verbergen. Und jetzt war auch noch ein Reporter gekommen! Gut, nur von der deutschsprachigen Inselzeitung, die keiner las, den sie kannte, aber das würde sich sicher noch ändern im Laufe des Tages. Vielleicht kam ja sogar das Fernsehen noch mal! Die waren ja, wie sie gehört hatte, auch in der Nacht schon aufgetaucht. Mordfälle kamen auf Teneriffa doch eher selten vor. Die meisten gewaltsamen Todesfälle ereigneten sich vor der Küste und betrafen schwarze Flüchtlinge aus Afrika: Boat People. Da war ein Mord an einer deutschen Rentnerin, einer Residentin, doch von anderem Kaliber! Vielleicht würde sie sogar ein Interview geben müssen! Marisol ärgerte sich. Sie hätte heute früh ihre blaue Seidenbluse anziehen sollen anstelle dieses geblümten Fummels, den sie sich gedankenlos übergestreift hatte. Blau, das hatte sie mal gelesen, kommt im Fernsehen immer besonders gut rüber. Gut, wenn das mit der Bluse jetzt nicht zu ändern war, vielleicht sollte sie sich dann wenigstens schon mal ein paar Sätze zurechtlegen, für das Interview. Wie saß eigentlich ihre Frisur?

»Hallo! Ich sagte, ich suche Frau Schneider. Wissen Sie, ob sie sich irgendwo im Haus aufhält?«

Marisol schüttelte den Kopf. Was war nur los mit ihr? Ihr Kopfschütteln galt zugleich der Frage und ihr selbst: Was ging ihr da für ein wirrer Quatsch durch den Kopf? Frau Hülsenbusch war tot! Frau Hülsenbusch, mit der sie doch Stunde um Stunde zusammen über den Büchern gehockt hatte. Und sie sorgte sich um ihr Outfit!

Während Marisol sich im Stillen als eitle Kuh beschimpfte, mischte sich ihre Chefin ein, Frau Heilbutt:

»Die junge Frau Schneider – das Fräulein Schneider – hat heute morgen sehr früh das Haus verlassen. Noch vor acht, jedenfalls bevor unsere Sekretärin hier war...« Ein tadelnder Blick in Richtung Marisol. »Vielleicht wegen dem Hund. Also, ich habe mich darüber schon gewundert. So früh am morgen, für ihre Verhältnisse, so eilig – und die Polizei hatte doch uns alle aufgefordert, hier zur Verfügung zu stehen.«

»Was für ein Hund?«

»Ulli. Der Dackel von Frau Hülsenbusch. Fräulein Schneider ist mit dem Dackel aus dem Haus gegangen und hat ihn direkt in die Blumenbeete vor der Tür pinkeln lassen!«

Frau Heilbutt gab stimmlich und mimisch unmissverständlich zu verstehen, dass es sich dabei um eine ernste Verletzung der Hausordnung handelte.

»Nein!« gab Mike sich entsetzt: »In die Beete?«

Irma Heilbutt schien sich einen Moment lang zu fragen, ob Mike sie ernstnahm oder veralbern wollte.

»Haben Sie Frau Schneider angesprochen?«

»Nein. Sie ist aus dem Haus, hat den Hund pinkeln lassen – wenn nicht schlimmeres –, ist zu ihrem Auto, hat da noch eine Weile rumgehockt, neben der Fahrertür – und weg war sie! Sie hat mich wahrscheinlich gar nicht gesehen. Ich war ja hier im Büro.«

Irma Heilbutt deutete durchs Fenster auf den Parkplatz. Von ihrem Schreibtischstuhl hatte sie immer im Blick, wer kam und wer ging.

»Rumgehockt? Wie meinen Sie das?«

»Señora Heilbutt, ich kümmere mich mal um die Post.« Marisol stand auf und schob sich um die Theke herum, an Mike vorbei und verließ, nicht ohne ihm noch einmal zuzulächeln, das Büro.

Frau Heilbutt wartete den Abgang ihrer Assistentin ab, bevor sie auf Mikes Frage einging.

»Vielleicht hat sie sich die Schnürsenkel zugebunden, oder was weiß ich. Keine Ahnung. Das war ja hinter der Fahrertür. Da konnte ich sie nicht sehen.«

»Sind Sie eigentlich immer so früh hier im Büro?«

»Nein, aber mein Mann und ich – mein Mann ist der Präsident der Asociación de Propietarios hier, müssen Sie wissen, ich unterstütze ihn dabei, da fällt ja so viel Arbeit an – mein Mann und ich konnten doch kein Auge zutun nach dem, was heute Nacht hier passiert ist, und außerdem will die Polizei jetzt Einblick in alle Bücher nehmen, ich weiß ja nicht, was das bringen soll, aber bitte... man unterstützt ja die Behörden, wie man kann. Sie haben doch diesen Artikel in der Inselzeitung geschrieben, nicht wahr? Das mit dem Serienmörder. Das waren doch Sie?«

»Ja, das war ich.«

»Ich habe Sie hier schon ein paar mal hier ein- und ausgehen sehen. Sie wissen schon, dass man sich als Besucher hier im Büro anmelden muss? Das gilt auch für Reporter.«

»Das tue ich ja gerade. Und keine Sorge: so oft komme ich nicht – wenn nicht noch mehr Menschen hier von den Balkonen fallen. Also: Wohin Frau Schneider gefahren sein könnte, das wissen Sie nicht?«

»Unsere Residenten sind nicht verpflichtet, im Büro anzugeben, wohin sie fahren oder gehen, wenn sie das Haus verlassen.«

»Obwohl das doch eigentlich eine gute Idee wäre! Da könnten Sie doch schneller helfen, wenn mal was passiert oder jemand gesucht wird!«

»Da haben Sie wohl Recht, junger Mann – aber das sieht nicht jeder so. Und außerdem haben wir hier schon genug zu tun. Aber ich dachte eigentlich, junge Leute wie Sie und das Fräulein Schneider sind immer im Internet, und da weiß doch sowieso jeder alles von jedem, oder nicht?«

»Alles eben auch nicht.«

Das Internet! Jetzt, da Frau Heilbutt es erwähnte! Er sollte ihr dankbar sein. Warum war er nicht früher darauf gekommen? Vielleicht hatte Emma ihm ja eine Nachricht hinterlassen? Mike hätte seine E-Mails checken sollen. Ob es hier eine Wifi-Zone gab? Dann müsste das auch via Smartphone möglich sein.

Mike zog es aus der Hosentasche und entschuldigte sich bei Frau Heilbutt: »Sie haben mich auf eine Idee gebracht! Danke! Ich sehe mal in meine E-Mails!«

Da! Vier neue Nachrichten. Und eine war von Emma, tatsächlich, von heute Nacht!

»Buenos días! Pedro hat sich gemeldet. Fahre zum Frühstück zu ihm in die Berge. Melde mich später. Sag bitte Madrigal Bescheid! LG Emma«

Also war Emma nicht unterwegs, um den Hund auszuführen, Hannelore Hülsenbuschs Hund – klar, um den musste sich ja jemand kümmern –, sie war bei Hans-Peter Seidenschuh, dem gewalttätigen Lehrer. In den Bergen! Was immer das hieß. Die Berge! Hätte es nicht etwas präziser sein können, Emma? Mike war wütend und besorgt. Nein, er war besorgt und auch ein bisschen wütend. Auch auf sich selbst. Warum hatte er nicht gleich die E-Mails gecheckt, und warum war er nicht früher aufgestanden? Wo mochte Emma jetzt stecken?

31. Kapitel

»Was meinst du damit: die Quälerei? Was für eine Quälerei?«

Emma saß neben Pedro auf der Bank am Rande der Lichtung. Wenn niemand sprach, war es hier unheimlich ruhig. Absolut still, bis auf das leise Murmeln des Bächleins. Von Zeit zu Zeit ertönte das schrille Geschnatter eines Vogels. Sonst: tiefe Stille.

»Ich weiß nicht, wie Ilse den Ort hier entdeckt hat. Jedenfalls hat sie eines Tages ein Picknick geplant. Es musste ein Vollmondtag sein. Darauf bestand sie. Niemand sollte wissen, wohin es ging.«

»Niemand? Was heißt das?«

»Wir haben doch häufig Ausflüge unternommen, gemeinsam, in der alten Clique. Deine Großmutter, Hannelore, Klaus – Kaltenbrenner –, Heinz und Hans-Werner. Und ich. Seitdem wir zusammen in den Vorstand gewählt worden waren, nach dem Tod deines Großvaters. Den ersten Ausflug haben wir gemacht, um uns ›alle besser kennenzulernen‹, wie Ilse gesagt hat – sie war die Vorsitzende geworden, sie hatte die Erfahrung und es war völlig klar, dass alle auf ihr Wort hören würden. Also jedenfalls bald war das klar. Da sind wir alle den Küstenweg entlang gewandert nach San Pedro und sind da eingekehrt und haben beim Essen eine Vorstandssitzung abgehalten. Ja, und da ist dann eine Tradition draus geworden.«

»San Pedro? Muss ich das kennen?«

»Das ist ein Ausflugslokal und ein Aussichtspunkt. Es ging eigentlich um den Weg. Wir konnten direkt in Puerto starten und sind immer die Küste entlang gelaufen. Ein schöner Weg! Ein bisschen anstrengend, aber auch für Gelegenheitswanderer gut zu bewältigen. Er ist sehr beliebt. Es ging ja nur darum, gemeinsam unterwegs zu sein – und anzukommen. Später haben wir dann größere Touren unternommen. Von der Kreuzfahrt weißt du ja schon.«

»Und das habt Ihr dann aus der Schwarzen Kasse finanziert!«

»Schwarze Kasse, schwarze Kasse! Ilse hat uns erklärt, das sei ein

Krokodilsfonds. So nenne man das. Auch Adenauer, der erste Bundeskanzler, der Alte aus Rhöndorf, habe so was gehabt. Das sei nichts Verbotenes. Nichts Schlimmes. Sondern sehr nützlich.«

»Aber dabei werden doch die Eigentümer der Apartments betrogen, wenn ich das richtig verstehe. Streng genommen. Sie zahlen Geld ein und Ihr macht damit Ausflüge. Ich kann schon verstehen, dass Leuten wie den Heilbutts so was nicht gefällt.«

»Die Heilbutts? Die Scheinheil-butts, das würde besser passen. Die wollten doch nur selbst an die Fleischtöpfe ran. Du glaubst doch wohl nicht, dass es im La Palma heute keine Schwarzen Kassen mehr gibt!«

»Kassen? Plural?«

»Ja, für unterschiedliche Zwecke ist es sinnvoll, unterschiedliche Kassen zu haben. Wir hatten eine für, na sagen wir für die politische Landschaftspflege. So hieß das zu Bonner Zeiten. Also, um mal Politiker und Beamten was Gutes tun zu können. Und eine für uns, für Vorstandsangelegenheiten. Das war sozusagen die offizielle Schwarze Kasse. Eigentümer, die nachgefragt haben, wussten davon. Das war kein Geheimnis. Das versteht auch im Grunde jeder: Wenn schon Leute rund ums Jahr ehrenamtlich arbeiten und all den Schmutz abkriegen, dann müssen sie auch irgendwann mal was davon haben. Und es hat ja keinem weh getan. Wir haben ja dafür keine Umlagen erhöht oder so was. Das war einfach immer mit drin.«

»Na gut, das habe ich verstanden. Aber jetzt sind wir hier, im Wald. Was hat die Fuente de las Ánimas damit zu tun? Sich hierhin zu quälen, das sieht mir ehrlich gesagt nicht nach einer Belohnung für lange verdienstvolle Vorstandsarbeit aus.«

Pedro verzog sein Gesicht zu einem schiefen Lächeln.

»Hier hat Ilse unsere Zusammenarbeit auf eine neue Stufe gehoben. Deshalb sage ich ja: Hier fing alles an. Die Quälerei. Danach ist Klaus ausgestiegen.«

»Klaus Kaltenbrenner?«

»Ja. Deine Bergleiche. Unser Kassenwart.«

»Was heißt: er ist ausgestiegen?« Emma überkam ein mulmiges Gefühl. Wohin sollte das führen? Was wollte Pedro ihr sagen? Um den Magen herum fühlte sie sich seltsam flau. Wenn sie den Blick hob, hatte sie nicht den Eindruck, Blätter zu sehen, sondern nur flirrendes Grün.

»Ilse hat hier eine Art Hexensabbat inszeniert. Hokuspokus. Das war nichts für einen so rationalen Menschen wie Klaus Kaltenbrenner. Wir anderen haben es eher lustig gefunden. Nur Ilse war es ernst damit.«

»Was bitte? Hexensabbat? Ihr seid hier auf Besen ums Feuer geritten oder was?«

»Das nicht. Nein. Aber Ilse hatte die Idee, das hier sei ein magischer Ort. Wir seien inzwischen mehr als ein Vorstand. Mehr als eine Clique, die mal Karten spielt zusammen oder Kegeln geht. Eine Schicksalsgemeinschaft. Eine Gemeinde. Sie habe das Gefühl, uns schweiße etwas zusammen. Etwas Erhabenes. Jedenfalls fühle sie sich uns allen enger verbunden als sie es jemals in ihrer Familie empfunden habe. Ja, Emma, das hat sie so gesagt, deine Großmutter! Und ich hatte ihr Messdiener zu sein, ihr Faktotum, ihrer aller Diener. So hatte sie sich das ausgedacht. Pedro, mach dies! Pedro, mach das! Pedro, Pedro, Pedro!«

Emma fiel es schon schwer, sich Oma Ilse hier auf dieser Lichtung vorzustellen, geschweige denn als eine Art Geisterbeschwörerin. Abstrus! Wie verrückt war das denn?

Pedro fuhr fort: »Wir sind dann tatsächlich zwei Mal im Jahr hier hochgezogen, alle zusammen, das heißt: ohne Klaus. Immer in Vollmondnächten, zur Zeit der Sonnenwende. Wir haben Musik mitgebracht, von mir organisiert, haben Rum getrunken, von mir beschafft und hochgeschleppt, haben rundum Geschichten erzählt, von Verstorbenen, und ihre Geister beschworen. Wir haben ein Feuer gemacht – also ich habe das Feuer gemacht –, da auf dem flachen großen Stein und haben darum herum getanzt. Und, ob du es glaubst oder nicht: da sind wirklich Geister dabei gewesen.«

»Ja, Rum-Geister! Das ist doch verrückt.«

»Ja, das war verrückt. Deine Oma Ilse war verrückt, liebe Emma. Aber wir haben es nicht bemerkt. Wir haben mitgemacht. Und ich will dir was sagen: bis zu einem gewissen Punkt hat es sogar Spaß gemacht.«

»Was für ein gewisser Punkt?«

»Na, wir haben das einfach für einen großen, wunderbaren Klamauk gehalten, am Anfang. Und mitgemacht, so wie man als Zugezogener in Köln beim Karneval mitmacht. Man muss sich halt drauf einlassen. Und ab einem gewissen Alkoholpegel sieht, was vorher albern war, plötzlich ganz normal aus. Aber Ilse hat mehr darin gesehen. Sie hat das alles sehr ernst genommen. Für sie waren wir jetzt plötzlich wirklich eine Gemeinde, eine Sekte. Und sie war unsere Hohepriesterin. Wir alle hatten sie zu verehren. Wie eine Göttin«

»Das meinst du jetzt nicht ernst?«

»Doch. Leider meinte Ilse es sehr ernst damit. Wir haben das ja alle auch erst für einen Mummenschanz gehalten, eine Art Rollenspiel, sagte ich ja. Hej, wir beschwören Dich, Du großer Geist der Nacht und wir verbeugen uns vor Dir, Große Dienerin der Nacht! Und so. Die Große Dienerin der Nacht, das war Ilse. Und wir hatten ihre Jünger zu sein.«

»Und das habt Ihr alle mitgemacht? Ich meine, Ihr seid doch erwachsene Menschen, mit Lebenserfahrung. Da lässt man sich doch auf so etwas nicht ein, wenn man es nicht will.«

»Tja. Aber wir wollten es ja erst durchaus. Solange es ein Spiel zu sein schien. Und dann hätten wir nur noch damit aufhören können auf die Gefahr hin, Ilse entweder furchtbar zu verletzen oder ihrer Rache ausgesetzt zu sein.«

»Ich bitte dich: Oma Ilse und Rache!«

Pedro lehnte sich zurück und sah Emma starr ins Gesicht. Sie hatte Mühe, seine Augen zu fixieren. Was war los mit ihr? War sie jetzt schon von Geistern besessen?

»Deine Großmutter, meine liebe Emma, war nicht die, für die du sie hältst. Sie hatte Seiten, die man einer Enkeltochter besser nicht zeigt. Sie konnte ausgesprochen... also: zickig ist zu harmlos. Biestig? Gehässig? Nachtragend konnte sie sein. Frag die Heilbutts! Dafür sind sie als Zeugen zu gebrauchen. Wenn du mir nicht glauben magst.«

»Und deshalb hast du mich hier hochgeschleift: um mir meine Oma madig zu machen? Das darf doch wohl nicht wahr sein. Das ist doch...«

Emma fühlte sich, als hätte sie getrunken. Sie wollte aufstehen und musste sich festhalten. Pedro kam ihr zu Hilfe und stützte sie ab. Er nahm sie in den Arm, drückte sie eng an sich und flüsterte ihr ins Ohr: »Nicht nur deshalb.«

Emma wollte sich von Pedro losreißen. Aber es gelang ihr nicht. Nicht nur, weil er erheblich größer und stärker war als sie, sondern auch, weil sie keine Kraft mehr in den Armen hatte. Sie fühlte sich hilflos und schlapp. Und benommen. Als wäre sie betrunken, so betrunken wie nie in ihrem Leben. Emma hasste es, die Kontrolle über sich zu verlieren. Das hasste sie noch mehr, als im Gedränge angerempelt zu werden. So betrunken, dass sie sich hinterher an Einzelheiten nicht mehr erinnern konnte, außer, dass sie auf einem Klo gekotzt hatte, war sie nur ein einziges Mal in ihrem Leben gewesen. Mit sechzehn. Seither nie wieder.

Hielte Pedro sie nicht fest, würde sie hinfallen. Was war los mit ihr? Sie sollte Pedro dankbar sein, dass er sie hielt. Oder... oder hatte er ihr etwas... der Orangensaft... war was in dem Orangensaft gewesen?

»Was, was, was hast du... was war.., war da was in dem Saft?« Oh Gott, sie lallte! Und was machte Pedro da? Was erlaubte er sich?

Pedro hatte Emma umgedreht und hielt sie jetzt von hinten umfangen. Er legte die Hände auf ihre Brüste. Und öffnete, einen nach dem anderen, langsam, die Knöpfe ihrer Bluse. Ganz eng lag sein Mund an ihrem linken Ohr. Er flüsterte:

»Du glaubst nicht, wie lange ich mich danach gesehnt habe, Emma! Wie ich diesen Moment herbeigeträumt habe. Immer, wenn ich bei Ilse war, habe ich dich vor mir gesehen, seit Jahren schon. Dich habe ich mir vorgestellt! Deine festen Brüste so in die Hand zu nehmen wie jetzt, wenn ich deiner Hexengroßmutter zu Diensten sein musste. Nur so gings. Also beklag dich nicht: Ilse hat uns beide zusammengebracht.«

Hatte er »zu Diensten« gesagt? Was sollte das heißen? Die Lichtung vor Emma erschien ihr wie ein Rausch in Grün und Licht. Aus den Schatten grinsten sie Gesichter an. Ihre Großmutter, aber zahnlos und ohne eine Regung zu zeigen. Daneben erschien ein Kopf wie eine Echse: Klaus Kaltenbrenner, ohne Augen. Und da, im Schatten der Höhle: Hannelore Hülsenbusch, blutüberströmt, aber lächelnd, sich in den Hüften wiegend. Und oben, in der Krone eines Baumes: Hans & Heinz! Untergehakt, jovial grinsend, strahlten sie Emma an, von einem Ast herab. Jetzt winkten sie ihr sogar fröhlich zu, mit den Armen weit ausholend, wie es Karnevalisten tun, wenn sie Alaaf! grölen oder Helau!

Schade, jetzt verlor sie Hans & Heinz aus den Augen! Pedro hatte ihr die Anorakjacke vom Körper gestreift und dann auch die aufgeknöpfte Bluse. Bevor Emma einknicken konnte, hatte er sie immer wieder mit einer Hand abgestützt. Ihr Kopf schwankte von rechts nach links, fiel ihr in den Nacken, dann wieder kippte er nach vorn, so dass ihr Kinn fast ihr Schlüsselbein berührte. Jetzt schob Pedro sie vorwärts und ließ sie auf den Stein sinken, den großen flachen Opferstein in der Mitte der Lichtung. Wo ihr Kopf zu liegen kam, hatte der Stein am Rand eine leichte Ausbuchtung. Sie sah nur noch lehmigen Boden vor sich, unter sich. Emma überkam ein überraschendes Gefühl der Dankbarkeit. Das war bequem! Dass ein Stein so bequem sein konnte! Es tat ihr gut, ihren Kopf ablegen zu können. So fand sie Halt, und die Blätter und Bäume und Büsche und Gesichter hörten auf, um sie herum zu kreisen. Danke! Danke, Pedro, wollte sie sagen – aber sie brachte nur Gebrumm über die Lippen.

Was war das jetzt? Was tat Pedro jetzt? Wie ein Blitz durchfuhr Emma die Erkenntnis: Er zieht mir die Hose aus! Er hat mir die Schuhe von den Füßen geschoben, die Jeans aufgeknöpft und jetzt zieht er mich aus! Was hat Pedro vor? Will er mich vergewaltigen? Nein! Mit aller Kraft brüllte Emma: »Neiin!!« Sie versuchte sich aufzurichten, aber Pedro legte eine Hand auf ihren Rücken und drückte sie nieder. Selbst wenn Emma bei vollen Kräften gewesen wäre und nicht beduselt, hätte sie sich dagegen nicht zu wehren vermocht, so viel wurde ihr klar. Sie war wütend, aufgebracht, konfus zugleich und versuchte, mit den Füßen auszuschlagen und Pedro zu treten. Er lachte nur und zog ihr mit seiner freien rechten Hand erst das rechte, dann das linke Hosenbein vom Körper. Dass Emma dabei zu treten versuchte, erleichterte es ihm sogar, die Hose über Emmas Füße zu streifen. Die Socken zog er ihr dabei gleich mit aus.

»Hast du jetzt verstanden, Emma, meine Liebe? Endlich? Hast du es endlich verstanden? Es hat ja lange gedauert.« Pedro beugte sich über Emmas Rücken und hielt seinen Kopf neben ihren, so dass seine Lippen ihr Ohr berührten. Noch immer drückte er fest auf ihr Kreuz und presste sie an den Stein. Pedro küsste Emmas Ohr. Sie versuchte sich zu schütteln, aber nicht einmal das wollte ihr gelingen.

»Du hast wunderschöne zarte Ohren, Emma. Das ist das einzige an dir, das aussieht wie bei Ilse. Zum Glück. Auch Ilse hatte wohlgeformte kleine Ohren. Das war das einzige, was schön und zart war an ihr. Ansonsten bestand sie nur aus Falten und schlaffen Hautsäcken voller Altersflecken. Ekelhaft! Es war ekelhaft. Und immer wieder, immer wieder musste ich der Hohepriesterin zu Diensten sein. Immer, wenn ihr danach war. Man glaubt ja nicht, wie sexuell unersättlich eine alte Frau sein kann. Wahrscheinlich hatte sie jede Menge nachzuholen.«

Pedro schob seine rechte Hand zwischen Emmas Oberschenkel. Seine Linke lag auf ihrem Schulterblatt, wie ein Stein. Alles in ihr verkrampfte sich. Ihr Widerstand schien ihn zu erheitern.

»Wie fühlst du dich jetzt, Emma, meine liebe kleine Emma? Beschissen? Hast du Angst? Fühlst du Ekel? Fühlst du dich unterworfen, missbraucht? Ja?«

Emma versuchte zu nicken. Sie brachte keinen Ton über die Lippen.

»Ja? Dann hast du jetzt eine Ahnung davon, wie ich mich gefühlt habe, all die Jahre lang. Und ich hatte noch nicht einmal die Ausrede, stärkerer Gewalt ausgesetzt zu sein. Mich nicht wehren zu können. Denn ich hätte mich wehren können, körperlich. Ich war schließlich stärker als Ilse, viel stärker. Aber sie hatte mich im Griff. Mental. Und finanziell. Sie hatte mich im Griff, mit ihren Mitteln, so wie ich dich jetzt im Griff habe, mit meinen Mitteln, meine süße Emma. Auch ich konnte ihr nicht entkommen, dieser alten Hexe.«

Wo waren Pedros Finger? Emma zappelte und stieß unverständliche Laute aus.

»Du willst wissen: warum? Ich habe Schulden, liebe Emma, große Schulden. Ich habe im Leben nicht alles richtig gemacht. Ich habe sogar manches richtig falsch gemacht. Und deine Oma Ilse wusste davon. Das Schöne ist: Ich habe es ihr selbst erzählt. Denn ich habe ihr vertraut. Wie einer Mutter habe ich ihr vertraut. Sie wollte aber nicht wie eine Mutter für mich sein. Nein, ganz und gar nicht wie eine Mutter. Sie hatte ganz etwas anderes mit mir vor. Und sie hat mich erpresst. Erpresst hat sie mich!«

Der Druck von Pedros Händen wurde so stark, dass Emma aufschrie vor Schmerz.

»Oh! Entschuldige! Ich will dir nicht weh tu, liebe Emma. Du kannst ja nichts dafür. Aber ich will, dass du verstehst. Ich will, dass du verstehst, dass ich Rache nehmen muss. Ich muss das einfach. Ich habe gedacht, als ich Ilse das Schlafmittel in ihren geliebten Ciento Tres gerührt und sie das Glas brav ausgetrunken hat, wie Wasser, auf ihrem Balkon, das würde meine Rache sein. Aber sie hat verstanden, was passierte. Oh ja, sie hat es gewusst! Sie hat es ganz genau gewusst. Selbst dabei hatte sie mich im Griff. Sie hat mich dazu gebracht. Bis zuletzt hat sie mich manipuliert. Aber das habe ich erst danach kapiert. Mit einem Lächeln auf den Lippen ist sie eingeschlafen. Angelächelt hat sie mich, als ich sie umgebracht habe, angelächelt! Als ich ihr die Spritze gesetzt habe. Kannst du dir das vorstellen? Angelächelt!«

Pedro kniff in Emmas Oberschenkel. Sie jaulte laut auf.

»Nein, das war keine Rache. Aber das hier, das wird meine Rache sein. Du, Emma, hilfst mir dabei, dass Ilse nun endlich bekommt, was sie verdient. Und ich bin mir sicher: wenn auch nur ein bisschen dran ist an ihrer Geisterbeschwörungstheorie, dass sie jetzt zusieht, zusehen muss, von da oben aus oder von da unten aus, aus der Hölle, in der sie jetzt hoffentlich brät.«

Die nächsten Worte brüllte Pedro in Richtung der Baumkronen: »Schau genau her, Ilse! So ist es, wenn ein Mann Spaß hat an einer Frau! Schau her, Ilse, das ist Emma! Deine kleine Emma, das süße Kind. Das Einzige, woran dir wirklich etwas liegt, neben dir selber! Und jetzt gehört sie mir. Mir! Mir! Mir! Jetzt nehme ich sie mir, wie du mir meine Würde, mein Selbstvertrauen, wie du mir meine Ehre genommen hast, Ilse! Sieh genau her!«

Während er das alles den Baumkronen zurief, umklammerte Pedro mit seiner Linken Emmas Nacken. Mit der Rechten strich er über ihren Körper, von den Schultern ihre Flanken entlang über ihren Po bis zu ihren Knien und zurück.

Pedro schien sich sicher zu sein, dass Emma trotz des Betäubungsmittels verstand, was er da in die Welt hinausbrüllte. Und auch, was er ihr ins Ohr flüsterte. Er glaubte es daran zu spüren, wie ihr Rücken sich immer wieder unter seiner Hand aufbäumte, wie ihr Hinterteil zuckte und wie sie ihren Kopf wegzubiegen versuchte.

»Willst du wissen, was jetzt geschehen wird, Emma? Willst du es wissen? Du ahnst es doch schon! Ich werde mir dich nehmen. Lieben werden ich dich. Das klingt doch besser als: Ich werde dich ficken. Das Wort mochte ich nie. Oder vergewaltigen. Vergewaltigung wäre auch das völlig falsche Wort. Ich will dir nicht wehtun. Ich will nicht, dass du leidest. Ich würde mich freuen, wenn du dich einfach fallen ließest. Versuch, Lust zu empfinden, so wie ich! Du kannst es ja eh nicht ändern. Und ihr habt doch Lust daran, ihr kleinen Dinger. So wie Ihr Euch kleidet. So wie Ihr Euch bewegt, mit den Hüften wackelt. Ihr wisst doch ganz genau, was Ihr bei Männern damit anstellt. Also wollt Ihr es doch, tief in Euch drin, in Euren süßen, verdorbenen Körpern! Und du kannst ja nichts dafür, dass du jetzt hier angekommen bist. Aber du bist nun einmal Ilses einzige Enkelin und der einzige Mensch, der ihr wirklich wichtig ist. Du bist meine Verbindung zu Ilse. Das musst du verstehen. Das ist deine Mission. Sag, verstehst du das?«

Wieder lagen Pedros Lippen ganz dicht an ihrem Ohr. »Verstehst du mich? Dann zwinkere mit den Augen!«

Emma konnte nicht klar denken. Aber so viel verstand sie: der Kerl war verrückt. Sie durfte ihn nicht reizen. Körperlich kam sie nicht gegen ihn an. Vielleicht sollte sie auf sein Mitleid setzen. Sie blinzelte. Pedro nickte zufrieden.

»Dann kann ich dir auch erzählen, was mit Klaus und Hans & Heinz und Hannelore geschehen ist. Denn das wirst du wissen wollen, nicht wahr? Du bist ja neugierig. Du bist ja Journalistin. Eine von denen, die Menschen bedenkenlos in die Pfanne hauen, die Privates ins Fegefeuer der Öffentlichkeit zerren, nur um Schlagzeilen zu produzieren und sich wichtig zu machen. Sag Emma, bist du so eine? Bist du neugieriger, als es gesund ist, zumal für eine so zarte junge Frau wie dich? Ohne deine Neugier wären wir beide nicht hier hin gekommen. Willst du es hören? Dann zwinkere noch einmal. Tu es für mich!«

Emma strengte sich an und blinzelte erneut. Sie verstand nicht genau, was Pedro ihr da erzählte und was er von ihr wollte, jedenfalls verstand sie es nicht auf einer Ebene ihres Bewusstseins, auf der sie sich damit hätte auseinandersetzen können. Aber sie verstand, dass nichts Schlimmeres passierte, so lange Pedro redete. Und sie wollte nicht, dass Schlimmeres passierte! Sie wollte, dass er sie losließe. Sie wollte sich zusammenkuscheln und zugedeckt werden und schlafen. Das wollte sie jetzt. Aber das war unmöglich, so viel begriff sie. Sie musste zwinkern und versuchen zuzuhören.

32. Kapitel

Marisol kehrte mit einem Stapel Briefe und Ansichtskarten in der Hand ins Büro zurück. »Ich habe die Hauspost aus dem Kasten geholt. Da ist was für Sie dabei, Herr Dorenbeck!«

Marisol reichte Mike einen hellblauen, handbeschrifteten Umschlag: »Der muss ja nicht extra zur Post. Wenn Sie ihn gleich mitnehmen, können Sie die Marke noch mal verwenden.«

Mike nahm wie automatisch den Brief entgegen, den Marisol ihm hinhielt, aber er machte dabei ein verständnisloses Gesicht. Seine Gedanken waren woanders. Irma Heilbutt sprang ein:

»Für die Hausbewohner gibt es in der Lobby einen internen Briefkasten. Das Büro liefert den Inhalt in der nächsten Filiale der Correos ab. Das hat die Eigentümerversammlung irgendwann mal beschlossen, im Interesse der älteren und oft nicht so beweglichen Bewohner, und jetzt haben sich alle daran gewöhnt. Obwohl wirklich niemand überfordert wäre, wenn er sein bisschen Post zum nächsten Briefkasten trägt! Als wenn wir im Büro sonst nichts zu tun hätten!«

Marisol schien ausnahmsweise gänzlich einer Meinung mit ihrer Chefin zu sein. »Manchmal fahre ich für einen einzigen Brief zum Postamt! Aber wehe, wenn wir die Briefe mal für ein paar Tage liegen lassen und sammeln! Sie glauben nicht, was wir uns dann manchmal hier anhören müssen! Schlamperei, Siesta-Mentalität, Faulenzertum: Das ist noch das Harmloseste.«

Irma Heilbutt wirkte sichtlich erfreut, von ihrer Sekretärin so vorbehaltlos unterstützt zu werden und ergänzte: »Ich hatte schon den Verdacht, einige unserer Herrschaften machen sich einen Spaß daraus, eine Postkarte in den Kasten zu stecken und zu beobachten, wann er geleert wird. Um sich beschweren zu können.«

Mike bemühte sich, eine mitempfindende Grimasse zu schneiden und warf, fast geistesabwesend, einen Blick auf den Briefumschlag in seiner Hand. Tatsächlich, da stand, mit Füller geschrieben, fein ziseliert, die Adresse der Inselzeitung und: »zu Händen Herrn Chefredakteur Michael F. Dorenbeck, persönlich!« Wohl in der unbefangenen Annahme, auch bei der Post auf Teneriffa werde Deutsch gesprochen.

Hatte der Brief einen Absender? Mike drehte den Umschlag um. »Hannelore Hülsenbusch, Edificio La Palma, Puerto de la Cruz«. Immerhin: ›Edificio‹.

Hannelore Hülsenbusch hatte ihm einen Brief geschrieben! Offenbar kurz vor ihrem Tod! Denn wäre der Brief vom Freitag gewesen, hätte er nicht mehr hier im Kasten gelegen, so eifrig, wie Marisol den Beschluss der Eigentümerversammlung umsetzt. Mike riss den Umschlag auf.

Auf dem sorgfältig zusammengefalteten Briefbogen stand nur ein Name, sonst nichts, von Hand geschrieben, etwas zittrig, wie die Beschriftung des Umschlags:

»Hans-Peter Seidenschuh.«

Was hatte das zu bedeuten? Es konnte doch eigentlich nur eins bedeuten: Hannelore Hülsenbusch hat den Namen ihres Mörders notiert! In Mikes Kopf reifte sein Verdacht nun zur Gewissheit: Emma schwebte in Lebensgefahr.

»Wo finde ich den Kommissar? Hat er gesagt, wen er verhören will?«

Irma Heilbutt und Marisol hatten Mike beim Brieföffnen aufmerksam zugesehen. Zu gern hätten beide auf das Blatt gelinst, doch Mike hielt es so, dass nur er lesen konnte, was dort geschrieben stand.

»Haben Sie einen Hinweis für den Kommissar?« fragte Frau Heilbutt als Erste: »Steht da, wer Hannelore umgebracht hat? Der Brief ist doch von ihr, nicht wahr? Das ist doch ihre Handschrift, da auf dem Umschlag.«

»Ja, der Brief ist von ihr, und ich habe einen Hinweis für den Kommissar. Ich muss ihn ganz schnell sprechen. Es geht um Leben und Tod.«

»Um Gottes Willen! Noch ein Mord? Wer ist denn in Gefahr?«

»Frau Schneider. Ich muss wissen, wo sie hingefahren ist.«

»Das hat sie uns doch nicht gesagt!« Frau Heilbutt kam eine Idee: »Wir haben doch hier eine Notfallschaltung. Für Feuer und so. Da klingelt in allen Apartments das Telefon, für eine Durchsage. Sollen wir den Kommissar ausrufen?«

»Ja, sicher. Machen Sie das! Sofort!« Mike war, was ihm äußerst selten zustieß, nervös. Er hielt sich viel darauf zugute, auch in äußersten Stresssituationen die Ruhe zu bewahren. Wenn in Redaktionen, kurz vor der Deadline, alle zu flattern begannen, blieb er der sprichwörtliche Fels in der Brandung. Doch jetzt fiel es ihm schwer, still stehen zu bleiben. Am liebsten wäre er losgerannt und losgefahren. Aber wohin?

Marisol musste erst quälend lange in einem Manual nachlesen, wie der Notruf aktiviert wurde. Sie hatte das noch nie getan. »Das sollten wir üben, jeden Monat einmal«, kommentierte Frau Heilbutt das verzweifelte Blättern ihrer Sekretärin.

Es war ganz einfach. Marisol drückte eine Nummern- und Zeichenkombination an der Telefonanlage: »Jetzt können wir den Text aufnehmen. Über das Mikrofon hier.« Marisol blickte von Frau Heilbutt zu Mike. Mike riss ihr den Hörer aus der Hand. »Jetzt?«

»Jetzt.« Marisol ließ die Tasten los und Mike räusperte sich: »Kommissar Madrigal wird dringend gebeten, sofort ins Büro zu kommen. Sofort. Es geht um Leben und Tod!«

Du liebe Güte, dachte Mike, wie aufgeregt er klang und wie melodramatisch. Er hatte mit Sicherheit dafür gesorgt, dass es nun in allen Apartments, wo die Ansage abgehört wurde, nur noch ein Thema gab. Aber hoffentlich nahm Madrigal die Aufforderung ernst! Der Kommissar, so war Mikes Eindruck, neigte nicht dazu, auf Kommando zu springen. Zumal wenn er nicht wusste, von wem das Kommando kam. Oder gar seine Stimme erkannte, die Reporterstimme.

Drei Minuten später stand Madrigal in der Tür.

»Es geht um Leben und Tod? Wer sagt das?« Madrigal sah sich herausfordernd um. Aber offenbar überzeugte ihn Mikes Gesichtsausdruck und dessen unübersehbare Unruhe. Madrigal ergriff Mikes Arm und zog ihn auf den Gang hinaus.

»Was ist los?« fragte er ernst und leise.

Mike zeigte ihm den Brief. »Den hat Frau Hülsenbusch gestern, womöglich kurz vor ihrem Tod, hier in den Briefkasten geworfen.

Für mich. Sie muss etwas geahnt haben, ohne sich sicher zu sein. Und Herr Seidenschuh ist verschwunden, aber er hat offenbar Kontakt zu Frau Schneider aufgenommen. Ich habe eine Mail von ihr. Danach ist sie jetzt mit ihm zusammen, irgendwo in den Bergen.«

»Ist sie mit ihrem Auto gefahren?«

»Ja, einem Leihwagen, einem C3.«

»Wir rufen ihn zur Fahndung aus. Haben Sie sonst irgendwelche Hinweise?«

»Sie hat geschrieben, Herr Seidenschuh habe sie zum Frühstück in den Bergen eingeladen. Nichts Präziseres. Ich nehme nicht an, dass sie zum Teide hochgefahren ist. Wo kann man frühstücken? Wahrscheinlich, ohne dabei beobachtet zu werden?«

»An einem Picknickplatz im Wald. Davon gibt es viele. Meine Landsleute lieben es, im Freien zu grillen.«

»Also sollten Ihre Leute zuerst alle Picknickplätze checken, die nahe sind und versteckt liegen!«

»Danke für den Rat! Aber Sie haben Recht.«

Madrigal wandte sich ab, trommelte seine Leute zusammen und setzte sich in seinen Wagen, um Befehle zu erteilen. Dann kam er wieder auf Mike zu: »Waren Sie heute früh in Frau Schneiders Apartment?«

Mike schüttelte den Kopf und wehrte ab: »Nein!«

»Nun haben Sie sich nicht so! Da ist doch was zwischen Ihnen und unserer Señorita! Das merken sogar die Fische hier im Aquarium. Aber es kann immerhin sein, dass sie in ihrem Apartment einen Hinweis hinterlassen hat, wohin sie gefahren ist.«

»Sie ist mit einem Dackel unterwegs! Sie betreut den Dackel von Frau Hülsenbusch. Ein Rauhaardackel, der Name ist Ulli.«

»Hätten Sie das nicht früher sagen können?« Madrigal rief seiner Assistentin zu, sie möge die Information weitergeben: Frau mit Dackel gesucht. Dann wandte er sich wieder dem Redakteur zu. Seine Stimme klang strenger als zuvor:

»Fällt Ihnen sonst noch etwas ein?«

»Emma muss ihr Handy verloren oder vergessen haben. Jedenfalls antwortet sie nicht.«

»Oder sie kann nicht mehr antworten.«

Madrigal lief zu den Aufzügen. Mike folgte ihm.

Der Kommissar öffnete mit dem Generalschlüssel der Hausverwaltung die Tür zu Emmas Apartment. Die Tür war nicht von innen verriegelt. Das Apartment war leer und in exakt dem Zustand, in dem Mike es zuletzt gesehen hatte.

Mit einem Unterschied: auf dem Telefontischchen neben der Tür lag ein Briefbogen, daneben ein aufgerissener Umschlag. Ein Umschlag, der genauso aussah wie der, den er noch immer in der Hand hielt. Madrigal und Mike lasen den Brief gleichzeitig, Schulter an Schulter über den Tisch gebeugt:

»Liebe Emma,

ich habe Angst. Das ist eine ganz neue Erfahrung für mich. Ich bin nicht leicht zu erschrecken. Aber nach allem, was passiert ist und nachdem ich die Inselzeitung gelesen habe, kommt mir ein ganz schrecklicher Verdacht. Wenn das mit den »Serienmorden« stimmt, dann kenne ich den Täter. Aber ich will und kann das eigentlich nicht glauben. Deshalb werde ich es herausfinden, jetzt gleich. Diesen Brief schreibe ich nur für den Fall, dass mir etwas zustößt. Was ich natürlich nicht hoffe. Wenn alles gut geht, dann vergiss bitte diesen Brief, und nichts ist passiert! Wir sollten dann alle aufatmen.

Deinem Freund bei der Zeitung schicke ich auch einen Brief. Darin wird nur ein Name stehen. Wenn mein Verdacht falsch ist, soll er den Brief bitte gleich wegwerfen! Dann habe ich niemanden angeschwärzt. Das wäre mir nämlich furchtbar peinlich.

In der Hoffnung, dass sich für alles ganz harmlose Erklärungen finden lassen und auf viele weitere schöne gemeinsame Stunden auf Teneriffa,

Deine
Hannelore Hülsenbusch«

Mike und Madrigal sahen sich an.

»Wir hatten diesen Herrn Seidenschuh ohnehin schon im Visier«, ergriff der Kommissar als Erster das Wort: »Er hat nämlich ein Doppelleben geführt. Und fleißig Geld beiseitegerafft. Er hat seinen Einfluss hier im Haus dazu genutzt, Unternehmern Schmiergeldzahlungen abzunötigen. Das wollte zwar zuerst keiner zugeben, aber uns liegen einschlägige Kontoauszüge vor. Ich nehme an, Frau Hülsenbusch ist misstrauisch geworden. Sie war ja die Schatzmeisterin hier...«

»Und vor ihr waren es Herr Frohsinn und Herr Kaltenbrenner, wenn ich richtig informiert bin«, ergänzte Mike.

»Es sieht so aus, als hätten Sie Recht mit ihrer Serienmörder-Theorie. So schwer es mir fällt, das zuzugeben. Aber wir haben in Seidenschuhs Apartment eine Uhr gefunden, eine kostbare goldene Uhr, eine Rolex.«

»Kaltenbrenners Uhr? Da konnte er wohl nicht widerstehen, der Herr Lehrer! Aber darüber sollten wir uns später unterhalten, finden Sie nicht, Herr Kommissar? Jetzt ist vielleicht noch ein weiterer Mord zu verhindern.«

»Vielleicht, ja. Wann genau ist Frau Schneider aus dem Haus gegangen?«

Mike registrierte, dass Madrigal die ganze Zeit schon von »Frau Schneider« sprach. Es hatte sich mit »Señorita«.

»Kurz vor acht, nach Aussage von Frau Heilbutt.«

»Also vor mehr als zwei Stunden.« Madrigals Gesicht blieb ausdruckslos: »Sie wissen, was das bedeuten kann.«

»Wir haben keine Minute zu verlieren, bedeutet das. Sie war mit dem Hund unterwegs. Vielleicht hat er sie aufgehalten. Wir wissen nicht, wohin sie gefahren ist, wie lang der Weg war. Vielleicht sind sie nicht am Treffpunkt geblieben. Nichts sagt, dass Pedro, Herr Seidenschuh, sie sofort umgebracht hat. Er wird den Mord tarnen wollen wie alle anderen auch.«

Während Mike redete und sich selbst Hoffnung machte, unterzog Madrigal den Raum und die anderen Zimmer einer flüchtigen Durchsuchung. Auf dem Boden neben der Schlafcouch fand er Emmas Handy. Er drückte eine Taste und hielt Mike das Display vor die Nase: »Das ist Ihre Nummer, nehme ich an?«

Mike nickte. Madrigal steckte das Handy in seine Jacketttasche: »Zu orten brauchen wir das jetzt nicht mehr.«

»Nein, aber vielleicht können Sie Pedros Handy orten!«

Madrigal stimmte zu: »Das sollten wir versuchen.« Er nahm sein eigenes Telefon zur Hand und gab ein paar Kommandos. Dann hörte er intensiv zu, was ihm jemand am anderen Ende der Verbindung zu berichten hatte.

»Wir haben den C3 gefunden. Er steht auf einem Aussichtsparkplatz oberhalb von Los Realejos. El Lance. Das passt zu den Anrufen auf Frau Schneiders Anrufbeantworter. Die kamen aus Icod el Alto. Der Wirt des Cafés am Mirador kann sich an einen Mann und eine Frau erinnern, die heute früh dort Cortados getrunken haben. Seine Beschreibung ist zwar alles andere als präzise, trifft auf Frau Schneider und Herrn Seidenschuh aber durchaus zu. Frau Schneider konnte er erheblich besser beschreiben als ihren Begleiter, sagt der Kollege. Der Wirt glaubt gesehen zu haben, dass die beiden mit einem Pickup weitergefahren sind. Ein zweiter Zeuge bestätigt das. Ein roter Pickup. Sicher«, kam Madrigal Mikes Frage zuvor, »nach dem Pickup fahnden wir bereits. Die Kollegen haben einen Hubschrauber angefordert. Oberhalb von El Lance wird die Gegend sehr ländlich. Viele Straßen gibt es dort nicht.«

»Ich fahre hin. Das ist doch die Gegend, wo die Drachenflieger starten?«

»Genau die. Ich weiß nicht, ob es eine gute Idee ist, hinzufahren. Es dauert mindestens eine halbe Stunde, bis Sie da sind. Unser Hubschrauber ist schneller.«

»Mag sein, aber wenn ich hier warte, bringt das auch nichts. Also: Kommen Sie mit?«

»Anders herum. Sie folgen mir. Mein Wagen hat Blaulicht.«

33. Kapitel

Pedro ließ sein Opfer los und machte sich an der Picknickkiste zu schaffen. Doch bevor Emma den Versuch unternehmen konnte, sich aufzurichten, benebelt wie sie war, lag seine schwere Hand schon wieder auf ihrem Kreuz. Und er begann sie erneut zu streicheln. In Emma regte sich eine Mischung aus Ekel, Verzweifelung, Widerwillen – und kalter Wut. Immerhin: je wütender sie wurde, desto klarer schien sie denken zu können. Die Müdigkeit ließ nach.

Pedro griff nach ihrem linken Handgelenk. Dann fasste er über sie hinweg und nahm auch ihre rechte Hand auf. Sie ballte unwillkürlich die Fäuste – und hörte Pedro leise lachen. Er schob ihre Hände auf ihrem Rücken zusammen. Dann spürte sie etwas Hartes, Kaltes an ihren Handgelenken, und es macht ›klick‹. Pedro hatte ihr Handschellen angelegt! Die Wut wich schierer Angst..

Was war das? Pedro schob etwas über ihren Kopf. Eine Schlinge! Pedro legte ihr eine Schlinge um den Hals und zog sie an. Ihre Angst steigerte sich zu Todesangst.

»Entschuldige, Emma, meine Schöne! Aber es ist besser, wir bringen das jetzt hinter uns.« Pedro zog die Schlinge fester an. Emma versuchte aufzuschreien und sich aufzubäumen. Er wollte sie erwürgen! Doch weder brachte sie verständliche Laute hervor, noch fand sie die Kraft, sich Pedros Griff zu entziehen – noch zog er die Schlinge so weit zu, dass sie keine Luft mehr bekommen hätte. Er griff an ihrem Kopf vorbei nach unten. Emmas Blick folgte – aus weit aufgerissenen Augen – seinen Händen. Wo der Stein die Erde berührte, bis eben noch verborgen hinter einem Büschel Grashalme, hing ein verrosteter Metallring am Fels. Pedro zog ein Ende des Seils, das um Emmas Hals hing, durch den Ring und befestigte es mit einem Knoten.

Er hatte sie angebunden! Wie eine Kuh! Zu der Wut, die sich in Emmas vernebeltem Bewusstsein – obwohl: sie hatte das Gefühl, allmählich wieder etwas klarer denken zu können – Platz geschaffen hatte, gesellte sich Scham, tiefe Scham. Sie stellte sich vor, welchen Anblick sie bieten musste: so wie sie hier lag, vornübergebeugt, fast nackt, mit Handschellen gefesselt und angebunden wie Vieh, das auf seinen Schlächter wartet. Auf einem Opferstein. Was hatte Pedro mit ihr vor? Und: Wenn es ihm darum ging, sie zu vergewaltigen, warum hatte er das dann nicht längst schon getan?

»Du zitterst ja! Du musst keine Angst haben, kleine Emma!« Ihr Peiniger hatte wieder die gleiche Haltung wie vorhin eingenommen, nur dass er es sich nun ersparen konnte, ihren Rücken niederzudrücken. Sein Mund war wieder dicht an ihrem Ohr. Er hockte neben ihr. Mit einer Hand begann er erneut, ihre Schenkel zu tätscheln, mit der anderen streichelte er ihr Gesicht. »Da sind ja Tränen! Du musst nicht weinen. Ich habe doch gesagt: ich werde dir nicht weh tun. Das einzige, das du spürst, wird der Einstich einer Spritze sein. Aber die hilft dir. Du wirst einschlafen. Nein, jetzt noch nicht. Vorher haben wir beide noch etwas vor, gemeinsam. Du wirst dich mir hingeben, das sagte ich ja schon. Aber zuerst sollst du mir noch ein bisschen zuhören.«

Pedro zog mit dem Fuß einen Holzklotz zu sich heran, auf den er sich hocken konnte. Er machte es sich bequem. Soviel begriff Emma: das war ein gutes Zeichen. Es bedeutete Zeitgewinn.

»Es tut gut zu reden. Das tut immer gut. Sich jemandem mitteilen zu können. Das ist wichtig. Das konnte ich all die Jahre nicht. Mit wem hätte ich reden können? Es hätte mich niemand verstanden. Es hätte mir niemand geglaubt. Ich wäre verhaftet worden. Weil unsere komischen Gesetze sich an Fakten halten. Gefühle spielen keine Rolle. Dabei sind Gefühle viel wichtiger als Fakten. Elementarer. Was Ilse und ihre mickrigen Helfer mit mir gemacht haben, wie klein sie mich gemacht haben, wie sie mich erniedrigt haben, das interessiert niemanden. Das Publikum würde lachen, wenn es davon erführe. Wenn Leute wie du und dein Freund von der Inselzeitung darüber schreiben würden. Du fühlst dich erniedrigt, so wie du hier vor mir liegst, Emma, mein Schatz? Nein, das ist keine Erniedrigung, das nicht. Das ist nichts! Das ist äußerlich. Das ist nur dein Körper, der hier vor mir liegt, mir ausgeliefert. Viel schlimmer ist es, wenn man deine Seele zwingt, sich zu beugen. Wenn man deinen Stolz bricht. Wenn du zwar aufrecht gehen darfst, aber innerlich ein Krüppel bist, ein Krüppel, der sich selbst verachtet. Der sich schämt, wenn er sich im Spiegel begegnet.«

»Au!«

»Entschuldige!« In seiner Erregung hatte Pedro aufgehört, sie zu streicheln und an Emmas Haaren gerissen.

»Das wollte ich nicht. Entschuldige! Aber ich will, dass du verstehst. Wenigstens du. Wenigstens ein Mensch auf Erden soll mich verstanden haben. Auch wenn du es niemandem erzählen wirst: Für mich ist das wichtig, verstehst du? Verstehst du mich, Emma?«

Pedro legte eine Hand jetzt zart auf Emmas Wange und bog ihren Kopf zu sich hin; so, dass er sie ihm in die Augen sehen musste. Emma versuchte zu nicken. Gleichzeitig unterdrückte sie eine unbändige Lust, ihn anzuspucken.

»Ja, du verstehst mich. Das sagt mir nicht nur dein Nicken. Du verstehst mich. Das spüre ich. Emma, du und ich, wir beide gehören zusammen. Auf eine eigenartige Weise gehören wir beide zusammen. Du glaubst nicht, wie oft ich im Geiste bei dir war, wenn Ilse von dir gesprochen hat – und wenn ich Ilse zu beglücken hatte.«

Pedro ließ Emmas Kopf los und begann wieder, sie zu streicheln.

»Eigentlich ist Klaus schuld. Hätte er nicht angefangen, in den Büchern zu schnüffeln und mir nachzuspionieren, der Idiot, dieser Pedant, hätte er nicht allen Ernstes vorgehabt, die Behörden zu informieren, wie er das nannte, der Spinner, hätte er nicht sterben müssen. Und ich weiß nicht wieso: aber ich hatte von Anfang an das Gefühl, Ilse ahnte, was mit Klaus geschehen war. Sie beschwor seine Seele, sich uns zu zeigen, hier, am Feuer! Und der Idiot hat sich gezeigt! Man glaubt es nicht. Er hat mich beschuldigt. So ein Quatsch! Natürlich haben alle gesagt, das müsse ein Irrtum sein. Aber geglaubt haben sie ihm, dem Geist, nicht mir. Kannst du dir das vorstellen, Emma?«

Emma gab Geräusche von sich, die Pedro als Zustimmung deutete. Er fuhr fort. Auch seine Hände wanderten weiter über ihr Gesicht und ihren Körper:

»Heinz ist übrigens ganz ohne meine Hilfe gestorben, beim Schnorcheln. Er hatte, das habe ich dir ja erzählt, ein schwaches Herz. Ich habe nicht nachgeholfen, ehrlich nicht. Aber, und das ist das Verrückte, Hans hat geglaubt, ich hätte nachgeholfen. Obwohl noch nicht mal

Heinz‘ Geist seinen Verdacht bestätigt hat, hier an der Fuente. Hans ist misstrauisch geblieben. Und dann hat er sich doch tatsächlich, obwohl er sich geschworen hatte, nach einer Pensionierung nie wieder rechnen und Bücher führen zu wollen – ein guter Vorsatz! – in unsere Buchhaltung vertieft. Der Idiot! Die Gelegenheit auf dem Schiff war einfach zu günstig. Das Schicksal hat es so gewollt. Es war doch kein Zufall, dass wir plötzlich mutterseelenallein an Bord der Claviga standen. Und dass er dann ausgerechnet dort wieder davon angefangen hat, mich zu beschuldigen, ich hätte Heinz auf dem Gewissen – und Klaus sowieso. Ich sei ein Monster! Aber bald, bald komme alles ans Licht... Dann ging er aus dem Salon, auf Deck. Ich bin ihm gefolgt. Es brauchte nur einen kleinen Schubs. Er hat überhaupt nicht versucht, sich zu wehren, sich an der Reling festzuhalten oder was. Ich habe hinter ihm hergesehen, aber da war er schon verschwunden, im Schaum der Wellen. Als hätte es ihn nie gegeben. Und es war ja auch stockfinster in dieser Nacht. Selbst wenn jemand zugesehen hätte: Hans hätte getorkelt haben können, Alkohol hatte er ja genug im Blut, er hätte ausgerutscht sein können... ich versuchte noch, ihn zu halten, aber ich war selbst viel zu überrascht und konnte mich dann gerade noch an der Reling festklammern, sonst wäre ich auch noch ins Meer gestürzt! Wo doch das Schiff sich gerade mit der Längsseite in ein Wellental legte! So hatte ich mir das zurechtgelegt, für den Fall, dass uns jemand beobachtet hätte. Es hat uns aber niemand beobachtet. Und ich konnte mit niemandem darüber reden, bis jetzt. Danke, Emma, dass du mir zuhörst!«

Erneut schob Pedro seine rechte Hand zwischen ihre Oberschenkel. Diesmal bewegte er sie vor und zurück wie einen Geigenbogen.

»Das gefällt dir doch? Nicht wahr?«

Emma hätte aufschreien mögen vor Wut, aber sie wusste nicht, was klüger war: ihm zuzustimmen oder Widerstand zu leisten. Er sollte weiterreden! Reden, reden, reden! Sie hielt still.

»Das ist schön. Ich möchte, dass du auch etwas davon hast. Ich möchte, dass du glücklich bist, wenn du einschläfst, nachher. Eine kleine Spritze muss ich dir noch geben, einmal noch wird es pieken, aber dann ist es vorbei, Emma, mein Schatz. Versprochen.«

Seine Finger! Was machten seine Finger zwischen ihren Beinen? Emma versuchte zu treten. Aber wie und wohin? Pedro hockte noch immer auf dem Holzklotz neben ihr und tat so, als bemerke er ihren Ausbruch überhaupt nicht. Unermüdlich schob er seine Hand vor und zurück. Und wieder spürte sie seinen Atem an ihrem Ohr.

»Gleich habe ich dir alles erzählt. Gleich! Gleich darfst du mich belohnen. Für all die Stunden in Ilses Bett. Apropos Ilse: Wie deine Großmutter gestorben ist, das weißt du ja schon. Mit einem Lächeln auf ihren verknitterten Lippen! Ein Lächeln, dass dir jetzt vergangen sein dürfte, Ilse!«

Bei diesen Worten ließ Pedro für einen Moment von Emma ab. Er richtete sich auf und brüllte die Baumkronen an. Dann waren seine Lippen wieder da, und seine Finger auch.

»Du bist so ganz anders als deine Großmutter, Emma. Es ist schade, dass wir beide nur diesen einen Tag ganz für uns haben.«

Hatte er ›Tag‹ gesagt? Wieder ein Hoffnungsschimmer. ›Ein Tag‹, das klang nach Zeitgewinn. Irgendwann musste doch irgend jemand hier vorbeikommen und sie finden! Ob sie jemand suchen würde? Warum hatte sie niemandem gesagt, wohin sie unterwegs war? Warum nur? Emma hätte sich ohrfeigen mögen, wären ihre Hände nicht gefesselt gewesen.

»Keine Angst, wir werden hier nicht gestört.« Wieder war es, als könne Pedro ihre Gedanken lesen. »Tagsüber kommt hier niemand hin. Auf Wanderkarten gibt es die Quellen nicht, und die meisten Einheimischen haben Angst vor den Geistern. Die Geisterbeschwörer kommen nur in der Nacht, am liebsten bei Vollmond.

Hannelore übrigens, die dumme Kuh, ist natürlich nicht selber vom Balkon gesprungen. Ich hatte ja schon Übung, dank Hans. Auf den Kopf zugesagt hat sie mir, ich sei ein Mörder und ein Betrüger, ich hätte Klaus auf dem Gewissen und Hans und Heinz und Ilse, und ich hätte die ganze Zeit hinter ihrem Rücken Gelder beiseite gebracht... Was sollte ich machen? Sie hat mich förmlich dazu eingeladen, ihr beim Springen zu helfen. Vielleicht wollte sie das sogar so. Nur: allein hätte sie sich nie getraut. Sie war nämlich feige, unsere Hannelore. Und ohne ihren Klaus war sie nichts. Das hat sie selbst gesagt. Jetzt ist sie bei ihm. Und wahrscheinlich schaut auch sie uns beiden jetzt von da oben aus zu.«

Pedro ließ von ihr ab. Er stand auf. Was hatte das jetzt zu bedeuten? Emma spürte Angst, nackte Angst. Sie musste ihn am Reden halten!

Sie musste ihn fordern! Ihn ablenken! Aber wie? Mit größter Mühe formte sie Worte und versuchte sie über ihre Lippen zu bringen.

»Was? Was versuchst du mir zu sagen, Emma?«

Pedro beugte sich wieder zu ihr herab. Gut! Solange sein Mund an ihrem Ohr war, konnte nichts Schlimmeres passieren.

»Whmms ssstuf...ohr...mit mir??

»Was ich mit dir vorhabe, willst du wissen, kleine Emma? Das habe ich dir doch schon gesagt, und den Rest kannst du dir denken, oder nicht? Du bist doch ein kluges Kind. Ein etwas zu kluges Kind. Denn wenn du nicht angefangen hättest rumzufragen und diesen idiotischen Ausflug ins Teno-Gebirge zu machen, mit diesem Westentaschen-Casanova Hollerbeck, wenn du nicht den guten Klaus aus seiner Ruhe aufgestört hättest – so friedlich ist er eingeschlafen da oben auf dem Dreschplatz, er hat von der Spritze gar nichts gemerkt, und von so einem letzten Ruheplatz, wie er ihn gefunden hat, beziehungsweise ich für ihn, können andere nur träumen. Wenn irgendwo auf Erden ewige Ruhe zu finden ist, dann da oben im Tenogebirge. Wenn nicht so ein Trampel daherkommt und alles kaputt macht.

Ja: Trampel! Denn so klug du sein magst: vorsichtig und rücksichtsvoll bist du nicht, liebe Emma. Du bist hier reingetrampelt, und dann hast du diesen Möchtegern-Watergate-Aufklärer von Inselreporter heiß gemacht, im doppelten Wortsinn, meine süße, kleine, heiße Emma. Der hat ja gar nicht gewusst, wie Recht er hatte, als er sein Stückchen über den Serienmörder zusammengedichtet hat. Keine Ahnung hatte er, aber alle Pferde scheu gemacht hat er damit. Und alles nur, um dir zu imponieren. Tja, das hat er jetzt davon.«

Pedro ließ seine rechte Hand auf Emmas Pobacke klatschen; einmal, zweimal, dreimal.

»Das war dafür, dass du so ungezogen warst, freche Emma! Und das ist für deinen Freund, den geilen Reporter!«

Wieder schlug Pedro drei Mal zu, diesmal auf die andere Pobacke. Es tat nicht richtig weh. Er schlug, als tätschele er ein Pferd. Emma biss sich auf die Lippen. Sie versuchte, Pedro erneut abzulenken. Einmal hatte es ja schon geklappt. Sie versuchte zu sagen:

»Man wird uns finden. Wie willst du entkommen?«

Es klang mehr wie: »Mmmnsfnnn. Wiesdukong?«

Wieder schien sich Pedro auf ihr Gestammel den richtigen Reim machen zu können. Er setzte sich wieder auf den Hocker. Gut! dachte Emma.

»Wie es weitergeht, willst du wissen?« Pedro wandte den Blick wieder hoch zu den Baumkronen: »Sie ist immer neugierig, unsere Emma, immer neugierig, sogar jetzt noch. Dabei geht es dich doch eigentlich gar nichts mehr an.« Jetzt waren seine Lippen wieder nah an ihrem Ohr. Pedro säuselte: »Es muss dich nicht bekümmern. Ich habe dir versprochen: du wirst nicht leiden! Und ich halte mein Wort. Herr Seidenschuh hält sein Wort, immer.«

Pedro richtete sich wieder auf uns sprach lauter, wie zu Publikum: »Sicher, wenn man dich finden wird, also deinen Körper, deinen wunderschönen zarten, blassen Körper, dann wird er nicht mehr so unversehrt sein wie jetzt. Aber du wirst davon nichts gemerkt haben. Es wird so aussehen, als seiest du religiösen Spinnern in die Hände gefallen. Sie haben dich dem Teufel geopfert. Nicht ohne ihren Spaß dabei gehabt zu haben, natürlich. Es wird alles nach einer rituellen Gruppenvergewaltigung aussehen. Ganz ohne Sperma. Zu leicht wollen es ja auch religiöse Spinner der Spusi von der Polizei nicht machen. Wozu gibt es Präservative? Und was sonst noch in eine Frau hineinpasst, das willst du bestimmt nicht wissen. Keine Angst, du wirst davon nichts merken. Es wird einen Skandal geben, ja! Und wie!«

Pedro streckte sich und tat, mit großer Geste, als lese er eine Schlagzeile vor: »Junge deutsche Journalistin wird auf Teneriffa Opfer einer Gruppenvergewaltigung durch eine religiöse Sekte!«

»Huch, wie wohlig werden sie Abscheu und Entsetzen zum Ausdruck bringen, deine schreibenden und filmenden Kollegen! Wie werden sie sich suhlen in allen Details! Und für die Tourismuswerbung wird es zwar erst ein Rückschlag sein, sicher – aber dann werden alle sehen wollen, wo »es« geschah! Ich sehe schon Hinweisschilder hier hoch – und den Weg, den sie hier hinauf anlegen werden. Und Durst werden sie haben, die Besucher, und Hunger, nach so viel Gruseln. Wie schön für die örtliche Gastronomie. Die Fuente de las Ánimas wird ihren festen Platz auf der Liste der kanarischen Attraktionen finden, gleich hinter dem Loro Parque. Und so wirst auch du noch berühmt, Emma, mein Schatz! Ist das nicht schön? Ist es nicht das, wonach sich in deiner Generation alle sehnen? Einmal berühmt zu sein? Deutschland sucht den Superstar? Jetzt mal anders: das Superopfer. Das wirst du sein, das Opfer, der Star.«

Emma brabbelte Unverständliches vor sich hin.

»Ja, und ich, fragst du? Das ist rührend von dir, dass du auch an mein Schicksal denkst, Emma. Es mag sein, dass Madrigal oder sonst wer Verdacht schöpft und mich verhören wird und rumstöbern. Und vielleicht finden sie sogar in alten Akten irgend etwas, das sich gegen mich verwenden lässt. Obwohl: Ilse und ich haben uns schon große Mühe gegeben, alles verschwinden zu lassen, woraus die Korinthenkacker uns einen Strick hätten drehen können, die Heilbutts und Kaltenbrenners und Finanzbehörden dieser verdorbenen Welt. Dabei, das muss ich zugeben, war Ilse immer sehr kooperativ. Also: mach dir um mich keine Sorgen, liebe Emma. Niemand wird mir irgend etwas nachweisen können. Hier wird nichts zurückbleiben, das an mich erinnert. Und falls sich einer dieser Volltrottel da unten im Café erinnert, dass da eine junge Frau mit einem Mann.., was glaubst du, was sie von mir gesehen haben? Meine Sonnenbrille und den Pickup. Und beide gehören nicht mir. Ansonsten hatten die beiden Schmierlappen doch nur Augen für deine Titten und deinen Hintern. Was ich als Mann durchaus verstehen kann. Was würden sie wohl dafür geben, wenn sie dich jetzt so hier sehen könnten, lecker angerichtet, zum Verzehr freigegeben? Was würden sie dafür wohl geben, die zwei von der Caféstelle? Lebenslang freien Cortado?«

Pedro ließ erneut seine Hand mit Schwung auf Emmas Po fallen und stieß dabei ein wieherndes Lachen aus. »Einmal schlagen – ein Cortado!« Klatsch! »Ein Brandy dazu? Gerne!« Klatsch! Klatsch! »Ein Brandy, das sollte uns zwei Schläge wert sein, nicht wahr, Emma?«

Pedro ging beschwingt um den Stein herum und vor Emmas Kopf in die Knie. Er hob ihr Kinn an und sah ihr wieder in die Augen:

»Das reicht jetzt, Emma. Findest du nicht auch? Mehr willst du wirklich nicht wissen. Jetzt ist es an der Zeit, dass wir beide ein bisschen Spaß miteinander haben. Ich wette, Ilse da oben..« Pedro deutete mit der freien Hand in Richtung der Baumkronen, ohne dass Emma eine Möglichkeit hatte, ihm mit den Augen zu folgen. »...kann es schon gar nicht mehr erwarten.« Er richtete sich auf.

34. Kapitel

Madrigal legte ein beachtliches Tempo vor. Auf der Autobahn scheuchte er mit Blaulicht und Sirene alles zur Seite, was langsamer als 160 fuhr. In den engen Straßen von Los Realejos kam sich Mike vor wie im Film. Er musste sich mächtig anstrengen, immer dicht an Madrigals Seat kleben zu bleiben. Er fühlte sich wie in einer Verfolgungsjagd auf den Straßen von San Francisco. Nur dass es nicht auf und ab ging, sondern immer nur aufwärts. Mike schwitzte. Aus den Augenwinkeln registrierte er verwunderte Gesichter erschrockener Passanten. Im Rückspiegel war zu erkennen, dass der eine oder andere wütend hinter ihm herwinkte. Doch länger als einen Wimpernschlag lang traute Mike sich nie in den Rückspiegel zu schauen. Er hatte genug damit zu tun, den Kontakt zu Madrigal nicht zu verlieren und darauf zu achten, ob der Kommissar nicht doch mal auf die Bremse trat. Das heißt: Madrigal saß ja gar nicht am Steuer! Den Platz hatte er seiner stoischen Assistentin überlassen. Beim Autofahren entwickelte die junge Dame ein ungeahntes Temperament, fand Mike. Respekt!

Auf der Panoramastraße hoch zum Aussichtspunkt versuchte Mike sich zu erinnern, wann er das letzte Mal hierher gefahren war. Es fiel ihm nicht ein. Ewig musste das her sein. Was gab es da oben schon, außer der Aussicht? Die Straße führte, kulturtechnisch gesehen, ins Nirgendwo. Zu einigen gesichtslosen Bergdörfern ohne jede Touristenattraktion – abgesehen von der Absprungstelle für Drachenlieger. Doch das war nicht sein Ding.

Der Parkstreifen hinter dem steinernen Riesen war voll belegt. Klar, es war Sonntag. Die Sonne erwärmte die Welt von einem strahlend blauen Himmel herab. Nur am Horizont, weit draußen über dem Ozean, knubbelten sich verschämt ein paar Lämmchenwolken.

Madrigals Assistentin stellte den Polizeiwagen, mit weiterhin rotierendem Blaulicht, quer zu den eingeparkten Autos ab. Mike tat es ihr nach, Stoßstange an Stoßstange. Für die grandiose Aussicht hatten weder er noch die Polizisten einen Seitenblick übrig. Vor dem Café waren zwei Polizeibeamte mit dem Wirt im Gespräch. Als sie Madrigal erblickten, wandten sie sich abrupt von dem Wirt und ihrem Kaffee ab und salutierten.

Hierhin also hatte Pedro Emma bestellt. Sicher hatte er ihr die Aussicht gezeigt. Und dann hatten sie, laut Madrigal, einen Cortado getrunken. Wie lange mochte das gedauert haben? Wohin war er dann mit ihr gefahren? Es konnte nicht weit sein, sonst hätte Emma sicher Verdacht geschöpft. Warum sollte Pedro sie hier hinauf dirigiert haben, um dann ganz woanders hinzufahren? Nein, das Ziel musste an einem Punkt liegen, der nur von hier aus gut erreichbar war. Und der zum Frühstücken in der Natur einlud. Sonst wäre Emma Pedro sicher nicht gefolgt. Sie war doch mit einer gesunden Portion Misstrauen gesegnet. Und dass Pedro nicht ganz koscher sein konnte, musste sie ahnen, seitdem er so plötzlich abgetaucht war. Was für eine Geschichte mochte er ihr aufgetischt haben, dass sie niemandem gesagt hatte, wohin die Reise ging an diesem Morgen? Selbst Hannelore Hülsenbusch, die harmlose, arglose Hannelore war misstrauisch geworden und hatte die Raffinesse besessen, Nachrichten zu hinterlassen.

Leider war Emma nicht misstrauisch genug gewesen! Oder zu neugierig. Sollte Neugier, sollte die grenzenlose Neugier einer Vollblut-Journalistin, Emma jetzt zum Verhängnis werden? Mike wollte nicht, dass Emma etwas zustieß! Er hätte nicht gewollt, dass irgend einem Menschen etwas zustieß, um das klar zu stellen. Aber ihm wurde auch schmerzlich bewusst, dass er in Emmas Fall ganz besonders nicht wollte, dass ihr etwas zustieß. Nein! Er konnte hier nicht länger untätig rumstehen! Er musste etwas unternehmen, irgend etwas Sinnvolles tun.

Bruno! Bruno Bautenmeister, der alte Waldläufer, kannte doch jeden Trampelpfad durch Teneriffas Wälder, sicher auch jeden Picknickplatz! Mike wählte Brunos Nummer an. Hoffentlich macht er keinen Sonntagsausflug oder sitzt in der Kirche! Mike war zwar nicht aufgefallen, dass Bruno Bautenmeister ein Kirchgänger war, aber das musste ja nichts heißen. Selbst schwachreligiöse Menschen zog es an manchen Tagen in die Kirche, und Bruno sprach öfters von Gott.

Aber dazu bedurfte es offenkundig nicht der Gesellschaft eines Pfarrers und einer Gemeinde. Zum Glück! Bruno meldete sich nach dem dritten Klingelton.

»Bruno? Mike hier. Emma ist entführt worden, von Hans-Peter Seidenschuh: Pedro. Pedro ist unser Täter. Er ist gefährlich. Er hat auch Hannelore Hülsenbusch gestern von ihrem Balkon gestoßen. Ich denke, er ist zu allem fähig. Wir wissen nur, dass er mit Emma picknicken will, im Wald oberhalb des Aussichtspunktes El Lance bei Icod el Alto. Kennst du die Gegend? Hast du eine Idee, wo wir Emma finden können?«

Mike musste Luft holen. Er hatte ohne Punkt und Komma geredet. Auch eine neue Selbsterfahrung.

»Wir?« fragte Bruno.

»Die Polizei ist ausgerückt, jeden Moment sollte auch ein Hubschrauber hier sein. Eigentlich sollte er längst da sein, wenn du mich fragst. Ich weiß gar nicht, wo der bleibt.«

»So viele Helikopter hat die Inselpolizei nicht. Zwei, glaube ich, nur. Und die sind sicher heute heftig damit beschäftigt, zu verhindern, dass Strandurlauber nach Afrika abgetrieben werden statt umgekehrt Afrikaner daran zu hindern, die EU zu erreichen. Es ist Sonntag. Strändetag.«

»Bruno, bitte! Die Lage ist ernst. Emma schwebt wahrscheinlich in Lebensgefahr. Konzentrier dich! Streng dich an, bitte! Wo kann man hier, vielleicht mit schöner Aussicht, aber ohne selbst gesehen zu werden, im Freien frühstücken? Es darf kein Ort sein, zu dem Touristen strömen, wie hier zum Mirador.«

»Oberhalb des Miradors, über Icod el Alto starten die Gleitschirmflieger, die bei so einem Wetter wie heute am Himmel über Puerto Vogel spielen. Es sind sicher schon welche unterwegs. Das heißt, an dem Absprungspunkt – da gibt es auch einen Parkplatz und einen Mirador – ist es zu belebt, jedenfalls wenn du Recht hast und Pedro ein Verbrechen plant, bei dem er nicht gesehen werden will...«

»Moment mal, vielleicht will er ja gesehen werden! Vielleicht plant er irgendein Großes Finale oder so was. Was wissen wir schon, was in so einem kranken Kopf vorgeht! Könnte er mit Emma dort oben abspringen und losfliegen?«

»Dazu bräuchte er eine Ausrüstung. Und er müsste es geübt haben. Davon weiß ich nichts. Du? Und würde Emma sich auf so was einlassen? Du kennst sie besser als ich.«

»So gut kenne ich sie nun auch wieder nicht.« Leider, fügte Mike im Stillen hinzu. »Aber ich könnte mir schon vorstellen, dass sie diese Art von Fliegerei reizen würde. Pass auf, ich fahre jetzt da hoch. Mein Handy bleibt eingeschaltet, und du denkst nach, wo die beiden noch sein könnten, falls wir mit der Drachenfliegerei eine Niete ziehen.«

»Gut«, stimmte Bruno zu, während Mike schon fast wieder im Auto saß und den Motor anließ: »Übrigens sind hier selten Drachenflieger unterwegs, sondern so viel ich weiß immer nur Gleitschirmflieger.«

Der ewige Besserwisser, dachte Mike: einmal Beamter, immer Beamter. Er drückte sich mit der Linken das Telefon ans Ohr, während er mit der Rechten schaltete und lenkte. Kommissar Madrigal blickte ihm überrascht hinterher. Verdammt, er hätte den Kommissar informieren sollen! Andererseits: womöglich kam es auf jede Sekunde an.

Auch ohne Sirene und Blaulicht hatte Mike keine Mühe, mit höchstmöglicher Geschwindigkeit um den Bergrücken herum und hinter dem kleinen Ort über die Felder aufwärts zu fahren. Nur einige haarnadelenge Kurven zwangen ihn, immer wieder die Bremsen zu quälen und die Reifen quietschen zu lassen. Es war klar, welchen Weg er nehmen musste. Die Route zum Drachenflieger-, Pardon: Gleitschirmflieger-Eldorado war deutlich ausgeschildert.

Nach wenigen Minuten mündete die Straße in eine platzartige Erweiterung. Mit Feldsteinen gepflasterte Wege führten zu einem kleinen Wald aus Funktürmen hoch. Auf dem abschüssigen Gelände zwischen den Türmen und dem Parkplatz machte sich eine Gruppe offenbar junger Menschen an irgendwas zu schaffen. Fünf geparkte Autos zählte Mike. Ein Pickup war nicht dabei.

»Mike! Mike!« Bruno meldete sich nach längerem Schweigen wieder zu Wort: »Bist du angekommen? Und? Was siehst du?«

»Jedenfalls sehe ich weder Emma noch Pedro noch das Auto, das Pedro offenbar gestohlen hat, einen Pickup.«

»Einen Pickup fährt er? Der wird geländegängig sein, nicht? Pass auf: siehst du einen Feldweg, der von dem Parkplatz abgeht, bergauf?«

»Ja, den sehe ich.«

»Das wäre eine Möglichkeit. Da kommt man aber nur mit Geländewagen hin, wegen der Steine. Wegen der Bodenfreiheit.«

»Wohin?« Konnte Bruno nicht ein bisschen schneller denken und reden – und sich auf das Wesentliche konzentrieren? Brunos Neigung abzuschweifen und sich in Details zu verlieren hatte Mike schon genervt, als sie zusammen über dem Entwurf des Wanderführers saßen.

»Hör zu! Mir ist eingefallen: Oberhalb der Absprungstelle führt ein schmaler Wanderweg, ein Pfad eher, immer den Bergrücken entlang aufwärts. Dem kann man bis zur Kuppe folgen und dann in den Teide-Nationalpark hinein laufen. Den bin ich mit Wilma im, wann war das..?«

»Bruno! Das kannst du mir ein ander Mal erzählen! Wohin soll ich fahren?«

»Hast du denn einen Geländewagen? Es müsste so ungefähr einen Kilometer bergauf gehen, dann macht der Feldweg einen Knick nach rechts, weg von dem Grat. Geradeaus weiter führt nur noch der Trampelpfad. Und da gibt es, das ist eigentlich verrückt, das ist ein bisschen ein unheimlicher Ort; da findet man so nach zehn, zwanzig Minuten, so genau weiß ich das nicht mehr, abseits des Weges, nur leicht unterhalb des Grates, eine Lichtung mit einer Quelle. Die Fuente de las Ánimas. Die Geisterquelle. Angeblich versammeln sich da in Vollmondnächten irgendwelche Spinner. Vor einigen Jahren war mal in Eurer Zeitung ein Artikel darüber, aber das war wohl vor deiner Zeit, warte, das müsste...«

»Bruno? Danke! Ich lege jetzt auf. Ich fahre da hoch, und dann laufe ich weiter. Tu mir einen Gefallen und ruf Kommissar Madrigal an! Sag ihm, wohin ich unterwegs bin! Erzähl ihm von der Quelle. Wenn ich Emma da nicht finden sollte, rufe ich sofort wieder an. Roger!« Mike schob das Handy in eine Hemdtasche und legte ruckartig den 1. Gang ein.

Seine arme Cinquecenta! Der Weg bestand abwechselnd aus festgestampftem Erdboden und rohen Steinen. Manche Klötze ragten hoch wie Poller und zwangen Mike, das Lenkrad dauernd herumzureißen. In einigen Abschnitten war der Weg in der Mitte gewölbt.

Mike hörte unter sich ein Kratzen und Schleifen und Poltern. Unter normalen Umständen hätten ihm diese Geräusche in der Seele weh getan. Er hätte sofort angehalten. Aber es herrschten keine normalen Umstände. Er hoffte nur, auf der richtigen Spur zu sein. Er war bereit, seine Cinquecenta zu opfern, wenn es sein musste – aber bitte, bitte, lieber Gott, es sollte sich lohnen!

Mike konnte sich nicht erinnern, wann er das letzte Mal den ›lieben Gott‹ angefleht hatte. Wahrscheinlich als Kind.

Da! Da bog der Weg nach rechts ab. Und: da stand ein roter Pickup! Mike durchzuckte Freude wie ein Stromschlag. Er ließ den Fiat mitten auf dem Feldweg stehen und sprang hinaus. Sollte er noch anrufen, Madrigal oder Bruno, und melden, dass er Pedros Wagen gefunden hatte? Ach was, das würde noch mal Zeit kosten! Mike fühlte sich von einem unbestimmbaren Gefühl getrieben, sich beeilen zu müssen. Aber was war das denn?

Neben der Fahrertür des Pickup lag ein Hund. Ein Dackel. Ulli! Als Mike näher kam, richtete der Hund sich erst auf, dann stand er, und jetzt lief er auf Mike zu, sprang an ihm hoch.

»Ulli! Brav, Ulli!« Mike beugte sich zu dem Dackel hinunter und strich über sein struppiges Rückenfell: »Wo ist Emma, Ulli? Lauf, such Emma! Such!« Mike wies, weit mit dem Arm ausholend dorthin, wo ein Spalt im Gestrüpp darauf hindeutete, dass hier ein Weg begann.

35. Kapitel

Wie konnte sie diesen Verrückten, dieses kranke Schwein weiter ablenken? Obwohl Emma sich erheblich wacher fühlte als noch vor ein paar Minuten – was immer Pedro ihr verabreicht hatte: die Wirkung schien nachzulassen –, hatte sie Mühe, klare Gedanken zu fassen. Ihr war, als ob sich in ihrem Gehirn ein Brummkreisel drehte. Statt sich darauf zu konzentrieren, welches Stichwort Pedro verleiten könnte, sich wieder an ihr Ohr zu heften und seinen Vortrag fortzusetzen, beschäftigte sie die Frage, was er damit gemeint hatte, als er von einer »Gruppenvergewaltigung« sprach und von »allem, was in eine Frau hineinpasst«? Wenn er ihr damit Angst machen wollte: das war ihm gelungen. Doch was sollte das bedeuten? Er war doch allein? Hatte er Helfer? Würde gleich ein Trupp von – ja, von was? Geisterbeschwörern? Wer sollte das sein? – über sie herfallen? Was hatte Pedro – oder was hatten er und seine Freunde mit ihr vor? Auch wenn sie sich gegen diese Erkenntnis mit aller Willensmacht zu sträuben versuchte, so drängte sie sich doch mehr und mehr in den Vordergrund ihres Bewusstseins: Pedro würde sie umbringen. Er wollte sie nicht nur vergewaltigen, er wollte sie töten. Auf bestialische Art. Aber wie vertrug sich seine wiederholte Behauptung, er wolle sie nicht leiden sehen, mit seinen barbarischen Andeutungen? Das war doch konfus! Pedro war ein Spinner. Und vielleicht ja auch nur ein Maulheld, versuchte Emma sich Hoffnung zu machen. Andererseits: er hatte bereits gemordet. Und heißt es nicht: Wenn man einmal die Schwelle überschritten hat, verschwinden letzte Hemmungen? Jedenfalls schien sicher: So demütigend, so entwürdigend ihre gegenwärtige Lage auch war – sie war allem vorzuziehen, was ihr Peiniger noch mit ihr im Sinn haben mochte! Warum nur – warum, warum, warum, verdammt? – kam ihr keine Idee, wie sie Pedro ablenken konnte, der offenbar wieder in der Picknickkiste gewühlt hatte und jetzt hinter ihr stand? Mit einer Spritze? Er hatte doch von einer

Spritze gesprochen! Himmel, gib mir Worte! flehte Emma in sich hinein.

Was war das für ein Geräusch? Hypersensibel für alles, was um sie herum vorging, und inbrünstig hoffend, jemand möge ihr zu Hilfe eilen, registrierte Emma schon seit einer gefühlten Ewigkeit jedes Gluckern der Quelle, jedes noch so verschämte Knistern im Gebüsch, jeden Vogelruf. Doch das war etwas anderes. Ein vertrautes Geräusch, aber keines, das hier hingehörte. Es dauerte ein paar Sekunden, bis Emma begriff: da bellte ein Hund! Und jetzt: wieder, etwas deutlicher zu erkennen als zuvor! Bellen, oder besser: ein Blaffen, ein Keuchen. Und nicht nur das! Hörte sie Schritte? Oder glaubte sie nur zu hören, was sie hören wollte? Nein, jetzt war sie ganz sicher: irgend jemand näherte sich der Lichtung. Eilig. Keuchend. Und das Bellen? Klar: Ulli! Wo war Ulli überhaupt? Sie hatte ihn vorhin von der Leine gelassen und danach schlicht vergessen. Aber sie hatte seither definitiv von ihm nichts mehr gehört und gesehen. Selbst wenn ihr Sichtfeld außerordentlich beengt war, seit Pedro sie auf diesen Stein gedrückt hatte, irgendwann hätte der Dackel, neugierig wie er war, vor ihrem Kopf auftauchen müssen. Dass er das nicht getan hatte, konnte doch nur eines bedeuten: er war nicht mehr hier. Entweder Ulli hatte sich unbemerkt aus dem Staub gemacht oder Pedro hatte ihn... Aber hätte er damit nicht geprahlt, dieser geschwätzige Schmierlapp? Nein, Ulli musste weggelaufen sein – und jetzt kam er wieder. Aber warum? Die Hoffnung, die in ihr anschwoll, seit sie das erste Blaffen aufgeschnappt hatte, steigerte sich, und wenn auch nur, weil sie es mit aller mentalen Kraft so wollte, zur Gewissheit: Hilfe war auf dem Weg! Ulli, Hannelores Dackel, hatte Hilfe geholt! In diesem Augenblick gab es auf der ganzen weiten Welt keine begeistertere Hundefreundin als sie, Emma C. Schneider aus dem Kohlenpott.

Auch Pedro hatte das Bellen gehört. Auch er hatte den Hund völlig vergessen. Das wurde ihm jetzt schlagartig bewusst. Und er ärgerte sich, über sich selbst. Wie hatte er den Köter aus den Augen verlieren können? Als allererstes hätte er sich um das Vieh kümmern sollen – ach was, er hätte Ulli seinem Frauchen hinterherwerfen sollen, gestern Abend schon! Den Reflex, das zu tun, hatte er verspürt. Wie oft hatte er sich bremsen müssen und verstellen und so tun, als möge er den Mistköter leiden, der ihm, Pedro, doch im Gegenzug nichts als offene Abneigung entgegenbrachte und das sofort jedem deutlich zu erkennen gab, sobald sie sich begegneten.

Aber klar: die Vernunft hatte die Oberhand behalten, gestern auf Hannelores Balkon. Es sollte schließlich wie ein Selbstmord aussehen. Dass der Hund seinem Frauchen aus Verzweifelung hinterher gesprungen wäre – also das hätte wohl noch nicht einmal dieser phantasiebegabte Reporter der Inselzeitung geglaubt. Obwohl das doch sicher eine schöne Schlagzeile gegeben hätte: Frau springt vom Balkon – ihr treuer Dackel hinterher! Pedro musste grinsen. Das gefiel ihm. Er hätte selbst Reporter werden sollen! Schlagzeilen sind doch das wichtigste im Journalismus, oder etwa nicht? Und Schlagzeilen formulieren, fand er, konnte er gut.

Da: wieder ein Bellen! Das musste Ulli sein! Das war kein kehliges Wummern eines pelzigen Riesenköters und hatte auch nichts vom Kommandoton eines Jagd- oder Hütehundes. Das war das angeberische Lautwerden eines Hundes, der sein Leben auf Augenhöhe mit Katzen und Karnickeln fristete. Pedro verachtete Hunde wie Ulli.

Oder vielleicht war verachten doch das falsche Wort: sie bereiteten ihm ein vages Unbehagen, ohne dass er sich von ihnen bedroht fühlen konnte.

Doch wieso bellte der Hund jetzt? Warum war er die ganze Zeit über ruhig geblieben? Hatte er sich versteckt? Warum traute er sich dann jetzt wieder vor?

Bevor Pedro für sich Antworten auf diese Fragen fand, tauchte der Kopf des Dackels am Rand des Grates links oberhalb der Quellhöhle auf, dort, wo der Abzweig vom Wanderweg auf die Lichtung stieß. Mit seinen Vorderpfoten auf einen Stein gestützt streckte der Dackel seinen Brustkorb vor wie Tarzan im Angesicht Janes. Er reckte die schmale Schnauze und ließ sein trockenes, abgehacktes Dackelbellen hören.

In Emmas Ohren klang das wie Musik. Soviel verstand sie von Hunden: Ulli blies sich jetzt auf, er kläffte Pedro an. Und das musste doch einfach bedeuten: er fühlte sich stark; stärker jedenfalls als vorhin, als sie alleine waren. Ulli trat auf, als führe er ein Rudel an. Ihm musste jemand auf den Fersen sein!

Pedro verstand zwar nichts von Hunden, aber dass Ulli in Begleitung kam, das schwante ihm auch. Zudem er glaubte, hinter dem Gekläff ein Japsen zu hören, das Knistern von Zweigen und jetzt auch das Geräusch eiliger Schritte. Bevor Pedro einen Entschluss fassen konnte, erschien da oben, mit dem Arm Farne beiseiteschiebend, der Reporter, an den er gerade eben hatte denken müssen.

Mike hatte das Gefühl, in einen schlechten Film geraten zu sein. Minutenlang hatte er nichts anderes getan als hinter Ulli herzuhecheln, immer den Kammweg entlang, immer aufwärts. Wo nahm der kleine Hund die Luft her? Mike atmete schwer und sein Puls hämmerte, als Ulli den Weg verließ, sich durch Gräser und Farne schlängelte und zu bellen begann, als wäre er auf der Jagd und hätte einen Rehbock gestellt. Mike folgte ihm so schnell er eben noch konnte. Und hätte den Dackel um ein Haar durch einen unbeabsichtigten Fußtritt auf den Grund der Lichtung befördert, wäre er nicht abrupt stehen geblieben, zugleich entsetzt und zutiefst erleichtert.

Da unten stand Hans-Peter Seidenschuh, der ›Scheidenschuh‹, und starrte ihn an. Aber was war das hier? Bruno hatte von einer »Geisterquelle« gesprochen. Mike hatte sich darunter nichts vorstellen können, schon allein weil ihm keine Zeit dazu geblieben war. Das, was hier vor ihm lag, war ein Raum in Grün, zugleich heimelig und unheimlich. Aber wo steckte Emma? Mikes Blick fiel auf den geöffneten Picknickkorb, bevor er, schräg hinter Pedro, den Stein sah. Ein großer Stein, und darauf lag etwas Helles, Großes. Nein! Das durfte nicht wahr sein! Emma? Das durfte nicht Emma sein, bitte nicht! Aber es war eindeutig ein Mensch. Der nackte Rücken eines Menschen. Wer anderes als Emma sollte das sein? War sie tot? Wer immer da lag, er bewegte sich nicht. Mike ergriff eine Wut, wie er sie an sich noch nie erlebt hatte. Für weiteres Beobachten und Nachdenken blieb keine Zeit.

Irgendetwas musste sich ereignet haben. Emma hatte das laute Kläffen gehört und wusste: das konnte nur Ulli sein. Der Dackel bellte wie ein Hund, der anschlägt. Emma glaubte auch einen Menschen keuchen gehört zu haben. Jetzt herrschte wieder Stille. Pedro hatte von ihr abgelassen, von ihm war nichts zu sehen und zu hören. Emma fiel ein, dass sie sich zwar nicht bewegen, aber ihre Stimme benutzen konnte. Sie holte tief Luft und brüllte so laut sie es vermochte: »Hilfe! Hilfe!«

Das plötzliche Gebrüll in seinem Rücken lenkte Pedro für einen Moment ab. Mike rannte halb, halb rutschte er den Hang hinunter auf den Grund der Lichtung und stürzte auf Pedro zu. Der riss die Arme hoch und warf sich dem Angreifer entgegen. Die beiden Männer prallten aufeinander. Emma konnte nur zu erahnen versuchen, was hinter ihrem Rücken geschah. Ulli hatte erneut laut zu bellen begonnen. Fast hysterisch klang sein Gebell jetzt. Es ging in ein schrilles Geheul über.

Mike und Pedro standen sich, beide heftig atmend, gegenüber und sahen sich in die Augen. Sie belauerten sich wie Ringer, die darauf warten, den jeweils anderen bei einer Unaufmerksamkeit zu erwischen. Pedro bewegte sich dabei langsam zur Seite, Mike tat es ihm gleich. Jetzt rückte der merkwürdige Felsklotz in Mikes Sichtfeld. Als er Emma rufen hörte, erwachte in ihm das Glückserlebnis eines Bergsteigers, der nach unsäglichen Mühen endlich das Gipfelkreuz in den Blick bekommt. Sie lebte! Jetzt konnte er gar nicht anders, er musste nach ihr sehen. Emma war, das konnte er jetzt überdeutlich erkennen, fast nackt. Er sah nur ihren Rücken, ihre Beine. Mike schoss der Vorwurf durch den Kopf, er müsse sich schämen, überhaupt hinzusehen. Auf dem Fuße gefolgt von der rationalen Einsicht, dass er hier war, um Emma zu helfen. Dies war eine Notsituation. Er musste sie befreien, sofort, und etwas finden, womit sie sich bedecken konnte!

Pedro registrierte, dass Mike für Sekundenbruchteile abgelenkt war. Darauf hatte er gehofft und sich mit Absicht so zur Seite bewegt, dass Mike freie Sicht auf Emmas wie dargereicht ausgelegten Körper bekam. Außerdem hatte Pedro rechts vor sich am Boden einen etwa avocadogroßen Stein liegen gesehen. Jetzt stand er unmittelbar neben dem Stein. Er bückte sich blitzschnell und hob ihn auf. Sich wieder aufrichten, die um den Stein geschlossene Faust hochreißen und auf Mike zustürzen war eins. Zu spät begriff Mike, was geschah und was da auf ihn zukam. Er versuchte wegzutauchen, aber das harte Ding in Pedros Faust streifte ihn am Hinterkopf. Mike wurde schwarz vor Augen.

Hilfe war da! Sie war gerettet! Der Albtraum war vorüber! Endlich! Emmas Hilferuf war erhört worden: nichts anderes konnten diese Geräusche bedeuten, die Emma mehr entzückten als das schönste Konzert. Der Hund hatte jemanden zu ihr geführt. Vielleicht die Polizei? Oder einen Wanderer, der zufällig auf dem Bergkamm unterwegs war? Einen Bauer? Emma war es einerlei. Hauptsache, ihr Retter lenkte Pedro von ihr ab und setzte ihrer Qual ein glückliches Ende. Doch was war nun? Stille. Schweres Atmen. Hundegeheul. Dann glaubte Emma einen dumpfen Schlag zu hören, ein Stöhnen. Jemand fiel zu Boden. Das konnte doch nur eines heißen: Ihr Retter hatte Pedro außer Gefecht gesetzt – und jetzt würde er sie erlösen. Ein tiefer Seufzer löste sich aus ihrer Kehle.

Aber warum geschah denn jetzt nichts? Warum tauchte niemand in ihrem Sichtfeld auf und löste den Knoten unter ihrem Kinn? Wann endlich befreite jemand ihre gefesselten Hände? Wer immer sie gerettet hatte, er konnte sie doch nicht eine Minute länger so hier liegen lassen! Ihr war bewusster denn je, welchen Anblick sie darbot. Sie wollte sich aufrichten und anziehen, sofort! Ein fürchterlicher Verdacht keimte in Emma auf. Es musste ein Kampf stattgefunden haben, kurz, aber heftig. Aber hatte vielleicht gar nicht ihr anonymer Retter diesen Kampf gewonnen, sondern Pedro, das Schwein? Das durfte nicht wahr sein, nein, das durfte einfach nicht wahr sein! Dass Ulli sich unbemerkt aus dem Staub gemacht, dass er Hilfe geholt und hierher geführt hatte, dass sie Pedro so lange hatte aufhalten können, bis sie gefunden worden war: all das musste doch einen Sinn ergeben – und dieser Sinn konnte doch nur ihre Rettung sein!

Oder etwa nicht? Emma ärgerte sich über ihre Hilflosigkeit. Wenn sie wenigstens etwas sagen oder rufen könnte! Aber was? Noch einmal »Hilfe!« zu brüllen war offenkundig unsinnig. Wer immer zu ihrer Rettung erschienen war: Emmas Lage konnte ihm nicht entgangen sein. Und wenn Pedro den Angreifer abgewehrt – getötet? Um Himmels willen nicht! – haben sollte, wozu würde sie ihn dann provozieren, wenn sie erneut Lärm machen würde? Möglicherweise waren ja weitere Personen auf der Suche nach ihr, und bald würde jemand die Quelle entdecken. Selbst wenn Pedro sich des ersten Angreifers entledigt haben sollte, noch einmal würde ihm das bestimmt nicht gelingen. Der Keim der Hoffnung wuchs erneut. Sie musste weiter Zeit gewinnen.

Durch Pedros Kopf rasten ganz ähnliche Gedanken. Wieso war dieser Reporter hier aufgetaucht? Aus schierem Zufall fand doch niemand hierhin. Klar, das Risiko hatte bestanden, dass ein Wanderer aufgetaucht wäre. Dieses seiner Ansicht nach verschwindend kleine Risiko hatte Pedro bewusst in Kauf genommen. Er musste nachdenken. Pedro hockte sich auf die Holzbank, auf der vorhin noch Emma neben ihm gesessen und den Orangensaft mit den darin aufgelösten KO-Tropfen so brav getrunken hatte. Emma war ihm ausgeliefert, um die konnte er sich später kümmern, auch wenn die Wirkung der Tropfen inzwischen schon stark nachgelassen haben dürfte. Er hatte sich einfach zuviel Zeit gelassen. Er hatte zuviel geredet! Aber das hatte so gut getan. Endlich darüber sprechen zu können, was Ilse und ihre Rentnerbagage mit ihm angestellt hatten, wie sie ihn gedemütigt, hin- und hergeschubst, ausgebeutet und lächerlich gemacht hatten! Und vor allem klarzustellen, dass er, Hans-Peter Seidenschuh, eben nicht der brave, naive Pedro war, der sich alles gefallen ließ, sondern ein Mann! Ein Mann, der für sich selber einstehen, der aufstehen konnte, ein Rächer. Das Recht, davon war Pedro überzeugt, das Recht war auf seiner Seite. Nicht das oberflächliche, hölzerne Recht, dem Madrigal zu Diensten war – auch nur so ein Würstchen im Gewand des Machomanns, wenn man es recht bedachte –, aber ein höheres Recht, das eigentliche. Ihm war Unrecht geschehen, wie damals schon, an der Schule in Duisburg, und dafür nahm er Rache. So gehörte es sich. Seit ewigen Zeiten. Hieß es nicht in allen alten Schriften, auch in der Bibel: Auge um Auge, Zahn um Zahn? Doch, was Emma betraf, das musste er sich eingestehen, hatten ihn Zweifel befallen. Sie konnte nichts dafür, was ihm von ihrer Großmutter angetan worden war. Und: er mochte Emma. Es war ihm absolut ernst damit, ihr keine Schmerzen zufügen zu wollen. Jedenfalls keine körperlichen. Und es war auch nicht in Ordnung, dass sie da so liegen musste, ausgeliefert, gedemütigt! Sie schämte sich sicher dafür. An sich hätte sie von allem, was er mit ihr vorhatte, nichts mitbekommen sollen. Er hätte längst mit ihr fertig sein müssen. Hätte er sich nicht verquatscht. Und dann, das musste er sich auch eingestehen, ehrlicherweise, war da noch etwas: Er hatte die Situation einfach genossen. Eine Frau, eine junge, appetitliche Frau, war ihm ausgeliefert. Das war geil. Hier passt das Wort endlich mal, das Schüler und Schülerinnen so inflationär und gedankenlos verwendet hatten, als er noch im Schuldienst war. Pedro gestand sich ein: Er hatte seine Beichte auch deshalb so in die Länge gezogen, weil er möglichst lange etwas von Emma haben wollte. Nun, das musste ihm nachzusehen sein, fand er: Er war ein Mann! Und er hatte ein bisschen Vergnügen verdient, weiß Gott! Emmas Auftrag war es, an ihm wiedergutzumachen, was ihre Großmutter verbrochen hatte, und nicht nur die. Warum sonst war Emma hier in Teneriffa so plötzlich auf der Bildfläche erschienen? Ihre Erbschaftsangelegenheiten hätte sie doch auch von Deutschland aus regeln können. Nein, sie war gekommen, ihn zu retten. Und deshalb war auch alles richtig und gut, was er sich vorgenommen hatte. Pedro fühlt sich im Recht und wieder eins mit der Welt.

Aber wie passte dieser Reporter ins Bild – der sich schon wieder zu regen begann? Pedro fühlte sich wie paralysiert. Sein Plan war, wenn nicht zerstört, so doch empfindlich in Frage gestellt. Er musste improvisieren. Schnell! Aber wie? Eines war klar: ›first things first‹. Das Wichtigste zuerst. Er musste dafür sorgen, dass der Reporter ihn nicht noch einmal angreifen würde. Er hatte noch die Spritze mit dem Betäubungsmittel in seinem Korb. Die war zwar für Emma gedacht, aber: ›first things first‹. Und dann der Hund! Wieso hatte er den Scheißdackel vergessen können? Pedro war sich sicher, dass der Reporter ohne Ullis Hilfe niemals hierher gefunden hätte. Gut, das war Geschichte. Jetzt galt es, den Hund daran zu hindern, wieder loszulaufen. Er rief nach ihm:

»Ulli, komm her! Ulli, koooomm! Ich hab ein Leckerchen für dich!«

Emma glaubte ihren Ohren nicht trauen zu können. Das war Pedro! Der Scheißkerl war lebendig und mobil. Aber seit wann interessierte er sich für Hunde und insbesondere den Dackel Ulli? Die beiden verband, so viel hatte sie verstanden, eine Hassliebe. Aber natürlich: Ulli hatte Hilfe geholt, und jetzt wollte Pedro, der Saukerl, versuchen, ihn daran zu hindern, wieder wegzurennen. Das lag eindeutig nicht in ihrem, Emmas, Interesse. Sie war dankbar, eingreifen zu können, und brüllte, was die eingequetschte Lunge hergab: »Nein! Ulli, lauf weg! Hol Hilfe! Lauf, Ulli, lauf!«

Konnte sie nicht die Klappe halten? Irritiert schaute Pedro zu Emma hinüber, die doch gar nicht sehen konnte, was los war. Was hatte sie sich einzumischen? Aber bevor Pedro sich darüber aufregen konnte, schlich sich ein Grinsen in sein Gesicht.

Ulli hatte gezögert, auf Pedros süßliches Geraspel hereinzufallen. Zwar hatte er aufgehört zu jaulen und zu bellen, sich aber nicht vom Fleck gerührt, als Pedro ihn lockte. Noch immer stand der Hund wie verwurzelt am Kopfende des Pfades, der vom Kamm auf den Grund der Lichtung führte. Doch da meldete sich eine Stimme, die ihm sympathisch war und rief ihn! Schwanzwedelnd rannte, rutschte Ulli den Hang hinunter und eilte auf Emma zu, um den Felsklotz herum, und leckte begeistert ihr Gesicht.

Pedro sah sich nach der Leine um. Da lag sie, hinter dem Picknickkorb! Blitzschnell hakte er sie an Ullis Halsband ein. Er zog den Dackel von Emma fort, weg aus ihrem Sichtfeld, schlang die Leine um einen Baumstamm und knotete sie fest. So! Das war erledigt. Fürs erste. Nun konnte er sich Zeit damit lassen darüber nachzudenken, welche Rolle er Ulli im letzten Akt des Dramas zuweisen würde, das er hier inszenierte. Jetzt war es erst einmal allerhöchste Zeit, sich um den Reporter zu kümmern. Pedro zog die Spritze aus dem Korb und befreite die Nadel von der schützenden Plastikmanschette. Er ergriff Mikes Arm, krempelte den Hemdsärmel hoch, suchte die Vene, fand sie und stach zu. Wofür so eine Sanitäterzeit als Zivi doch gut sein konnte!

36. Kapitel

Auch wenn Emma nur vermuten konnte, was geschehen war, eines begriff sie sofort, als Ulli vor ihr auftauchte und sie heftig abzuschlecken begann: Nicht nur sie hatte sich mit ihrem Kommando an den Hund verkalkuliert – auch Pedros ursprünglicher Plan war durcheinander geraten. Das war ihre Chance! Sie schloss die Augen und kniff die Lippen zusammen, um dem Sabber des Dackels zu entgehen, und war Pedro fast dankbar, als er mit der Leine erschien und Ulli von ihr wegzog. Gleichzeitig hätte sie am liebsten den Hund geherzt und geknuddelt vor Freude und Zuneigung. Ullis Auftritt hatte Pedro dessen Karten aus der Hand geschlagen. Der Mann, der ihr Mörder sein wollte, würde sich jetzt etwas einfallen lassen müssen. Diese Chance musste sie nutzen. Sie redete einfach drauflos – freudig überrascht, wie flüssig ihr die Worte jetzt schon wieder über die Lippen gingen:

»Pedro, es ist aus! Pedro, hörst du mich? Ich weiß, es ist jemand gekommen und du hast ihn niedergeschlagen. Du glaubst jetzt vielleicht, du hättest alles wieder im Griff. Aber das ist nicht so. Hörst du mich, Pedro? Sprich mit mir! Ich kann dir helfen. Es ist noch nicht zu spät. Pedro!«

»Du willst mir helfen? Das ist lieb.«

So urplötzlich tauchte Pedros Gesicht an ihrem Ohr auf, dass Emma vor Schreck zusammenzuckte. Jetzt bloß keine Angst zeigen, sagte sie sich: bleib cool – und hör nicht auf zu reden!

Pedros Stimme klang amüsiert, spöttisch, aber Emma meinte auch eine Spur Neugier herauszuhören. Nichts von dem, was jetzt aus ihr heraussprudelte, hatte sie sich zurechtgelegt. Es kam ihr just in dem Moment in den Sinn, in dem sie es aussprach. So musste das gemeint sein, mit der ›allmählichen Verfertigung des Gedankens beim Sprechen‹, kommentierte sie stumm ihr eigenes Verhalten; auf einer anderen Ebene ihres Bewusstseins.

»Schau, Pedro, bisher ist doch nichts Schlimmes passiert. Du hast mir nichts angetan, nichts Ernstes jedenfalls, und alles andere können wir vergessen. Ich bin bereit, es zu vergessen. Ich kann jetzt verstehen, wie du dich gefühlt hast, im La Palma, herumgestoßen und missbraucht und ausgenutzt. Ich kann dich verstehen. Ich habe davon ja nichts gewusst. Ich bin dir sehr dankbar, dass du mir das alles erzählt hast. Du hättest mich dafür gar nicht entführen und hier anbinden müssen: ich hätte dir auch so zugehört. Und ich würde gern helfen, wieder gut zu machen, was dir widerfahren ist. Wirklich. Das würde ich gern. Also: wenn du mich jetzt losbindest, dann helfe ich dir, alles wieder in Ordnung zu bringen. Ok? Was hier passiert ist, das bleibt unter uns. Ich werde keinem was erzählen. Auch nicht von Klaus Kaltenbrenner und Hans-Werner Frohsinn und wie meine Oma wirklich gestorben ist. Sie hat es ja so gewollt. Das hast du gesagt, und ich glaube es dir. Aktive Sterbehilfe. Ich kann mir vorstellen, dass es genau so gewesen ist, wie du es mir erzählt hast. Ich würde gern noch mehr darüber hören. Aber nicht hier und in dieser unmöglichen Haltung. Binde mich los, lass mich frei und wir überlegen gemeinsam, wie mein Verschwinden zu erklären ist. Denn Madrigal ist sicher jetzt auf der Suche nach mir. Wir waren verabredet heute morgen und ich habe im Büro für ihn eine Nachricht hinterlassen. Ja, ich weiß, du wolltest nicht, dass ich irgend jemandem sage, wohin ich unterwegs bin. Ich habs ja auch keinem gesagt, ich habe nur für den Kommissar eine Nachricht hinterlassen. Weil er mich ja vernehmen wollte heute Vormittag. Deshalb lässt er jetzt bestimmt nach mir suchen, ganz sicher. Je früher ich wieder auftauche, wohlbehalten, desto besser. Wir waren zusammen frühstücken, wir beide, sonst nichts. Niemand wird dir etwas anderes nachweisen können. Die Spuren hier, falls es welche gibt, können wir gemeinsam beseitigen. Ich helfe dir. Und Ulli kann sowieso nichts verraten. Der Hund war mit mir unterwegs, Bingo! Pedro, hörst du mir zu? Pedro, bind‘ mich jetzt los! Ok? Bitte!«

Pedro lauschte staunend und mit wachsender Aufmerksamkeit Emmas Suada. Das klang erstaunlich vernünftig und gar nicht so unlogisch, was sie da vortrug, fand er. Sollte er wirklich davonkommen können?

Es stimmte ja: Niemand außer Emma wusste von den Morden und wie er sie begangen hatte. Spuren hatte er, so viel er wusste, nie hinterlassen. Und falls doch, dann wäre ihm die Polizei wahrscheinlich längst auf die Spur gekommen. Gut, Madrigal hat bis gestern nur oberflächlich ermittelt und sich, was Heinz, Hans und Ilse betraf, nie der Idee genähert, es könne sich um Morde handeln. Das hatte sich jetzt geändert, wegen des idiotischen Reporters. Aber ein Verdacht kann auch wieder verfliegen. Wenn es keine Zeugen gibt und keine Beweise.

Aber was war mit Hannelore? Bei ihr hatte er sehr schnell und fast spontan handeln müssen, nicht überlegt und planmäßig wie in den anderen Fällen. Es war nicht sicher auszuschließen, dass er etwas übersehen haben könnte, irgend eine Kleinigkeit. So wie die Sache mit der Uhr. Klaus' Rolex hatte er ihm einfach abstreifen müssen. Immer schon war er neidisch darauf gewesen. Schade, dass er sie nie hatte tragen können, bisher. Und klar war das ein Risiko! Die Uhr lag in seiner Nachttischkonsole. Falls die Polizei in seinem Apartment war... Sind es nicht meist Kleinigkeiten, die ein perfektes Verbrechen von einem aufgeklärten Verbrechen unterschieden? Wobei Pedro sich nur mit Widerwillen dem Gedanken öffnete, er habe Verbrechen begangen. Er war überzeugt von dem, was er Emma dazu erzählt hatte. Er sah sich als Rächer. Er machte nur wieder gut, was falsch geworden war. Er stellte, auf seine Art, die Ordnung wieder her. Ordnung war ihm immer sehr wichtig gewesen. Damit hatten seine Probleme in der Schule begonnen: dass diese Schüler keine Ordnung halten konnten, in nichts. Absprachen? Ha! Regeln: hielten sie für einen Witz. Anordnungen: waren dazu da, sie zu ›vergessen‹. Pünktlichkeit: ein Fremdwort. Und das schlimmste war die Schulleitung gewesen, die seine Beschwerden nicht ernst nahm, die alle seine Vorschläge beiseite schob, wie Regelverstöße zu ahnden wären: als übertrieben. Die kalte Wut stieg in ihm hoch, heute noch, wenn er daran denken musste, insbesondere an diesen weiblichen Clown von Direktorin, die sie ihm vorgesetzt hatten, die Schulbehörden, wo sowieso nur aufstieg, wer das richtige Parteibuch besaß. Nicht dass er selbst, Oberstudienrat Hans-Peter Seidenschuh, Ambitionen gehabt hätte, selber Schulleiter zu werden, Gott bewahre, aber er hätte doch wenigstens mal gefragt oder in Betracht gezogen werden können – bei seiner Erfahrung, seiner pädagogischen Expertise! Aber nein: Expertise zählte nicht, heute nicht mehr, in dieser Lachnummergesellschaft, die sich als Demokratie ausgab. Lustig gemacht hatten sie sich über ihn, auch die Kollegen, ja gerade die sogenannten Kollegen. Und sie glaubten, er merke das nicht. Wie sie tuschelten, hinter seinem Rücken. Wie sie Witze rissen auf seine Kosten. Und Verständnis heuchelten, wenn er die unhaltbaren disziplinarischen Zustände in einer Klasse schilderte – am schlimmsten waren die Neuner, die 9. Klasse des letzten Jahrgangs, mit dem er zu tun hatte.

Ja, sie heuchelten, die Kollegen. Denn arrangiert hatten sie sich, mit der Anarchie, mit diesem Abgrund an Unwissen und tumber Überheblichkeit, in den man Tag für Tag zu blicken hatte, sobald man eine dieser Klassen betrat. Er hatte das alles nicht mehr aushalten können. Und er war froh darüber, ja froh! In Amerika drehen sie Filme über Menschen wie ihn, die das Recht selbst in die Hand nahmen, das Recht, das von denen besudelt wurde, deren Job es eigentlich sein sollte, es zu pflegen und zu bewahren. Als Helden gefeiert hätten sie einen wie ihn in den USA – aber nicht in Duisburg, wo Gutmenschen den Niedergang verwalteten.

»Pedro? Pedro, hörst du mich? Hast du mich verstanden? Mach mich los jetzt, bitte!« Emma staunte, wie fest ihre Stimme klang. Wo nahm sie ihre Zuversicht, ihr Selbstbewusstsein her?

Pedros Gedanken kehrten widerstrebend aus Duisburg und der Vergangenheit in die Jetztzeit und zur Fuente de las Ánimas zurück. War Emma zu trauen? Meinte sie es ernst damit, sie könne ihn verstehen? Pedro hatte durchaus den Eindruck, dass Emma ihn leiden konnte. Wie bereitwillig sie auf seinen Vorschlag eingegangen war, ihn am Mirador zu treffen! Wie arglos sie sich zu ihm in den fremden Wagen gesetzt und hinter ihm her getrottet war, auf dem Weg zur Geisterquelle! Und wie sie ohne jedes Zögern den Orangensaft fast in einem Zug ausgetrunken hatte! Fast rührend war das! All das sprach dafür, dass sie ihm traute. Vielleicht sogar, dass sie ihn mochte? Wenn er nur ein wenig geduldiger und mutiger gewesen wäre, vielleicht hätte sie ihm wirklich freiwillig gegeben, wonach es ihn so sehr verlangte, seit er sie am Flughafen abgeholt hatte! Konnte das sein?

Hatte er es vermasselt? Hatte er durch seine schiere Ungeduld und sein Misstrauen und seine Angst, erwischt zu werden, seine Chancen bei Emma zunichte gemacht? War er, wieder einmal, der Idiot gewesen, der sich selbst ein Beinchen stellte?

Oder versuchte sie ihn zu bezirzen, jetzt? Um zu überleben? Schließlich war sie Ilses Enkelin. Floss in ihren Adern Hexenblut? Aber nein. Emma hatte nichts Herrisches. Und ihre Stimme klang bittend, nicht fordernd. Sie klang unaufgeregt; so gar nicht wie die eines Menschen, der Angst um sein Leben hat. Sie bettelte nicht. Sie redete mit ihm, als säßen sie noch, wie vorhin, auf der Holzbank dort, wie Freunde, wie Vertraute, die sich verstehen. Sie vertraute ihm. Sie fühlte etwas für ihn. Andererseits: Selbst wenn Emma tatsächlich für ihn erreichbar gewesen wäre, wenn er nur ein bisschen klüger vorgegangen wäre und Geduld bewiesen hätte – jetzt würde sie ihn bestimmt niemals mehr lieben können. Nicht nach dem, was er ihr angetan und verraten hatte.

Oder? Sind Frauen nicht komisch? Sagen sie nicht oft Nein, wenn sie Ja meinen? Konnten sie beide, Emma und er, nicht vielleicht aus diesem Überfall ein Vorspiel machen? Lassen sich nicht manche Frauen gerne fesseln? Und sogar schlagen?

Aber Emma?

»Pedro! Ich weiß, dass du mir zuhörst. Und du weißt, dass ich Recht habe. Pedro, wir sind doch Freunde, du und ich. Und ich hatte eigentlich den Eindruck, zwischen uns könne noch mehr sein als eine oberflächliche Freundschaft. Wir verstehen einander. Pedro: Gib uns eine Chance! Mach mich los und lass uns hier klar Schiff machen. Bitte!«

Pedro griff nach dem Knoten unter Emmas Hals und begann ihn zu lockern.

Emma atmete tief ein und hielt die Luft an. Er hat angebissen! Es hat geklappt! Ich komme frei! Sie hätte jubilieren mögen vor Freude, aufschreien, hochspringen, wenn das schon möglich gewesen wäre, fast sogar: Pedro umarmen!

Doch Pedro zögerte. Er hielt den Knoten mit beiden Händen fest, aber hörte auf, ihn weiter zu lockern. Was hatte das nun wieder zu bedeuten? Was war in ihn gefahren? Emma traute sich nicht, sich zu rühren oder einen Ton von sich zu geben. Sie hatte Angst, Pedro durch ein womöglich unbedachtes Wort oder ein Geräusch oder eine Bewegung – soweit sie zu Bewegungen in der Lage war – umzustimmen, misstrauisch zu machen. Sie verhielt sich still, und dennoch zögerte er. Warum?

»Ach Emma, meine liebe Emma, es ist zu schade.«

Pedro zog den Knoten wieder stramm! Er zog ihn wieder fest, statt ihn vollends zu lösen!

»Es ist zu spät, leider. Ich glaube dir ja, dass du mich nicht verraten würdest. Und selbst wenn du es jetzt nur sagen solltest, damit du freikommst: Ich würde das Risiko eingehen. Wirklich. Nur zu gerne. Um unseretwillen. Das wäre es mir wert. Du und ich, wir könnten Partner sein. Und ich würde dir vertrauen. Wirklich. Denn ich liebe dich. Auch wenn das jetzt merkwürdig klingt. Ich liebe dich. Ja. Glaube mir: Es hat mir wehgetan zu sehen, wie du dich quälst. Ich hätte dir niemals wehgetan, und ich werde dir nicht wehtun. Aber: es gibt keinen Weg zurück. Jetzt nicht mehr. Leider nicht.« Er streichelte zärtlich über ihre Wange.

»Aber warum denn nicht? Pedro, warum nicht? Ich meine es ernst! Du musst mir glauben, Pedro!« Emma nahm zu ihrem Schrecken wahr, dass Ihre Stimme wieder zitterte und schrill klingen musste. Sie hatte ihre Coolness verloren. Die Angst war zurück, wie ein Gewitter, das abgezogen schien und sich zurückmeldete; mit grellem Blitz und Donnerschlag. Tränen lösten sich aus ihren Augen.

»Du weinst ja. Du musst nicht weinen, Emma. Ich werde dir nichts antun. Vergiss, was ich gesagt habe. Aber ich kann dich auch nicht freilassen. Jetzt nicht mehr. Du musst das verstehen. Der Reporter ist schuld.«

Der Reporter? Hatte er ›Reporter‹ gesagt? Damit konnte doch nur Mike gemeint sein! War es Mike, der mit Ulli auf der Bildfläche erschienen war? Hatte Mike sie zu befreien versucht? Und war er es, den Pedro... Hatte Pedro Mike umgebracht? Der Gedanke war so entsetzlich, dass er für einen Moment die Angst um ihr eigenes Leben verdrängte. So hilflos, so regungslos, so festgebunden sie hier dalag: Emma fühlte sich, als erfasse sie ein Wirbel aufwühlender Gedanken und Gefühle und reiße sie in dunkle Tiefen.

Wie hatte Mike hier hingefunden? Und was empfand sie eigentlich für ihn? Außer Mitleid? Was hatte sie ihm angetan? Ihretwegen war er jetzt tot. Tot! Nein, das durfte nicht sein! Und wieso wollte Pedro sie töten? Wegen Mike? Was für ein Unsinn!

Bevor es Emma gelang, ihre Gedanken zu ordnen, verblüffte Pedro sie mit einem weiteren Puzzlesteinchen Information:

»Leider ist die Spritze, die ich für dich vorbereitet hatte, jetzt an den Reporter verschwendet. Er kam schon wieder zu Bewusstsein. Ich musste ihn ruhig stellen. Ich brauchte Zeit zum Nachdenken. Ich brauchte Zeit, um mit dir zu sprechen, Emma. Es tut so gut, wie wir miteinander sprechen. Ich wollte, es ginge ewig so weiter.«

»Aber das kann es doch auch! Warum denn nicht? Mach mich los, Pedro, und wir werden mit allem fertig werden. Wir beide, gemeinsam.« Anders als eben noch hatten Emmas Aufforderungen nun etwas Flehendes.

Pedros Stimme klang dafür umso bestimmter:

»Ich glaube dir, dass du das gerne möchtest. Ich möchte es ja auch. So sehr, das kannst du dir nicht vorstellen. Aber es geht nicht. Der Reporter wird nicht mitspielen. Er hat dich gesehen. Er hat mich gesehen. Er hat dich hier liegen sehen. Auch wenn du es tust: Er wird niemals begreifen, worum es wirklich ging. Er wird mich verraten – und glauben, er hätte dich gerettet, Emma. Siehst du, das verstehst du!«

Pedro ließ sich auf die Knie fallen und sah Emma voller Trauer und zugleich bittend in die Augen. »Ich muss den Reporter beseitigen. Er muss verschwinden. Ich weiß auch schon wie. Dann komme ich zurück und wir beide überlegen, wie es weitergehen kann, du und ich. Einverstanden? Verstehst du das? Bist du einverstanden?«

Sollte Emma jetzt nicken oder sogar Ja sagen? Das hieße doch, Pedros geplantem Mord an Mike, der ja Gott sei Dank offenbar nur betäubt, aber noch am Leben war, zuzustimmen. Das konnte sie nicht, auf gar keinen Fall konnte sie das. Aber wie würde Pedro ihr Schweigen deuten? Hing nicht ihr eigenes Leben davon ab, dass er ihr glaubte? Dass er darauf setzte, dass sie ihm vergeben würde? Ja, ihr war klar: genau davon hing jetzt ihr Leben ab. Sie sollte dieses eine, kleine, kurze Wörtchen über ihre Lippen bringen: Ja.

Sie konnte es nicht.

Er hatte es gewusst. Nein, nicht gewusst, aber befürchtet. Wie gern hätte er ihr geglaubt! Wie nur zu gern! Aber dass sie jetzt schwieg, das verriet ihm klar und deutlich: dieser Reporter lag ihr mehr am Herzen als er, Pedro. Wie ein Stich traf ihn diese Erkenntnis. Wieder stieg diese Mischung aus Enttäuschung und kalter Wut in ihm auf. Auch Emma! Auch sie würde ihn betrügen und ausnutzten und hintergehen und sich über ihn lustig machen, sobald er keine Gewalt mehr über sie besäße. Es floss Hexenblut in ihren Adern. Ihr Süßholzgeraspele: alles Bluff! Ein Trick. Fast wäre er auf sie hereingefallen. Fast. Aber eben nur fast.

»Schade, Emma.« Er ließ sie los und richtete sich auf. »Ich bringe deinen Freund hier jetzt an einen Ort, wo ihn nur die Geier finden werden. Und dann komme ich zurück und kümmere mich um dich. Habe noch ein kleines bisschen Geduld! Ich bin gleich zurück. Freu dich schon mal auf das, was wir beide gleich miteinander anstellen werden!«

37. Kapitel

Wie schwer war dieser Kerl? So gut und stimmig Pedro sein Plan erschienen war, als er Emmas Raffinesse erkannte – Emma war auch nur eine winselnde kleine Ratte, die alles, alles tun würde, nur um ihr armseliges bisschen Leben zu retten –, so wenig hatte er bedacht, dass der Reporter ungefähr genauso viel wiegen würde wie er, und dass es alles andere als ein Kinderspiel sein würde, sich den leblosen Körper auf die Schulter zu hieven und ihn den steilen Hang hinauf zu schleppen. Mehrfach rutschte Pedro auf dem glitschigen Untergrund ein Fuß weg. Er verlor das Gleichgewicht. Mikes leblose Masse drohte ihm zu entgleiten.

Den Reporterkörper den Hang hinauf zu schaffen gestaltete sich als eine Mischung aus Kraxeln, Schieben, Drücken und Ziehen. Pedro durfte gar nicht erst anfangen darüber nachzudenken, welche Unmenge an Spuren er zu hinterlassen im Begriffe war. Das half jetzt nichts! Darum würde er sich später kümmern müssen. First things first.

Pedro keuchte und schwitzte, als er endlich Mike auf dem Kammweg ablegen konnte. So gerne er sich jetzt erst einmal hingesetzt und tief durchgeatmet hätte, diesen Luxus einer Pause durfte er sich nicht gönnen. Denn auch wenn Emma – die er fast geliebt hätte! – ihn nach Strich und Faden eingewickelt und belogen hatte, wie alle anderen zuvor, in einem hatte sie Recht: Die Polizei würde schon längst nach ihr suchen. Idiotischerweise hatte er sich darauf eingelassen, am Mirador noch einen Kaffee zu trinken. Die beiden Affen an der Bar konnten sich sicher an das Paar erinnern, das mit zwei Autos angekommen und mit einem weggefahren war. Womit sonst als mit dem Beobachten des Treibens anderer Menschen verbrachten solche Existenzen ihre Tage? Wie sie sich wohl ausgemalt hatten, was Emma und er jetzt trieben?

Jedenfalls: die Zeit drängte. Das war klar. Auch mit Emma würde er, zu seinem größten Bedauern, nicht mehr viel Zeit verbringen dürfen. Ruckzuck würde er ihr geben, was sie verdiente. Und sich nehmen, wovon er Nacht um Nacht geträumt hatte. Und sie sollte es ruhig merken. Alles sollte sie spüren. Jeden Stoß. Ganz bewusst, hellwach. Das hatte sie sich jetzt redlich verdient, durch ihren Verrat.

Die Vorstellung dessen, was er gleich mit Emma anstellen würde, wenn er den Reporter den Abhang hinunterbefördert hätte, auf der anderen Seite des Kammes, am Steilhang, verlieh Pedro die Kraft des zweiten Atems. Nun musste er nur noch eine Stelle finden, die weit genug von der Quelle entfernt war, einen Ort, wo kein Busch, Baum oder Fels den Reporter auffangen würde bei seinem Sturz in die Tiefe, und von wo aus idealerweise nichts zu sehen sein würde von dem, was dort unten aufschlagen würde, hundert, zweihundert Meter unterhalb des Kammes, in einem unwegsamen Gelände, von dem Pedro sich sicher war, dass sich dorthin weder Bauern noch Polizisten noch Touristen verirren.

Hätte er sich doch nur vorher die Mühe gemacht, eine solche Stelle auszukundschaften! Aber die Entsorgung eines überneugierigen Inselzeitungs-Reporters hatte nicht zu seinem Plan gehört. Zwar war er dem Kammweg noch ein paar Kilometer bergauf gefolgt, gestern, als er sich zurechtlegte, wie er seinen Kopf aus der Schlinge ziehen würde, die Madrigal und der Reporter ihm mit Emmas Hilfe umgelegt hatten, ohne dass sie es bis dahin wussten, und mehrfach hatte er an Stellen gestanden, die für das geeignet schienen, das er jetzt vorhatte. Jedenfalls in seiner Erinnerung. Aber während er, mit Mike auf der Schulter, mühsam Schritt für Schritt bergan schnaufte und immer wieder, den Ohnmächtigen ablegend, hoffnungsvoll den schmalen Pfad nach links hin verließ, um über die Bruchkante des Hangs hinweg in die Tiefe zu blicken, wuchs Pedros Ärger über sich selbst, wuchs der Frust in ihm. Keine Stelle war perfekt. Entweder wucherten gleich unterhalb der Kante dichte Ginsterbüsche oder es waren Bäume im Weg oder Felsen, auf denen Mikes Körper zu liegen kommen würde wie ein Schnitzel auf einem Präsentierteller.

Und was war das jetzt? Was war das für ein Geräusch? Ein Brummen, ein stetig lauter werdendes Brummen. Ein Hubschrauber! Das musste ein Hubschrauber sein. Die Polizei war auf der Suche nach ihm, nach Emma. Ja sicher. Aber wieso hier? Warum suchten sie nicht die Küste ab, wie es naheliegen würde? Sollte das nicht die erste Idee jedes Mörders sein: sein Opfer im Atlantik zu versenken? In den unendlichen Tiefen des Ozeans? Wie kam der Helikopter hier hin? Denn es war ein Helikopter, ganz klar. Ein Polizeihubschrauber.

Da, jetzt konnte Pedro ihn sehen. Wie eine Aufzugkabine, die an unsichtbaren Seilen hängt, erhob sich der Hubschrauber vor Pedros entsetzten Augen aus der Tiefe aufsteigend über den Kamm, keine fünfzig Meter von ihm entfernt. Pedro glaubte, die Sonnenbrillen der Piloten erkennen zu können. Der Kopilot hob den Arm. Und zeigte – genau auf ihn.

38. Kapitel

Emma konnte nur zu erahnen versuchen, was Pedro mit Mike vorhatte. Klar war ihr – und das machte ihr Hoffnung –, dass sie erneut Zeit gewonnen hatte. Aber was war das für eine Spritze, von der Pedro geredet hatte? Hoffentlich kein Gift! Emma vermutete, dass Pedro das gleiche Mittel schon mehrfach verwendet hatte. Womöglich hatte er damit schon Klaus Kaltenbrenner außer Gefecht gesetzt. Gift bleibt doch, so viel sie wusste, auch nach Jahren noch in Leichen auffindbar. Wenn die Polizei bei Kaltenbrenners Obduktion Giftspuren gefunden hätte, das wüsste sie jetzt doch, oder? Oder versuchte sie sich nur krampfhaft an jeden Zipfel Hoffnung zu klammern, weil sie einfach nicht wollte, dass Mike tot war?

Jedenfalls schien Pedro sich mächtig abzumühen. Sie hörte ihn stöhnen und fluchen. Offenbar schleppte er Mike aus der Senke der Quelle auf den Kammweg hinauf. Der Pfad war steil und glitschig. Das wusste sie. Wieviel mochte Mike wiegen? Sie hatte keine Ahnung. Schlank war er ja, aber nicht mager, durchaus mit Bauchansatz, wie sie bei ihrer verstohlenen Musterung bemerkt hatte. Nicht sehr muskulös, aber auch nicht unsportlich: jedenfalls, schätzte sie, konnte er kaum weniger wiegen als Pedro selbst.

Ein paar Minuten später schien Pedro mit seiner Last den Kamm erreicht zu haben. Es wurde still. Wohin schleppte er Mike jetzt? An »einen Ort, wo ihn nur die Geier finden werden«: was sollte das heißen? Gab es hier überhaupt Geier? Während des Anmarsches hatte Emma mehrfach die Aussicht vom Kamm ins Orotavatal hinunter genossen. Ein paar Mal war sie zurückgezuckt, so steil fiel der Berg auf der anderen Seite des Kammes ab. Ihr schwante, was Pedro vorhatte: Er würde Mikes Körper in die Tiefe stürzen lassen. Er war auf dem Weg zu einer Stelle, die dafür geeignet war, vermutlich weiter oberhalb. Emma hoffte inständig, der Weg dorthin möge steil und lang und beschwerlich sein. Denn eines war ja wohl klar: jede

Minute, jedes Fitzelchen Zeit, das sie – und Mike – gewinnen konnten, brachte sie der Rettung näher. Denn wenn Mike den Weg hierhin gefunden hatte, musste doch auch bald die Polizei im Anmarsch sein. Zwar hatte sie Pedro belogen, als sie behauptete, Madrigal auf dem Umweg über das Büro des La Palma informiert zu haben, aber vermisst hatte der Kommissar sie bestimmt.

Andererseits würde Pedro dieselbe Rechnung anstellen – und sich beeilen. Vielleicht konnte sie ihn ablenken, wenn sie um Hilfe rief! Ihr Versuch, Pedro einzulullen und umzustimmen, war ja wohl gescheitert. Emma holte tief Luft.

Ulli kam ihr zuvor. Der Dackel hatte keinen Ton mehr von sich gegeben, seit Pedro ihn von Emma weggenommen und angebunden hatte. Doch jetzt bellte er aus voller Brust. Und da war noch ein anderes Geräusch! Eines, das sie vorhin schon einmal gehört hatte: eine Mischung aus Japsen, Schritten und den Tönen, die entstehen, wenn Zweige und Blätter beiseitegeschoben werden und zurückschnellen. Das konnte doch nur eines bedeuten: Da kam jemand! Erneut! Emma hätte Halleluja rufen mögen. Stattdessen rief sie, so laut sie konnte, um Hilfe.

Mit einem schnellen Blick rundum erfasste Bruno Bautenmeister die Situation. Also hatte er Recht gehabt! Die Geisterquelle war der Ort, nach dem sie suchten! Da unten auf dem Felsblock vor der Höhle, das musste Emma sein. Oh Gott, sie war entkleidet. Aber sie lebte! Sie rief um Hilfe. Wer um Hilfe rufen kann, ist nicht tot. Wie banal, dachte Bruno, und doch: wie beglückend! Ulli, Hannelores Dackel, hatte schon gebellt, als Bruno vom Wanderweg abbog auf den schmalen Pfad, der zu dem Abhang führte, unterhalb dessen die Quelle lag. Aber wo war Pedro? Und wo war Mike? Denn Mike musste doch vor ihm hier angekommen sein, weit vor ihm – wenn er sich nicht verlaufen hatte. Der große Orientierungskünstler in freiem Gelände ist der Redakteur nicht, wusste Bruno seit ihren gemeinsamen Rechercheausflügen in Teneriffas Wildnis, aber so blind konnte auch ein Journalist nicht sein, den einzigen Weg den Kamm bergauf zu verpassen.

Egal. Bruno sprang, mit Hilfe seines langen Wanderstabs, den er zu benutzen verstand wie ein Hochspringer, mit wenigen geübten Schritten den Hang hinunter – nicht ohne sich klammheimlich darüber zu freuen, wie beweglich er in seinem hohen Alter noch war. Das sollte ihm erst mal jemand nachmachen!

»Emma! Ich bin's, Bruno. Keine Angst, ich mache dich los. Was hat dieses Schwein mir dir...«

»Bruno! Mit mir ist alles in Ordnung. Aber Mike ist in Gefahr. Kümmer dich erst um Mike! Er ist bewusstlos, und Pedro hat ihn hochgeschleppt. Ich glaube, er will ihn in den Abgrund werfen. Rette ihn! Aber sei vorsichtig! Er hat schon Mike niedergeschlagen.«

Bruno hatte schon sein Schweizer Offiziersmesser in der Hand und aufgeklappt. Mit einem schnellen Schnitt druchtrennte er die Leine, die Emmas Hals mit dem Ring am Stein verband. Aber wie sollte er die Handschellen aufbekommen? Daran hatten die Schweizer nicht gedacht!

»Bruno: Danke! Vergiss die Handschellen! Such Mike!«

»Du hast Recht. Ich suche Mike. Und die Polizei muss auch gleich hier sein. Mach dir keine Sorgen! Gleich ist alles vorüber!«

39. Kapitel

Pedro war unschlüssig: was sollte er tun? Die Piloten des Hubschraubers starrten ihn an. Konnten sie ihn erkennen? Jedenfalls war sicher nicht zu übersehen, dass er einen menschlichen Körper durch die Gegend schleppte. Und wen sonst als Emma und ihn sollten sie hier suchen? Pedro ließ Mike zu Boden rutschen. Wie ein Schlag in die Magengrube überkam ihn die Erkenntnis: Es war aus. Er war erkannt. Er hatte versagt. Wieder einmal.

Er würde nicht entkommen – ob er Mike beseitigte oder auch nicht. Was hatte er sich überhaupt mit diesem Redakteur abgemüht? Für nichts und wieder nichts. Was interessierte ihn dieser Kerl? Klar, Mike würde zu sich kommen und ihn, Pedro, beschuldigen. Aber welchen Unterschied machte das jetzt noch? Doch: Ob er mit Emma fertig war oder nicht, das machte einen Unterschied, jawohl! Jedenfalls für ihn. In den Augen der Dummen, die die Welt regierten, war er ein Mörder. Was zählte das schon? Aber vor seinen eigenen Augen war er gescheitert, war alles umsonst gewesen, wenn Emma jetzt davonkam. Das zählte! Außerdem: Lachen würden sie über ihn, lachen, wie damals die Blagen auf dem Schulhof, lachen! Versagt hatte er, versagt auf der ganzen Linie. Ein Zittern lief durch seinen Körper. Seine Knie wurden weich. Er musste sich an einem Baumstumpf abstützen und sich die Augen reiben. Sie waren feucht.

Noch blieb ihm Zeit. Viel nicht, so viel war sicher. Aber Zeit. Komm, raff dich auf, rief er sich stumm zu, und richtete sich auf. Zwar konnte der Hubschrauber ihm nicht gefährlich werden; es gab weit und breit keinen Landeplatz für ihn. Aber die Besatzung hatte sicher inzwischen längst Madrigal oder wen auch immer, die Bodentruppen der Polizei, alarmiert. Ein winziges Zeitfenster stand ihm noch offen. Mit dem Auto konnte niemand hier hin kommen. Auch Madrigal würde laufen müssen. Selbst wenn die Polizei jetzt schon am Absprungpunkt der Drachenflieger sein sollte: fünfzehn, vielleicht zwanzig Minuten sollten Pedro noch bleiben. Das müsste genügen. Das musste genügen! Pedro stürzte los, den Weg zurück nach unten, zur Quelle der Geister, zu Emma.

Fast wäre er mit Bruno Bautenmeister zusammengeprallt.

Bruno sah Pedro früher als der ihn. Auch Bruno hatte den Helikopter gehört, der jetzt über ihnen schwebte, gut hör-, aber kaum sichtbar, vom Laubwerk der Bäume zumeist verdeckt. Dass Pedro in offenkundiger Panik auf ihn zugeschossen kam, ohne ihn zu sehen, konnte zweierlei bedeuten: dass er Mike schon umgebracht hatte oder dass er gestört worden war und jetzt floh. Hoffentlich Letzteres! Aber warum rannte er dann zurück, dorthin, woher längst Polizisten auf dem Weg hier hinauf sein mussten? Das ergab doch keinen Sinn! Während solche Gedanken durch seinen Schädel rasten, stützte Bruno Bautenmeister geistesgegenwärtig seinen linken Fuß hinter einem Baumstamm ab. Er beugte sich leicht vor und streckte Pedro seine rechte Schulter entgegen.

Pedro zuckte im allerletzten Moment zurück, konnte aber nicht verhindern, dass er aus dem Gleichgewicht geriet und auf Bruno Bautenmeisters knochige Schulter prallte. Er rutschte weg und fiel auf den Hosenboden. Aus dem Augenwinkel nahm er wahr, wie Bruno Bautenmeister seinen Wanderstab hob, eine mannsgroße, kernige Wurzelholzstange, und sie schwang, um ihn, Pedro zu treffen. Auf allen vieren kroch Pedro zurück und entging so denkbar knapp dem Schlag. Der Alte riss den Stock schon wieder in die Höhe! Pedro rollte sich zur Seite weg und kroch hastig ins Gebüsch.

Bruno schlug zum zweiten Mal zu und streifte Pedros Beine. Zweige und Blätter federten die Wucht des Schlages noch ab. Pedro raffte sich hoch und eilte tiefer in das Gebüsch hinein. Nach fünf, sechs Metern blieb er abrupt stehen, musste er stehen bleiben, gerade im letzten Moment. Vor ihm war: nichts.

Pedro stand an einer Felskante, wie geschaffen für Drachenflieger. Weit unter ihm breitete sich ein dunkelgrüner Teppich von Kiefernkronen aus. Warum hatte er diese Stelle vorhin nicht gefunden? Dann läge der Reporter jetzt dort unten...

Ohne sich umzusehen begriff Pedro, dass der Alte mit dem langen, mörderischen Stock hinter ihm stand. Warum schlug er nicht zu?

Bruno war Pedro auf dem Fuße gefolgt. Er wusste, dass Pedro nicht weit kommen würde. Er kannte das Gelände, gut sogar. Jedes Detail fiel ihm wieder ein. Jeden Quadratmeter hier hatte er abgeschritten, damals, mit Wilma noch. Arm in Arm hatte er mit seiner Wilma an der Abbruchkante gesessen, auf Moos, und Einsamkeit und Aussicht genossen. Wie lange war das jetzt her?

Darüber sann Bruno Bautenmeister nach, verrückterweise, wie er selbst erkannte, als er Pedro folgte und zwei Meter hinter ihm stoppte. Einige Sekunden lang standen die beiden unbeweglich so da, hintereinander, ohne sich zu rühren und ohne ein Wort von sich zu geben. Das Lärmen des Hubschraubers war erst leiser geworden und schwoll jetzt wieder an. Dieses Mal näherte der Helikopter sich von der anderen, der Bergseite. Die Wipfel über ihnen begannen zu rauschen, aufgewühlt vom Drehen der Rotoren. In der Ferne glaubte Bruno das Geheul von Polizeisirenen zu vernehmen.

Pedro sah sich nicht nach Bruno um. Er warf auch keinen Blick nach oben – als hörte er den Rotorenlärm nicht oder als gehe der ihn nichts an. Ohne einen Laut von sich zu geben stand er da, unbeweglich.

Er breitete beide Arme weit aus.

Das war es. Hier stehe ich. Und kann nicht mehr anders. Aber ich stehe! Noch stehe ich. Noch habe ich mein Schicksal selbst in der Hand. Diese Terrier, dieses rachsüchtige Pack: niemals wieder sollen sie über mich herfallen können! Und Emma: Auslachen würde sie ihn, triumphierend über seine Schwäche, wie einst Ilse es getan hat, so oft. Nein, diese Gelegenheit wird Emma nicht haben.

Und dann sprang er, sich mit beiden Füßen abstoßend, den Kopf voran, als wolle er abheben und fliegen, auf den Luftstrom hoffend, der Gleitschirmflieger auffing und zu den Stränden von Puerto de la Cruz trug.

40. Kapitel

Lieber Mike,

ich weiß: das war nicht fair von mir, einfach nicht zu kommen. Es tut mir Leid. Ich habe mich über Deine Einladung wirklich sehr gefreut. Wieder auf der Veranda vor Deiner Cabaña zu sitzen, von dem wundervollen Obst aus der Plantage zu naschen, Dir beim Kochen zuzusehen, mit Dir gemeinsam zu essen und anzustoßen – oh wie gerne würde ich das tun! Ich habe es mir in den letzten Stunden Dutzende Male ausgemalt. Ich hoffe, Du hast gespürt, dass ich in Gedanken bei Dir war!

Das war ich nämlich, und wie! Das bin ich sehr oft seit diesem grausigen Sonntag. Aber dann kommt immer gleich wieder die Erinnerung dazwischen, an Pedro, daran, wie er mich dort oben an der Geisterquelle gedemütigt, gequält und zu Tode erschreckt hat. Auch wenn ich unverletzt geblieben bin, dank Dir – und dank Bruno (und Ulli!) –, das ist nur äußerlich. Die Angst, in die Pedro mich versetzt hat, diese fürchterliche Angst, nicht nur um mich, auch um Dich, als er Dich niedergeschlagen hatte und ich nicht wusste, ob Du noch lebst oder schon tot bist, diese Angst werde ich so schnell nicht wieder los. Und sie verdirbt alles, was doch so schön sein sollte. Ich fürchte, sie wäre immer zwischen uns, wenn wir uns jetzt träfen.

Ich bin übrigens froh, dass die Poloniaks sich jetzt um Ulli kümmern. Die drei, da bin ich sicher, passen gut zusammen. So sehr ich den Dackel mag: ich bin nicht reif für einen Hund. Auch dafür nicht.

Ich weiß nicht, wofür ich überhaupt »reif« bin. Ich möchte unser beider – ja, was ist es? Ich wollte jetzt das Wort »Beziehung« schreiben, aber erstens mag ich dieses Wort grundsätzlich nicht gebrauchen, um etwas zu beschreiben, was zwischen zwei Menschen stattfindet und mit Gefühlen zu tun hat, zweitens haben wir beide das, was gemeinhin »Beziehung« genannt wird, ja gar nicht. Ich weiß nicht, was wir haben oder was daraus werden könnte. Vielleicht trampele ich jetzt sehr daneben, doch ich schreib's einfach mal: ich fände es schön, wenn wir mehr als eine »Beziehung« hätten.

Aber angenommen, Du nähmest mich jetzt in den Arm: Pedro wäre immer dabei. Allein diese Vorstellung finde ich entsetzlich. Es würde alles kaputt machen, was zwischen uns sein könnte, fürchte ich.

Aber Freundschaft ist ja auch ein schönes Wort.

Sind wir Freunde? Ich hoffe es. Freunden, heißt es, kann man alles sagen. Freunde haben Verständnis. Freunde nehmen nicht übel. Jedenfalls wünsche ich mir ganz doll, dass Du mir nicht übel nimmst, dass ich Dich versetzt habe. Denn das war es ja wohl.

Ich wollte Dir nicht weh tun. Aber ich musste weg. Ich musste Teneriffa verlassen. Sofort. Diesen Brief schreibe ich im Flugzeug. (Ich habe einen Fensterplatz ergattert! Und der Mittelsitz neben mir ist frei geblieben! Und auf das »tray table in front of you« passt mein Notebook!) Ich fliege mit Condor. Ich muss nach Hause. In meine Wohnung. In mein Nest. Wo ich mich sicher fühlen kann und auf andere Gedanken komme. Wo mich nicht jeder Gegenstand, jedes Bild, jeder Ton, sogar jedes Vogelgezwitscher an das erinnert, was am Sonntag geschehen ist. Ich wünsche mir sehr, dass Du das verstehst.

Du glaubst nicht, wie ich aufgeatmet habe, als Bruno wieder auf der Lichtung erschien. Und dass er schneller war als Madrigal und die anderen Polizisten! Dass er mich gerade noch rechtzeitig losgebunden hat.

Außerdem hatte ich Angst um Bruno gehabt. Es hätte ja sein können, dass Pedro auch ihn noch niedergeschlagen und umgebracht hätte. Bruno ist ja, auch wenn er das nicht wahrhaben will und glänzend aussieht, ein alter Mann. Wenn Du ihn siehst, sag ihm bitte nicht, dass ich ihn als alten Mann bezeichnet habe! Sag ihm lieber, dass ich ihn für gutaussehend halte – und sage ihm, wie dankbar ich ihm bin! Unendlich dankbar. Ich hoffe ihn wiederzusehen. Dann nehme ich ihn in den Arm und drücke ihn ganz fest. Seine Wilma war zu beneiden, sag ihm das!

Welch ein Mut dazu gehörte, sich allein auf den Weg in den Wald zu machen und dann hinter diesem Mörder herzulaufen, um ihn zu stellen! Ich weiß nicht, wieviele andere Menschen solchen Mut, solche Courage aufbringen können. Du natürlich. Was Du für mich getan hast, fürchte ich, könnte ich nie wieder gutmachen. Und wie ich damit umgehen soll, dass ich das nie wieder gut machen könnte: auch das ist eine dieser Fragen, die mich schwindlig werden lassen.

Ich weiß, dass Bruno sich Vorhaltungen macht, weil er Pedro nicht davon abgehalten hat zu springen. Das sollte er nicht. Er konnte nichts tun. Er konnte Pedro nicht aufhalten. Davon bin ich überzeugt. Allenfalls hätte Pedro ihn mitgerissen in den Tod. Ich glaube, für Pedro war das Schlimmste die Vorstellung, dass, wenn er verhaftet worden wäre, alle Welt erfahren hätte, welche Rolle er in der »Junta« gespielt hat. Er wollte kein Versager mehr sein. Er hat das alles getan, glaube ich, er hat all diese Morde begangen, um sich endlich einmal stark zu fühlen und der zu sein, der das Heft des Handelns in der Hand hält. Ich bin keine Psychologin, aber so sehe ich das. Warum sonst hätte er mir, als ich angebunden vor ihm lag, sein Herz ausgeschüttet – statt gleich über mich herzufallen, wie er sich das ja wohl vorgenommen hatte? Manchmal glaube ich sogar, am Ende wollte er mich gar nicht vergewaltigen – oder, wenn er es gewollt hat, hätte er es vielleicht nicht gekonnt. Oder will ich mir das nur einbilden?

Das und viel mehr sind Gedanken, die mir seither dauernd durch den Kopf jagen. Ich muss mich davon befreien, und das kann ich, glaube ich, nicht auf Teneriffa.

Was mit der Wohnung geschehen soll: ich weiß es nicht. Übernachten will ich darin jedenfalls nie wieder. Ich war so dankbar, dass die Sanitäter mich in ein Krankenhaus gebracht haben und ich die erste Nacht dort zubringen konnte. Am Montag habe ich versucht, in Oma Ilses Apartment zu schlafen. Es ging nicht. Kein Auge habe ich zugetan. Immer wieder, wenn mir die Augen zufielen, lief ein Film in meinem Kopf ab und ich sah abwechselnd den Waldboden wieder, den ich dank der Schlinge um meinen Hals eine Ewigkeit lang anstarren musste, und dann, wie Pedro mit meiner Oma auf deren Balkon saß, ein paar Meter nur von meiner Schlafcouch entfernt, und ihr ein Schlafmittel in ihren Brandy schüttete. In meinem Traum schaute Oma ihm dabei zu und trank den Brandy in einem Zug aus, während sie abwechselnd zu mir hinüberlächelte und Pedro ansah. Und zwar:

anzüglich ansah, oder auch spöttisch. Mal so, mal so. Ich weiß nicht, was ich von meiner Oma denken soll. Wenn das alles wahr ist, was Pedro mir von ihr erzählt hat! Ich muss, auch das, wohl mal mit meinen Eltern sprechen.

Übrigens glaube ich, dass Pedro nur wider Willen zum Mörder geworden ist und mich nur entführt hat, weil er sich in die Enge getrieben sah. Ich weiß, was Du jetzt sagen würdest: Emma, hör auf damit, Dir am Ende noch selbst die Schuld dafür zu geben, was geschehen ist! Du bist keine Mörderin, Pedro war ein Irrer und ein Verbrecher. So was ähnliches würdest Du sagen, oder nicht? Und ich bin Dir auch dafür dankbar. Aber ich weiß eben nicht, ob Du es sagen würdest, weil Du das wirklich glaubst – oder weil Du mich nur trösten wollen würdest. Oder weil Du, und dabei weiß ich nicht – und das macht alles noch komplizierter –, ob es mich glücklich machen würde oder eher erschrecken sollte, vielleicht noch ganz andere Motive hättest. Beziehungsweise ein Motiv.

Ach, was schreibe ich für einen umständlichen, verqueren Quatsch! Schließlich kennen wir uns kaum. Ich sollte diesen Brief löschen. Vielleicht mache ich das auch. Dann schreibe ich Dir einen anderen, schlichteren, schöneren, gleich danach. Aber erst versuche ich, meine Gedanken auf den Bildschirm zu bringen, so wie sie mir kommen.

Diese Nadine von der Bildzeitung hat sich übrigens nicht wieder bei mir gemeldet. Stattdessen habe ich heute in ihrer Redaktion angerufen. Sie war dann auch gleich am Apparat. Und weißt Du, was sie mir gesagt hat? Sie hat sich entschuldigt, sehr nett sogar. Aber jetzt sei die Sache ja aufgeklärt und erledigt und schon durch die Agenturen gelaufen: sie hätten eine Meldung gebracht. Ihr tue das leid. Sie habe in der Konferenz noch vorgeschlagen, eine große Geschichte daraus zu machen, möglicherweise sogar eine kleine Serie über den ›Totentanz auf Teneriffa‹ oder ›Die Inselrentner und die bösen Geister‹ oder so. Das sei erst sogar aufgegriffen worden, aber dann hätte die Chefredaktion darauf hingewiesen, dass sie erst letzte Woche ›so eine Rentnermoritat‹ im Blatt gehabt hätten. Und als dann die Sensationsnachricht reingekommen sei, ganz heiß und exklusiv, dass die blonde Tussi aus dem Dschungelcamp von Roland Kaiser schwanger ist, da sei eben nur noch Platz für eine ganz kurze Meldung geblieben.

Zumal es am Sonntag ja zu keiner Vergewaltigung gekommen sei. Kannst Du das fassen? Ich sollte traurig sein, dass ich nicht vergewaltigt worden bin! Das sind Journalisten, die so etwas denken! Kollegen! Schlimmer: Kolleginnen! Wie tief sind wir gesunken! Aber sie würden mir natürlich ein Ausfallhonorar zahlen, hat Nadine noch gesagt. Ich habe dankend abgelehnt. Ein bisschen Stolz muss sein. (Ich sehe, wie Du den Kopf wiegst.)

Überhaupt muss ich jetzt oft darüber nachdenken, was das eigentlich ist: Stolz? Gibt er uns Würde – oder macht er uns verrückt? Kann man ohne mindestens ein bisschen Stolz überhaupt leben? Aber andersrum: Pedro war in seinem Stolz verletzt, deshalb ist er zum Mörder geworden, wie ich glaube. Hätte Klaus Kaltenbrenner nicht aufgedeckt, dass Pedro Gelder der Asociación beiseite geschafft hatte und hätte er nicht damit gedroht, zur Polizei zu gehen, würde er womöglich noch leben und Hans & Heinz und Oma Ilse und Hannelore auch. Und Pedro, nicht zu vergessen.

Spritzen zu setzen hat er übrigens gelernt, als er statt zur Bundeswehr zu gehen bei den Sanitätern war. Ist das nicht verrückt? Was man lernt, um Menschenleben zu retten, das kann man auch anwenden, um Menschenleben zu vernichten. Kommissar Madrigal sagte, das Betäubungsmittel, das in der Casa de los Perros eingesetzt wird, um Hunde einzuschläfern, sei schon kurz nach dem Tod nicht mehr nachzuweisen. Tödlich wirke es aber nur in Verbindung mit anderen Mitteln, starken Schlaftabletten zum Beispiel. Deshalb seiest Du auch bald nach Deiner Rettung wieder aufgewacht. Und Folgeschäden würden nicht bleiben. Du glaubst nicht, was für ein Riesenfelsklotz mir vom Herzen gefallen ist, als der Kommissar mir das erzählt hat!

Ich habe gehofft, sie würden Dich in dasselbe Krankenhaus bringen wie mich. Ich habe dort nach Dir gefragt, aber das Personal wusste von nichts. Von Madrigal habe ich dann erfahren, dass Du darauf bestanden hast, sofort nach Hause gebracht zu werden, zu Deiner Cabaña. So gut ich das verstehen kann – in dem Moment war ich ein bisschen traurig darüber.

Umso weniger kannst Du verstehen, dass ich jetzt nicht bei Dir bin? Bitte, bitte, sei mir nicht böse! Ich würde gern mit Dir über alles sprechen, was passiert ist, am liebsten unter Deinem Pfefferbaum.

Und ich werde es tun. Später. Versprochen! Das habe ich mir fest vorgenommen. Ich komme wieder – ich muss ja wiederkommen, um mich um die Wohnung zu kümmern und auch weil Kommissar Madrigal darauf besteht – und ich besuche Dich – wenn Du es dann noch willst – was ich hoffe!

Gib mir Zeit! Lass mich nachdenken! Gönne mir ein paar Wochen im trüben, grauen, nassen Ruhrpottwinter! Ich bin ziemlich sicher: dann wird die Sehnsucht wachsen – nach der kanarischen Sonne, nach Eurer klaren Luft, nach dem Teide und der sanften Gewalt des Ozeans, nach den kleinen süßen Bananen, nach Ceviche unter Pfefferbäumen und so...

Deine Emma
(C-Punkt Schneider)

Mehr Kanaren-Literatur

Krimis & Thriller

Tod am Teide

Kanaren-Krimi von Irene Börjes

Lisa Sommer ist frischgebackene Reiseleiterin. Als sie am Flughafen von Teneriffa ihre erste Wandergruppe in Empfang nimmt, fällt ihr der Starfußballer vom Verein Real Madrid tödlich getroffen vor die Füße. Die Reisegruppe entwickelt detektivischen Ehrgeiz...
Zech Verlag, Teneriffa 2006-2016
ISBN 978-84-934857-0-2

Harraga · Im Netz der Menschenhändler

Politischer Kriminalroman von Antonio Lozano

Premio Novelpol 2003: Bester Krimi in Spanien, deutsche Erstausgabe, Übersetzung aus dem Spanischen
Zech Verlag, Teneriffa 2011
ISBN 978-84-938151-1-0

Tod im Barranco

Kanaren-Thriller von Harald Braem

Zech Verlag, Teneriffa 2012
ISBN 978-84-938151-5-8

Der Vulkanteufel

Kanaren-Thriller von Harald Braem

Harald Braems fantastische Geschichte spielt auf der kanarischen Insel La Palma.
Zech Verlag, Teneriffa 2010
ISBN 978-84-934857-2-6

Sodom und Gomera

Kriminalroman von Mani Beckmann

»Launig erzählt Mani Beckmann einen Urlaubskrimi der heiteren Art. Trefflich schaut er dieser eigentümlichen Klasse von Urlaubern aufs Maul.« (Diabolo, Oldenburg)
Zech Verlag, Teneriffa 2009
ISBN 978-84-934857-7-1

Tödlicher Abgrund

Kriminalgeschichten von Karl Brodhäcker

Erzählungen aus Gran Canaria
Zech Verlag, Teneriffa 2009
ISBN 978-84-934857-5-7

Das Drachenbaum-Amulett

Der Krimi-Erstling von Volker Himmelseher

Auf Teneriffa ereignen sich rätselhafte Serienmorde, vor denen auch Touristen nicht verschont bleiben. Die Spur der Ermittler führt in den Souvenir-Großhandel.
Zech Verlag, Teneriffa 2010
ISBN 978-84-934857-8-8

Tödliche Gier

von Volker Himmelseher

Der deutsche Rentner Erwin Stein wird in seinem Haus in Santa Úrsula ermordet aufgefunden. Wer sollte ein Motiv haben, den unbescholtenen Bürger umzubringen?
Zech Verlag, Teneriffa 2011
ISBN 978-84-938151-4-1

Mord nach Missbrauch

von Volker Himmelseher

Der 3. Fall von Inspektor Martín und Dr. Zafón: Eine Serie abscheulicher Morde an jungen Frauen in der Karnevalszeit hält die Polizei auf Teneriffa in Atem....
Zech Verlag, Teneriffa 2012
ISBN 978-84-938151-3-4

Sprachen

Mit den praktischen Sprachführern von Luis Ramos findet sich der Spanisch-Anfänger schnell am Urlaubsort zurecht:

Spanisch im Alltag 1

von Luis Ramos

Über 500 Redewendungen, Vokabeln und praktische Tipps.
Illustriert von Karin Tauer.
Zech Verlag, Teneriffa 2007-2012
ISBN 978-84-934857-1-9

Spanisch im Alltag 2

von Luis Ramos

Über 800 Redewendungen, Vokabeln und praktische Tipps.
Illustriert von Karin Tauer.
Zech Verlag, Teneriffa 2013
ISBN 978-84-938151-7-2

Alemán para el día a día

von Luis Ramos

Con más de 500 expresiones, vocabulario e ideas prácticas.
Ilustrado por Mijail Pérez
Zech Verlag, Teneriffa 2016
ISBN 978-84-942578-2-7

Geschichte

Alexander von Humboldt

Seine Woche auf Teneriffa 1799
von Alfred Gebauer

Sein Leben, sein Wirken. Originaltexte und Zeichnungen aus Humboldts historischem Reisebericht. Zahlreiche Illustrationen und Erläuterungen zur Natur und Geschichte Teneriffas. Vorwort von Ottmar Ette
Zech Verlag, Teneriffa 2009-2018
ISBN 978-84-934857-6-4

Canarisches Tagebuch 1904-1906

von Luise Schmidt

Ein authentischer, historischer Reisebericht über das Leben auf Teneriffa um die Jahrhundertwende. 128 Seiten mit zahlreichen Fotos, Briefen, alten Postkarten.
Zech Verlag, Teneriffa 2013
ISBN 978-84-938151-8-9

Der König von Taoro

Historischer Roman
der Eroberung Teneriffas
von Horst Uden

Lassen Sie sich verführen zu einer Zeitreise ins 15. Jahrhundert. Sie werden Teneriffa danach mit anderen Augen sehen.
Zech Verlag, Teneriffa 2001-2011
ISBN 978-84-933108-4-4

Tanausú

König der Guanchen
Roman von Harald Braem

»Kompliment! So kann man den Menschen Geschichte näher bringen!« *(Offenbach Post)*
Zech Verlag, Teneriffa 2003-2014
ISBN 978-84-933108-0-6

Auf den Spuren der Ureinwohner

Archäologischer Reiseführer
von Harald Braem

Überarbeitete Neuauflage 2017
Spannende Entdeckungstouren auf allen Kanarischen Inseln, Spuren zu Kultplätzen, Höhlen, Pyramiden. Museen, praktische Tipps, Literaturhinweise. Mit zahlreichen Illustrationen
Zech Verlag, Teneriffa 2008-2018
ISBN 978-84-934857-3-3